亨利·詹姆斯 小说系列

金钵记
The Golden Bowl

〔美〕亨利·詹姆斯 著
姚小虹 译

人民文学出版社

Henry James
The Golden Bowl

Simplified Chinese edition copyright © 2021 by Shanghai 99 Readers' Culture Co., Ltd.
All rights reserved.

图书在版编目(CIP)数据

金钵记/(美)亨利·詹姆斯著;姚小虹译. —北京：人民文学出版社,2021
(亨利·詹姆斯小说系列)
ISBN 978-7-02-014211-8

Ⅰ.①金… Ⅱ.①亨… ②姚… Ⅲ.①长篇小说-美国-近代 Ⅳ.①I712.44

中国版本图书馆 CIP 数据核字(2018)第 087578 号

责任编辑　甘　慧　邱小群　王雪纯
封面设计　钱　珺

出版发行	人民文学出版社
社　　址	北京市朝内大街 166 号
邮政编码	100705
网　　址	http://www.rw-cn.com
印　　制	上海盛通时代印刷有限公司
经　　销	全国新华书店等
开　　本	890 毫米×1240 毫米　1/32
印　　张	17.875
字　　数	498 千字
版　　次	2021 年 5 月北京第 1 版
印　　次	2021 年 5 月第 1 次印刷
书　　号	978-7-02-014211-8
定　　价	89.00 元

如有印装质量问题,请与本社图书销售中心调换。电话：010 - 65233595

序 一

◎李维屏

亨利·詹姆斯（Henry James，1843—1916）是现代英美文坛巨匠，西方现代主义文学运动的先驱。这位出生在美国而长期生活在英国的小说家不仅是英美文学从十九世纪现实主义向二十世纪现代主义转折时期一位继往开来的关键人物，而且也是大西洋两岸文化的解释者。自二十世纪八十年代以来，詹姆斯的小说创作和批评理论引起了我国学者的高度关注，相关研究成果层出不穷。他那形式完美、风格典雅的作品备受中国广大读者的青睐。近日得知吴建国教授与李和庆教授主编的"亨利·詹姆斯小说系列"即将由著名的人民文学出版社出版，我感到由衷的高兴，便欣然命笔，为选集作序。

亨利·詹姆斯是少数几位在英美两国文坛都拥有举足轻重地位的文学大师之一。今天，国内外学者似乎获得了这样一个共识，即詹姆斯的小说创作代表了十九世纪末开始流行于欧美文坛的一种充满自信、高度自觉并以追求文学革新为宗旨的现代艺术观。如果我们今天仅仅将詹姆斯看作现代心理小说的杰出代表或现代小说理论的创始人，这显然是远远不够的。如果我们将他的艺术主张放到宏观的西方文学革新的大背景中加以考量，将他的小说创作同一百多年前那场声势浩大的现代主义运动互相联系，那么我们不难发现，詹姆斯的创作成就、现代小说理论体系以及他在早期现代主义运动中的引领作用，完全奠定了他在现代世界文坛的重要地位。正如与他同时代的著名小说家约瑟夫·康拉德所说："凭借其作品和力量，詹姆斯是一位艺术的英雄。"著名诗人T. S. 艾略特也曾感慨地说过："随着福楼拜和詹姆斯的出现，（传统）小说已经宣告结束。"我以为，詹姆斯小说的一个最重要的特征也许是他的国际视野。他所追求的国际视野不仅体现了他早期现代主义思想的开拓性，而且也成为第一次世界大战前后一批自我流放的现代主义者追踪国际文化和艺术前沿的风向标。君不见，詹姆斯创建的遐迩闻名的"国际主题"（the international theme）在大力倡导文化交流、文明互鉴、探索"人类命运共同体"的今天依然具有重要的启示作用。

"亨利·詹姆斯小说系列"分别收录了詹姆斯的六部长篇小说、四部中篇小说和两部共由十八个高质量的故事组成的短篇小说集。《一位女士的画像》《华盛顿广场》《鸽翼》《金钵记》《专使》和《美国人》等长篇小说不仅代表了詹姆斯创作的最高成就，而且早已步入了世界经典英语小说的行列。《螺丝在拧紧》《黛西·米勒》《伦敦围城》和《在笼中》等中篇小说以精湛的技巧和敏锐的目光观察了那个时代的生活，而詹姆斯的短篇小说则像一个个小小的摄像头对准各种不同的场合，生动记录了欧美社会种种世态炎凉、文化冲突以及现代人的精神困惑。毋庸置疑，这套詹姆斯小说选集的作品是经编选者认真思考后精心选取的。

"亨利·詹姆斯小说系列"的出版为我国的读者提供了一个全面了解詹姆斯的创作实践、品味其小说艺术和领略其语言风格的契机。我相信，这套选集的问世不仅会进一步提升詹姆斯在我国广大读者中的知名度，而且会对国内詹姆斯研究的发展产生积极的影响。

2018 年 1 月于上海外国语大学

开创心理现实主义小说先河的文学艺术大师

——"亨利·詹姆斯小说系列"序二

◎吴建国

一 引言

"我们在黑暗中奋力拼搏——我们竭尽全力——我们倾情奉献。我们的怀疑就是我们的激情,而我们的激情则是我们的使命。剩下的就是对艺术的痴迷。"亨利·詹姆斯短篇小说《中年岁月》里那位小说家在弥留之际的这句肺腑之言,也是亨利·詹姆斯本人的座右铭。

詹姆斯的创作凝结着厚重的历史理性、人文精神和诗学意义,他的主题涵盖大西洋两岸的人们在社会、历史、文化、伦理、婚姻乃至意识形态等诸多方面的交互影响和碰撞,即所谓"国际题材"。他殚精竭虑地探索的问题是:什么是真实的生活,什么是理想的生活,更为重要的是,如何在艺术上再现这种生活。他强调人性、人情、人道,以及人的感性、灵性、诗性对人类生存的重要意义。在刻画人物的内心世界和社交活动时,常运用边界模糊甚至互为悖反的动机和印象展现人物的精神风貌,通过"由内向外"的描写反映变幻莫测、充满变数的大千世界和人的生存价值。他的叙事艺术和语言风格独树一帜,笔意奇崛,遣词谋篇精微细腻,具有高度的实验性,对人物、情节和场景的描摹颇具印象派绘画的特性,甚而有艰涩难解、曲高和寡之嫌。他是欧美现实主义向现代主义创作转型时期重要的小说家和批评家,是美国现代小说和小说理论的奠基人,是开创二十世纪西方心理现实主义小说先河的文学艺术大师。他曾三度(一九一一年、一九一二年、一九一六年)获诺贝尔文学奖提名,并于一九一六年获得英王乔治五世授予的功绩勋章。他卷帙浩繁的著作、博大精深的创作思想和追求艺术真理的革新精神，对二十世纪崛起的西方现代派乃至后现代派文学具有深远的影响。

二　亨利·詹姆斯小传

亨利·詹姆斯于一八四三年四月十五日出生在纽约市华盛顿广场具有爱尔兰和苏格兰血统的名门世家。他的祖父威廉·詹姆斯（William James，1771—1832）于美国独立战争之后不久从爱尔兰移民美国，凭借自己的努力成为纽约州奥尔巴尼市赫赫有名的银行家和投资家。他的父亲老亨利·詹姆斯（Henry James Sr.，1811—1882）继承了其父的巨额遗产，是一位富有睿智、性情豁达的哲学家、神学家和作家，是美国超验主义哲学家兼诗人拉尔夫·爱默生（Ralph Waldo Emerson，1803—1882）和哲学家兼诗人和散文家亨利·梭罗（Henry David Thoreau，1817—1862）等大文豪的知心好友。他的母亲玛丽·沃尔什（Mary Robertson Walsh，1810—1882）出身于纽约上流社会的富裕人家。他的哥哥威廉·詹姆斯（William James，1842—1910）是美国著名心理学家、教育家和实用主义哲学的创始人，是二十世纪初最具影响力的哲学家和"美国心理学之父"。他的妹妹艾丽斯·詹姆斯（Alice James，1848—1892）是日记作家，以其发表的众多日记而闻名遐迩。

由于老亨利·詹姆斯信奉"斯威登堡学说"[1]，认为传统教育模式不利于个性发展，应当让子女得到世界性教育，亨利·詹姆斯幼年时的教育主要是在父母和家庭教师的指导下进行的，后来又经常跟随父母往返于欧美两地，偶尔就读于奥尔巴尼、伦敦、巴黎、日内瓦、布洛涅、波恩、纽波特、罗德岛等地的学校，并在父亲的带领下面见过

---

[1] 斯威登堡学说（Swedenborgianism），瑞典科学家和神学家伊曼纽尔·斯威登堡（Emanuel Swedenborg，1688—1772）所倡导的新的宗教思潮，认为每一个人都必须在不断悔过自新的过程中积极地彼此相互合作，从而获得个人生活和精神的升华。

狄更斯和萨克雷等英国大作家。詹姆斯自幼便受到欧洲人文思想和文化环境的熏陶，且博闻强识，尤其注重吸收科学和哲学理念，这使他从小就立下了要从事文学创作的远大志向。在一八五五年至一八六〇年举家旅欧期间，他们在法国逗留时间最长，詹姆斯得以迅速掌握了法语。詹姆斯早年说英语时略有口吃，但法语却说得非常流利，从此不再结巴。

一八六〇年，他们从欧洲返回美国，居住在纽波特。詹姆斯开始接触法国文学，系统阅读了大量法国文学作品。他尤其喜爱巴尔扎克，称巴尔扎克为"最伟大的文学大师"。巴尔扎克的小说艺术对他后来的创作影响甚大。一八六一年秋，詹姆斯在一场救火事件中腰部受伤，未能服兵役参加美国南北战争。这次腰伤落下的后遗症在他一生中仍时有发作，使他怀疑自己从此丧失了性功能，因而终身未娶。一八六二年，他考入哈佛大学法学院。但他对法学不感兴趣，一年后便离开了哈佛大学，继续追求他所钟情的文学事业。此时，他与威廉·豪威尔斯（William Dean Howells, 1837—1920）、查尔斯·诺顿（Charles Eliot Norton, 1827—1908）、安妮·菲尔兹（Annie Adams Fields, 1834—1915）等美国文学评论家和作家交往甚密。在他们的鼓励和引导下，詹姆斯于一八六三年开始撰写短篇小说和文学评论，作品大都发表在《大西洋月刊》《北美评论》《国家》《银河》等大型文学刊物上。

他的第一部长篇小说《看护》（Watch and Ward）于一八七一年开始在《大西洋月刊》连载，经过他重新修润后，于一八七八年正式出版。这部小说描写主人公罗杰·劳伦斯如何收养幼女诺拉，将她抚养成人，最后娶她为妻的艳情故事：罗杰是波士顿有闲阶层的富豪，诺拉的父亲兰伯特因生活所迫，曾向他借钱以解燃眉之急，却遭到了他冷漠的拒绝。兰伯特在隔壁房间自杀身亡，罗杰深感懊悔，收养了他的女儿诺拉。诺拉时年十二岁，体质羸弱，模样也很难看。在罗杰的悉心照料下，诺拉很快成长起来。罗杰想把她抚养成人后让她做自己的新娘。岂料，诺拉出落成如花似玉的美少女后，却被另外两个男人疯狂追求：一个是风流成性、心怀叵测的乔治·芬顿，另一个是罗杰的表弟、虚伪的牧师休伯特·劳伦斯。涉世未深的诺拉经历了一系列富有浪漫色彩的冒险之后，终于上当受骗，落入芬顿设下的圈套，在纽约身陷囹圄。罗杰在危急关头挺身而出，挽救了诺拉，两人终成眷属。

《看护》展现了詹姆斯早期朴直率性的写作风格和他对言情小说的喜爱。这部小说的情节看似错综复杂、扑朔迷离，但对诺拉由丑小鸭成长为美天鹅的发展过程写得过于平铺直叙，对卑鄙下流的恶棍芬顿的刻画显然囿于俗套，故事的叙事进程也平淡无奇，甚至不乏隐晦的色情描写，皆大欢喜的结局也缺乏应有的审美张力。詹姆斯一八八三年在选编他的作品选集时，不愿把《看护》收录其中。但小说却把艳若天仙的美少女诺拉刻画得栩栩如生、魅力四射，令人赏心悦目，对纽约社会底层生活场景的描摹也入木三分，显示出作者对社会和伦理问题细致入微的关注。小说的语言也优美流畅、睿智幽默，富有诗情画意，深得读者喜爱。《看护》预示着一位文学大师即将横空出世。

由于发现美国太讲究物质利益，缺乏文化底蕴，不利于艺术创新，詹姆斯于一八六九年离开美国，开始了他人生第一次在海外自我流放的生活。在一八六九年至一八七〇年间的十四个月里，他游历了伦敦、巴黎、罗马等欧洲大都市。一八六九年侨居在伦敦时，他结识了约翰·拉斯金、狄更斯、马修·阿诺德、威廉·莫里斯、乔治·爱略特等英国著名作家和文学评论家，与他们过从甚密。此外，他还与麦克米伦等出版机构建立了长期的合作关系，由出版商先预付稿酬分期连载他的作品，而后再结集成书出版。鉴于这些分期连载的小说主要面向英国中产阶级的女性读者，出版商希望他创作出适合年轻女性阅读口味的作品。尽管必须满足编辑部提出的种种苛求，但他在创作中仍坚持严肃的主题和审美标准。此时的詹姆斯虽然蛰居在伦敦的出租屋里，却有机会接触政界和文化界的名流雅士，常去藏书量丰富的俱乐部与朋友们交谈。在此期间，他结交了亨利·亚当斯（Henry Brooks Adams，1838—1918）、查尔斯·盖斯凯尔（Charles George

Milnes Gaskell,1842—1919）等欧美学者和政要。在遍访欧洲各大都市期间，他对罗马尤为喜爱，想在罗马做一名自食其力的自由作家，后来成了《纽约先驱报》驻巴黎的特约记者。由于事业不顺等原因，他于一八七〇年回到纽约市，但不久后又重新返回伦敦。一八七四年至一八七五年间，他发表了《大西洋两岸随笔》(*Transatlantic Sketches*，1875)、《狂热的朝香者和其他故事》(*A Passionate Pilgrim and Other Tales*，1875)、长篇小说《罗德里克·赫德森》(*Roderick Hudson*，1875)，以及若干中短篇小说。在这一阶段，他的作品具有美国小说家纳撒尼尔·霍桑的遗响。

《罗德里克·赫德森》写成于詹姆斯侨居罗马的那段日子里。詹姆斯自认为这才是他真正意义上的第一部长篇小说。这是一部心理成长小说（Bildungsroman），描写血气方刚、才华横溢、豪情满怀的美国马萨诸塞州年轻的法学生、雕塑爱好者罗德里克·赫德森如何在意大利迷失在各种情感纠葛、物欲诱惑，以及理性与现实的矛盾和冲突之中，渐渐走向成熟，后又死于非命的故事。小说以罗马为背景，以生动的笔触描写了这座名人荟萃的艺术大都会的社会风貌、文化气息、人情世故和美不胜收的雕塑艺术馆，鞭辟入里地揭示了欧美两地价值观的冲突，探讨了金钱与艺术、爱情和精神追求之间的关系。小说中所塑造的欧洲最美丽的姑娘克里斯蒂娜·莱特，后来又再次成为他的长篇小说《卡萨玛西玛王妃》(*The Princess Casamassima*，1886)中的女主人公。

一八七五年秋，詹姆斯离开伦敦前往巴黎，居住在位于塞纳河左岸的拉丁区。在此期间，他结识了福楼拜、屠格涅夫、莫泊桑、左拉、都德等大作家，与他们结下了深厚的友谊。在巴黎生活了一年之后，他于一八七六年再次返回伦敦。在此后的四十年里，除了偶尔返回美国和出访欧洲外，他大都生活在英国。他勤于思索，对文学艺术已有自己独到的见解，且潜心于笔耕，保持着旺盛的创作势头，写出了长篇小说《美国人》(*The American*，1877)、《欧洲人》(*The Europeans*，1878)，评论集《论法国诗人和小说家》(*French Poets and*

Novelists，1878)、《论霍桑》(*Hawthorne*，1879)，以及《国际插曲》(*An International Episode*，1878)等一系列中短篇小说。一八七八年出版的中篇小说《黛西·米勒》(*Daisy Miller*)奠定了他在文学界的崇高声望。这部小说之所以在大西洋两岸引起巨大轰动，主要是因为小说所着力刻画的女主人公的行为举止和个性特征已经大大超出当时欧美两地传统的社会准则和伦理规范。他的第一部重要长篇代表作《一位女士的画像》(*The Portrait of a Lady*，1881)也创作于这一时期。

　　一八七七年，他首次参观了好友盖斯凯尔的家园、英国什罗普郡的文洛克寺。这座始建于公元七世纪的古寺历尽沧桑的雄姿及其周围的广袤原野激发了他的创作灵感，寺内神秘的浪漫气氛和寺院后宁静修远的湖泊，成了他日后所创作的哥特式小说《螺丝在拧紧》(*The Turn of the Screw*，1898)的基本背景和素材。在这一时期，詹姆斯仍遵循法国现实主义小说家，尤其是左拉的创作思想和叙事风格。霍桑对他的影响已日渐减弱，取而代之的是乔治·爱略特和屠格涅夫。他自己的创作思想和艺术风格业已日渐成熟。一八七九年至一八八二年间，詹姆斯相继发表了长篇小说《一位女士的画像》《华盛顿广场》(*Washington Square*，1880)和《信心》(*Confidence*，1880)，游记《所到各地图景》(*Portraits of Places*，1883)，以及《伦敦围城》(*The Siege of London*，1883)等中短篇小说，这些作品大多为"国际题材"小说。

　　一八八二年至一八八三年间，詹姆斯遭受了数次痛失亲朋好友的打击：他母亲于一八八二年病逝，他父亲也于数月后离世。他们家族的老友和常客、著名思想家和文学家拉尔夫·爱默生也于一八八二年逝世。他的良师益友屠格涅夫于一八八三年与世长辞。

　　一八八四年春，詹姆斯再次离开伦敦前往巴黎，常与左拉、都德等作家在一起切磋交谈，并结识了法国著名自然主义小说家龚古尔兄弟。詹姆斯似乎暂时放下了"美国与欧洲神话"，开始潜心研究法国现实主义和自然主义文学，发表了他的文学评论集《论小说的艺术》(*The Art of Fiction*，1884)。一八八六年，他出版了描写波士顿女权主义运动的长篇小说《波士顿人》(*The Bostonians*)和以伦敦无政府主义者的革命故事为题材的长篇小说《卡萨玛西玛王妃》。这两部社会小说融合了法国自然主义文学的思想倾向和叙事方法，但当时的评论界和图书市场对这两部作品的接受状况并不令人满意。在这一时期，詹姆斯不仅博览群书，而且结交了欧美文坛诸多卓有建树的文学艺术家，不少人成了他的知心好友，如英国小说家兼诗人罗伯特·史蒂文森（Robert Louis Stevenson，1850—1894）、旅欧美国画家约翰·萨金特（John Singer Sargent，1856—1925）、旅欧美国女小说家兼诗人康斯坦斯·伍尔森（Constance Fenimore Woolson，1840—1894）、英国诗人兼文学评论家埃德蒙·高斯（Sir Edmund Gosse，1849—1928）、法国漫画家兼作家乔治·杜·莫里哀（George du Maurier，1834—1896）、法国小说家兼文学评论家保罗·布尔热（Paul Bourget，1852—1935）等人，并与美国女作家伊迪丝·华顿（Edith Wharton，1862—1937）保持着长期的友谊，还发表了文学评论集《一组不完整的画像》(Partial Portrait，1888)。

一八八九年冬，詹姆斯开始着手翻译都德的著名三部曲《达拉斯贡的达达兰历险记》(Les Aventures prodigieuses de Tartarin de Tarascon，1872)中的第三部《达拉斯贡港》(Port Tarascon)①。这部译著于一八九〇年开始在《哈泼斯》连载，被英国《旁观者周刊》誉为"精品译作"，并由桑普森出版公司于一八九一年在伦敦出版。十九世纪八十至九十年代末，詹姆斯曾数次跨过英吉利海峡，在法国、德国、奥地利、瑞士等欧洲国家搜集创作素材。一八八七年，他在意大利居住了很长一段时间。他的著名中篇小说《反射器》(The Reverberator，1888)和《阿斯彭文稿》(The Aspern Papers，1888)即写成于这一年。

除上述作品外，詹姆斯在这一时期发表的主要作品还有：短篇小说集《三城记》(Tales of Three Cities，1884)、中篇小说《大师的

---

① 这部小说主要描写达拉斯贡人被取消宗教团体所激怒，决定到澳大利亚建立一个以达拉斯贡命名的移民区，却遇到了一连串的困难和阻挠。小说中所塑造的主人公达达兰是一个虚荣心很强、爱好吹牛的庸人，是对无能而又好大喜功的法国社会风气的辛辣讽刺。

教诲》(*The Lesson of the Master*,1888),短篇小说集《伦敦生活及其他故事》(*A London Life and Other Tales*,1889),长篇小说《悲惨的缪斯》(*The Tragic Muse*,1890),短篇小说《学生》(*The Pupil*,1891),短篇小说集《活生生的东西及其他故事》(*The Real Thing and Other Tales*,1893),短篇小说集《结局》(*Terminations*,1895),短篇小说《地毯上的图案》(*The Figure in the Carpet*,1896)、《尴尬》(*Embarrassment*,1896),长篇小说《波英顿的珍藏品》(*The Spoils of Poynton*,1897)、《梅芝知道的东西》(*What Maisie Knew*,1897)等。尽管詹姆斯在这一时期仍遵循以左拉为代表的法国自然主义文学流派的表现手法,但他更关注社会和政治问题,作品的基调和主题思想更接近都德的小说。他的创作在这一时期的突出特点是:中短篇小说较多,而且在多方面、多维度进行实验,他认为这种叙事方法更适合于传达他的艺术观。但这些作品当时并没有得到评论界的好评,销路也不佳。于是,他开始尝试剧本创作。一八九〇年至一八九五年间,他一连写出了《盖伊·多米维尔》(*Guy Domville*)等七个剧本,上演了两部,但都不太成功。这使他从此对剧本写作心灰意冷。然而戏剧实践却为他后来的小说创作提供了戏剧表现手法、场景布设安排以及书写人物对话的技巧。

一八九七年至一九一四年,詹姆斯从伦敦搬迁至英国东南部萨塞克斯郡风景秀丽的海滨小镇莱伊(Rye),居住在他自己出资购置的古色古香的兰姆别墅[①],在这里潜心创作,写出了他构思精巧、极具艺术张力的名篇《螺丝在拧紧》和中篇小说《在笼中》(*In the Cage*,1898)。一八九九年至一九〇一年间,他出版了长篇小说《左右为难的时代》(*The Awkward Age*,1899)、《圣泉》(*The Sacred Fount*,1901)和短篇小说集《软边》(*The Soft Side*,1900)。一九〇二年至一九〇四年间,他连续发表了三部具有开创意义的心理分析小说:《鸽翼》(*The Wings of the Dove*,1902)、《专使》(*The Ambassadors*,

---

① 如今,这座别墅已归英国国家信托基金会管辖,成为英国"作家博物馆"。

1903）和《金钵记》(The Golden Bowl，1904），以及若干中短篇小说，如《丛林猛兽》(The Beast in the Jungle，1903），短篇小说集《更好的一类》(The Better Sort，1903）等。

一九〇四年，詹姆斯应邀回到美国，在全美各高校讲授巴尔扎克等法国作家及其作品，并在《北美评论》《哈泼斯》《双周书评》等文学刊物发表了一系列文学评论和杂文。他的《美国景象》(The American Scene）于一九〇五年至一九〇六年陆续在《北美评论》等杂志连载了十章，并于一九〇七年结集成书出版。《美国景象》真实记录了他一九〇四年至一九〇五年在美国的观感，严厉抨击了他亲眼所见的处于世纪之交的美国狂热的物质至上主义、世风日下的伦理价值体系和名不副实的社会结构，以及种族和政治等问题，引发了广泛的批评和争议。他在这本书中所论及的美国移民政策、环境保护、经济发展、种族与地区冲突等热点话题，至今仍有可资借鉴的现实意义。一九〇六年至一九一〇年间，他的游记《意大利时光》(Italian Hours，1909）、长篇小说《呐喊》(Outcry，1910）以及若干中短篇小说也相继发表在《北美评论》等文学刊物上。此外，他还亲自编辑出版了"纽约版"二十四卷本《亨利·詹姆斯作品选集》。他为书中的几乎每一篇（部）作品都撰写了序言，追溯了每一部小说从酝酿到完成的过程，并对小说的写法进行了严肃的探讨。这些序言既是他的"审美回忆"，也是富有真知灼见的理论阐述。一九一〇年，他哥哥威廉·詹姆斯去世，他回国吊唁，但不久后再次返回英国。由于他在小说创作理论和实践上所取得的突出成就，哈佛大学于一九一一年授予了他荣誉学位，牛津大学于一九一二年授予了他荣誉文学博士称号。自一九一三年开始，他撰写了三部自传：《童年及其他》(A Small Boy and Others，1913）、《作为儿子和兄弟的札记》(Notes of a Son and Brother，1914）和《中年岁月》(The Middle Years，1917）①。

一九一四年第一次世界大战爆发后，詹姆斯做了大量宣传鼓动工

---

① 这部未完成自传与亨利·詹姆斯发表于1893年的短篇小说《中年岁月》同名，在他去世一年后出版。

作支持这场战争。由于不满美国政府的中立态度,他于一九一五年愤然加入了英国国籍。一九一六年,英王乔治五世亲自授予他功绩勋章。由于过度劳累,健康每况愈下,数月后突发中风,后来又感染了肺炎,詹姆斯于一九一六年二月二十八日在伦敦切尔西区溘然长逝,享年七十三岁。按照他的遗嘱,他的骨灰被安葬在美国马萨诸塞州的剑桥公墓,墓碑上铭刻着"亨利·詹姆斯:小说家、英美两国公民、大西洋两岸整整一代人的诠释者"。一九七六年,英国政府在伦敦威斯敏斯特教堂的"诗人墓园"为他设立了一块纪念碑,以缅怀他的丰功伟绩。

三 屹立在欧美文学之巅的经典小说家

詹姆斯辛勤耕耘五十余载,发表了二十二部长篇小说、一百一十二篇中短篇小说、十二个剧本,以及多篇(部)文学评论和游记等作品。他的小说大多先行刊载在欧美重要文学刊物上,经他亲自修润后,再正式结集成书。他精通小说艺术,笔调幽默风趣,人物塑造独具匠心,心理描写精微细腻,作品中蕴含着深厚的历史理性和人文情怀,是欧美现代文学史上最伟大的小说家之一。我们精心选取翻译的这六部长篇小说、四部中篇小说和两辑短篇小说,是詹姆斯在他漫长、多产的文学生涯中不同时期所创作的最具代表性的优秀作品,希望我国读者对这位多才多艺的文学巨匠有更深入、更全面的认识和了解。

(一)长篇小说

《美国人》是詹姆斯第一部成功反映"国际题材"的长篇小说,描写英俊潇洒、襟怀坦荡、不善交际的美国富豪克里斯托弗·纽曼平生第一次游历巴黎时亲身经历的种种奇遇和变故。小说以纽曼对出身高贵、年轻漂亮的寡妇克莱尔·德·辛特雷夫人由一见钟情到热烈追求,到勉强订婚,直至幻想破灭、孑然一身返回美国的过程为主线,深刻揭示了封闭保守、尔虞我诈、人心险恶的欧洲与朝气蓬勃、乐观向上、勇于开拓创新的美国之间的差异和冲突。纽曼在亲眼见证了欧洲文明灿烂美好的一面和阴暗丑陋的一面之后,终于明白,欧洲并不是他所期望的理想之地。

《美国人》是一部融合了喜剧和言情剧元素的现实主义小说。作者以优美鲜活的笔调和起伏跌宕的情节将巴黎的生活图景和世相百态淋漓尽致地展露在读者眼前。故事虽然以恋爱和婚姻为主线,但作者并没有刻意渲染两情相悦的性爱这一主题。纽曼看中克莱尔,只是因为她端庄贤淑,非常适合做他这样事业有成的富豪的配偶。至于克莱尔与她第一任丈夫(比她年长很多)之间究竟发生过什么,读者并不知情,作者也未过多描写她对纽曼的恋情。小说中唯有见钱眼开的诺埃米小姐是性感迷人的女性,但作者对她的描写也较含蓄,且多为负面。即使按维多利亚时代的伦理准则来看,詹姆斯在性爱问题上如此矜持的态度也令人困惑不解。美国公共电视网一九九八年再次将《美国人》改编拍摄为电视剧时,在剧情中添加了纽曼与诺埃米、瓦伦汀与诺埃米的性爱场面。

詹姆斯创作这部小说的初衷原本是为了回应法国剧作家小仲马的《外乡人》①,旨在告诉读者:美国人虽然天真无知,但在道德情操方面远高于阴险奸诈的欧洲人。小说中所塑造的主人公纽曼是一位充满自信、勇于担当、三十岁出头的美国人,他的诚实品格和乐观精神代表着充满活力、蓬勃向上的美国形象,因而深受历代美国读者的青睐。纽曼与克莱尔的弟弟瓦伦汀·德·贝乐嘉之间的友谊描写得尤为真挚感人,作者对巴黎上流社会生活方式的描摹也栩栩如生,令人回味无穷。在当今语境下读来,《美国人》依然散发着清新的艺术魅力,比詹姆斯的后期作品更易接受。

《一位女士的画像》是詹姆斯早期创作中最具代表意义的经典之作,描写年轻漂亮、活泼开朗、充满幻想的美国姑娘伊莎贝尔如何面

---

① 小仲马剧作《外乡人》(*L'Étrangère*,1876)中所展现的美国人大多为缺少教养、粗野无礼、声名狼藉的莽汉。

对一系列人生和命运的抉择,最终受骗上当,沦为老谋深算的奸宄之徒的牺牲品的悲情罗曼史。伊莎贝尔在父亲亡故后,被姨妈接到了伦敦,并继承了一大笔遗产。她先后拒绝了美国富豪卡斯帕·古德伍德和英国勋爵沃伯顿的求婚,却偏偏看中了侨居意大利的美国"艺术鉴赏家"吉尔伯特·奥斯蒙德,不顾亲友的告诫和反对,一意孤行地嫁给了他。但婚后不久,她便发现,丈夫竟然是个自私、贪财、好色、心胸狭窄的猥琐小人,"就像花丛中隐藏起来的毒蛇",奥斯蒙德与她结婚只是为了得到她所继承的七万英镑的遗产。她继而又发现,他们这桩婚姻的牵线人梅尔夫人原来是奥斯蒙德的情妇,还生了一个女儿(潘茜),而且梅尔夫人和奥斯蒙德正在密谋策划利用伊莎贝尔把潘茜嫁给沃伯顿。伊莎贝尔阻止了他们的阴谋。她本可逃出陷阱,因为沃伯顿和古德伍德仍深爱着她,但她还是强忍内心的痛苦,对外人隐瞒了自己不幸的婚姻,毅然返回了罗马。

《一位女士的画像》展现的依然是詹姆斯历来所关注的欧美两地的文化差异和冲突,并深刻探究了自由、责任、爱恋、背叛等伦理问题。天真无邪、向往自由和高雅生活的伊莎贝尔尽管继承了一大笔遗产,却没能躲过工于心计的奥斯蒙德和梅尔夫人设下的圈套,最终失去了自由,"被碾碎在世俗的机器里"[1]。故事的结尾尤为引人深思:伊莎贝尔在得知真相后仍毅然返回罗马的举动,究竟是为了信守婚姻的诺言而做出的高尚的自我牺牲,还是为了兑现她对潘茜所做的承诺,要拯救她所疼爱的这个继女脱离苦海,然后再与奥斯蒙德离婚?这个悬念给读者留下了无限的思索空间。

在这部小说中,詹姆斯将心理分析推向了新的高度。他将大量笔墨倾注在人物的内心世界,着重描写人物的理想、愿望、思绪、动机、欲望和冲动,人物的行为则是这些思想和意识活动的结果和外化,人与人之间的关系和故事情节的发展变化也是通过这一中心人物的思维活动表现出来的。读者只有在伊莎贝尔彻底认清她丈夫的本质

---

[1] 董衡巽:《美国文学简史》,北京:人民文学出版社,2003年,第141页。

后，才对奥斯蒙德和梅尔夫人的真实面目有了全面的了解，而伊莎贝尔也在层层递进的内省和反思中获得了对周围世界的感知，在心理和性格上逐渐走向了成熟。詹姆斯对人物内心世界的探索（尤其在第四十二章中）采用的是理性的内心独白，既没有突兀的变化，也没有时空倒错，不同于后来的意识流写法。此外，他善用精湛的比喻来描绘人物的心理，这些比喻十分贴切，具有艺术形象的完整性，而且与故事情节密切联系，优美流畅的语言和对欧洲风情的生动描写也使经受过詹姆斯冗长文体考验的读者格外喜爱这部小说。如果说詹姆斯是心理现实主义小说的创始人，那么《一位女士的画像》则是心理现实主义小说的典范。

《**华盛顿广场**》主要讲述的是憨厚、温柔的女儿凯瑟琳与她那才气横溢、感情冷漠的父亲斯洛珀医生之间的分歧和冲突。小说以第三人称全知叙事视角审视了凯瑟琳的一生。凯瑟琳是一个相貌平平、才智一般、纯洁可爱的姑娘，始终生活在与她最亲近的人的利己之心的团团包围之中：她的恋人莫里斯·汤森德只觊觎她的万贯家财；她的姑妈只会爱管闲事地乱点鸳鸯谱；她的守护神父亲则用讽刺挖苦和神机妙算来回报女儿对他的热爱和钦佩之情。故事以凯瑟琳出人意表地断然将莫里斯拒之门外而告终。

《**华盛顿广场**》是一部结构紧凑的悲喜剧。故事最辛辣的讽刺是英明干练、功成名就的斯洛珀医生对莫里斯的准确评判，以及他为保护涉世未深的爱女而阻挠这桩婚事所采取的严厉措施。倘若斯洛珀看不透莫里斯是个游手好闲的恶棍，他骗财骗色的行为未免会落于俗套。斯洛珀虽然头脑敏锐，智略非凡，但自从他那美丽聪慧的妻子去世后，他就变成了一个冷漠无情、清心寡欲的人。凯瑟琳终于渐渐成熟起来，能实事求是地看待自己的处境：从她自己的角度来看，在她的人生经历中，重要的事实是莫里斯·汤森德玩弄了她的爱情，还有她的父亲隔断了她爱情的源泉。没有什么能够改变这些事实，它们永远都在那儿，就像她的姓名、年龄和平淡无奇的容貌一样。没有什么能够消除错误或者治愈莫里斯给她造成的创伤，也没有什么能够使她重新找回年轻时代对父亲怀有的情感。她虽不及父亲那样出色,但她学会了擦亮眼睛看世界。

《华盛顿广场》张弛有度的叙事技巧、晓畅优雅的语言风格、对四个主要人物形象鲜明的刻画,历来深受读者喜爱,甚至连围绕着"遗嘱"而展开的老套、简单的故事情节都盎然有趣,耐人寻味。凯瑟琳由百依百顺成长为具有独立精神和智慧的女性的过程,是这部小说的一大亮点,赢得了评论家和读者的普遍赞誉。尽管詹姆斯自己对这部小说不太满意,没有将它编入"纽约版"《选集》,但它一直是詹姆斯最脍炙人口的佳作之一,曾多次被改编拍摄成舞台剧、电影和电视剧。

《鸽翼》描写的是一场畸形的三角恋爱。女主人公米莉·西雅尔是一位清纯美丽的美国姑娘,是庞大家族巨额财产的唯一继承人,因身患不治之症来欧洲求医和散心。英国记者默顿·丹什和凯特·克罗伊是一对郎才女貌、倾心相爱的英国情侣。因苦于没钱而不能成婚,凯特竟策划并唆使默顿去追求米莉,以图在她死后继承遗产。米莉在得知他们的阴谋后在意大利凄凉去世,但她在临终前还是原谅了他们,把全部财产给了默顿。事实上,默顿在米莉高尚品质的感化下已逐渐悔悟,虽然继承了米莉的遗产,却无法再与凯特共同生活下去。这部扣人心弦的小说揭示了人在面对爱情与金钱、真诚与背叛、生与死等伦理问题时所经受的严峻考验和他们最后的抉择。

《鸽翼》是詹姆斯后期作品中最受欢迎的经典之一。小说通过对人的内心世界深入细致的剖析,尤其是米莉对围绕在她身边的各色人物所具有的感化力,将男女主人公塑造得活灵活现、真实可感,令人不得不紧张地关注他们各自的命运和归属。米莉丰富细腻的心理活动,很像多愁善感的林黛玉,米莉客死他乡的场景与林黛玉魂归离恨天的情景也颇为相像,凯特也颇似工于心计的薛宝钗。据说连素来不太喜欢詹姆斯作品的英国名作家弗吉尼亚·伍尔夫也对这部小说十分青睐,一口气读完了《鸽翼》,并因此大病一场[1]。美国"现代文

---

[1] 刘海平、王守仁:《新编美国文学史》(第二卷),上海:上海外语教育出版社,2002年,第84页。

库"于一九九八年将《鸽翼》列为"二十世纪百部最佳英语小说"第二十六位。

《**金钵记**》是詹姆斯后期作品中最受评论界关注的"三部曲"之一。小说以伦敦为背景,描写一对美国父女与他们各自的欧洲配偶之间错乱的人伦关系,全面透彻地审视了婚姻、通奸等伦理问题。故事中这位腰缠万贯、中年丧偶的美国金融家和艺术品收藏家亚当·魏维尔和他的独生女玛吉都具有十分高尚的道德情操,而且心地纯洁,处事谨慎。他们在欧洲分别结婚后,却发现继母夏洛特和女婿阿梅里戈(破落的意大利王子)之间早就存在不正常的关系。父女两人不露痕迹地解决了这个矛盾:亚当把妻子带回美国;阿梅里戈发现自己的妻子具有这么多的美德,从此对她相敬如宾。小说高度戏剧化地再现了婚姻生活中令人难以承受的各种重压和冲突,颂扬了这对父女在自我牺牲中所表现出的哀婉动人的单纯和忠诚。

《**金钵记**》的篇名取自《圣经·旧约全书·传道书》第十二章:银链折断,**金罐**破裂,瓶子在泉水旁损坏,水轮在井口破烂,尘土仍归于地,灵仍归于赐灵的上帝。传道者说,虚空的虚空,凡事都是虚空。①从广义上说,《金钵记》是一部教育小说:玛吉由幼稚纯真的少女逐渐成长为精明强干的女性,并以巧妙的手段解决了一场随时有可能爆发的婚姻危机,因为她已清醒地认识到自己不能再依赖父亲,而应承担起成年人应尽的职责;阿梅里戈虽然是一个见风使舵、道德败坏的欧洲破落贵族,但他由于玛吉忍辱负重地及时挽救了他们的婚姻而对妻子敬重有加;亚当尽管蒙在鼓里,但他对女儿的计策心领神会,表现得非常明智;夏洛特原为玛吉的闺蜜,是一个美丽迷人、自作聪明的女性,但她最终却不再泰然自若,反而变得利令智昏。詹姆斯对这四个人物特色鲜明的刻画,尤其对玛吉和阿梅里戈意识活动深刻、精湛的描述和分析,赋予了这部小说以强烈的艺术感染力和对幽闭恐惧症的特殊感受。故事中的许多场景和人物对话均显示出詹姆斯

---

① 《圣经·旧约全书·传道书》第12章第6—8节。

最成熟的叙事艺术，能给读者带来情感冲击力和美学享受。美国"现代文库"于一九九八年将《金钵记》列为"二十世纪百部最佳英语小说"第三十二位。

《**专使**》是一部颇有黑色幽默意味的喜剧，是詹姆斯后期重要代表作之一，描写主人公兰伯特·斯特雷特奉其未婚妻纽瑟姆夫人之命，前往巴黎去规劝她"误入歧途"的儿子查德回美国继承家业的过程。斯特雷特来到欧洲，完全被"旧世界"的文化魅力所打动，继而发现查德与其情人玛丽亚的交往并不像他母亲所说的那样有伤风化，查德在这位法国女人的影响下，已由粗鲁的少年成长为举止儒雅、文质彬彬的青年。这位"专使"非但没有劝说查德回国，反而谆谆嘱咐他"不要错过机会"，继续在法国"尽情地生活下去"。这与斯特雷特所肩负的使命和查德母亲的愿望恰恰相反，于是，她又增派了几个专使来到巴黎，其中一个是能够吸引查德的美少女，第二批专使似乎能完成这一使命。最后，斯特雷特只身返回了美国。

如果说《鸽翼》和《金钵记》颂扬的是美国人的单纯、真诚和慷慨大度，表现了美国人的道德情操远胜于欧洲人的世故奸诈，那么《专使》的主题则相反，表现的是具有深厚文化素养的欧洲人远胜于庸俗、急功近利、物质利益至上的美国人。詹姆斯在"纽约版"前言中称《专使》是他"从各方面讲都最完美的作品"，这不仅就主题思想而言。这部小说始终贯彻了詹姆斯著名的"视角"（Point of View）论，以斯特雷特的"视角"展开，以这位"专使"为"意识中心"，其他人物的性格特征和故事的发展进程都通过他的视野呈现出来，作者则隐身在幕后，读者的了解和感悟跟随着这个中心人物的了解和感悟。这种写法突破了传统小说的"全知叙事视角"，对二十世纪的小说创作产生了很大影响。《专使》也突出表现了詹姆斯的文体特色：句子结构形式多样，比喻和象征俯拾皆是，人物的对话富有戏剧意味，但詹姆斯在力求精细、准确地反映内心深处的思想感情的同时，文句也越写越冗长，附属的从句和插入的片语芜杂曲折，读者须细细品味，方可厘清来龙去脉，揣摩出蕴藏在字里行间的悬念和韵味。

《专使》自出版以来，一直深受评论家的广泛关注。美国"现代文库"于一九九八年将这部小说列为"二十世纪百部最佳英语小说"第二十七位。

（二）中篇小说

《**黛西·米勒**》是詹姆斯的成名作，描写清纯漂亮、活泼可爱的美国姑娘黛西·米勒在欧洲游历、最终客死他乡的遭遇。黛西天真烂漫、热情开朗，然而她不拘礼节、落落大方地出入于社交场合和与男性交往的方式，却为欧洲上流社会和长期侨居欧洲的美国人所不能接受，认为她"艳俗""轻浮"，"天生是个俗物"。但故事的叙述者、爱慕黛西并准备向她求婚的旅欧美国青年温特伯恩却对"公众舆论"不以为然。黛西死后，温特伯恩参加了她的葬礼，并了解到黛西虽然与"不三不四"的意大利人来往，但她本质上是一个纯洁无瑕、心地善良的好姑娘。小说真实展现了欧洲风尚与美国习俗之间的矛盾冲突，鞭辟入里地揭露了任何传统文化中都司空见惯的种种偏见，并力图对所谓的品德教养做出公正的评判。

《**黛西·米勒**》既可视为对一个怀春少女的心理描写，又可视为对社会传统观念的深入分析，不谙世故的黛西其实就是"社会舆论"的牺牲品。小说将美国人的天真烂漫与欧洲人的老于世故进行了对比，以严肃的笔调审视了欧美两地的社会习俗。小说优美流畅的语言代表着詹姆斯早期的文体特色，男女主人公的名字也具有象征意义：黛西（Daisy）原意为"雏菊"，象征"漂亮姑娘"，故事中的黛西也宛如迎风绽放的鲜花，无拘无束，洋溢着青春的气息，而温特伯恩（Winterbourne）的原意是"间歇河，冬季多雨时节才有水流而夏季干涸的小溪"。鲜花到了冬季便香消陨灭，黛西后来果然在温特伯恩与焦瓦内利正面交锋之后不久在罗马死于恶性疟疾。詹姆斯虽然一生未婚，却很擅长写女性，对女主人公的形象和心理的描写非常娴熟。这部小说一出版便赢得了空前广泛的赞誉，成为后来各类小说选集的首选作品之一，并多次被改编拍摄为电影、广播剧、电视剧和音乐剧。

《伦敦围城》描写一位向往欧洲文明的美国佳丽试图通过婚姻跻身于英国上流社会的坎坷经历。故事的女主角南希·黑德韦是个野心勃勃、意志坚定、行事果敢的女子，尽管有过多次结婚、离婚的辛酸史，但她依然风姿绰约，性感迷人，是"得克萨斯州的大美人"。她竭力掩盖自己不堪回首的往事，施展各种手段向英国贵族阶层发起了一次次进攻，终于俘获了涉世未深的英国贵族青年亚瑟·德梅斯内的爱情。德梅斯内的母亲始终怀疑这个未来的儿媳是个"不正经的女人"，千方百计地想查清她的身世和来历。然而知道内幕的人只有南希的美国朋友利特尔莫尔，但他对此讳莫如深，没有泄露她不光彩的隐私。南希向来对人生的各种机缘持非常现实的态度，而且一旦认准目标就勇往直前。她深知亚瑟是她跻身欧洲上流社会的最后机会，便处心积虑地实施着她的既定计划。亚瑟终于正式与她订婚，两人即将走向婚姻的殿堂。

《伦敦围城》是詹姆斯早期作品中优秀的中篇小说之一。作者以幽默的笔调讽刺了英国上流社会的生活方式和浮华之风，展现了思想开放的美国人与封建保守的英国人之间的道德和文化冲突。故事画龙点睛的一大看点是：尽管利特尔莫尔自始至终都在维护南希的名声，对她的罗曼史一直守口如瓶，但他最终还是出人意料地向德梅斯内夫人透露了实情。他这样做只是想给傲慢、势利的英国贵族阶层一记具有爱国情怀的沉重打击，但他并没有明说，也非心怀歹意，他只是告诉德梅斯内夫人，即使她知道了真相，也于事无补。

《在笼中》是一篇构思奇崛的中篇小说，故事的女主人公是一个不具姓名的英国姑娘，在伦敦闹市区的一家邮政分局担任报务员。她的工作地点虽为"囚笼"般的发报室，但她常常可以从顾客交给她发报的措辞隐晦的电文中破译出他们不可告人的隐私，窥看到上流社会各种鲜为人知的风流韵事。久而久之，这位聪慧机敏、感情细腻、记忆力超强、想象力丰富的报务员终于发现了一些她本不该知道的秘密，并身不由己地"卷入"了别人的爱情风波。她最终同意嫁给她那个出身于平民阶层的未婚夫马奇先生，是她对自己亲身体验过的那些非同寻常的事件深刻反省的结果。

《在笼中》所塑造的这位女主人公堪称詹姆斯式的艺术家的翻版：她能从顾客简短含蓄的电文里捕捉到常人难以察觉的蛛丝马迹，从中推断出他们私生活的具体细节，并以此为线索，勾勒出一个个错综复杂、内容完整的故事，这与詹姆斯常根据他从现实生活中捕捉到的最幽微的启发和联想创作出鲜活有趣的小说的本领颇为相似。这篇故事的主题并不在表现阶级冲突，而在于女主人公终于认识到，上流社会的青年男女也都是活生生的人，并不像她在廉价小说中所看到的那么美好。作者通过对这位不具姓名的报务员细致入微、真实可感的描绘，准确传神地再现了一个劳动阶层女性的形象，并对她寄予了深厚的同情，赢得了读者和评论家们的普遍赞誉。《在笼中》的叙述手法与《螺丝在拧紧》有异曲同工之妙，但对女主人公的塑造更立足于现实生活。

《螺丝在拧紧》是一篇悬念迭起、令人毛骨悚然的哥特式小说。故事的主体是一个不知姓名的年轻家庭女教师生前遗留的手稿，由一个不具姓名的叙述者听朋友讲述这份手稿引入正题。这位家庭女教师在其手稿中记述了自己如何在一幢鬼影幢幢的乡村庄园与一对恶鬼周旋的恐怖经历。她受聘来到碧庐庄园照料迈尔斯和芙洛拉这两个小学童，却看到两个幽灵时常出没于这幢充满神秘气氛的古庄园。她怀疑这对幽灵就是奸情败露、已经死去的男仆昆特和前任家庭女教师杰塞尔的亡魂，意在腐蚀、毒害这两个天真无邪的孩童。随着怀疑的加深，她继而又发现两个幼童似乎与这对恶鬼有相互串通的迹象，她自己也撞见过这两个恶鬼，这使她越发相信，事情已经到了危急关头。但女童芙洛拉却矢口否认见过女鬼杰塞尔，而且显然已精神失常，只好被送往她在伦敦的叔叔家去。家庭女教师为了护佑男童迈尔斯在与男鬼昆特交锋时，却发现这孩子已经死在她的怀里。

《螺丝在拧紧》是詹姆斯最著名的一部哥特式小说或志怪故事。在这部小说中，詹姆斯再次对他笔下女主人公的心理和意识活动进行了深入细腻的探究，家庭女教师所看到的鬼魂其实是她在意乱情迷之中所产生的一系列幻象,并试图把这些幻觉强加给她周围的人。詹姆斯素来对志怪小说情有独钟,但他并不喜欢传统文学作品中囿于俗套的鬼怪形象。他描写的鬼魂往往是对日常现实生活中奇异诡谲的现象的延伸,具有强大的艺术张力,能够使读者有身临其境之感,甚至能左右读者的心灵。在叙事手法上,詹姆斯突破传统写法,采用了一个"不可靠叙事者",拉近了作者、作品和读者三者之间的距离,书中所留有的许多空白可让读者根据其自身的人生经历和阅读体验去填补,因而故事可以有不同的解释。这也是这部小说自出版以来一直备受各派评论家争议的原因之一。

(三)短篇小说

詹姆斯认为中短篇小说是一种"无比优美"的文学样式。能否把多元繁博的创作思想和内容纳入这种少而精的叙事类型,简约凝练地再现出人类千姿百态的生活场面和深藏若虚而又波澜壮阔的内心世界,无疑是对作家诗学功力的一种考量或挑战。詹姆斯在他漫长的文学生涯中一直都在孜孜以求地探索中短篇小说的写作技艺,他的艺术造诣和所取得的成就几乎达到了前无古人的高度,并对后来的作家产生了深远的影响。此外,他的中短篇小说往往也是对他的长篇小说的印证或补充,大都先行发表在欧美大型纯文学刊物上,再经他反复修润、编辑后,才汇集成册出版。

我们选译的这十八篇短篇小说均为詹姆斯在不同时期所创作的具有代表性的名篇佳作。就故事性而言,这些短篇小说有的以情节取胜,有的则以描写人物的心理和意识活动见长;在主题思想上,这些篇目有的歌颂圣洁的爱情和人性的美德,有的描写美国人与欧洲人在文化修养和价值取向上的巨大差异,有的讽刺和批判欧洲上流社会的世俗偏见和势利奸诈;有的揭示成人世界的罪恶对纯真烂漫的儿童产生的不良影响或摧残,有的反映作家或艺术家的孤独以及他们执着追求艺术真理的献身精神,有的刻画受过高等教育而富有情操的主人公在左右为难的困境中表现出的虚弱和无能为力,有的描写理想与现实、物质与精神之间难能取舍的困惑;在艺术表现手法上,这些作品有的洗练明快、雅驯幽默,有的笔锋犀利或刚柔并济,有的则细腻含蓄、用典玄奥、繁芜复杂,甚而有偏离语言规范之嫌。这些短篇小说与他的长篇小说交相辉映,体现了詹姆斯的创作题材和叙事风格的多样性、实验性和现代性,表现了他对社会生活和时代特征的整体性透视与评价,每一个具体场景的展现都确切灵动地反映了他对人的本性和生存环境的洞察力和他所寄予的关怀,能使读者获得启迪和美的享受。

四 亨利·詹姆斯批评接受史简述

毫无疑问,亨利·詹姆斯是欧美现代作家群体中写作生涯最长、著述最丰厚也最具影响力的一位文学巨匠。但长期以来,他的作品及其影响主要在受过良好教育、趣味高雅的读者和评论家范围内,不如马克·吐温那样雅俗共赏。学术界对他也各执其说,莫衷一是。

詹姆斯去世后,美国有些左翼批评家对他的创作活动颇有诟病,尤其不赞成他晚期作品中的思想倾向,认为他的小说是美国垄断资产阶级的精神产物,他的创作素材主要取自他所熟悉的上层社会,他的作品大多描写的是新兴的美国富豪及其子女在欧洲受熏陶的过程。美国传记作家兼文学批评家布鲁克斯在赞许詹姆斯的艺术成就的同时,也对他长期侨居欧洲、最终加入英国国籍的做法大为不满,认为他的后期作品佶屈聱牙、左支右绌,是由于他长期脱离美国本土所致[1]。但美国文学评论家豪威尔斯则认为詹姆斯是"新现实主义文学流派的杰出代表……他在小说艺术上与狄更斯和萨克雷为代表的英国浪漫传统分道扬镳,创立了他自己独具一格的样式"[2]。英国文学批评家利维斯极为赞赏詹姆斯的《一位女士的画像》和《波士顿人》,并称赞他是"举世公认、成就卓著的小说家"[3]。詹姆斯独特的语言风格,尤其是他

---

[1] Van Wyck Brooks: *The Pilgrimage of Henry James*, New York: E.P. Dutton & Company, 1925, p.vii.
[2] Paul Lauter: *A Companion to American Literature and Culture*, MA: Wiley-Blackwell, 2010, p.364.
[3] Frank Raymond Leavis: *The Great Tradition*, New York: New York University Press, 1969, p.155.

后期繁缛隐晦、欲说还休的叙事话语,历来是评论家们众说纷纭的话题。例如,英国小说家 E.M. 福斯特就极不赞成詹姆斯在作品中对性爱和其他颇有争议的问题过于谨慎的处理方法,对他后期过分倚重长句和大量使用拉丁语派生词的做法也不以为然[1]。王尔德、伍尔夫、哈代、H.G. 威尔斯、毛姆等英国作家也都批评过他空泛而又细腻的心理描写和艰涩难懂的文风,甚至连他的红颜知己伊迪丝·华顿也认为他的作品中有不少片段令人不堪卒读[2],但斯泰因、庞德、海明威、菲茨杰拉德等美国作家却对他称赞有加。美国文学评论家埃德蒙·威尔逊认为:"倘若我们撇开题材和体裁的迥然不同,把詹姆斯同十七世纪的戏剧家们相比,我们就能更好地欣赏他的作品,他的文学观和表现形式与拉辛、莫里哀,甚至莎士比亚是相通的。"[3] 英国小说家康拉德则盛赞他是"描写优美、富有良知的史学家"[4]。

英国当代著名语言学家利奇和肖特以詹姆斯的短篇小说《学生》为例,深入讨论了他的作品的思想性和文体艺术特色,发现"詹姆斯更关注人的生存价值和相互关系……似乎更愿意使用非常正式、从拉丁语派生出来的语汇……詹姆斯的句法是奇特的,同时也是有意义的,需要联系作者对心理现实主义的关注加以评估。作者试图捕捉'丰富、复杂的心理时刻及其伴随条件'……詹姆斯对不定式从句的使用尤其引人瞩目……由于不定式从句的所指往往不是事实,所以詹姆斯更多地用来编制心绪之网的,并不是已知的事实,而是可能性和假设"[5]。他们对詹姆斯文体风格的精湛分析同样也适用于评析他的其他作品。

事实上,自美国"第二次文艺复兴",尤其是"新批评"流派出现后,评论界已开始重新认识詹姆斯,给予了他很高的评价,尊奉他

---

[1] E. M. Forster: *Aspects of the Novel*, London: Penguin Books, 1980, pp.153—163.
[2] Edith Wharton: *The Writing of Fiction*, New York: Scribner's, 1998, pp.90—91.
[3] Lewis Dabney, ed. *The Portable Edmund Wilson*, London: Penguin Books, 1983, pp.128—129.
[4] 《中国大百科全书·外国文学》第二卷,北京:中国大百科全书出版社,1982 年,第 1241 页。
[5] Geoffrey N. Leech and Michael H. Short:《小说文体论:英语小说的语言学入门》(*Style in Fiction: A Linguistic Introduction to English Fictional Prose*),北京:外语教学与研究出版社,2001 年,第 97—111 页。

为"作家中的作家",是心理现实主义小说大师,是过渡到现代主义文学的一座桥梁。就思想性而言,詹姆斯在创作中的价值取向始终是颂扬人的善良与宽容,始终把优美而淳厚的道德品质和自由精神置于物质利益甚至文化教养之上。从艺术创作角度说,他一反当时盛行的粉饰和美化生活的浪漫小说,把人性的优劣和善恶作为对比,探索人的心理活动的复杂性。他的作品反映了具有深厚文化教养的知识分子的人文主义倾向,而不是人们所熟悉的对劳苦大众的人道主义同情。他的语言风格与他所要表现的内容、与他本人的思想境界和审美取向也是一致的,他力求以这种方式精微、准确、恰如其分地揭示和反映人的心灵深处最真实的思想和情感。如今,人们对这位文学大师的研究兴趣仍在与日俱增。

五 继往开来的一代宗师

亨利·詹姆斯的创作上承欧美现实主义、自然主义和超验主义,下启欧美现代主义,是现代文学史上继往开来的一代宗师。他不仅精通小说艺术,而且致力于小说艺术的革新。他创造性地拓展了传统小说的表现形式,使小说叙事实现了由"物理境"(Physical Situation)向"心理场"(Psychological Field)的转入,成功开辟了小说创作的新天地,同时也在现代小说的叙事方法和语言风格上烙上了他独特的印记。他破解了旅欧美国人的神话,并以工细的笔触将这种神话具象化地再现在他众多的"国际小说"中。他通过对人的内心世界和意识活动的深湛分析和描摹,为读者创造了一个心理现实与客观现实交互映射的艺术世界。

詹姆斯不仅是一位卓越的小说家和语言艺术家,也是一位富有真知灼见的文学批评家。他强调文学创作要坚持真善美的统一。他主张作家在表现他们对历史和现实的看法时应当享有最大限度的自由。他认为小说文本首先必须贴近现实,真实再现读者能够心领神会的生活内容。在他看来,优秀的小说不仅应当展现(而不是讲述)动态的社会风貌和生活场景，更重要的是，应当鲜活有趣、引人入胜，能使读者获得具有美学意义的阅读快感。他倡导作家应当运用艺术化的语言去挖掘人的心理和道德本性中最深层的东西。他认为一部作品的优劣与否，完全取决于作者的优劣与否。他在《论小说的艺术》等一系列专论中提出的很多富有创造性的观点丰富和发展了欧美文学创作和文学批评，具有重要的理论意义和深远影响。他率先提出并运用在自己的创作实践中的"意识中心"论、"叙事视角""全知视角""不可靠叙事者"等文学批评术语，已成为当代叙事学的组成部分。我们在当今文化语境下重读詹姆斯的作品，更能深切体味到这位文学大师的创作观、人文情怀、审美取向、伦理精神，以及他独特的语言艺术的魅力，并能从中参悟人生，鉴往知来。

2019 年 2 月 15 日

翻译底本说明

长篇小说《金钵记》于一九〇四年八月定稿,同年十一月由美国斯克里伯纳出版公司(Charles Scribner's Sons)以两卷本形式首次出版。次年二月,英国梅休因出版公司(Methuen & Company)以一卷本形式推出了本小说的英国版。一九〇七年至一九〇九年间,亨利·詹姆斯对这部小说进行了修订,并最终于一九〇九年七月将其收入由他本人亲自编订的二十四卷本小说作品集(即"纽约版")中再版,这也是他生前编订并收入"纽约版"的最后一部作品(除上述二十四卷外,"纽约版"另有两卷于亨利·詹姆斯去世后出版)。"美国文库"版亨利·詹姆斯全集在收录本小说时采用了"纽约版",本译本系从"纽约版"译出,正文前有作者序言。

作者序言 [1]

  再度阅读《金钵记》，许多事情变得清晰，其中最为明显的，也许就是我总是以间接迂回的方式呈现人物的行为，这一根深蒂固的表达方式仍然很显著。除非我下定决心，说这就是最直接、最切近的处理方式，尽管从浅层的表面来看并非如此。这是公认的习惯，甚至引起了过多的评论。我偏好借助于某个观察者、某个讲述者，通过他的感知来表现我的主题，通过他的视角"看待我的故事"。他们多少有些抽身事外，并非全然介入其中，却又对它极感兴趣，而且足够聪明；他们在这里的主要贡献，是对主题作一定的评论或诠释。回顾这些作品，特别是我收进这个系列里的那些篇幅比较短的作品，它们似乎并非我对手上的事件的客观描述，而是一再地展现为某个人对它的印象，而我只是记录下来——这个人接近这事件的方式，他对这事件的评价，就自然而然地起到了强化兴味的作用。在我篇幅较短的故事中，我看到，这个观察者往往无名无姓，也没有正式的身份，除了倚仗内在的智慧，并无权参与其中，他是客观作者的具体的代言人，是个方便的替身，以阐释作者的创造力；否则，这创造力就会被遮蔽，得不到展现。我的直觉反复告诉我，经由某个代理人的意识，经由他的阐释，来一桩桩地展现事实，引介人物出场，这是获得有效的吸引力的关键，整件工作通过这一方式得到了丰富。换句话说，我一直倾向的想法是，某个相关的事件，加上近旁某个人的独特视角，这切近的状态，是那想象出来的观察者、那个敏锐的画家或诗人与这事件的密切联系；这场景呈现在他面前，让他备受吸引，尽管一般认为他的观察是次要的。简言之，我现在仔细想想，就表现的过程和效果而言，任何方式，在我看来似乎都好过不负

---

[1] 本文是亨利·詹姆斯为1909年"纽约版"《金钵记》撰写的作者序言。

责任地仅仅诉诸隐藏在后的作者的权威。而这也是我不可遏制的理想。我总是觉得，一个画家，一个民谣的吟诵者（随便我们如何称呼他），对他的作品，再怎么负责任都不够，甚至是每一寸画面，每一个音符。带着这样的想法，我跟随着自己的脚步，追寻事实，它们却无法控制，忽左忽右，快速转向，踮着脚尖，偷偷摸摸地奔向这样一个目标。它促使我在力所能及的范围内，尽最多而非最少的责任。

这是个让人为难的真理，但我给它应有的价值。尽管我已经朝这真理的方向瞥了许多次，对它了解了很多，然而如今，看到这样的表现手法成为《金钵记》所提供的乐趣最为生动的源泉，对于它我又有了新的体会。作者的权威仍然试图显现、统治这里，然而我又一次摆脱它，否认它装腔作势的存在；同时我走入场景之中，就如同走入竞技场的舞台，同场景中的那些人物一起生活，一同呼吸，一同交流，打成一片，和他们协力，为环形看台上的观众提供这一伟大游戏的娱乐。故事中，除了每个真正的参与者——那些深深卷入、沉浸其中，甚至是遍体鳞伤的参与者——没有其他不相干的人物，可我还是将整个故事严密地纳入两个人物的意识，通过它们来呈现，让自己做到至少用一只手，牢牢地把握住我的体系，这也是我钟爱的方式。在小说的前半部分，事实上王子看到的、了解到的、感悟到的，他展现给自己的一切，正是我们关心的；尽管他没有以第一人称来讲述，但几乎就像另外的讲述者或评论者对另外场景的讲述方式一样。他具有极其敏锐的意识，记录一切，让我们看到也许是最让我们感兴趣的事，通过他的意识映照出来，就像手握一片干净的玻璃，映照着构成我们这长长的故事的一个一个的"小故事"。尽管他从头到尾都是身处整个错综复杂的故事中的一个角色，他的命运是早就设定好的，就像一个写好的剧本中的演员，他的观察和叙述却丝毫没有偏见。在接下来的故事里，王妃的功能与他完全契合；她的意识密切地记录下来一切，就像王子一样。不仅如此，举例来说，她就像《阿斯彭手稿》中目睹了手稿毁灭过程的那位敏锐却毫无个体身份的客观观察者①，或是《波英顿的珍藏品》②里那位极具个性、极为聪敏的女主角一般，事无巨细都能注意到。总而言之，王妃不仅感受到了她能感受的一切，恰如其分地扮演了她的角色，而且仿佛复制了她的价值，成为极佳的写作方式或源泉，并因此具有了内在价值。这两个人被赋予了令人赞赏的价值，回顾他们的命运以及我的手法，我再度感到，在写作中贡献的无尽的耐人寻味之处，以及不断值得从中获得的"乐趣"，这是真义所在。我觉得他们的叙述，就让我们不能忘记对多样性、对无穷尽、对极致优雅、对美妙的整体效果的追求是所有正确理由中最美好的一个，而在这一过程中，任何精巧的创意、缜密的谨慎，都不会浪费。

这里我还想说明其他几点，它们与我曾在别处提到的一个观点似乎有总体的关联，而那个观点我已充分说明其含义。但是我有另一件事想说，所以针对刚刚说过的那些话，我就只花一点时间回应一下可能会出现的反对声音——要是哪位读者真的如此热心关切这些，甚至全神贯注的话。你们可能会注意到，在以王子作为中心人物并且以他命名的那一卷里，他只有在艾辛厄姆太太的感知——恐怕读者有时会觉得她太好管闲事了——无法取代他的那些方面才具有全面深入的认知。然而，我计划里的这种差异性不过是表象而已，事情严格遵守着它自己的法则：一开始玛吉·魏维尔是通过她的追求者和丈夫的视角来加以呈现，接下来，王子通过他的妻子的视线以同样的强度呈现。这么做的好处在于，所呈现的这些人物的经历，不仅展现了富有感受能力的主体本身，同时用同样的笔触，以最贴近的方法达到了我所希冀的生动状态。正是王子开了那扇门，才使我们对玛吉有了部分的认识，一如正是她开了门，才使我们对王子本人有了部分理解一样；我们对两个人的其余印象，在这两种情况下，皆是直接来自人物的行为。同样，我们最初见到了夏洛特，然后见到了亚当·魏维尔，更别

---

① 《阿斯彭手稿》于1888年出版，故事的男主人公自始至终未见其名。
② 《波英顿的珍藏品》于1897年出版。

提见到了艾辛厄姆太太,以及其他的每个人和每件事,但是可以这么说,它们是作为与王子相关的事物才被我们看到的——我的意思当然是指,它们是作为与他本人的存在相关的事物而被他传递给我们的。而后我们再次看到了同样的人与事,完全是从玛吉的视角呈现,由她的展示呈现的魅力所决定。我说的这些,只不过列举了我的创作因素中极其有限的部分。因此,我自然得起而应付一个事实,也就是我可用的人物根本就很少——事实是,为数极少的、一只手都数得过来的几个人物,承载了大量的创作要求。我们看到,《金钵记》里的人物非常少,作为弥补,我的计划是在保证小说的形式清晰连贯的条件下,尽可能多地让他们出现。这就是我的问题和挑战[1]所在——要将手中仅有的价值全部实现,要让我的体系运转,要达到我所要求的特定的合宜性,要在兴趣的源泉上施加特定程度的压力,都是为了这一独创性本身可能达到的效果。构想出一个计划,并且看到了这一计划的高贵,就意味着将之付诸实施,而眼下的记事的"趣味"——再说一次,趣味,在我这里一直指的是所有种类兴味的集合——-正是要看这一真诚的态度被应用到极致的时候,会产生什么后果。

仅针对重读的一些建议就说到这儿吧——因为我始终觉得有两个要求在等着我去处理,它们相较于我们刚才谈论的两个问题中的任何一个都更显迫切。可以说,一个是次要的,一个是主要的;我先来处理第一个。对于这部作品集,我已经做了深入彻底的阐述。但是,如果我对我们这个版本的一个如此突出的特色不发一语,那就不算深入了。这一版里有二十四张装饰性的"插图"。这套书的卷首插图所起的装饰作用本可以更大一些的,如果他们在复印阿尔文·兰登·科伯恩[2]先生拍摄的那些漂亮照片时没有将其缩小那么多的话;但那些没有缩小太多的照片,在我看来,依旧很美。无论如何,我都想对我们的总体意图做一简要回顾,将这一页创作历史,加到我的备忘录中。

---

[1] 原文为法语:gageure。
[2] 阿尔文·兰登·科伯恩(1882—1966)是美国极负盛名的摄影师,24卷本"纽约版"亨利·詹姆斯小说作品集首次出版时,每卷均配有一幅他拍摄的照片作为卷首插图。

而我的备忘录，尽管已经卷帙浩繁，我却丝毫都不觉得难为情。若非篇幅所限，其实我很想在这里详尽地谈谈这个问题本身——也就是如今我们对于插图的普遍接受度问题，而这或早或晚都会出现。因为情况是，任何文本的作者——出于作品自身内在的优点——试图提出一些主张，要求文本能够产生一种插图的效果时，都会发现它们被另一种与之形成竞争的处理方式给排挤掉了。当然，任何文学作品的本质，都是要使文本充满可即时辨识的图像。无论如何，拿别人画的一张图，用嫁接或是慢慢"培植"的方式移植到我自己的图画上面，对于这样的提议，就我来说，也为了从事文学创作的同行们，我抱持怀疑的态度。在我看来，这始终是一种不能接受的行为。这充分说明，由于出版状况的影响，现在的英美小说，似乎越来越不可避免地呈现出"绘本"的特质，无论当事人心底有多不情愿，都不得不同意。但是再想一下，就可以看到其中的危险之处。

一位有责任感的作家会力图让笔下的文字足够优美、足够有趣，在需要的时候足够具有画面感。而任何东西，如果解除了作家的这种责任，那就是在帮倒忙，很可能引发文学爱好者对于这门艺术之未来的诸多疑问。身为作者，就应当靠他召唤出来的种种意象，将那些具有艺术倾向的读者带入一种幻境，而且不允许他停下来，直到读者已经注意到了这些意象，把它们记录下来，运用他自己的艺术，在他的头脑媒介中建构起与之类似的场景。我看，没有什么比这更符合下一道文学符咒的欲望和主张了。对于创作者而言，要能使笔下的人物或场景，一旦不能显现，就立刻好像不存在，这真让人向往；对于这个多面的操纵者，看到自己拥有如此力量，并且受到认可和肯定，就像播下的种子长出果实，也的确叫人向往。然而，他自己的花园是一回事，他促进培育的那个花园，放在另一个人手上，却是另一回事；也就是说，作家自己作品的架构没有为这样的情节提供空间，就像我们不会期待上菜时，鱼和肉会被放在同一个盘子里端上来。换句话说，作家会带着骄傲和喜悦的心情欢迎插图，但同时也会强调，如果自己的"文学嫉妒心"能充分地受到尊重，他的作品就应该作为一个单独而独立的出版主体，自立一旁，文本有其精神支撑，就如同文本本身也具有可塑的可能性，成为一个更荣耀的礼赞。到目前为止，我一直在说明，作家的写作"架构"不同于画家的"架构"，这挺招人讨厌的。尽管如此，我还是要腾出一些篇幅，谈谈科伯恩先生为每一册书所做的贡献——在一个完全不同的"媒介"中所做的贡献。这是因为，目前所提议的摄影研究都是在找寻方法——而且我觉得它们已经幸运地找到了——要使画面富于暗示，不要保留或假装保留任何戏剧性的步骤。严格地说，这么做它们就不再合格了；但是它们谨慎地否认模仿行为，用现代批评的分析式话语来说，这么做"无可厚非"。事实上，让一个作者觉得最有意思的，莫过于有机会猎取一系列可以再度加以呈现的主题——这与摄影最为契合；将这些影像与某部长篇小说或短篇故事联系起来时，不应过于明显，好像要与文学作品一争高下，相反，应当略带羞怯地为它辩护，说意象不过是视觉可见的象征或回声罢了，并没有表达文本中特定的内容，仅仅是呈现了这件或那件事的类型或理念。它们依然至多不过是小小的图片，呈现的是我们某个"特定"的舞台，却没有演员；但它们是最早构建起来的，这是最有趣的地方。

　　这涉及一次很有趣的探索，我很乐意在此尽情地怀想一番。因为在很大程度上，这次对伦敦街景的探索很偶然，但极有意义，而之前我并没有任何期待，也完全没有预料到。我和我的同行艺术家所钟爱的想法是，这些场景中事物的某一面，或是某些事物的组合，应当凭借其内在的优点，显现出与书中某些内容的关联，同时彰显着自身独特而妙趣横生的存在。当我在同行艺术家的陪伴下，带着这样的想法来看待这些场景时，它们就在我们眼前打开了丰富的宝藏。大家会注意到，我们的卷首插图系列"演示"的大多是伦敦街道的静态特征，这完全符合我们的需求；它们就在手边，很方便，同时效果又很惊艳，令人满意地装帧了这些书册。我得承认，我经常沉浸在探索伦敦街道的乐趣中，甚至忘了我原本的目的，是要来找寻能够"嫁接"到我书中的图像。而我的乐趣在找寻那些古玩珍品时，就会尤其兴味盎然;为了这些古董,热爱伦敦的人随时都会隐没入这座繁华都市的"背街陋巷"。我和我的同伴在探索的过程中并非总能直接发现我们要找的东西;事实是,我们在用眼睛搜寻的过程中,头脑却被这样一个问题占据:某个"主题"、某个"特征"、事物存留的感觉等等,是什么?又不是什么?如此一来,一旦我们的追寻得到回报,我要大胆地说,便是完美无缺的。举例来说,若是想用一帧图片给予《金钵记》第一卷以恰当的赞美,我们不难感觉到,没有什么比一幅展现那只钵第一次出现的小店的景象更合适的了。

这个问题因而很让人激动。这家小店不过是我们头脑中的一间店铺,存在于作者想象中关联有序的世界中;因此,它并不"取自"哪所具体的房子,只是一个精炼的、强化的意象,是从这类商铺中总体提炼出的一滴精华。然而,我们却需要(因为如我所言,照片本身也完全在为自己言说)一个具体、独立存在而又鲜活的实例;它要令人惊叹地恰巧符合文本,为我们效劳。这极不容易,最有可能的是,它的存在无法恰当地表现文本内容。只有伦敦,加上机遇,加上极端的不可能性才可能造就这样一间店铺;而且,它还必须能让我们从中真实地读到王子、夏洛特和王妃的光顾。需要这些条件,我们自然就很久都未碰到一间理想中的店铺。它虽然一直在躲避我们,却自始至终没有让我们的信心受损。我们相信,伦敦最后总是能够给予我们所要求的任何东西,所以它一定在某处等待着我们。事实上,它是在等着我们,不过我阻止自己开口说出地点,我觉得无论如何都无法让我说出它的位置。总之,同样明显的是,在这部小说的第二卷里,也没有什么能比那幅插图更气势恢宏地表现出波特兰道的总体景象。我们所处的状况是,其局限性及范围都在于,我们不同于可以肆意想象的设计家,我们不是要"创造"一幅图景,而仅仅是要辨识出它——也就是说,带着最细腻的感觉去辨识出它。重要的是要让波特兰道的景象自身呈现出一种总体的印象。而伦敦这座惊人的城市(我这么称呼它),也是以这样一种方式,偶尔辨识出并且呈现出种种似乎是施加了智慧的形式。这一切意味着,在某个时刻,这巨大、乏味、平庸的狭长街景，会自己上演一场奇迹，变得耐人寻味，在一个钟头的时间里变幻出辉煌的气氛，而只有伦敦知道它是怎么办到的；而我们要做的就是在那个时刻去理解它。但是伦敦教我的这一课让我扯得太远了。

  对于再次阅读本书的一些建议，以及有关再次表现的建议就说到这里，因为我觉得比起这些来，还有件事在更急迫地等着我去做。按写作顺序重新阅读自己近年写的这几部作品（全部都是相对近期的），我越来越清楚地意识到，我明显是从切实的、当下的角度，来感受我当初完成这一系列中最后这部作品（以及该系列后面收录进来的大部分作品）的过程；换句话说，我越来越清楚，自己目前注意力的推进与我的原初表达的推进，二者是重叠一致的。具体地说，在很多需要理解的地方，我的理解都完全契合，而且毫不费力，没有任何挣扎，当然也没有任何迷乱或痛苦。当年的我，就像是记录事件的历史学家，在看，在言说；而如今的我，作为一位读者，去理解历史学家的记述，就如同与他半路相遇，被动地接受他的影响，带着欣赏的眼光，甚至常常怀着感激的心。我不觉得有任何交流的障碍，或者感觉上的分歧，这真是幸运。对于历史学家，我心甘情愿做他温顺的读者，响应他，想他所想，我的脚步自在地陷入他的足迹中；他的所见就是我的所见，就好比一张剪纸上的图像，比对着墙壁上的影子，每个点都恰好对齐，不多不少，严丝合缝。这个事实使我清楚地意识到，相比之下，着手处理我较早期的作品，就是引领自己去跳一场非常不同的舞蹈；回到我的早期作品，产生出的是一种完全不同的意识。在重新回顾这些事件、回顾自己数十年前早期创作过程中的几乎所有事例时，我清楚地发现，这样主动的、积极的鉴赏过程是不可能只发生在明显的语言表达层面的——这得归因于我目前的行动模式和那些业已存在的足迹的运动模式之间频繁出现的不协调。就好像，我要探索的事物清楚明白，就像一片铺展在平野上的皑皑白雪，而我探索的步伐，却忘却了过去的老步调，很自然地换成了另外一种。这新的步调有时的确会多多少少符合原本的路径，但最常见的情况，或十之八九，是我会在其他地方开拓路径。无论如何，极为有意思的是，我非常自然地脱离了旧的步道，走上岔路，从而导致了若干差异。这不是我有意选择的结果，而是迫在眼前又绝对必要的，目的是解决我们此刻正在讨论的种种事情。

我目前的修订行为，就如同要重新占有那些作品，整个过程极其有趣，给我带来极大的愉悦。我很快就意识到，没有哪种前行能比这更加自信、更加自由了。它甩开了所有理论的枷锁，不再受困于那些迅速冒出头来、令人丢脸的犹疑不定，生机勃勃，意义重大，就如同一个哲思的心灵突然间领悟到了绝对真理。还有什么比得上在如此轻松的情况下就享有绝对真理更令人喜悦的呢？我当下的阅读与当初的写作之间的分歧和差异，当然也有可能避免；然而，大量的分歧就这样自然而然地出现了，从那一刻起，如我所言，它们就成了我认知的方式。我以前觉得"修订"现存作品，这个问题非同小可，有时候甚至似乎充满困难；但是现在我很高兴地知道了，那个阶段的焦虑不过是因为缺乏经验，或是一种既拖拖拉拉又听天由命的淡漠心态。因为这么多年以来，我所遵循的唯一法则是，要做到并保持在每写完一部作品后就将其抛诸脑后，而且还要尽可能地不要说到它或者提到有关它的事。因此，在那段乏味的过渡期，我感觉自己的作品是那么陌生，与此同时，一些关于作品原本可能是何种面貌的神奇想法却不知不觉地滋生和繁盛起来。更何况，处于这些骚动里，我信以为真地担心，任何想把那一窝怪异的东西打理收拾一番的举动，任何想去除积尘的行为，任何想把干瘪的脸孔清洗一番、把灰白的头发梳理一下，或是为了效果更佳，扯一扯过时的外套等等行为，都有可能使人陷入——是有这种说法——昂贵的整顿翻修中。我的第一部作品，我的头生子，如今要重新亮相。尽管我刚才用了年老病弱的形象，但其实我宁可将这件事看成一群别扭的婴儿，因为有关心的客人们亲切地要求探问，才不得不被从婴儿房带到客厅来亮相。若非继承了更好的东西——有更优秀和更协调的形式，有适于收藏的漂亮书型、页边留白和宽大的书页，还有整体庄重的气度，而非它们大部分时间凑合着用的摇篮，否则我是想不到它们会再度出现在人们眼前的。因此，我自然而然地认为这件事需要惯常的体面——有一道尽责的目光从上方望下来，一个婴儿接一个婴儿地看过去，手中的缝衣针焦躁地停不下来，快速闪过一丝亮光，你还可以察觉到肥皂水喷溅的声音；这一切都是因为，有别于婴儿房里暗淡的烛火，客厅里灯光明亮，暴露一切。为了让自己这窝孩子在那崇高光芒的照耀之下显得更体面些，我要么得补缀上一针，要么得拿着发梳将它们爬梳一番；对我而言，从那一刻开始，这一行为的原则就得到接受，并且确立了；而在那里等着我的，正是种种复杂难解之处。我也曾迷失，猜想哪些反对作者自由地修改之前的作品，反对他用针线补缀、用海绵清洁的言论，能声称自己是不武断的——恐怕这是在浪费时间吧。对他们而言，承认当初的败笔只会让自己显得令人厌恶。

"千万不要做保姆式的工作！"这是一条不通人情的禁令。事实是，只要你想认真地、庄重地，而不是随随便便、不负责任地再度发行你的作品，它就永远都起不了作用。也只有从这个角度来看，这句话才可以被完全理解。因此，我们不难发现，那些认为要遏制修改的言论，像是"完全不能"这种话，以及那些容许抹一把肥皂水的言论，就如同半开的门，给我们留下了足够的空间。有人反对客厅的规矩，反对净化，也就是说，纵容天真的童稚时光，如果要求他做一下判断，仁慈地掂量一下，这一整套净礼事宜该用多少水量才算恰当，就算有二十个理由，也势必会让他目瞪口呆。尽管如此，我要重申，在我备受困扰时，似乎也在困惑中做出了这样的请求；这要归因于我太想当然了，以至于没办法预测到会发生此等十足的美事，发现所有问题的答案其实一直都在等着自己。将这件事坦率地暴露于考验之中——换句话说，就是开始重新阅读——便是更靠近它所有的组成要素，并因此顺遂地感觉到每个疑虑都得到了清除。而我紧张兮兮地不断推迟这一可敬的行为，这也就是我刚刚提到的浪费时间。后来我意识到，这种尴尬难受的感觉，是因为我可怜巴巴地、轻率地接受了修订这个词在我的想象里所散发出的那股宏伟的气势，没有好好分析这个词的含义。修订就是再看一次，或是再检查一次的意思——如果是文字书写的事，那就是再读一次，仅此而已。然而，在我焦虑的苦思冥想中，却一直揪着一个念头想把作品重写一遍——就我有意识的思考而言，这与事实本身最终几乎没有丝毫雷同之处。我原本以为重写一遍太困难，甚至太荒谬，是不可能的事——而且，我的确也是用同样的模式，思考着重读一遍的想法。但考验之下得到的顺遂感受是，我事前难过地认为要费力做的两件事，其实是一件而已，况且也只有第一眼才觉得它是费力的。至于重写意味着什么，我到现在仍然不大清楚。而另一方面，我的修订行为——也就是再看它一遍的行为——则是，无论我看到哪一页，眼前都会自然而然地浮现出恰到好处的唯一表达，仿佛花儿绽放；目前这个版本里"被修订"的因素，就是这些唯一的词汇，是对我严格地重新细读当年文本的记录。有人说过，就某事物本身的特定印象，有很多接近的表达，而经验最终造就了唯一的可能。

真正很有趣的，正是去探索、追溯这一经验所达到的效果如何不断加强的历史，而且我敢说这也是一个令人赞叹的困难的过程。大批的措辞——感知性的和表达性的——不断地增长。它们以我刚才提到的方式，在句子、段落和页面中，俯视着业已存在的表达方式——或者说，就像警觉的有翼生灵，歇栖在那些越来越尖的峰顶，向往着更清冽的空气。对于比较成熟的心灵——首先当然要假设有一个能触及此类问题的心灵——追溯的结果就是，赋予此事一种充满臆测的兴味，或者说得通俗些，一种非比寻常的智性"消遣"：这些经验是如何、何时焕发出这强烈的光芒，而且持续闪耀不衰的？它又因何而生？这个问题耐人寻味，因为说真的，艺术家有一半的生命——或者说得更公道些，无疑地，是他全部的智性生命——似乎都牵连其中。昔日的旧作在那儿重新为人所接受，重新受到品鉴，重新被细腻地读进心里，也重新被享受一番——简言之，受到信赖，带着如昔日一般满含感激的信念（因为在某一特定事例中，无论这份信念在哪儿意识到疑虑的痛苦，我就会结束这件事，然后就将它抛在外头不去想了）；

然而，为了应有的证明，为了重申其价值，它们同时却仿佛被打通了无数的渠道，遭受到奇异而纤细、隐秘而积聚的力量的穿透。正是因为有如此这般氛围，基于这样的事实，这样一小段丰富的历史，我才被触动，在其中流连忘返。加上前面我略微提及的理由，这么做在某种程度上是追溯一个人"品位"的整个成长过程；而品位，一如我们的祖辈总是说的，是一个受到祝福且无所不包的名字，代表我们内心最深处的许多东西。基本上，只要他内在的诗魂超越了其他方面，诗人的"品位"就是他对生命的积极感受：遵循这一真相行事不背离它，就是握住他的意识迷宫中那条银色的线索。好样儿的，每当他感觉到意识中充塞着再次细读的回声——我如此称呼它们，他自己就会感受到这一点，辨识出它所附带的重要性；就眼前的情况，这情形一次又一次明显地出现在他身上，带给我们很大的启发。我看得出来，当能够取代原文的表达措辞凑巧是诗歌时，这情形最常降临在他身上，但那并不意味着这是特别的例子，因为就算头脑最有限的人也很清楚，对于那些热情地培养生命意象，以及以艺术（它总体来说是很有益的）来投射生命意象的人而言，我们给他的这个称号是大致应用得上且又合适的唯一称号。"诗人"是仅次于下凡神灵的观者与说话者，无论他以何种形式出现；而当他的形式配不上神的时候（无论这形式在名义上、表面上或通俗而言是什么），他就不是诗人了：如果是那样的情况，我们得立刻说，他根本不值一提。他的冲动和激情有多么广博，多么包容，他就有多么配得上它，神也会选择他，更加认可他这美好的职责与名号。这样的能量与激情提供了一个定义条款，使得诗的语言与普通的语言在光的场域里有了一点小小的区别。

　　诗人们，尤其是那些更有魅力的诗人，在手中握着的原有的文本基础之上，"记录"下眼前更新的画面；这样的例子有很多，足以证明那在深处运作着的吸引力——如我所说，意识感受到来自累积的"好东西"的更美好的呼叫，感受到着手处理的兴趣。至于我个人，我马上就要说，经历这次再度发行的整个过程，我意识到"着手"这件事只占据了其中最小的部分：我的双手刚一触碰源头，就已经收获满满；

就这些累积的好东西而言，问题似乎变成了它们坚持一给再给。我的确曾提及，那种慷慨丰沛的情形有某些不足——或者说，起码在某些关联中，我发现自己不管在什么条件下都不太愿意再次接受它们。除此之外，这种获得感常伴左右，不曾停歇；这样的奢侈，开出来的唯一条件仅仅是需要我心智的关注。那些有福气的好东西端坐着，姿态千百种，只要给它新的关照，不管是什么，它都有反应，太令人感动了，好像在和我谈一笔愉快的交易似的，而且用的是尽可能少的字眼。"只要对我们有充分信心，你就等着瞧吧！"——它再复杂也不过那样而已，却会变得令人极其激动，那激越仿佛来自最深的深处。于是我看到了所见之事，以及这些数不尽的页面所清晰记载的东西，我对它们深信不疑。在这趟旅程的每个阶段，我都陶醉于记录下我追索原文时留下的那曲折坎坷的痕迹，这令我陶醉的感觉自始至终都主导着这件事。这情况本身就引出了悬而未决的迷人感受：在具体的情况下，文本中的词语，处于批评的眼光之下，会是什么样呢？是一连串等候着的令人满意的词语，抑或一连串不适合的词语？在更强烈的亮光下，那些不适合的词语却也显得积极而和谐，因为它们反衬了如此之多的妙语和代替的表达方式，就好像一枚硬币的两面一样，展现不同的传奇故事。但是大致说来，我完全没办法预测这些机会、改变和比例；在我行进的同时，它们可能也只会出示本来的面貌；事后的批评，会在它们身上找到引人入胜以及让人惊讶之处，感受到或者失望，或者得意的情绪。上述情况全都明显地意味着，这整件事是活生生的。

  在修订的过程中，新的阅读心得，新的感觉传递方式介入，以获得恰当的整体感觉，其介入的频率就成了作者知性冒险的记录与写照，仿佛精彩的旋律。我们发展出一套不同的度量方式，来判定整体而言什么可以、什么不可以构成一个适合得体的"表达"手法，其所及范围之广总是叫人觉得神奇不已。然而，我最常有意识地问自己的一个问题是，在"修订"引起的新的阅读过程中，可能会产生一些充满自信的、对原表达方式的攻击，作家们如何才能成功抵御？因为在绝大多数例子里都出现了这种攻击的迹象。最终以无上之姿"演示"出来的词语，是百花丛中最中心的那朵，因它自身的一条美丽律法而绽放（一刹那的时间常常已经足够）；任何时刻，在人们几乎还察觉到，或错过它的存在之前，它就已经在那儿了——所以简言之，我认为我们永远都猜不到修订者的秘密是如何运作的，对他而言，此秘密的色彩与香味扰动着气氛，却又立即被理解同化掉了。我们无法预测，很明显也无从得知，理由很简单，我想不出有哪一位修订者曾经谈过这个问题。"没有人做这种事的。"我们记得在提及这个问题的时候，听过这句话被大声宣告过；换句话说，他们不是真的在重新阅读——非也，不是真的，他们的重读，只是看到过去的文章那被埋葬的、潜在的生命力，在重新触碰下，并未颤动出任何后续活动，无论如何都无法打破它已经定性又"陷滞"的表面。基于那样的结论，我要很快补充一句，情势会维持在简单的状态，他们的责任会静卧在他们的作品旁，就像狮子静卧在羔羊旁边一样。或者另外一种情况是，他们事先，而且一成不变地，已经把他们的耳朵、眼睛甚至鼻子全都蒙了起来，不听不见不闻。这后一种策略着实英勇，然而我纳闷的是，它能应用在哪些具体的事例上头。如我所言，在所有作者坦率承认的例子中，这一策略几乎全部是失败的。真正的反修订者（不管用哪种说法）人数当然很多，他们也有满肚子话要说。他们的信念很明显是伟大的，他们内心的宁静与平和也因而受到保护，从不会受到困扰。然而，让我备受引诱、备受折磨的修订者的形象，并非那个半吊子、零敲碎打的修订者，他对修订没有诚意，他的行为也不会产生什么重要的后果。我认为，这个晦暗但绝对有争议性[①]的形象在我眼前徘徊不去，主要是为了挑战我的信念。说到这一点，我们在各式各样有趣的散文体文学的什么地方见过他呢？为何我们都还未被逼到底，就要认为我们得对他有信心呢？

假使我转而寻求某个相反的形象，以获得对照和醒目的效果，我立刻就会遇到一个，那就是巴尔扎克，而且这个形象非常完整，在任

[①] 原文为法语：louche。

何"昔日"的基础上，在任何"昔日"的生活面前，不存在任何缺失。巴尔扎克遭受到了那些替代词语再度发动的攻势，被更精细的渠道重新穿透——我们知道，这些都在他身后以非凡的速度生长着；他从来不曾看尽或说尽，也不曾停止奋力向前。他的情况具有同等的分量和权威——无论如何，我在其阴影的保护下，搜寻这些说法里比较简短的剩余部分。同时我们必须记得，我们对业已感知的结局的最伟大呈现，我们的虚构散文体书写最丰富、最庞大的遗产，都应归功于他的敏锐善感的永不绝灭的运行。对我来说，这情况本身就增强了关于那些重读过程中复苏的、产生的意象这一问题的兴趣——我自己个人的幸运经验（都是众人皆知的事情），倒是没有给我多少可想的东西，这一点我的读者很容易就能懂。恐怕在他看来，我简直是全神贯注于那一大堆晦涩难辨的东西；它们无疑是晦涩难辨的，因为其中包含了许多种微妙的事物，有的羞涩又虚幻，有的难以探究，有的无法解释，正是它们照看着那些既深邃又相当有把握的变化过程。不论什么情况下，近在眼前的演变就足够欺骗你或者让你着迷了，不用去探测那些陌生甚至很可能深不见底的水域。然而，心灵的愉快扰动和心绪不宁依然是振奋精神的来源，所以当我们焦躁不宁的时候，会有一句话在那里重复低吟："但愿可以重写一次，但愿可以还一个公道给粗糙外表上的补丁，给那一点点很用心地保持得体的东西；它们悔不当初地责备着过往的愚蠢，吸引着人们的关注。"这样的反思，这样的渴求，我说，终会在某些时刻达到顶峰，发挥积极的作用。例如，它无疑在《美国人》中的很多地方达到了最大值。小说中有许多处理得不尽人意之处；鉴于既有的元素与本质，小说的主题愤愤不平，就好像长期穿着一件不合身的衣服，而且绣工低劣，完全配不上自己；这长久积存的不满，就因而发出了最恰如其分的悲叹。相反，在《专使》和《金钵记》等总体上以更好的文学书写方式呈现的作品面前，那种强烈的诉求，那种希望获得惩罚性损害赔偿或最起码文学公道的主张，就缩小到消失不见了。这样的作品还有很多，我还可以添进好几部篇幅更短的作品，将此书单大大扩增一番。

无可避免，在《美国人》里，良好的意愿被不可依赖的表现手法所欺骗，再加上太过迟到的经验，无法实施；《一位女士的画像》和《卡萨玛西玛王妃》的情况也的确如此，只是稍好一点。我只能一面走着——我是指阅读，一面在幻想中考虑整个过程；可以这么说，我把它沉浸在这幻想的媒介中，希望凭借评论家更新、更敏锐的感知的微妙运转，我重新面对过去的各种灾祸、意外事故、旧的伤口、损毁以及毁坏的容颜，就不是白白浪费气力。对于这个作品集里的很多其他作品，长的也好，短的也好，这样一个重新审视的过程所产生的效应也一样；我祈祷着更好的形式所散发的更细腻的气氛，足以在它们周围徘徊不去，并将它们修饰一番——起码是为了那些对气氛和形式充满好奇的读者，不管是否只有寥寥几人。我承认，在这一点上，在这最后几句话里，我觉得没有任何事比试图在这里散播几丝光线让我觉得有更压倒性的关联性。在这些光亮中，我的一些意象顽固而沾沾自喜地重复着，而其他一些意象则根据它们的种类和规则，欢乐而羞涩地更新着自己。这两者无疑都是内心无愧的方式，虽然对我而言，整体来说，一如我似乎弄清楚的，观看这意象的更新，其兴味之活跃，要远胜过一般接受的重复。我最想问的是，这件事就最糟糕的情形而言，也不过是急着想邀请读者和我一起再次做梦，目的是让他更多地吸收我的感觉，不是吗？重新阅读自己的作品，就自身来说，最重大的结果更多的是这样的感觉，在自己全部心力汇集而成的深海中，我的重读就好像漂流其中的闪着银光的鱼，而非抛撒一张最宽的鱼网时所能捕捞到的渔获量；而作家通常的好意殷勤会指出一条让那一感觉更具感染力的最好路径——张美妙地纠缠在一起的网，它或许不如皇冠般辉煌，但那是作者用自己内心所珍视的信心编织的，那信心来自他的邀约或想象。他要回报那样的信心，因此是绝不可能对自己质押出去的名誉放任不顾的。

对作者而言，最理想的好方法，是在任何方面增加所有可能的娱乐来源——或者，再说得更大白话一些，要增加他所有得到乐趣的机会。（一切全都可以回到这个词上头，你的和我的"乐子"——假使我们对这个词做最大的意义延伸，回到这乐趣的产生过程上去，其中即便是最渺小的问题，诸如抑扬顿挫的细微差异或一个逗点的位置，都并非与之无关。）我们必须考虑一下再现的价值及其运作方式，而再现的价值，其重要的部分，就在于把提供给我们的东西当成具有若干面向的可见之物——尽最大可能地将它们转化为表象、图像、形体、物体等许多在构建这个世界时非常重要、非常基础的东西，以便在我们冒险前行的每个转弯处，在这再现性表面的每一个点上，都能立即感受到这一情况所产生的效应。我们需要向任何足以被称为展示的力量敞开大门，以看到那个将事物图像化且能胜任其工作的代理如何被立即召唤出来，发挥作用，战胜困难，奋勇前行。那样的笔触直接唤起画面并细腻地加以呈现，以获得相似性，获得吸引人的力量，获得说服力，制造逼真的幻觉，达到沟通的效果。我们也许会遇到大量的貌似展示性的文字，然而其中，一言以蔽之，这样的笔触却彻底缺失。这一切当然意味着，用寻常的话来说，读者被"出卖"了——可怜而又温顺的人啊，甚至在他读着自己该有的权益条款、被哄骗得糊里糊涂的时候，可能也只隐约知道点状况而已。出于同样的原因，我担心，他在大多数时候对其他事情也缺乏敏感性，特别是在阅读这件事上，他确实遭受欺骗，他所质押的东西不能确保他得到最尽兴的享乐，因为这样的体验只能从通过上述的诉求，从直接阅读里获得。几乎不需要提及的是，对于任何用"诗"——就这个词最广泛的文学意义来用它——的光芒构思出来的文学形式的最高考验，如果它无法以口述①的语言，用出声的阅读来表达，这种考验就该抽身而退，没有任何宽恕的借口。当然，我们在这里谈的并不是非诗歌形式，而是那些为了最高价值而要求有想象力、要求有心灵和美学图景的形式，是一颗被符咒与咒语俘虏的心灵，是一门难以估量的艺术。这种形式最重要的特色，就是它会将其最精致和难以计数的秘密释放出来，而且是以最感激的心，在最紧迫的压力之下释放出来——这压力就来自

---

① 原文为拉丁文：vivâ-voce，指活生生的语言，引申为从嘴巴说出来的话。

关注，来自清楚地发出声音的阅读。而对于那种无声的、"安静的"阅读，就让它尽可能多地去回报吧，能给多少就给多少，它依然会把自己的机会和成功"搞砸"，这挺令人难过的，依然不把心中升起的一股兴趣当作一回事，老实说，它向来没办法冷淡漠视那份兴趣，因为它没有先妥善安排自己，好将此效应所开出的花朵，归功于如此美好地向它索取最多的领悟的行动与过程。它于是准确无误且漂亮地给出了最大的回应，因为我没在别的地方见过下面这种奇怪的说法得到证实，即有趣的文章的正确价值，要全仰赖不彻底的检验——很抱歉和羞愧地说，仰赖于对它的粗略的、跳跃的、匆促的、稀里糊涂的阅读。居斯塔夫·福楼拜对这种关系有过一个绝佳的说法——意思是，任何的充满意象的文章，倘若它未能丰厚地回报有效的、允分的、出声的阅读，它就应被列为错误，因为它没能让自己处于"生活的种种景况之中"。整体来看，我们越是待在它们之中，就越能掌握更多的乐趣；其道德教训是（就这一点还有其他五十件相关的事可以说说），我发现修订著作一步步强化了我内心的那股冲动，急着想要很亲密地用我自己的方式，去回应那些生命的景况。

所有这些无非是说，生命全程的行进是由已做过的事情构成的，那些事回过头来也会引起其他事，因而我们的行为和它结出的果实，本质上是一体、连贯、持久且无法遏止的，所以这行动有属于它自己的坚持方式、展现方式以及证明方式，也因此，在它和我们数也数不尽的行动之间，不存在任意的和毫无意义的区隔。我们越是有行动力，就越少为这种差异进行辩护；不管有任何能力，我们很快就能认清楚，要将事物"安顿"好，就永远是要怀着责任感去做它们。我们对它们的表达，我们借以了解它们的那些术语，这些几乎都属于我们的行为和生活，如同我们的自由中所包含的其他特征一样；事实上，这些事物会产出最精巧的材料，以供"实干"这一宗教来使用。不仅如此，我们的文学行动还享有我们的许多其他行为所不具有的那种显著好处，也就是说，即使它们前行进入这个世界，甚至在沙漠中迷路，它们也不会因此迷失自己；它们与我们的依附和指涉关系，不论有多紧张勉强,都不需要非终止不可——只要有那条绳子将我们和它们拴在一起,我们就可以做几乎任何自己喜欢的事情。换句话说,不论我们是否愿意,我们注定要抛弃许多至关重要的或社会性的行为并承受结果,我们注定要忘记它们,与它们断绝关系,并任由它们荒废——因为那些踪迹、记录和关联性,那些我们乐于保存的种种纪念物,我们几乎不可能将它们从那个大杂烩里解救出来。就算我们不愿意,我们还是会放弃它们——这并不是一个可以选择的问题。而另一方面,在文学行为这个更高、更值得重视的序列中,情况就不一样了,那些我们确实"做过"的事情,的确给了我们放肆地切断关联、断绝联系的权利,同时却并不把这一必要性加诸我们身上;也就是说,我们可以不再理会它们,却也并非一定要如此。我们和它们的关系在本质上是有迹可寻的,正因如此,我们觉得,艺术家享有无与伦比的奢华。不要背离他所相信的价值,不要"放弃"自己的重要性,一切全都在他自己。不要因为人们行为的一般模式,而甘愿被切断与已完成文本的联系,他必须感觉自己并未被切断;他最轻的触碰就能让整条关系与责任的锁链再次建立起来。因此,假使他总是在做事,那么按照他自己的衡量标准,他就几乎永远都不可能做完。这一切对他而言如同报复行为,因为它受到的是细致而公开的验证。我们受到注目的行为大抵是不尽人意的,因为它永远都会脱离我们的控制;我们不得不一次又一次地同意它赤裸现身——也就是说,经不住批评。但是,在任何地方,所有自称由一系列精妙法则控制的行为,都受到一个至高真理的支配——其谕令为:艺术若是没有示范性,那它就不足为道;艺术若不积极主动,那它就是什么都不在乎;艺术若是没有一贯性,那它就什么都无法完成;被证实的错误是恶劣的辩护行为,无助的悔恨是于事无补的评论,而"关联性"可以被应用在比仅仅瞠目结舌地悔恨更好的目的上。

亨利·詹姆斯

(姚小虹 译 陈丽 校)

目录

卷一　王　子
第一部　/ 3
　　第一章　/ 3
　　第二章　/ 19
　　第三章　/ 33
　　第四章　/ 46
　　第五章　/ 65
　　第六章　/ 76

第二部　/ 90
　　第一章　/ 90
　　第二章　/ 102
　　第三章　/ 110
　　第四章　/ 119
　　第五章　/ 135
　　第六章　/ 147
　　第七章　/ 159

第三部　/ 169
　　第一章　/ 169
　　第二章　/ 183

第三章　/ 190

第四章　/ 198

第五章　/ 206

第六章　/ 216

第七章　/ 224

第八章　/ 231

第九章　/ 241

第十章　/ 251

第十一章　/ 262

卷二　王　妃

第四部　/ 281

第一章　/ 281

第二章　/ 292

第三章　/ 307

第四章　/ 321

第五章　/ 331

第六章　/ 342

第七章　/ 356

第八章　/ 367

第九章　/ 377

第十章　/ 396

第五部　/ 411

第一章　/ 411

第二章　/ 426

第三章　/ 440

第四章　/ 455

第五章　/ 468

第六部　/ 482
　　第一章　/ 482
　　第二章　/ 493
　　第三章　/ 504

后　记　/ 515

卷一　王　子

第 一 部

第 一 章

想到他的伦敦啊，王子心情就很好。跟现代罗马人一样，他认为比起他们留在台伯河①旁边的那个古老国度，泰晤士河②河畔景象中所呈现的真实性更令人信服。古城传奇受到全世界的颂扬，他成长于此熏陶之中；但是他看得出来，相较于当代的罗马，此时伦敦才真有那种气势。他心里想，假如问题关乎帝国霸权③，或是说身为罗马人，希望能重温一点儿那种感觉，那么伦敦桥④上是个好地方；甚至五月天的晴朗午后在海德公园角⑤也行。我们谈到他此刻，引领他脚步前进的倒不是因为对这两个地方其中哪一处有所偏好，毕竟也说不出个所以然来；他就这么游荡到邦德街⑥，在这儿他的想象力没法发挥得太好。有的时候他会在橱窗前停下脚步瞧瞧，里面的东西是又大又笨重的金银制品，有着各种形状，镶着宝石；要不然就是皮革、钢铁、铜等等材质的数以百计的东西。有用的、没用的，全都堆到一块儿，仿佛被傲慢的帝国当成从远方掠夺来的战利品似的。这个年轻人的动作显示出，他并没有刻意注意着什么——因为那件事的缘故，甚至连在人行道上，那些从他身边经过的一个个引人联想的脸庞，都没能令他多注意一会儿。那些脸有的遮在巨大的、装饰着缎带的帽子阴

---

① 台伯河（Tiber）是意大利第三大河，发源自亚平宁山脉（Apennine Mountains），罗马城建立于该河东岸。
② 泰晤士河（Thames）是英格兰南方的主要河流，流经伦敦市的中心。
③ 原文"Imperium"在古罗马时代可以指个人的权力，例如有投票权或被投票权；另外也可以指领土，因此也有帝国（empire）的意思。
④ 伦敦桥（London Bridge）横亘于泰晤士河之上。
⑤ 海德公园角（Hyde Park Corner）位于伦敦海德公园（Hyde Park）的东南角，是一个重要的交通路口；公园道（Park Lane）、骑士桥（Knightsbridge）、皮卡迪利大街（Piccadilly）、格罗夫纳街（Grosvenor Place）及宪法丘（Constitution Hill）五条街道在此交会。
⑥ 邦德街（Bond Street）是位于伦敦的一条购物街道。

影下，有的更显雅致地遮在紧绷的丝质阳伞下；她们用诡异的角度撑着伞，等着小马车。王子漫无目的的思绪可不能等闲视之。因为尽管季节即将转换，街上熙来攘往的人群也渐渐消散，但这八月天的午后，那些引人联想的脸庞仍是此景中的特色之一。他太烦躁——那是事实——根本没办法专心，要是说有什么事跟他刚刚想的有任何关系的话，那就是"追求"这件事。

他已经追求了六个月之久，这是他这辈子不曾有过的事。我们和他在一块儿就知道，真正让他心浮气躁的，是要如何使人认为自己行之有理。追求最终会有战利品——或者他的另一个说法是，成功会奖赏有德之士。他想到这些事情，这会儿不仅无法开心起来，而且相当严肃。他五官长得匀称庄重而又英俊，神情却流露出好像在失败时才得见的肃穆，但很奇怪，他的表情同时又显得几乎是神采奕奕的。他深蓝色的眼睛、暗褐色的胡子，加上表达的方式，以一个英国人的眼光来看不像个"外国人"，反倒是有时候会被随意地凑合当成"有教养"的爱尔兰人。他的命运几乎已经确定了，那是不久前、不过三点钟才发生的事而已。就算想要假装对此事毫无异议，他当下还是有种感觉，好像牢固得不得了的锁，却插着一把冷酷的钥匙，嘎嘎作响。接下来倒是没有什么要做的，只觉得已经完成了某事，而我们这位主人公漫无目的地四处游走之际，正是感觉如此。仿佛他已经结了婚似的，三点钟的时候律师已经确确实实把日子给敲定，只剩没几天的时间。八点半他要和这位小姐用餐，伦敦的律师们已经代表她和她的父亲和他的法律代理人卡尔代罗尼于一派和谐气氛中达成协议。可怜的卡尔代罗尼才从罗马来又要赶着离开，这会儿一定正不可思议地被魏维尔先生亲自带着"看看伦敦"。魏维尔先生从容地处理着自己的数百万钱财，竟也担起这种小事，因为他做事的原则讲究互相有来有往。说到互相这一点，在这短短几分钟里最令王子吃惊的是，卡尔代罗尼竟得以有魏维尔先生陪伴一同观看狮子。假如有哪件事是这位年轻人此刻很清楚最想要做的，就是比起其他一堆与他有着相同身份的家伙，他要表现得更像个中规中矩的女婿。他想着这些家伙，他和他们在讲英文这一点上就颇为不同。他在脑子里用英文的词汇来描述自己的不同，那是因为早在最初幼年时期，他已经熟习这门语言，也因此他嘴里说的、耳里听的都没留着陌生的口音。他觉得这样在生活上很便利，可以有最广的人际关系。奇怪的是，他甚至觉得这样一来，连处理自己的关系都很方便——虽然他不是那么大意，不懂得随着时间过去，可能有其他人，包括更亲密的那个人，也许一股脑儿地说着更多的方言，或是把它说得更精炼……会是哪一种情形呢？魏维尔小姐曾对他说，他把英文讲得太好了——这是他唯一的缺点，而他即使想顺着她，也没办法讲得糟一些。"你知道，假如我想讲得糟一点儿，我就讲法文。"他这么说过，透露出依然是有差别的，因为那门语言无疑地最容易招惹不满。女孩记得这个话也让他知道，想到她自己的法文，她可是一直梦想着不仅要把它说好，还要说得更好；此外，他也清楚地感觉到在惯用语这部分，人得机灵些才行，这点她是无法办到的。王子对这类说法的回答是——温和、迷人，就像他回答各方有关他对这些新的安排一样——他正勤练美式英语，以便能恰如其分地和魏维尔先生谈话，宛如他们是平起平坐一般。他说他未来的岳父口才极佳，那会令他讨论任何事都居于下风。除此之外，他……呃，除此之外，他也把自己全部观察里的其中一个看法告诉那女孩，这让她大为感动。

"你知道，我认为他是个地地道道的正人君子①……'错不了'。多的是假装出来的人。他简直是我这辈子见过的最好的人了。"

"嗯，亲爱的，他哪里会不是呢？"女孩问得好开心。

王子所想的正是这一点。那些物品，或者说，很多的物品，看来都足以使魏维尔先生被批浪费；但另一方面，他的其他事情，就这位年轻人所认识的人而言，都达不到那样的成就。"嗯，他的'外形'吧，"他回答，"有可能会让人看不出来。"

"爸爸的外形？"她可没见过，"我觉得他什么形都没有。"

---

① 原文为意大利语：galantuomo。

"他没有我的形……甚至连你的形也没有。"

"真谢谢你的'甚至'啊!"女孩嘲弄着他。

"喔,至于你的嘛,亲爱的,可是好极了。不过你父亲有他自己的样子。我已经看出来喽。所以别怀疑。那就是他所散发出来的——重点在这儿。"

"他所散发出来的是善良。"我们这位小姐听到这儿不服气地说。

"啊,亲爱的,我想任谁也散发不出善良的样子。如果是真善良,它反倒会谨慎地隐而不露才是。"他颇热衷于自己的鉴别力,觉得挺有意思的。"所以不是。那是他的风格,是他所独有的。"

不过她依然很想知道。"是美国式的风格吧。没别的了。"

"正是如此——没别的了。那就是我的意思!那很适合他——所以,那对于某些事一定是有好处的。"

"你认为那对你有好处吗?"玛吉·魏维尔发问,面带微笑。

对于这个问题,他回答得再好不过了。"亲爱的,我感觉不出来你是否真的想知道,现在还有什么事可以伤害我或是帮助我。我就是这么个人罢了——你会亲眼看见的。但这么说吧,我是个正人君子——这点我是很衷心希望;我充其量就像只鸡一样,被剁成块、盖满酱汁;像奶油焗鸡①一般煮到入味,剩下的一大半都拿掉不用。你父亲则是一只在养鸡场②里跑来跑去放养的鸡。他的羽毛、他的动作、他的声音——就是我被拿掉的部分。"

"哎呀,说得也是……因为总不能把一只鸡活活吃掉吧!"

王子对这说法并无不悦,反而觉得不错。"嗯,我正把你父亲活活吃掉——只有这个办法能尝尝他的滋味。我想吃个不停,而且他用美式英语讲话的时候,最是显得神气活现的,所以啊,我一定得多花些心思在这上面,才会更有乐趣。其他任何语言都没法让别人这么喜欢他。"

---

① 原文为法语:crême de volaille。
② 原文为法语:bassecour。

尽管女孩不断提出异议也没什么关系——那不过是她在开心地玩闹罢了。"我想,就算他讲中文也能让你喜欢他。"

"倒不必这么麻烦了。我的意思是,他是什么人得归结于他根深蒂固的语调。我喜欢的当然就是那个调调喽……那使他变得好相处。"

"喔,在你受不了我们之前,"她笑着说,"你会听个够的。"

只有这一点真的令他稍稍皱起了眉头。"这是什么意思啊,拜托,你倒是说说看,我会'受不了'你们?"

"哎,等你把我们全部看透了。"

他总能轻轻松松地把它当成玩笑话。"啊,我亲爱的,我就是这么开始的呀。我知道的够多了,多到我觉得再也不会被吓着。倒是你们自己,"他继续说,"才真的什么都不知道。我有两个部分,"没错,他开始侃侃而谈,"一部分是由其他人的历史、所作所为、婚姻、罪行、荒唐和极大的愚蠢① 所构成——特别是他们无耻地把所有原本该归我的钱都给浪费掉了。那些事都有记载—— 一列列的书册成排摆在图书馆里;令人憎恶的事就这么大肆公开着。每个人都查得到它们,而你们两位却直接当面看着它们,真是奇妙。不过还有另外一部分,是小得多没错,可是代表我个人,既不为人知也微不足道,林林总总个人的事——我是微不足道,只有你们不这么想。这方面你们倒还没有发现什么。"

"算是好运吧,亲爱的,"女孩说得很有勇气,"届时我这份已经敲定了的职位② 会变得如何呢?"

这位年轻人到现在依然记得她说话时,美丽的模样看起来多么特别,多么清晰……他想不出其他的说法。他也记得他接着回答了她的问题:"最快乐的朝代,是没有历史的朝代,你知道我们是这么被教导的。"

"呵,我才不担心历史呢!"这一点她挺确定的。"如果你喜欢,

---

① 原文为法语:bêtises。
② 原文中"occupation"可以有两种解释,其一是指她与王子结婚后会获得的王妃身份;另外也可以说,她的工作就是了解王子到底是怎么样的一个人。

那就叫它是糟糕的那一部分好了——那一部分确实让你很醒目。还有其他什么事,"玛吉·魏维尔也说,"会让我一开始就想到你?可不是那个——我想你应该已经看出来——你说的不为人知、林林总总个人的事,你那个特别的自己,而是你背后的历代祖先的荒唐和罪行、掠夺和浪费的事迹——尤其是那位邪恶的教皇最为残酷,你家族的图书馆里有好多本书,都写着他的相关事迹。就算我只看了两三本,也一定会忍不住想看更多其余的部分——只要我一有时间。所以说,没有了你们的历史档案、编年史、不名誉的等等事迹,"她又对他再说一次,"你又会在哪儿呢?"

他回想起他对这段话答得颇为严肃。"我的财务状况可能会好些吧。"但至于问题中提到真实的他为何种面目,对他们而言其实无关紧要;他深深沉浸于自己拥有的优势,也就不在意那位小姐说了什么话。他正在水里飘飘然的,那些话不过是给水添加香甜的气息罢了——好像从一个有金色顶盖的小瓶子里,倒出些许香精来,微微将水晕染,让洗澡水变得香喷喷的。他可是第一个,从来未曾有哪一个人——甚至连那个无耻的教皇在内——可以好端端地坐着,让这样的洗澡水直漫到脖子上面。这表示他是家族中的一员,毕竟仍无法脱离历史。除了历史,特别是他们的历史,哪有什么能确保享用更多财富,多于当初建造宫殿者所能梦想的?这就是使他挺住的原因,而玛吉偶尔也在其中洒一洒她的精致的彩色水滴。它们的颜色……到底是什么呀?不就是非凡的美国式真诚吗?它们是她天真的颜色,然而同时也是她想象力的颜色;他们的关系以及他自己与这些人的关系中,布满她的想象力。那个时候他又说了些话——我们看到他一面闲荡,一面捕捉着自己思绪中的回音——他想起自己又说了什么;他幸运的地方在他的声音,那声音总让人听了舒坦。"你们美国人真是浪漫,简直到了令人难以置信的地步。"

"我们当然是啊。正因为如此,所有的事我们看起来都很好。"

"所有的事?"他纳闷地问。

"嗯,所有的事,只要是好的。这个世界、这个美丽的世界——或者说这个世界里面所有的事,只要是美的。我的意思是我们看了好多好多。"

他看着她一会儿——他很明白,说到这个美丽的世界,她带给他的感觉就是其中那个很美的也是最美的事物之一。但他的回答是:"你们看太多了——有时候那可能使你们变得难相处。不过呢,要是你们没看得太多,"他想了想,做了点儿修正,"你们又会看得太少了。"不过,他倒是自认为颇了解她的意思,他的警告也许只是多此一举。他已经见识过浪漫性情做出来的荒唐蠢事,但他们倒是看不出来有什么愚蠢的地方——认了吧,看出来他们只是天真的享乐、了无挂虑的享乐。他们的乐趣对别人是一种礼赞,但又无损于自身。他心怀敬意地提出,唯一有点儿怪的就是她父亲,虽然年纪更大,更有智慧,又是身为男人,但好的程度和她一样,不济的程度也相同。

"哎呀,他比我好,"女孩如此宣称,没什么避讳,"那也是他比较糟糕的地方。他和他喜欢的那些东西之间的关系——我认为这样挺美好的——绝对是浪漫的。他在这儿整个生活也是——那是我所知道最浪漫的事了。"

"你是指他想为他故乡做的事吗?"

"是呀——那些收藏,那个他希望捐赠的博物馆,你知道的,他满脑子都在想这件事。他一辈子心力都花在这上面,这也是他做每件事的动机所在。"

这年轻人的真实心情,大可使得他再度露出微笑——笑得很微妙,就像他那时对她展露的微笑一样。"使我拥有你也是他的动机吗?"

"是呀,亲爱的,没错——或者说,多少有点儿这个意思,"她说,"顺便一提,美国市①并不是他的故乡,因为和他比起来,它还年轻些……年轻一些啦,虽然他也不算老。他在那里发迹,对它有份感情,而且他说过,那地方发展得好像慈善演出的节目表似的。无论

---

① 美国市(American City)为虚构的都市名。

如何，你都是他收藏品的一部分，"她解释着，"一件只能在这里找得到的东西。你很稀有，是件美丽的物品，也是件昂贵的物品。你也许不是绝无仅有，但是你很有意思、出类拔萃，其他人太少像你一样——你属于一个阶级，有关它的大小事人们无所不知。你是他们所谓的精品①。"

"我懂了。我带着斗大的标志，"他大着胆子说，"上面标明我价值不菲。"

"我一点儿都没有想到，"她回答得很严肃，"你的价值是什么。"这一刻他好喜欢她说话的样子。这一刻甚至连他也觉得讲这些太俗气了。但他依然尽量把握住这个机会。

"假设问题是卖掉我，你难道不会发现吗？我的价值在那种情况下会被估量一番。"

她用她迷人的眼神笼罩着他，好像他的价值就在她眼前，一目了然。"没错，假设你是指，我宁可付钱也不愿失去你。"

这一点使得他又接着开口说话。"别再谈我啦……你才是不属于这个时代的人。你是更勇敢、更有教养的人，就算把你摆在十六世纪②最辉煌的时刻，也毫不逊色。逊色的人是我，要是我对你父亲已经到手的东西认不得几件，我担心会受到美国市里那些专家的批评。反正你是想，"然后他一脸悲惨地问，"把我送到那儿以策万全吗？"

"嗯，我们大概不能不去。"

"你想去哪儿我就去哪儿。"

"我们得先看看情况——只有非去不可的时候才去。有的东西，"她继续说，"爸爸没放在这里——当然是些又大又笨重的东西，它们被贮藏着，他已经贮藏了一大堆又一大堆，在这里还有法国、意大利、西班牙几个国家，放在仓库、地窖、银行、保险箱等等很隐秘的地方。我们就像一对海盗——活脱脱就像舞台上演的；那种海盗来到

---

① 原文为法语：morceau de musée。
② 原文为意大利语：cinquecento。

埋藏宝藏的地点之后，会向对方眨个眼睛，还要说'哈哈!'，我们埋的宝藏几乎到处都有——除了那些我们喜欢看的，我们在旅行的时候就带着它们。这些东西，比较小件的，我们会尽量拿出来摆设，好让我们待的旅馆或租来的房子模样没那么难看。当然是有些冒险，所以我们得一直留意着才行。但是爸爸就爱精美的东西，像他所说的，爱它的优质；为了能有些他的东西来作陪，他愿意冒这个风险。我们倒是一直幸运得不得了。"玛吉是这么说的，"我们没掉过任何东西呢。最好的东西往往都是最小的。你一定知道，价值在很多情况下跟大小一点儿关系也没有。不过，任何东西，不管有多小，"她如此总结，"我们都没掉过。"

"我喜欢，"他听到这里笑了，"你把我摆在这个等级！那些你在旅馆拆开的小东西里，我是其中一个；再糟也不过就是待在租来的房子里，像这个房子就很棒了，可以把我和家族照片、新的杂志摆在一块儿。但是东西不能太大，否则我一定会被埋住。"

"喔，"她回答，"除非你死了，亲爱的，才会被埋起来。当然啦，如果你把到美国市这件事称为埋葬。"

"那我得先看看我的坟墓之后，才能说是不是。"有个看法从一开始就在他唇边，却一直压抑着，但现在他又想起来了；若非如此，他会照着自己的意思结束他们的谈话。"不管是好，是坏，或是无所谓，我都希望能有一件事，是你可以相信我的。"

话说得连他自己听起来都颇为凝重，但是她倒一派轻松地带过。"哎，别把我就这么定在'一件'事上面！你的事情我相信得可多了，亲爱的，就算大部分都粉碎破灭，仍足以留下少少的几件。那可是我一直关照着呢。我把对你的信心分装进密不透水的船舱。我们务必要想办法，可不要沉了。"

"你真的相信我不是伪君子？你看得出来我既不撒谎、不假装，也不会骗人？那也是密不透水的吗？"

这个问题他说得颇为激动，他记得她愣了一下，红了脸，仿佛这些话听在她耳里实在怪透了，这颇出乎他意料之外。霎时他了解到，任何触及真诚、忠贞,或是不真诚、不忠贞的严肃话题,都会让她措手不及,好像她不曾想过似的。他以前已经注意过这种情形:那是英文的关系,这种美式的话语使得口是心非这档子的事,就像"爱"一样,说的时候得开开玩笑才行,没办法"细究"的。所以说,他的提问算是……呃,这么说吧——草率了些;只不过,犯这个错倒也值得,因为看看她不由自主地、努力搜寻着稳当的答案,那副模样简直夸张而又滑稽。

"密不透水——船舱里就数它最大?哎,它是最大的客舱,是主甲板,是引擎室,也是服务员的食品储藏柜!它就是这艘船本身——这整个运输公司。它是船长的行程表,是一个人的所有行李——在这趟旅程里要阅读的东西。"她脑中有的那些图像是来自轮船和火车、熟悉的"航程"、派遣的"私家"车辆以及游历几大洲和海洋这类经验,那些事他目前还难以企及;他仍有待见识见识现代化的巨大机械和设备,但是以目前情况来看,可以想见它们未来势必会充斥于他的生活中,对于这一点他倒是坦然接受。

尽管他对这桩亲事甚感满意,也觉得他的未婚妻很迷人,但事实上构成我们这位年轻人"罗曼史"中主要部分的,正是他对那件家具的看法——这在某种程度上使他心中产生了落差,他挺聪明的,自然有如此感受。他是挺聪明的,觉得要相当谦卑,希望没有表现出丝毫的强硬态度或是索求无度,交易的时候也不坚持只对自己有利;总而言之,就是警告自己不可显得自大和贪婪。但他操心的最后这件事其实挺怪的——从这点倒是可以看出对于其他危险,他心中所抱持的态度大致为何。他认为他个人并没有上述的败德情事——那是他很有利的地方。从另一方面来说,他家族中那类勾当可多着呢,不管如何,他彻头彻尾都是他家族的成员。它们表现于他身上,便如同一股甩也甩不开的气味,让他的衣服、整个人、双手,还有头发,都好像浸过什么化学药水似的:虽然说不出哪里特别,但是他觉得自己老是摆脱不掉这点。他很清楚自己出生之前的家族史,每个细节都一清二楚,这件事倒是让他未来的路更加顺畅。他心想,这么丑陋不堪的事他都能坦然加以批评，其中部分原因，难道不是希望能培养谦卑的胸怀吗？他刚刚采取的这个重要步骤，难道不就是希望能有些新的历史，而且只要一有机会——必要时当场没面子也在所不惜——不就可以对照那部旧历史了吗？如果这些起不了作用，那他就得另外有不同的作为才行。总是心怀谦卑的他再清楚不过了，要成得了大事，得靠魏维尔先生的万贯家财。他身无长物，什么也做不成；他之前努力过了——只得寻寻觅觅，然后认清真相。他很谦卑，但同时又不是那么的谦卑，仿佛他了解自己颇为轻浮，也挺蠢的。他有个想法——研究他的历史学家会觉得这个想法挺有趣的——明明已经知道情况为何，却仍然笨到去犯下错误。他这么一来也就没做错了——他的未来可能和科学有关。他本身是怎么都挡不住这件事的发生的。他是站在科学这一边的，因为科学不就是靠着钱才得以公正无偏颇的吗？他的生活将会充满机器，一帖对于迷信的解药，那对于文献的记载结果，或者说，对它所散发出来的信息而言，太重要了。他想到这些事——想到他不至于全然徒劳无功。想到他毫无异议接受即将到来的时代发展——弥补一下失衡状态，因为人家对他的看法是如此不同。等他发现自己真的相信，他已经不再在意徒劳无功这档子事的时候，才是最令他感到畏缩的时刻。就算有此信念，想法又荒谬，他依然能过得不错。这散漫的心境就是魏维尔一家的浪漫情怀。可怜又可亲的人啊，他们真的不懂，处于那种境况——徒劳无功的境况——到底是怎么一回事。他懂——他见识过，尝试过，也了解它的轻重。想起这件事其实只是拿来遮掩——就好像他一面走着，眼前出现一家店铺的百叶铁窗一样，在这无精打采的夏日早早关上，只要转动某个把柄，它就哗啦哗啦地下来了。那也是机器，跟厚玻璃板一样都是钱，也都是权力，有钱人的权力。嗯，现在他也身在其中，属于有钱人的一员，他是他们那一边的——要是能说成他们是他这一边的，那就更让人快活了。

不管怎么说，他一面走路，心里一面咕哝着的就是这类事。它大可说是挺莫名其妙的——因为这么个原因而有了这么个心情——要不是它多少符合此时此刻的沉重，也就是我开始记录的这份沉重压迫感。另一个特别的地方就是，从家乡来的代表团即将抵达。明天他要在查林十字①和他们见面：他弟弟，比他早结婚，但是他太太目前情况不适合旅行，她是犹太人，带来的嫁妆给这桩勉强的婚事镀了层金；他姐姐和她极度英国化的米兰人丈夫；一位母舅，外交官中最乏人问津的就属他了；还有他的罗马表哥唐·奥塔维奥，当过代表，也是亲戚中最有空的②——虽然玛吉要求婚礼尽量简单，也不过就这几个亲人来陪他进礼堂。这根本谈不上大阵仗，但比起新娘那边带得出的可能人选，这些人还真的明显算是多的。她没什么亲戚可以挑选，也没有随便发邀请函来加以弥补。他觉得这位小姐处理此事的态度挺有意思的，他也完全尊重她；这事仿佛使他得以一瞥她的眼光如何，而她的眼光正好和他的品位一致，这可令他欣喜不已。她解释过，她和她父亲没什么有血缘的亲戚，所以他们并不想做作，请一些人到现场假装亲友，或是去大街小巷随处搜寻。呵，没错，他们往来的朋友是够多了，但结婚毕竟是件私人的事。当你请了亲戚之后，也会请朋友来。你不只是请他们人来就好，还要他们为你遮遮掩掩，要他们假装成另一种人。她知道自己的意思，知道自己喜欢的是什么，而他会毫不迟疑地全盘接受，并在这两件事上见到好兆头。他期待，也很渴望她具备做他妻子该有的性格，越多越好，他一点儿都不担心。他早些年已经和很多具有此性格的人打过交道，尤其有三四个还是神职人员，其中首推他当红衣主教的叔祖，叔祖曾负责他的教育，也亲自教过他：这一切对他未曾有过不快的影响。所以他相当盼望，这位就快要和他成为最亲密伙伴的人能有此特色。只要这特色一出现，他便要鼓励一番。

因此，此时此刻他觉得，仿佛他的文件皆已就绪，仿佛他的户头都没有赤字了，这是他一辈子都没有过的情形，然后他可以啪的一

---

① 查林十字（Charing Cross）位于伦敦中心区西敏市（Westminster）。
② 原文为法语：disponible。

声，把投资资产表给合上。等那群罗马来的人抵达之时，它当然会被再度打开；甚至连今晚他在波特兰道①用餐时，它也可能再被开启。魏维尔先生在那儿搭起了帐篷，就像是亚历山大大帝的帐篷一样，陈设着从波斯王大流士②那里抢来的宝藏。不过，如我所言，使他产生危机感的是接下来的两三小时。他一会儿伫立在角落，一会儿伫立在十字路口，想法一波接着一波涌现；我一开始就在谈的那个想法，来得又急又清楚，却也朦胧得望不到尽头——那个想法就是想为自己做点儿什么。什么都好，免得来不及。要是他和身边任何朋友提出这种想法，那反倒会成了像是大肆地嘲弄别人。不仅是他本人快要和一位极迷人的姑娘结婚而已，这桩婚事的好处可多着呢，而这位姑娘未来"钱"景之扎实，和她的娇美可人同样牢靠。那么他又是在干吗呀？他这么做倒不是全为了她。王子会如此这般，不过是因为他很自由没啥规则，爱想什么就想什么；过了一会儿，他眼前浮现了一位朋友清晰的影像，一位他觉得挺讽刺的朋友。他不再将注意力放在过往的脸孔上，而是将心中这份冲动慢慢累积。年轻的脸、美丽的脸都没能教他稍稍转一下头，但一想到艾辛厄姆太太，他立刻拦了辆小马车坐上去。她的年轻与美貌多少已经是过去的事了；如果在家的话，她会劝劝浮躁不安的他，那么他仍有时间会"做"的这件事，就有可能被顺势摆平了。她住在狭长的卡多根街③，挺远的，想到这趟特别的朝圣之旅是否得体，已经令他的兴致稍减。依礼节是该正式向她致谢，而他正前往致意的时机也挺恰当的——这就对了，他在路上想着，这些事对他而言都很重要。他的确是昏头了，把刚才冲动的情绪误以为要另谋出路，要放弃他已经越堆越高的许诺。艾辛厄姆太太恰恰代表着他的许诺，她和蔼可亲，活生生就是股力量，使得那些许诺一个接着一个往上堆。她成就了他的婚事，如同当年他身为罗马教皇的先祖成就了他的家族一样……尽管他实在看不出来，她这么做所为何来，除非

---

① 波特兰道（Portland Place）是位于伦敦中区的宽阔大道。
② 大流士一世（Darius the Great，前550—前486）在位期间是波斯王朝全盛时期。
③ 卡多根街（Cadogan Place）是街名，位于伦敦西边。

她也是满脑子的浪漫情怀。他既没贿赂她,也没说服她,连什么东西都没给过她——直到现在才要去道声谢。所以她得到的好处——想得俗气些——一定全都是从魏维尔家来的。

然而,现在离她家还远,他仍有时间提醒自己,他一点儿都不认为她会收受大笔酬劳。他完全确信她不会收的;假如某种人会收礼物、某种人不会收礼物,那么她当然是站在对的那一边,属于有骨气的阶级。可是从另一方面来说,也唯有如此才显得她的无私,挺令人肃然起敬的——也就是说,隐含着深不可测的信心。她和玛吉很好,很亲近——有这么位朋友真可算得上是笔"资产",但是她用自己的方式将他俩兜在一块儿,来证明自己的友情。她初见他是在冬季的罗马,后来又在巴黎遇见他,而且对他有"好感",这是她打一开始就坦白让他知道的,她对她的年轻友人如是说,从此也就这么看他,没别的样儿。不过就算他对玛吉有兴趣——那才是重点——也不会有什么结果的,要不是艾辛厄姆对他有兴趣的话。他既无索求,也没有回报补偿,那种感情是由何而生呢?他又给了她——他也很想问问魏维尔先生这个疑问——什么好处呢?在王子的观念里,对女性的补偿——类似他对于具有吸引力的观念——差不多就是向她们示爱。现在他确信自己不曾对艾辛厄姆太太示爱,连一点点都没有过——他也不认为她曾经闪过这种念头。这几天他老想着那些他没有对她们示过爱的女人,将她们在一个时间点区隔开来:它代表一个迥异的生存阶段,他觉得饶有兴味;过后,他喜欢另外区分出那些他示过爱的女人。尽管如此,艾辛厄姆太太本人既不曾显得太热情,也没有过愤恨之色。那到底是何缘故,她看起来好像知道他挺落魄的呢?这些事情、这些人的动机都让人摸不着边际——反倒令人有些担心。单单他们这种莫名所以的尽心付出,就使他觉得自己是有好运道,这才稍稍说得通。他记得孩提时期读过爱·伦坡[①]的一个精彩故事,这个作家

[①] 爱·伦坡(Edgar Allen Poe, 1809—1849)是美国浪漫时期的短篇故事作家与诗人,其作品常充满神秘或恐怖的气氛。

和他未婚妻是同乡——这件事也同样显示了美国人的想象力有多大能耐。故事讲的是戈登·皮姆遇上船难，在一艘小船上朝着北极——或是南极？——越漂越远，远至从未有人到过的地方。在某个时刻，他发现眼前一大片白色的空气，就像一道发着炫目光线的帘子，让人什么都看不见，宛如身处黑暗一般，只不过它是牛奶或雪的颜色。有时候他觉得自己的船就在这么个难解的谜团上移动着。他的新朋友们，包括艾辛厄姆太太本人，他们脑子里在想什么，都有如一道巨大的白色帘子。他见过的帘子都是紫色的，甚至紫得发黑——但是它们垂挂的地方都故意显得暗沉沉的，有种不吉利的预兆。它们打算把惊奇之处遮起来，而那些惊奇往往都挺吓人的。

　　这些从各个不同深处冒出来的吓人事，倒不是他忧虑的理由；他依然揣度不出来的，若硬要给它安个名字，则是寄托在他身上的信心之大小。过去这一个月，他常常站着动也不动，脑子里想着这件刚决定或生效、普遍受到期待的事——简略来说——而他是其中的主角。其不凡之处在于，与其说期待一件特别的事，倒不如说是在对若干优点作假设，这种假设既平淡又单调，没有什么主要的特质与价值可以加以注记。他仿佛是某个有浮雕图案的硬币，一枚已经不再流通使用的纯金钱币，上面印着光荣的徽饰，时间可溯至中古时期，精美绝伦，它的"价值"比起现在的零钱、金币或半克朗银币当然要大得多；但是正因为它有更好的用法，也就不必多此一举把它掰得分崩离析。他得以依赖的是展现在面前的安全感；他会为别人所拥有，但不至于沦落到孑然一身的地步。难道这不就特别意味着，他不必再受到磨炼或考验吗？难道这不就意味着，只要他们不把他拿去"兑现"，他们还真的不知道——他自己也不知道——他换得了多少英镑、先令或便士吧？无论如何，现在这些皆是无解的问题；摆在眼前的是，他被赋予了若干象征性的特质。他被当成件大事严肃地看待。正因为他们如此严肃，使他如堕五里雾中。连艾辛厄姆太太也一样，虽然她常常表现出嘲讽的个性。他只能说，截至目前，他还没做出什么让人失了兴致的事。要是他今天下午坦率问她，说认真的，他们葫芦里到底卖的什么药，他又该怎么办？这句话等于在问，他们指望他做什么。她可能会这么回答："哎，你知道的，我们就要你这样啊！"对此说法他可一点儿办法都没有，也只能说他不知道。要是他说自己什么都不知道，那会不会使魔力消散呢？事实上，他又知道什么呢？他也严肃地看待自己——把自己当回事不可轻忽，但这不单纯是幻想和做作的问题。有时候他按照自己的判断，想得出和他们打交道的方式；但是，早晚他们的判断——什么都有可能——会按照实际的证据来考究他一番。而实际证据，很自然会根据他一堆象征性特质的分量多寡而定，此时一衡量就会发现，老实讲，这个人是算不出来的。只有亿万富翁够格说拿什么来换亿万才算公平，不是吗？那算计方式就是被裹住的东西。等他的车子停在卡多根街的时候，他真觉得离那块遮着的布又更近了些。他简直已经打定主意，要扯扯那块布了。

第 二 章

"这些日子可不好过啊,您了解的。"他对范妮·艾辛厄姆说。他已经先肯定地表达了自己很高兴她人在家里,然后一面喝着茶,一面让她知道最新的消息——那些一个小时前双方①所签署的文件,他的支持者已经在前一天早上到达巴黎,亲爱而又可怜的家伙们,还在那里停留了一会儿,仿佛以为这整件事是个大玩笑似的。"我们都是非常单纯的人,和你们比起来,不过是些乡下来的表亲。"他如此说道,"而巴黎对我姐姐和她丈夫来说,已经是世界的尽头了。因此伦敦也多多少少算是另一个星球。和我们许多其他人一样,此地一直是他们的麦加圣地呢,但这次是他们第一回篷车之旅;他们知道的主要是一间叫作'老英格兰'的店铺,卖皮革和印度橡胶做的东西,他们在店里面会尽量往自己身上穿穿戴戴的。也就是说,你会看见他们满脸的笑意,所有人都是如此。和他们在一起,我们一定会非常自在的。玛吉人真是太好了——她准备的排场之大呀!她坚持要接待那对夫妻②和我舅舅。其他的人会来找我。我已经在饭店订了他们的房间,加上一个钟头前那些严肃的签名,我算是完全懂了这桩事。"

"你是说你害怕吗?"女主人发问了,她觉得挺有意思的。

"吓坏了。我现在只能等着怪兽出现。这些日子可不好过啊,这也不是,那也不是。真的,我什么东西都还没得到,却每件东西都要失去了。不晓得还有什么事要发生。"

有那么一会儿她笑他的样子,简直要让人烦躁起来;他幻想着那个笑容是从白色帘幕后方而来。那是她沉静深处的象征,但是它没有产生抚慰的效果,反倒令他心烦。毕竟他希望能够受到抚慰,能

---

① 原文为法语:de part et d'autre。
② 原文为意大利语:sposi。

安然化解这波神秘的烦躁情绪,能有人告诉他该去了解什么、相信什么——这是他到这里的原因。"婚事哦,"艾辛厄姆太太说,"你称它怪兽吗?我承认就算再好,婚姻也是个让人害怕的东西;但是,看在老天的分上,假如你就是这么想,可不要离开溜掉了。"

"哎,离开它就是离开您,"王子回答,"再说,我告诉您好多次了,我是如何仰仗您渡过难关的。"她坐在沙发的角落里,他很喜欢她听到这些话的样子,于是他要把自己的真诚更充分地表达出来——因为是很真诚呀。"我要开始一段伟大的航程——穿越不知名的海洋;我的船已经装好船帆索具,配备齐全,货物收藏妥当,船员也都到齐了。不过我觉得要紧的是,我没办法单独航行;势必要有另一艘船为伴才行,在那片荒凉的水面,我一定要有个——你们是怎么说来着?——护航舰。我不要求您上船来和我待在一块儿,但您的船要在我的视线范围内,为我指引方向。我向您保证,我自己可一点儿都不懂指南针是怎么回事。但是只要有人带路,我就会稳稳地跟上。您务必要为我带路。"

"你又怎能确定,"她问,"我要带你去哪儿呢?"

"咦,就凭您已经把我带到安全地带这么远了。没有您,我绝不可能走到这一步。连船都是您给的;就算没看着我上船,您也很好意地送我到码头了。您的船就停在旁边,很方便,您现在可不能丢下我不管。"他看见她又被逗乐了的神情,甚至有点儿过头,因为他似乎也令她有些紧张,这倒是让他挺惊讶的;毕竟她对待他的样子,好像他不是正在吐露实情,而只是说些漂亮的比喻逗乐她罢了。"亲爱的王子呀,我的船?"她微笑着,"这世上我哪有什么船啊?这间小房子就是我们的船了,鲍勃[①]和我的船——我们现在有了它甚感欣慰。我们已经漂流得够远了,日子过得嘛,你可以这么说,勉强填饱肚子后,也没剩下什么了。不过,我们归隐的时间也终于来到了。"

听到这里,年轻人发出了不平的抗议:"您才把我推进冒险之旅,

[①] 鲍勃是罗伯特的昵称。

就说要停下来休息？……太自私啦！"

她摇摇头，态度很清朗也很温和。"没有冒险——老天保佑！你有过你的冒险，我也有我的了；我的想法一直是，不管我们哪个人都不要再来一次了。我自己最后一次的冒险，没错，就是为你们做的这件事，你刚刚提到过的，说得很好。但我也只不过引着你前往停驻而已。你说到船，拿它们来比较并不恰当。你颠簸的行旅结束了——你已经差不多在港内了。这个港口，"她下了结论，"在黄金群岛①。"

他看了看房子，使自己更自在些；接着他犹豫了一会儿，仿佛考虑着什么该说、什么不该说。"喔，我知道我在哪儿……我可不要被留下来，但我来的目的当然是要谢谢你。今天所有的预备手续都结束了，好像第一次这样，不过我感觉，要是没有您的话，恐怕什么都不会有了。一开始就全是您的功劳。"

"嗯，"艾辛厄姆太太说，"那些手续很简单啊。我见识过也经历过……"她微笑着，"更困难的。你一定有感觉，每件事都挺顺利。所以你一定觉得，接下来每件事也会顺利的。"

王子忙不迭地表示同意。"喔，很好！不过，当初您就有这个想法。"

"啊，王子，你也有！"

他专注地看了她一会儿。"您一开始就想到了，您想到的最多。"

她也回看了他，似乎不是太明白。"我喜欢这个想法，假如你的意思是如此。不过，你自己当然也很喜欢。要是说我很轻松地和你一起做件事，那我可不同意呢。我只有在最后——我觉得时机对了——为你美言几句而已。"

"那可不？但是您依旧留下了我，您留我——您不再理我了，"他继续说，"然而，那也不容易，我不会被留下来的。"他又四处张望着，好好看了看这个漂亮的房间，她刚刚形容这是她最后的避难所，一对饱经世故的夫妻的平静之地，她和"鲍勃"在这里退隐不久。"我不要离这里太远。不管您说什么，我都需要您。您知道，我不会为了

---

① 黄金群岛（Golden Isles）位于美国佐治亚州的大西洋海岸线。

哪个人而放弃您。"他说得很笃定。

"要是你害怕——当然你不会啦——难道也要让我害怕吗？"她停了一会儿之后问。

他也等了一会儿，接着用一个问题回答她。"您说自己'喜欢'那个想法，也就是一肩挑起给我定亲的责任。您这么做对我而言依然感觉很美好，很令人着迷，也难以忘怀。但更多的是它的神秘与惊奇之处。您这位令人开心的亲爱的女士，为什么会喜欢它呢？"

"我简直不知道该如何回答这么个问题，"她说，假如你自己到现在都还没发现，那我说什么对你又有何意义呢？难道你真的没感觉？"他什么都没说，于是她接着说，"每分每秒过去，难道你不晓得，我交到你手中的是个多么完美的人吗？"

"每分每秒——都心存感激，不敢忘却。不过那正是我的问题所在。这件事不仅仅是您把我奉上而已——您把她也给奉上了。跟她命运相关的程度，比起我的要大得多。没有哪个女人会像您一样把她想得那么好，然而，照您的说法，您倒是挺乐意帮她冒冒险。"

他说话的时候，她眼睛不断直视着他，看得出来，她执意要重复这个动作。"你是想吓我吗？"

"哎呀，那种看法太傻气——我真是个俗人啊。很明显，您不明白我的诚意，也不明白我谦逊的一面。我是个谦卑得不得了的人，"年轻人很坚持地说，"那就是我今天的感觉，因为每件事都完成了，都准备妥当了。您不会认真地把我当一回事。"

她仍然继续面对着他，仿佛他真令她有些难受。"呵，你这个深沉的意大利佬！"

"这就对啦，"他回答，"这就是我要您讲出来的。那才是有经过背书的话。"

"没错，"她接着说，"假如你是个'谦卑'的人，那你一定也是个危险人物。"她停了一会儿，而他一个劲儿地微笑；接着她又说："我一点儿也不想看不见你。不过，就算我看不见你了，我也会觉得不对劲。"

"我要谢谢您这么说——这就是我需要您的地方。毕竟我相信自己和您待在一起越久,就越是能把事情搞清楚。世上我唯一想要的只有这样。我挺行的,我真的考虑得很周到——只有一样例外,那就是我挺笨的。不管什么事,只要我眼睛看得见的,我都能做得相当好。但我一定得先看到才行。"他继续解释着,"我一点儿都不在乎是否要我亲眼看到——我其实是比较喜欢那样。所以喽,我会永远需要您的双眼,那就是我要的。我希望通过它们来看——就算可能看到我不喜欢的事情,我也要冒这个险。那么一来,"他下了结论,"我就会知道。而且我永远都不必觉得害怕了。"

她很可能一直等着看看他要说什么,但是她一开口,语气就相当不耐烦。"你到底在说什么啊?"

他可以头头是道一路说下去:"真的很怕哪天人家叫我走开,怕犯了什么错却还搞不清楚状况。那就是我信得过您的地方——万一我犯了错,您会告诉我。没有——只有你们有此能力才看得出来。我们没有这种感觉——而你们就是有。所以……"但他已经说得够多了。"就那样!"[1] 他只笑了笑。

他在对她下功夫,这是没什么好隐瞒的,不过,当然也是因为她一直都挺喜欢他。"我会挺感兴趣的,"她很快说,"看看你缺了哪种感觉。"

唔,他当场就说了一个。"道德感,亲爱的艾辛厄姆太太。我是指你们其他人认为的道德感。我当然是有一些啦,是我们那个可怜而又落后、亲爱的罗马老家所认为的道德感。不过,它和你们的一点儿也不像,好比拿我们十五世纪[2]一些城堡里歪七扭八的石头楼梯——大半都倾颓了!——和魏维尔先生若干十五层楼高的房子里某部闪电升降梯相比较一样,差太远了。你们的道德感是靠蒸汽机动力——它像火箭一样把你们一路往上送过去。我们的就慢多了,既陡峭又没亮灯,里面有很多阶梯都不见了……嗯,所以,几乎任何情

---

[1] 原文为意大利语:Ecco。
[2] 原文为意大利语:quattrocento。

况,它都不敷使用,不管是你想转身回头,还是想下来。"

"相信,"艾辛厄姆太太微笑着,"有其他方式往上走吗?"

"有——或根本就不要往上走。然而,"他补充说,"我一开始就告诉过您了。"

"好个诡诈的马基雅维利①啊!"她大叫一声。

"您太抬举我了。我倒真希望有他的天赋。不过,要是您认为我跟他一样乖张刚愎,您就不会说出来了。但是没关系,"他挺兴高采烈地给个结论,"我总能来找您就是了。"

听到这里,他们面对面坐了一会儿;她并没有对他的一番话做任何评论,随后只问他要不要再来点儿茶。他很快就知道她的意思是说,英国这个种族的道德感和茶差不多,要放在小小的壶里,用滚水加以"泡制",所以呢,喝得越多就越有道德感。他这番阐述的说法使她笑了出来。他的诙谐使话题有了转折,她问了他好几个问题,问了他姐姐和其他的人,特别是问了鲍勃,也就是她的先生艾辛厄姆上校,能为那些远道而来的男士做些什么;王子一离开这里就得马上去看他们。他们一面说话,他一面拿自家人开玩笑;他用些轶闻趣事来形容他们的习性,模仿他们的举止,也预测他们会有什么行为,浮夸②的程度超乎卡多根街所能想象。艾辛厄姆太太承认,这正是她喜欢他们的原因,而她的客人循着这番话,又坚定地说了一次,得以仰赖她令他很安心。这会儿他已经和她待了二十来分钟了,但是他以前待过更久的时间,况且他现在待下去,像是要用他的态度来证明自己的感激之情。他还是待了下来——那真是此时意义所在——尽管紧张不安将他带来这里,而且事实上也是这份紧张不安使他产生疑虑,她是很想抚慰他一番的。但她并没有安抚他,而她办不到的原因在那么一刻突然清楚乍现。他感觉到——虽然她说他吓到她了,但是他并没有;她自己也挺不安的。她一直都很紧张,即使她尽力想要遮

---

① 马基雅维利(Niccolò di Bernardo dei Machiavelli, 1469—1527)是意大利哲学家与作家,他在 1513 年所著《君王论》(*The Prince*)中提出当政者所需的权谋诡诈手段。

② 原文为法语: rococo。

掩；从听到他名字前来造访，到看见他的人，她都显得惶惶不安。可是，她还是努力想使他高兴，这么一来年轻人更清楚，也更加确定自己感觉没错。仿佛他的来访比他原先所预期的更好。因为它也挺重要的——它的确是——此时艾辛厄姆太太应该有些什么要紧的事，他们认识至今已经挺熟了，从没有什么事是更重要的了。等着看看有何变化就可以知道，对他而言，要紧的事是什么；奇怪的是，几乎没什么好说的——他的心跳却仍因为这悬而未决之感而加速起来。最后压力达到顶点的时候，他们几乎都不想再假装下去了——也就是说，假装维持表面功夫，好哄哄对方。说不出口的话已经浮上台面，情况危急——没人说得出这状态维持了多久——其间所有的交谈仅余彼此对望，不寻常地久久看着彼此。此刻他们动也不动，不祥之感清楚显露，好像是为了打赌而这么撑着，或者是要坐着拍照，甚至是在上演活人图[1]。

他们这一幕还真有看头，两者间交会之激烈，观众大可随自己的意思解读——或是说甚至无须意义，观众可以从我们现代对于艺术典型的感觉里面找到自己的解释，那和我们现代对于美的感觉，两者间很难加以区分。就算艺术典型再怎么糟糕，也可以在艾辛厄姆太太的头上看到它的踪影；她发色深，头发梳得整整齐齐的，黑色的鬓发上面，发浪一波波既精致又多到简直就是当令的时髦样儿，虽然她自己可能并不愿如此。她完全不顾眼前所见，反而大胆摆出一种姿态好让人看成另一回事，并善用此错误印象。她气色丰润，鼻子大大的，眉毛画得像女演员一般——这些东西，再加上中年人的富态身形，硬是使她看起来像个南方女子，或者该说比较像东方人，成长于有吊床和长长沙发椅的环境，吃的是水果冰沙，有用人服侍。她人往后靠着，看起来仿佛她最大的活动就是弹弹曼陀林，要么就是和她的宠物瞪羚分享一片糖渍水果。其实她既不是个被宠坏的犹太女子，也非慵懒的

---

[1] 原文为法语：tableau-vivant。

克里奥尔人①；她的出生地标记着纽约，却守着很到位的"欧式"纪律。她穿黄色和紫色的衣服，因为她说过，她认为这么穿着令人看起来像示巴女王②，而不是个女贩子③。她头发上戴着珍珠，喝茶的衣服上也别着又是红又是金的饰品，为的是同一个理由：她的理论是老天爷已经给了她一副讲究打扮的样子，于是她也只能顺其自然地讲究起来，想费心压抑根本是枉然。所以她从头到脚、全身上下满满的都是东西，一眼就看得出来，都是些小玩意儿和赝品，她挺开心地以此娱乐她的朋友们。这些朋友都在玩游戏——玩的是她外观和个性上的差异。她的下一个脸部表情证明了她的个性，旁观者可确信，她对于世人的幽默观点既不懒散，也不消极。她很喜欢也很需要友谊的温暖气氛，但那双由美国市来的眼睛，虽然眼皮上满是耶路撒冷式的虔敬，看到的却多多少少是其中的机会。她懒散的样子是装出来的，总归一句话，她的安逸清闲是假的，她的珍珠、棕榈树、庭院和喷泉都是假的，生活对她而言是无数的细节，而这些细节使她随时都精神抖擞，不会被吓倒。

"我看起来或许很世故。"这是她常说的一句话——她知道自己最有利的地方，是对别人有同理心。这一点让她有很多事可做；她自己也这么说，它让她整个人使劲儿挺直腰杆。她一辈子有两个大洞要填，她形容自己往洞里面丢些社交生活中琐琐碎碎的片段，仿佛早期在美国的时候，她认识的老太太们会把小小的丝绸碎布往篮子里丢一样，她们是在搜集素材以便日后拼贴补缀做成被子。艾辛厄姆太太无法填满的一个缺口是她没有小孩，另一个是她并不富裕。神奇的是，即使已届中年也几乎看不出这两个缺口。同感心和好奇心几乎足以把对象变得乖顺，好比一位英国丈夫在军旅生涯中，"掌管"过军团里一切大小事物，便足以使得经济情况如玫瑰绽放。鲍勃上校在结婚没

---

① 克里奥尔人（Creole）指在西印度群岛、毛里求斯岛、中南美洲诸国等地出生的白种人，尤指西班牙后裔。
② 示巴女王（The Queen of Sheba）是所罗门王时期一位富有的美丽女王。
③ 原文为法语：revendeuse。

几年之后离开军队，这在当时颇令人称道，因为他的经验非常丰富，如此一来他可以将全部时间拿来好好耕耘刚刚说过的事。这对夫妇所认识的年轻一辈朋友间流传着一个故事，对历史评论而言几乎是太过珍贵了点儿；话说这段婚姻是他们这个阶层里最幸福的一桩，而它开始于那个年代即将结束之际，一个很原初的时期，早到人们尚未普遍认为美国的女孩子"够好"。因此这对佳偶两边都得冒险，既大胆又有创见；在人生的后半段，可以光荣地说，他们用联姻方式找到了一条西北航道①。自波卡洪塔斯②以降，如果某位英国青年并没有马上就相信这回事，而某位美国女孩也没有使自己尽量不起疑（只是程度稍有演变），那也就不会有这种历史性时刻产生了，艾辛厄姆太太对此了解得很清楚。她顺从地接受了这位创造者的桂冠，因为她其实算得上是他们移居的这一族人，目前尚在世上的元老③级人物。最重要的也是因为，她率先创造出了将两人联合在一起这一方式，虽然鲍勃这方面倒不是她创造出来的。那是他自己办到的，从这件事最初闪着奇异的光芒开始，一路都是他自己苦心揣摩出来的——这些年过去了，更证明他比常人来得更加机灵。她也一直都很机灵，大部分得归功于他。事实上有时候她私下想想，如果她真的表现出一副不太灵光的样子，他会有多受不了——因为他一直挺努力的。不过，艾辛厄姆太太的机灵的确正面临考验，因为她的客人终于对她说："是这样，我认为您这样对待我不太对劲。您心里有些事情没告诉我。"

她回应的微笑也有些隐晦不明。"难道我心里有什么事得全部告诉你？"

"问题不在于全部的事，而是全部特别和我有关的事。您不应该兜着不说出来。您知道事情进展的过程中，我有多么小心把每件事都考虑一番，确保没犯什么可能会伤害到她的错。"

---

① 西北航道（Northwest Passage）指的是连接大西洋与太平洋的一条水路航道。
② 波卡洪塔斯（Pocahontas, 1595—1617）在传奇故事中是一位印第安公主，她拯救并爱上了前来美洲探险的一个英国人。
③ 原文为法语：doyenne。

艾辛厄姆太太听到这里停顿片刻,问了个奇怪的问题:"'她'?"

"他和她。我们的两位朋友。不管是玛吉还是她父亲。"

"我心里是有些事,"艾辛厄姆太太很快地回答,"是有些我料想不到的事发生了。但严格说来,和你没什么关系。"

王子的表情立刻高兴起来,将头往后一仰。"'严格说来'是什么意思啊?我觉得这里面大有学问。这种说话方式常用在……呃,说错的时候。我要把它说对。发生了什么和我有关的事呢?"

女主人随之很快地从他的语气里打起精神来。"呵,要是你也来分担这件事,那我会挺高兴的。夏洛特·斯坦特人在伦敦。她刚到这儿。"

"斯坦特小姐?喔,真的?"王子的表情明显地颇为惊讶——他看着他的朋友,眼中坦白流露出相当程度的冲击。"她从美国来吗?"他接着很快发问。

"她从南安普敦①过来的——看起来好像今天中午才到旅馆。午餐过后她来拜访我,在这里待了一个多小时。"

年轻人倒是听得挺专心的,尽管不是令他太高兴的那种专心。"那么,您认为我得分担点儿什么吗?我要分担的又是什么呢?"

"咦,什么都好啊——你刚才看起来还兴冲冲地想要担点儿什么。这可是你自己坚持要的。"

听到这里他看着她,知道自己有些矛盾,而现在她看得出来他脸色变了。不过,他的态度总是很从容。"我不清楚是怎么回事。"

"你认为不会这么糟糕吗?"

"您说这样是很糟糕吗?"年轻人问。

"只是,"她微笑着,"它好像让你颇受影响的样子。"

他迟疑了,带着脸色变化的痕迹,仍是看着她,也继续斟酌着自己的态度。"不过,您倒是挺激动的。"

"没错——激动到完全没想到要找她来。依我判断,"艾辛厄姆太

---

① 南安普敦(Southampton)是位于英格兰南方的港都。

太说,"玛吉也会如此做。"

王子想了想,然后对于自己能说点儿既自然又真实的话,好像挺高兴的:"不是……太对。玛吉是没有找她。但我相信,"他补充说,"她会很开心见到她。"

"那是当然。"女主人语气里有些异样的沉重感。

"她会十分开心,"王子继续说,"斯坦特小姐现在去找她了吗?"

"她回旅馆了,去把她的东西带过来这儿。我不能——"艾辛厄姆太太说,"把她一个人留在旅馆里。"

"是啊,我知道。"

"如果她人在这里,她一定得和我待在一块儿。"

他把这句话好好想了想。"所以她现在人快来了?"

"我想她随时会到。你再等一下就会看到她。"

"哟,"他很快大声说,"太好了!"但这话说得有点儿突然,仿佛取代了另一句没说出来的话似的。它听起来像是临时迸出来的,虽然他想表现得很坚定。接下来他也是按照那种方式说话。"要不是未来连着几天要忙,玛吉一定会留她的。其实,"他明白地继续说,"目前正在进行的事,不就是给个想留住她的理由吗?"艾辛厄姆太太只是看着他,当作回答,而下一刻所产生的效果比起她说话更为有用。因为他问了一个很矛盾的问题。"她来干吗呢?"

这话使得他的同伴笑了出来。"咦,为了你刚刚说的呀。为了你的结婚大喜。"

"我的?"他纳闷了。

"也是玛吉的——都一样。就是为了你们的大日子。而且,"艾辛厄姆太太说,"她很孤单。"

"那是她给您的理由?"

"我几乎记不得了——她给了好多啊。她的理由可多了,小可怜。不过呢,不管她说什么,有个理由我自己倒是一直都记得。"

"那是什么?"他摆出一副好像他应该猜得到却又没办法的样子。

"咦,就是她没有家这个事实呀——再怎么说,就是完全没有。

她真是出奇地无依无靠。"

　　他再次把这句话好好想了想。"再说,她也没什么收入。"

　　"收入是很少。所以这算不上是个理由,她这么跑来跑去,又增加了火车和旅馆的开销。"

　　"是反其道而行。但她不喜欢自己的国家。"

　　"她的国家?亲爱的男士——它实在算不上是'她的'呀。"这种归类法可令他的女主人觉得挺有意思的,"现在她又回来了——但她几乎做不了什么事。"

　　"呵,我说她的国家,"王子好兴致地解释着,"就好比此刻我说我的国家是一样的。说认真的,我倒是颇觉得那个伟大的地方似乎已经多多少少属于我了。"

　　"那是你的观点再加上你运气好。你拥有的还真是多啊——或者说你几乎将拥有的。夏洛特告诉我,除了两个巨大的行李箱之外,她在世上可说是一无所有——我只让她带一个箱子来这里。"艾辛厄姆太太又补了一句,"她会使你的财产贬值。"

　　他想了想这些事,想了想所有的事,不过他总有办法令一切变得从容自在。"她是来这儿算计我的吗?"好像这么说太过于严肃,所以才一会儿时间他又说话了,但说的话真的跟他没啥关系。"她仍旧那么美吗?①"这是最能拉远他与夏洛特·斯坦特关系的一个问题。

　　艾辛厄姆太太说得倒是挺轻松的。"还那样啊。我感觉她的长相任谁看了都会称赞一番。那就是她影响你的地方。一个人要不是凑巧不中意,就一定会挺欣赏她的。所以喽,也有人会批评她。"

　　"啊,那不公平!"王子说。

　　"批评她?你就是啊!你应了自己的话。"

　　"我应了自己的话。"他表情生动,一副既感激又温顺的样子,幽默地把它当成教训——遮盖了刚才的不自然。"我只是说,对待斯坦特小姐可能有更好的方式,总比批评她来得好。一旦你和哪个人是那

----

① 原文为法语: Est-elle toujours aussi belle?

样开始的话……"他说得温和，但语意含糊。

"我相当同意，最好是尽量不要牵扯进去。不过，要是不得不如此……"

"怎样？"她停下来后他接着问。

"就会明白你的意思。"

"我懂了。可能，"他微笑着，"是我不明白自己的意思吧。"

"呃，无论如何，刚刚的事都是你该特别知道的。"艾辛厄姆太太没再多说什么，明显留意着自己说话的语气，"我当然挺能理解，凭她和玛吉的友谊，她一定会想出席。她做得挺冲动的——但是，也做得挺大方的。"

"她做得很出色。"王子说。

"我说'大方'是因为我认为她完全没想到开销的事。她现在多少是得算一算了，"女主人继续说，"不过，那也无所谓啦。"

他知道有多么无所谓。"您会照顾她。"

"我会照顾她。"

"所以，那就好喽。"

"那就好喽。"艾辛厄姆太太说。

"那么，您又烦恼什么呢？"

这句话让她顿住了——不过也只有一下子。"我没有——跟你一样啊。"

王子深蓝色的眼睛很美，有时候真是像透了罗马宫殿高高的窗户，由古老伟大的设计家安装在具有历史价值的房子正面，在某个节日大大敞开，迎向金色的华丽气氛。他的样子在这种时刻使人想起一幅影像——某些非常尊贵的人物，受到大街上等待群众的欢迎和赞扬，就算原本撑着他的古老而又珍贵的垫子从窗台跌了下去，他依然随即就能很欢乐、很有风度地现身：总是这样，与其说是为了他自己的利益，还不如说是为了观众以及臣民们，他们要有个赞美的对象，甚至目瞪口呆也行，每隔一段时间就得考虑一下他们的需要。经过这么一段，年轻人的表情变得生动，也更具体了——俊帅的外表，活脱脱就是个王子，也是个统治者，是战士，也是庇护人，光芒照耀着漂亮的建筑物，散发着身份地位的气质。有人曾经挺开心地说过，他的脸孔配上优秀的身形骨架，能看见他先祖最骄傲的魂魄。现在管不了那位先祖是谁，也管不了什么情况，为了艾辛厄姆太太好，王子就得存在于民众的目光中。他像靠在深红色的锦缎上，欣赏这明亮的天气。他看起来比实际年纪轻；很俊美、无邪，也让人猜不透。"哎，呃，我没有啊！"他说得很清楚。

"我会乐于见你如此，先生！"她说，"因为你不会有一丝借口的。"他的样子说明他毫无异议，一个借口也想不出来；他们俩目前的平静意义重大，仿佛原本有某个相反的危险状态，威胁着他们似的。如果要证明他们的开心是真的，那艾辛厄姆太太需要再做一件事——她得稍加解释刚刚的态度是怎么回事，于是就在他们不再谈这个问题之前，她说话了："我对每件事的第一个反应，就是要表现得好像我挺担心情况会变复杂。但是我才不担心呢——我挺喜欢复杂的情况。它们挺契合我的个性。"

他没有反驳她对自己的这种说法。"不过，"他说，"要是我们并没有面临什么复杂的情况。"

她有不同意见："一个俊俏而又机灵的奇特女子和别人待在一块儿，情况总会变得复杂。"

年轻人好好思忖着，宛如他从没想过这个问题。"她要待很久吗？"

他的朋友笑了一下。"我哪知道啊？我几乎没问过她。"

"哎，没错。你是不能问。"

他语气里的某些东西引得她又重燃兴致。"你认为你能问吗？"

"我？"他很纳闷地问。

"你认为自己能不能替我问问她——看看她可能要待多久？"

他真是够勇敢的，挺身面对这种情况和挑战。"应该可以吧，如果您给我这个机会。"

"你的机会来啦！"她回答。因为就在刚才，她已经听到有马车停在门口的声音。"她回来了。"

第 三 章

虽然话说得好像玩笑一般,但是后来他们静静地等着他们朋友的时候,这份静默却把时间变得很沉重——甚至连后来王子又开始说话时,沉重感都没有消散。他一直在想这件事,也下定了决心。一个俊俏而又机灵的奇特女子和别人待在一块儿,会是个复杂的情况。截至目前,艾辛厄姆太太说得都对。但也有些事实——这两位小姐,从上学的时候就维持良好的关系,其中一人对这份关系很清楚,也有信心,带着它抵达了。"您知道的,她随时都可以来找我们。"

艾辛厄姆太太听到这句话,脸上带着讽刺,没有笑意。"你要她在你们度蜜月的时候来吗?"

"喔,不是,您一定得在那时候留住她。但是,您何不在过后也留住她呢?"

她看了他一分钟之久,听到走廊有个声响之后,他们站了起来。"何不?你可真是高明啊!"

夏洛特·斯坦特下一刻就和他们在一起,她下了车被领进门之前,已经知道艾辛厄姆太太不是一个人——这点是要留意的——因为管家在楼梯上就回答了她的问题。唯有知道王子也在那儿,她才能用如此直接与亮丽的神情看着那位女士——这差别只有一刹那而已,但是比起她立刻面对他,更是令他赞赏。他得好好利用这个机会,因为他知道这一切。他专注了好几秒钟的时间,看到了一位身材高壮的迷人女子,她看着他的神情,一开始就挑明了她目前冒险的处境;她整个人都说着这件事,不管是行动、肢体语言还是衣服等,整体来说散发着鲜明的自在气氛,赏心悦目——从小巧又合适的帽子到棕色鞋子上的明暗度、一路上的风霜波浪和海关、遥远的国家和长程旅途,靠着经验知道该怎么做、身处何处、当地的习惯,也知道不要害怕。他同时也知道,这种综合体的基础,并非"坚强意志",如一般人可能会认为的；他现在很熟悉说英语的这些人的类型，他一直很注意这类人的种种可能性，能够很快地听出来不同的地方。此外，他对这位小姐的坚强意志有自己的一套看法。他有理由相信，那意志力是很强大的，但是它绝不会与她的品位混为一谈，她的品位非常独树一格，而且总令人觉得很有意思。后者是她身上最特别的地方——才一刹那，她毫不迟疑就有如光线般地将它一把抛出——在这种时刻，她好像可以再次现身，只为使他花了眼的双目冷静下来。他看见她散发着光芒：她立刻只对着他们的朋友打招呼，这样的举动好像一盏她高高举起的灯，是为了他好，也讨他欢喜。他全都明白了——他和她在世上属于同一时代的人，无可否认是如此接近：这个事实太明显、太明显了，此短短片刻更加明显不过，甚至比他的婚姻更明显；但又会利用其他表面的脸部表情，使自己看起来顺从而又安然的样子，这就是为什么艾辛厄姆太太老是说别人会很欣赏的地方。就是它们，这些其他的特质，他再一次看见它们了；他立刻和它们产生了联结。想要解释它们，那可是一件不足为外人道的事。他当然只有一件事可做——用大家已知的事实来解释它们即可。

那么用些夸张的词笨拙地说说吧：脸长得太窄也太长了，眼睛不大，另一方面嘴巴可一点儿也不小，双唇丰厚，加上一口坚实的牙齿长得挺整齐的，又白又亮，有一点点、只有一点点突出。不过，很奇怪，把它们兜拢起来好像是他自己的一样，这些长在夏洛特·斯坦特身上的东西令他无法平静：满满一张单子上的品项，一件一件都认得出来，仿佛尽管中间隔了好久的时间，它们都被"储藏"着，包得好好的，编上号码，放在橱柜里。就在她面对艾辛厄姆太太的时候，橱柜的门打开了；他把遗留在里面的物品一件件拿出来，一刻接着一刻过去，好像她正为他争取更多的时间。他再次看到她浓密的头发，是一般人所谓的棕色，但是"欣赏"的时候，看得出还带着一点儿秋叶般的黄棕色——一种难以描述的颜色，据他所知没人有这种发色，这使得她的头有时候看起来好像森林中的女猎手。他看到她外套的长袖子遮到手腕，但是他再一次知道，袖子里无拘无束的双臂丰腴浑圆，既光亮又窈窕，是佛罗伦萨①雕刻家们在当年伟大的时代所钟爱的，其外观坚实的样子，呈现于古老的银器与铜器上面。他知道她秀气的手；他知道她长长的手指、她指甲的形状与色泽；他知道她移动时特别美、她转身时背部的线条；他知道她如何完美运用身上所有主要的肢体，让自己像某些精致而又令人赞叹的乐器、某件特意用来当作竞艳展示的东西。他尤其知道，她优美的腰部出奇地柔软，是撑着绽放花朵的茎，使她与某些宽松的长形丝质钱包相似，但是在装满金币之前，只用个指环就可以把它穿过去套起来。这个情形就好像，她人都还没转向他，他就已经张开手掌把整个东西掂了掂，甚至还听到了金属的当当响声。等她真的转向他的时候，从她眼中就知道他刚刚可能在做什么。她什么也没说就走向他，只有脸上了然于胸的神情，那表情可以放在任何时刻，道尽任何事。假如说她走远的样子像个女猎手，那么她走近的时候——依他的想法，可能不甚正确——就像缪斯女神。不过她说的话倒是简单："看吧，你可甩不掉我。亲爱的玛吉好吗？"

　　她进屋前，艾辛厄姆太太曾要这位年轻人问个问题，这个机会无须太刻意也一下子就来了。如果他要逮住这个特许的机会，几分钟内就触手可及——他可以直白地径直问问这位小姐，大概要和他们待多久的时间。不过，为了一点儿家务事，艾辛厄姆太太决定耽搁一下，这使得她的客人暂时没人招呼。"贝特尔曼太太在那儿吗？"她问了夏洛特，指的是家里负责迎接她、把她的行李安顿好的某个人；夏洛特回答说她只见到管家，人挺好的。她不愿因为她的关系横生什么枝节；但是贝特尔曼太太不在，看在女主人的眼里，可是和一般人的表现大不相同，她一下子从堆叠的软垫上跳了起来。总之，她得管管这件事，尽管那女孩急切地说"让我来吧！"，一面微笑，一面为自己带来的麻烦事儿发出一声长长的哀叹。王子心里颇为清楚，是自己该离开的时候了；安顿斯坦特小姐这类事用不着他；这种情形一般人就该

---

① 意大利中部城市，托斯卡纳区首府。

走了——要不是他有个理由要待下来。然而,他是有个理由——他也很清楚这点;有好一会儿工夫,他只知道自己故意不肯速速离去。最后看得出来,他杵在那儿的程度已经使自己很难受,是为了将一个想法付诸行动他才会如此做。他的想法就在那儿,他想查明一些事、一些他很想知道的事;他不想明天才查明白,也不想未来某时,总之他不想等待,然后纳闷一通,而是想尽可能在他离开此地之前就查个明白。这个特别的好奇心,加上要利用此机会满足艾辛厄姆太太自己的好奇心,两者有点儿混在一起,难以分辨;他可不会承认,自己待下来是为了问个粗鲁的问题——他的理由才不粗鲁。要是没对老朋友说上一两句话就转身离去,那才是粗鲁。

唔,事情是这样,他说了一两句话,因为艾辛厄姆太太所关注的事挺单纯的。处理这件小小危机的时间比我们所想的更短;原本的时间可能要他不拿起帽子离开都不行。他很高兴得以和夏洛特单独在一起,又不必觉得有何不合理或歉疚之处。他要的是维持某种状态,不要慌慌张张;能维持不变就能显出尊严。他的良知如此清明,基于此他不会屈于劣势,那他又怎么会少了尊严呢?不该做的事,他啥都没做——事实上,他根本什么都没做。再一次,身为一个甚懂女性的男子,他会说自己使得上力,这种不断出现的光景是注定的,这件事就像日出或圣徒节日的来临一样确定,做这件事的女子会泄露她的心事。她真的做了,那是必然的,也无法避免——她不可能不做。那是她的本性,也是她的生活,这位男士连指头都不必动一下就知道会如此。这是他这位男士,也是任何男人的立场和勇气——他一定会占上风,只要他斯斯文文、有耐心地等着,尽管不需太刻意,自然会用在正确的地方,真的可以这么说。如此看来,另一个人那么精准的演出,却成了她的弱点,也是她深沉的不幸——深沉的程度不亚于她的美丽,这是毋庸置疑的。它让这位男士产生一种奇特的感觉,里面混合着同情与有利可图,他和她的关系里主要都是这种感觉,因为他可不是什么残忍的畜生;所以他会对她好是再合理不过了,说她的好话,也会为了她使自己变好。她从不以行动的真面目示人,那是当然的；她把它蒙起来，加以掩饰，细心安排，事实上这些伪装里所呈现的机灵程度，等同于她的落魄：不管什么事，或是说每件事，她都可以让别人知道，除了做这件事的原因与真相。的的确确，那就是夏洛特·斯坦特正在做的事；那确实是她目前每个样子、每个动作的动机与支撑力。和其他的女人一样，她也为命运所困，但是她的命运也要她费心地安排自己的外表；现在他关心的，是想知道她作何打算。他会帮她，也会和她一起安排——只要是合情合理；唯一要知道的事情是，什么样子才是最佳外观，不仅要表现出来也要保持下去。当然，是要她来表现和保持下去；因为他自己很幸运，没什么蠢事要遮遮掩掩的，有的只是行为与职责间的完美一致。

门在他们朋友背后关上的时候，他们俩反正已经站在一块儿了，脸上的微笑不太自然，有点儿紧绷，好像他们在等着对方先开口或切入重点。年轻人忍着，只是静默地使场面悬着——他很担心，但是他感觉得出来她自己更担心。但是，她担心的是自己；而他头脑很清楚，只是担心她而已。她会不会投入他的怀抱，或是她会做得令人激赏？她要看看他会做什么——这是他在此奇怪的时刻中听到的，虽然他们都没说话；然后她就会配合照着做。但他能做的不过是使她明白，他会做任何事，做所有的事情，要尽可能地给她体面，不别扭，还有别的吗？就算她纵身投入他的怀抱，他也会使那不显得别扭——不别扭的意思是说，忽略它，不理它，不记得它，也不会因为如此而感到懊悔。其实，并非发生了什么事，但他的压力慢慢地减轻了，这不是一转眼的工夫，而是极微精妙的渐进变化。"能回来实在太开心了！"她终于开口说话。那的确是她全部想对他说的——那也是任何人都可能说的一句话。但是，他接下来的回应，再加上两三件其他的事，那句话已经指出该怎么走下去了，从说话的语气以及她整体的态度，都和她真实的境况差了十万八千里。最重要的是，他本该看见的落魄境况，倒是未见踪影；他很快明白了，要是她正有所安排，那就放心地随她安排吧。很好——那就是他要的；他能因此更加欣赏她，喜欢她。至于她即将用哪一副特别的外貌，就像人们说的，披挂上阵，她什么都没对他说——事实上也没什么好对任何人说的——不管是理由、动机，或是为何而来、为何离去。她是个迷人的小姐，他以前就见识过了；但她也是个有自己日子要过的迷人小姐。她要自己的日子高高飞起来——往上升、往上升，再往上升，上升到从未有过的高度。那么，他也会这样做；对他们而言是越高越好，就算对一个心思缜密的年轻人来说，会极度晕眩也在所不惜。那种极度晕眩似乎真的来了，因为一会儿之后，她走过来，靠得那么近，好像要为自己的突兀表达道歉似的。

"我一直想着玛吉，到最后我实在太渴望见她了。我要看到她快快乐乐的——我认为你不至于太害羞而不对我说，我一定看得到。"

"她当然很快乐，感谢老天！但是你知道的，那些善良而又大方的年轻人一快乐起来，简直要令人害怕了。相当吓人的。但是圣母马利亚与所有的圣徒，"王子说，"都在庇佑着她。"

"他们当然都会的。她是个最最亲爱不过的人了。但是告诉你这些，很多余吧。"女子又补了一句。

"唉，"他表情严肃地回答，"我觉得她还有好多事我不知道。"他又加了一句说，"你来和我们在一起，她会开心得不得了。"

"呵，你们才不需要我呢！"夏洛特微笑着，"这是她的大日子。这是个大喜的日子。反正就这么回事，我也已经看过够多女孩子的大日子了。但那正是真正的原因所在。"她说，"为什么我要……我是说，不想错过它。"

他转向她，脸上带着理解的神情。"你什么事都万万不能错过。"那个重点他抓到了，现在他可以好好地留着，他所需要的只是有人把它交给他就行了。重点就是他太太未来要幸福快乐——一位老朋友能欣喜地见证那幸福快乐。没错，真是动人；真诚又心怀高尚的喜悦之情突然出现在他面前，也一样很动人。夏洛特眼中的某些东西似乎在对他说着这些话，也似乎提早一步请求他了解话中之意。他很着急——也努力要她看到——想知道她喜欢什么；他很轻易地就注意到，这份友谊对玛吉的意义。那友谊配备着年轻时想象力的羽翼、年轻时的慷慨；他相信，它曾经是——总不能把她对父亲热切的挚爱也算进去——她所知道最强烈的情感，那是在被自己引发感情之前的事了。就他所知，她并没有邀请这份友谊的对象来参加他们的婚礼，没有想过对她提出这段耗力又昂贵的旅程，要花上几个小时。但尽管要费神做准备的工作，她倒是一直和她保持联系，也告知进度，一个星期又一个星期的没断过。"喔，我一直在给夏洛特写信——我希望你更加认识她。"最近这几个星期，他依然能听到据实记录的这种情况，一如他也知道并觉得怪怪的，玛吉的希望里并没有要求什么，这一点他仍未指出来给她看。不管怎么说，夏洛特的年纪大些，也可能更聪明些，她应该有所回应——很自在地做出回应——如此真诚的友谊，而不只是形式上的客套，有何不可呢？女人彼此间的关系是最奇怪的了，一点儿不假；很可能在这种地方，他并不会去信任与他相同种族的某位年轻人。整个进行的过程里，他在基础上就大不相同了——真的挺难的，就像要把这位小姐，她的种族特质拆解开来一样难。她身上没有什么东西可以确实将她归类；她是一个很稀有、很特别的产物。她单身未婚，孑然一身，又缺乏收入，正因为少了若干枝枝节节和其他的好处，她得以充分拥有一种奇怪却又挺难得的中立性，使她不卷入是非，却又通晓一切，可说是一种小小的社交资产。那是她唯一拥有的——那是一个孤单而又合群的女孩唯一能拥有的；因为少有人可以达到这种境界，也因为这个人借由某种天赋的本质已经对它心领神会，而一般人却连它是什么都叫不出个名字来。

这问题不在于她对语言有超乎寻常的敏锐度，语言在她手里耍得好像魔术师在表演球技、铁环，或是点燃的火炬——完全没有一点儿关系；因为他认识的人几乎都会说多国语言，但是他们达不到这么有趣的程度。说到这儿，他自己也会说多国语言——他很多亲戚朋友也都会；但是对他们和他自己而言都一样，不过是图个方便罢了。重点是，在这位小姐身上，它成了美的化身，几乎是个谜：也因此想当然了，他不止一次，在一群未开化的野蛮人中，感觉到她唇上充满着极为稀有的文明优雅，引人注目，将意大利语用得既完美又得体。他知道有些不认识的人——很少，而且几乎都是男性——他们可以把他的语言讲得挺顺耳的；但他不知道有哪个男人或女人像夏洛特一样，具备那种几乎谜一样的直觉。他记得从他们初相识开始，她一直都没有将它表现出来，好像他们之间，英语成了不可或缺的沟通工具，而他英语也说得跟她一样好。他是在意外的情形下知道——听到她在他面前和别人说话——他们有了另外一种选择，事实上是更好的选择，因为那更有意思了，他紧盯着看她什么时候会说错，但是从没见过。她曾解释过，但不足以厘清这个谜团：她说她出生于佛罗伦萨，也在佛罗伦萨度过童年，她的父母是从那个伟大的国家①来的，但是他们那一代已经很堕落了，在她之前早已将多国语言讲得歪七扭八，错误百出；待在一起的人，她最早有记忆的是位托斯卡纳的奶妈；别墅里的几个用人、农场里亲爱的农夫②、隔壁农场农夫的小女孩们；都不是什么高尚的人物，但是在她早期的生活里，已经算是挺不错的同伴，包括位于托斯卡纳山丘，贫穷修道院里的善良修女们。那个修道院极为寒碜，她在里面念书直到下一个阶段为止，下一个阶段在巴黎一间豪华多了的学校；玛吉也来到这里，年纪比她还小，简直吓坏了，五年的课程，比她小了三届。这些回忆当然是给了些说明，但他仍坚持认为，她的血液和口音里面，有着非常文明的先祖辈——倘若她真的回溯数代以前，她愿意的话，要从托斯卡纳山丘那儿往回溯。她对祖先是一无所知，但她依旧足够优雅地接受了他的这套理论，且当作令友谊更加热络的小礼物吧。然而，现在这些事情全都交融在一起，尽管其中有些感觉无疑仅是臆测，但也很自然地关系到下一件事情。他斟酌了一会儿，接着开口说话："我猜，你没有特别喜欢你的国家吧？"目前他们是用英语交谈。

"恐怕，它不太像是我的国家。在那儿跟一个人喜不喜欢它，完全没什么关系——看个人吧，和其他人是不相干的。不过，我并不喜

---

① 指美国。
② 原文为意大利语：balia, podere, contadini。

欢就是了。"夏洛特·斯坦特说。

"那对我来说挺叫人气馁的，不是吗？"王子接着说。

"你是说，因为你快要去那里了？"

"是呀，我们当然要去。我好希望能去。"

她停了一下。"但是，现在？立刻吗？"

"一两个月之后吧——好像刚有这种想法。"听到这里，她的脸上出现了某种神色——他以为看到了——使得他又接着说："玛吉没有写信告诉你吗？"

"没有提到你们立刻就要走了。不过，当然啦，你们是得走。当然，你们是得待下去，越久越好。"夏洛特话讲得很清楚。

"你是那样做的吗？"他笑着说，"你会待得越久越好吗？"

"嗯，我是觉得如此呀——不过，它没有令我关注的地方。你会有的——规模很大。那是个很引人关注的国家，"夏洛特说，"要是我有那么一点儿关注，我铁定不会离开它。"

他等了一会儿，他们俩还是站着。"你的关注是在这里吗？"

"呵，我的！"女孩微笑着，"不管它们在哪儿，也是很小。"

她说话的样子令她因此有些不同，他决定了——他决定要说些话，这些话在几分钟前看来仍有些冒险，也不见得听得入耳。她给他起了个头，一切就变得不同，他觉得可以没什么顾忌，把到了嘴边的话诚实而又自然地说出来，真是件让人轻松的事。对他们俩而言，最明确的就是一股高涨的勇气。"我一直在想你极有可能，你知道的，会走上结婚这条路。"

她看着他一会儿，这几秒钟的时间里，他担心自己可能坏了事。"嫁给谁呀？"

"咦，某位既善良又仁慈、既机灵又富有的美国人啊。"

他的安全感又一次稳当了——他觉得她真是令人欣赏。"每个遇见的人，我都试过。我尽力了。我挺公开地表明自己一直都是为了那件事。可能表现得太明白了吧。不管怎么说，反正都没用。我只得认清事实。没人想要我。"然后她好像有点儿后悔，让他听到自己这些尴尬的事。她颇为同情他对这件事的感觉；如果他有点儿沮丧，那她会使他高兴起来。"要活下去都一样，你知道的，不用靠那件事。我是说，"她微笑着，"靠逮住个丈夫。"

"呵……活下去！"王子的意见不甚清楚。

"你认为我应该说个道理，不只是要活下去而已？"她问。"我不知道为什么我要活下去——随你怎么说，就算范围缩小到只剩我自己——竟然如此让人受不了。有些东西我应该也可以拥有——我应该也可以有些作为。现在身为单身女子是件挺有好处的事，你知道的。"

"有什么好处？"

"哎，就是要活下去嘛——毕竟无论怎么看，其中包含的可多了。最糟糕的是它甚至可能包含了感情，这些感情很特别，只专注于自己的朋友们。譬如说，我非常喜欢玛吉——我好喜爱她。如果我嫁给了你说的那些人其中一个，我岂能再更加喜爱她一些呢？"

王子笑了一声。"你可能会更加喜爱他一些呀……"

"唉，但问题不在那儿，"她问，"不是吗？"

"我亲爱的朋友，"他回答，"问题在于，人总是为了自己要全力以赴——也要不伤害到别人。"现在他觉得他们真的处于一个绝佳的基础之上；所以他又继续说话，好像要坦白表现出这个基础有多稳固。"因此，我要大胆地把我的希望再说一遍，你会嫁给一个最了不起的家伙；我也要把我的信念再说一遍，比起现代的潮流，这样的婚姻你会更加喜欢，如你所言。"

要不是对他说的话自己可能表现得挺开心的，她原本也只会看着他等着答案，也只会很温和地听着而已。"非常感谢。"她仅仅如是说，但这时候他们的朋友又和他们在一块儿了。艾辛厄姆太太一进来的时候，就很明显地面带某种微笑，用锐利的眼神从一个看到另一个；夏洛特可能是感受到了，为了安心，她把问题说下去，"王子十分希望我能嫁个好人。"

这句话不管对艾辛厄姆太太有没有用，王子自己听到这里可是很安心。总而言之，他安全了——这句话的意思就是如此；他需要的就是安全。他的安全感高到足以开任何玩笑。"还不是因为,"他对女主人解释着,"斯坦特小姐告诉我的那些话。难道我们不想替她打打气吗?"假如这个玩笑开得百无禁忌,那他可能还没开始讲——也就是说,它不像个笑话;因为他同伴对他们朋友说的可不是笑话。"她说她在美国一直很努力,却都没有成功。"

这种口吻,艾辛厄姆太太有点儿没料到,但她依然尽量圆了圆场面。"那么,"她回答年轻人,"如果是你这么感兴趣,那你务必要她成功喽。"

"您一定得帮我,亲爱的,"夏洛特说得很平静,"就像您之前已经帮过的这类事情,做得真是漂亮。"艾辛厄姆太太都没来得及回应这番请托,她又对王子提了件与他更切身的事。"你结婚是在星期五①?……还是在星期六?"

"喔,星期五,才不是!你把我们当成什么了?众所皆知的坏兆头,我们一个都没漏掉。是星期六,拜托,在礼拜堂,三点钟——前面还有整整十二个助手。"

"包括我十二个?"

他想到了——笑了起来。"你是第十三个。那可不行!"

"是不行,"夏洛特说,"如果你在意'兆头'这类事。你会希望我走开吗?"

"天哪,不会——我们会想办法。我们会凑个整数——我们再找个老妇人来就好。他们一定会留些人在那儿的,不是吗?"艾辛厄姆太太的出现意味着,终将是他该离开的时候了;他又再次拿起帽子走向她,准备道别。但是他仍有话要对夏洛特说。"我今晚和魏维尔先生一块儿吃饭。你有口信要转达吗?"

女子好像有点儿纳闷:"给魏维尔先生?"

"给玛吉的——让她早点儿看到你。我知道她会很高兴。"

"那么,我会早点儿来——谢谢。"

---

① 基督受难日是复活节的前一个星期五,所以被当作不吉祥的日子。

"我敢说，"他接着说，"她会来接你的。我是说，派辆马车来。"

"哎，我不需要那样子，谢谢。我自己去就好，搭公交车的话才一毛钱嘛，不是吗？"她问艾辛厄姆太太。

"哎呀，听听看！"王子说，而艾辛厄姆太太和蔼地看着她。

"是呀，亲爱的——我会给你一毛钱。她会到那儿的。"这位善良的女士又对他们的朋友补了一句。

后者对她告别之时，夏洛特又想到了一些其他的事。"王子，我想请你帮个大忙。从现在到星期六这几天，我想给玛吉买个结婚礼物。"

"哎呀，听听看！"这位年轻人又说了一遍，声音很大，语气也透着安慰。

"啊，但是我一定要买，"她接着说，"那真的几乎就是我回来的原因。在美国简直不可能找到我要的东西。"

艾辛厄姆太太看起来有点儿焦虑。"那你要的是什么呢？亲爱的。"

女孩只是看着她们的同伴。"如果王子很好心的话，他一定得来帮我做决定才行。"

"难道我不能帮你做决定吗？"艾辛厄姆太太问。

"当然可以呀，亲爱的，我们得谈谈这件事。"她双眼还是看着王子，"但是我要他跟我一起去看看，如果他好心愿意的话。我要他跟我一起鉴赏，一起挑选。那就是我请你帮的大忙，"她说，"如果你可以腾出一点儿时间来。"

他对她扬起眉毛——微笑的样子甚为奇妙。"你从美国回来作如此要求？唉，我当然得腾出时间！"他依然微笑着，很动人，但它毕竟超乎了他一直在想的事。它直接针对他而来，和其余的事情不太契合，这是不安全的；但是它终究保留着安全感，毕竟这是公开场合。很快、很快，他觉得公开场合是最好的。又过了一会儿，这时机看起来更确定是他想要的；但是这么公开的场合，就能使他们的关系有正确的立足点吗？艾辛厄姆太太倒是觉得挺不错的，她立刻就把她的想法说了出来。

"当然啦,王子,"她笑了,"你务必腾出时间来!"她真的像发出了张特许状,代表着友好的判断、公众的意见、道德律法、一个准新郎最大的限度,以及其他的,等等;然后他对夏洛特说,如果她早上可以到波特兰道,那他也会到那儿见她,这样很容易和她敲定时间。离开的时候,他认为自己绝对知道自己在做什么。那就是为什么他延长了拜访的时间。他要待在他能待的地方。

第 四 章

"亲爱的,我不太懂,"艾辛厄姆上校在夏洛特抵达的那天晚上,对他太太说,"我真得说我不太懂,就算再坏,你又为什么要把事情看得这么严重,这么吓人。毕竟那又不是你的错,不是吗?不管怎样,我死都不会说,那是我的错。"

时间已经晚了,那位早上在南安普敦搭着"特别渡轮"上来的小姐,原先待在一家旅馆,几个小时后又换到一所私人住宅;他们希望历经这几番英勇的探索之后,她现在正平静地安歇着。晚餐时有两位男士,是他当年饱经风霜的军中弟兄,那是前一天男主人随意邀请来的。饭后男士随女士们到客厅去,此时夏洛特声称挺累的,就回房去了。这些战士搞不清楚怎么回事,仍然待到十一点多——艾辛厄姆太太对老兵而言,依旧魅力不减,尽管她说已经看透了军人的德行。将要用餐前,上校进来说自己此刻才被他伴侣叫过来,他现在才知道他们这位客人的到来给他们造成了什么处境。事实上已经过了午夜时分,用人们皆已就寝,窗台对着八月的天空敞开着,但不再传来车轮的声响;罗伯特·艾辛厄姆镇定地听着自己得知道的事情。但是他刚刚说过的那些话,代表着他现在的心情和态度。他说他不必负责,他要是认了就下地狱去——他不断地重复着这两句话。他这个人极为单纯,头脑极为清楚,也最乐于助人;他讲话习惯性地老爱用夸大的言辞。他太太曾告诉他,他说话之激烈、之过度,令她想起一位已经退休的将军;有一回她见到他在玩着玩具兵的游戏,用木造的堡垒和锡做的军队攻打敌军,赢得胜仗,发动围剿,还歼灭了敌人。她丈夫夸大的强调语气,就是他一盒子的玩具兵,是他的军事游戏。在他渐渐老迈之际,这些军事上的直觉使他挺满足的,又没有伤害性;不雅的用语,如果数量够多,又按照它们的力道排列就绪的话,也会成为军队、骑兵大队、火力强大的炮轰,以及装甲部队荣耀的攻击行动。营区生活和不断隆隆作响的枪炮都有浪漫情怀,对她而言也是一样——那很自然,也很令人开心。要战到最后,至死方休,但又没有人会真的被杀掉。

然而,他没有她这么幸运。尽管他善于表达,但是他仍找不出一个意象来形容她喜欢的游戏;他也只能仿效她自己的理论,几乎就是由她去了。他一次又一次地熬到深夜与她讨论那些情况,她细腻得多,也放了很多心思在上面;但没有例外,他都否认,生活上所有的事和她的一切事情,对他来说会是个状况。要是她喜欢的话,她可能马上就有五十个状况出来——毕竟女人家就爱这些,她们倒也轻松以对;她们心里很清楚,如果真的忙不过来,总有某位男士会出面助她们脱困。他自己可是什么状况都不想要,不管什么代价,或是哪一类事,就算是和她一起有状况,他也不想要。因为如此,他紧盯着看她做喜欢的事,就好像他有时候去水族馆看一位很受欢迎的女士,穿着件薄薄的紧身泳衣,在水族箱里翻筋斗地表演特技,对一个非两栖类人来说,那看起来好冷,好不舒服。今晚他听着他的伴侣说话,一面拿着烟斗抽着他最后一口烟;看着她演出,好像他真的付了一先令似的。不过,事实上也是真的,他希望能值回票价。让人猜不透的是,她干吗把责任尽往自己身上揽呢?她说的事快要发生了,而且,就算最糟糕的情况,是那可怜的女孩子说什么都想做,但她又能干吗呢?她脑袋里想到的那件事,最糟糕的情况又是什么呢?

"如果她人一到就告诉我,"艾辛厄姆太太回答,"就不会这么难才让我发现。但她不是那么配合的人,我也一点儿都看不出来她会变得配合些。她来一定是有目的,错不了的。她想要再见王子一面,"她从容不迫地把它说出来,"那不是令我烦心的事。我是说,这样的一个事实,不就是个事实罢了,倒不会让我烦心。但是我心里想,她这么做要干吗呢?"

"假如你明明知道自己不晓得,又何必想呢?"上校轻松地靠着椅背,一只脚踝放在另一只腿的膝盖上,双眼盯着一只非常细而又好看的脚抖来抖去,脚的外面整齐裹着精织的黑丝绸和漆皮。这个人好像在坦承仍旧记挂着军事纪律,所以每件东西都要擦得很亮,很完美,笔直,服帖,也要很整洁,好像阅兵大典上的军人一般。它甚至还暗示着,如果没有做到恰如其分,那么某人可能就要"出"某件事了,像是不准离营或者领薪水。鲍勃·艾辛厄姆的特征就是很瘦,那和体格所表现的散漫很不相同,这么瘦像是为了要产生过人的力量,好方便转移阵地,就地安顿,事实上,他瘦到简直快不正常了。他的朋友都知道,他自己也是"很清楚",但依然维持着瘦骨嶙峋的样子,脸颊和肚子都凹进去,看起来相当恐怖;穿着也是松垮垮的;加上选的百叶窗是怪怪的浅色调,质料很少见,像稻草一般,类似中国的席子,让人想不透他打哪儿弄来的这些东西,可联想到热带岛屿的习惯是一年到头都坐着藤制底座的椅子,在宽敞的阳台上行使总督的权力。他的头型圆圆的,很光滑,白头发留的样子很特别,像个倒扣着的银制锅子;而颧骨和粗硬的胡子可媲美匈奴王阿提拉①。他的眼窝很深,有点儿暗,但是其中的眼睛蓝得就像当天早晨摘下的小花。生活上能知道的事,他样样不缺;他认为,从更大的部分来看,就是关乎财务安排。他太太数落说他缺乏精神上和知性上的反应,或者该说,根本两个都没有。他想都没想过要了解她的意思是什么;那一点儿关系都没有,因为就算有些局限,他仍是社交圈里的绝佳人士。人类的病痛和困境,他都不觉得有何惊讶或吓人之处,也甚少觉得有趣——这点恐怕是他富足的事业里真正的损失。那些情况对他而言是很自然的事,没什么可怕的;他把它们分类,估算一下结果和风险。他可能曾处于某种古老而又令人难解的氛围里,参与过旧日残酷与放胆一搏的战役,才有如此的认识,知道自己什么都不必再学了,挺神奇的。不管喜不喜欢,他都非常投入地讨论家里的事,完全感到心满意足;他的亲切是用极为奇怪的方式来表达,看似和他的经验扯不上任何关系。需要处理的事,他无须接近它们就可以全部料理妥当。

---

① 阿提拉(Attila the Hun, 406—453)是个骁勇善战的匈奴国王,自公元 434 年即位至他死亡为止,一直是东西罗马帝国最可怕的敌人之一。

这就是他和太太打交道的方式，他知道她的意思里面有一大部分可以不用理会。他把她的心思剪接出个大略的梗概，就像他为了省钱，会拿支铅笔头剪接她冗长的电报。他最了如指掌的要数他的俱乐部，它接受他的原因大概是他太会管事了，他用绝佳的洞察力管理它。他和它的关系真是剪接的典范。话说回来，事实上，他大可把这个过程应用于艾辛厄姆太太对他们目前所面临这件事的看法；那就是他们与夏洛特·斯坦特未来可能动向的关系。他们不会把他们的好奇心和警觉性这点儿小小的资产，全数挥霍在那些可能性上面；他们当然也不会将他们珍藏的积蓄，一早就把它花完。再说，他挺喜欢夏洛特的，她性情平和，住在这里不碍事，直觉上也倾向不浪费，比起他太太，他觉得她和自己更相像。和她谈起范妮，比和范妮谈起夏洛特要好得多。然而目前，他要先搞定才发生的事，所以连刚刚那么迫切的问题，他都回答了。"假如你想不出来要担心什么，那就等你能想出来的时候再说吧。到时候你会清楚得多了。要不然，如果那要等太久的话，就问问她吧。别想从我这儿问出什么来。去问她本人。"

我们知道，艾辛厄姆太太不会认为她丈夫在耍心思，所以她这方面，可以把这些话，当作仅仅是无意义的肢体动作，或是紧张的脸部表情而已。她不把它们当一回事，好像是出于习惯，也是好意；尽管如此，反正也没有其他人可以一直听她讲这些私密的话。"她和玛吉的友谊才是最复杂的地方。因为那是……"她把心里想的说出来，"很自然的事。"

"那么，她为什么不能因为它而出国呢？"

"她出国，"艾辛厄姆太太继续沉思着，"是因为她讨厌美国呀。那里没有她能待的地方——她就是合不来。她找不到共同点——她见到的人也都一样。那地方既可亲又可厌；而且凭她的收入，没办法在那儿过活。就算以某种方式，她在这里也是无法过活。"

"你是指和我们住在一块儿这种方式？"

"和谁住都一样。她没办法单靠着做客过日子——她也不要这样。尽管可以，她也不会这样做，因为她人太好了。但她会——她一定会,这是早晚的问题而已——和他们待在一起。玛吉会想要她这么做——玛吉会要她这么做。再说,她自己也会想要如此。"

"哦,那样为什么不行?"上校问,"你认为那是她来的原因?"

"那怎么行,怎么行啊?"她继续说话,好像没听到他的话似的,"就是一直使人有这种感觉。"

"为什么没办法做得漂亮呢?"

"那些过去的事,"她担忧地说,"竟然现在回来了?那怎么行,那怎么行啊?"

"我敢说行得通的,不用你在那儿绝望得把手扭来绞去的。我亲爱的太太,"上校一面抽烟,一面说,"你什么时候见过自己的事情——任何一件你做过的事情——行不通呢?"

"哎,这件事不是我做的啊!"她回答得直截了当,"我可没有带她回来。"

"你希望她能听你的话,在那儿度过她的人生?"

"才不是——她如果是他们婚后才来,我就不会在意了。她以前来也是这样。"她又补了一句不太相干的话,"我实在很为她难过——当然她也不好受啦。但我真的不懂,她是哪里不对劲了,这么倔强。她不需要如此大胆——她没这么做的原因,我猜,应该只是想中规中矩而已吧。对我而言几乎是中规中矩了——那是它最烦人的地方。"

"可能,"鲍勃·艾辛厄姆说,"那就是她的想法。看在老天的分上,接受它吧,把它当成中规中矩的,然后别再管啦。对我而言,"他又补了一句,"它也可以算得上中规中矩啦。"

可是,她才不会放手不管。如她所言,这情况有如此不同的方面,说句公道话,哪一个方面都不容忽视。"你知道的,我一点儿都不相信她是个,譬如说,是个坏人。从来没有,从来没有,"艾辛厄姆太太坚定说,"我不认为她是那样的人。"

"那还不够,为什么呢?"

艾辛厄姆太太表示,除了她的思路更活跃之外,没什么是够的。

"她没有一丝处心积虑,也没有故意希望事情变得复杂。她认为玛吉是个可人儿,这绝对是真的——谁不是这么想呢?她不会想出什么阴谋来伤她一根头发。但是,她人在这儿——他们在那儿。"她说了结语。

她丈夫又静静地抽了会儿烟。"他们之间到底发生过什么事呀?"

"夏洛特和王子之间?咦,没事啊——只除了他们俩知道,什么事都不能发生。那是他们小小的浪漫故事——甚至是他们的小小悲剧。"

"但他们究竟做了什么吗?"

"做?他们彼此相爱——不过,眼看着不可能,也就放弃彼此了。"

"那有什么浪漫故事啊?"

"咦,浪漫故事存在于他们的挫败感之中,存在于他们有勇气正视事实。"

"什么事实?"上校继续说。

"呃,首先,他们俩谁也没钱结婚。要是她能有那么一点点——我是说,一点点钱够两个人用——我相信他会很勇敢地完成那件事。"她丈夫听完之后,咕哝了个奇怪的声音,她把话稍做修正,"我是说,要是他自己能有那么一点点——或者比一点点还要多些,够王子之尊用的一点点,他们会做他们能做的,"她为他们说句公道话,"要是当时有办法的话。不过,什么办法也没有,而我认为夏洛特也理解这个情形,那是她个性坦然。他一定得有钱才行——那是生死攸关的问题。像个乞丐嫁给他——我是说,像个乞丐离开他,可一点儿都不好玩。那就是她为何有——他也有——理由要来看看。"

"他们的理由,就是你所称的那个浪漫故事?"

她看着他一会儿。"你想多听一些吗?"

"难道他没有想要更多点儿什么吗?"上校问,"或者就那件事来说,难道可怜的夏洛特自己也没有吗?"

她的眼睛没离开过他,这种姿态已经回答了一半。"他们彻骨地相爱过。她很可能会是他的……"她忍住了没说出口。有那么一分钟的时间,她甚至发起呆了。"她想成为什么人都有可能——只除了当他的妻子。"

"但她不是。"上校在烟雾中说。

"她不是。"艾辛厄姆太太回声似的重复了一遍。

这个回声不大,但是很深沉,在房间里回荡了一下。他好像在听着它渐渐消失,然后他又开口了。"你有几分把握?"

她等了一会儿,但一开口讲话的时候,语气倒是很坚定。"没时间了。"

听到她的理由,他轻轻笑了;他原本以为会听到其他的。"那要花很多时间吗?"

她自己则是依然挺严肃的。"他们的时间不够。"

他态度超然,不过倒也纳闷起来。"他们的时间有什么关系?"过后,她好像全部都想起来了,又经历了一次,也把事情都串起来,她只是想着。"你是说,是你的想法才搅和进来?"他要她说明。

这句话让她很快回到重点,也宛如有几分在为自己说的话负责。"才不是——就当时而言。但你一定还记得,"她继续说,"一年之前所有的事都已经发生了。他还没听说过玛吉之前,他们就分手了。"

"为什么他没从夏洛特本人那儿听说过她呢?"

"因为她从没提过她。"

"那也是,"上校问,"她告诉你的吗?"

"我不是说,"他太太回答,"她告诉过我什么。那是一回事。我是说我自己知道。那又是另外一回事。"

"换句话说,你觉得她对你说谎?"鲍勃·艾辛厄姆和蔼地问。

她认为这个问题太差劲了,不想理他。"在当时,她连玛吉的名字都没提起过。"

这一点他觉得挺明显的。"那是他告诉你的吗?"

"就是他。"过一会儿她承认了。

"他不会说谎吗?"

"不会——要替他说句公道话。我相信他绝对不会。如果我有所怀疑，"艾辛厄姆太太为了自己，语气坚定地说了句公道话，"我就根本不会管他了——不管他们的结识。他是个绅士——我是说一个绅士该有的，他全都有。他什么也没得到过。即使是位绅士，"她补了一句，"那也会有用。是我对他说到玛吉——去年五月开始，一年了。他以前从没听说过她。"

"这下子可严重了。"上校说。

她稍微掂了掂这句话的分量。"你是说，对我而言挺严重的？"

"呵，所有的事对你都挺严重的，我们已经习以为常了，而且根本就正在谈啊。它挺严重的——它曾经是……对夏洛特而言。对玛吉而言，它也挺严重的。也就是说，它曾是挺严重的事——当他真的见到她的时候。或者说，当她真的见到他的时候。"

"如果你想折磨我，那你还差一截，"她很快继续说，"因为你想到的，我都已经想过千遍了；而每件你没想到的事，我也都想到了。假如这件事整个都不对，"她了然于胸，"那会很严重。我们在二月底前去罗马那次，"她满意地说，"你就搞不清楚吧。"

他忙不迭地同意。"人生没有哪件事，亲爱的，是我能想得出来的。"

唔，真正需要的时候，很明显地，没有一件事是她想不出来的。"夏洛特很早就在那里了，十一月初的时候，但是突然离开，你应该还记得，大概是四月十号。她原本要待下来的——她要为我们待下来，那很自然；她更要为了魏维尔一家人待下来才是，他们整个冬天都在巴黎，一周又一周地延迟，最后真的来了。他们——尤其玛吉——主要就是为了见她而来，然后要和她一块儿待在那里。却一下子全都改变了——因为夏洛特到佛罗伦萨去。她一天拖过一天——你全忘了吧。她给了些理由，但我当时就觉得怪；我感觉肯定出了什么事。困难在于，虽然我知道一些，但我又知道得不够多。我不知道她与他的关系，像你说的，挺'近'的——也就是说，我不知道有多近。那可怜女子离开根本就是逃走——她要救救她自己。"

他听得比他看起来更认真——从语气就透露出来。"救救她自己？"

"嗯，我想，也真是为了救他。我后来了解了——我现在可全都了解了。他会很难过——他并不想伤她。"

"呵，我敢说是喔，"上校笑了，"他们都不想如此啊！"

"不管怎么说，"他太太继续说，"她脱身了——他们俩都是；因为他们也只能面对现实而已。他们结不成婚的，而且既然如此，他们越快把亚平宁山脉①隔在他们俩中间越好。没错，他们是花了些时间感受到这一点，也弄清楚了。那整个冬天他们一直在见面，也不尽然都在公开场合；他们见面次数比别人知道得多——虽然大部分是都知道的。当然啦，"她说，"超过我当时所能知道的——虽然我并不知道，究竟它会不会把我变得不同。我喜欢他，从我们认识他的那时候起，我就认为他很迷人；现在一年多了，他也没做什么破坏我印象的事。他是有可能做些事——许多男人也轻易都会做的事。因此，我对他有信心；而且一开始我就是对的，知道自己会信任他。所以我不是，"她说话的样子，好像她直接面对着一张记录似的，把账目一笔一笔加好之后，再把一串数目的总和念出来，"所以，我心想，我可不是傻瓜。"

"嗯，我说过你已经搞懂了嘛，你是不是想弄清楚这点？无论如何，他们这整件事所需要的，"鲍勃·艾辛厄姆说得坚定，"就是你应该放手别管啦。现在那是他们自己的事；他们面对面自己做买卖，钱也付了。跟你无关了。"

"你说的，"她问，"是哪件事？"

他抽了一分钟的烟，发出一声呻吟："天哪，事情有那么多件吗？"

"有玛吉的事和王子的事，王子的事和夏洛特的事。"

"呵，是喔。那么，"上校嘲弄地说，"也有夏洛特的事和王子的事。"

"也有玛吉的事和夏洛特的事，"她继续说，"还有玛吉的事和我的事。我认为，还有夏洛特的事和我的事。没错，"她沉思着，"夏洛

---

① 亚平宁山脉（The Apennines）是阿尔卑斯山脉主干南伸部分，纵向延伸整个意大利半岛。

特的事和我的事当然也算是个得处理的情况。总而言之，你懂了吧，很多呢。但我的意思是，"她说，"我要保持镇定。"

"今天晚上，"他询问，"我们就要把他们全部搞定吗？"

"如果事情出岔子，我就没辙了——万一我做过什么愚蠢的事。"她说得很急切，没注意他的问题，"我现在受不了那样的事。但我问心无愧，那给了我力量。没有人可以说我的不是。魏维尔一家人独自来罗马——夏洛特和他们在佛罗伦萨待了几天之后，决定回美国。我敢说，玛吉帮了她忙；她肯定给了她礼物、一份大礼，所以很多事就容易办了。夏洛特离开他们去了英格兰，和某某人在'一起'，接着航行回纽约。她从米兰写信告诉我的，信我还留着；当时我并不知道这些背后的事，但我有感觉到要开始新的生活。当然啦，无论如何，它让那里的状况明朗了——我是指那个我们深深沉浸于其中的亲爱的老罗马。它把场子空了出来——它给我自由挥洒。我要把另外那两个人凑在一起的时候，不会有其他人存在的问题。更好的是，对他们也不会有问题。所以你懂吧，"她说了结论，"那让我处在什么境况。"

一说完话，她就站了起来，仿佛那些话是白昼的蓝色天空，而她一路推挤着前进，穿越一条黑暗的隧道；她兴高采烈的声音，加上她恢复了原有的机灵，令人联想起火车尖锐的哨音，最后飞速射入一片旷野。她在房间里转来转去——看了一会儿外面八月的夜空；一下子停在这里，一下子停在那里，看看钵里或瓶里的花。是呀，仿佛她真找着了有待证明的证据一般，仿佛她运作的事，已经出乎意料地几乎成功了。老套的计算方式可能靠不住，新的把问题都解决了。她丈夫倒是奇怪，动也不动地保持原来的姿势，摆明了没在想这些算出来的结果如何。他觉得她绷紧神经的样子挺有意思的，所以等她松了口气的时候，他也没特别兴奋；他表现得感兴趣，但可能在心里的程度没那么高。"你是说，"他很快问，"他已经忘了夏洛特？"

她转过脸来，好像他碰了某根弹簧似的。"他想过要这样，那是很自然的事呀——也是他能做的最好的事。"看起来，好像这件主要的事，真的在她的掌握之中。她现在全盘明了了。"他有办法使上力，也用了最好的方式。你不要忘了,我们是怎么看玛吉的。"

"她人很好,但我老看着她,就是个一年有一百万收入的小姐。如果你是说对他而言更是如此,你如此看待此事,当然是有道理的。我跟你说,要努力忘掉夏洛特没那么难。"

这句话让她停住了,不过只有一下子。"我从来都没说过,他不是打一开始就喜欢玛吉的钱——我也从来没说过,他不是越来越喜欢。"

"我也从来没有说过,我自己应该不会喜欢它。"鲍勃·艾辛厄姆回答。他没有动,又抽了一分钟的烟。"玛吉知道多少?"

"多少?"她好像在想——似乎在算算是几夸脱,或是几加仑——该怎么把那个量表达出来。"她知道夏洛特在佛罗伦萨告诉她的那些。"

"夏洛特告诉过她什么了?"

"很少。"

"你怎么如此确定呢?"

"咦,就这样呀——因为夏洛特没办法告诉她。"然后,她稍加解释她的意思,"有些事,亲爱的——难道你自己没有感觉,是跟你一样的粗鲁——粗鲁到没人能对玛吉说得出口。有些事,说实在话,我现在也不愿意试着告诉她。"

上校听着,又抽了口烟。"她会很难堪吗?"

"她会吓坏了。她会非常受伤,虽然样子看起来只会有点儿怪。她生来就不懂邪恶这码子事。万万不可让她知道。"

鲍勃·艾辛厄姆笑了一下,表情怪异而又可怕。那个声音事实上把她太太硬是在他眼前给定住了。"我们得花好大的功夫才能挡得住啊。"

但她不服气地站在那儿。"我们不用花任何功夫。该做的都做了;打从第一步起,就是那天在鲍格才别墅①他走向我们的马车——第二

---

① 鲍格才别墅(Villa Borghese)十七世纪初期建于罗马城边缘,原本作为私人艺术品收藏处所,有精致的花园设计。

步、第三步就是她待在罗马的那几天,你还记得,当时你和魏维尔先生不知上哪儿去了,而王子和我们一起坐上马车回来喝茶。他们已经见过面,对彼此印象都不错,他们也都已经相识:剩下来的,也就自然而然发生了。我回想起来,真的是从我们在马车上的时候才开始的。我们经过街角的时候,玛吉凑巧听到有人和他打招呼,很响亮的罗马式招呼,他叫他阿梅里戈①,那是王子受洗时的名字之一,也只有亲戚间才会这么称呼他:这个名字——你可能不知道,连我过了大半辈子也不知道——原属于一个很有野心的人,四百年前追随哥伦布的脚步横渡海洋,但是哥伦布以前失败的地方,他成功了,他成为那块新大陆的教父,或者说,是赐名的父尊。正因如此,即使到了现在,一想到和他有任何关系,我们天真的胸膛依旧激昂不已。"

他太太只要说到她出生的土地,就老是责难他无知而又一副面不改色、问心无愧的表情,上校冷静得有些可怕的样子足以与她匹配;但是目前,接下来的提问倒是说得像是出于好奇,并没有致歉之意,也无助于了解他心中晦暗的深处。"但这关系又是打哪儿来的呢?"

她一副胸有成竹的样子。"是因为那些女人——也就是说,很久以前某位温和可亲的女士,她是那个颇有野心的发现者的后代,而王子的祖先很幸运地可以回溯到她身上。有另外一个很伟大的家族——伟大到足以嫁入他们家来;而那位航海者闪着荣光的名字,很自然地受到大家喜爱,每一代总有某位男丁要冠上这个名字。无论如何,我的重点是说,回想起来我注意到了,打从一开始,王子之所以会受到魏维尔一家的帮助,正因为冠着他的名号。当时玛吉听到了这个名字之后,这段关系就变得挺浪漫的;每个不明朗的环节,她都一眨眼就给补上了。'有那个标志',我真的对自己这么说,'他会征服的'②——当然也是他运气好,其他必要的标志样样不缺。真的,"

---

① 由下文可知,源头是指阿梅里戈·韦斯普奇(Amerigo Vespucci, 1454—1512)。他是一位意大利籍探险家,美洲就是由他的拉丁文名字所产生。
② 小说原文是"By that sign,""he'll conquer."这两个短词是由"In hoc signo vinces"(In this sign you will conquer.)而来。传闻君士坦丁一世于公元312年出兵前,在空中见到燃烧的十字,上面有这一句话,意思是"凭此标记,我将得胜"。

艾辛厄姆太太说,"简直是卡榫精密的接缝一般,很合适呢。我还想到,"她作了结论,"魏维尔一家人的坦白无隐,挺让人喜欢。"

上校听懂了,他的评论却无出奇之处。"阿梅里戈,他知道自己在做什么吧。我不是说老的那一个。"

"我知道你在说什么啦!"他太太很勇敢地迸出一句话来。

"那个老的,"他顺势讲下去,"可不是那家族里唯一的发现者喔。"

"呵,随便你怎么说!如果他发现了美洲——或者大家都以为是他,而因此尊崇他——那么他的后继者等时间一到,也会发现美国人的。一点儿都没错,特别是他们其中的一个,就会发现我们有多么爱国。"

"难道你所称之为的关系,不是由同样这个人,"上校问,"真的是由他发现的吗?"

她看了他一眼。"这段关系是假不了的——这段关系在历史上很出名。你拐弯抹角的影射,只会让你自己愤世嫉俗得脑袋难受。难道你不了解,"她问,"像这类人在历史上,包括根源是什么,又有哪些支族,整个过程的时时刻刻,都是广为人知的?"

"喔,那倒是。"鲍勃·艾辛厄姆说。

"到大英博物馆去。"他同伴继续说,神采奕奕的。

"我去那儿干吗?"

"有个很大的房间,或是幽闭之处,或是什么部门,随便哪里啦,整个都是书,只写着他的家族大小事。你可以自己去看看吗?"

"你自己看过了?"

她有些结结巴巴,但一下子就恢复了。"当然啦——我有一天和玛吉一起去的。可以这么说,我们去查查他。很平民化的地方。"然后她又陷入刚刚她丈夫令她有点儿激动的状态。"自从王子在罗马和我们一起驱车回家,每件事都蒙上了迷人符咒,影响力由此而生。之后我做的,只有尽量使它顺利而已。它本来的确也已经够好了,"艾辛厄姆太太立即又补了一句,"我一点儿都看不出来,自己的职责是要把它搞砸。换作今天的情况，我仍然会做同样的事。它出现在我眼前，我也就涉入了——至于事情本身，我依旧没办法不管。我喜欢它，我想到的都是它的各种好处，就算现在，也没有任何事，"她说话的语气有些严肃，"可以让我有其他想法。"

"你不想要的，也没有任何事可以让你想要。"上校仍坐在椅子上，边抽烟斗边说话，"你有种珍贵的力量，就是只想着你要的。偶尔呢，你也会拼了命想想非常不一样的事情。事情是这样，"他继续说，"你自己爱着王子，爱得不得了，但是又没有办法叫我不碍事，所以你只得走迂回的路线。你没办法嫁给他，就跟夏洛特一样——那不是给你的。不过你倒是可以给别人——所以总是跟王子有关，也总是和结婚有关。你可以给你的小朋友，给了她不会有什么反对声音。"

"不仅不会有反对声音，而且有好多理由，很好的理由这么做——全部都棒透了，全部都迷人极了。"他暴露了她行为的动机所在，但从她的话里听不出有何反驳之意。她很清楚，也心里有数，尽管没有否认，也没对她造成任何困扰。"总是跟王子有关，也总是和结婚有关，感谢老天爷。这些事都是老天爷赐予的，也会永远都在。一年前这件事我帮得上忙，确实使我很开心，它会继续让我开心下去。"

"那你为何无法平静呢？"

"我是很平静呀。"艾辛厄姆太太说。

他坦率地看着她，没什么表情、纹丝不动地坐在他的位子上。她又稍微移动了一下，虽然她才刚刚宣称心情平静，但反而更强调了她的烦躁不安。他一开始没说话，仿佛接受了她的说法，但是并没有维持很久。"你说夏洛特不能全部都告诉她，你想这是怎么回事？王子也什么事都没对她说，你想这又是怎么回事？有些事是她听到会经不起的，这倒是可以理解——因为像你所说的，她很容易害怕，很容易受到惊吓。"他慢慢地说出他不同意之处，时时停下来，好像在给她时间好回到他这里，别再走来走去的。不过等他把问题说完的时候，她依然走来走去的。"假如在夏洛特突然离开之前，那一对之间并没有什么不该有的事——这样才能做到像你说的，绝对不该有的情况：那到底是有了什么事情，糟到不能说呢？"

艾辛厄姆太太听完这个问题，仍然继续绕着圈圈走——尽管她最后停了下来，依旧没有直接面对问题。"我以为你要我平静不吭气儿。"

"所以我这么做了——我尽力要你这样，免得你再担心下去。难道你就不能对那件事平静不吭气儿吗？"

她想了一会儿——然后像是要努力做到似的。"别再说她'突然离开'是因为我们说的那些理由，尽管她希望，因为自己突然离开能成全——我完全能感受到，那不是夏洛特要的。"

"啊，如果它已经成全了她所希望的……"但是上校的结语因为'如果'两字而悬着，他太太不太懂。悬着的时间不长，他很快又说话，"那件事让人纳闷的地方在于，她干吗又回来找他呢？"

"比方说，她不是来找他。不见得是他。"

"你爱听什么话我都会说。但那比不上你说的使我更高兴。"

"我亲爱的，没什么会使你高兴，"艾辛厄姆太太回答，"你才不在乎事情本身如何；你什么都不以为意，只会在旁边叫好，就因为我不愿放手不管……"

"我以为你辩了半天，是说一切都很好，那不折不扣就是你做的。"

但是他太太可以像以前一样，一路这么谈下去，反正她常常提到这个重点。"你一点儿都不关心，真的是；你一点儿道德感都没有。你抢劫过若干城市，而且我相信你自己一定干过什么可怕的勾当。不过，就当成不让我这么伤脑筋吧。'言尽于此'！"她笑了。

他让她继续笑，但他还是老样子。"嗯，我倒是支持可怜的夏洛特。"

"支持她？"

"支持她知道自己要什么。"

"唉，那么我也是。她的确知道她要什么。"艾辛厄姆太太终于站在那位女子的立场，说出这句话，应该是刚刚她走来走去、左思右想的最后结果吧。她在他们的谈话中摸索着线索,而现在她抓到了。"她想表现高贵情操。"

"她是哦。"上校把话说得几乎是酸溜溜的。

"她想要……"他太太这会儿说得很快,"极度的优秀,她是办得到的。"

"想要?"

"实践她的想法。"

"她的想法又是什么呢?"

"见到玛吉渡过难关。"

鲍勃·艾辛厄姆纳闷了。"什么难关?"

"所有难关。她认识王子。玛吉却不认识。不认识,亲爱的小家伙,"艾辛厄姆太太得认清这件事,"她不认识。"

"所以夏洛特是来给她指导的?"

她继续说下去,范妮·艾辛厄姆要弄懂她的想法。"她是为了他而做这件大事。她真的办到了,那是一年前的事。她几乎是帮着他使他自己做到了——也帮助我来帮他。她让开了,离得远远的,放手给他自由。再说,她对玛吉的沉默,不就是直接在帮助他吗?假使她在佛罗伦萨就讲开了,假使她告诉了她有关自己可怜的故事,假使她随便什么时候人就回来了——最近这几周之前回来的话,假使她没有去纽约而且待在那儿:假使她没有办到这些的话,那么到目前发生的所有事情,当然会大大不同。因此她现在要前后一致。她认识王子,"艾辛厄姆太太又说了一遍。这牵涉到她之前所明白的事。"而玛吉,亲爱的小家伙,不认识。"

她情绪高昂,神志清明,几乎是灵感泉涌;但以她先生不拐弯抹角的常识而言,她不过是掉得更深罢了。"换句话说,玛吉因为不知情,所以身处危险之中?假如她身处危险之中,那么危险是存在的。"

"不会的——因为夏洛特了解情况。那就是她觉得自己可以像个英雄的地方,得以表现高尚的地方。她是这样的人,也将会是如此,"这位善良的女士此时散发着光彩,"所以喽,她要确保……为了她最好的朋友……非常安全。"

鲍勃·艾辛厄姆倒是把这件事看得很严肃。"你说的好朋友,是他们之中的哪一个呀?"

她不耐烦地把头一甩。"我留给你自己去发现!"但言谈所带出来的重要真相,她现在是完全接受了。"因此,我们要做她的好朋友。"

"'她的好朋友'?"

"我和你呀。我们要做夏洛特的好朋友。我们要站在我们这一边,看着她渡过难关。"

"看着她高尚地渡过?"

"渡过她庄重的孤单生活。只不过——那是一定要的——绝对不可以是孤单的。如果她结婚,那一切可就好了。"

"所以我们要把她嫁掉?"

"我们要把她嫁掉。这会是……"艾辛厄姆太太继续说,"我能做的一件大事。"她越来越清楚了,"这可以弥补。"

"弥补啥?"她什么都没说,不过,急于想知道答案的他,又问了一次,"要是每件事情都很好,那还有啥要弥补的?"

"咦,万一我不小心对他们哪个做了不妥的事。万一我犯了错。"

"你要犯另一个错来弥补吗?"她又想了想没搭腔。"我以为,你整个重点是自己很确定了。"

"没有人可以一厢情愿地确定什么。总是有各种可能性存在。"

"如果我们只能胡思乱想,那又何必一直管别人的闲事呢?"

这句话使得她再次看着他。"如果我没有管你的闲事,你又会在哪儿呢?"

"哎哟,那不是管闲事嘛——我成了你自己的事。从我没有反对的那一刻起,"上校说,"我就成了你自己的事。"

"嗯,这些人都没反对。他们也成了我的事——谁叫我那么喜欢他们。谁叫我,"她继续说,"以为他们也一样喜欢我。我们的关系是存在的,每一个都是——这是事实、很好的事实。可以说我们都搅在一起了,想改变已经太迟。我们得生活于其中,要这样过下去。所以,确保夏洛特找到个好丈夫,越快越好——就像我说的,那将会是我过日子的方式。这样会使每件事……"她信念坚定地说,"都圆圆满满。"他的坚定,表现得和她相差甚远:"每件事,我想,我从没这么紧张兮兮的。事实上,它会是我的责任——我不会停下来,直到我的责任已了。"此时她已经达到一种似升至云端的得意境界。"我要将生命接下来的一年,有需要就两年,奉献给这件事。我要尽我所能努力做好它。"

最后他终于接话了。"你相信你什么都能?"

"我没有说什么都能,或是类似的话。我是说机会很大——足以叫人产生希望。一切过后,女孩子仍是她自个儿的样子,怎么会没机会呢?"

"你说的'一切'之后,是指在她爱上别人之后吗?"

上校把问题说得平静,但无疑是要祭出致命的一击。不过她没有动怒。"她没有爱到昏了头想结婚。这会儿她倒是会特别想了。"

"她对你说过?"

"还没。太快了吧。不过她会的。反正我目前也不需要知道。等她结婚就会证明是真的了。"

"什么真的?"

"我说的每件事情都是真的。"

"证明给谁看呢?"

"唔,第一个,就给我自己看啊。那对我而言就够了——够要我来为她做这些事。那也会证明,"艾辛厄姆太太很快接着说,"她痊愈了。她已经接受这种情况了。"

他深深吸了口烟斗,算是对这番话的致意。"做件她办得到的事,好像看来真的可以掩盖她走过的所有足迹,是这种情况吗?"

他太太看着他,这个人善良却又很无趣,终于在此刻仿佛只剩下粗鲁了。"做一件她办得到的事真的可以把新的足迹归拢在一块儿。这件事比其他的都来得更睿智,更正确。这件事是她表现高贵情操的最好时机。"

他缓缓将烟吐出。"同样的道理，也给了你对她表现高贵情操的最好时机。"

"至少我一定尽可能地表现出高贵情操。"

鲍勃·艾辛厄姆站了起来。"你竟然还说我没有道德感？"

此言使得她踌躇了一会儿。"你喜欢的话，我可以说你是个笨蛋。但是，笨到一定程度，你知道的，就是没有道德感。正是如此，有道德感的人不都是非常聪慧吗？"这点他没办法告诉她，这下子她更振振有词说起结论了，"此外，就算再怎么糟，也还是很好玩呢。"

"呵，要是你觉得只是那样……"

他话中隐含着他们在这件事的立场相同，但尽管如此，他没法凭着这一点抓她的语病。"喔，我不是指你所说的好玩。晚安。"她在门槛那儿说话，他一面关灯，一面发出一声奇怪的闷哼，几乎是在咕哝着什么。他明显是意有所指。

第 五 章

"唔，现在我得告诉你，因为我想要完全坦白。"夏洛特在他们走进公园[1]后说话了，有点儿山雨欲来之貌。"我不想假装，我再也没办法假装，一刻都不行。要把我想成什么样随你的意，但我不在乎。我早就知道我不应该在乎，而我现在发现我一点儿也不在乎。我就是为了这个回来的。不是真有其他的事。就为了这个。"她重复了一遍，王子因为她说话语气的缘故，已经停下了脚步。

"为了'这个'？"他说得好像她提及的事情，他并不清楚——或者应该说，清楚的程度还不够。

然而这已足以使她接着说话："能有一个钟头的时间和你单独在一起。"

晚上下过大雨，虽然有阵阵清爽的微风吹干了人行道，但是这个凉爽的八月早晨灰蒙蒙的，天空盘旋着厚厚的云，空气也颇清新。公园里郁郁葱葱，绿意更浓了，地面升起一股刚浇过水的气味，生机勃勃，把这块地方的灰尘和不愉快的气味都清除了。夏洛特从他们一进来就四处张望，表情像是在对着旧识好好打个招呼：即使是在伦敦的中心点，这一天仍是挺英国式的低调，有饱经风霜之感。仿佛它一直在等着她似的，仿佛她认识它，小心翼翼地放好它，珍爱它，仿佛她回来的部分原因其实是为了它。虽然看似如此，但是对于一个意大利人来说，当然难明个中滋味；这是若干事情中的一个例子，老天保佑，你得是个美国人才懂——千真万确，要应付各式各样的事，你得是个美国人才行，老天保佑：不管老天保不保佑，只要不必待在美国就行。王子在十点半之前——也是敲定的时间——到卡多根街找艾辛厄姆太太的客人。经过短暂的延迟，两个人一起走上斯隆街，经过骑

---

[1] 指海德公园。

士桥① 直接进入公园。这个目的地,是在艾辛厄姆太太家的客厅里,女孩一开始就要求的,几天之后彼此有了默契,于是就选在此地。这个要求放了几天都没能否决掉——每件事都加了点儿理由进来,很明显,也没有哪个人合适说出反对的意见。就连艾辛厄姆太太听到的当下,既没有表示反对,也没有加以干涉,那还有谁能对这件事有意见呢?年轻人就是这样问自己的——对于什么会使他看起来可笑,心里很清楚。他不会一开始——至少那是一定的——就表现出害怕的样子。再者,尽管刚开始的时候他强烈地感到害怕,但也已经消退了,可不止退了一点点而已。这个过渡时期很快就过去了,他几乎可以说一切都很开怀,很顺利。

他大部分时间都花在积极接待自己婚礼的宾客上,玛吉也一样全心专注于招待她的朋友,她将夏洛特留在波特兰道,一起待上好几个小时;因为不甚方便,所以并未请夏洛特留宿,但是连同其他人与他的亲友团,她都一起吃中饭,喝茶,吃晚餐和永无休止的餐宴——他觉得自己一辈子都没应付过这么多吃的——不管探访谁都一样。除了一个很短的时刻之外,他直到现在才有机会单独见到夏洛特,其实这段时间,他真的甚至连玛吉也见不着面。所以,如果他连玛吉的面都见不着,那么他没见到夏洛特,也就一点儿都不奇怪了。那个例外的时刻,才短短一下子,是跟在别人后面,走在波特兰道宏伟的楼梯上,但也足以使这女孩提醒他——她认为他已经准备就绪——他们将要做的事。要做的话,他们的时间会很紧。每个人都带了礼物;他的亲戚们带来了令人惊奇的东西——他们怎么还有这样的珍宝呢?他们上哪儿找的呀?只有她什么都没带,她觉得很惭愧。然而,就算见到了其余的献礼,她要做这件事的想法也不会被浇熄。她能做多少就做多少,而他一定记得自己是来帮她的,玛吉并不知情。他将那一刻延长,花了好长时间犹豫着想个理由,接着冒险将他的理由说出来。冒

---

① 斯隆街(Sloane Street)是一条位于伦敦的南北向的街道,从骑士桥到斯隆广场(Sloane Square)止。骑士桥是伦敦的一条路名,也是伦敦市中区一处有精品名店的地段的名称。

险之处在于他可能会伤害她——如果她自尊心特别强,那会伤了她。反正不管哪种方式,都有可能伤了她。再说,她正好没那种特别强的自尊心。所以,他们拖慢步伐之际,他倒也能轻松应付自己那点儿轻微的不情愿,没那么让人受不了。

"我讨厌要你花钱——而且是为了这么个目的。"

她站得比他低一两个台阶,在大厅高高圆屋顶的灯光下,她仰头看着他,手掌摩挲着十八世纪的英国红木扶手,扶手擦得亮亮的,架在精致的铁栏杆上。"因为你以为我一定钱少得可怜?不管怎样,都够我用了——足够使我们花点儿时间。知足,"她微笑着,"也就常乐了!况且,"她说,"当然不会是什么昂贵的东西,玛吉已经有满坑满谷的宝藏了,所以我也不必去和别人一较高下,或是要别人失色。当然呢,说到无价珍宝,哪有什么是她还没得到的?我能给的是穷人家的东西——那种富贵人家不能给她的东西,而且她自己也因为太有钱而不会买它,以至于她永远都不会拥有。"夏洛特说话的样子,好像已经经过相当多的思考似的,"因为它没办法很精美,所以一定得好玩才行——那就是我要找的东西。再说,在伦敦找东西,本身就饶有兴味。"

他回想她的话如何冲击着他。"好玩?"

"喔,我不是说好笑的小玩意儿——我是说一些特别迷人的小东西。价格比别人便宜,但是又要绝对合意。那才是我称之为的好玩,"她解释着,"你以前,"她还补充说,"都会帮我在罗马找些便宜的东西。你杀价功夫是一流的。那些东西我仍留着,我不用再说——那些划算的小买卖都要归功于你。伦敦八月天里也有划算的买卖。"

"哎,但我又不懂你们英国人买东西,老实讲,我觉得有点儿无聊。"就这样,他表示不赞同,但他们仍然一起往上走。"我了解我那些可怜而又亲爱的罗马人。"

"是他们了解你吧——那是你的有利之处喽,"她笑着说,"我们在这里有趣的地方就是,他们不懂我们。我们可以把它变得很有趣。你等着瞧好了。"

如果他又再次表现得犹豫不决,那是因为考虑到程度问题。"找到我们要的礼物，当然就会有趣。"

"一定的呀——我就说嘛。"

"嗯，如果他们不愿降价……"

"那我们就往上加。总能够做点儿什么吧。再说，王子，"她继续说，"如果你这么想，我可不是一文不名。对某些东西来说，我是太穷了，"她说，然而她表情挺奇怪的，一副轻松自然的样子，"但是对于其他的东西，我没有那么穷。"走到顶端的时候，她又停了下来。"我一直在存钱。"

他真的挑明了问她。"在美国吗？"

"是呀，甚至在那儿也是——因为我有个目的。我们不应该，你知道的，"她说了结论，"留到明天之后才做。"

外加十来个字，那不多不少就是他们说的话——他一直觉得，不管说得多少，结果都只会加以放大。他可以继续随机应变，但是除了将它放大之外，任何事都可以。姑且不提那些，光是她来拜托他，就挺让人于心不忍。他是让她这么做——她也已经拜托他了；而这样一点儿用都没有，因为他心里有个特别的感觉。结果就是他们走到现在这个地步：他已经铁了心，绝对不可以将事态扩大。就算她已提及当然不可使玛吉知情，他也是如此坚持，仿佛全部的重点都在这儿。这件事至少有一半的趣味是在于她不会有所怀疑；因此他完全不让她知道——夏洛特这边也会这么做——他们曾在哪儿待在一块儿，或是彼此单独见了五分钟的面。总而言之，他们短暂的外出，其精华在于得保持绝对的秘密状态。她请求他能好心地不要违背她的期望。坦白说，在他结婚前一天，这样的时刻做这样的请求，是有些令人不安：在艾辛厄姆太太家的客厅里，和这位女子不期而遇是一回事，但是和她一起安排个早晨碰面，几乎就像以前他们在罗马时候的早晨一样私密，也几乎一样亲密，那又是另一回事了。同一天的晚上，他立刻告诉玛吉，他们俩在卡多根街的几分钟时间里说了些什么——虽然并没有提到艾辛厄姆太太不在的那段期间，也没有提到他们的朋友经过稍微延迟之后，事实上提议了些什么。不过，他没有马上同意任何礼物，也不同意弄得神秘兮兮的，原因在于——他们站在楼梯顶端的时候，他仍犹疑着，时间久以至连她都注意到了——眼前的这个小计划，他颇有几分相似的感觉，那是从前为了应付若干场合，但是他已经脱离过去了，他只希望能够如此。这样好像某件事要开始了，那却是他最不想要的。全新的开始使他的实际立场有了着力点这等美事，而且一开始就整个地焕然一新。他心里想的这几件事，很快地归拢在一起，夏洛特看着他的脸，其种种心思皆已表露无遗。她一看出来就开始质疑，当面说了句："那么，你是想去告诉她吗？"这句话让这些心思变得挺可笑的。此举立刻使他退缩到把它减到最少——也就是说，减少"小题大做"。一眼就被看穿的顾忌显然就是在小题大做，因此他就事论事，当下紧抓住一个什么情况都适用的万用原则。

和这位女子在一起的原则很简单，只不过永远要保持简单——直到最后一刻都得保持简单。那每件事自会稳当无虞。它在当时，在那儿已经使他稳当无虞，眼前哪个看得最清，他也就毫不犹疑地接受了。她要求的比起她给的要少得多，这是真的。当她面对他的时候，她所给予的令他很感动，因为她一口气完全退出了。她是真的退出——退出所有的事，甚至连此时也没坚持什么本来该是她的。她唯一的坚持，就是坚持不把他们的见面说出去，这是件小事而已。拿那个来交换"所有的事"，所有她放弃的事，可真是小事一桩。因此他让自己被带着走；反正想要顺着她的意，所以不管哪个弯，只要她觉得有必要转过去，他就忙不迭地跟着；即使还在公园里面，她已经随着自己喜好的脚步，走了好一会儿。事实上，如此的走法很快便使他们得坐下来歇个脚，好好看一看他们身在何处。其中一棵大树下有几张轻便的椅子，他们可以坐个十来分钟，不算太长，也挺特别的。他们走路的时候，喜欢选修剪过的新鲜草地，虽下过雨也已经干了。这些椅子远离着宽阔的步道、主车道和公园道[①]的方向，一眼望去，目光所及之处尽是一片广袤的绿意，似乎升华了他们的自由。那片片绿

---

① 公园道（Park Lane）为伦敦路名，是海德公园的东界。

意也令夏洛特的身份——一个暂时的身份——更加清楚，此行的目的也不过如此。突然间，她一看到有机会，就坐了下来。他在她面前站了一会儿，好像在提醒不浪费时间很重要，这点是她之前自己也很坚持的，但她说了几个字之后，他又觉得于心不忍，真没办法。他试图说明自己不再坚持，终于接受了她初次的提议，是基于其中"饶有兴味"之处，所以她的任何想法都得符合它才行。他的结论是——前后都一致——要把它当成件有趣的事，那是她肯定再肯定的，她说是真的。

"我不在乎你怎么看这件事，我也没有要求你什么——除了这件事之外。我想我曾说过——就这样了，我不希望落掉这一点。再见你一面，和你待在一块儿，就像我们现在这样，也像我们过往那般，就短短的一个钟头——或是两个钟头——这个念头已经在我脑子里好几个星期了。我是说，当然啦，得在之前——在你快要去做的这件事之前完成。所以喽，整个说来，你懂吧，"她眼睛看着他，继续说，"对我而言，问题是我有没有办法及时处理好而已。如果我现在不能来，我很可能就不会来了——甚至可能是永远都不会来了。既然我人在这里，我就会留下来；不过，待在那里的某些时刻，我挺绝望的。不容易呀——有几个原因；不过，要么是这个原因，要么就都不是。所以喽，你懂吧，我努力挣扎没有白费工夫。之后……呵，我可不想那样呢！我不是说，"她微笑着，"即使是当时——即使任何时候见到你，我都会不开心；但我并非为此而来。这是不一样的。这才是我要的。这是我已经办到的。这是我将永远拥有的。这也是我将怀念的，当然啦，"她接着说，"如果你已经选择了要我怀念它。如果你觉得我很可怕而拒绝出来，那我自然而然会觉得，被大大地'出卖'了。我得冒险才行。嗯，我所希望的就是你而已。那就是我要说的。我不是只想和你待在一起，而是要你知道。我要你……"她拉长了句子，慢慢地、轻柔地，声音还微微颤抖着，但丝毫没有把意思或顺序搅乱，"我要你了解。我要你，也就是说，听到。我想，我并不在乎你了不了解。如果我对你一无所求，我也不会——我不可能——要求像那样的事。不管你把我想成什么——那一点儿关系都没有。我想要的就是，那些我做过的会永远和你在一块儿——这么一来，你就永远没法摆脱它。我不会说是你做的——你要如何不把它当一回事都行。我只说我们在目前这个地方，以我们目前的身份，我曾经和你待在一起——如此而已。换句话说，我没有保留——完全出于自愿，不求回报。就这样。"

她停了下来，好像把要说的已经说完——此时却又纹丝不动；像是要留个几分钟使得她的话直透心房；进入聆听的氛围，进入注视的空间，进入大自然穷极辽阔、许纳一切的美意，一起全都和伦敦一个样儿，也一起全都成了凡夫俗子；就算那件事只进到了她自己的耳朵，而那位温和而又拘谨的朋友并没有注意到。他已经尽可能发挥他的注意力了；他帅气的脸庞便足以说明，他显得有些焦虑，可是不容混淆的是更多"饶有兴味"的意思。然而，他尽可能地抓住重点——事实上是她让他脱身，一点儿都没错，让他脱身。看起来，好像她让他脱身只是道义；所以，尽管他因她说的话报以微笑，但是他觉得自己的嘴唇依旧闭得牢牢的，因为接下来他心中升起一串回答和反对的声音，模糊不清。最后夏洛特又说话了："你可能会想知道，这么做我又得到了什么。但那是我自己的事。"他真的连这个都不想知道——或者，为了打出最安全的牌，他得继续表现出他不想知道；那延长了他拿沉默转移注意力的时间，好在其中寻求庇护。他挺高兴的，因为最后——她看来挺满意于所希望表达的重点——他这辈子话说得最少的时刻，终于结束了。经过这一番之后，接下来的移动、前进，加上一些无关紧要的谈话，都自然地让人松了口气。如此一来，他不会在他们外出时，又找不到恰当的话说了。气氛可以说清朗了起来。他们讨论着此行本身、伦敦市里的种种机会、对这个奇妙之地的感觉、在那儿四处搜寻的喜悦，以及以前搜寻时所注意到的商店的问题、若干可能性和特别的物品。双方对于彼此知识之广博，都坦言很吃惊；她对伦敦的熟悉程度之深，令王子对他的这位朋友感到尤其惊讶。他原本相当自豪自己的本事，他真的常常给马车夫指路；那其实是他自己的奇想而已，部分出于他醉心于英国又为了与之相符，但毕竟都不深刻，只是表面而已。等他的同伴说着记忆里其他几次的造访与闲逛，都是他不曾见识过的地方和不知道的东西，他再次明确地感受到——程度只有她的一半——有些微不好意思。如果不是针对此事如此感兴趣——他可能会有点儿懊恼呢。夏洛特和她令人好奇的通晓四海的本领，又给人新的看法，他当时在罗马就如实地感受到了，但是在此时期的大伦敦市，这一点又更加突出。罗马比起来不过是个小村庄、一场家庭派对，也像是古时候一只手的指头就能弹奏的竖琴。他们到达大理石拱门①的时候，她简直就像展示给他看新的一面，那的确让此行的乐趣有了新的、更扎实的基础。话谈得投机，很容易任自己随她摆布。假使他们观点有些不一致——坦白又公平地说——有关方向啦，找到东西的概率啦，价值啦和真实性，等等，也就大方气派地免去争辩。他们碰巧有志一同谨记在心，完全避开几个玛吉可能会去的地方。夏洛特必定是记得的，也及时说出来，好作为选择路线的依据——他们会远离任何他和玛吉已经去过的地方。

　　这么做其实没有什么不同，因为虽然过去这个月他只做了几件事，顶多陪陪他未来的妻子去购物而已，但是像他和夏洛特所称的古董买卖商家②都算不上大商店。除了邦德街之外，它们对玛吉而言真的一点儿用也没有：在买那类东西上面，她完全受她父亲的影响。魏维尔先生是世上最伟大的收藏家之一，他是不会让女儿自己去四处搜罗，他和商店几乎没什么关系。身为买家，大部分都是经由私人接触，而且由远方而来。整个欧洲的大人物都希望能通过介绍认识他；其中的高层要人，地位之尊贵难以想象，也鲜少人认识。但在这种情况，为了谨慎起见，即便高层要人也跟每个人一样诚惶诚恐地对他献殷勤，因为他是名单上少数几个有真本事、出得起价的人士。因此要敲定路线是很容易的，他们一面走着，一面避开魏维尔家的路线，女

---

① 大理石拱门（Marble Arch）位于海德公园，连接着公园道、牛津街（Oxford Street）和埃奇威尔路（Edgware Road）。
② 原文为意大利语：antiquarii。

儿的和父亲的都一样。唯一重要的是，他们谈到路线才一下子的时间，就说到玛吉了。夏洛特还在公园里就开始了这个话题——是她开始的——语气里带着真诚的欣赏，和她十分钟前的话相比，当然是有点儿怪。这是给她同伴另一种关于她的说法——他会称它为另一种看法。他挺欣赏的，虽然没有透露任何神色，因为她轻而易举地就把话题转了过去，转得一点儿都不露痕迹。也无须多费唇舌解释。她在草地上停顿了一下子，然后开始说话。她停在他面前，突然说了一句："像她这么好的人，当然什么东西都会合适的。我是说，就算我从贝克街①的市集买一只针插送她也行。"

"那就是我说的嘛。"王子笑着指出他们在波特兰道一个谈话的片段，"那就是我建议的嘛。"

然而，她并没有注意到这些提醒，照样继续说着。"不过，这不是理由。那么说来，别人都不必为她做任何事了。我是说，"夏洛特解释说，"如果有人拿她的个性来占便宜的话。"

"她的个性？"

"我们万万不可拿她的个性来占她便宜，"这个女子仍旧没注意其他的事，继续说着，"万万不可，就算不是为了她，起码也是为了自己。她省了别人多少麻烦呢。"

她若有所思地讲着话，目光看着她朋友的眼睛。她很可能是一面讲着，一面心里想着某人，某个他不太熟的人。"她当然是不会给人家麻烦的，"王子说。然后，仿佛这句话的意思有点儿含糊，或者不足以说明，"她不自私——上帝原谅她！——不够自私。"

"那就是我的意思，"夏洛特很快说，"她不够自私。别人完完全全不需要为她做什么。她太客气了，"她说得更仔细些——"她不缺东西。我是说，如果你爱她——或是说，我应该讲，如果她爱你，她会放开无所谓。"

王子皱了一下眉——表达一下认真的样子。"她会放开什么？"

---

① 贝克街（Baker Street）位于伦敦西敏市区。

"任何事——任何你可能做和没有做的事。除了她自己的本意要对你好以外,她每件事都会放手。她只要求自己努力——她也只能要求这些。她没有要太多。她什么事都自己来。那挺可怕的。"

王子倾听着,但永远有礼貌,不随便附和。"可怕?"

"嗯,除非别人几乎和她一样好才行呀。她使别人太轻易过关了。考量到一个人的气度,要承受得住,也得有本领。没有人……"夏洛特用同样的态度说,"够正派,够善良,能承受得住——得借助宗教或是那类事。要祷告、斋戒——也就是说,得战战兢兢。当然啦,你和我都不是那样的人。"

王子态度温和,想了一会儿。"没有善良到足以承受得住?"

"嗯,是没有善良到足以感受不到压力。我想,我们碰巧都是那种容易被宠坏的人。"

她的朋友为了礼貌起见,又跟着话说了。"哦,我不知道。可不可能一个人对她的感情,不只是因为气度大小,像你说的,不是因为她本身慷慨而又大方——她自己的感情,她的'气度'会不会反而不幸坏了事呢?"

"哎,当然,一定是那样子。"

不过,对他而言都一样,她把她的问题说得很有趣。"原因在于——可以听得懂你的意思——她信任别人的方式。也就是说,只要她相信就好。"

"对,那就是原因所在。"夏洛特·斯坦特说。

"那又为了什么会可怕呢?"他的语气几乎像在安慰人,他还是不懂。

"因为总是这样的……那种非得要可怜别人的想法。"

"如果也有帮助别人的想法就不是这样了。"

"是呀,不过,如果我们没办法帮他们呢?"

"我们可以的……我们一直都行。也就是说,"他这句话加得好,"如果我们在意他们的话。那就是我们在谈的呀。"

"没错。"她完全同意,"话说回来,我们绝对要拒绝被人家宠坏了。"

"当然。但每件事，"他们一面走着，王子一面笑着说，"我是说，你全部的气度……会回到那个情况。"

她在他旁边走了一会儿。"那正是我的意思。"她很理智地说道。

第 六 章

过了好一会儿之后,他们在一家位于布卢姆斯伯里街^①上的小店里逛得最久。里面有个男人,是位个子不高但挺有趣的店家。他有种坚持不放弃的特质,但并非为难强求,尽管多半时间不作声,却又特别显得有压迫感——他那一双惊人的眼睛紧盯着他的客人,从一个看到另外一个,客人们正考虑着一个东西,而他希望能引起他们的兴趣。他们最后找上他,因为他们的时间已经快用完了。从他们在大理石拱门上了马车,至少已经有一个小时了,虽然没有预期的顺利,不过,倒是从一开始就觉得饶有兴味。寻寻觅觅当然兴味十足,但也抱着要找到的想法;如果他们太快找到,那趣味又会过于强了。目前的问题是,他们一面感到店主对他们的专注甚有意思,一面在布卢姆斯伯里街的这家店里找着,也彼此商量商量。他无疑是个专家,对他的生意很用心——在他的观念里,这可能正是他做生意的秘诀,也就是不要太烦扰上门的客人——这使得他们之间的关系有点过于一本正经。他没有很多东西,也没有他们在别处所见"滥竽充数"的货色。我们这些朋友进去的时候,就发现里面摆的东西是罕见得少;加上很明显不是贵重物品,整体感觉简直是可怜兮兮。随后他们的看法改变了;因为有几件小东西是从那小窗口拿过来的,其他几件是从柜台后方的柜子抽出来的——柜子放在不太引人注意之处,虽然有玻璃门,看起来仍是暗暗的——尽管都是些小玩意儿,但是不管如何低调,每一个都令他们忍不住多看两眼,而店家假意用沉默来招呼他们的心思,立刻昭然若揭了。他的布置并没有分门别类,一点儿也不壮观,但依然和他们截至目前所见过的相当不同,讨人喜欢。

夏洛特在这个小插曲之后留下不少好印象,其中好几件事,后来

---

① 布卢姆斯伯里街(Bloomsbury Street)位于伦敦,在大英博物馆旁。

她也分享给了她的同伴——他一直沉浸在寻找的兴味之中；其中印象最深刻的，就是他们当时看到的那个男人，他自己就是个最棒的珍玩。对于这一点王子的说法是，他自己并没有看那个男人；夏洛特事后不止一次为了使他明白，说得倒是很精确，就大致上的关系而言，只要低于某个社会阶级的人，他都看不见。每个店家对他而言没啥不同——对于一个勤于注意观察的人来说，这相当矛盾。他不会去注意那些比较卑微的人有何特殊之处——晚上又干了什么勾当，或是有谁随便告诉他个名字都无所谓，在他看来，天下乌鸦一般黑。他并不想伤害他们，那是一定的，但是他很少想到他们，就像他眼睛所见，只限于他高高仰起的头。她的视线范围着眼于每个人际关系——他却是只为自己而看见：她会注意乞丐，记得用人，也认得车夫；和他出去的时候，她也会在脏兮兮的小孩子里面找出漂亮的；她还会从叫卖的摊贩脸上，欣赏他们的"风格"。因此，这一次她才会觉得他们到的这家古董店很有趣；部分原因是他很在意他的东西，另外也是因为他很在意……呃，他们。"他喜欢他的东西——他爱它们，"她如此说，"不只是因为——可能一点儿关系都没有——他很想卖掉它们。我想如果可以，他会很乐意留下它们；而且，无论如何，他更想将它们卖给对的人。当然喽，我们就是对的人呀——他一眼就能认出他们来；那就是我说的，为什么你会知道，至少我知道，他挺在意我们。难道你看不出来，"她提问的语气带着坚持，"他望着我们，加上他一副很懂我们的样子？我不太相信，我们哪个以前曾被人家这么好好瞧过。没错，他会记得我们的。"她承认自己对那回事深信不疑，几乎到了有点儿坐立难安的程度。"但毕竟，"可能是为了安心之故而说，"是因为他的品位吧，就因为他有品位，所以他喜欢我们，他挺有印象的——他对我们颇有想法。嗯，我想人们可能都会这样吧。我们很漂亮啊——不是吗？他心里有数。他也有他自己一套，虽然嘴巴什么都没说，但是用他的脸色对你使力，那就表示他知道你感觉到了——那是寻常的手法。"

东西一件一件摆上来，挺像样的一些古老的金器、旧银器、旧铜器，颇有年代的镂刻和镶着珠宝的艺术品，柜台上排得满满的，店家的手指头又细又轻巧，指甲修剪得很整齐，偶尔会摸摸那些东西，只稍微碰一下，样子有点儿紧张又很温柔；好像下棋的玩家似的，手停在棋盘上方几秒钟，考虑着动某颗棋子，然后可能又不动它了。小巧的华丽古物、装饰品、坠子、炼坠盒子、胸针、饰扣，像是切割宝石却没光彩又少了血色的红宝石，珍珠不是太大就是太小，色泽也太浊，不太有价值；小画像上镶衬着不再闪烁的钻石；鼻烟盒——或是它们的卖相——又好得过头，让人起疑。杯子、托盘、烛台，使人想起当票，如果保存下来，当票本身就是值钱的古玩。少数几枚纪念章，外观匀称但是来路不明。有一两件古典的纪念品是本世纪初期的作品；还有拿破仑时期执政官的东西、做得很小的模型，有神庙、方尖碑、拱门等等，都谨慎地放在这一堆里面。虽然后来又试着挤进了好几个奇怪的戒指、凹雕宝石、紫水晶、红水晶，但是每样东西都好端端地放在会发出轻微嚓啪声响的盒子里，里头垫着陈旧的黄灰色缎子。尽管看得出淡淡的风情犹在，不过并没有引起太大的兴致。客人们看了看，摸了摸，假装有点儿莫名地考虑着，但又不太肯定，只要礼貌许可的范围内，他们就一直耗着。过了一会儿，他们心照不宣地认为，从这么一家店带份纪念品给玛吉，真是太不像样了。那使人看起来矫情，而不是真的"好"——难处在这儿——当成宝藏送太过平凡，显不出送礼者的巧思，且不管彼此什么关系，要是当成献礼收下，也嫌太粗糙。他们已经出来超过两个小时了，但是很明显，什么也没找着。夏洛特不得不难过地承认。

"说真的，这类东西，它的一点价值应该存在于它曾经属于某人本身。"

"说得好！"王子说，一副得意的姿态。"那就对啦。"

店家后面的墙上有各式各样的小壁橱，其中的两三个夏洛特已经看他打开过，所以她眼睛停在那几个他还没看的东西上。但她仍然觉得整个都不对。"这里没什么她可以佩戴的。"

过了一会儿她的同伴才回话。"那有没有什么东西……你想……

是你可以戴的?"

这话让她吓了一大跳。她没在看那些东西了,只是立刻直视着他。"没有。"

"咳!"王子轻轻叫了一声。

"是不是,"夏洛特问,"你想送点儿什么东西给我?"

"嗯,就当个小小的纪念品[①]——有何不可?"

"不过,它又是纪念什么来着?"

"咦,就这个呀——你自己说的。就这次的小小搜寻行动。"

"哦,我是这么说的——不过我并没有要求你呀,我的重点不就一直是如此。所以喽,"她问,但是现在对他微笑着,"这逻辑何在?"

"呵,逻辑……"他笑了。

"有逻辑最重要。至少我是这么觉得。你给的纪念品——你给我的——是个没有意义的纪念品。说不通的。"

"哎,我的天哪!"他模糊不清地咕哝着,表示不服气。招呼他们的店家仍站着,眼睛看着他们,而这位女子虽然此时对她的朋友比什么都更有兴趣,仍再次与他四目相视。她挺自在的,因为他们说着外国话[②],别人听不懂——此外,他们看起来好像要谈谈买卖了,因为王子手上拿着其中一个鼻烟盒。

"你不必管说不说得通,"她继续对她的同伴说,"我可得要。"

他把小盒盖打了开来,仔细端详着。"你是说,那么一来,你就自由了……?"

"自由……"

"不必给我什么东西了?"

这句话使她停顿了好久,当她又开口的时候,很奇怪,竟是对着店家说的。"可不可以……"

"不要。"王子对着他的小盒子说话。

---

① 原文为意大利语: ricordo。
② 二人此时在用意大利话交谈。

"我把它给你,你不要吗?"

"不要。"他用同样的方式再说了一遍。

她长长地呼出一口气,好像原本憋住了,这会儿叹口气出来似的。"你说的是我一直在想的事。那是我要的。"接着她又补了一句:"那是我所希望的。"

他放下盒子——看着它注视良久。很明显的,他对那位小个儿男子的关注一点儿都不以为意。"这就是你要带我出来的原因?"

"嗯,不管怎么说,"她回答,"那是我自己的事。不过,没有用吧?"

"没有用,我亲爱的[1]。"

"不可能吗?"

"不可能。"他拿起了其中一只胸针。

她又停了一下,而店家只是等着。"如果我照你说的,在这些迷人的小饰品里,挑了件要你送我,那我该拿它怎么办啊?"

或许他终于有些烦躁了。他甚至——好像可能听得懂似的——有意无意地往他们的店家看过去。"戴上它呀,天哪[2]!"

"请你说说,戴在哪儿呀?我衣服下面吗?"

"只要你喜欢,随便哪里都好。但这实在是,可以这么说,"他加了一句,"不值得一提。"

"打从你起了头开始谈,"她微笑着,"也只有这件事值得一提,亲爱的[3]。我的问题很合理——所以你的想法成不成立,就看你的答案是什么。假如我为了你,真的从这些东西里挑了一只别上去,你以为,我回去之后,会把它当成你给的礼物,展示给玛吉看吗?"

他们之间的谈话,常常会开玩笑,拿"老罗马"来描述事情。以前他轻松幽默地用它来解释所有的事给她听;不过没有像现在,他

---

[1] 原文为意大利语: cara mia。
[2] 原文为意大利语: per Bacco。
[3] 原文为意大利语: mio caro。

对老罗马活脱一副无所谓的样子，耸耸肩膀就算了。"到底为什么不行？"

"因为——基于我们的关系——没有任何说辞可以给她当成借口。"

"借口？"他纳闷着。

"这件事呀。我们在一起四处逛逛，而且我们要只字不提。"

"喔，没错，"他过了一会儿说——"我记得了，我们要只字不提。"

"那可是你许诺过的。你懂了吧，一件事会跟着另一件。所以喽，你没有坚持到底。"

他又随意地把一个小玩意儿放回去，随后他终于转身面对她，表情有点儿疲乏——甚至有些不耐烦。"我没有坚持到底。"

问题暂时解决了，但很明显的，也使得他们没什么好再说下去。店家动也不动，很有耐心地站在那儿——他谨守沉默不语，反倒产生了几乎是讽刺的效果。王子走向玻璃门，背对着其他两个人，因为没什么好说的，他望向街道——表情也是一样的不耐烦。接下来店家对着夏洛特打破静默，此举影响深远。"好可惜呀①，王妃女士②，您已经看得，"他表情难过地说，"太多了。"——这句话让王子转过头来。即便不是话中的意思，光是他的声音就产生了大震撼；那是极流利、极地道的意大利话。夏洛特和她朋友互相看了一眼，速度之快也不遑多让，当场两人都没有任何动作。但毕竟他们的一瞥目光已经说明了很多事；那一眼是两人在惊呼着，担心这个家伙听到了他们亲密的谈话，更别提她那个有可能或是不可能的头衔；那一眼也说着，两人互相保证，不管如何都没有关系。王子仍在门边，但很快地站在原处对着刚才的说话者开口了。

"你是意大利人，是吗？"

---

① 原文为意大利语：disgraziatamente。
② 原文为意大利语：signora principessa。

但回答是用英语："呵呵，天啊，才不是。"

"你是英国人吗？"

这次的回答带着微笑，说了个最短的意大利话："非也[1]！"店家不想谈这个问题了——他的解决之道就是直接转向一个他尚未开启的储藏柜，开了锁之后，取出一个方形的盒子，大概二十英寸高，外观覆盖着磨损的皮革。他将盒子放在柜台上，把一对小钩子往后推，打开盒盖，从这个小窝里拿出一个饮酒的容器，比一般的杯子要大，倒也没有大得离谱，质地从表面上看起来，要么是古老的精制金器，要么是某种材质，曾经非常炫丽。他拿着它的样子很温柔，很正经，清了块地方，把它放在一方小小的缎面垫子上。"我的金钵啊！"他说着——嘴巴发出的声音仿佛有千言万语。他使这件重要的物品自己营造出某种效果——因为"重要"，所以也就无须旁人赘言。它造型简单，却有独特的雅致感，矗立在一个圆形的台座上，柱脚短短的，底部略往外延伸；尽管称不上深妙非凡，但是以它表面的色泽、外形迷人之处，冠上这个头衔，倒也不算浪得虚名。它很可能是一个大型高脚杯的缩小版，为了提升它的线条之美，做得只有原来的一半大小。它是纯金制作，因此更显庄重，好像警告着谨慎的欣赏者，不得轻举妄动。夏洛特立刻小心翼翼地将它拿起来，而王子一分钟后又改变了他的姿势，远远地看着它。

它比夏洛特想得还要重。"金子，是真的金子吗？"她问着他们的同伴。

他等了一下。"看起来有点儿像，可能你会猜得出来。"

她看了看，用漂亮的双手将它举起来，转向亮光处。"它的质料可能让它变得不值钱，不过，恐怕我很喜欢它。"

"嗯，"男子说，"我可以用低于它的价值卖出。您懂吧，我少拿一点儿。"

"那是多少呢？"

---

[1] 原文为意大利语：Che。

他又等了一下，沉静的凝视没变过。"您喜欢它吗？"

夏洛特转向她的朋友。"你喜欢它吗？"

他没有靠近来；他看着招呼他们的人。"它是什么做的①？"

"嗯，假如您一定得知道的话，我的先生②，它真是块完美的水晶啊。"

"我们当然得知道，看在老天的分上③！"王子说。但是他又转过身——回到玻璃门那儿去。

夏洛特将那只钵放回去，很明显地被吸引住了。"你是说，它是一整块水晶刻出来的？"

"就算不是，我想我也可以向您保证，绝对找不到任何接缝或是任何拼凑的痕迹。"

她纳闷着。"即使我把金子刮掉？"

虽然依旧一副毕恭毕敬的样子，不过看得出来，他觉得她很有意思。"您可不能将它刮掉呀——把金子放上去的功夫太了不起了。我不知道什么时候加上去的，也不知道怎么做的。不过，一定是某个巧手的老工匠，用了某些美丽的古老工艺制作的。"

夏洛特不掩饰她被这只钵迷住了，现在对他报以微笑。"一门失传的工艺？"

"姑且称它是门失传的工艺吧。"

"不过，这整个东西又是什么时候做的呢？"

"嗯，也姑且说已不可考吧。"

女子考虑着。"如果它这么珍贵，为什么这么便宜呢？"

店家再度延迟着没开口，不过此时王子已经失了耐心。"我在外面等你，"他对他的同伴说，虽然话里听不出来生气，但是他一说完就立刻走到街上。接下来几分钟的时间，其他两个人看着他背对着商店的窗户，冷静地徘徊着，还点了支香烟。夏洛特甚至拖了些时间，

---

① 原文为意大利语：Cos'é。
② 原文为意大利语：signori miei。
③ 原文为意大利语：per Dio。语气有点儿不耐与粗鲁。

因为她知道，他对伦敦的街景有着意大利人的奇怪喜好。

反正她的店家也在这时候回答了她的问题。"唉，这个东西我已经放好久了，都没卖掉它。我想我一定是为了女士您，而留着它呢。"

"你为我留着它，是否因为你认为，我可能看不出来它有什么问题？"

他只是继续面对着她——他只是继续看起来，仿佛明了她的思绪。"它有什么问题呢？"

"喔，这不应该我来说，而是你要老老实实地告诉我。当然喽，我知道一定有什么不对劲。"

"不过，如果您没办法发现，那么它不就跟没问题一模一样吗？"

"我很可能一付完钱之后，竟然就立刻发现了。"

"不会的，"她的店家说得明白而又坚持，"要是您没有付太多钱的话。"

"你怎么说来着，"她问，"才算是够少？"

"嗯，十五英镑，您说呢？"

"我会说，"夏洛特语气非常果决地说，"那可是太多了。"

店家面带愁容慢慢地摇了摇头，但态度很坚定。"我的价格就是如此，女士——如果您欣赏这个东西，我想它真的可能会是您的。那不算太多。那太少了。简直跟没有一样。我不能再降价了。"

夏洛特一面想，但一面忍着，她再次对着那个钵碗倾下身子。"那就不可能了。我付不起。"

"哎呀，"男子回答，"有时候人们虽然买不起东西给自己，却买得起礼物。"

他讲得头头是道，令她觉得自己像人家说的，没有站在他的立场想想。"喔，当然啦，也只是为了送礼！"

"那么，它可是挺标致的。"

"人们会不会明明知道东西有瑕疵，"她问，"却仍将它当礼物送呢？"

"嗯，如果知道有这么回事，那就不得不提一下，"男子微笑着，

"诚意是不会消失的。"

"你是说，就留待收到东西的人去发现喽？"

"他不会发现的——假如您说的是位绅士。"

"我没有特别指任何人。"夏洛特说。

"嗯，任谁都一样嘛。他可能知道——也可能会试试看。但是他找不到的。"

她目不转睛地看着他，似乎尽管她并不满意，也挺困惑的，但依然很喜欢那只钵。"就算那个东西成为碎片也找不到？"他没有说话。"就算他竟然对我说'金钵破了'也找不到？"

他仍然没说话。接着他露出了一个微笑，怪透了。"哎哟，如果有人竟然会想要摔碎它……"

她笑了，她简直是欣赏起这位小个头男子的表达方式。"你是说，可以用榔头敲碎它吗？"

"是呀，要是没有其他办法的话。或者，可能也可以用蛮力摔碎它吧——譬如说，对着大理石地板摔。"

"呵，大理石地板……"但她很可能一直在想——因为大理石地板产生了联想；联想起许多的事情：联想起她的老罗马，还有他的；联想起他过去的那些宫殿，以及一点点她的；联想起他未来可能的发展、他奢华的婚礼、魏维尔家的财富。然而，同样地，也有其他的事情；它们全部使她一下子想入了神。"水晶会破吗——如果它是水晶的话？我以为它就是漂亮在它的硬度。"

她朋友用他的方式来鉴别。"它漂亮在于它是水晶。不过，它的硬度当然让它很安全。"他继续说，"它不会破得像劣质的玻璃一样。它会裂开——如果有裂缝的话。"

"啊！"夏洛特甚觉有趣，轻轻地说着，"如果有裂缝的话。"她又往下看着那只钵碗。"是有道裂缝，呃？水晶会裂的，呃？"

"它有自己的纹路和特性。"

"你是说，如果有个地方比较脆弱？"

尽管已经回答，在迟疑了一会儿之后，他再次将钵碗高高举起，用一只钥匙轻轻敲击它。它发出极为细致、极为甜美的声音。"何来脆弱之处?"

接着她倒是好好地回答了这个问题。"嗯,对我而言只弱在价格。我很穷,你知道的——非常穷。但我仍谢谢你,而且我会考虑的。"王子在商店橱窗的另一头终于转过身来,看看她结束了没有,眼睛使劲地看着店内相对比较暗淡的光线。"我很喜欢它,"她说,"我想要它。但我得想想我有多少能力。"

男子并没有失去风度,一脸顺从的样子。"嗯,我会为您保留它。"

短短十五分钟的时间有它特别奇怪的地方——即使这个时间人在户外,以及布卢姆斯伯里的种种样子,使她多多少少成了它们的一部分,和她原先累积的印象都不同了。然而,这奇怪的事比起其他的影响算是小的了;他们才走没多远,她不得不和她的同伴一起考虑。这件事就是他们不再继续找下去了,两人都心照不宣地顺其自然,有点儿奇怪,却又无可奈何。他们并没有这么说,但他们接下来要做的,就是得冒险放弃给玛吉买礼物——冒险要放弃了,而且不再提起。王子说的第一句话事实上就没啥相关。"我希望你待在那儿之后,对于那只钵是怎么回事,已经心满意足了。"

"才没有呢,我一点儿也不满意。是不满意,只不过至少我越看它就越是喜欢,要不是你这么不配合,那将会是我开开心心地接受它的机会。"

他的脸色比起整个早上看起来更加严肃。"你是说真的——不是想开我玩笑?"

她想不透。"什么玩笑呢?"

他看着她的眼神更严厉了。"你是说,你真的不知道?"

"知道什么啊?"

"咦,它的问题是什么。你在那儿都没看出来吗?"

她只是一直盯着他。"你又是怎么看出来的——人在外面街上?"

"我走出来之前就看到了。就是因为看到了,我才走出来。我不想在那个无赖面前又和你出洋相,我判断你自己很快就会猜出来了。"

"他是个无赖吗?"夏洛特问,"他价格开得挺低的。"她顿了一下子。"才五英镑。真的很便宜。"

他仍看着她:"五英镑?"

"五英镑。"

他大可以不相信她的话,但是看起来他仅仅在强调重点。"要把它当礼物送,就算只有五先令,也很贵。即便它只花你五便士,你要送我,我也不会接受。"

"那么,"她问,"到底是什么问题?"

"唉,它有条裂缝。"

话从他嘴里说出听起来很严厉,斩钉截铁的样子简直让她吓一跳,脸随即红了起来。虽然他这么笃定挺让人惊奇,但他一副好像自己说得没错的样子。"你看都没看就知道答案了?"

"我看啦。我见到那东西了。一看就知道。难怪它便宜。"

"不过,它很精美呀。"夏洛特仍坚持己见,好像它里面有某个引人之处,使得它更显微妙、更奇异。

"它当然是挺精美的。那就是危险的地方。"

接着她心中清楚地闪过一道光线——这道光线突然间将她朋友照得清清楚楚的。她脸上的表情说明这个想法,对着他微笑。"危险——我懂了,是因为你迷信。"

"看在老天的分上,我哪里迷信了!裂缝是裂缝——凶兆是凶兆。"

"你是担心……?"

"天哪!"

"担心你的幸福吗?"

"我的幸福。"

"担心你的安全吗?"

"我的安全。"

她打住了。"担心你的婚事吗?"

"我的婚事。每一件事。"

她又想了想。"真是谢天谢地，我们知道那里有道裂缝！要是我们就这么被毁了，只因为东西里有我们不知道的裂缝！"她面带忧伤微笑着。"我们再也不能给彼此任何东西了。"

他思索着，不过还是面对这句话。"哎，不过，就是会被人知道呀。至少我就知道——靠着直觉。我不会错的。那会永远保护我。"

他讲这类事情的样子有点儿好笑，却让她更喜欢他。那些事大致上倒是符合她的看法，或者说符合一个特别的看法。不过，她说话的样子有着淡淡的绝望。"那有什么可以保护我呢？"

"只要能力所及，我就会。至少你不必担心我，"现在他回答得相当温和，"任何你同意接受我给的东西……"但是他停顿了。

"呃？"

"呃，都是完美的。"

"那真是太好了，"她很快回答，"你说要我接受你的东西，但是我又没给你任何东西，所以这一切还是枉然。"

啊，瞧瞧，妙啊，他有办法接下那样的话。"你开了一个不可能的条件。我是说，要我留着你的礼物。"

就这样，她站在他面前端详着那个条件——然后，突然间她比了个手势，不再谈了。她若有所悟地摇了摇头——即使那个想法很吸引她。"喔，我的条件啊——我没有把着它不放。任何我做的事——你都可以到处大声嚷嚷。"

"啊，真是的！"他笑了，而事情也变得很不一样。

但是太迟了。"喔，我现在无所谓了！我本来会喜欢那只钵的。不过，如果不行，那就算啦。"

他将这点想了想，在心中琢磨一下，表情又变得严肃起来；但是过了一会儿，他做了些修正。"我想要有一天能给你些东西。"

她纳闷着他是什么意思。"哪一天？"

"你结婚那天。因为你会结婚的。你一定要——很慎重地——结婚。"

她听到他说的，但是只让她说出了自己一整个早上都想讲的话，好像压到某根弹簧似的，全进了出来。"为了让你心里好过吗？"

"嗯，"他答得很坦白，令人惊讶，"它会让我好过些。你的马车，"他补了一句，"已经来了。"

他打个手势——车子就过来了。他们分别之际她并没有伸出手来，只准备要上车。然而，上车之前，她说出了等待时间里所想到的话。"嗯，我想我会结婚的，以便随心所欲地接受你的东西。"

第 二 部

第 一 章

那个秋天的周日在丰司,要是有人注意的话,可能会看到亚当·魏维尔将撞球室的门打开,颇为从容自在——也就是说,如果有人在原野上的话,就会看到如此光景。然而,要说说他为何这么一把推开,接着又同样这么用力一推,把自己关在里面——如此使力的原因,只为了他可以一个人待在这里,不管时间有多么短,身边只有一沓信、报纸,以及其他尚未开封的公文书信。这堆东西他从吃早餐到现在,都还没有机会看一眼。这个格局方正的巨大房间里空荡荡的,窗户又大又干净,直接看得到外面的露台、庭院、花园和林地,还有一个闪着亮光的人工湖。远方的地平线显得凝重,都是暗蓝色的高地,村落里的教堂有塔楼和浓浓的云影;整体看起来产生一种感觉,仿佛其他人在教堂的时候,自己拥有了这个世界。我们此刻也和魏维尔先生一起分享这个世界,像他会说,要争点儿时间独处;他静静地、几乎是蹑手蹑脚地,飞奔过蜿蜒的走道;引起我们对他感兴趣的——温和得简直令人同情——是他得以与世隔绝的特色。立刻令人想到的是,这位温和的男子通常只有当他认为,别人所要求的好处都顺利提出来之后,他才会想想自己的好处在哪儿。也可以一提的是,他的本性老是将别人看作数目众多的一大批,虽然心里清楚他只有一个最亲近的联结、一个最爱的人、一份责任深植在他一生中,但他还是时时都觉得被包围着、受到请托。他从没有一刻感到神清气爽、搞得懂人们形形色色的种种请求,这些请求根据激烈的程度和强索的态度,一圈一圈变成同心圆,越外围颜色越淡,褪成了无人影白茫茫的一片,有时候他看得挺痛苦的。他不否认那些请求多到遮天蔽日,不过他仍然看不出来它们有终止的时候。

所以他养成了个小习惯——他最深的秘密,连玛吉都不说,虽然他觉得她了解;在他看来,因为她什么都了解——也就偶尔很单纯地玩玩,假装相信他不会良心不安,或者谈到职责时摆出那种漠然的神情,至少持续一个小时;只有几个最亲近的人看过他玩这个小游戏,譬如说艾辛厄姆太太就是其中之一,她由着他就是了,只当它有些古怪;好比成年人还留着一个儿时的玩具,让人引发怜悯之心,也挺有意思的。虽然很少发生,但偶尔一个"不留神",这位四十七岁的男子就会睁着一双坦诚不讳、令人不忍的眼睛,像是被逮到正把玩着婴儿时期留下来的古旧纪念物——例如把一个士兵断掉的头粘回去,或是拉一拉木枪上的保险。模仿着使坏是他的一大特点——可能只是好玩,不过这一点他倒是"保持"演练。尽管勤加演练,不过仍是不臻完美,因为天性的关系,这些毫无技巧可言又不自然的小插曲,总是逃不了昙花一现的宿命。那是他自己的错,他无可救药地使自己成了个任人打扰也无所谓的人。一个备受如此干扰的人竟然一如字面上说的,竟然还能够这么早就到了如此境地,这就是最让人猜不透的。是特别的天才吧,很清楚,他就是这么个人。他内心某幽暗之处有星星之火,有个光点,像是教堂的暗影中,神龛前闪烁的一盏灯。他年轻时和步入中年之初,时值美国吹起一片成功典范和大好时机的风潮,那星星之火已经把他的脑袋变成了一个奇怪的财富工厂。这个事业很神秘,几乎没有人听过它,即使在压力最强大的时候,站在窗外瞪着眼瞧、想一探究竟的人们,也无法看到一丝光线;那几年里想必是一番前所未见的荣景,生产力的配方散发着白炽高热,如奇迹一般,真让人觉得就算这位铸造大师心意十足,也无法说个明白。

火焰脉动的真髓就是脑部温度的活动,它爬升到最高点,却又出乎寻常地从容——这些事实本身就是一个极度庞大的结果;它们有着机械般的精准完美,建构出一种不断获利的能力并加以执行,那是所有行动获致成功的必要手段。此刻对于一度非常活跃的现象,做了略微的解释,我们应觉足矣;因为没有任何够分量的解释说得清楚我们这位性情温和的朋友的致富历程。温和的个性对于成功有所助益，这是不变的道理；大家也都知道那是累积庞大财富的原则。但是心里不免觉得，有个环节毕竟消失无踪，永远都不会再出现了，那环节联结着有证据显示他在某方面仍持续进行着的一端，就算不是什么见不得光的事，规模也很庞大，而另一端是其他方面也说得通，简直到了匪夷所思的地步。多变的想法——除非是非常纪律化，和一成不变画上等号，否则那对世上的事务来说，不正是致命伤吗？魏维尔先生有过一段充满活力的兴旺时期，没有虚度年华，很惊人，而且一成不变又莫测高深地隐身在一片灿烂的云彩后面。那片云彩是他原生地的外罩——他的脾气和语调既轻柔又散漫，可以这么说；表达方式不甚直接，当然不足以令人以为有值得深究之处，不过对于敏感的人来说，绝对会当成他的特质。总之，在此稀有时刻好不容易得以独处，他依旧退缩起来，假装一副讥讽的样子。不过，他实在无能为力一直假装下去，今天的例子可能再好不过，因为他依然接受了无法避免的事——才十五分钟的时间他就认了，因为他知道自己得有所回应才行。和其他情形相较，花十五分钟只关注自己，是平常他能做到的最大极限了。兰斯女士开了门——和他刚才所做的比起来，要小心翼翼得多；不过，从另一方面来看，仿佛是要补偿这一点似的，一看到他之后，她就把门往前一推，他刚才开门没见到半个人的时候，动作都没这么利落。接着他猛然想起，一周前他已经定了个惯例。最后他还是觉得，她这么做是有道理的——他向来也都觉得某人是有道理的。他上星期日想待在家里，结果让人逮个正着。要使这种事发生，也就是说，兰斯女士只需喜欢做同样的事即可——这把戏很容易。他从没想过，计划做些什么好让她不在——那多少会破坏原则，他自己在家显得说不过去。假如和他住在同一屋檐下的人没有权力不上教堂，那么公平说来，他自己的权力又成了什么呢？他最微妙的手段也只是从图书室换到撞球室来；因为在图书室，他这位客人，他女儿的客人，或者是两位卢奇小姐的客人——他简直不知道要用什么身份称呼她——便很自然地和他在一起。虽说像是来拜访他，但是他记得很清楚，她那趟来访的时间已经有多长了；挺规律的，时间一到就会出现。她整个早上都和他待在图书室，等到其他人回来的时候，她仍然在那儿——幸好她对于和魏维尔先生到外面走走，不是很感兴趣。她仿佛将它看成一种借口似的——简直像背叛一般。这位有耐心而又拘谨的客人很小心，她知道自己一开始的时候，并没有受到刻意或热切的邀约，像个陌生人似的就来了，她存着什么心呢？除了对他已经了解的之外，她还想要知道些什么呢？——因此令人对她可能的打算更放在心上。卢奇小姐是从美国中西部来的姊妹，以玛吉朋友的身份来的，是早期的友人；不过兰斯女士只是以卢奇小姐的友人身份而来——或者至少一开始是如此。

这位女士本身倒不是中西部的人，她相当坚持这一点，而是来自新泽西、罗得岛或是特拉华① 其中一个最小也最怡人的州；虽然这一点她也是一样挺坚持，不过他不记得是哪一州了。我们可以为他说句话：他不是那种人，会想想他们这一群人是否得再找些她自己的朋友来加入；部分原因是，他真的觉得她宁可要两位卢奇小姐离开，也不要再将这个圈子扩大；而另一部分更重要的原因在于，这种挺讽刺的关系与其说他喜欢，还不如说是出于习惯，他看得出来那会让别人好过些。他天生的个性就是有办法把他觉得不方便的事，和他讨厌的事分开；尽管后者加起来真的没几件，就某种程度来说，也是因为前者寥寥可数之故。倘若将原因分析起来他得承认，最大的不便之处在于，别人把他有钱有势视为理所当然。周遭这种一致将他归类于权势之辈的想法，令他倍感压力。每个人都需要自己的力量，而个人的需求，充其量，好像只需使出不明说这一招就可以了。毋庸置疑，只靠着如此放不开的防卫方式，在大多数的情形来说，都是见不到效果的；因此，虽然说永远被当成拥有无比权势是挺复杂的，但是愤慨之情也没大到足以使一个勇敢的人抱怨。再说，抱怨是件奢侈的事，他可不想再背上贪婪的责难。另一个不断的责难是指他有办法能"做

---

① 新泽西（New Jersey）、罗得岛（Rhode Island）和特拉华（Delaware）皆位于美国东部。

到", 若是他并非如此, 那么此等责难就显得毫无根据, 但重点是, 他的确很奢华, 这是有凭有据的。他的嘴唇抿得相当紧——依然有根弹簧联结着他双眼的活动。后者透露出他做到了什么, 也透露出他从何处发迹。那是在困难达到最高峰的时候, 他自二十岁开始就盘旋着往上爬, 一路上又高又陡; 顶点之处是一片平台, 往下望会见到地球上的王国, 空间只够站着, 得以容身者也不出五六个而已。

总之, 现在他的双眼看到兰斯女士走过来, 脸上没有任何兰斯女士本人粗俗的贪念——或者见到她善用自己激动的可怕表情。她最厉害的地方就是她看出来了, 他抛下图书馆出去是试图误导她——事实上, 这一点的确很难不让人想到是他故意的。尽管一步步玩下来觉得越来越有兴致, 也越有趣, 但现在要他别觉得不好意思是挺难的; 把原因掩饰一下可就相对简单些了。在此危急时刻, 撞球室并非好去处, 使这位名义上拥有如此豪宅的人得以回避, 既说不过去, 也不够雅致——公允地说来, 他心里明白, 他的客人不会挑明了把场面弄得很难堪。万一她真的直率地指责他偷偷溜掉躲起来, 他会直接崩溃; 不过才一会儿工夫, 他就不担心了。她不是强调, 尽管他们这种交往方式异于常人, 她倒也挺能接受并加以利用。把它当作或许有点儿浪漫、或许甚至有点儿滑稽的喜感吗? 至少从一点可以看得出来他们无须在意, 尽管铺着棕色荷兰麻布桌巾的巨大桌子, 像一片广袤的沙漠横亘在他们俩之间。她没有办法横越沙漠, 但是可以用漂亮的姿态绕过它, 她也真的办到了。这么一来, 如果他想把它变成一种阻碍的话, 就得像玩着孩子气的游戏, 或是不太得体地嬉闹喧哗一番, 让自己被追着跑, 被亲切地搜寻追捕。他心里相当清楚, 最后这一点绝无可能; 有那么一瞬间, 一幅景象隐约在他面前呈现——她有可能直接提议他们来打几球吧。那么他当然得想个法子来应付那种危机。不管物质上或者其他方面, 为什么他也要加以抵抗呢? 又为了什么这些情形会称作危机呢? 深深的危机, 那个一想到就使他全身发冷的危机, 就是她有可能要他娶她, 她有可能哪天私底下对他提出这件可怕的事。幸好, 这一点她毫无着力之处, 因为摆明了她有个丈夫, 那是不争的事实。

没错，她是有个丈夫，只在美国，只在得克萨斯州，在内布拉斯加州，在亚利桑那州①，或是某处——和肯特郡②这幢乡下古老的丰司大宅比起来，是某个极不明确的地方；一场廉价的分离③，既朦胧又虚幻，遥远到令人迷失在那一大片碱土荒漠之中。她甚至还约束他，可怜的家伙，瞧不起他，回想起他就说得很不堪，简直让他没有说话的余地；不过，再怎么说，她有个丈夫，这是没啥好争论的：卢奇小姐们见过他本人——因为她们俩提起来的时候都一副很热切的样子；但是个别问起来，说法却又兜不拢。兰斯女士最难缠的时候，也是他变得最糟糕的时候，因此不管什么事，他都足以被当成坚实的堡垒抵御一番。事实上此推论没有瑕疵，符合逻辑，应该会给魏维尔先生一些安慰，不过并没有。他不仅担心危机的出现——光是想到危机就令他担心不已，或者换句话说，是担心他自己，此念头萦绕不去。总之，兰斯女士是在他面前升起的一个象征——象征着他觉得或早或晚自己都得尽最大努力去办到的事。就是要说不——因为这件事不得不做，使得他生活在恐惧之中。在某个时刻他就得面对这个提议——只是时间的问题而已——届时他得做一件他极不愿意的事情。有时候他几乎希望，自己没那么确定会如此做。然而，他挺了解自己的，所以不会有疑虑：他很冷静，也相当严峻，在危急关头知道在哪儿画上止损点。是为了玛吉的婚事，为了使玛吉更幸福——他以前一直认为她很幸福了——才会做些改变；现在想起来，他似乎不曾思考过这类事情。他没提过这些事，而且仿佛是她自己把它们压了下来一般。她只是他的小孩，她做得再好不过了；但许多方面她都护着他，宛如她不只是他的女儿而已。她为他做过的事，比他晓得的要更多——他从以前就一直是心知肚明，觉得好福气。就算她现在做得比以前更多，如她所言，要改变他的生活来补偿他，他的情况还是一样，和她的活动

---

① 得克萨斯州（Texas）、内布拉斯加州（Nebraska）和亚利桑那州（Arizona）分别位于美国南方、中西部和西南方。
② 肯特郡（Kent）位于英格兰东南方。
③ 原文是用"divorce"，但依文意，两者并未离婚，所以译成"分离"。

维持同一个步调——他的情况没别的，就是得办好更多事。

整体看来，直到他们在美国住了二十个月，再次回到英国定居之后，事情才变多了；原本只是试试看而已，但是接下来他明确地感觉到家中的气氛产生了影响，使他们寻常的个人生活更清晰也更明亮，愿景更宽广，有很大的空间等候着他们。仿佛他女婿的出现，甚至在成为他的女婿之前，就已经将整个场面填得满满的，连未来是什么都挡住了——非常丰盛又气派，毕竟，一点也不麻烦，也没什么不讨人喜欢的：虽然王子已经差不多被估量清楚了，但仍然是"大事"一桩，天空高了起来，地平线也往后退去，前景一片宽阔，足以和他匹配，也足以把所有的事，维持一个令人自在的水平。当然啦，刚开始的时候，他自己和玛吉两人亲切又小小的旧时联盟，很像是古老城市中心令人愉悦的公共广场；突然间，一座浩大的雅典娜神庙，打个比方——有着华美建筑工艺的外观——从天而降；以至于其余的地方、前方的空间、周边和外围地区，一直到东边的尽头、马路的边缘和通道，原本无尽穹苍的广度都暂时受到连累。一阵的仓皇失措，连爱挑剔的人，或至少聪明的人，都没能看出它外观的宏伟和它高贵的等级。不管当初是否明显地经过精心策划，这件罕有的事自从发生开始就是缓缓地进行着，静悄悄，也很顺利；所以从多林木的丰司看来，据说它有八十个房间、辽阔的公园、一亩亩的花园，加上壮观的人工湖——对于一个对"大"事司空见惯的人来说，可能相当可笑——倒没有醒目的转变，回想起来也没有需要激烈调适的问题出现。雅典娜神庙一直都在那儿，但是它的柱廊无须费心照料。太阳全力洒下光线，空气流畅，人群也未减少；避开限制，周围的路也挺顺畅的，东边的尽头和西边一样中规中矩，两者间有侧门通道——很有它们的排场，高大，不朽，装饰华丽——像所有伟大的神庙一样，该有的都不缺。对他的岳父而言，王子经过这么一番程序，就不再是个不祥的障碍物，其特质却仍扎扎实实地保留着。

可以再提的一点是，魏维尔先生未曾担心到他得将自己已经放心的事详加记录；倒不是他没办法或是不愿意把他对于这件事发展过程的想法，私下透露给对的人知道。可以确定的是，并不缺这个对的人来了解这件事，而且此人正是范妮·艾辛厄姆。他已经不是第一次听取她的忠告了，而且无论如何，她目前有极大的兴趣，也给了一样的保证，无疑地会再三重述他的秘密。算是王子的命好吧，他没什么棱角，是个圆融的人，这是最主要的事实，一切都没瓜葛，也就水到渠成。他严守着女儿的丈夫一定要符合此特征，就像他常用于社交人际关系上的一些词语，等等：那是他不断使用的方式，就好像它们为了他如此这般地照亮了世界，或者他行走于其间的道路——尽管它们在对应某些和他对谈的人，有时候显得不敷使用。和艾辛厄姆太太在一块儿时，他不曾觉得十足地明白些什么，这是事实；她鲜少和他争论，忙不迭地同意他的说法，贯彻到底地为他设想，一味地温和亲切，有一次他生气地对她说，这简直像照顾生病的奶娃儿似的。他指责她没拿他当一回事，而她回答——从她口中说出来的话可吓不了他——她对他可是满怀虔诚与崇拜啊。他为她带出那几个贴切的好词，因为他与王子连起关系是件让人欢喜的事，她以前就为此笑过，现在她又笑了——她并没有对其价值提出争辩，这倒是挺奇怪的。当然再怎么说，她都不至于像他那样爱着自己所发现的东西。他也真的付诸行动——为了使自己宽心，有时候几乎是挑明了公开说；举例来说，万一发生了争执，那将如何云云。有一天他坦白对正在谈话的这个人说了，提到他对王子做得特别到位，甚至颇为明确地提到，他们引人注目的关系里所存在的危险，所幸已避开了。呵，要是他有那么点儿棱角！——接着会发生什么事，又有谁知道呢？他是这么说的——他对艾辛厄姆太太也是这么说的——好像依照惯例，他领会了何谓有棱有角这回事儿的事实。

很清楚地，他把它当作最终的想法、一个最新的鲜活概念。他大可以将他那座占地广阔的雅典娜神庙，指出它尖锐的角落和硬邦邦的边缘、所有石砌的突状物和它巨大方正的格局等等。如果他这么做了，那么他对接触后的欣喜之感，要算是麻木不仁了；因为接触后就会知道，那线条和表面的曲线有多么柔顺，有种糊弄人，甚至把人都搅迷糊了的感觉。"你很圆融，年轻人，"他这么说过——"你整个人都是，就算你有机会变得不知变通，让人受不了，你在各个方面和无尽的耐心上，依旧都很圆融。那一点我可不太确定，"他又补充说，"不管会不会让人受不了，整体来说，你都不算太不知变通。让人受不了不会是个问题，因为你的圆融是根深蒂固的——那就是我的意思——每个细节都是。光是用手就感觉得出你内在有这种东西——至少我是这么觉得。假设你全身都是由菱形尖角所组成，好像威尼斯公爵宫殿的边墙一般——用在建筑物上面，那可真是美呀，不过要是长在一个人的身上，特别又是一个关系亲近的人，那摩擦起来，可是会要命的啊。我站在这儿就看得一清二楚——每一个都突出来——全部都是用建筑工艺雕琢而成的钻样菱形，那可是会将人柔软的那一曲刮伤。人是可能被钻石刮伤——那伤口肯定最平整——不过也有可能多少落到只是胡乱切一切罢了。情况是，和你生活在一块儿，你会是颗又纯又完美的水晶。我将我的想法告诉你，因为你就是给我这种感觉，我想你也应该要知道才是。"王子用他自己的方式领会了这个想法，因为到了这个时候，他已经惯了用心领会；魏维尔先生对于他表面的说法，好比金色水滴平均地流过一般，恐怕没有其他方式更确定了。那些水滴没有留在缝隙，也没有积在凹洞的地方；一片平滑的表面没能留住露珠，但是有那么一刹那，却显示了扎实的质地。换句话说，这位年轻人笑了，笑得很肯定——虽然是基于原则，也是出于习惯，好像真的表达同感之意，但就算不是完全理解也无妨。一切代表事情顺利的象征，他都喜欢；至于原因为何，他也就不甚在乎了。

且说自他婚后就同住的这些人，他们每每提到他和他们最大的不同处，其原因仍在于他的性情——比起他以往听到的，这个原因更常被提及；而和其他人比起来，他岳父和妻子毕竟是首批和他同住的人。关于这一点或是其他的事，他没有确定过自己是怎么给他们此感觉的；他们要么能感受到一些他没有的意思，挺寻常，也挺特别的；要么落掉他要表达的意思，同样挺寻常，也挺特别的。他于是回归到一个普通的解释——"我们的价值观不同"；这说法使他对于事情的重要程度能有相同的了解。他的"幅度"大小摆明了很重要，因为没有人预期它们是如此，或者说，想都想不到它们是如此。反观在他所离弃的旧世界中，人们对于磨合的弹性幅度很大，也被视为理所当然的事；为了让往来更顺畅，这是很自然的事，就好比人在楼上，表示那房子里有楼梯一样，不足为奇。这件事他倒是挺警觉地应付了魏维尔先生的赞许。其实我们可以如此臆测，他回答的速度之快，很可能是想起了某件特别的事；这件事使他用最轻松的态度就认了。"喔，假如我是颗水晶，那我很高兴自己挺完美的，因为我相信它们有时候会有裂痕和缺陷——这种情况下，非常便宜就买得到！"他把玩笑话停住了，没有继续往下讲，因为要拥有他可是所费不赀呢；的确，他们两者间都有着对好品位的坚持，所以魏维尔先生这边也没有逮住这个机会说下去。然而，现在我们关心的是后者和这些事的关联，以及他欣喜地认为阿梅里戈的个性不会产生争执，把他当成一件有代表性的珍贵物品。具有代表性的珍贵物品，伟大的古代画作和其他艺术品，精致卓越的金质"物件"，银质的、珐琅的、意大利的原产陶器，象牙的、青铜的等等制品，已经数年来不断在他周围累积着；而他整个心思都把搜罗和欣赏当成基本的挑战，所以在直觉上，那种收藏家特有的敏锐欲望，都成了他接受王子求婚的基础。

这位对他女儿热切的追求者，除了对玛吉明显的好印象之外，也透露出伟大的标示和记号，往他面前一站就是一副高档的正品模样，他已经学会找出顶级的东西。亚当·魏维尔此时已经知道，而且知道得很透彻；他私底下相信，无论在美洲或欧洲，自己所犯的难以启口的错误，算是最少的了，这点可无人能出其右。他倒是从未说过自己永远都没有过失——他不来这一套；不过，除了天生的喜好之外，他了解自己人格深处拥有鉴赏家的精神，他起初有这种感觉是十足意外，喜悦之情也是什么都比不上的。念着济慈的一首十四行诗[①]，写

[①] 约翰·济慈（John Keats，1795—1821）为英国浪漫时期著名诗人。此处所指的十四行诗为《初读贾浦曼译荷马有感》(*On First Looking into Chapman's Homer*)，诗中主角科尔特斯是西班牙探险家，济慈误认为他是第一个见到太平洋的欧洲人。

到勇敢的科尔特斯亲临太平洋的样子,他像其他许多人一样,心头为之一震;不过,恐怕没几个人有真实经验,完全契合诗人笔下的伟大形象。魏维尔先生心里有过相符的体验,他在某个时刻曾这么凝望着他的太平洋,因此,虽然只读了几次那首不朽的诗作,也足以将它烙印在记忆之中。他在"达利安高峰"①的磅礴时刻,使他的生命骤变,在那个时刻他感到内心的殷殷渴望,像是热切低吟着要他了解,有个世界等待他去征服,只要尝试他就可能征服它。他的人生展开了新页——好像长久以来毫无生气的页面,突然间一经触碰就迫不及待地翻了过来,连空气都受到震动,仿佛是黄金群岛的吐息吹到他的脸上。洗劫黄金群岛当下成了他未来事业的重点,这个想法个中的甜美滋味,比起实际行动更胜一筹——这是最令人赞叹的部分。这个想法和才干有关,或者说,起码和品位有关,是他内在的某些东西——他相当激动地发现,自己的才智是处于暂时静止的状态,好像才稍微拧了一下螺丝钉,就大大地改变了他整个智力运作的格局。他在某个程度和那些伟大的预言家、那些召唤和激励美好事物的人是一样的——况且,他毕竟和那些伟大的制造家和创造家,可能也没有离得太远。他以前根本不是这个样子,太不可能,也太可怕了;但是现在他明白自己过去为何是那个样,为何即使在拥有浩大成就之际,会功亏一篑;此时在一个庄严的夜晚,他仔细解读他事业中,一个等待良久的重大意义。

妻子过世之后,他第一次造访欧洲,当时他女儿十岁大,其间他心中灵光乍现——那时候他甚至还明白了,为何早在先前的一趟旅程里,他才新婚一年,那道光线仍是掩盖未明的状态。那个时候只要能力许可,他已经开始"买"东西了,不过几乎全是为了身旁那位容易激动而又娇弱的人儿买的;她有她自己不可动摇、迷恋的东西,但都

---

① 达利安高峰在上述诗作的最后一行,指科尔特斯往下眺望着太平洋的时刻。1513年瓦斯科·努涅斯·德·巴尔沃亚(Vasco Núñez de Balboa)率领一支探险队穿越巴拿马地峡(the Isthmus of Panama,古称达利安地峡),成为第一个见到太平洋的欧洲人。

是巴黎和平路①上的艺术品、价格高昂又有信誉的裁缝师和珠宝商，当时他们俩都觉得棒极了。她很容易激动，很像是缎带、荷叶边与细致布料的颤动一样；她的确苍白得像个不安的鬼魂，好比一朵折断的白花被捆好扎起来，上面还绑了一大朵从林荫大道买来的丝缎"蝴蝶结"，他现在想想，也觉得挺怪的。在回忆里，他们这对新婚夫妻被眼前的好机会搅得一阵迷惑，既古怪又可悲。他好意地鼓励她能乐于购物和喜好珍玩，那可怜的女孩因此所承受的压力，他想起来仍会畏缩一下。虽然他不喜欢，但出于悲悯之心，这些影像从早年的昏暮中时而出现，时而消失，时间往回推移，她在一个更遥远的过往，那里出现了他们共同的过去，他们年轻时的爱恋。无可否认的是，即使批评没停过，但是挺奇怪的，玛吉的母亲并没有辜负自己的本分；因为她表现得很热切，没有松懈，把它当作很天真的一个古怪借口，最终豁达地把受苦的呻吟，转为轻柔的低语。他们深爱彼此，所以虽然他的聪明才智高她一等，但依然为她付出了一阵子代价。他感官还没启蒙之前，她那些没价值的东西，那些又大又邪门的装饰品和精巧的设计，都曾让他觉得好美呢！他这个头不高的男子，静静地沉思着，考虑着，耽溺于寂静的乐趣，也懂得寂静的苦痛。有时候他甚至会纳闷，如果他妻子对他的影响，没有因为奇怪的造化弄人而很快地移除的话，他会成了什么样子，因为他的聪明才智在这个领域里，学习着越来越专精地运作。以他对她依恋的程度，她会不会一路带着他走入只有错误的荒野之中呢？她会不会使他攀登不了那座令人眩晕的高峰呢——或是相反地，她有办法陪着他直到那显赫的地位，而他会像是科尔特斯对他的同伴所做的一样，也在那儿指给她看看，不是人人都见得到的神启之景？想必科尔特斯的同伴里并没有一位真正的女士：魏维尔先生决定自己的推论要依照那件史实。

---

① 此街道目前仍是世界上最流行的购物街之一，尤以珠宝店闻名。

第 二 章

　　无论如何，有个真相是他早晚要知道的，比起那几年的黑暗岁月，它要无害得多。那就是再一次奇怪的造化弄人：没有那几年的黑暗岁月，也就没有接下来的光明岁月。起初他并不知道，有个比他更有智能的高手，使他学习一种东西的过程很严厉，但这是为了要他经过完美的预备工作，好得到另一种东西；如果当初他少了些信心，那么这个预备工作会很脆弱，很贫乏。相较之下，他是比较盲目不清的，然而也因此更有信心，最后那份高超的理念，也因为土壤够肥沃而绽放花朵。他得喜欢铸造和汗水淋漓才行，他也得喜欢将他的徽章擦得亮亮的，还要堆叠起来。起码他得相信他喜欢这些事情，就像他相信自己没为别的，就是喜欢抽象的计算以及用想象力赌博，这些事本身就是在开创"利益"，使其他的利益消失，因为后者只是令人不快，粗鄙地一开始就想着加入，或是获得多寡。真正的情况当然不是那样——每件事情之下，那高超的理念正在成长，于温暖富饶的土地下扎根。不知情的他或站、或走动、或工作于它掩埋之地，而事实本身，也就是他的财富这件事实，若不是它第一片尖尖的嫩芽挣扎着破土而出见到天光，是有可能会境况凄凉的。从一方面来说，他的中年时期没遇上什么难堪的事；另一方面来说，所有的预兆都显示，他的时代依然有领先群冠之美。他的确不值得如此快乐；要不是那样，一个人很快乐的时候，很容易乐得过头。他靠着迂回路线起家，但是他抵达了那个地方；从此他就谨守不移了，还有谁的人生道路，比他来得更笔直呢？他的计划不是对文明全部加以认可；它绝对是一种经过浓缩、具体化的最高等级的文明，他亲手记下来的，像一间盖在岩石上的房子——房子的门和窗户对百万群众敞开，他们都心存感激，也充满渴望；更高、最高的知识将光芒四射，庇佑那片土地。这间房子设计成一个礼物，要送给收留他的城市和他出生地那一州的人民；在房子里，他的职务是要他们尽速脱离丑陋事物的束缚——在这间博物馆中的博物馆，一座艺术之宫，要如同古希腊神庙般简洁精巧，是一座经过筛检的宝藏贮藏所，有其崇高的神圣性。他会这么说，目前他的精神几乎是活在补偿过往失去的时光，心思则萦绕在柱廊间，期望着最终仪式的到来。

这些都只是"开场练习"，拿来致力奉献于该处。他很清楚，比起判断力，自己的想象力更快熬过那块土地的考验；要见到他的首波影响力，仍有很多事情要做。地基打好了，墙面正往上盖起来，房子的外层结构也都敲定了；不过，高度的耐心和虔诚的心意，使他无法和轻率潦草搭上关系；他对这间心存宗教情怀、想要普及传播的纪念馆，如果没有以庄严的姿态稍加延宕，那么他是在欺骗自己，因为它是他澎湃热情的典范——为了追求完美而不惜一切代价的澎湃热情。他根本不知道他会在哪儿停住，但他很确定自己不会从哪儿开始，这点倒是令人欣赏。他开场不会小家子气——他一开始就要来场大的，况且，就算他希望画出分界线，也很难指得出来。对自己同乡的人、承包商、顾客，以及来自周围国家的人，他倒是一派轻松就指出一些令人发笑的事，比如说，写大字体、天天都在"定版"、印刷、出刊、折叠、寄送等等，大胆模仿起蜗牛的行径。对他而言挺讽刺的，蜗牛成了自然界最可爱的野生动物，而且，一如我们亲见，他回英格兰来，对于执意欣赏这种动物的心情依然没停过。就刚刚谈的这件事，说出了他想说的，他无须任何人的指引。再度来到欧洲停留几年，再次接触到各式变动和种种机会，重新感受市场的波动，这些都能维持智慧免于衰退，他已经受到启发，具有些许信念。看起来这不像是给全家人，可以有时间闲晃等待的事——他的孙子出世之后，他们目前已经是一个圆满的家庭了。因此他觉得，世界上只剩一个理由，使外表这个问题称得上真正重要。他在乎的是，即使有上当的可能，一件昂贵的艺术品也要"看起来像"出于大师之手。不过，整体说来，他已经不再用外表来看待生活中其余的任何事情了。

大致上，他日子过得挺逍遥的。他没有真当自己是个收藏家，但他不折不扣是个祖父。他经手过若干珍贵的小东西，没有哪个比得上他女儿头胎的小王子[①]一般珍贵，他的意大利称号，他怎么都听不腻，而且他还可以把玩他、逗弄他，简直想把他往上一丢、再一把接住，但他没这么做，因为他可是很宝贝呢，就像早期低温焙烧的细瓷瓷[②]一样。他会将紧紧抓着保姆的小孩给抱过来，嘴里絮絮叨叨念着，和旁边装着玻璃门的高大橱柜中所摆设的物件比起来，他说话的内容着实令人不敢恭维。这段新的关系使他幸福洋溢，也无疑地更令他确信：对于外界的诽谤与狭隘的粗俗话语，他再怎么沉默不回应——他说仅仅那种态度即可——都比不上丰司这几周轻松愉快的日子，来得更加直接，也更加有说服力。这几周以来，他要的不过就是个态度罢了，而且他现在所享受的，比他原先预期的更多：尽管兰斯女士和卢奇小姐都还在；尽管他有点儿担心，范妮·艾辛厄姆有些话该对他说，却还放在心里；尽管他心里很清楚，当初他同意嫁掉女儿，也因此做了重大改变，那么现在围绕在他周遭的一切，等同于活灵活现地呈现了他当时所同意的事，呈现了这桩婚事，也最终呈现了所做的改变，他清楚的程度就像大方地倒着酒，连酒都满出杯子了；但这些都无损于他乐在其中。他依旧记得之前已婚的心态，虽然已经有些模糊，但仍会浮现在脑海里。他认为自己，尤其是他的妻子，一如其他已婚人士一样，但相较于眼前这对佳偶的婚姻状态，他纳闷自己与妻子之间是否仍称得上是婚姻，或是他们的结合将美好给磨蚀掉了。特别是自从他们的儿子在纽约出生之后——有了这么位嫡传的子嗣，这是他们最近在美国期间非常要紧的事——他觉得这对幸福佳偶把快乐带向更高、更深、更远的境界，那个境界已经远远超过他的想象力所能企及。毋庸置疑，他缄默的惊奇中有一项很不寻常——就这个主题而言，那尤其突显出他个性中含蓄的特色：经过了这些年之后，他心中隐约有个奇怪的疑问，玛吉的母亲是否有能耐来承受这种

[①] 原文为意大利语：Principino。
[②] 原文为法语：pâte tendre。

高涨到最顶点的情绪。他的意思是指最顶点的温柔——这个词对他而言即是如此；在结了婚的这项事实上，全心全意达到了最顶点。玛吉自己就办得到；在这个时节，玛吉自己本身就洋溢着最高点的情绪，美极了、棒极了——如此的感受使他不再多想心中比较实际与老练的考虑；那是对美与神圣的尊崇，几乎到了敬畏的程度——他每天在她身上都有如此的感觉。她就是她的母亲，喔，没错——但不仅是她的母亲，还多了点儿什么；对他而言这是一番新的体悟，而比她母亲还要多的那一部分，竟然在此时以这种奇特的方式，证实是可能存在的。

几乎任何安静的时刻他都能再次体验，如何经历这长长的过程，才入门到达他目前所拥有的影响力——一切都是靠他自己入门才达到的，像个"厚颜"的年轻人，什么身份地位都没有就直接找上老板，或者随便在路上找个过往行人，就把他当成真正的朋友谈了起来。办所有事情的时候，他真正的朋友是自己的心思，这一点没有人和他搭上关系。他也曾在那户纯属私人的宅邸敲过门，而且事实上，也没人立刻来应门；因此，经过等待后又再次回来、终于得以进入的时候，他像个困窘的陌生人，扭着他的帽子，也像个在半夜试钥匙开门的贼似的。他只有靠时间得到信心，不过一旦他真正得到了那个地方，就再也没放手过。得这么解释才行，所有成功代表他有股傲气作为原则。如果这股傲气指的仅仅是一开始的飞黄腾达，或是他财大气粗，那相较之下可简单多了。他得意之处在于能掌控困难，而他的困难——这得归因于他的谦逊——在于他得对自己的能力有信心。这个问题他想出了解决之道——无出其右的解决之道，使他稳固了根基，也使他的日子发光发热。像人们在美国市说的，他想要心情"畅快"的时候，只需回顾一下这段美妙无比的发迹过程即可。所有一切都回归那里：那发迹过程可不是以讹传讹，把别人的事迹卑劣地当成他自己的。想到自己有可能变得多么卑微，他的自尊就油然生起；事实上，是极度欣赏自己的无拘无束。只要他一碰，精巧的记忆之门就会应声弹开：妻子过世了三年左右的那个冬天，他是在佛罗伦萨、罗马和那不勒斯①三地度过的。回忆中的自由就像黎明的日出，一片粉彩银光洒在他的身上。他记得最完整的，特别是那个寂静的罗马破晓时分所带给他的领悟：尤其是在他眼前，那些王子、教皇的样子，使他想到自己的才能。他是个平凡的美国公民，待在一间旅馆里，那儿在平时也有二十来个像他一样的人；但是他相信，他们之中没有哪一个王子，没有哪一个教皇，更能察觉出艺术资助者的特色。要不是害怕，他真觉得为他们感到羞耻；即使翻阅了赫曼·格林②的书之后，其中谈到尤利乌斯二世与利奥十世③，如何因为委屈了米开朗琪罗而受到"处置"的事，他也未曾高高站在顶峰加以评断一番。此介平凡的美国公民远远在下方——这号人物正巧是亚当·魏维尔，他没那么平凡。可以这么说，经过这么比较之后会产生些想法，而那些想法无疑地就进入我们这位朋友的脑中无法忘怀。自由自在地尽情观看是比较的其中一部分，而他的自由度除了稳定地越来越增长之外，还能如何呢？

　　倘若坚持说他有一切的自由，那又言过其实了；打个比方，和往常一样，此时在丰司，兰斯女士加上这间撞球室和周日的早晨，共谋要来对付他，至于对付嘛，我们可能谈得有点儿太远了。兰斯女士至少目前和最近，都控制着他做得理直气壮的事：他理直气壮度过的时间，是他原本以为会很自在的；就算如果他被问起，不管是这个满怀热情的人或是其他任何人提问，他都不愿意说自己蠢，但是在这么个结结实实受限的情况下，要证明自己有多聪明也一样挺难的，他理直气壮地想稍微不记得这些事；特别是中间有机会时，他理直气壮地看看信件、看看报章杂志，把自己跟别人隔开，好让那只有好多张嘴的怪兽发出声音，提振一下精神，他一直都在激那只怪兽的肺。兰斯

---

① 位于意大利南方的城市。
② 赫曼·格林（Hermann Grimm, 1828—1901）是德国作家，于1866年写了《米开朗琪罗的生活》(The Life of Michael Angelo)一书。
③ 尤利乌斯二世（Julius II, 1443—1513）与利奥十世（Leo X, 1475—1521）是前后任教皇，对于文学艺术及建筑都有资助，但是对米开朗琪罗这位艺术家并不厚道，尤其是尤利乌斯二世，一再拖延付款，他的陵墓是米开朗琪罗设计的。

女士就和他待在一块儿,直到其他人从教堂回来;到了这种时刻就再清楚不过了,他的苦难真的来临,也的确让人极难消受。重点是,他印象中她倒不是多么坚持自己的优点,可能她自己也没想到;而是她在几乎不知情的状况下,成了象征他特别有缺憾之处,也就是说,他不幸地少个妻子,有些话题也就说不下去了。兰斯女士令他感觉,那些话题常常临时进出来,不胜枚举,真不是一个人应付得来的。他的客人就有可能说出,像是:"因为兰斯先生的缘故,因为我有股傲气,也是个有教养的人,所以我挺严谨的。要不是因为兰斯先生,因为我的傲气,还有教养的缘故啊!"——哎呀!你听听,这可能会变成窸窸窣窣的巨大喃喃声响,音量之大足以填满未来的日子:窸窸窣窣是裙子发出来的声音;是信纸的声音,有好多页,散发着香味;也是人的声音,听得出各个不同,至于是在这个远近驰名的国家哪儿学到的,好使得他们的声音胜出,并不紧要。艾辛厄姆夫妇与卢奇小姐们要穿过花园到那座小小的老教堂,一路走在"大宅邸院落"上,它矗立的样子纯朴而又甜美,我们这位朋友常常希望能够将它移进玻璃柜中,放进他几个展示厅的其中一间。玛吉的丈夫倒是没这个习惯,不过她说动了他一起坐马车,这段朝圣之旅离最近一个规模不大的圣坛仍有点距离,也正好是那个教派——她的信仰和她母亲生前是一样的,至于魏维尔先生,别人要把它当成他的信仰,他总也随便没什么异议——要不是他坚持这么自在,把舞台做得又稳又平,那么她婚姻的这场戏码是演不下去的。

然而,最后的情况是,原本分开行动的小团体,全都同一时间回来了。他们先在外面碰头,接着就到一个个的空房间慢慢逛了起来,不过并非只是漫无目地地找找他们留在家里的那一对同伴。找着、找着,他们走到撞球室的门口;门开了,他们进来,但脸上的表情给亚当·魏维尔一阵激烈的感受,是前所未见也怪到不能再怪了。它真是醒目:这阵感受像一朵最奇异的花似的往外扩张,仿佛在吐息之间,它就突然迸了开来。他女儿的眼睛里,尤其看得出喘息之间的张力——当她想着自己不在的时候出了什么事,他就看到那种表情:兰斯女士追着他，跟到这个偏僻的地点，那种神采、那种姿态，摆明了是要他接受这个复杂的状况——总而言之，玛吉也如此认为，那是她心里焦虑的事情之一。是实情没错，就算没有明白告知，每个人也都各自感受到那份焦虑。范妮·艾辛厄姆的脸色也一样，没有隐藏得很好；而两位卢奇小姐四只漂亮的眼睛里，闪着奇异的光芒，连透出来的颜色都相衬。这里每个人——不能把王子和上校算在内，因为他们并不在意，甚至也看不出来别人在意——都知道些什么，或者说，至少有点儿自己的想法；说得明确一点儿，心里想兰斯女士如此有技巧地等待恰当时机，这是她会使出来的招数。卢奇小姐的脸色看起来特别担心，看得出有多关注于此。其实说到这一点，卢奇小姐们的身份有些滑稽：她俩不请自来，毫无心机地引见了兰斯女士，振振有词说兰斯先生见过她们；而现在情况无疑地，好像她们手上的一捧鲜花——兰斯女士真的是让人难以掌握的麻烦人物啊！——成了一条危险的毒蛇。魏维尔先生感觉到相当明显的气氛，卢奇小姐心里在怪罪着——态势如此紧张，连他想合宜地脱身都真有问题。

那些毕竟都一闪即逝。我曾经暗示过，真正紧要的是他与玛吉间无言的信息。只有他女儿的焦虑才到得了他的心坎，这份焦虑在他面前敞开，程度之大，不同于以往。一直到现在，她才表明担心他个人的生活；过去什么时候，他们一起生活的过去，又有什么时候她曾经示意，即使是不发一语地表示过呢？他们曾一起担心，也一起欢笑过；但是她的担心与欢笑，至少都是和他们俩有关系的事。突然间来了个问题，却只和他有关系，这情形是种爆裂，虽然无声无息的，但仍是件重大的事。她一直记挂着他，甚至可说是照顾着他——和别的东西不同，他以前一直是深植于她的心中和生命里；太深了，好像深到无法分离，无法和其他的做比较，也无法说出反对的话，总之，无法客观地将他呈现出来。不过，时间终究还是办到了，他们的关系已然改变：他又再次看见她感受到的前后差异。他看得清楚——而且这个问题或多或少，不单单只是兰斯女士而已。对玛吉而言，他们的客人不但不是扰人的麻烦事，反而一下子成了个信号，几乎像是发着善心。原本前方最靠近自己的领域，因为他们的婚事而清空——他们成了王子和王妃。他们为其他人留了空间——所以其他人也都心里有数。玛吉站在那儿还没开口，他自己也已经对那件事心里有数了；此外，他也感觉得出来，她了解他感觉得出来，她是了解他的。后者是最令他激动的感受，但是要补充一句，下一秒钟，范妮·艾辛厄姆的激动可又更胜一筹了。她无法别过脸去不看他；不消说其他的，以她反应之快，已经看出来了他们俩都了解的事。

第 三 章

无论何时，能不发一语就沟通这么多，的确煞是美妙。不过坦白说，我们对于场景中某个关键角色的解读，可能还言之过早，需假以时日才得以发展。然而那个下午，享受着宁静重聚时光的父女俩，几乎什么都没做，只应付着小小的骚动，那是上完教堂回来的那群人所清楚呈现给大家看的。午餐前，或紧接着午餐之后，他们俩之间的谈话都没有暗示过什么，也没有抓着什么话题不放——只是没过多久，他们就撑不下去了，这或许是个意外，但它本身充满着意涵。午餐后的一两个小时——因为那是属于玛吉的家务事之一，她得每样细节都面面俱到才行，星期天尤其显得重要——按照惯例，王妃会和她的小男孩一起度过，她父亲要么通常是人已经在他们的寓所了，要么很快就会来加入。他一天里某个时间，会排除任何事务来看孙子；这还不包括他孙子去看他的次数，也一样没什么规则，没什么时间限制；再加上他说的一些零零碎碎的时段，只要有机会，他们就在一块儿——成员们则是随机组成，大部分都在露台上，花园或公园里，小王子也在外面透透气，排场很盛大，有婴儿车、阳伞、戴着细致蕾丝面纱的可靠女子从旁照顾着。他们私人寓所的厢房位于这座宏伟宅邸较大的一侧，但是要进入可没那么容易，那个地方就像王宫，而那小孩也像是王室继承人一样，受到重重戒护——这间育婴室之好，无人能出其右，在这些固定的时间里，总是跟当前的主角说着话，要不然谈话也都是绕着他转；其他的事、其他的话题都挺识趣地避开了，以免分神或有点儿小闪失。他们进来的时机，充其量不过是和这个小男孩的过去、未来和无所缺憾的现在产生关联罢了；他们可从来没啥机会说说自己的优点，或是抱怨一下自己没人理。对老一辈的来说，这种共同的参与更使他们确信生活不仅未受干扰，彼此更深入地连成一气，而且联合的范围也更大了，这点恐怕什么也比不上，我们也为魏维尔先生提到了一些。漂亮的婴儿可以当成丈夫和妻子之间一个新的联结,这当然是个耳熟能详、老掉牙的故事,但是玛吉和她父亲煞是巧妙地将这个珍贵的小小人儿转变成一个妈妈与爷爷间的联结。情况有点儿棘手,小王子很可能不幸地成了半个孤儿,因为他亲爹的位置空出来,另一个至亲补进来,而他却在无意中观看了这整个过程。

几位集结一起的朝拜者,也就没必要谈到王子不在的时候会做什么,或者会为他儿子做什么——因为他不在家的缺憾已经都补足了,很圆满。再者,对他也没有一丝一毫的怀疑,因为以他对其他事情谨慎周到的要求,他用坦率的意大利方式让大家都看得明白,他有多爱逗弄小孩,简直停不下来;玛吉眼里也的确看得明白,整个说起来,她对丈夫说她父亲放肆的样子,多过于她告诉父亲自己丈夫放肆的样子。亚当·魏维尔处于这种关系中,心里是挺安详的。他对于女婿的欣赏之情,倒觉得是锦上添花,这一点他是挺确定的——他说的欣赏,是指欣赏他的孙子;因为打从一开始所依靠的,不就是一份直觉——或者几乎可以说是一种传统——才使得前者可以把小孩生得十足漂亮,让人不得不欣赏一番?这段关系中往来的和谐状态,要归功于这位年轻人,似乎要给人留下的印象是,以礼尚往来的传统来说,这位祖父的传统,不管怎么说都不会是平白无故,毫无目的。这传统,或随便称呼它是什么都可以,已经由王妃本人揭开序幕——呃,阿梅里戈对这件事的考虑,看得出来他的谨言慎行。总而言之,他对待自己的子嗣和他在心里观察别人,其中好坏是一样的固定没变化;他心里很清楚,无须打听,魏维尔先生是个奇异而又重要的人物,因为他可以好端端、不受干扰地霸占育婴室几个小时。这位祖父宛如在特地展示着自己另一面的性格,好给别人加以探究,当成个品项好记下来似的。后者心里清楚,和他之前察觉的一样——王子对任何与自己有关的事,都无法做出结论。这种特质在他每个阶段都看得到——然而,他也接受了,挺好的。最后这一项才是重点;可怜的年轻人,他真的很努力希望为人所接受,从他不懈努力地希望能了解就可见一斑。说到这里,一匹走在乡间小路的马不怕牵引车的声音，但是你又怎么知道，它碰到铜管乐队的时候不会受到惊吓呢？它长大的过程中可能习惯了牵引车，却不曾听过铜管乐队。经过口耳相传，王子一点一滴知道他妻子的父亲是怎么长大的；现在倒是可以加以核对了——他成长过程中，对血统有着浪漫的想法。谁又会想得到呢？到什么程度才会停止呢？魏维尔先生比较担心的是，那份奇异感会令他失望。他觉得他要人家看到的部分都显得过分肯定。他并不知道——他正渐渐了解，也觉得挺怪的——他成长过程究竟经历过多少事。且让王子来点儿什么他不知道的吧！在他看来，这件事不会扰乱平静的状态，反倒是可能为生活添点儿兴味。

无论如何，父亲和女儿都知道，他们只是想这段时间待在一块儿——好像不管代价为何都可以。此需求如此之强，甚至将他们带离这房子，避开那群齐聚的朋友，他们俩得以缓步漫游，不被人瞧见，也没人在后面跟着。他们走的是一条旧花园的隐秘步道，之所以称它旧，是因为有些正经的老东西，像是高高的亭子、修剪整齐的红豆杉，还有一大片又一大片的砖墙，有时候是紫色，有时候又变成粉红。他们从墙上的一道门出去，门上有块厚厚的板子，上面标着"1713"的日期，是用罗马数字写的；接着在他们面前是一个白色的小栅门，一片绿意中，白得亮眼而又干净，穿过之后，他们就渐渐走进巨树林立的广大空间，找找里面几个最安静的地方之一。一棵大橡树下放着张长椅，经过长年的岁月，它看起来颇有几分庄重的气息。下面的地面往下陷，但是在对面隔了一段距离又再度升高，足以将这份孤寂环绕起来，放眼望去则是一片低矮树丛的天际线。托天之福，夏日尚未远离，落日透过稀疏的枝丫洒下阳光；玛吉出门走下来，明白他们要去散散步，美丽的头上什么都没戴，手里撑了把阳伞遮着，还有一顶大草帽是她父亲这些日子老是戴着的，斜斜地戴在很后面。他们知道那张长椅，它很"隐蔽"——他们以前就因为这个理由对它赞美有加，也喜欢那个词。他们开始在那儿徘徊之后，甚至还可能微笑起来（要不是他们真的太严肃，再加上要不是这个问题一下子变得无所谓），因为想到其他人极可能纳闷着，他们俩是怎么了。

他们对于别人如何说自己礼数不够这一回事，漠不关心的程度只不过说明了他们向来又把别人放了多少在心上呢？他们俩都清楚，也很迷信不"伤人"，不过，他们可能一直扪心自问。或者像此时可以问问彼此，是否那真的会令他们感到过意不去。西边露台上那个地点正合适喝茶聚聚，包括艾辛厄姆夫妇、卢奇小姐们和兰斯女士，四或五个人的完美组合——另外有位马多克小姐，很漂亮，是典型的爱尔兰人，受到一番吹捧，现在也被带了过来——她父母是地主在附近的小住户之一，生活过得俭朴；而地主出租了他的祖宅，在他的视线范围内，也获得了一定的收益。同样可确定，这群人一定也对这件事有同样的看法。在任何时候，即使随时要冒点儿风险，范妮·艾辛厄姆依旧绝对牢靠，以朋友情谊的立场，维护着魏维尔先生和他女儿，也维护着他们的风评；甚至也会为了阿梅里戈的缘故，把他们不在场这件事轻轻带过，因为阿梅里戈可能会有意大利人那种怪怪的焦虑不安。王妃心里很清楚，阿梅里戈不会为难别人的，总是顺着他朋友的说法，不管是解释、哄着，或是再三保证都好；事实上，也许他所展开的新生活——那可是他自己起的名字——更要依赖着那些说法吧。这对于玛吉早就不是什么秘密了，也常被大伙儿拿来开开玩笑——她没办法解释得像艾辛厄姆太太一样好。再说，王子挺喜欢各种解释，简直就像在收集藏书票或邮票似的，想尽办法满足他对收藏品本身的奢求。看起来倒不像是他想要用到它们，而比较像是为了摆设还有消遣，而且是他最着迷的那种单纯消遣；那是他颇具特色之处，个性中的好福气，他有兴致的事里面，少了点浪荡，甚至或许是少了些世故吧。

然而在这个熟稔的小团体里，这位亲爱的女士，不仅她自己，别人也都开心而又坦然地认为她有职务在身，虽然未必都是个闲差。简直就像担待了一件事她得负责似的，连带身边紧跟着既好心又忧愁的上校，以便不管交谈中出现了什么需要回应的问题，这些问题出现的频率真是不低，即使尽是闲话家常，好像他仍得随传随到应付一番。她也说自己在这个家里上班，自然而然地，这对夫妇来拜访的次数非常频繁,自由自在地来来去去,爱待多久就待多久,也没听着什么抱怨不平的声音。阿梅里戈把她的影响力形容成要他安安静静的;不过要完全符合这种说法,那他的个性得要更强烈一些才行。范妮倒是真得尽量减少或缩小她帮忙的范围。她辩称,对于这么一头绑着粉红色缎带的驯服绵羊而言,并不需要狱卒来看管。这动物不需要控制——顶多是一头需要受点儿教化的动物罢了。她接着承认自己是很有教育精神的——玛吉很明白这一点,自己就是没有,这也是没办法的事。于是,情况就很清楚了,她最需要负责的就只有他的智识。天知道,这留下了一堆各式各样的要求给玛吉——象征性地说来,好比一大堆的粉红色缎带,就这么毫无节制地加诸在那个人的身上。无论如何,最后的结果就是,艾辛厄姆太太现在会使他安静下来,而他太太和他岳丈则去他们简约的野餐;此举不消说是有必要的,不管是对于与他们待在一块儿这个小圈子的人,或是那一对几乎是被他们第一次发现不在场的时候,都一样有必要。玛吉觉得,王子和太太在一起的时候,他几乎能忍受那些人所有的奇特行为,怪异的英国风格让人感到很无趣,无法自在,和自己差太多了;不过这就是做太太的得在旁边撑着的地方。但如果她不在身边,而他又遇上这类事情,她很清楚自己仍未准备好看着他发生这些事。他的动作和走路的样子如何,特别是他看起来会怎样——有这么张高贵英俊的脸庞,看起来就很奇妙——假如他独自和自己觉得奇妙的事在一起时,又是个什么样的光景呢?这些邻居里面是有着奇妙的事;只是玛吉有她自己奇怪的地方——他一点儿都不以为意——她很喜欢这些事,只要它们令她觉得不寻常就行。他觉得挺有意思的,说这来自她的遗传,这种对异国风情[①]的喜爱。不过这个傍晚,她真的不在意——就算他能够来应付她的中文也好。

  这类时刻如果更经常发生的话,玛吉应该会想知道艾辛厄姆太太的说法,也就是直指阿梅里戈喜欢各式各样的解释,我们刚刚已经一

---

① 原文为法语:chinoiseries,即"中国风"。

路听了下来。倒不是王妃需要靠别人，甚至于靠这么聪明的一位朋友，好像如果没有接受帮助，她就看不清楚自己的丈夫似的。但天性使然，对一件感受得到的真相，如果别人的解释胜过自己的小小能力所及，她总是谦虚也心存感激地接受——她知道，这点在指出正确的事情上特别重要。因此，周遭围绕着那些人，她倒也颇为自在，他们都把事实表达得很清晰——那些事实是王子自己留着，为了某个颇难以察觉、神秘的最终目的而保留着，他收集所有古人的名言、大众的观感和看法，以及所有能够解决他问题的答案；将它们打包收藏起来，因为他想要将自己的大枪炮满满上膛，以便哪天他决定射上一发。首先他要确定整件事已经在他眼前摊开了，然后他就可以从收集到的无数事实里面，找出适用的。他知道自己在做什么——因此信任自己最后会发出巨大的声响，也产生效果。艾辛厄姆不断说，他知道他自己在做什么。玛吉心里记得的也就是这份自信，挺令人开心的；她总会想到，阿梅里戈知道自己在做什么。他有时候好像没什么表情，好像心不在焉的样子，甚至于好像觉得无聊：她父亲在场的时候，他都是一副非常尊敬而专注的神情；但是一旦她父亲不在的时候，他会随意展现他既天真又欢乐的个性，要么突然放怀高歌，要么异想天开，发出些不知所云的声音，表达着打心底来的轻松感，或是幻想出的愁意。他有时候会提及某些早已敲定、无法变动的事，说得极为坦白清楚，那些他留在家里自己的东西；他最钟爱的地方是罗马那座又大又黑的宫殿，他戏称它为尼禄殿，以及他位于沙宾丘[①]的别墅，她在订婚时曾见过它，也很喜欢它；尤其是城堡本身，他总是把它形容成"栖息"之地，据她所知，堂皇的柱脚矗立在山的斜坡上，从远处看散发着蓝蓝的美丽色泽，宛如王国最显赫的部分。想到这些他离开了很久、无法亲近的财产，兴致一来会挺开心的，因为它们并不是全部遭到让渡，不能再移转回来；不过仍受限于没完没了的租约和花费，不仅住户都很顽强，房子的设备也已不堪

[①] 位于意大利中部。

使用——这还不包括压了一大堆长期累积的抵押、重重堆叠着暴怒与悔恨的灰烬,厚得如同一度覆盖着维苏威火山[①]山脚下城镇的那层灰一般,也的确使得目前努力恢复的过程,像挖掘工作那样缓慢。他也可能将幽默话锋一转,为了这几个他失落天堂中最耀眼之处,几乎要恸哭一番,一面大声宣称,要是不敢面对牺牲的代价,赢回它们,那他就是个白痴——精确地说起来,牺牲的代价要靠魏维尔先生来偿付。

这对夫妻之间有件最令他们感到安慰的事——一件他们确保轻轻松松就令他们开心的事——那就是,每当她见到其他女人像她一样变为柔软的浆泥,因为那浆泥从此成了她的本质,她就爱恋他到无以复加的地步,从一开始,他就注定要她开眼顿悟,她觉得他英俊,聪明,令人无法抵抗到心都要碎掉。他们在一起打打趣,聊着既亲密又熟悉的事,都是他们享有的特权礼遇,彼此都感受无止境的幸福:她甚至说,就算哪天他喝醉了打她,把她当成令人痛恨的对手,不管情况糟到什么地步,光是他王室迷人的风范本身,便足以说服她回头,因为展现在他身上的那种风范最令她心动不已。因此,他得使她一直爱着自己,这岂不是再明白不过的了?在这种轻松时刻,他当然全心全意地表示赞同自己会一路顺畅,仿佛他是被挑选来回答所有珍贵的问题一样简单明了,他只知道要走平坦的路就对了——那么他又为何觉得羞耻呢?他们都得公正诚信才行——他可是挺吹毛求疵,很挑剔,标准又高;不过,一旦他们的关系里想得到的,明白讲究公正诚信,除此之外,哪还有其他关系算得上是正派、最基本的、合乎人性的呢?她老是回答,很巧,他所讲究的一点儿都不"明白"易懂,而且整个说来,也和明白坦率扯不上边儿,因为情况正好相反,是变化万千多彩多姿;不管事情是什么,说法已经定了调——马多克小姐也一直听到,他们对他确实有多重要。挺放心的玛吉也会兴起,开开他的玩笑,甚至不止一次对她父亲提过此事;因为她没忘记,有时候要

[①] 意大利西南部的火山,在公元 79 年大爆发,将包括庞贝在内的数座城镇掩埋。

对他说些心里话使他高兴，这挺符合她温柔的个性。这是她的原则之一——她多的是小小的原则、顾虑以及准备工作。当然啦，虽然讲了很多，仍有些事不能告诉他，像是她和阿梅里戈之间的事、他们的幸福快乐、他们夫妻同心一体、他们内在最深沉之处——其他有些事她是不需要说；只不过，有些不仅是事实也挺好玩，既不是胡诌的也可以拿来聊聊，那她就可以自在地拿来说说，因为她很在意自己身为女儿的行为举止，不能粗鲁，要有教养。

话说和她同伴在一起漫步的时候，若是提到有关那些事的点点滴滴，接着总是一阵静默，挺有趣的；一片祥和里，无数的臆测尽在其中：这段休憩时光既流畅又美妙，他们周遭的一切都显得自信满满，看在境况较不好的眼里，有可能觉得他们显得傲慢。尽管如此，他们并不是傲慢无礼的人——他们不是这样的人，我们说的这一对有反省能力，他们只是很有福气，也心怀感恩，就个别而言都颇为含蓄；所拥有的财力使他们可以很有自信地认出，什么是伟大的东西，什么是好东西，什么是安全的东西，不会因为担心害怕而贬低自己身价——那可是和因为厚颜鲁莽而贬低身份一样的糟糕。他们是值得这些的，而且从我们刚刚的分析，他们看起来也想要对方都感觉如此。但是当他们目光温和相望之时，散布在傍晚气氛里的，却是幸福中好似带着点儿无助。他们坐在那儿，强烈感受着一切理当如此，也问心无愧；不过，他们倒也可以有点儿茫然地扪心自问，他们把每件事都做得这么完美，那接下来呢？这是他们创造、加以滋养所建立的；他们将它贮藏于此，一派庄严且极为舒适，无可比拟。但是，这个时刻对他们而言，有没有可能很重要——或起码对我们很重要，我们看着他们的命运摊在自己眼前——此刻他们开始发现，并不是所有的偶发事件都无关紧要？否则玛吉又何必要想个字眼来说说那份明确的疑虑感——表达几个小时前她胸中的一阵刺痛——过了这么一会儿，话又到了她的唇边，不是吗？她当然也知道她同伴可以体会她的疑虑，她模糊不清的提问已经道尽一切。"他们到底想对您怎样？"对王子而言也一样，"他们"指的是四处盘旋、无所不在的力道，兰斯女士就是其中象征；而她父亲现在却只优哉地报以微笑，看来轻松自如，一点儿都不想表现不懂她的意思。她的意思——一旦她开口说话——很容易说得清楚；虽然他们都谈到了这点，而也真的没什么像是能展开一场激辩的话题。话有点儿说开了，玛吉也就很快趁机提及："我们真正受到改变的，是分配上的问题。"他对这句隐晦的话没什么异议；甚至等她又补了一句，说要是他没那么年轻，事情相形之下也不会那么紧要的时候，他都没有提出反驳。直到她继续说自己应该一路等待，像个乖女儿般谨守分寸，此时他才吭了一声，以示抗议。这会儿她已经坦承，自己原本应该再等更久些——也就是说，等到他老的时候。不过，总是有办法。"您实在很年轻，让人没办法不这么想，所以我们得面对这个事实。毕竟那位女士已经给我这种感觉。接下来还会有其他人。"

第 四 章

对他来说，能谈谈这件事终究让他松了口气。"没错，接下来还会有其他人。不过，你知道我会安然渡过的。"

她迟疑了一下。"您是说，如果您屈服了？"

"哎，不是。我要坚持到底。"

玛吉又等了会儿，不过她一说话，却有点儿突兀。"您又为何一定要一直坚持下去呢？"

尽管如此，他依然不动如山——所有的事，每件事，只要是她说出来的，他都已经习惯当成一派祥和。不过，就这件事而言，他脸上的表情说明，坚持下去并不全是他的本性，也绝非他的修养好。由其外观可知，长久以来他不得不如此——尤其身为一个老是被重重包围的人。尽管他外表瘦小又有点儿无精打采，缺乏引人注意的气势——这种外观所表现的仍是少得可以，不过是一点点残存的简短意思以及一些简略的感觉罢了。无论在过去或是未来，他都不是用财大气粗或既有的优势粗鲁地坚持己见，抗拒他人，或给自己占上风。在任何场合，他都挺明显得几乎是刻意使自己与任何事、任何团体的关系在后台低调进行，以免成为台前聚光灯的焦点。他一点儿都不像舞台监督或是剧作家，是台前的主要人物。顶多像个财务"赞助人"似的，从包厢观望着他所资助的对象，只不过对于为何神秘兮兮模仿起别人，却一副完全不知情的样子。他几乎和女儿一般高，也绝口不提自己的身材理应壮硕得多这码子事。他一头浓密的鬈发老早就没了，但仍可从整洁的小胡子上，见得到细致的毛发。他的胡子很密实，算不上"一大把"，从嘴唇、脸颊到下颚对称地蓄着，在他说不出什么特色的脸上，也算是个特征吧。他的脸很光滑，没什么血色，该有的五官一样不缺，非要拿个词儿来说说，立刻会想到清透二字。好比在说个挺体面的小房间，打扫得干干净净的，也没有累赘的家具，但两扇宽敞、没帘子遮着的窗户，尤其显出优点，而且立刻引人注意。亚当·魏维尔的眼睛里有种不寻常的容量，容纳得下早晨与夜晚，视野所及的范围之"大"，就算只限于星辰那一部分，仍有浩瀚余域。他有深蓝的双眼，色泽多变；眼睛虽然不大也不浪漫，不过挺年轻的，几乎称得上漂亮，颇为奇特。因为眼中的模棱两可，使你很难知道他是否通过双眼传递他的想法，或者只是睁得大大的与你四目相对。有如房屋中介说的，不论你感觉为何，那两扇窗在此处的重要性无法忽略。所以，不管你站在这边或是另一边，都在它们的范围之内；不管你是到处走动，找人聊聊，或是探探机会，你的目光搞不清楚它们是在你前面或是后面。不把话扯远了，我们这位朋友的衣着，也和其他方面一样刻意低调，好像在锚铢必较似的。他一年四季不论什么场合，都穿着同样的"圆下摆"① 外套，是他年轻时的款式。长裤是黑白格子，看起来挺凉爽的——他坚定地认为，唯一能搭配顺眼的，只有缀着白点的蓝色丝缎领带。他小小的上腹部凹进去，不论什么天气、什么季节，外头都套着件白色的粗布背心，怪得有趣。"你真的，"他这会儿问了，"要我结婚？"他讲话的样子，好像这个想法可能就在他女儿心里，因此，如果她竟然想如是说，他干脆自己讲出来即可。

只不过，她尚未打算说得这么明确。她如此自忖，虽然这个想法来势汹汹，但说出口也不无道理。"我觉得有些事情在以前是对的，但是我弄错了。您一直没再婚，也好像不想，我以前觉得没什么不对。这在以前，"她继续把话讲明白，"很容易不把它当回事儿。但我把事情变得不一样。问题出现了。问题一定会出现。"

"你认为我没办法压得住？"魏维尔先生爽朗的语气有点儿忧虑。

"嗯，因为我搬走了，您不得不想办法应付。"

他喜欢她温驯的想法。她坐得很近，他用一只手臂环住她。"我想我并不觉得你'搬'得很远。你只不过搬到隔壁而已。"

"唔，"她继续说，"我觉得这么把您推开，留下您如此过日子是

---

① 相较于燕尾服背后突出的下摆，圆下摆的外套，从衣服的正面到后面的下摆，采用圆弧形剪裁。

不公平的。如果我改变了您的生活，那我得想想改变这回事。"

"那么亲爱的，"他语气怜爱地问，"你想的又是什么呢？"

"我就是还不知道呀。不过，我一定要想出来才行。我们得一起想——我们一直都是这么做的呀。我是说，"她停了一会儿，继续说，"我觉得至少该给您有某种选择。我早该为您做到的。"

"有什么要选啊？"

"这个嘛，您只是想念着已经失去的——不过，却什么事也没做。"

"但我又失去了什么呢？"

她想了一分钟之久，好像这个问题很难回答似的，然而，也好像她越来越明白似的。"嗯，不管那个东西是什么，以前它就让我们不能好好思考，而且，按照您的说法，也真的是它，才让您寻寻觅觅的。好像如果您娶了我，就不能再寻觅下去；或是说，我要是嫁给了您，也会不知情地把别人挡在外头。现在我嫁给别人了，结果您却仍未娶。所以喽，您能够娶任何人，谁都行。大家都不懂您为何不娶她们。"

"难道我不想结婚，"他语气温和地问，"这个理由还不够吗？"

"没错，理由是够充分。不过，理由要屹立不摇，那麻烦可多了。我是说给您带来的麻烦。有太多仗要打。您问我您失去了什么，"玛吉继续解释，"就是无须担待那些麻烦事，也不必打仗——那就是您失去的。您会想念原来的您，那时很快乐，也颇有好处——因为我还是我原先的样子。"

"所以你认为，"她父亲很快说，"为了回到以前的样儿，我最好是结婚？"

事不关己的语调——说得和他没啥关系似的，只单纯表示他不想唱反调，让她开心——也真的奏效了，心事重重的她，发出短短的轻快笑声。"哎，我不要您认为，假如您结婚了，我会搞不清楚状况。我会懂。就这样而已。"王妃说得很温柔。

她的同伴愉快地将话锋一转。"你不至于到那种地步，甚至希望我找个不喜欢的吧？"

"哎呀，爸爸，"她叹了口气，"您很清楚我的能耐——我哪能做到什么地步呢。不过，我只是希望，不管您喜欢谁，永远都不要怀疑，将您带到那样的状况，我心里的感受如何。您永远都要知道，我了解那是我的错。"

"你是说，"他一副若有所思的样子，继续说，"你要承担后果？"

玛吉只稍微想了想。"我会把所有好的都留给您，我拿坏的。"

"哦，说得好。"为了强调他的说法，他将她拉得更近，更温柔地拥着。"我对你的期待不过如此。所以呀，就算你让我受委屈，我们也扯平了。见着时机到时，我会实时通知你来承担后果。但是现在，我是不是该了解，"他很快地接着说，"你胸有成竹地要帮我渡过崩溃时期，却没准备好，或是说，没那么胸有成竹地要陪我渡过反抗的时期？我得先牺牲当个真正的烈士，好使你有所感召吗？"

她可不依这种说法。"咦，假如您喜欢的话，那就不会是崩溃呀，您知道的。"

"那你干吗说什么要帮我渡过来着？要是我真的喜欢这种想法，那我才会崩溃呢。不过我好像觉得，我不要喜欢。也就是说，"他修正了一下说法，"除非是我能更确定我所做的，而不只是看起来好像有那么回事而已。我不要明明情况不是，却非得要认为我是喜欢的。我在某些状况就那么做过，"他坦承，"不过那是其他的事情。我不想被迫犯下错误。"他下了结语。

"哎呀，那真是太难受了，"她回话说，"您竟然还得担心害怕——或者紧张到梦见——自己会有这般遭遇。不过，那毕竟表示在内心深处，"她问，"您是真的觉得有此需要吧？那不过显示出您真有如此感觉？"

"嗯，有可能吧。"他什么也没反驳地为自己辩解一番，"不过我认为，那也显示出，以我们现在过的日子来看，那些迷人的女士，可真是多呀，也挺吓人的。"

有好一会儿，玛吉觉得这种说法挺有趣的，但是心里面，她倒是很快地把话题缩小到特定的范围。"那么您觉得兰斯女士迷人吗？"

"呃，我觉得她挺吓人的。不管她们施什么咒，目的都是一样。我想她什么事都做得出来。"

"喔，我会帮您……"王妃语气很坚决，"来对付她——如果您需要的话。兰斯女士竟然会出现在这儿，"她抢在他前面又说，"本来就是怪透了。但是，我不得不说，要是您谈到我们一起过的生活，那也同样挺怪的。重点是……"玛吉在如此氛围下继续说，"和别人比起来，我觉得我们过的根本不是生活。对我而言，不管怎么看，我们自己该过的生活，连一半都不到。我想，对阿梅里戈而言，也是如此吧。不过我可以确定，对于范妮·艾辛厄姆也是如此。"

魏维尔先生想了一下，好像对这些人士表达该有的礼貌。"那他们又希望我们过什么样的日子呢？"

"哎，我想他们对这个问题，看法并不一致。亲爱的范妮，她认为我们应该过得更气派些。"

"气派……"他嘟哝地复诵了一遍。"阿梅里戈也是这样，你说呢？"

"喔，是呀，"她的回答脱口而出，"不过阿梅里戈倒是不在意。我是说，他不太在乎我们做什么。他认为，事情该照着我们的意思去办就是了。范妮本身，"她接着说，"就认为他挺了不起的。我是说，了不起的地方是他接受现状，接受我们'有限度的社交'生活，不会想要一些我们没有给他的东西。"

魏维尔先生听得很仔细。"假使他没有想要些什么，那他了不起的地方也没啥难以办到的。"

"是不难嘛——我正是这么认为。如果他真的觉得错失了什么，再说，就算是真的，而他依然一直如此体恤，那么他多多少少，的确算得上是个不为人知的英雄。有需要的时候——他能够成为英雄，他将成为英雄的。不过，那会是为了使我们沉闷的现状变得更好些。我知道……"王妃说得肯定，"他让人赞叹的地方。"她停在这句话上面有一分钟之久。然而，一如开始的时候一样，她下了结论："不变的是，我们可不能做任何傻事。一如范妮所认为的，假使我们应该更显大气，那我们就能办得到。没有任何事可以阻挡。"

"有很严格、非做不可的道义责任吗？"亚当·魏维尔问。

"不是——好玩罢了。"

"谁觉得好玩？范妮自己吗？"

"每个人——虽然我敢说范妮会是我们当中觉得挺好玩的人。"她停顿了一下，看起来好像她现在还想说些什么，最后她终于开口说话了。"要是您在思索这个问题——这么说吧，特别是为您。"她甚至勇敢地接续此话题，"毕竟，除了已经为您做的之外，至于还有什么要做的，我真的没有想太多。"

魏维尔先生咕哝了一个奇怪的声音："你不觉得，你出来用这种方式和我谈谈，就已经做很多了吗？"

"啊，"他女儿微笑着对他说，"我们太小题大做了啦！"接着又加以解释："那不错呀，也很自然——但算不上太好。我们忘了自己是像空气一样自由。"

"嗯，那就很好了。"魏维尔先生辩称。

"我们照着做就会很好。否则就不好。"

她一直微笑着，他想了想她的微笑，这一次心里又再次有点儿感觉怪怪的，越来越感到轻快的语气里藏着一份紧张。"你想要……"他问，"对我做什么？"她没有说话，于是他又补了一句："你有心事喔。"他当下想到，从他们谈话开始，她就留着些话没说；再说，尽管大致上他很尊重她目前保留与神秘的态度，但是他几乎已经看得很清晰了。打从一开始，她眼中就出现焦虑不安的神情，有时候还失了神的样子，那一切都说得通了。现在他也因此觉得挺确定的。"你藏着的牌要亮出来了。"

她的沉默使他的话不言可证。"嗯，我一告诉您，您就会明白。我没说的，只有今天早上收到一封信。没错，一整天——我一直想着。我不断问自己，现在时机是否恰当，或者要用什么好方式来问问您，是不是现在还受得了另外一位女子。"

他有点儿松了口气，不过她的态度如此美好又体贴，反倒有股山雨欲来之势。"'受得了'一个……"

"呃，会在意她来。"

他瞪着眼——然后笑了。"那得看看来的是谁。"

"看吧！我不断在想，您是否会把这个特别的人，当成又多个要发愁的对象。或是说，您是否会想到这种程度，要对她很亲切。"

听到这里，他飞快地摇了一下脚。"对这件事，她又想到什么程度呢？"

"嗯，"他女儿回道，"大致说来，夏洛特·斯坦特想到什么程度，您也清楚。"

"夏洛特？她要来吗？"

"其实是她写信给我，说如果我们好意请她来，她会欣然接受。"

魏维尔先生仍旧一直瞪着眼，不过好像等着想听更多似的。看来事情能说的都说了，他的表情松懈了些。如果没别的，那可简单了。"那干吗不请她来呢？"

玛吉的脸又亮起来，不过闪的是另一种光芒。"那会不会太直接了呢？"

"请她来的这件事吗？"

"对您提出这个要求。"

"我出面邀请她？"

他说这个问题的时候，微微带着他一贯不明确的态度，不过这一回有点儿不同。玛吉纳闷了一会儿之后，好像突然灵光一闪，接着说下去。"如果您愿意的话，那就太好了！"

很明显，这可不是她原来想的——是被他的话凑巧激发出来的。"你是说我亲自写信给她吗？"

"是啊——那样会很客气。也显出您的美意。当然啦，如果您能真诚地这么做，"玛吉说，"那就成了。"

他看起来好像纳闷了一下子，真诚地想了想他不该做的原因。说得也是，就那回事而言，真诚这个问题要打哪儿说起。此项美德在他与女儿的朋友之间,是毋庸置疑的。"亲爱的孩子呀,"他回答,"我想我并不担心夏洛特。"

"嗯,能从您那儿听到这句话太好了。只要您不担心——连一点点都没有——我就立刻邀请她来。"

"不过,她到底人在哪儿呢?"他说话的样子,仿佛他已经有好长一阵子没想到夏洛特,也没有听到别人提起她的名字。事实上,他挺友善的,简直有点逗趣,开始要谈谈她的事。

"她在布列塔尼①,一处小小的海滨浴场,和一些我不认识的人在一块儿。她老是和人们待在一块儿,真可怜——她不这么做也真的不行,就算她不是很喜欢那些人,但偶尔仍有这种情况。"

"呃,我猜她喜欢我们吧。"亚当·魏维尔说。

"是呀——幸好她喜欢我们。假使我不担心破坏您的印象,"玛吉补了一句,"那我甚至要说,我们这几个人里面,她最不喜欢的,可不包括您喔。"

"那怎么会破坏我的印象呢?"

"哎呀,亲爱的,您知道的啊。我们谈了这么些是在干吗?要人家喜欢您,会花费您好多呢。那就是我为什么迟迟没向您提到我的信件。"

他瞪着眼一会儿——好像突然间他听不懂在谈些什么似的。"不过夏洛特——她以前来的时候——从没有花掉我任何东西呀。"

"是没有——除了她的'生活费'之外。"玛吉微笑着。

"我想我并不在意她的生活费——全部也不过如此而已。"

然而,王妃显然是希望能完全诚实以对。"嗯,那可能不是全部。假如我认为她来会很令人开心,那是因为她会让事情变得不一样。"

"呃,如果不一样只是变得更好,那又何乐而不为呢?"

"哎呀,您说对了!"王妃的微笑表示,她的智慧赢得小小的胜利。"假如您也承认,改变可能更好,那么我们现在的日子,就并非

---

① 布列塔尼(Brittany)位于法国西北方。

全然都是对劲的了。我是说那我们就不是——以一个家庭而言——过得非常满意,非常愉快。我们的确知道有些办法,可以变得更大气些。"

"但夏洛特·斯坦特,"她父亲用惊讶的语气问,"会把我们变得更大气些?"

玛吉听到这里,全神看着他,然后用很不寻常的语气回答。"是啊,我是这么认为。真的会更大气些。"

他思忖着。这件事突然起了头,他只想要知道更多。"因为她很俊俏吗?"

"不是的,爸爸。"王妃的表情几乎是严肃的。"因为她非常出色。"

"出色?"

"本性、个性、精神样样出色。她一辈子都很出色。"

"是这样吗?"魏维尔先生重复着,"她一辈子——做了什么?"

"嗯,她一直都很勇敢,也很聪明,"玛吉说,"那听起来好像没什么了不起,但在面对事情的时候,她一直都是如此,同样的事对其他女孩而言,可能会太困难。在这个世界上,没有——几乎是没有—— 一个人是属于她的。只有认识的朋友们用各种方式利用她;而远房亲戚们则担心她会利用他们,所以也鲜少要她来看看他们。"

魏维尔先生心头一震——和往常一样,是有理由的。"要是我们请她来这里改善我们的生活,那我们岂不也是在利用她吗?"

这句话让王妃停顿了,不过,也只有一会儿而已。"我们是很老、很老的朋友了——我们也对她很好呀。就算再糟——我要为自己说句公道话——与其说我在利用她,不如说我一直欣赏她。"

"我懂了。那总是好事一桩。"

玛吉好像想着他说这句话的意思。"当然啦——她知道的。我是说,她知道我认为她有多勇敢、多聪敏。她不会害怕——什么都不怕;然而她绝不会对人冒昧行事,就像她也绝不会为了她的人生战栗害怕。而且她好有趣——其他人可连一点儿都没有呢,就算他们有一大堆其他的优点。"在王妃的愿景里，闪着微弱光芒事实的画面，越来越宽阔。"我自己当然也是不会冒昧行事的，不过，我天生就会为我的人生而战栗害怕。我就是这么过日子的。"

"呵，什么话你听听，亲爱的！"她父亲不清不楚地咕哝着。

"没错呀，我日子过得很害怕，"她说得语气坚定，"我是个畏畏缩缩的小东西。"

"你没法子说服我，你的好比不上夏洛特·斯坦特。"他仍是心平气和地说话。

"我或许和她一样好，不过我没那么出色——那就是我们现在谈的重点。她的想象力很丰富。她的态度在每方面都很从容。最重要的是她很明是非。"此刻可能是玛吉这辈子第一次，用带着点儿绝对肯定的语气对她父亲说话。她从来都没这么明白告诉他得相信她的话。"她全身只剩两文钱——但是那和这件事一点儿关系也没有。或者应该这么说。"她很快地纠正自己的说法，"那和每件事都有关系。因为她不在乎。对于自己的贫穷，我只见她自我解嘲一番而已。她的生活过得比任何人所知道的，都要更辛苦。"

魏维尔先生的孩子有如此前所未见的举动，倒是产生了效果，好像使他觉得真的挺新奇的。"为什么你以前都没对我说过呢？"

"呃，我们不是一直都知道吗……"

"我以为，"他承认，"我们已经挺了解她了。"

"一点儿也没错——我们很久以前就把她视为理所当然。不过，物换星移，这段时间之后，我好像知道自己会甚于以往更加喜欢她。我自己多过了些日子，更年长了，判断力也更好。是呀，我要甚于以往，"王妃说——语气更高亢，期望也自由奔放，"更加了解夏洛特。"

"那我也要尽力这么做。我认为她以前，"魏维尔先生回想起更多事情，"是你朋友之中对你最好的。"

然而他的同伴在尽兴发表一番赞美之后，几乎听不到他在说什么。她沉浸于自己的说辞里，在其中以不同的方式突显了夏洛特。"打个比方，她会想要结婚——我确定她非常想要结婚。一个女人家一直努力却没能成功，挺可悲的，有什么比这件事更荒唐的。"

这话吸引了魏维尔先生的全部注意力。"她一直努力？"

"她遇到过几个挺喜欢的。"

"不过一直没能成功？"

"嗯，在欧洲穷人家的女孩儿机会更是少。尤其是，"玛吉继续侃侃而谈，"美国女孩子。"

呵呵，这下子她父亲可全都懂了，心情大好。"你的意思是说，除非呀，"他提出一个说法，"虽然是美国女孩，如果是有钱人，那么她们的机会比起穷人家，还是要来得更多。"

她心情挺愉快地看着他。"那是有可能的——不过我可不要被我自己的例子堵得无话可说了呢。那让我对于像夏洛特这样的人，理当更加和善才对——就算是冒险当个傻瓜。对我而言，除非用一种很不同的方式，"玛吉解释得很敏锐，"否则，不做荒唐事并不难。不过我猜，我也可能很轻易就做出荒唐事，一副自以为成就了什么大事似的。无论如何，夏洛特没做过什么荒唐事，任何人都知道的，也觉得相当奇怪。然而，每个人——除了太放肆或无礼的人——都只想要好好对待她，或者说也不敢不如此吧。您应付起事情来，也颇有此风呢。"

魏维尔先生听到这儿沉默了，这也表示她谈的事使他觉得很有趣；他一开口之后，更是显出他的兴致。"那也是你所说的夏洛特很出色之处吗？"

"嗯，"玛吉说，"那是她的风格之一。不过她的风格可多着呢。"

她的父亲再次思索着。"她努力想结婚的对象，又是谁呢？"

玛吉也一样等了会儿才开口，好像要把话说得更有味些。不过，一分钟之后，她就放弃了，或者说是遇到阻碍。"恐怕我不太确定。"

"那你又怎么知道的呢？"

"呃，我并不知道。"她强调着，语气颇为急切，再度修正一下自己的说法，"是我自己想出来的。"

"但是，你一定是有某个特定对象，才想得出来吧。"

她又停顿了一下。"我想即便为我自己,我也不愿意掀开掩盖的纱巾,安上名字和时间。我有个想法,曾经,甚至不止一次,出现过某人,那个人是我不认识的——我不需要认识,也不想认识。不管怎么说,都过去了。更何况,除了就每件事给她赞美之外,其他也与我无关,不好多问。"

魏维尔先生尊重她的说法,然而他还是点出不同之处。"我不懂,你怎能不明事实究竟就赞美她呢?"

"难道我不能——大致上说来,因为她的尊严而赞美她吗?我是说,处于不幸之中,却仍保有尊严。"

"你得先看看是什么不幸啊。"

"嗯,"玛吉说,"我会呀。当一个人这么好,却又如此不得志,虚度芳华,难道不就是一种不幸?偏偏仍然不能哭喊,不能让人看得出来,即使对此事已了然于胸?"她继续说。

魏维尔先生起初好像将此事当成个大问题来看待,不过一会儿之后就打消此意,因为他有了另一种看法。"嗯,一定不可使她虚度年华。至少我们不会虚掷它。"

玛吉的脸上流露另一种感激的神情。"亲爱的先生,那就是我要的。"

看来好像已经把他们的问题解决了,他们的谈话也可告一段落;但是她父亲在过了一会儿之后,又拉回到前面的话题。"你猜猜她已经努力过几次了?"

听到这里,她说话的语气又再次和缓下来;就好像她不曾,不能,也受不了把这么敏感的话题,字字句句讲得精确。"喔,我说不上来,她绝对有过……"

他的表情充满不解。"不过,要是她一直这么全然地失败,那她到底又做过什么了?"

"她一直受着苦——她只做过那件事而已。"王妃接着又补充了一句,"她爱过——后来失去所爱。"

然而魏维尔先生还是一副纳闷的样子。"不过,到底有几次呢?"

玛吉踌躇着，不过很快就加以厘清。"一次就够了。换句话说，一次就足以要别人对她好些。"

她父亲聆听着，并没有反驳——好像只因为有了这些新的信息，他需要一点儿基础，好更加坚定其慷慨的程度。"她对你倒是只字未提吗？"

"哎呀，没有，感谢老天！"

他瞪着眼。"女孩子家不是会说吗？"

"您是说，只因为大家认为女孩子家都这样吗？"她看着他，脸又红了，接着又是另一阵踌躇不言。"年轻人会说吗？"她问。

他短短笑了一声。"亲爱的，我哪知道年轻人做什么呀？"

"那么爸爸，我又哪知道粗俗的女子会做什么呢？"

"我懂了——我懂了。"他很快地回答。

不过，她紧接着说话的语气很怪，挺凌厉似的。"越是有傲气，越是沉默得厉害，至少就是这么回事。我承认我并不知道，如果是既寂寞又痛苦的情况，我该怎么做——说到难过的事，我这辈子又何曾有过？我甚至不知道我是否有傲气——我仿佛从未想过这个问题。"

"唷呵，我猜你是挺有傲气的，玛吉，"她父亲兴冲冲地插起话来，"我是说，我猜你有足够的傲气。"

"嗯，我希望我也够谦卑。就我所知，不管什么情况受了打击，我可能会变得很糟糕吧。我哪知道呢？我连最小的打击都不曾有过，您了解吗，爸爸？"

他安静地看着她好久。"要是连我都不了解，那还有谁能呢？"

"嗯，等我遭遇到的时候，您会了解的！"她说得很大声，笑了一下，和他一分钟前笑的理由一样。"无论如何，我都不会要她告诉我那些听了难受的事。因为那样的伤口和羞辱真是太难受了。至少，"她补了一句，稍稍克制自己，"我以为如此。就像我说的，我怎么会懂那些事呢？我也不想懂！"她说得很激动，"有些事是很神圣的——不管他们是快乐还是痛苦。不过，比较保险的做法是，只要觉得那是对的，"她继续说，"任谁都应该保持慈悲心。"

说完这些话，她就起身，站在他前面的样子好特别，就算长久以来共同生活的习惯，也没让他视而不见。他感觉依旧敏锐，因为年复一年检验着各类型别与标记，精致的物品一件比较过一件，比较其雅致的程度，比较其精雕细琢的形态——外表有些许纤瘦，衣饰披垂的"古风"，仿若梵蒂冈式或卡皮托利诺式大厅① 中可见，式样既优美又新颖，像是稀有的记号，也像是与远古不朽的联结，注入一阵现代的冲击之后，奇迹出现：此尊雕像身上的皱褶与脚步突然间动了起来，脱离承载它们数百年的台座，但仍保留原有塑像的质地，圆满而又完美；目光迷离若有所思，头部线条柔顺高雅，难以名状，有如迷失在不知年代的惊鸿一瞥，成为一个意象，不断绕行于一只珍贵花瓶外面，已经磨损的浮雕上面。尽管是他亲骨肉的女儿，她还是总能在某些时候，令他心头为之一震。若将此形影简化，可"归于"优雅一派，举手投足与转身，隐隐透着神话中水泽仙女般的姿态，挺难看出和他有父女的亲属关系。他明白这巧妙之处主要存乎于心，也颇沾沾自喜；因为他心里喜爱珍贵花瓶的程度，仅次于喜爱他珍贵的女儿。说得再确切一点，他常同时感觉到，玛吉就算在她最漂亮的时候，也曾被说成"拘谨"——兰斯女士本人就极爱用这个词来形容她；另外他也记得，有人当着他的面，不避讳地说过她像个修女；她听到后挺开心的，也说一定会尽力像个修女；最后他是觉得，由于长期接触高贵的艺术品，她很谨慎地不在意流行的变化与范畴。她将两侧鬓角的头发放下来，留得直直的，梳得服服帖帖，一直没变就像她母亲的样子，后者可是一点儿神话气息都没有。水泽仙女和修女当然是完全不同，不过魏维尔先生认为两者没有冲突，自己觉得煞是有趣。无论如何，这种影像的把戏深植在他的心中，就算他正在认真思考，感官都能同时产生种种意象。玛吉站在那儿的时候，他正在认真思考，将他带入另一个问题——而它又引出更多的问题。"你一分钟前所说的，是你认为她当时的情况吗？"

---

① 梵蒂冈是位于罗马的天主教中心。卡皮托利诺是罗马七座山丘之一，有朱庇特神殿。

"情况?"

"咦,有提到她曾经爱得深刻,深到像你说的'不顾一切'?"

玛吉几乎想都没想——她的回答脱口而出。"哎哟,才不是。她是一切都不必顾了。因为她什么都没有。"

"我懂了。你一定有什么东西是他们观照不了的。这是某种透视法的原理。"

玛吉不知道什么原理,不过她仍想说清楚。"举例来说,她倒不会无视别人的关心帮助。"

"呵,那么我们能给的,她就应该全部得到。我来写信给她,"他说,"挺乐意的。"

"善心天使!"她回道,看着他的表情既高兴又温柔。

这可能是真的,然则,还有一件事——他是个天使,但是带着人类的好奇心。"她曾告诉你,很喜欢我吗?"

"她当然告诉过我——不过,我不想宠坏您。那是我喜欢她的原因之一,对您而言,这就够喽。"

"那么,她真的不是一切都不顾啊。"魏维尔先生说,多少幽默了一下。

"哎,感谢老天,她不是爱着您。就像我一开始就对您说的,不是那类会让您害怕的事呢。"

他本来话说得开开心心的,不过,一听到这种保证的语气,反倒凝重了下来,好像他的警戒心被太过夸大似的,他得纠正一下才行。"喔,亲爱的,我一直都认为她依然是个小女孩儿。"

"哎呀,她已经不小了。"王妃说。

"好吧,我要当她是个聪明的女士,写信给她。"

"一点儿都没错,她很聪明。"

魏维尔先生一面说话,一面站了起来。他们伫立着,彼此互望了一会儿才迈开步伐,宛如他们真的已经安排了某些事似的。他们俩自己出来这一趟,但是得到的结果却更多。事实上,此结果显示在他回应同伴最后那句强调的话。"嗯,王妃呀,她没白白交往你这个出名的朋友。"

玛吉想了想这句话——说得太直率了，不像是不平之语。"您真的知道，我心里考虑的是什么吗？"

他纳闷着，而她双眼则看着他——盈盈目光中是她满足于目前，畅所欲言的自在。他并非傻瓜，也很快表示自己不是突然间就知道是怎么一回事。"哎，你是指最终要亲自帮她找个丈夫这件事。"

"您可说对喽！"玛吉微笑着。"不过，"她补上一句，"得再找找看。"

"那就让我和你一起在这儿找找吧。"她父亲说，然后他们继续走着。

第 五 章

艾辛厄姆太太和上校在九月底前离开丰司之后，又回来了。待了两三个星期又要再度离开，不过这次他们会不会再回来，得看事情而定了，而那些事情都仅止于暗示而已，没有明说。夏洛特·斯坦特抵达后，两位卢奇小姐和兰斯女士，也不再流连于此。对于能很快地从头来过这码事，心中仍抱持希望，也尚有几套理论可行，所以说起话来依然挺活泼的，声音回荡在石铺的地板、镶嵌着橡木的墙壁和有数个画室的大厅——这地方是此处颇受瞩目的重地——似乎仍是气氛中的一项特点。十月的一个午后，仍未傍晚之时，就在这个令人赞赏的地点，范妮·艾辛厄姆与随和的主人共处了短暂时光，说她和丈夫即将离开，这种时间使她好想点出所有没啥意义却又回响在心中的不安。房子的双拼式大门敞开着，秋阳曚昽，无风无息，此奇妙的金色时分，亚当·魏维尔与他个性温和的朋友见面，她将厚厚一捆信件亲手投入邮筒中。随后他们一起离开房子，在露台上待了半个钟头，各自若有所思，接着他们的样子，真像是人们的行前话别，即将要走向不同的道路。他想想这件事，追溯着自己感觉的痕迹，回到了她用有关夏洛特·斯坦特的开场白，仅仅三个字。夏洛特就这样把她们给"清空了"——这三个字被投入肯特郡的十月天，四周衬着一片金黄，祥和的气氛渐浓。那位小姐已经抵达了，而呈现在他们眼前的，正是"宁静"时期[①]这段时间，最美的时光。就在这几天，大家注意到，兰斯女士和卢奇小姐打起精神准备离开，也正因为这些改变，整个情况变得再好不过了——他们住在这个宽敞的宅邸，真是再正确不过的选择，而且秋收的果实竟如此丰盈，也令人欣喜。就是这么回

[①] "宁静"时期（Halcyon days）是冬至前后约两周的时间，海面无风无浪，一片平静，引申为太平的日子。"Halcyon"出自古希腊神话中的阿尔库俄涅（Alcyone），她因思念溺毙的亡夫而纵身投海；诸神怜悯，将这对夫妻变身为翠鸟。每年此时是它们的筑巢之日。

事儿，也给他们都上了一堂课，得到教训；艾辛厄姆太太总认为，要是没有夏洛特，那这堂课只会上了一半。授课的老师当然不是兰斯女士，也不是卢奇小姐，就算有一度这几位女士很可能和他们待在一起。夏洛特介入的姿态轻盈，但是成了关键，动作虽隐秘，却挺积极的。范妮·艾辛厄姆把之前说过的话又稍微提了一下，此时在他心中回荡，令他有点儿吓一跳，因为所说的事，可是让人挡都挡不住。现在他看得出来这股超强力量是如何运作的，他也挺喜欢回想这幕景象：对那三位女士，他梦想要做到尽可能没啥伤害，也梦想着尽可能不发怨语；毕竟，他已经殷勤款待她们好一段绑手绑脚的日子了。令人惊叹的夏洛特对于此，态度既不明朗又不发一语，他无从得知是怎么了——也就是说，因为受到她的影响，而导致的结果这回事。"见识到她之后，她们的气焰就化成了一阵烟啦。"艾辛厄姆太太说。就算他们正漫步的当儿，他都在思索着这句话。自从他和玛吉长谈之后——这段谈话敲定了由他直接邀请她的朋友来——他就保留着一些小小的奇怪喜好，他会如此形容；他想听听别人是怎么说这位小姐的事，也就是说，听听别人还能怎么说她：简直就像某位高手正在绘制她的画像一般，他看着它在重重叠叠的笔触之下逐渐成形。他觉得在他们讨论这位小女子时，艾辛厄姆太太添了最精彩的两三笔——把她和当年玛吉的那个玩伴，变得大不相同；他几乎还记得清清楚楚，有几次他以父辈的身份，将这两个小孩兜在一块儿，要她们不可以太吵喔，也不可以吃太多果冻。对于夏洛特这股来得快速的影响力，他的同伴坦言，她对他们最近的几位访客时常感到同情不已。"说真的，私底下我为她们感到很难过，所以她们仍在这儿的时候，我都不露声色——希望你们其他人也都没察觉，包括玛吉、王子、还有您，要是您凑巧没注意到，甚至连夏洛特本人我也希望她看不出来。不过很明显，您并没有发现，所以您现在可能会觉得我有点儿夸张。我可没有——我一直留意它的发展。看得出来，那几个可怜的人儿在想什么，好比在博尔吉亚①王宫里的人一样，有幸受邀与家族长老举杯，

---

① 博尔吉亚是文艺复兴时期意大利的望族。他们以砒霜毒害敌人、毒害彼此而闻名。

彼此相望，表情却开始怪异起来。这比喻是有点儿不妥，因为我可不是说，夏洛特故意将毒药滴进她们的杯子。她是她们的死对头，她本人就是她们的毒药——不过她并不知道罢了。"

"啊，她不知道？"魏维尔先生问得饶有兴味。

"嗯，我认为她不知道。"——艾辛厄姆太太得承认，她并没有好好探询过她的意思。"我没假装很确定夏洛特所知道的每个关联性。她当然不要别人受罪嘛——大致说来，不管是我们这些人，甚至其他女士也都一样；她其实很希望，她们和她在一块儿的时候觉得自在。也就是说，她喜欢——就像所有好相处的人一样——受到喜爱。"

"啊，她喜欢受到喜爱？"她的同伴接着说。

"可以确定的是，她同时也想要帮帮我们——使我们也觉得自在。那就是说，她想要使您——也使玛吉和您之间能觉得自在。事情一路下来，她有了个计划。不过，也仅仅在事后——可不是事前喔，我真的这么认为——她才了解到效果有多好。"

魏维尔先生又觉得，他得把话题再说一遍。"啊，她想要帮我们？……想要帮我？"

"咦，"艾辛厄姆太太问话之前顿了一下，"您怎么会觉得惊讶呢？"

他只是想想。"喔，没有哇！"

"她反应很快，一来就看出我们所有的人是怎么啦。她不需要我们一个个在晚上约个时间到她房里，或是把她带到外面田野间，才好对她说说我们这件令人心跳加速的事。她当然也是觉得挺受不了的。"

"受不了那几个可怜的人？"魏维尔先生一面等着，一面问。

"呃，受不了你们本身不是那种人——特别受不了您自己不是那种人。我一点都不怀疑，譬如说①，她认为您太温和了。"

"喔，她认为我太温和？"

"而且她是被请来当着大家的面，直接把事情办好。她得做的，

---

① 原文为法语：par exemple。

只不过是想要对您好罢了。"

"对……呃……我?"亚当·魏维尔说。

他现在依然记得,他朋友肯定在笑他说话的语气。"是对您,也对每个人好。她只要表现出自己的样子就好了——一直这样就好。她就是这么迷人,有什么办法呢?于是就这么回事,她是'发挥'作用,只有这样而已——就跟博尔吉亚酒发挥的力量是一个样儿。看得出来她们都感受到了——一个女子、一个不一样的女子、一个跟她们很不一样的女子,竟然能够如此动人。看得出来,她们都懂得是怎么一回事,互相交换着眼神。然后,看得出来,她们没了信心,决定离开。她们回去的时候心里想,她才是真品呢。"

"啊,她才是真品?"他当时心里所理解的,不完全和卢奇小姐与兰斯女士一样,因此他现在表现得有点儿顺着对方的意思。"懂了,懂了。"他现在至少心里晓得,不过,他同时又想确定一下何谓真品。"那是……呃……就你了解,到底是什么意思?"

她一开始觉得不好回答,不过也只有一下子。"咦,正是那几位女士心里想要的呀,以及她带给她们的影响力,叫她们懂得自己永远都办不到。"

"呵……当然,永远办不到!"

他个人生活非常奢华的那一面是在人际交往上,把事物按照"真实"与否加以分类与定调——一如他女儿结婚后,更是令他觉得如此;这种想法现在又出现了,它一直在他们周遭萦绕不去,说完这些话之后,这股气氛愈发深沉。对他而言,真实性一直相当受到关注;偶尔可从他的"搜罗物"之中,发现其迷人与重要性发挥到极致。和其他事情不同,它不断吸引着他的注意力,也令他心满意足。假使我们有时间好好探究这件事,那么,用同样的价值来度量这么不同的财产物件,我们可能会觉得真是怪透了,打个比方,像是拿古老的波斯地毯和新添的用物一起比较。更何况这位温和的男士,身为生活的鉴赏家,骨子里可是挺精打细算的。每件举高到嘴唇的东西,他都要放入一只小玻璃杯中,仿佛他老是把这个容器摆在口袋,当成买卖的工具似的。杯子细致的雕工失传已久,它放在一个古老的摩洛哥羊皮盒子里,上面的镀金依旧可见印着已遭推翻的王朝徽饰。阿梅里戈和那幅伯纳迪诺·卢伊尼①的画作都令自己心满意足,而他得知后者的时间,正巧是他同意宣布女儿定亲那会儿。于是,现在夏洛特·斯坦特和一套惊人的东方瓷片,也同样令他心满意足;他最近才得知有这么套东西,还附带着一个刺激的传奇故事,有位布莱顿②来的古特曼-瑟斯先生会告诉他更多消息,这安排令他颇为满意。美学的原则已经深植于他心中,那儿燃着一簇火焰,冷冷的、静静的;焚烧赖以维持的物料很直接,几乎全是些塑形美妙(也需得体合宜)、外观毫无瑕疵的东西。简言之,尽管有对外扩展的"吞噬"倾向,不过他精神层面上的家当摆饰,依旧在他心中适度散落各处,不必刻意就受到仔细的照料,未遭到耗损;不像许多外行人,一开始是为了使祭坛火焰继续燃烧,最后却不知控制而焚尽一切。换句话说,亚当·魏维尔知道感官所带来的教训,他的小账册里记到最后一笔,都不曾有过一天使他的财务发生窘境。这种情形很像一些幸运的单身汉,或是其他放浪的男士,他们处理起与损友们的消遣活动很有一套,连最严峻的管家——既忙碌又能干的用人——都认为不需要提出警告。

不过,那个人倒是给了我们一点特权,虽然可以肯定几乎用不上,但是看在它粗糙的负面价值上,我们就姑且留着吧。十一月的前十天,在全然是内部所产生的压力之下,他几乎是单独一个人与他的年轻朋友待在丰司。阿梅里戈和玛吉在征得他的同意后出国一个月,走得挺突然的;反正他现在有快乐的消遣,安全感十足,几乎没什么差别。王子内心有股冲动令他不安,这倒也可想而知;他的生活美妙,已经安定了好一段时间,所有他最喜爱的也因此开始变得单调乏味。但是一阵小小的热烈渴望向他席卷而来。这种情形持续了一阵子之后,他对玛吉描述这种经验,而她转述给她父亲听的时

---

① 伯纳迪诺·卢伊尼(Bernardino Luini, 1480?—1532)为意大利画家,与达·芬奇同期,也和他一起工作过。
② 位于英格兰,一个在英国南方的沿海城市。

候，提到其中的词汇是多么优美，令她欣赏得不得了。他称它为"小夜曲"，每每在一片沉睡中的房子窗外，响起那低回的乐音，叫他无法在夜里安歇。尽管听起来怯生生的又带着哀愁，他却无法充耳不闻。最后他蹑手蹑脚地起身往窗外望去，认得出下面的人影带着把曼陀林，她身上暗淡的衣饰优雅地垂坠着，向上望的眼神哀哀动人，让人难以抗拒的声音诉说着永恒珍爱的意大利。那般场景，任谁或早或晚都得听听才行。它是个萦绕不去的鬼魂，仿佛曾受了谁的委屈似的，只见一抹朦胧的影子可怜兮兮，呼喊着要人安慰。显而易见，这件事别无他法——说了这么多，无疑只讲了一个简单的事实，就是一个彻头彻尾的罗马人，幻想着再度见到罗马。他们就顺理成章地去一下——他们最好是去一下吧？此时玛吉找了个很不自然、很离谱的理由给她父亲。他颇觉有趣，把它对夏洛特·斯坦特又说了一遍，他心里清楚他已经对她说了不少话。理由是这么着：她想了想，那绝对是阿梅里戈第一件要求她的事呢。"她当然没把他要求她结婚这件事算进去。"——这是魏维尔先生充满溺爱的评论。不过，他发现夏洛特对这个问题的看法，倒是与他毫无异议，同样被玛吉的无邪天真所感动。就算王子一年到头每天对着他妻子要东要西的，叫他不提这件事也说不过去；只是个可怜男子，在一阵思乡的美丽愁绪中，想再回去看看他的祖国而已，没啥好指摘的。

这对夫妻说得头头是道，说得实在太头头是道了，他岳父坦白建议他们，既然要安排行程，那也在巴黎多待三四个星期吧——对魏维尔先生而言，人同此心嘛，有压力时，巴黎是他可以随口说出的提议。假使他们照着他说的做，那么他们回程时，或是任由他们决定时间，他和夏洛特将过去与他们会合，也去那儿稍微看看——当然啦，他衷心地补了一句，尽管如此也绝对不是因为被留下来的两个人觉得百无聊赖。玛吉当下对这个新的提议，毫不留情地解析了一番；如她所言，是当一个不近人情的女儿，还是一个不近人情的母亲，她只得在两个角色间做出选择，然后"选出"前者。她倒想知道，如果整座房子人都走掉了只剩下仆人的时候，小王子会变得如何。她的疑问听起来铿锵有力，但就像她许多的疑问一样，过后消失的速度比起提问的速度，要快上许多：这件事的最高宗旨就是，在这对夫妻离开之前，诺布尔太太与布雷迪医师就得担负起一项至高的任务，要保卫那张很威严的小小床铺。若不是她绝对信任那位威严的保姆，其经验本身就像是巨型枕头一般安全无虞，照料起来又像是张撑开的天棚一般滴水不漏，所遮掉的东西在过往的例子里林林总总，回想起来数量多到像折起来的厚厚帘子——若不是她有自信能加以托付，她大可要她丈夫独自踏上旅程。同样的道理，她也很肯定那位不起眼乡下医师的医术与贴心——她是如此认为他有此特性。他风雨无阻，特别是临时需要他的时候，加上他到访之勤快，使她得以和他谈上几个钟头，谈谈病情的原因啦，结果会如何啦，谈谈他又是怎么应付家中那五个小家伙；若非如此，就算她转而求助那位祖父和聪明的友人，他们能给的支持真的相当少。因此她没有当家做主的这段时间，这几个人可以不要太紧张，最重要的是能在互相帮忙的情况下，照料他们所托之事。只要他们把自己工作做好，就是在彼此帮忙，而诺布尔太太的角色也就益发重要，如此一来无须太记挂，令人宽心不已。

魏维尔先生会在白天的某几个小时，与他的年轻朋友在育婴室里见面，一如他规律地与宠爱孩子的母亲见面一样——夏洛特也给了玛吉相同的希望和承诺，保证一定每天写信，这件事她可一点儿都不含糊。她信写得很翔实，也让她的同伴知道；结果显而易见，他自己倒不必写信了。部分原因是夏洛特"把他的事全给说了"——她也要他知道有这回事——另外部分原因是这么一来，表示他大致上一切如常、颇为自在，像他们说的，有人"代劳"啦，他也挺乐在其中。宛如将自己托付给这位迷人又聪敏的小姐一般，对他而言，她成了家中的一项资源，那简直让她成了个全新的人似的——特别是在自家将自己托付出去，这多少令他有了更深的感受——他饶有兴味地想看看，这层关系会带他发展到什么情况。如范妮·艾辛厄姆最后所说的，像这样的女子可能会为他带来改变，姑且证明一下这种说法是否经得起考验，就算只是为了好玩。他们很简单的生活之中，她现在倒真的是做出一件改变的事。很重大的一件事，虽然并没有人可以拿来和她比较比较，以前范妮比较起来就顺手多了——现在少了兰斯女士、少了基蒂、少了多蒂·卢奇使她有所依据可以下判断，好感觉出是真是假。艾辛厄姆太太的反应之大，一副有必要点明的样子——从其他的原因可以知道她是真的，错不了——连魏维尔先生都开始觉得挺有意思的。真的就是她了，想都不必想，真实的程度不好太彰显，也不好太明言，但令人欣喜；而且在这种时刻更是再真实不过了——我们刚刚瞄了一眼——诺布尔太太使他俩都觉得，母后不在的时候，是她，也只有她摄政于该区域，而且也是王储的家教。这类场合里他们顶多被当成一对晃来晃去、四处游走的宫廷臣子，或是无所事事的人，不仅打扮别致也有世袭的位阶，有资格可以随时登门拜访①，不过总在政权之外，始于育婴室，也结束于育婴室。他们也只能到宫殿里其他地方，去加快交谊的脚步，在那儿领会一下自己金光闪闪却又无足轻重的身份；另一方面也好比打扮得华丽繁复的宫廷内侍，在瓷塑的玩赏狗之间移动，闻鼻烟时说说嘲讽的话，挖苦一下有实权的执行官。

每天吃过晚饭之后夏洛特·斯坦特都会为他弹奏钢琴。她端坐在钢琴之前无须乐谱，一曲接着一曲弹奏他"喜欢的东西"——他喜欢的可多了——技法娴熟从无失误，就算偶有失误，也立刻在他断断续续哼唱中接上来。挺令人惊讶的，她总是坚持说，不管什么曲子她都能弹，没有什么难得了她，不过，按照他自己略加揣测，似乎也总是如她所言。她身材苗条柔韧而又强壮，是不断练习打草地网球、有节奏地跳华尔兹的结果吧。不像其他的喜好，他对音乐的喜好朦朦胧胧说不出个所以然。丰司的大客厅里，他坐在沙发位置较阴暗的地方，抽着烟，一支接着一支，老是抽着烟，到哪儿都一样，从年轻时就开始抽雪茄，散发着令人联想的气味——啊，他坐着聆听夏洛特的琴声，乐谱永远付之阙如；不过，就在点燃的烛光间，画面清晰可辨，那朦胧的感觉在他周遭蔓延开来，像一张不见边际的地毯，和心中关

---

① 原文为法语: petites entrées，意指非正式的拜访。

照的事所带来的压力相比，它的表面轻轻柔柔，让人喜悦。这是他们消磨时间的方式，有相当程度取代了交谈，但尽管如此，他们道别前的最后气氛，却又似乎有满满的话语回响着。一间那么沉寂的屋子里，他们道别起来可不太容易，但也没太尴尬；宽广的黑暗空间里烛光闪烁，况且大多时候因为太晚了，连仆人最后都被请回去休息。

十月底一个特别的晚上，时间不早了，其他种种声音交织成一片海洋，仍骚动着，有那么一两个字扎扎实实坠落这片水域——我们的朋友在当下受到那一个或两个字的影响，相当奇怪的是，它的音量比以前听过的任何声音都要更大声，也更洪亮。然后他借口要把一扇开着的窗户关牢，起身缓步离开大厅的同伴后，仍迟迟不回去，看着她闪着微光的身影走上楼梯。他心中有股冲动不想上床就寝，于是拿了放在大厅的帽子，套上一件没有袖子的披肩，再点上另一支雪茄，穿过客厅其中一扇长形的落地窗，向外走到露台，然后在那里来来回回走了一个小时，秋日的星星在天空清晰可辨。这个地方就是他曾在午后阳光中，与范妮·艾辛厄姆散步之处。那段时间的感觉，那个话中有话的女士本身给他的感觉，以前所未有之姿再度出现眼前，尽管之前我们已经予以品尝一番，也暗示过了。他想着许多事情，没什么顺序，简直是情绪激动；这些事情里面有股力量令他很激动，他知道自己不会太早睡。有一会儿工夫他真觉得，除非想点儿什么出来，否则他就不睡了。他开始想找出可能是些看法、某个点子，就算只是个快乐的字眼都好，但是他一直白费工夫摸索，特别是过去这一两天，不过他现在想出来了。"假如我们早一点儿开始，你真的能来吗？"——他几乎只对那位女子说这么多而已，当时她手上拿着卧室的灯火。"反正我没其他事情要做，再说我也很喜欢，有何不可呢？"——她这方面的说法确是如此，场景小到没多少可以谈的。实在称不上一个场景，连最小的都称不上——虽然他可能也不太清楚，为什么当她手里握着牙刷和一块海绵、上楼梯走了一半、停住脚步转身往下望着他、说她这趟出游一定会很开心的时候，并没有一股威胁感。无论如何，他一面走着，脑海里一面流转着若干已经颇为熟悉的景象，有两三个倒是新的，以前最令他记忆鲜明的就是大家对他都很周到，不过我们也注意到，那已经不太重要了，算是当了岳父的一种补偿。他到现在依然认为，这种抚慰的良方，只有阿梅里戈懂得特调秘制，与他祖传的优势有点儿关系；所以他纳闷着，夏洛特是否已经想到这点，通过那位年轻人友好的传授，也一定学起来了。不管那东西是什么，她用在这位不作声但心存感激的主人身上，是同样小心翼翼地不敢轻视，将他捧上尊贵地位的手法也很高明，是经过调整与琢磨的。他们各自想讨他欢心的样子，他看来有点儿不自然，而他们这种得体表现的巧合程度，是传统、训练、圆滑，或是随便怎么称呼都行，都使他觉得两者间隐隐有种关联或联系。如果真要认为他俩之间有点儿关系——那很可能是他们的年轻友人，有经过阿梅里戈稍微"指导"或是鼓励一番；或者可能只是范妮·艾辛厄姆赞赏过的，说她行事无可挑剔的一种表现，在两位旅人出发前的短短时机，她通过观察王子的个人做法而加以应用，颇令人感到愉快。他可能在猜想，究竟为何他们俩对待他的样子会那么相像——他们是从什么样的贵族繁衍下来的传统，修习这门特别的课，不至于将精巧的"尊贵"二字随便安在别人头上，或是随便就拿掉，引人嫌恶；不过，这困难之处当然在于人们真的不会知道——没办法知道，除非自己是号人物，可以是主教、国王、总统、贵族、将军，或只是一位妙笔生花的作家①。

这类问题出现的时候，如同其他几个再度出现的问题一样，他会停顿下来，将双臂靠在低矮的老围墙上，出神想得老远、老远的。他手边有好多看法两面的事情，这正是使他无法安歇的原因，于是在外游移寻求些想法。夜晚的空气无比清新，吐纳间各式各样的差异性，会在他脚下融合又蔓延开来，他觉得像在漂浮一般。相较于其他的事，有个想法最深而且不断回到他的心里，满是令人不安。为了要有一段新的而且亲密的关系，他竟然好像得抛弃女儿，或者至少是摆

---

① 詹姆斯将这几个头衔都以大写呈现，隐含其名称背后抽象的权利或运作手法。例如，原文"Author"除了有"作者"的意思之外，也有"教唆者"之意，可与故事发展做呼应。

明了得放逐她似的。他竟然得简化成一个明确的想法,那就是他早已失去她了——没错,避免不了的——因为她已经结婚了。他竟然得简化成一个明确的想法,那就是他造成了伤害,或是说至少造成别人的不便,那得找个人来充数加以改善才行。他非得这么做不可,有个更重要的理由是,他得装作采纳玛吉所表达的情绪,其实是她的说服力;她时不时地就提出来说说,而且十足令人信服,说她美丽的慷慨胸怀感受到,他是如何为她而受苦等等,简直说得一发不可收拾呢。要说她讲得一发不可收拾,那么这种一发不可收拾也是发乎真诚,因为它源自——这一点她也是表达得一发不可收拾——她一直坚持认为、感觉、说到他的时候,似乎他依然很年轻。每每他瞥见她这么说的时候,她那种完全油然而生的内疚感,会使别人误以为她叫他蒙受的不是普通的罪,而且漫漫的未来,年复一年,他仍要在这种痛苦之下继续煎熬呻吟似的。她已经牺牲了一位长辈、双亲中的宝贵珍珠,当时年纪和她自己相当:如果他是一般父辈的大岁数,那也就没什么关系。但他不是,他很特别,和她是同个年代的人,这一点再加上她所采取的行动,产生了深长的效应。他终于想清楚了,这个结果的确可以说,因为他不想在她所培育的茂密心灵园圃里,流露出让人心寒的丧气之情。像走在迷宫的一个转角处,他见到了所关心的事,此时此刻大大敞开着,令他充满惊奇地屏住呼吸。他事后回想起来,当时秋夜的情景那么清晰,整个地方,周遭的每个东西,他所站立的宽广露台,其他人在下方的脚步声、花圃、花园、湖泊、环绕的林木,都摊在奇异的午夜阳光之下,一览无遗。此时刻里,他全都见着了,宛如是个重大的发现似的,一个明亮、又新又惊人的世界,其中熟悉的物品变得鲜明,仿佛有个很大的声音,振振有词地说着它们美丽、值得探究的地方、重要性,或是什么他不知道的,不仅使它们的特性变得不同凡响,真的连体积也变得不同凡响。那幻觉,或是随他怎么称呼它都行,持续的时间很短暂,但也已经久到足以令他喘息。赞叹的喘息很快就被随即而来的一阵强烈情绪所取代——那奇观所呈现的方式——因为奇观是重点所在——其实是他原先就预想到的情景,只是很怪异地迟迟才出现。这几天他摸索又摸索想找件物品，它就躺在自己脚边，然而他却蠢到盲目地向远处张望。它一直都安置在他壁炉底的石头那里，现在它往上凝视着他的脸。

一旦他在那儿认出它来，每件事就顺了。所汇集的重点是自己未来要把父亲的这个角色做到使玛吉越来越觉得并非她弃他不顾。未能使她轻轻松松地放下记挂的事，可不仅仅是不合宜的为人之道，也不是合宜的处世之道——此想法的光芒照耀着他，更有甚者，令他那么激动、那么振奋，又那么昂扬。它符合可行的方式，真是太美好了。就算遭遇重要的状况，它也能屹立不摇，坚决地面对。可能会遭遇的状况就是要使他的孩子不烦恼，使她不要为他的未来打算而烦恼——那也是为了她的未来——可借由结婚的方式、借由一桩和她一样好的、说来差不多的婚事来达成。他一面好好想着这个新的办法，一面感受最近激动不安的心情。他看得出来，夏洛特有此能耐使得上力——他看不出来的是，她对于什么使得上力。一切都极度清楚了，他也打定主意为他女儿敲定此事，使他那位年轻友人的闲暇时间花在恰当的地方。此时黑暗再度笼罩着他，不过他心里的架构已经很明白巩固了。那个字不仅咔嗒一声完全与谜语相符，而且那道谜语也符合那个字，完美无缺。他很可能依旧找不到办法，也没有补救的方式呢。哎呀，万一夏洛特不接受他，那这个补救的方式当然就算失败了；不过，反正所有的事都一块儿发生了，起码得试试看吧。如果成功那就太好了——那是最后令他悸动的想法——只要这个让玛吉宽心的方式，是出于他自己真切的幸福感觉。他真不晓得这辈子有想过哪件事比这更快乐。即使他刚刚才有的那些感觉，即使如此一来情况就能搞定；但是单单要为他自己而想到此事，是不可能的，一点儿都没错。不过，为了他的孩子而想到此事，那可就大大不同了。

第 六 章

特别是在布莱顿时,那个差异性出现了。他和夏洛特在那儿度过很棒的三天时光,也使自己更进一步——尽管此时当然还看不出全貌——了解他伟大计划的优点。首先他将愿景抓牢了,用双手把它摆得稳稳的,好比他摆稳一把易碎的旧罐子,以便仔细检查一番,又好比将安上玻璃的画作摆稳了,不管是为了光线的角度,或是其他一些他喜欢的外在考量。至于那些他可能使不上力的,也一定会因此一直处于不明朗的状态,直到他开口"说"为止。呼吸着布莱顿的新鲜空气,走在阳光下布莱顿的临海步道,他觉得那个特质,呵,增加了好几倍,有种触手可觉的样子,挺诱人的。在这个初步的时期,他喜欢自己能"说"的感觉,他也会如此做的。那个字的本身就很浪漫,他立刻把它和许许多多的故事与戏剧联想在一起,其中有英俊热情的青年,穿着军服、紧身裤、披风和高筒靴,嘴里一直说着独白。第一天他就觉得,很可能无须等到隔天就会跨出一大步,于是他对同伴说他们待久一点儿,不应该只有一两个晚上。他好整以暇,一心要办到他想要的;他强烈感觉到自己一步步往前进。他正在表演①——这种感觉不断出现——不是在黑暗中,而是在金色阳光的大白天。没有出现一些形容得很恰当的冲动情绪,像是鲁莽冲撞、慌慌张张、狂热兴奋、身处险境等等,而是经过深思熟虑的计划,这个计划与其说是快乐,不如说是一时激动,不过为了弥补那缺憾,会找出最重要的特色,能往未来延伸,也能应付更多的临时状况,甚至看起来也会体面又有尊严。按照当地的说法,此时季节正"旺",风起云涌;饭店很大,风也很强,社交大厅通风良好,挤满了各式"风格"的人,这是夏洛特没变过的说法。喧闹声四处回响着,穿着排扣外套金光闪闪的

---

① 原文"acting"也有"行动中"的意思,此处有双关语之意。

乐队，弹奏着狂热的音乐，各地的话都听得到，有来自克罗地亚、达尔马提亚、喀尔巴阡山的语言在其间夹杂着，散发着强烈的异国风情，也引人思乡之怀，这些声音还衬着此起彼落的软木塞开瓶声。所发生的这一切令我们这两位朋友倍感欢乐惊奇，若非如此，他们肯定会感到相当不安。他们少了在丰司尊贵的隐私——至少魏维尔先生是没有了——对于公共场所的高音量与鲜艳色彩，倒是多了渐增的耐受力。丰司是化外之地，玛吉和范妮·艾辛厄姆都同意这一点；这一片海洋只不过是个又大又热闹的地方，吸引人群出游或逛逛水族馆，他心中对周围的真实场景感觉很充实，好像什么都比不上它，更能完整呈现生命的脉动，回家后他们也一致认为，从此忘不了这里。最近在夏洛特回来了之后，也以她的方式重现那股生命的脉动，有那么几个钟头的时间，她同伴觉得简直要归功于她，使自己开了眼界。说得直白一点儿，虽然是他"带着"她，不过几乎是她拉着他走来走去，玩赏这个地方，因为她本身个性比较快乐，更活泼有好奇心，更积极投入，说俏皮话的反应更快，听起来也更令人开心。他想想，说真格儿的，真的不曾有人拉着他走来走去——过去长久以来一直都是他拉着别人，特别是拉着玛吉走来走去。这一点很快就化成他经验的一部分——对他而言无疑地标示出如人们所说，生命的一个阶段，此说法挺贴切的；这种新的顺序颇令人感到愉悦，一种被动地接受奉承的状态，可能成为未来的慰藉——何乐而不为呢？

　　古特曼-瑟斯先生第二天就证明了这一点——我们的朋友一直等到那个时候——他真是位出色的年轻人，个性亲切打扮光鲜，在当地有一间整洁的小房子远离滨海步道，身上散发出来的，都是和家人亲密生活在一起的迹象。我们的两位访客被介绍给大家认识，一个接着一个，一大串的男士与女士，年长的和年轻的都有，还有一群小孩，大的和年幼的都有；待客之盛情使得他们一开始以为是生日宴会，或是某个周年纪念日，大伙儿按照习惯聚集在一块儿庆祝；不过他们接着入座，俨然成了家中一分子似的，这可都要归功于古特曼-瑟斯先生。乍看之下，他只不过是个挺聪明又亮眼的人，正当年轻力壮还不到三十岁,受命做的每件事都完美无瑕。不过站在他的子女间——他大气不喘地说一共十一个,十一张五官清晰的小小棕色脸蛋,鼻子长得都是古老家族的样貌,架在上端的眼睛也都是古老家族的样貌,不是那个人独有的——一边招呼这位他期待已久才得以亲见一面的美国大收藏家,而他迷人的同伴,说话坦白,俊美又不端架子,让人以为是魏维尔太太,这位年轻女士也一边留意着那群身高不一的小孩,留意戴着耳环的胖婶婶和阿姨们,留意着头发梳得油亮说话有伦敦腔、熟门熟路的叔叔伯伯们,他们的口音和想法都独树一格,有话直说的态度,比起做生意的当家老板有过之而无不及。总之,就是留意着整个地方,留意着宝藏是如何造出的,留意每件事,就好像一个人习惯随时看看自己的账目,那是由生活好好学来的智慧,几乎每个觉得"有意思的"都要加以留意。她的朋友当下就感觉到,她的观察力无所不包,而且出奇迅速地就能挑出很有意思的地方。因此以后遇到这类经验,也就是他一向汲汲于搜寻着可能的宝物,都会带给他相当大的不同,这是他唯一的,也已经被接受的狂热。不同之处所出现的形式,很可能是一种令人精神为之一振的消遣活动,更轻松,也因此可能更显喧闹。无论如何,种种预感令人感受鲜明,而此时古特曼-瑟斯先生来了,一脸批评家的锐利表情,刚刚都还看不出来呢。他请这对贵客到另一个房间,他们站在门槛之前,而原本待在房里的家族其余成员,不约而同地停顿了一下,接着都走掉了。宝藏就在这儿,魏维尔先生有兴趣的物品都预定好了,也很快就获得后者的注意。然而,我们朋友的记忆不断地往回追溯,想抓住过去,曾有哪一个时刻,于任何类似这样的地方,眼前满满陈列着艺术品,而自己却想着一些其他挺不相关的人呢?他很熟悉这类中产阶级家里后方的起居室,从北方透进来的光线,使它们看起来有点儿灰灰的,不讨喜也令人有些害怕,这些地方位于温泉或海水浴场,是骗子的天下,就算他们装着一脸老实样,其实可能才狡诈得厉害呢。他什么地方都去过了,到处打听,四处寻觅,有时候他相信甚至得冒着失去性命、危及健康以及他的诚信名望的危险;不过在这种地方,珍贵的东西一件又一件，从上了三道锁但俗不可耐的抽屉里，从古老而又柔软的东方丝绸袋子里，被取了出来，壮观地陈列在他眼前，难道他一直任由自己的思绪漫游，不知所以，到此刻才停止吗？

他没有让人看出来——啊，那点他可是很清楚。不过，所幸他倒是同时认出了两件东西，因为有点儿混淆，所以其中一个还险些疏忽了。古特曼-瑟斯先生在这节骨眼儿，罕见地摊开来说个明白，他是个高手，手法完美，懂得和魏维尔先生这类大人物说话时该避开什么。重要的是，虽然少了闲聊，但是他以动作来取代，他不断在一件毫无特色的红木家具①和一张桌子间来回走着，那张桌子无法引人心动，虽然看起来相当有派头，它兀自盖着一块整洁的棉布，上面的褐紫红和靛蓝已经褪了色，使人想起曾经有过的重要茶叙。轻轻地揭开覆盖物，哇，大马士革瓷砖一块接一块展现出来，最后终于见到它们的全貌，色调蕴泽，敬肃之情油然而生。但是，观赏者一面考量着，赞美的话语和做出决定的过程，却简略得无法符合一位善变者的作风；通常在这类场合，他总是毫无顾忌地讨论起来，因为讨论本身据他说就很迷人。年代极其久远、古不可考的釉彩色泽透着紫水晶的蓝光，就像王室成员的脸颊一般，不可近而亵玩——有顺序而且搭配排列，这些特质对他而言，都是必要的决定因素；但这恐怕是他生平第一次，这么快就应允一件事，过程本身之精妙，的确像眼前所见、所欣赏的一样完美；他从头到脚每一寸都预知，再过一两个小时他就要"说"了。他的船要烧了，时间急迫无法再等下去，他不能再如平日一般，用坚定的手指，以理性来掌握时机——等待的时机，全看夏洛特本人了，她就在那儿，一副很能干的样子，和古特曼-瑟斯先生一样能干，恰恰懂得该保持沉默，但又使整场气氛轻松自在，这一点让迟来的评论更显芬芳，好比情人对他的爱侣许诺，会发生令人喜悦的事，或是她耐着性子，把一大束的新娘捧花藏在背后。他得到收藏品煞是欣喜，支票上的数字也很大，但他竟然想着许许多多其他的事，

---

① 原文为法语：meuble。

很开心。至于为何会如此，说真的，他也无从解释。这快乐甚至于连接下来的事也比不上。他们随后回到原本那个房间，一家族的人再度接待他们，环绕身侧；女子对于周遭环伺的闪亮眼神，应对自如，而且她很亲切地吃了块浓郁的蛋糕，也喝了红葡萄酒。她事后说，如此一来，他们的交易好像添了些神秘色彩，以古老的犹太人仪式作为结束，这都使他感到，自己与这一群兴高采烈的人融合在一起。

他们步行离开的时候，她所展现的就是这个特点——他们一起走在傍晚的午后，回到微风徐徐的海洋和熙来攘往的滨海步道，四处都隆隆作响，激动不安，也回到灯光灿烂的商店，店家戴上夜晚的面具露出笑脸，拉拢起客人来更显殷切。他觉得他们越走越靠近，看得见他焚烧船只之处。仿佛在此和谐的时刻，这红色的光芒会因为他的信心而变得更火红，更庄严。这个时候又有另一个征象出现心中，他常常有这种感觉——或许听起来有点儿难以置信——就在那个只有他们和宝藏与男主人的房间里，当时她转向朝北的光线，那光线不过是谈生意时的适当照明罢了，他却觉得情绪受到牵动，是含蓄的关系，或是相反的，甚至可能是因为完全不同的感觉而难受。她听着他讲自己能够当场看多少东西的数量。虽然她已经无所矜持，接受了与他亲近的关系，不过在另一处地方，他感到那个高额数字所撼动的气氛。从那时刻起，她几乎不再多作声或发表异论，而他也几乎不再客套多做解释，只剩下一件事能做的了。一位有教养的男士不会用这样的方式将钱、一大笔的钱，在一个可怜的女子面前一把推出去，却看不到理应负起的责任——女子是因为贫穷，才勉强享受他的招待。这么说是没错，因为事实上，二十分钟过后，他点起了火炬，用一两下坚持来点亮它，要是结果没有立即明朗，那就一定是失败。他说话了——他们散步后坐在避开人群的长椅上，静静观看着，把之前十五分钟的事好好记在他的心上；他持续地领着她到那个重点上，有时候赶紧停顿，但随即又更急迫地往前进。巨大坚实的峭壁之下，整座灰泥城市大部分都以建筑工艺坐落在崖壁上，有轰隆作响的海滩与高涨的潮水，头顶上方和前面看过去都是令人神清气爽的星星，整个地方挺有安全感的，只不过到处是灯光、座椅和铺着石板的步道；附近还有一堆人群不断在你的上方移动，等着随时帮忙掀开菜肴的盖子。

"我在想，我们已经一起过了几天时光，相当美好；所以我希望，假使我问你是否愿意把我当成丈夫，你不会觉得太过分而吓到才好。"仿佛他已经知道不管答案是什么似的，优雅的她是不会立刻回答的，她当然不能立刻回答，所以他又说了些话——好像他觉得，务必在事前想个清楚不可。他提了这个问题，已无后路可退，那代表他得牺牲他的船舰，而且他接着要说的话，等同于发射倍增的火焰以确保燃烧。"我不是突然想到的，有时候自己也纳闷着，你是否没发觉我在想这件事。打从我们离开丰司之后我就在想——其实，我们还在那儿的时候，我就已经开始想这件事了。"他话说得慢慢的，因为他很想给她时间思索；这反倒使她平静地看着他，那模样让她看起来很"优"——此结果意义重大，而且到目前为止也颇令人满意。她一点都没被吓到——他曾见过她如此，是不卑不亢的谦虚表现——不管她想要几分钟来考虑，他都会答应。"你千万不要以为，我忘记自己已经不年轻了。"

"哎，没这种事。老的是我。您才是年轻的人呢。"她一开始是这么回答的——说话的语调也听得出不急，知道仍有些时间。这个回答没有针对问题，但是很体贴——那就是他最想要的。她接着说的话，清晰低沉的声音和坚定的脸庞，都保持着这份体贴。"我也觉得这几天实在过得很美好。如果我没有多多少少想象这几天，会带我们走到这个结果，那我也太不知感激了。"她使他有点儿觉得，她像是往前进了一步以迎合他的意思，却又同时站在原处不动。然而无疑地，那只是说，她正考虑得很认真，很理性——他就是要她如此思考一番。等她想够了，她可能会顺着他的意。"我觉得，"她继续说，"挺确定的人是您吧。"

"啊，不过我是挺确定了，"亚当·魏维尔说，"遇到重要的事，除非确定了我才会说。所以喽，假如你本身能面对这样的姻缘，那么你根本不必感到一丝一毫的困扰。"

她又停顿了一下,可能是觉得自己正在面对着呢;因为透过灯光与薄暮,透过温和又略带湿意的西南风吹拂,她毫不闪躲地看着他的眼睛。又经过快一分钟时间的思考之后她说:"我不想假装说我认为结婚对自己不好。我是说,对我有好处,"她继续着,"因为我确实是毫无牵绊。我应该会想要少点儿随波逐流。我应该会想要有个家。我应该会想要踏实的生活。我应该会想要对某件事有个动机,胜于其他——这个动机并不是为了我个人。说实在的,"她说着,说得好真诚,简直流露出痛苦的样子,但又很清楚,几乎是要起幽默来,"说实在,您知道的,我好想有人来娶我。情况……嗯,情况就是如此。"

"情况……?"他就是搞不清楚。

"我是指目前的状态。我不喜欢自己这个样子。对我们这群人而言,小姐两个字太讨厌了——又不是当店员。我不想当个可怕的英国老姑娘呢。"

"哦,你想要受到照顾。很好呀,我办得到。"

"我敢说一定会的。只是我不懂原因何在,单凭我说的,"她微笑着,"只想要脱离我目前的状态——我得说更多才行吧。"

"特别说更多要嫁给我的事吗?"

她的微笑很直接坦白。"我可能少说些,也可以得到我想要的。"

"你认为自己很想这么做吗?"

"没错,"她很快地说,"我认为我非常想这么做。"

尽管她很温柔,与他十分契合,他也觉得谈得够远了,但是突然间事情好像有点儿不对劲,他不太确定他们是走到哪个地步了。可确定的是,他了解一个事实,那就是他们之间大不相同,不过她有慈悲心,会倔强地将此差异视若无睹。他大可以当她父亲了。"当然,没错啦——那是我吃亏的地方:要匹配你的年轻与美貌,我距离理想仍差得远呢,不如一般的标准。从其他类似的方面来说,你也老是看到我的缺点,还真的躲都躲不掉喽。"

她只是慢慢地摇了摇头,温和地表达不赞同——好像她非得如此彻底表达不可,几乎是难过的样子;她说话之前,他就已经略微知道,她心里对某事有些意见,他所提及的相较之下,反倒没什么大不了,可见那件事一定影响很深,也很奇特。"您不了解我的意思。所有事都要您去办——那就是我在想的。"

呵,有了这句话,事情可就更明朗啦!"那你不必再考虑了。我够明白,知道自己该做什么。"

不过她又再次摇了摇头。"我不太相信您知道。我不太相信您会知道。"

"你一直在我面前——发发好心,我哪会不知道呢?我都这把年纪了,至少对了解那个事实是有利的——我打从一开始认识你,都已经这么久的时间了。"

"您认为自己已经'认识'我了?"夏洛特·斯坦特问。

他心里思忖着——她说话的语气,她的神情,大可以使他起疑。只是,这几件事本身以及其余的事,加上他现在已经确立的目标、决意进行的事;他身后的船只已经向前方启航,发出漂亮的粉红光芒,一定会有熊熊烈焰与爆裂声响——这些都在催促着他,比起她说的任何话更显迫切。再者,所有一切,她自己也是,都在粉红光芒照耀下,显得更加有利。他没有激动,不过,像一般人一样,倒也没有觉得害怕。"假如我接受你的说法——这个理由挺强的,那我要的就是学学认识你喽?"

她一直都面对着他——好像为了坦诚之故一直保持如此,不过也因为她奇怪的作风,同时又散发着慈悲心的感觉。"您又怎么知道,自己是否已如愿做到了呢?"她表达她的感觉,不过有一会儿工夫,让人抓不住意思。"我是说,如果那是一个学习的问题,有时候又学得太慢了。"

"我想问题在于,"他回答得够快的了,"是否只因为你说了这些事就更加喜欢。那么我为何喜欢你,"他补了一句,"你得想出点儿什么道理来。"

"我每件事都想过了。不过,您确定没有其他办法了吗?"

这下子他的眼睛瞪得更大了。"什么其他办法……"

"咦，您对人好的办法可多了，就我所知，无人能出其右。"

"好说，"他回答，"那我就为了你把所有办法全部集合在一起。"听到这里她看着他，又看了好久——不过，依然宛如在表达可别说她没给他时间，或是说她在他眼里有一丁点儿的退却之意。至少这一点她是做足了。她看起来有种怪异的诚恳，他几乎不明白是哪里使自己有此感觉。总之，他满怀欣赏就是了。"你非常、非常的正直。"

"我是想成为这样的人。我看不出来，"她补充说，"您哪里不对劲了。我也看不出来您有哪里不开心，因为您很开心呀。我没办法不问问自己，我也没办法不问问您，"她继续说，"假如您真的像大家公认的那么慷慨，那么无所顾虑。我们是不是应该……"她说，"也稍微为别人想想呢？我是不是起码应该站在忠实友谊的立场——无论如何也不能突兀——也为玛吉想想？"这些话她解释得非常温和，以免像是在教他责任为何。"她是您的一切——她一直是。您确定在生命中还有空间？"

"再来个女儿？那是你的意思吗？"她没有让这个问题悬着太久，虽然他很快接着她的话说。

然而他没有使她很尴尬。"是给另一个小姐——和她差不多大，而且与她的关系也和我们婚姻所造就的大不相同。是给另一个同伴。"夏洛特·斯坦特说。

"难道男人一辈子，"他提问，口气称得上挺猛烈的，"只能当父亲吗？"她没来得及回答，他又说话了，"你谈到的不同，其实早就有了——没有人比玛吉知道得更清楚。她的婚姻就使她自己感受到了——我是说我也是。她一直在想这件事——整日惶惶不安。所以，为了使她得以安心，"他解释着，"我正尽力和你一起努力。我一个人办不到，不过有你的帮忙就行。你可以使她，真的为我感到快乐。"

"为了您？"她若有所思地复诵着，"不过，我要如何使她为自己感到快乐呢？"

"喔，只要她别为我挂心，其余的事都好办。这件事，"他宣称，"就交给你了。你可要很快地，要她别再觉得自己弃我于不顾。"

他现在当着她的面所说的事挺有趣的，不过一如他刚刚所称，为了更加显示她的"正直"，她理所当然想要了解每个步骤，何以他会如此相信。"假使您是被迫而'喜欢'我，那岂不显示出您真的觉得被抛弃了？"

"嗯，我很愿意说自己同时也觉得挺安慰的呢。"

"但是，您真的有如此的感觉？"她问。

他想了一下。"觉得安慰吗？"

"觉得被抛弃。"

"没有啊——我不觉得。不过，如果是她自己想的……"简单来说，如果她自己想的，那也就够了。然而，才隔一下子，这个动机的说法在他听起来，恐怕依然不太充分，所以他又提了另一件事。"也就是说，如果是我自己想的。你知道的，我正巧喜欢自己的想法。"

"唔，那样很美好，也很令人惊奇。不过，可不可能，"夏洛特问，"为了那样来娶我，仍显得有点儿牵强呢？"

"我亲爱的孩子，怎么会呢？一个男人的想法，通常不就是他结婚的原因吗？"

夏洛特考虑着，看起来仿佛这一点可能是个大问题，或是说无论如何，这是从他们首要关心的事发展而来。"有一大部分仍得看事情的种类而定，不是吗？"她提出的是，他所说有关婚姻的想法，恐怕不可相提并论，可是，她却没留时间等着回答，反倒是就这一点，又很快问了另一个问题。"您对我说这件事的时候，似乎表现得我会为了玛吉的缘故，而接受您的提议，不是吗？"她把问题仔细想了想说，"毕竟我看不出来她急着寻求心安，或甚至急着需要心安。"

"难道你觉得她一副随时要离开我们俩的样子，没有任何意思吗？"

啊，相反的，夏洛特想到的意思才多呢！"她一副随时要离开我们俩的样子，是因为她有不得已的原因。王子打算那么做的时候，她也只能跟着他喽。"

"一点儿都没错——所以呀，如果你知道该怎么做的话，那么她以后就可以随心所欲地'跟着他'走。"

夏洛特花了一分钟，好像在考量为了玛吉的利益而得到的特权——结果是，她觉得有几分道理。"您真的想到了解决之道呢！"

"我当然想到了解决之道——那恰恰就是我已经做到的。你在那儿和我待在一起，她很开心啊，已经很久没有任何事让她这么开心。"

"我和您在一块儿，"夏洛特说，"是为了给她有安全感。"

"嗯，"亚当·魏维尔话说得响亮，"这就是她的安全感。要是你看不出来，只管去问她。"

"问她？"这女子复诵一遍，想着那是什么意思。

"当然啦——有很多可以说。只管告诉她，你不相信我。"

她仍在打算着。"您是说写信给她吗？"

"是啊。立刻写。明天就写。"

"喔，我想我写不出来我写给她的内容，"夏洛特·斯坦特说，因为真的差很远，所以她的表情挺有意思的——"都是有关小王子的胃口好不好、布雷迪医师的来访。"

"很好——那就把这件事当面跟她说吧。我们直接到巴黎去见他们。"

夏洛特听到这儿站了起来，动作像是轻轻叫了一声。不过，她站立着，双眼看着他，没说出口的感觉是什么，也就不知所以了——他维持坐姿不变，似乎借此好稍微使自己的要求更有分量。然而，她很快地有了新的感觉，而且很温和地对他表达出来。"您知道，我真的认为您一定相当喜欢我呢。"

"谢谢你，"亚当·魏维尔说，"你会自己跟她说吗？"

她又犹豫了一下。"您是说，我们过去见他们？"

"我们一回到丰司就去。有需要的话，在那儿等到他们回来为止。"

"在丰司……呃……等？"

"在巴黎等。那么等待本身就挺迷人的。"

"您带我去的地方都很怡人。"她想得仔细，"您对我提的事也都很美好。"

"得靠你才能让它们变得美好，变得怡人。你已经让布莱顿……"

"哎呀！"她几乎是轻轻地抗议着，"我现在又做了什么呀？"

"你正应允了我想要的。你不是正答应我，"他急得站了起来，"你不是答应我，要顺着玛吉的意思做吗？"

喔，她也想要确定她正如此做。"您是说她会对我提出这个要求吗？"

这一来一往对话中的确给他一个感觉，他得自己确定了才算合宜。不过，除了确定，还能是什么呢？"她会跟你说的，她会为了我跟你说的。"

这句话终于看起来好像令她满意了。"很好。那我们可以等跟她说了，再来谈这件事，好吗？"

他的手往下伸进口袋，肩膀明显耸了起来，看起来很失望。尽管如此，他温和的一面很快就回复了，他的耐心又再次显得无人可及。"我当然会给你时间。特别是，"他微笑着，"这段时间我会和你待在一起。我们一直待在一块儿，可能会使你更明白些。我是说，明白我有多么需要你。"

"我已经明白了，"夏洛特说，"您是如何说服自己以为如此。"不过，她依然得再说一遍。"那也不见得都不好。"

"那么你要如何纠正玛吉的想法呢？"

"纠正？"她复诵着，好像这个词挺有意思的。"喔——喔！"他们一起离开的时候，她还嘟嚷着念念有词。

第 七 章

他已经对她说，他们一星期后要在巴黎等着，当下这段需要耐心的时间，倒是没有太大的压力。他已经给女儿写信了，不是从布莱顿发出的，而是在他们回到丰司后就立刻寄出，他们在那儿只待了四十八小时，又开始他们的旅程。玛吉自罗马发了一封电报回复他这个消息，他在第四天的中午收到，拿给夏洛特看，她当时坐在饭店的庭院里；他们说好了，他会来和她一起待在那儿，直到正午用餐时间。他在丰司写的信——有好几页之长，试图写得一目了然，毫无保留地告知此事，其实得意之情溢于言表——他一坐下来写就发现，原本以为这件事的重要性使得他好下笔，一会儿之后就知道，这份文件的架构没有那么简单，反倒有些惊讶：会有这种情形，肯定是因为列出的理由都只是隐含在心中的想法，也因此他的信息交代得有点儿草草了事。他们当时谈话所产生的结果，是他和他年轻友人之间的关系起了变化；一样说得通的是她和他的关系，也起了变化。虽然他告诉过她信已经寄去罗马，但是并没有再次对她说。他们之间充满含蓄的气氛，很美好的含蓄，她应该会想要的含蓄——按照实际顺序来说，那是最基本的，等玛吉来给她心安后，她就不用再担心什么了。

然而，正因为含蓄气氛的关系，以目前的状况待在巴黎——这里暗示着比起布莱顿更要热闹上百倍——反倒令他与同伴之间产生紧张感，悬宕未定，一种他可能会称之为过渡期的古怪感觉。概括而言，这几种感觉不受控制地出现，挡都挡不住，包含种种需要小心注意以防患未然的情况，加上二十来件令人觉得焦虑、需要提醒的事——一些他可真说不上来的事情；不过这一切只让他们在每个步骤，对现状都采取接纳的态度。他和夏洛特都按兵不动，等着另一个人来介入帮忙，然而因为之前已经有过那么一段，所以他们也只能继续下去，不是别人能够插手把事化小，或是搞得更大些。本来这种事就该多考虑，要大伙儿来共同商议一番——怪就怪在那儿；尚未到布莱顿的海滨之前，他对于可以不用管那些共同商议的事，原本觉得很愉快。他认为原因在于——或者他想用比较平静的方式来解释——巴黎用它独特的方式，发出更深沉的声音与警告；因此，如果你随着它走得够"远"，就会碰上林立的陷阱，它们看起来像全淹没在花海里，要你再往前走下去。奇怪的外观到处都有，虽然仍搞不清楚是什么，但已经开始无误地为它们搭配起来了。于是，他希望与自己搭配的只有绅士的形象，一辈子不管做什么事，都被认为光明磊落；收到玛吉的信，他却发现自己很高兴，这和他平日的表现不太一致。从家里寄给她的那封宣告信，他写的时候，有好多部分是咬着笔杆，苦思不已——他个性不喜张扬，想象她对此急遽变动，是否已做好准备，其实不管哪一点都没关系——令他着急的是信投递得太慢，以及即将抵达的那对夫妻所承诺的，会更快地完成这些改变的阶段。他都已经这把岁数了，仍被当成不满意包退的东西，像在商店买卖似的，实在有点儿不是滋味。要是夏洛特无心接受这件事，玛吉当然也会跟进；而只要玛吉没有轻忽他的真正价值，夏洛特本身也会认同。她令他坐立难安，可怜的女孩，不过她的良知并非苛刻，而是坚毅。

尽管精神上忍耐着，但是看到自己这个考验的条件，同时也甚感快慰；因为对于有问题与疑惑的存在，他可以不必再表示同意。他越是在心里把这件事想了又想，就越是觉得种种的问题与疑惑，真的很不堪。他现在相信，如果夏洛特直接对他说自己没那么喜欢他，可就太好了。这种情况他不会太高兴，但是他相当能体谅，也会懊丧地接受。她是挺喜欢他的——他的所作所为，没什么好给人非议的；所以他除了为自己感到不安，也为她感到不安。他将电报交给她的时候，她看了他一下，眼神很坚定，而他想象那个表情是略微害羞，也略微害怕，那一刻他再相信不过了——男人嘛，可以这么说——她对他挺满意的。他不发一语——上面的文字足以为他说明，说得更好的是，夏洛特在他走过来时起身离开座位，把那些字低声读出来。"我们今晚就动身，将我们全部的爱、欢乐与相知都带给您。"这几个字就在眼前，她还冀求什么呢？可是，她把那一小张摊开来的信纸还给他的时候，并没有说这样就够了——虽然下一刻他就看见她明显变得苍白，也许她的沉默是因此之故。她极为别致的双眼看着他，而按照他刚才的理论，因为气色改变，眼神愈发显得黑亮。她又恢复到之前那种样子，一切都顺着他，表现得很坦诚也愿意与他面对面，对于她受到自己的影响，没有哪里令他觉得不自在，他简直要放纵起来了。一见到她受情绪影响而沉默无语时，他就知道自己深受感动；虽然她嘴里几乎没说，但是心里肯定一直盼望着，这美好事情的到来。他们站了一分钟之久，他解读着此动作的象征意义，没错，她当然是挺喜欢他的——喜欢到足以令他高兴得脸都红了，尽管他老是说自己一把年纪了。他因为高兴而先开口说话。"你有没有开始觉得有点儿满意了？"

她仍得想一想，喔，再想一下就好。"您知道，我们在催他们。干吗这么急呢？"

"因为他们想向我们道贺呀。他们想要看到我们幸福快乐。"亚当·魏维尔说。

她又在猜了——他认为这一次的动作，也同样是毫无掩饰。"只有那样吗？"

"你认为太过头了？"

她继续想着，没有逃避的表情。"他们大可晚一个星期再出发不迟。"

"唔，怎么了？我们的情形不值得他们小小牺牲一下吗？只要你喜欢，我们就和他们一起回罗马。"

他指出了如果凑巧，他们可以一块儿行动，这句话却使她顿住了——他以前也见过她顿住的样子，有些让人难以捉摸。"值得哦，小小的牺牲，为了谁呀？为了我们，当然啦——没错，"她说，"我们想见到他们——我们自有道理。其实，"她隐隐微笑着，"是您喜欢吧。"

"你也喜欢呀，亲爱的。"他壮起胆子，说得坚定。

"是呀——我也是，"她没有辩解，很快就承认了，"然而，对我们而言，是有些事得靠他们来才行。"

"当然！不过，对他们而言，难道此行是白走一遭吗？"

"他们自一开始就不希望中途坏了我们的好事，看起来是如此——还能有什么？我能想象他们赶过来阻止我们。不过我们是很热衷于此事的，几乎不能再等下去了——这么急的情况下，说实话，"她继续补充说，"真的让我挺困惑的。您可能会认为我很不含蓄又多疑，但王子一定不想要这么快回来。他想走得远远的。"

魏维尔先生考虑了一下。"咦，他不是已经走得远远的了？"

"是呀，远离的程度，刚好足以令他知道有多么喜欢。再说，"夏洛特说，"他对于我们俩的事，可能没办法像您对玛吉所说的，看法这么乐观。您竟然给他太太找了个活泼的继母，这对他可一点儿都不对劲。"

亚当·魏维尔听到这儿表情严肃起来。"不管他太太从我们这儿接受了什么，他恐怕也只得接受；而且，正因为她接受了——如果他想不出更好的理由——所以他也要接受。那对他而言，"他郑重地说，"只好将就了。"

他的语气使她看了一下他的脸之后，"给我，"她突然说，"再看一次。"并从他那儿将那张折好的纸片拿过来，她本来已经还他了，他拿在手上。"这整件事，"她看完后问，"可能只不过是他们在拖时间的一种方式罢了？"

他又站在那儿瞪着双眼，不过下一分钟，他肩膀往上抖了一下，口袋重重地往下一沉，她已经不止一次发现，每次他不知所措的时候就会如此；他突然间转过身，一言不发地慢慢走开。他神情略显沮丧，环顾四周，穿过了饭店的庭院；庭院上方封着玻璃拱顶，以阻挡大的声响，也避开粗鲁的目光与炎热；四周金碧辉煌，垂挂着帘子，几乎全部铺着地毯，盆子里种着外国的树，椅子上坐着外国的女士，周遭的外国口音与人影悬浮着，好像把翅膀收了起来，或是正微弱地拍动着；这里是巴黎最高级、最重要的地方，包罗万象，类似于大型的建筑物，某些牙科、内科或外科的等候室，场面是焦虑夹杂着欲望，为了群聚的野蛮人所设立的准备室，以便为其截肢，或拔掉他们身上的赘瘤，或是除之而后快的野蛮习性。他走到大门口上下车的地方，重新找回他平日的乐观，连现场的空气闻起来，都更证实他的感觉，然后他面带微笑又回到夏洛特那儿。"一个像阿梅里戈一样如此深爱着妻子的男人，自然会不由自主地感觉到他太太所感觉的，相信她所相信的，想要她想要的，你觉得很不可思议吗？——换句话说，没什么能阻碍他这么做吧。"

这段话的表达有了效果——她立即认同这种可能性，那是很自然的。"对我而言，爱得深切的人，没有……没有任何事是不可思议的。"

"呃，难道阿梅里戈不是爱得深切的人吗？"

她犹豫了一下，但也只像在找个对的字眼，表达她所认为的程度大小——不过，她还是采用魏维尔先生的话。"很深切。"

"我就说嘛！"

她又微笑了，然而——离她要的尚差一步。"缺的还不只有那些。"

"还有什么呢？"

"哎，他太太一定会使他真的以为，她是真心相信的。"说到这里，夏洛特的推论愈发清楚，"这种情况他所相信的事实，是建立在她所相信的事实上面。举例来说，恐怕王子现在，"她继续说，"很满意地认为，玛吉可能是以您的感觉为主，不管您做什么都一样。他恐怕也记得，他根本不曾见她做过其他的事。"

"呃，"亚当·魏维尔说，"那样的情形下会出现什么警讯呢？要是他观察到她有这种行事的倾向，那会有什么灾难发生呢？"

"就这一个呀！"说这句话的时候他觉得她站得更直，姿态也更清楚，那是以前没有过的。

"我们这个小问题吗？"其实，此刻她的外观令他觉得很奇妙，所以他回答起来，语气也挺温和的。"我们再等等看，那称不称得上灾难，不是更好吗？"

她对这个问题的回答就是等着——虽然一点儿都不像他说的那么久。最后她毕竟说话了，语气也颇为温和。"亲爱的朋友，您在等什么呢？"这个等待回答的问题在他们俩之间徘徊不去，他们互看了一眼，似乎都想从对方的表情看出有否摆明了挖苦的意思。魏维尔先生的脸很快就出现这个表情，仿佛是有点儿害羞表现得这么清楚——也仿佛是终于在压力之下，将她一直压抑的事给提了出来——她飞快地说了一个单纯的理由。"您自己没留意，但是我不得不注意到，尽管您以为如此——我们以为如此，如果您喜欢这种说法——不过，玛吉拍的电报里只向您表达她的喜悦。她一点都没将她满满的喜悦对我说呢。"

此话说得有理——凝视了一会儿之后，他予以解释。但是一如往常，他很冷静——更别说他亲切的幽默感了。"哎呀，你抱怨的事正是最棒的证据啊！她已经对待我们俩好似一体了。"

那女孩儿现在可明白了，尽管话语很清晰也符合逻辑，但是他说话的样子其中意蕴……她面对着他，尽全力讨他欢心，接下来的话正是如此，表达得很简洁也很确定。"我是喜欢您，您知道的。"

唔，这句话激起了他的幽默感，除此之外还有什么呢？"我懂你是怎么回事了。除非收到王子的信，否则你心里不会平静的。我想，"这个幸福的男士又补了一句，"我要偷偷拍封电报给他，附上回邮，说你想要他也给你写几个字。"

这句话更是使她微笑起来。"还付了回邮，您的意思是帮他付的——还是帮我付的呢？"

"呵，我很乐意帮你付任何东西——想要几个字都行。"他继续说话，让气氛热乎着，"也不会要求看你的信。"

她很明显懂他的意思。"您会要求看王子的信息吗？"

"一点儿都不会。那个你也可以自己留着。"

他说着，仿佛所传达的暗示就真是个问题似的，而她好像也认为——几乎是因为不想再瞎胡闹下去——这个玩笑开得够大了。"无所谓。除非他说的是自己的动向……他哪会想到这样的事呢?"她问。

"我的确认为,"魏维尔先生表示同意,"当然是想不到。他并不知道你想得光怪陆离的。"

她只是想着——不过,她表示赞同。"没有——他尚未发现。可能有一天会吧,不过还没有;我愿意现在让他狐疑一下,对他有好处的。"说完这句话,本来在她看来已经令情况明朗了,要不是她因为太焦躁,一下子又故态复萌。"然而,玛吉知道我是会想得光怪陆离的。她可就没那个好处了。"

"嗯,"亚当·魏维尔最后说话了,口气有点儿疲倦,"我想我有种感觉,你会从她那儿听到的。"经过一再提醒,他平心而论,自己女儿漏了这件事是挺令人讶异的。玛吉一辈子犯的错,加起来没超过三分钟。

"喔,不是我认为自己有权如此要求,"夏洛特下一秒钟赶紧说明,有点儿奇怪——这个说法使他不得耽搁,立刻接着说。

"很好啊——我自己也喜欢。"

话说到这里,仿佛感动于他习惯性地、大都迎合自己的意见——多多少少违反他自己的本意——于是她也同等温和地展现出不坚持已见。"我只说稍欠周到而已——玛吉每件事都很周到。我不是说应该啦,"她顺着话说,"不过,像您说的,我们仍可期待呢,它会有点儿意味的,一定会很美好。"

"吃早餐吧。"魏维尔看了看表,"我们回来后它就会在这儿了。"

"要是没有,"夏洛特一面微笑着,一面找着羽毛披肩,那是她从房间下来的时候褪下的,"要是没有的话,那也不过是个小小失误罢了。"

她从椅子站起来迎向他,他看到她的披肩就在椅子的扶手上;他拿住它之后举高,用它迷人的轻柔触感来回在他脸上擦了擦——它可是巴黎的神奇产品,他在前一天,二话不说买下的——递给她之前,他握了有一分钟之久。"你可以答应我,心情平静了吗?"

她心里思考着,眼睛看着他令人赞叹的礼物。"我答应您。"

"永远吗?"

"永远。"

"要记住,"他继续说,以便使他的要求显得有理,"要记住,发电报给你的时候,想当然的,她会说得比她先生多,甚至比她写给我的时候更多。"

只有个词儿夏洛特听到了之后稍有意见。"想当然的?"

"哎,你知道的,我们结婚会把他跟你——或是说把你跟她——的关系变成新的状态,而他和我的关系却不变。所以喽,他能对你说的就更多了。"

"说我成了他的继岳母——不然,我应该成为什么呢?"她对这个问题想得有些出神,"是呀,一位绅士对一位小姐谈谈那回事,真是容易啊。"

"唔,阿梅里戈老是有办法依照情况,变得很好玩或是很严肃,随你高兴;不管他给你的信息是哪一样,他都会做得很彻底。"那女孩温柔地看着他,却没有接着话说,她的表情很深沉、很怪异,也有点儿责难,看得他有点儿于心不忍,为了隐隐的不安感觉,他又问了一个问题:"你不认为他挺迷人的吗?"

"呵,迷人啊,"夏洛特·斯坦特说,"就算他不迷人,我也不在意。"

"我一样不在意!"她朋友应和地回答。

"唉,您不在意。您不必在意。我是说,您不必像我一样在意才行。焦虑不安地在意,完全是自己想太多又微不足道的小事,真是再蠢不过了。如果我是您的话,"她继续说,"如果我这辈子能有您一丁点儿的快乐、权利与平静,那我会一把丢开顾虑。我不知道,"她说,"这个世界上有什么——只要和我命运无关的——能让我担心。"

"我很了解你的意思……不过,这不正是得看你所说的,"魏维尔先生问,"一个人的命运而定吗? 我说的正是我自己的命运。你使我一切都变得对劲了之后,我就会好得不得了。一个人只有在对劲的时候，才会真的拥有你说的那些东西。要使一个人对劲，"他解释着，"不是靠他们：我想要的是某些其他的东西，来使得他们都对劲了。如果答应了我的要求，你就会看到。"

她拿了披肩甩过去盖住肩膀，依然拖拖拉拉的，眼睛忙着其他事情，不再看他；这时候的庭院，因为是午餐时间，所以人潮散去，只剩下他们，就算想要提高音量，他们也大可畅所欲言。她已经准备好中断他们的谈话，不过，她看到有个年轻人走着，身上穿着制服，一眼就知道是邮电公司人员；他从街上过来，越走越近，走到饭店服务处的小柜台，从挂在他肩上的邮包里拿出一封信件。女门房在门口碰到他，也隔着庭院见到夏洛特注意他的表情，所以她很快地就往我们的朋友走来，头上的帽子饰带飞舞着，摆明了一副有话要说的表情，脸上展开的微笑像她穿的白色宽大围裙一般。她将一封电报高高举起，很是殷勤地打招呼，递送了过来。"夫人，这次是您的信！"①说完她就活泼地离开，留下夏洛特和信件。夏洛特拿着信，没有一开始就打开。她的双眼回到她同伴身上，而他立刻得意扬扬地招呼起它来了。"啊，你可到啦！"

她打开信封，好像看着之前他给她的那封信一样，静静地看了一分钟之久，面无表情端详它的内容。他盯着她看没有发问，最后她抬起眼睛往上看。"我会答应，"她只是简单说，"您所要求的。"

她脸上的表情挺奇怪的——不过，当一个女人全心交出自己的时刻，那又有什么关系呢？他深情地将它看进心里，静默中有他的感激——他们俩待了好一会儿，什么话都没说。他们的默契已无须多言——他已经感觉到，她使他一切都到位，都对了。但是他觉得，事实上玛吉也使她如此；一如往常，如果没有玛吉，他又将有何所依呢？她使他们结合，好像用了根银色弹簧，咔嗒一声将他们拴在一起。因此，他当下眼中满是这个景象，而夏洛特面对着他，脸上表情更怪了，因为她隐约地领受着他的感激。处于此情况中他微笑了。"我

---

① 原文为法语：Cette fois-ci pour madame！

的孩子为我做了什么啊……"

他一样处于此情况中,也就是隐约地,看到而不是听到了夏洛特的回答。她将信纸摊得开开的,但眼睛完全是看着他。"信不是玛吉写的。是王子。"

"我说嘛!"他的话欢快地响着,"这样再好不过了。"

"这就够了。"

"谢谢你这么想!"他又补了一句,"对我们的问题,这就够了,不过对于我们要吃的早餐还不够——够吗?我们吃饭吧①。"

虽然他这么说,她依旧站着不动,信纸仍摊在他们俩面前。"您不想看看吗?"

他想了一下。"只要信令你满意,就不用了。我不用看。"

但她还是再给了他一次机会,为了良心好过吧。"您要的话可以看呀。"

他又踌躇了一下,不过,并非好奇,而是不想唐突。"内容很好玩吧。"

最后,她又再次将目光落于其上,抿了抿嘴唇。"不——我会说它挺严肃的。"

"哎呀,那我不想看了。"

"非常严肃。"夏洛特·斯坦特说。

"嘿,我是怎么对你说他来着?"他问,语气挺欢欣的样子,如同他们一开始谈话的时候。这个问题回答了一切,听到这儿,女孩揉起信纸,一把塞进她外套的口袋里,然后挽起他的手臂。

---

① 原文为法语:Dejeunons,指第一人称复数(we)用餐,早、午餐皆适用。所以,虽然按照之前的时间所指是午间时光,但魏维尔先生所说的,应该是他们当天的第一餐。

第 三 部

第 一 章

　　夏洛特站在那"巨大"的楼梯中间，开始一个人等着——等着她同伴来加入，他下楼去了，像平常一样人很好，总有事缠着，等做完该做的事，他知道要到哪里找她。尽管极度明显，她可能没有受到大肆宣传；但是就算有，她也不在乎——此时，那又算得了什么，这是她第一次面对社交圈心里觉得踏实，生活优渥，散发着自信的光彩。经过两三年下来，过去她从不知道看起很"安适"是什么样子——也就是说，她一直觉得某些情况下，从远远的地方看她，可能是那样。在如此的一个晚上，一场大型的正式宴会，伦敦的春日时光正盛，各种情况震荡着她，她的神经、她的感官、她的想象力，全都大量涌现。所以在这个特别的时刻里，我们再次见到自信的她，可能时机再恰当不过了吧。她从站立的地方往更高处看，目光正巧瞥见艾辛厄姆上校沉静的眼神；整座楼梯被艺廊罩住，他双肘支在宽阔的扶手上面，并立刻用他最为人熟知、不做作的手势，向她打了个招呼。虽然她有其他事情要想，他看她的样子也很简单，却令她心头为之一震，好像在全高音处，发出个最安静的音符——宛如她真的用手指拨了根弦或是弹了琴键，然后有好几秒的时间，震动停止了，发出一个闷闷的重击声。看到他就知道范妮一定也在场，只是仍没有机会遇见她。这代表着其他可能的含意并不大。
　　这个气氛可就颇有含意了——气氛充满在人群里，其中有许多人帮着造就了那些情况；我们这位小姐认为，这个时刻很辉煌，已达顶峰。其实她自己就达到顶峰了，与光线、色彩和声音悬荡在一起，交融在一起：她头上巧妙地戴着无与伦比的钻石以及其他的珠宝，其他各个方面的完美打扮，都令她整体显得很出色，证实了她私下的理论，她有了所有自己需要的物品，一并来产生此效果，不论多贵重，她都懂，也都可以用——最近可能又增加了一项，像是她危机里长出的一朵香味浓烈的花，很容易到手，又让人非常喜爱。她已有所准备面对危机，而一面等待时间，确实有助于使她从容地更有自信，从容地与人保持距离不过于亲昵，也从容地有适当的表达；她觉得最要紧的是，能从容地判断给她得到幸福的机会——除非这个机会本身真的只是个诱因，虽然看起来很大气有点儿怪，却只是让人一头栽进去而已。那些井然有序的人正饮酒作乐，移动时发出窸窸窣窣的声音，光华闪耀，长长的裙摆摇来摇去，星星徽饰闪亮着，佩剑也叮当响；然而，这些声音都发得断断续续、模模糊糊的——来来去去两道人群流动着，汇流到她站的地方，从她身边经过，轻轻触及她，对待她的样子，要么在心里大略地想着，要么突然来说个话、伸出手来握一握，甚至有些人还会不由自主地停顿下来；不过，她没错过任何脸色，也没需要保护的样子；只要可以，她相当喜欢简单做自己——当然啦，没人陪她的时候，外界能见到的很少，但是，对于那些无趣又发亮的伦敦人脸上所流露出的怪异想法，她是挺不在乎的，甚至有点儿无所顾忌；既然已现身面对人群，大多仍是靠她自己辨识别人的精明能力，反正就是在公众场合亮相的问题而已。她希望没有人会停下来——她自己要一直保持如此，她想要用一种特别的姿态，为刚刚发生的一件重大事情，标上注记。她知道如何为它标上注记，而她正在那儿做的，已经是个开端。

她站在有利的位置，很快就见到王子回来了，她有种感觉，好像整个地方变得更高、更宽、更适合伟大的时刻；它光亮的圆顶高耸，人们上下其间更显威风凛凛，突出来的大理石阶梯更显鲜明；人数众多的王室成员，有国外的、有国内的，都是前所未见的规模，它讲究细节，以象征"国家"等级的阵仗来款待宾客。阿梅里戈在人群之中，好醒目的场景，光看一眼内心就激动不已，这的确是一个重大成果，虽然原因并不令人意外；但是她有自己的理由，她要他们待在那儿的，事实上，她公然而尽责地撑起他们，一如她抬起头，顶着高高的冠饰，扇子是折着的，还有她独自高高在上、漠然的样子。他向她走来，她能挽着他的手臂，而且要别人看见自己在此关系的位置，这时候她才觉得一切都没白费。这当然是她的看法，她觉得心里已经稍微有底了，才得出如此的判断——的确是理由最充分的那点。她丈夫的女婿在满是人群的社交场合之中，毫不做作即显得很出色，鹤立鸡群，凌驾一切；倘若别人猜测，她是如何从那个人的身上而有此想法，且不觉心虚，力量强到足以对付所有的事情，那她很可能不会一口就承认。仿佛只要一分开，即便是最短暂的分别，她就不太记得或怀疑起他是如何左右她的目光；也因此，每回他再度出现的时候，优点又多添一笔——强度不成比例地增加，令人联想他可能接触了若干神秘的泉源，使自己焕然一新。他离开她的时候到底做了什么，他每次回来总是看起来，像她说的，又"更加了得"呢？高明得看不出一丝演戏①的做作痕迹，然而在站上舞台的空当期间，他几乎就像个演员似的，会因为想要达到演出的效果，而一再进入更衣室，站在镜子前面不断修饰自己的装扮。譬如说，王子现在才离开她十分钟之久，她觉得他比十分钟前离去的那个人，更加令她欣喜——她感受到全幅的强度，因为他关心她，在众目睽睽下回到楼上的房间和她在一起。他们所能冀求的只能在众目睽睽之下了，这个可怜又令人赞叹的男子也不得不如此；她在楼梯上再度抬起眼来看着鲍勃·艾辛厄姆，他依然在上面的艺廊里面，往下看着她。她心里有数，尽管内心警告的声音盘旋不去，她甚至挺喜欢他孤独地监视自己，那证明了她心里所想的已经绽放光华，遮都遮不住了。

这位亲爱的上校在大型宴会里，老是孤单一个人——他于家中所播的种子，在这类场合上并非由他收割；不过好像没人比他更无所谓，也不在意自己古铜色的脸上流露出冷淡的样子；他表现得很明显，所以当他走动的时候不太像宾客，反而像是某些颇为端正的

---

① 原文为法语：cabotinage。

人，负责安排警戒事宜或是负责灯光设备似的。但是我们将看到，魏维尔太太觉得，他坚持摆出一副面无表情的样子，意思已经够清楚了；尽管她的勇气没有因此受到破坏，她仍感觉自己想要叫他目睹，她同伴在短短几分钟的时间内，即将使出唯一的一招法术，因为玛吉要离开会场，而他会陪着送她上车。因为注意到不管什么场合，范妮都会随时出现，一会儿之后夏洛特心里有了两种不同的感觉，一方面是要留神这个事实并加以处理，那与个人观感有关，郑重其事的程度，要做到心惊胆战地拖延或避免事情曝光——而另一方面，不耐烦的心情很快就结束了，由满腔的热切情绪所取代，当真经得起被怀疑、被打探，简直就是被责难；只要她能熬得过糟糕的时刻；只要她能对自己证明，更别提能对艾辛厄姆太太证明，她能将它变成好事一桩；简单来说，只要她对自己的问题，能像人们说的"顶得住"。她自己倒不特别认为那是个问题；不过骨子里有个东西告诉她，范妮会当它是个问题；说真格儿的，这个朋友提的所有事情，礼貌上她都得听才行。还东西回去时，她可以极其温和与小心，可以心存感激并一再保证，不过，无论如何她都要归功于这些东西，归功于艾辛厄姆太太为她所做的一切；感激她丢掉它们之前，仔细拆掉包装才交出去。

今天晚上，时机到了——随着时间一分一秒渐渐消逝，她越来越清楚每件与自己相关的事所发挥的影响——就在今晚，这是一定要的，因为她知道原因何在，她要用对的情绪和语气，而且要像当时一样坚定，仿佛希望下一刻会再次经历那个过程似的。一会儿之后她对王子说："待在我身边，别让任何人把你带走；因为我要她，是的，我就要她看见我们在一块儿，而且越快越好。"她一面说着，一面不断打量其他事情，手却一直放在他身上，他说其实这一度有点儿让他搞不清楚状况了。她只得向他解释，她想要见到的是范妮·艾辛厄姆——她人一定在那儿，因为上校没有她绝不出门，就算到了会场也只顾着她；阿梅里戈的回答是："看见我们在一块儿？到底为什么？她不是已经常常看见我们在一块儿了吗？"她只得再告诉他，以前在哪里发生过什么事,现在都不重要了,这一次无论如何她很清楚自己所为何事。"你很奇怪喔,亲爱的,"他顺着她,不再追问了。但是,不管多怪,他们在会场巡回走动的时候,他也没叫人把她中途带开去,甚至像以前常做的一样,又对她说起伦敦的"调和果汁"①,每每在这类场合就喝得到它也颇助兴的,那玩意儿本身就很怪,兀自莫名地慢慢转哪转的,好像担心有某些具有威胁性的谈话在它上面盘旋不去似的,尽管因此不断有水花飞溅,却没有真的泼洒出来。她当然是很怪;他们一面走着,夏洛特自己也知道:那件事铭记之深,演变成这情况令她无法动弹,也一样令他无法动弹,她还能怎么做呢?如我们之前所见,她心理上已经接受在他们四周弥漫着危机;因为她大部分的时间都感到沮丧,于是,只要不令人沮丧的时候,他们的精神就特别高昂振奋。

艾辛厄姆太太把握机会一把拦住她,随后挺急切地带着她走到了一个角落,那儿有张空着的沙发,危机的景象没有模糊,反而更加鲜明。范妮已经从她那儿看出来了:没错,她和阿梅里戈单独待在那儿,玛吉原本和他们一起来的,但不到十分钟她就改变心意,后悔来这一趟,因此离开了。"所以她人都不在了,你们仍然一起待下去?"这位较年长的女士问。夏洛特的回答的确使他们需要隐秘的地方,况且她同伴也需要紧紧抓住沙发才行;与她所预料的相当符合。他们是单独一起待下去,而且——呵,一点儿都没错!——玛吉离开了,再说她父亲也一如往常不打算来,所以他们就单独被留下来。"一如往常?"艾辛厄姆太太好像觉得纳闷似的;魏维尔先生不愿意来,并没有让她很惊讶,她其实心里有数。夏洛特说反正他最近越来越不想出门——虽然今天晚上他的理由是身体不适,她坦言回答。玛吉希望和他在一起——因为她和王子在外用餐后回到波特兰道,才把夏洛特带来会场。玛吉是听从她父亲的话过来的——她原本要他们俩自己

---

① 一种浓缩的、有果汁口味的非酒精性饮品,在英国很普遍。饮用前需稀释,也可加酒精性饮料调和,做成相当于现代的鸡尾酒。

来，后来在魏维尔先生力劝之下，才答应来一下子。他们在车子里等了好久，然后刚到这里走进来，上了楼梯见到面前的房间，她突然间就懊悔不已，不管别人如何反对，她都不听。所以现在，夏洛特的说法是，他们俩一定是在家里自己办个小宴会吧。但是，这没什么不对呀——夏洛特也这么说的：他们最喜欢的，不就是这些临时抓住的片刻好时光，小小的聚会啦，聊得久久的，说些"我明天会来见您"和"才不呢，我会来看你"，假装他们重新过着以前的日子。他们这两个亲爱的家伙，有时候像孩子般玩着来家里做客的游戏，玩着"汤普森先生和费恩太太"的游戏，彼此都希望对方能真的留下来喝喝茶。夏洛特很笃定，回家时一定会看到玛吉在那儿——魏维尔太太对她朋友的探询，以这句话告终。她当下有种感觉，似乎给了她一堆事情去思索，她想要看看，是否会比她预期的更好。她自己就有一堆事要思索的，而范妮心里已经有某件事，似乎更需要加以思索一番。

"你说你丈夫病了？他觉得很不舒服，所以没办法来？"

"没有啦，亲爱的——我不这么认为。要是他病得那么厉害，我是不会离开他的。"

"不过玛吉倒是挺害怕的呀？"艾辛厄姆太太问。

"她是个动不动就害怕的人啊，你知道的。她很怕感冒——他曾经得过好几次，虽然一点儿都不严重。"

"但是你不害怕喽？"

夏洛特有一会儿没搭腔。她心里一直明白，要像人们说的，把她的情况"摊开"来，明讲自己最不足为外人道的困难，最常倚赖的就是对方，此人是世上会帮助而不是阻挠她的人；她有种很心动的感觉，不再隐瞒任何事情，甚至可能有那么一两件事，可以立马说得更白一点儿，自己的机会全部在这儿了。再说，范妮不是打心底就有点儿期待，绝对是打心底就有点儿想会出事吗？——她一定看到了想要她瞧见的刚刚那一幕，见到她放任自己搅和别人的生活，已经到了"难以收拾"的地步，要是她不拿点儿什么来嚼嚼舌根，那是她一直停不下来左思右想的东西，那些酝酿出来的恐惧情绪，那她岂不是要大失所望了,这是我们这位小姐已经瞥见的。刚刚发生的事就是——夏洛特把它串起来——上校站在栏杆处往下望,就着明亮的灯光,好好观察着她公开地与王子在一块儿;之后,他太太像其他人一样在各个房间走来走去,到了画廊某处,意外受到这一阵冲击。就算他对看到的情景反应冷淡,也总能激起他太太的好奇心;而他这方面一定也会按照她对于事物的见解,习以为常地像是把一根小刺挑出来,对她叙述一番她的某位年轻友人和别人"发生"什么事。他太清楚了——至少那是夏洛特自己认为如此——她没有和其他人发生什么事,不过她也知道在这样的情况下,在那一对无人可及的夫妻档幽默对话中,不管以何种方式,被牺牲掉的一定是她。王子在当下也被迫将她牺牲了;大使向他走来,捎来王室的信息,他就被带开了;之后她与约翰·布林德爵士交谈了五分钟,他是陪着大使来的,也相当自然地和她待在一起。范妮来的时候见到他们俩,另一个人她不认识,但是另一个认识艾辛厄姆太太也认识约翰爵士。于是,夏洛特就看她朋友要如何将另外两个人快快凑在一起,然后想办法就近找个地方好和她叙叙。这是她脑中短短的画面,帮她现在很快地找出一个珍贵的机会,这个机会再不趁着鲜活时加以运用,可能很快就会失效了。她要说的都在眼前;它很清晰、明亮而且真实;最重要的,那是她自己的。她完全靠自己办到的;没有人,连阿梅里戈都没有——尤其是阿梅里戈和这件事一点关系也没有——给过她任何协助。现在为了使范妮·艾辛厄姆好过而激动地说出来,会使自己往已经透着亮光的方向行进,比起借着按压住哪根弹簧一会儿来使力,都能走得更远。那个方向指的是她更大的自由——是她最想要的。有那么几分钟的时间,艾辛厄姆太太脸上的表情很关心,简直到了放肆的地步,也因此她的机会变得有价值,同时气氛中的压力持续着,她为了我们,倒是挺像某个拿出一面小镜子的人,伸直了手臂,把头转了特别的角度往镜子里瞧。总而言之,她回答范妮最后那个问题的时候,很聪明地拿捏这个机会的价值:"您不记得有一天,或是因为哪件事,曾对我说过相信我什么都不害怕吗?所以喽,亲爱的,别问我怕不怕!"

"那我能不能问你，"艾辛厄姆太太回答，"你可怜的丈夫对这件事的看法又是如何？"

"当然可以，亲爱的。只有当您问得一副好像我可能搞不清楚状况似的时候，我才认为最好给您了解，我清楚得很彻底呢。"

艾辛厄姆太太等了一下，眨了眨眼睛，壮起胆子。"你不认为，如果问题是有人得在他出了麻烦的时候回去，你自己不是那个最该离开的人吗？"

唔，夏洛特对这个问题的回答是以最高的考量为主。最高的考量就是要有幽默感，态度坦诚，说得明白，而且很明显，得是真相。"如果我们不能彼此完全直言不讳又那么珍视对方，那岂不是好多了？那我们就什么都不必再谈下去；若情况如此可就糟了——不管怎么说，我们都还没到那个地步。太阳底下任何事，您想问我什么就问吧，因为呀，您看不出来吗？我就是不会生您的气。"

"我倒是挺确定的，亲爱的夏洛特，"范妮·艾辛厄姆笑着说，"我并不想惹你生气。"

"真是没错，可人儿，就算您认为有此需要，也没辙——我就是这么想的。没有人有办法，因为我的情况跟我本身没有关系，我只是被定住了——牢牢地被定住，像根大头针钉在垫子上，只剩颗头露在外面。我被定住了——我想不出来有谁比起我更固不可移。这就是我！"

范妮还真的从没听过谁用强调的语气，说得如此坚定，看在她眼底的是一种以理性表达的焦虑，但是她尽力不使眼睛泄露出自己对这么做的原因是知情的。"我敢说是没错啦——不过你提到自己的身份，不管你是怎么看待它，都不算回答我的问题。我得坦白说，在我一并来看，"艾辛厄姆太太补充说，"理由更加充分了。你说我们都是'直言不讳'。除此之外，我们哪能有别的呢？假使玛吉因为觉得太难过而非走不可，假使她愿意留下你和她丈夫在这里亮相，没有她都可以，那她这么关心的种种原因，岂不是多多少少值得一提呢？"

"假使它们不值得一提，"夏洛特回答，"只是因为太明显。它们对我不是原因——它们不是,因为我接受了亚当的说法,他宁可要我今晚单独过来:我只能毫无异议地接受一条已经定下的规则罢了,全都是他说了算。不过,那当然也改变不了她觉得该留下来和他一起的事实,该牺牲这个钟头的时间,是我丈夫的女儿而不是他太太——懂吧,特别是那个女儿自己的丈夫也在场子里呢。"她用这段话把自己的解释,好像从无到有整个营造出来。"我只是看到事情的真相——看到玛吉整个脑子考虑的都是父亲这、父亲那的,而不是丈夫这、丈夫那的。这马上成了我重要的事,不得轻忽,"她继续说,"我的处境即是如此,难道您不了解吗?"

艾辛厄姆太太的胸口有点儿起伏,稍微喘着气,但是尽量不给人看见,像是体内有根弹簧似的,在椅子上转呀转的。"假如你是说,她不爱恋王子……"

"我没有说她不爱恋他。我说的是她没有考虑到他。这类情况不见得在每个阶段都需要另外一个人。这只是看得出来她有多么爱恋着他,"夏洛特说,"究竟是什么原因,如你所言,为什么我和他不能一起亮相呢?我们一起亮相过呀,亲爱的,"她微笑着,"那是以前的事了。"

她朋友什么都没做只是看着她一会儿——接着话说得突然。"你应当要觉得非常幸福才是。你和这么好的人一起生活。"

这句话也揪住了夏洛特的心,她的脸庞原本就透着很细致与微微冷艳的光亮,接下来又更显明亮。"有谁会如此草率说些愚昧的话呀?这种事要说得含蓄,而且为某人而说——由那个好到会担下此责任的人来说:越是如此别人就越有机会为了表示礼貌,而不去反驳。当然,您永远不会听到我抱怨,也就不会感到难过或是怎么着。"

"是呀,亲爱的,我满心期待可不要有啊!"这位较年长的女士精神显得放松些,比起刚才要找个僻静处的时候,笑声也响亮多了。

她的朋友倒是没有注意到这个变化。"我们结婚后有一段时间没和她在一起,特别是有好几个月的时间,我们都待在美国,玛吉依然觉得有所亏欠,损失有待补偿——依然有需要表现出,这么长的时间里她一直想念着他。她想念他的陪伴——要陪伴很久,那是她的第一要务,更别提其他的事了。所以只要有机会她就来上一段—— 一会儿这里,一会儿那里,全部加一加时间可很长的。我们住的屋子虽然是分开的——里面的每样东西都相同,"夏洛特说得很快,"但是她见到他的时间,比他们以前住在同一个房子的时候更多。为了确保不会有失误,她总是在精心安排——他们以前住在一块儿的时候,她都不必这么做。但是她喜欢做安排,"夏洛特稳稳地说下去,"她特别适合这种事;结果咧,我们分开住的房子,事实上给他们俩更多接触的机会,也更亲近。譬如说今天晚上,就是特别安排好的呀。她最喜欢他一个人的时候。同样地,这种时候,"我们的小姐说,"他也最喜欢她。那就是我说的被'定'住的意思。像人们说的,'知道'自己的身份位置在哪儿很好。你不觉得,"她要说完了,"那也把王子定住了吗?"

此刻范妮·艾辛厄姆有种感觉,好像有个堆得高高的盘子被推到她的脑子前面,要她的思绪好好享用一顿大餐——这段非比寻常的谈话内容,其中所含的意图很深厚。不过她也觉得,如果她想都不想照单全收,自己动手吃了起来,那可能——更别提现在也不是时候——容易碰撞那只正在忙活着打点的手,搅乱摆好了的阵势,而且,说得直白一点儿,会搞得一团糟。几经考虑后,她挑了颗放在旁边的李子。"你被这么般定住了,所以得安排安排喽?"

"我当然得安排。"

"那王子也是——假如他同样也有这种感觉?"

"我想真的没比我少。"

"他有安排,"艾辛厄姆太太问,"补偿一下他有所亏欠的事吗?"这个问题老早就在她的嘴边——仿佛受到盘子上另一口美食的诱惑似的。这个声音听在她自己耳朵里,好像把她的想法给说了出来,原本可不打算如此;但是她立刻知道,不管有何风险,她仍得简单地顺着话说下去,而最简单的方式就是大着胆子,一派轻松。"说到补偿啊,我的意思是，来看看你喽？"

夏洛特回答的样子是纹丝不动，她朋友会这么形容。她摇了摇头，但是很温和，也很美丽。"他从没来过。"

"喔！"范妮·艾辛厄姆说，说完后她觉得自己有点蠢。

"事情就是这样。他大可另有打算，你知道的。"

"'另有打算'？"范妮依旧不太清楚。

这次她同伴没听到，她的眼睛飘得老远，直直地看着。王子又出现了，大使仍在他身边。他们和一个身穿制服的大人物谈了一会儿，那个人年事已高，个头小小的，一看就知道是最高军阶，衣服上下别满奖章和勋章。这给了夏洛特一些时间讲下去。"他已经有三个月都没来过了。"然后好像想起她朋友刚刚说的话："'另有打算'——是啊。他另有安排。以我的身份，"她补了一句，"我也可以。我们竟然没有见到面，这实在太荒谬了。"

"我想，你们见到啦，"范妮·艾辛厄姆说，"就在今晚。"

"没错——事情就是那般。不过我的意思是，我可以——虽然我们两个都被定住——去看他呀。"

"那你有吗？"范妮话问的语气，几乎要被误认为很肃穆。

这语气中不管是严肃还是讽刺，它藏也藏不住的观感都让夏洛特停了一下子。"我有。不过那本身没什么，"她说，"我之所以告诉您是只想给您知道，我们的处境为何而已。这处境对我们俩来说根本是同一个。王子的处境毕竟是他自己的事——我只不过说说我自己的罢了。"

"你的处境好得不得了啊。"艾辛厄姆太太立刻说得很肯定。

"我没有说它不是。事实上我左想右想它都是。就像我告诉您的，我没有抱怨呀。唯一的就是它怎么要求，我就得怎么表演。"

"'表演'？"艾辛厄姆太太无法压抑她的声音，颤抖了一下。

"不就是表演接受它吗，亲爱的？我是接受呀。您要我如何少演一些呢？"

"我要你相信，你是个非常幸运的人啊。"

"你说那要求算少了是吧？"夏洛特面带微笑问。"从我自由的角度来看，我会说它只有多没有少。我的身份，您想怎么称呼它都行，随便啦。"

"无论如何，别任由它，"艾辛厄姆太太一反镇静，终于耐不住了，"别任由它使你想到太多你的自由。"

"我不知道您说的太多是什么——我又怎能对现状视若无睹呢？假如上校给您同等的自由，您很快就会懂了——以您的饱经世事，我不必再告诉您什么最能给予这种自由。当然跟您个人也有关，"夏洛特继续说，"您只知道的情形是不缺它，也就不需要它。您丈夫并未对待您像不如另一个女人重要似的。"

"哎呀，别跟我说什么另一个女人嘛！"范妮现在喘着大气说话，"魏维尔先生关心他女儿是非常自然的事，你是说……"

"他能疼爱到多大的地步吗？"夏洛特话接得很快，"我做得很确实——虽然我做了自己能想到的一切，好得到他更多的疼爱。每件能做的我都很认真地做了——一个月接着一个月，我苦思研究。不过我还没成功——今天晚上就活生生在我眼前。尽管如此，"她继续说，"我依旧怀抱一线希望，因为，就像那时候我告诉您的，我认清自己受到过适切的警告。"接着她看到她朋友的表情，记不得有这回事，"他的确告诉过我，他要我只因为我对她能有点儿用处。"说到这里夏洛特笑了出来，很奇妙的微笑，"所以喽，您看，我是有啊！"

当下范妮·艾辛厄姆原本想说这和她看到的完全不一样，话已到嘴唇边；其实她差一点儿就说："你让我觉得没有照他的意思帮上忙——因为据你所言，玛吉不仅没有少为他担心，反而担心更多了。都下了一帖强力解药，却起不了作用，问题依然这么多，到底是怎么回事啊？"幸好她及时闭嘴保住自己，意识到自己面对的并非原本所害怕的，而是更为深沉的事，比起她已经知情的"更可观"——她一直认为自己知情的东西真是不少。因此，她不要看似了解她不能接受的，不要看似接受她不能赞同的，也就更不会在仓促下给忠告，她对于她年轻朋友这一趟说下来，只努力摆出不置可否的表情。只是她很快就感觉到，这副表情摆得有点儿过头了。她的努力使得自己突然间站了起来。她把所有的事都挥开不谈。"我想不通，亲爱的，你在说些什么！"

夏洛特立刻站起来，像是要迎面来接下这句话似的，她的脸色第一次看得出激动的心情。那一分钟她只是看着，就像她的同伴刚才的样子——好像心中汹涌着二十来个不满的声音，彼此挡着出口争着要冒出头。不过，只要是夏洛特得做出选择的时候，被挑出来的总是最有用的那个。现在可和乐了，因为说出来的话不是愤怒，而是伤感。"那么，您不理我喽？"

"不理你……？"

"我觉得，好像您在我生命里最需要忠诚朋友的时刻，要抛弃我？如果您真的这么做，那就不太公允了，范妮。我甚至认为，"她继续说，"您相当残忍。您似乎想借着和我吵一架，好掩饰弃我于不顾，真是一点儿都不值得啊。"她说话的同时，语气听起来好高贵，好温和；外表失望的样子看起来好亮，又显苍白，像个耐着性子忍着孤单的人儿，散发着光彩，整体印象没有半点儿退缩；人们会说这类情况是她可以把话说绝了，最后仍继续享有主导权，完全不需粗野的言行就赢得胜利。她只是就事论事，把要讲的讲完了。"和我争辩也不过是在争辩着，做这场买卖我是用什么条件，我有权利知道，不是吗？但是，我自己可以把条件提出来。"她说完即转身离去。她掉头去见大使和王子，他们和那位陆军元帅的谈话已经结束，目前近在咫尺；她知道，他们俩之间已经谈到她一些什么，不过没听清楚，因为她的脑子暂时罩在一片金色的炙热光芒之中。她已经表明自己的重点，也早就预见她非说不可；她已经表达得很彻底，一次说完，所以无须再说什么了；她的成功反映在这两位出色男士的脸上，他们都因为她的独特神采，忍不住大大赞美一番。她起初只是看着这个反应，把它当成和可怜的范妮要讲的话一样，没太注意——可怜的范妮留在那儿瞪着看她"得分"，在墙壁画上几笔；然后她听懂了，大使说着法语，反复对着她说话。

"从最高层①那儿传达来的意思,希望能见到您,女士,而且我自愿来负责这件事,更别提这是我的荣幸,如您最值得尊敬的朋友们一样,可都不希望让那位尊贵的人等太久啊。"根据这种社交场合的奇怪法则,简单说,这位最重要的大人物,底下有若干最重要的大人物,他"派人"来请她过去;她很惊讶地问:"他到底为什么要见我呢?"她只知道,看都不必看,范妮的迷惑是越来越厉害,也听到王子用不容反抗的语气说话,听起来真的挺急的,又一本正经:"你一定得立刻去——这是召唤。"大使也是一副不容反抗的样子,已经握起她的手,穿过他的手臂。她也知道,离开时为了安抚她,他一直说着话,王子则是转过去看着范妮·艾辛厄姆。他晚一点儿会加以解释——此外,她自己也会了解的。然而,他对范妮笑了——好像说,对于这位可靠的朋友,说什么解释都是多余的。

---

① 原文为法语: en très-haut lieu。

第 二 章

尽管如此依然可以记上一笔，才一会儿工夫，王子就知道他的猜测挺不准的。现在艾辛厄姆太太和他单独在一块儿，她可是不会让他那么好过。"他们来找夏洛特是通过你的关系？"

"非也，亲爱的，您看见的呀，是通过大使。"

"哎，不过刚刚十五分钟你和大使在一起，对他们来说你们就是一块儿的。他是你的大使。"的确还可以多提出来的一点是，范妮越看就越觉得是这么回事。"他们已经把你和她连在一起——她被当成你的家眷。"

"呵，我的'家眷'，"王子大叫一声，觉得挺有趣的——"亲爱的，哪门子的名称啊！应该说她似乎被当成我的装饰品，也是我的荣耀。对于一个岳母来说，这情况的确是很引人注目，您找不出什么可挑剔的地方吧。"

"你的装饰品已经够多了，依我看来就算没有她——你的荣耀也够多了。而且她根本算不上，"艾辛厄姆太太说，"是你的岳母。这种事呀，一点点不一样也显得巨大无比。她怎么说都和你扯不上关系，此外，要是她被那位在高位者知道她与你走得很近，那可就……那可就……"然而，那幅景象的压力似乎太大了，她没能把话说完。

"那可就，那可就怎么样？"他很好意地问。

"在这种情况，没半个人知道她最好。"

"但是我向你保证，只有刚刚而已，我向来连提都没提过她。您以为是我去问他们，"这位年轻人说，一副甚觉有趣的样子，"要不要见见她？别人无须多言，您一定清楚，夏洛特是不需要别人引见的——这种场合里，她的举止、她的外观就跟今晚一个样儿。如此的外貌，别人岂能对她视若无睹呢？她又怎能不'过关斩将'呢？再说，"他补充说，而她看着他的脸，让他把想说的都说出来，仿佛要看看他是怎么打算谈这件事的,"再说,有个不变的事实,我们有一个相同的联结,有一个……你们怎么说的?……相同要'关照'的地方。随着我们各自配偶的关联,我们当然不仅仅是认识、有形式上的关系而已。我们是在同一艘船上。"王子微笑着,直言不讳的样子,使他想强调的事更显有力。

范妮·艾辛厄姆对他的态度,有种很特别的感觉:它使她暂时逃到心里一个安全的角落,在那里她可以想想,挺庆幸的,自己没爱上这么个男人。就像之前稍早和夏洛特在一起时一样,她心里清楚的和她能说的不同,她感受的也和她能表现出来的不同,这都令她挺尴尬的。"我只觉得最重要的——反正你们好像已经在这里更加安稳下来了——在任何场合,任何未来的交谊往来或者引介的时候,都特别要人家知道,夏洛特是她丈夫的妻子,跟其他事情一样,要尽可能让人家知道。我不懂你说'同'一条船是什么意思。夏洛特自然是在魏维尔先生的船上。"

"那么请告诉我,难道我不也是在魏维尔先生的船上吗?哎,若非魏维尔先生的船只,此时的我已经,"接着他用意大利手势快速比画着,朝一个方向移动他的食指,颇有含意,指的是最深之处,"一路往下沉、往下沉、往下沉。"她当然知道他的意思——靠他岳父的庞大财富,而且花了很大一笔才安全地保住他,否则以当时所拖累的重担,他只能身无分文地漂流;这一点又使她想起其他的事——就算他们已经颇具优点,但仍是有些人会受到很不寻常地重视,一如人们在股市里说的,价格被报得老高,真是奇怪啊;也许更怪的是,在某些情况里,因为某个因素,那些足以代表他们价值所在的东西,明明不见了,但人们就是不以为意。无论如何,她正在想的、感觉的,是为了她自己;她想着,她从这个典型阶级所得到的乐趣在于,无须经由他的认可就能开开心心:部分原因是不管他们摆出什么证据,他们天生不会觉得难受,那是他们的乐趣之一(也是他激发他们的);另外的部分原因是,除此之外,他毕竟挺尽责地回报他所受到的待遇,大家都看得到。他确实是一大笔开销——不过,到现在她相信,他的看法是要表现得很美好，才够让这件美事达到几乎收支平衡。他身体力行，实践他的看法，无论过的日子、呼吸的空气，几乎连脑子里的想法，都持续照着最符合他太太跟她父亲的意思而行——情况直到最近才有变化，原本这一直令她真切地感受到很自在，很享受，她不止一次感动地对他表达，他令她好快乐。比起其他事情，他最喜欢听到那种说法；但是相当奇怪，她也觉得挺沮丧的，因为他竟然一直忙进忙出，这倒是真的一点儿不假，而且也让她看到他一直在忙进忙出。他承担的职责是非常重要的，不过她发现他在掌握现实方面有种不祥的暗示。这个暗示在他下一句话就微微显露出来，虽然他讲得轻描淡写。

"这岂不像是夏洛特和我有一位共同的恩人，把我们带到一块儿吗？"他好朋友的反应会更进一步地加深。"我有一半的时间觉得，仿佛他多少也是她的公公似的。仿佛他救了我们俩——这个事实在我们生命里，或是无论如何在我们心里，本身就成了个联结。您记不记得，"他延续着话题说，"她那天是怎么突然出现在您面前的，就在我婚礼前夕，我们当着她的面谈得很坦白，也很开怀，劝她要找个好人嫁了？"然后他朋友因为情绪极为激动，又好像刚才和夏洛特在一起的时候一样，脸上表情不断表达坚决否认之意，像是挥舞着一面黑色的海盗骷髅旗："唔，依我看来，一开始我们的确是努力把她放到她现在的位子。我们这么做一点儿都没错——她也是。正是那件事显示它成功之处。可以这么说，我们几乎是不计代价地促成一门好亲事，而且她把我们的话听了进去，把握机会有了最好的结果。那是我们真正的用意，不是吗？她所得到的——彻头彻尾地是好事一桩。我认为，她很难再找到更好的——就算您要她照样找去。当然啦，如果不要她那么做，情况就不同了。她拿颇为合理的自由来补偿——依我的判断，她会相当满意才是。您可能会说她人好，不过我倒觉得，她对这件事很谦虚。她没有为自己说项，也没有任何反弹的情绪 ①。我想她会静静地享受它，一如收下它的时候也是静静

---

① 原文为法语：retentissement。

地。那艘'船',您看,"王子解释起来也一样周到,一样清晰,"牢牢系在码头,要么是航行途中在溪流里下了锚,如果您喜欢这种说法的话。我得不时地跳出来伸伸腿,假如您注意一下,可能会发现,夏洛特有时候也不得不做做同样的事。要回到码头,这甚至算不上是个问题——人就是得一头栽下跳跳水,溅点儿水花吧。看您要怎么说都可以,像是我们今晚一起在这里,或是我意外地把我的同伴引见给我们在那儿的显赫朋友们——我跟您承认,这是我们联合之后的必然结果——您可以称这整件事,不过是其中的一次跳水而已,轻轻一下,安全无虞地从码头纵身一跃,任我们哪一个都避免不了。再说也没伤了性命,或是伤了手脚——发生的时候,何不将它们当作无法避免即可?我们不会淹死的,我们也不会沉下去——起码我能保证自己不会。魏维尔太太更是——为她说句公道话——很清楚怎么游泳。"

他可以轻轻松松一路讲下去,因为她并没有打断他。此刻范妮觉得不管发生什么事,她都不会打断他。她发现他口若悬河太珍贵了;一点一滴她都想办法把它接起来,一滴下来就赶紧装罐,以备未来之需。她最内在的注意力发出水晶般的闪光,当下接个正着,而且她脑子里甚至已经有了画面,事后在舒适的实验室里,她就可以好好加以分析其中的化学成分。有时候不仅于此,当他们四目相望之时,他见到她眼里诉说着某种不可言喻的东西,很奇怪也很微妙地随着他的话语而变化,某件泄露他们的东西在深处闪着微光,简直令人不可思议,吸引着她想理解得更仔细。难以想象啊,那是什么样儿呢?用这么个方式来表达任何隐晦的事,不管多可怕,都挺像是典型的眨眼示意而已,暗指着他们处理这件事的实情——当然是指比较好的状况——也因此更加有趣,不是吗?她心里觉得这个远远的红色火花,像是从长长的隧道里所看到的火车头灯,正渐渐靠近,如果它不是鬼火①,仅仅是海市蜃楼,那么它在那儿闪闪发光,就是出于王子要她了

---

① 原文为法语:ignis fatuus。

解事情的意愿。然而同时间,他们认真在谈的这件事还发出了声响,没听错。那是当他气定神闲——那种姿态他是拿手的——在他无往不利的微笑之后,要添上另一笔,最精妙的、到现在仍未出现的那一笔。"要大家毋庸置疑、完完全全知道魏维尔太太是她丈夫的妻子这件事,还差那么一点儿,你知道的。他应该要想办法给大家多知道一点儿——或者至少让大家多看到一点儿——他是他太太的丈夫。您现在一定也亲眼见识了,他有自己一套习惯,有自己的方式,而且他越来越——当然啦,他绝对有权利这么做——照着他自己的判断行事。他是一个很完美的理想父亲,而且,因为那个原因,也无疑地是个很慷慨的岳父,非常令人自在,好生钦羡;所以说,如果我还找机会批评他,不管站在什么立场,那就真的太可恶了。不过,如果是对您说,我可能只会说一句;因为您不笨——总能了解别人的意思,真是老天保佑。"

他停了一下子,仿佛如果她没有表示鼓励他说出来之意,那么甚至连这句话对他而言都会很困难。她才不会受任何诱惑来鼓励他;她知道自己这辈子内心里,未曾像此刻般站得直挺挺的,或者坐得紧绷绷的。她觉得自己好像谚语里的那匹马一样,被牵着走——而且是被自己的错误牵着走——到了水边,但又很顽固,事实上这一次就是没办法逼她喝水。换句话说,她被请来了解这件事,而她连大气儿都不敢喘一下,以免表现出她懂了的样子,她相当害怕这一点,最终有个绝佳的理由。同时,她事先心里已经颇为确定他的话是什么,错不了;没出声之前她就听到了;她特别的味觉真的尝到了苦涩味。但是当下,她的同伴并没有因为她沉默而延迟着,因为他心里有他自己不同的需要。"我真的不懂,从他的观点来看,为什么——也就是说,他各方条件这么好——他竟然仍希望结婚。"终于说出来了——和她知道的一模一样,有若干令她沮丧的原因,现在也好像同样重重捶着她的心。然而,她同时决定了,不在当下露出痛苦的神情,像人们说的烈士一样,不在公共场合露出无助的、令人讨厌的痛苦神情——只能靠她当机立断,不管理由有多矛盾;她当作他们的讨论已经结束,然后离开。她突然好想回家——和她一两个小时前好想来一样，想得厉害。她想要离开，把她的问题和那一对抛在脑后，后者使问题骤然变得如此鲜明——不过，要她带着狼狈而逃的样子实在太糟糕。她感觉讨论本身已经变得挺危险的——它把光线从开放的裂隙间透进来；最糟糕的是，这个危险一眼就看得清清楚楚。当她想着要怎么脱身，而且不要一眼就被看出来，最糟糕的事就发生了。她的脸藏不住心中的困扰，也因为如此，她茫然不知所措。"不过，"王子说，"因为某些原因，恐怕我让您难过了——我要为此请求见谅。我们老是一起聊得很尽兴——从开始这就一直是我最大的支持力量。"没有什么比得上这样的语气更快令她崩溃；她觉得自己现在任由他摆布着，而且他表现出他知道这么回事，因为他继续说下去。"我们一定要再聊聊，跟以前一样，要聊得比以前更好——我太仰赖它了。记不记得婚礼前有一天，我很明确地告诉您什么？——我用许多方式游移在新的事物里，神秘难解的谜团、种种状况、多方的期待、各式的假设等等，它们和我以往所知道的任何事都不同，于是我指望着您，您是我最早的保证人，我的神仙教母，您会看着我渡过一切。我恳求您要相信，"他补充一句，"我依然指望着您。"

他此番坚持反倒使她接下来得到助力，她至少能够抬起头来说话了。"哎呀，你是渡过啦——你老早就渡过了。或者，如果你还没，那你应该要喽。"

"说得也是，假如我应该要如此做，那您理当更是得继续帮我才是。因为我可以明确向您保证，我还没渡过。那些新的事物——或是说，一直有好多好多——对我而言依然是新的事物；神秘难解的谜团、多方的期待和各式的假设等等，仍有个极大的东西在里面，是我一直弄不懂的。这么凑巧，我们一起发现自己能够重新掌握，真是幸运，您一定要让我来看看您，越快越好；您务必要发发好心，给我一点时间。如果您拒绝了，"他对着态度保留的她说，"我会觉得您在硬起心肠否认、漠视您的责任。"

听到这里，像是突然受到震动，她保留的态度有如脆弱的花瓶，不堪一击。她经得起自己私底下想想时压在心上的重量,不过,再加上另一只手的触碰,压力就太可怕了。"喔,我否认——对你有责任。就算我有过,也结束了吧。"

他整个过程都美妙地微笑着;但是她再次给他看自己的样子,更具有穿透性。"您有对谁坦言这件事吗?"

"呵,亲爱的,就算有——那也是我自己的事!"

他依旧严厉地看着她。"那您不理我了?"

十分钟前,夏洛特才问过她这句话,他一模一样的问话方式让她快招架不住。她差点儿就想说:"你要对我说的话是和她一起先套好的吗?"但事后她很高兴自己及时打住没说出口,而她真正回答的,恐怕也没啥帮助。"我想我不懂你在说什么。"

"您至少一定得见见我。"他说。

"呵,拜托,等我请你才来!"虽然她觉得这种说法有点儿好笑,不过,仍然转身离开。她从来不曾当着他的面转身离开,但这一次错不了,仿佛她挺害怕他似的。

第 三 章

　　稍后，他们雇用的马车从一望无际的车龙中脱身而出，久久不停的喧嚷声令她痛苦难耐，她坐在丈夫旁边，毂辘辘进入伦敦的夜晚，好像进入了有遮蔽的黑暗里，她可以蒙住自己不出声，喘一口气。前一个小时她站在那儿被无情的强光照射，被痛殴，被瞪着看到不成人形，在她看来好像是因为她的错误所导致。她最能立刻感受的，是过去她一直很积极地将这些人带到目的地，现在有结果了，而且未来有更大的收成可期。她刚开始只在车子的角落里沉思着：好像要将她露出来的脸庞埋起来，这张脸见光太多了，她挡都挡不住，要将它埋在膝盖上一片冷冷的裙摆，谁都不理，埋在无人的冷清街道，埋在从马车窗户看出去已经关了门的商店和熄了灯的房子里；这是一个慈悲的世界，因为它没有意识，也不必受到指责。它不像她刚离开的那个世界那样，早晚会知道她做了什么，或者等最后结果出现，搞得满城风雨的时候，也是会知道的。她盯着这个可能性有一会儿无法转开思维，接着，她因恐惧所产生的痛苦有了反应；那是当马车转弯擦过地面的时候，看到一位警察的提灯直直射过来的光束，他正用灯光探照对向房子的正面，她皱了皱脸，如果她因此受牵连被当成罪犯，那她一样会很快地大声抗议这种莫名的恐怖行为。这件事已经成了恐怖行为，这太离谱了——在她能好好度量自己的退路之前，她一定得先赶紧脱身才行。非做不可的想法很快地给了她助力；因为她发现尽管见到的景象，可怕地在那儿盘旋不去，但是只要她很努力，它就不会具体成形。她视力很强，但是她紧抓住因为看不太清楚所产生的安抚力量。看很久仍不知道它代表什么反倒成了助力，搞不清楚是什么沾到她的手；假如她站的位置是需要给个交代，那她对于自己所带出来的后果，当然就清楚多了。用同样方式再看远一点，也反映出一件事，如果一个人和某件事的关系，很难直接连到一块儿的时候，那它会被形容成没啥关系,也就不至于受到谴责。他们快接近卡多根街时,其实她已经认清,除非坚信她是无辜的,否则无法像自己所期盼的要叫别人难以猜透。不过,等他们到了毫无人影又阴暗的伊顿广场①时,她开口说话了。

"就是因为他们多此一举,急于为自己辩护——就因为那样才让我纳闷呢。不注意都难,他们絮絮叨叨为自己说了那么多。"

她丈夫一如往常点起雪茄来,看起来无暇他顾,她也一样沉浸于自己心情的激动不安。"你是说那即使你觉得自己没啥好说的喽?"因为她没有回答,于是上校又说:"你以为接下来到底会出什么事啊?那位男士现在做的事,他这辈子都不能碰。"

她沉默不语,好像在说这句话太草率了,而每回有她丈夫在身边,她的思绪里总想着不相干的事。他们待在一块儿的时候,他就让她说话,虽然好像在对另一个人说话似的,其实大部分是对她自己。然而,仍得有他在,她才能对着自己说话,否则就办不到。"他行为举止好优美——他一开始就是这样。我一直都认为他很棒;我不止一次只要有机会就这么告诉他。所以,所以……"不过,她沉思着,话就断了。

"所以他有权力,只要逮到机会就恣意妄为一通?"

"他们各自的行为都表现得很优美,"她没有分心继续说,"这当然不是问题。问题是他们俩在一起时应该要做的——那是另一回事。"

"那你认为,"上校问得一副挺想知道的样子,"他们俩在一起时应该做什么呢?要是你看出其中有太多东西——那有人可能会说,做得越少越好。"

他太太好像听到他这句话了。"我在其中看不到你看见的。而且,亲爱的,不要,"她继续回答,"非得把他们想得很可怕,或是很低劣。他们是那种人,最不可能把那类事直接搬上台面。"

"除了我这位难以控制的太太这么想之外,"他回答,"我相信我对任何人都绝不可怕或低俗。我受得了我们所有的朋友——我自己看

---

① 伊顿广场(Eaton Square)原是位于伦敦的住宅区。

得清他们：我受不了的是你理解他们的方式像算数。只要你把数字一直往上加……"但是，他又在烟雾迷蒙中吐了一口气。

"我要怎么往上加都没关系，反正又不用你来付账单。"说完话她的思绪又带着她飞到空中了。"妙的是，就算突然提到她，他也不担心。如果他曾担心过，那他一定能阻止这件事不要发生。再说，如果我见过他担心——如果我不曾见过他不担心——那么，"艾辛厄姆太太说，"我就能够加以阻止。我会加以阻止的。那件事对她来说实在太幸运了，"她坚定地继续说，"一辈子能有这种机会是不可能拒绝的，这绝对错不了。他没有因为本身害怕，就不给她涉入，起先我挺喜欢的。她会想到这招实在太奇妙了。唯一的情况就是，万一夏洛特自己没办法面对。当时——要是她没有了自信——我们可能会谈一谈。不过她的信心要多少就有多少。"

"你问了她有多少信心吗？"鲍勃·艾辛厄姆耐着性子低低吼了一声。

他把这个问题说得和他平时一样，带点儿温和的鼓励性质，不过这一次他把最尖锐的反应给压了下去。"从来没有，从来没有——问的时机不对。问了就等于在暗示——而暗示的时机也不对。人要靠自己的判断为何，才下得了决心，还要尽可能安安静静的。我说了，按照我的判断，夏洛特觉得她能面对这件事。她当时使我觉得——对一个那么骄傲的人而言——好感动，几乎要感激她了。我无法原谅她的一件事，就是她忘了最该向谁道谢。"

"那是说，要向艾辛厄姆太太道谢吗？"

她有一会儿没说话——毕竟有好几个不同的选择。"当然是玛吉本人啊——那个令人惊叹的小玛。"

"玛吉也是令人惊叹的吗？"他有些阴郁，往他旁边的窗外望去。

他们一面讲话，而他太太那边，现在也是同样的表情。"我原本以为她是的，可现在我不确定了，我一点儿都不了解她——娇小的可人儿，我总是这么想。我一点儿都没把她想成非常惊人的那一类，但是那么多的事摆在一块儿，我也不确定了。"

"假如你有办法的话，你当然就会那么想了。"上校温和地说。

他的同伴再次沉默着；接着她又说起话来。"事实上——我开始感觉——玛吉是很大的安慰。我越来越清楚。帮我们渡过难关的会是她。事实上她也不得不这么做。而且，她会有办法的。"

她将前后一点一滴全部都沉思过，只是这种累积的思考方式影响了她丈夫，这会儿换他在自己的角落，扯不上边地忘情大喊，现在常常挂在他嘴边，是为了让自己松了一口气，特别是像目前这种谈话的状况，喊一喊能给他未经雕琢的朴实之感；严格地回溯起来，范妮觉得是魏维尔先生开的先例，虽然怪异依旧着实有趣。"喔，老天爷啊，老天爷啊！"

"不过，如果她有办法，"艾辛厄姆太太继续说，"她会很出人意料——那就是我在想的事。不过我对这个人真的也没那么有把握，"她又补了一句，"这个人是夏洛特最该感恩的，那才合情合理。我说没把握的，是那个使她成为他太太的人，那位个头不高，简直让人不可思议的理想家。"

"我认为你不会有把握的，亲爱的，"上校回答得有点儿着急，"夏洛特是一位理想家的太太，他个头不高，让人不可思议！"唯有他的雪茄能够再次简短表达意思。

"然而，想想这件事，到底为何她多多少少都令人相信，她真的会是呢？"范妮发现自己也把回忆中的景象，整个给搬了出来。

这可真叫她同伴有点儿瞠目结舌。"一位个头不高、让人不可思议的理想家——夏洛特自己？"

"她是很真诚的，"他太太只是继续说着，"她是很真诚的，这错不了。问题是剩下多少而已。"

"而那个——我懂了——正巧是另外一个你没办法问她的问题。你全得自己来了，"鲍勃·艾辛厄姆说，"像是某个已经立下规矩的游戏，你得照着玩——虽然我看不大出来，如果你坏了规矩，有谁会指责你。或是说，你要玩玩猜三次——像圣诞夜玩的团体游戏[①]？"他

[①] 原文中的"forfeits"是指常于圣诞节玩的室内活动，包括唱歌、跳舞、猜谜、游戏等等。但"forfeit"也有因为遭到没收而丧失的物品之意。

好似忍住了什么粗话没对她说出口,又接着补了一句:"要剩下多少东西,你才有办法继续下去?"

"我会继续下去,"范妮·艾辛厄姆语气坚定,面色有些许凝重,"就算只剩下像你指甲一丁点儿大的东西。但是,运气不错,我们还没到那个地步。"她又停了一下,顺着手上的线索更增洞察力,在她看来,魏维尔太太对玛吉应有的道义职责,突然间变得更大了。"就算她没亏欠别人——就算如此,那王子也该出面要她走在正途上才对呀。因为王子真正做的,"她问自己,"不就是很大方地信赖她吗?他做的不就是采信她的说法,如果她愿意,那是因为她觉得自己够坚强吗?那对于她,说老实话,"艾辛厄姆太太接着说,"就是责任,要为他多想想,老老实实回报他的信赖,这档了事 嗯,她的行为要是没有按规矩来,那她真会成了魔鬼。我说的当然是指他信赖她,不会搅他的局——他在关键时刻都没开口说话,就表达这个意思了。"

马车已经快到家了,可能是眼看着机会渐渐消逝,才使上校把他的下一个想法迸了出来,连他太太简直都快要吓一跳。他们的结合大部分是靠他已经耗竭的耐心;所以他的口气充其量就是无可奈何,不和她争辩。现在他的确把自己的无可奈何折中一下,表示懂她的意思。简单来说,他问了一个问题,问得很聪明,也几乎是感同身受的样子。"要感激王子没有半路杀出来,坏了她的好事——那个啊,你是说,该这么想才对,根本就是压舱石,免得她的船翻啦?"

"是该这么想。"范妮觉得这句话说得妙,又把它加重语气说了一次。

"但这不是得靠她觉得,该怎么想才是最对的吗?"

"不是——没什么可以靠的了。因为只有一条路可走——责任或者识大体。"

"哎哟——还识大体呢!"鲍勃·艾辛厄姆咕哝着,态度相当粗鲁。

"我是说最高等级的那一种——道德上的。夏洛特绝对懂。按照每条道德律就是了,她一定得识大体,不可以再和他纠缠不清。"

"你心意已决,全看可怜的夏洛特喽?"他问得有点儿唐突。

不管有意或无意,她已经感受到了——她皱了皱脸。突然触碰这么一下又使她失去了平衡,原本脚下踩得稳当的感觉,又探不到底了。"你想的不一样吗?你真觉得是有事情,对吧?"

明显地因为话题说到这儿,他又表现得挺冷淡的。他已经感受到,自己越来越接近问题棘手的部分。"可能那就是她正在做的吧:给他瞧瞧她如何没有和他纠缠不清——日复一日要他看清楚。"

"你形容给我听的,今天晚上她在楼梯上等他的那个样子,就是要给他看清楚喽?"

"亲爱的,我真的有把那个样子形容给你听吗?"上校面对质问的确不太记得了,因为这不是他的习惯。

"是啊——多少说了一次;你见他们上楼后,对我说了些许你看到的事。你没有说很多啦——那是你一辈子也做不到的;不过我看得出来,很奇怪,你的确印象深刻,所以我想连你都拿来说了,一定有什么事很不寻常。"她现在全部精神放在他身上,拿他在那个场合感觉到的当面问他——借着当面问他来减轻自己的不安。她当下感受到的不止于此;她知道连他这个可亲的男子都感受到了,是有某件事令他心头一震;会有这种情形,可见在那里所发生的事,一定挺让人震撼。其实她不想放他闪开,要坚决地逼他说他看到的即可,无须修饰的说法才更有价值;她觉得经过如此平铺直叙,什么都不会漏掉——她随时都可以拿来参考。"帮个忙,亲爱的——你想什么就是什么:当场你看到了什么,让你忍不住那么想。我只要那样,没别的了。这次你的看法是很有价值的,和我的看法一样有价值——这么一来,你可不能再像平时一样,老是以为我想太远了。我仍待在原地,没跟上你。不过,"她下了结论,"我知道你在哪里,而且也会让我到那里,不胜感激。你指点了我一个里程碑①,不再钻牛角尖——我喜欢那个地方。现在不用你,我自己也行。"

---

① 原文为法语:point de repère。

她一面说着话的时候，他们的车子已经停在门口，她丈夫坐在得下车的那一侧，却动也不动，这个举动对她而言又是另一个颇有价值的事实。他们很热衷于自己带钥匙，所以其他人都去睡了；因为没有男仆在旁等他们，所以马车夫静静地等着。鲍勃·艾辛厄姆就真的这么等了一分钟之久——知道他得回答那句话，而不是如此明显地转过身去。他的脸没有跟着转过去，只是瞪着前方，他太太已经从他动也不动的样子得到她最想要的证据——也就是说，可以证明她自己所主张的证据。她知道他从不在乎她说了什么，但是他却没抓着机会把它表现出来，也因此更显滔滔不绝。"不要管啦，"他最后说话了，"叫他们自己来。"

"不要管？"她想那是什么意思。

"叫他们自己来。他们会想办法的。"

"你是说，他们会想办法随心所欲了吗？哎呀，我就说嘛！"

"他们会照着自己的方式想办法。"上校重述一遍，语气称得上神秘兮兮。

这句话她颇有感受：她完全看在眼里，自己所熟悉的丈夫，向来是不动如山，这次却不一样，她说的那段特别的话，已经使他心虚。"要很机灵——那是你的看法喽——要比任何人都机灵？你的看法是，假如我们只要护着他们就好，那我们该做的也都做了？"

上校依然坐在位子上，不太愿意被扯进来，讨论出于自己想法的说辞。种种说法与理论太相似，都不知道讲到哪儿了；他只知道自己说的，而他所说的也只代表自己有限的感触，那是出于自己刚毅的本性，一辈子到老都没变过。尽管如此，他仍是言之有物——也因此他又想了一下。只不过他用老样子说了第三遍。"他们会照着自己的方式想办法。"说完他就走了出去。

呵，没错，他同伴对这句话反应很大；他走上台阶，她并没有跟上来，只是瞪着他开门。他们的客厅亮着灯，他站在门口回过头来看着她，瘦高的身材轮廓映在黑暗中，毡帽习惯性地随意戴得歪歪的，像是要延长他话中所强调的邪恶意味。平时他们回家，只要门开好可以进去的时候,他就会回过头来接她,所以现在这个场面,仿佛他不好意思靠近一点儿来面对她。他看着她,中间隔了一段距离,她仍坐在位子上,心里掂了掂他的话,她觉得每件事的全貌都乍亮起来。王子话语之下所说的,不就写在他自己的脸上这么简单吗?——那嘲讽的样子,她瞄了一眼而且颇觉困扰,不就呼应着他的话吗?最后,那句他们会"照着自己的方式想办法",不就是他一直想找个机会,要她能懂他的话吗?她丈夫的语气多少和阿梅里戈的表情相符——那个表情很奇怪地从后方,越过眼前这位人士的肩膀窥视着。她当时并不懂——不过,如今在他的臆测中,可能是别人要她多多配合,她这不就懂了吗?她才不要配合谁;她一面听到同伴在叫她,"哎,干吗呀?"一面用点时间下定决心,谁也吓不了她。那回"事"?——哎呀,光这点就够让她觉得有些不舒服了。她原本预期不牢靠的人并非王子。她顶多曾假设过夏洛特可能是不牢靠的——她多少觉得,如此一来事情不会太棘手。也因此,假如他已经走到这个地步,那可完全是另一回事了。这不是要选哪一个的问题。过了一段时间她依旧没下车,她感到很无助,上校走前头,几乎是把她拉着走。过后,在街灯照耀的人行道上,他们的沉默好像显示某件事情挺沉重的——他对她伸出手臂,稍加弥补了他们的沉默不语,然后一起慢慢爬上阶梯,没有分开,像是一对有些沮丧的恩爱老夫妻。简直就像刚参加完葬礼——或是说,更像是走向丧宅的肃静神情。她回家的目的,不就是想尽量体面地、好好埋葬她的错误吗?

第 四 章

情况看来，只要这两位朋友正确地了解自己的身份处境，就可以共同享受非凡的自由。夏洛特已经把了解这一点当成大事，连同王子本人也早已知道，那是当然喽。她一有机会就常常对他描述此必要性，语气中藏不住的讽刺，使她顺从的样子不再那么温和，或者说是使她的脑筋转得更快，她于不同的时间，用不同的名义，实际印证他们的境况是合情合理的。妙就妙在她对于合情合理这档事的感觉，从一开始就特别敏锐。她说只要用一点儿她称之为最寻常的应对手法，他们就可以无后顾之忧，她一讲就是几个钟头——仿佛只要掌握这个原则，前途就一片光明。其他时间听她说的时候，又好像他们得战战兢兢地仔细推敲，把种种征兆一个个加以诠释，更别提还有自己独特的见解。她现在说得宛如在每个转弯处都有路标，清楚到简直荒谬的地步；她也会说得好像路标是潜藏在岔路里，要穿越树丛与荆棘才能找得到路；一有机会她甚至说，因为他们的情况是前所未见的，所以他们的天空里不会有星星。她结婚后立刻前往美国，刚回来时有一次，像是要把数次的说法下个定论似的，她挺简短地暗中对他说："这么'做'？"下定决心的速度之快，跟他也会莫名地接获派令外出一样。"我们两个人的身份真是没得比，妙极了，什么事都不必'做'就能过日子，不是吗？——每天除了例行的事之外，什么都没有，就算笨得不得了也能应付。一句话就说完了——不过这用在其他时候也说得通。要'做'的事可多了，而且一定会越来越多；不过那都是归他们的，一分一毫都是他们的；重点是他们对我们做了什么。"她又接着说，因此问题是他们只能见招拆招，而且要尽可能地悄悄进行。这一对很尽责，用意良善而且完全不强出头，但是发生在他们身上的事的确再怪不过了：加诸这对受害者的谕令是前所未见的惊人，他们被迫密切地互通有无，这原本是他们尽可能避免的。

王子听她说到最需着力之处是要脱身时,沉默了好一段时间,她将他那副特别的表情好好记在心中。她一直想着自己语气中没有明说的部分,已经在他那双令人无法抵抗的双眼中激荡着。那样的表情所能传达出来的意思,令她很自豪,很欣喜,心中的疑虑、问题、挑战等等不管是什么,她当下就抛开了。对于他们非常努力地共同策划着,要反抗命运这件事,他一度不小心地表示有些惊奇;她当然很清楚,他最根本的考虑是这段关系中存在着什么,还有,万一他无法自圆其说的时候,那别人听到的意思为何。这类意见相左的情况要是被别人听到什么,也只会显出那些人的鲁莽——没其他的好处。不过王子独到之处,是他有办法于冲动行事前就阻止自己,没几个人能做得到。此特质在一个男子身上,当然是被当成细腻周到。她朋友如果只会搞砸或是一派天真,有可能脱口说出:"我们面对你那个引人注目的婚姻的时候,有没有'尽可能避免'呢?"——还挺帅气地用了复数的人称,自然是表示自己没有置身事外,也连带想到她在巴黎收到的电报,那是在魏维尔先生把他们订婚消息传到罗马之后他发出的。那封电报她一直都没销毁,里面提到他们接受对于未来的安排——接受的态度可不是敷衍了事而已;虽然除了她之外没有别人会看到,写的语气依然很斟酌,很含蓄。她把它放在一个安全的地方——只有在绝对单独的情况下,她才偶尔会拿出来看看。"战争时期,就勉力为之吧。"①——法文使它的语气变得圆滑。"我们一定得按照我们眼前的现实来过日子;不过你的勇气令我着迷,而我也几乎被自己的勇气吓了一跳。"这条信息依然语意未明,她试过用不同的方式来解读;它可能是说,尽管没有她帮忙,他的事业仍是个爬上坡的辛苦差事,得靠每天奋战维持良好的外表;它也可能是说,如果他们成了邻居,那么他会再次被迫,更得时时处于备战状态了。另一方面,它可能是说他觉得自己挺幸福的,也因此,就算她把自己想成危险人物,她也要

---

① 原文为法语:À la guerre comme à la guerre,意指在战争时期有什么就凑合着用,或者指处于战争非常时期,可使某件事情合法化、合理化。

认为他已经有所防备，因为他的确已经适应了，也感到安心无虞。尽管如此，他和太太抵达巴黎的时候，她并没有要求释疑，就像他自己也没有问，信是否仍在她手中。所有迹象都显示，如此探询有失自己身份——就好比，如果她无端就对他提到，自己老老实实地立刻出示电报给魏维尔先生，或是提到她同伴只要提个字，她会立刻把信摆在他的眼前，这些事都有失她的身份。所以她避免使他注意到自己心里所想的，事情一曝光，很有可能马上毁了她的婚姻；她整个未来在那一刻其实仅悬于一线之间，靠的是魏维尔先生的通晓人情（她觉得他们是得这么说才行）；她才因此没有责任，地位也才显得端正，无可挑剔。

　　至于王子本身在时间有限的情况下，打一开始的时机就给了他莫大助益——他受益的部分在于没有足够的时间给他出差错；即便如此，这个看似位居配角的原因，现在却以惊人的耐心，静静等候着。起初时间比什么都要多，又是分开又是延迟的，以及中间间隔的时间；不过后来时间就变得挺麻烦的，帮不了忙，因为它开始多到他不得不面对该拿它怎么办这个问题。婚后要花的时间比他原本预期的更少；很怪，即使他已经结婚了，留给婚姻的时间，仍显得少。他知道这件事是有套逻辑的；这套逻辑给事情真相一个固不可移的证据。魏维尔先生是决定性的角色，帮了他忙——造就他的婚姻状态；帮了他很大一个忙，使一切都变了样。有莫大程度他归功于魏维尔先生——说得也是，打从他们第一次见面开始，哪样不是他的功劳呢？他过着日子，也已经过了这么四五年，都归功于魏维尔先生：这个事实是再明白不过了，不管是他把这些功劳一件件拿来感谢一番，或是一股脑儿地全倒在他感激的大锅里，然后细火慢煨成营养的肉汤。后者无疑是他最常用的方式。他甚至偶尔也会挑一片出来，尝尝它的好滋味呢。这类时刻看起来像在享用难得的"佳肴"，而账单算在他岳父的名下，他觉得自己越来越喜欢这样。几个月又几个月的时间过去，他会来一次全心的感激——他一开始没办法马上把这份最深切的恩惠，给安上个名称；不过，等那个名称在他脑子里如花朵绽放的时候，他日子已经过得很优渥了，如同先前已经保证过的。总之魏维尔先生关照着他和玛吉的关系，好比关照着其他每件事一样，很明显地仍会一路关照下去。魏维尔先生使他的婚姻生活无忧无虑，也使他银行户头里的数字无忧无虑，两件事他做起来是一个样。他和行员说话、处理着后面这档子事的时候，前面那桩事也会跟着出现，因为他太了解他女儿了。这份理解的心意很美妙——那是有凭有据——其亲密程度之深是一路贯彻到底，好比一个团体基于共同利益、建立于生意上的财务关系。两者间的一致性对王子而言，特性都相同，所幸那幅光景看在他眼里挺有趣的，而不是感到气恼，后者是可能发生的。那些人啊——他将资本家、银行家、退休的生意人、著名的收藏家、美国岳父大人、美国父亲、娇小的美国女儿、娇小的美国妻子等等，全都一股脑儿归拢在一起——那些人属于同样幸运的大团体，可以这么说；他们至少都是属于同类物种，有着共同的直觉；他们过从甚密，消息互通有无，说着彼此的语言，也相互"帮衬"。最后那一点的关联性当然会在某个时刻，使这位年轻人觉得，玛吉与他的关系也是在此明显的基础上受到关照。其实，真正的重点就在这儿。这情况很"怪"——也就是说，看起来就是个怪字。他们的婚姻生活出了问题，但是摆在他们眼前的解决之道也一样令人诧异。对他个人而言还好，因为魏维尔先生所做的，是为了给玛吉过得舒适；对玛吉而言也还好，因为他做的也是为了给她丈夫过得舒适。

然而，如我们先前所言，时机并非全然对王子有利，可能在某个阴郁的日子，因为某件见怪不怪的事，使得这个事实看起来特别真切。王子一空下来的时候，大多反复想着刚才提到的事。几个钟头下来，好像他想的也只有那些东西，它们甚至塞满了整个又大又方正的波特兰道，在那里连最小的客厅对他们而言都嫌太宽敞。他往这个房间里看的时候，原以为会见到王妃在喝茶；不过，尽管火炉边的餐点亮晶晶地摆放着，餐桌的女主人却不在，于是他一面等她出现——如果那称得上等待的话，一面在大片的光滑地板上来来回回地走着。他自己也说不出所以然，为何急于在此刻见她；说也奇怪，过了半小时她仍未进来，这反倒成了他当下发急的理由了。就在那儿，他大可感觉得到，就在那儿他最能记下一笔。这种观察本身，对于一个讨厌的小危机，自然起不了什么兴头；不过他这么走来走去，更特别的是他会一次次在屋子正面的高大窗户前面停下脚步，过了一会儿之后，每次又随着消逝的几分钟时间，心情更显得激动。不管多不耐烦，激动所表现的只不过是强烈的落空：这一连串下来，就好比一个望着东方的人，随着一波波越来越清晰的景象，看着颤巍巍的晨曦终于变成瑰丽的天光，把这两样事放在一块儿，真是再像不过了。这种启发的确全都只属于心理层面，它所昭示的未来也不过是广大的思想范畴，此时物质世界的样貌又是另一回事了。从窗户看过去，这三月的午后突兀地回到了秋日；雨已经下了好几个钟头，而雨的颜色、空气、泥巴、对面房子和生活的颜色全加在一起，成了一种无以名状的棕色，脏兮兮的；糟透了的笑话里看得到这种颜色，蠢透了的化装舞会里也见得到。凑巧往外望去的时候，见到一辆四轮的出租马车，里面很清楚有个人，车子慢慢摇晃着前进，一面笨拙地从中线的道路转向左手边的人行道，几番引导、一阵忙乱后，终于停在王子的窗外。起初，就连这位年轻人也没对看着的方向多做联想。车里的人下来，动作颇为利落，是位女士，她要车子等着；没有撑伞，快步穿过潮湿的路面往房子走过来。她动作轻快，一下子就不见人影了。王子从他站的地方，有足够的时间认出她，等知道她是谁之后，他有几分钟在原地纹丝不动。

夏洛特·斯坦特在这么个节骨眼儿，披了件雨衣，坐着辆破旧的四轮马车前来；夏洛特·斯坦特在他内心所见的特别景象，达到最高峰时刻，像幻影一般为了他而出现，时机之到位让他目瞪口呆，简直像经历了一场激烈的事件。他站在那儿等着，而她来看他，只看他一人，这件事产生了一种独特的张力——虽然几分钟之后，这份确定的感觉就开始消退了。可能她没来，或者只是来看玛吉；可能她在楼下得知王妃仍未回来，于是仅仅留个信息、在卡片上写个字罢了。无论如何，他要确保控制自己，什么都不能做。他有按兵不动的这个想法，来得突然也很有力道；她当然会听到他在家，他也会让她来见自己，不过那得全看她个人的意思才行。尽管待在原地，他满心盼望着，所以他依旧认为要随她来做决定，就显得更不寻常了。表面上的情况她是很不顺，但是她进入眼帘时产生的和谐感，与其他情况很协调，那些情况不仅和表面差得很远，也使她现身于此的价值因他的想象力而更加不凡。奇怪的是，他态度越是严苛，那份价值就越高——有件事也是，尽管他竖起耳朵凝神倾听，他既没听到关门的声音，也没见她回车上去；等他迅速回过神来，他知道她已经跟着男管家上了楼梯平台，正对着他的房门口，此时他的情绪爬升到最高点。外面又静了下来，此刻如果说仍有什么可以添上一笔的，好比她对管家说"等一下！"那也会有异曲同工之妙。不过管家领她进门后，就走到茶几那儿把水壶下的灯点燃了，还故意忙着拨弄炉火，她倒是一副轻松的样子，好使这位主人能很快地缓和紧绷的情绪，以便和她随意问问玛吉。就算管家仍然在场，而且不管这位女士可能说出什么来，这位随侍的表情都一片木然，她说自己是来看玛吉的，而且她也会很高兴地坐到炉火边等着。很快他们俩就独处了，于是她起了话头，不管是形式还是实质内容，都像是火箭炮发出的红光，飕飕作响。她人站着往他看，直截了当地说："到底，亲爱的，我们到底还能做什么啊？"

　　他当下似乎突然明白，为何几个钟头下来，他一直有如此感觉——他在这一刹那似乎突然明白他一直不懂的事，即便当她仍站在门口，因为爬楼梯而喘息的那个时刻，他依然不懂那些事。尽管如此，他同时也明白，她懂得比他多——也就是说，对他们有重大意义的一切征象与预兆而言。他内心的若干选择（他简直说不出来是要叫它们解决之道或是称之为心满意足）全摊了开来，因为她站在壁炉旁的姿态那么具体，她看他的模样也因为这个姿态而更显出色；她的右手搁在大理石上，左手则拉着裙摆避开火源，一只脚还伸出来烤烤火，干燥一下。他说不出几分钟之后，是什么特别的联结，将他们之间的缺口又重新补了起来；因为他记不得曾几何时，在罗马发生过一模一样的事儿。换句话说，他不记得她曾冒雨来看他，坐的四轮马车等在外头，虽然她把雨衣留在楼下，一身打扮却反而让她看起来显得气势不凡——把其余的事一并琢磨，这真像一幅画呀，没错——身上平淡的衣服和一顶刻意低调的黑色帽子，都强调着一份坚持，坚持着他们生命中的时光、他们想要表现得好礼教，帽子也是，连身裙也是；也坚持对它们满不在乎与讽刺，这些神情活泼地表现在她那张被雨水淋过、既清新又俊俏的脸庞上。往日时光前所未有地再次于他心中苏醒：就在他专注的眼前，它使另一段时间与紧接的未来相遇，紧连在一起，像手臂与嘴唇的久久交缠，此时此刻过得如此急迫，仅有的一点儿感觉好不踏实，几乎像是不存在那儿，所以也没人伤得了它，或是吓得了它。

　　简言之，发生的事就是命运的大手一个翻转，把夏洛特和他——一点儿都没错，的确是一步一步、一个阶段又一个阶段，"引到"一个方向，那是原本心里都没有盘算到的——出奇地他们自由地面对面，很理想，也很完美，这张网已经悄然成形，他们得来不费工夫，连根手指头也几乎没动过。尤其是在此次事件中，即使他们很安全，依然再次听到一个低低的声音，和他在结婚前夕所听到的一样，这个声音现在透露出另一种不安。从那时期开始，他一而再，再而三朦朦胧胧地听到那个声音，似乎在告诉他为何它一再出现；但是现在它的声音大到充斥着整个房间。原因是他们目前的状态颇为安全，有十五分钟的时间他熟悉地感受着；安全无虞是事实，于是这个声音有了前所未有的容身之处，使它得以往外不断扩大，但是同时又收放自如地围住它，软绵绵的，好像一坨坨的绒毛似的，不让它散出去。那天早上在公园的时候，不管再怎么掩饰，依旧感到疑虑与危险；不过这个午后却格外显得信心满满。夏洛特的到来，就是要凸显他们俩的安逸自在，就算她一开始并没有这么打算，情况的发展是挡也挡不住了。一等他们单独在一块儿之后，她就问了他一个问题的含意——尽管没错，他一开始没有正面回答，好像不太了解似的，但是问题的含意存于其他每件事情，从她古怪地刻意坐着那辆摇摇欲坠的"轰隆隆"马车,到她刻意谦卑地穿着件没色没调的衣服,都说着其中的含意。她直接诉求之事,因为这些怪异举动所引发的问题,所以无须回答就顺利过关了,这倒也帮了他一把。他可以反过来问她的马车怎么了,以及她在这种天气,到底又为何不坐着它上路。

"正因为这种天气啊,"她解释着,"是我的一个小点子。它使我想到从前——那段我可以随心所欲的时光。"

第 五 章

这句话说得直截了当,他立刻明白它表达得有多么真实;然而他仍然有点儿搞不懂,这也不假。"不过你可曾喜欢过,用如此难受的方式四处游荡呢?"

"我现在看来,当时我似乎什么都喜欢。不管怎么说,能再回味一下旧滋味,"她在炉火边说话,"也挺迷人的。它们回来了——它们回来了。每件事,"她继续说,"都回来了。而且,"她最后说,"你自己也很清楚。"

他站得离她很近,手插在口袋里;不过并没有看着她,而是专注地看着茶几。"哎呀,我没有你勇敢。再说,"他笑了,"在我看来这样也说得通,我的确是住在小马车里。你一定很想喝茶了吧,"他很快地又说了一句,"我来给你好好倒杯浓茶。"

他开始忙起来,推了张矮的椅子到她站着的地方,她立刻就坐下来;这么一来她可以一面讲话,一面若还想要点儿什么时,他也可以拿给她。他在她面前走过来走过去,也给自己倒了一杯。时间一刻刻地过去,她到访想要传达的信号,越来越显得皆经过一手打点,而且是深思熟虑的,把他们的处境展示得像钟面上的刻度一样清晰。这整场的作势毕竟是要表现得有如高手在辩论场上过招一般——讲究的是要更冷静,辨识力要更显高妙,态度要更显真诚,要有番更大的哲理在其中。无论联想起的事实是什么、如何加以粉饰,问题只在于他们要一起琢磨想办法;就这一点而言,目前的情况看似大有可为。"不是你没我勇敢,"夏洛特说,"而是,我宁可认为,你缺乏我的想象力。当然啦,除非最后证明,"她补了一句,"你甚至没我聪明。但那一点我倒不担心,等你给我更多证据才算。"她又把她之前的话重复一遍,这次更清楚些。"再说,你早就知道了,你早就知道我今天会来。要是你已经早早知道,那么现在你一切都了然于胸吧。"于是她又接着说，如果他当下没有把她的话当一回事，如果他连这点都做不到，那有可能她也会用张漂亮的脸蛋来应付他，那是在另一个重大时刻，他为了要她小心留意而摆给她看的，其中的含意她可能由此就带在身上，像一枚珍贵的奖章——不是真的受到主教祝福的那种——挂在她的脖子上。不论这一次情况如何，她回来了，要直接把自己说个明白；他们过去种种伟大的经历，两个人连提都没提一下。"最重要的是，"她说，"这其中有个人的冒险。"

"冒险和我在火炉旁喝喝茶？哎呀，也不过如此。我想我的脑袋不至于那么差吧。"

"哎，不止于此呢。如果我过得比你好，我想可能因为我比较勇敢。你看看，你把自己弄得无聊透顶。我才不要，我不要，我不要，"她一直重复说着。

"正因为把自己弄得无聊透顶，片刻不得喘息，"他辩驳道，"那才需要勇气呢。"

"那是被动——不是主动。如果你想知道的话，我的冒险是整天都待在城里。没夸张，就在城里找乐子——他们不都是这么说的？我知道那种感觉。"说完之后，仿佛突然说不下去了，"那你呢，都不曾出去过吗？"她问。

他仍然站在那儿，双手插在口袋里。"我出去干吗？"

"呵，我们这种人哪能做什么呢？不过你很了不起，你们都是——你们知道日子怎么过下去。我们可是笨手笨脚的野兽，我们其他这些人和你不同——我们老是得'做'点儿什么才行。不过，"夏洛特继续说，"就算你出去了，你也可能会错过我——虽然你不想承认，但是我相信你并不想错过我；我来向你道贺的，你却连这么让人心满意足的事也可能错过，摆出一副漠然的表情。真的，那是我最后所能做的。至少你没办法不知道，像今天这样的日子——你没办法不知道你身在何处。"他要么承认他知道，要么假装不知道，她等着他回答。但他只是把一口气拉得又长又深，结果听起来像是不耐烦的呻吟声。这举动把他身在何处或者他知道些什么这个问题，都抛在一旁；正如坐在那儿的夏洛特·魏维尔一样，此举对于他访客本人所提的问题，似乎已扫清疑虑。他们彼此注视良久，所以有好一会儿时间，他们默默地处置这件事；到最后好好地把它谈开了。夏洛特接着说的话就足以说明。"全部就这么着——太惊人了，难以言喻。我真心相信，我们俩的关系是前所未见的，就这么发生在两个充满善意的人身上。我们只得随机应变，不是吗？"这个问题她说得比刚刚那个更加直接，但是他一样没有立刻回答。他只注意到她喝完茶了，把她的杯子拿回桌上，问她是否要再来一点，听到她说"不用了，谢谢"，他回到火炉旁，把一块没放好的木头轻轻踢回去，这一脚踢得挺准的。这时候她又起身，站稳之后她重复了一遍刚开始就说得直白的话·"我们还能做什么，到底能做什么呢？"

他接的话也和刚开始一样。"那你是去哪里了？"他问的样子像只对她的冒险举动感兴趣似的。

"我想得到的地方都去——除了不去见到人。我不想要有人——我想要得太多，多到我脑袋都想不清楚。不过我中间有回来——回来三次，然后我又出去。我的车夫一定认为我疯了——好好玩喔；算车资时，我一定得给一大笔钱，他见都没见过的。亲爱的，"她继续说，"我去了大英博物馆——你知道我一直很喜欢那里。也去了国家艺廊，还有十来个老书局看看珍藏；我在霍尔本①一个又怪又脏的小饭馆用午餐。我想到伦敦塔，但是它太远了——我的老车夫如此忠告；要不是太潮湿了，我还想去动物园——他也是拜托我要留意才好。不过，你不会相信的——我真的去了圣保罗教堂。这种日子很花钱的；"她下了结论，"因为除了车资之外，我买了一大堆的书。"一转眼，她倒是在这里换了话题，"我不禁想到，你最后一次看书是什么时候的事了。"然后她又说话了，连她同伴都觉得挺突然的。"玛吉，我是说，还有小孩。我想你知道他和她待在一块儿。"

"喔，是啊，我知道他和她待在一块儿。我早上看到了他们。"

---

① 霍尔本（Holborn）是位于伦敦中区的一个区域，也是该地的一条街道。

"他们有说行程是什么吗?"

"她跟我说,和平常一样要带他去祖父家①。"

"去一整天?"

他犹豫着,不过看起来好像态度已经慢慢改变。"她没说。我也没问。"

"嗯,"她继续说,"那个时间应该是十点半之前——我是说你看到他们的时候。他们在十一点前就去了伊顿广场。你知道我们,我和亚当两人不会正式吃顿早餐;我们在房间里喝茶——至少我是如此。不过午餐吃得早,我今天早上见到我丈夫是十二点的时候,他正给小孩看一本图画书。玛吉在那儿一直和他们在一起。然后她就出去了,留下他们俩——他本来要坐马车去拿点儿什么东西,不过她说要帮他去一趟。"

王子听到这里明白表现出兴趣。"你是说,坐了你的马车去?"

"我不知道哪一辆,也无所谓。这个问题,"她微笑说,"和马车一点儿关系都没有。要是你想想,这个问题连是不是用出租的车子,也没有关系。这件事太美妙了,"她说道,"和任何粗俗或是可怕的问题都扯不上关系。"她给了他一点时间认同这句话;尽管他沉默不语,但是他同意这个看法似已不言而喻。"我出了门——我就是想要出门。我有自己的想法。这点看来对我很重要。一直是如此——是重要的。我以前都不知道,但是现在我知道他们是如何感受事物。这件事我真的再确定不过了。"

"他们感觉很有自信。"王子回答。

他说这话真的是为了她。"他们感觉很有自信。"接着她把情况表达得更是清楚;她又提到她在三个不同的时间点在外随意乱逛,最后才回到伊顿广场——出于好奇心吧,甚至真的觉得有点儿焦虑吧。她有一把钥匙,但很少用:有件事亚当挺不高兴的,虽然使他不高兴的事也没几件,那就是看到仆人们在他们深夜从宴会返家时,仍站得直

---

① 原文为意大利语: da nonno。

挺挺地等着他们，那真是太残忍了。"所以啰，我每次只好要出租车停在门口，再悄悄溜进去；他们不知道，其实我明白玛吉人还在那儿呢。我回来又出去——他们连做梦都想不到吧。他们真的以为人会变成什么呢？——这么说吧，不提感情或是道德方面，反正那都无所谓；不过就算身体上，实质上只是个到处闲逛的女子；毕竟她也是个妻子，中规中矩又不伤人；毕竟她也是最好的继母，那还真是很好；或是说，至少她不过是个家庭主妇①，挺有责任感的。他们很怪，"她宣称，"一定在想些什么事。"

"呵，他们想的可多了，"王子说。讲起数量来，那是再容易不过的事。"他们想到我们，可多了。他们想到你，更是特别多。"

"哎呀，别全都放在我身上嘛！"她微笑说。

不过，现在他就是这么放上去了，因为她已经备妥放置的地方，让人佩服。"那关乎于，他们知道你的个性。"

"啊，他们能知道，真多亏你了！"她仍面带微笑。

"那关乎于，你的聪明令人赞叹，你迷人的样子也令人赞叹。那关乎于，那些事情已经在世上为你办到了什么——我是指在这个世界与这个地方。你对他们而言是重要人物啊——而重要人物本来就是得来来去去的。"

"喔，不，亲爱的，这你可就错得厉害。"她这会儿笑得更开心了，他们之间已弥漫着一股欢乐的气氛。"重要人物们才不会那么做呢：他们日子过得豪华庄重，被一贯周到地伺候着；他们没有钥匙，不过有敲锣打鼓来宣布他们的驾临；要是他们坐着'轰隆隆马车'出门，那发出的声响就更是大了。是你，亲爱的，"她说，"如果要说到那回事，你才是重要人物呢。"

"哎呀，"换他发出抗议，"别全都放在我身上！无论如何，你回家的时候，"他又补了一句，"要说自己做了些什么？"

"我会说得很美妙，说我一直在这里啊。"

---

① 原文为法语：maîtresse de maison。

"待了一整天？"

"是呀——一整天。你很孤单，来陪陪你。我为了你这么做，他们一定是这么认为的，要是连这点都不懂，"她继续说，"那我们岂能搞得清楚状况？——就像你会为我做的一样啊，挺自在的。他们是哪样的人，我们就要要学着把他们当哪样的人，这才是正事。"

这句话他思考了一会儿，显得焦躁不安，但眼睛倒是没离开过她。他随后说话了，虽然挺离题的，也颇为激动："他们俩有多喜爱我的小男孩，我怎么会感觉不出来呢？"然后，仿佛是有点儿困窘，她没再接着话说，他立刻就有所感受："你如果有小孩，他们也会做一样的事。"

"唉，要是我也能有个……我曾抱着希望，也曾相信过会如此，"夏洛特说，"事情可能会好得多了。可能会有些不同吧。他也是这么想，可怜的宝贝儿——原本以为会这样。我确定他也曾抱着希望，也有此打算。不管怎么说，她继续说，"那可不是我的错。情况就是如此。"她一句接着一句说着，表情严肃，既感伤又说得条条分明，使她朋友得以了解。她停顿了一下子，不过，像是要一次把话讲明白似的，她说得清晰而又彻底。"而现在我再确定不过了。那永远都不可能发生。"

他等了一会儿。"永远不可能？"

"永远不可能。"他们谈这件事的时候，倒不是一派肃穆，而是把事情说清楚同时，又不想失态，甚至可能因此显得急迫。"情况原本可能会好些吧，"夏洛特又说了一句，"不过事情变得……它使我们……"她说了重点，"更显形单影只。"

他一副纳闷的样子。"那使你更形单影只。"

"哎呀，"她又恢复原来的样子，"别全都放在我身上！玛吉会全心奉献自己给他的小孩，不亚于他全心奉献自己给你们的小孩，这点我很笃定。不管我哪个小孩都比不上，"她解释着，"恐怕我得有超过十个小孩，才能使我们的配偶分开。"那画面之大，令她微笑了起来；不过，这番话他看起来好像没听到重点，她接着说话的表情就挺严肃的。"你要想得多怪就有多怪,反正我们就是无止境地形单影只。"他一直不知所以地走来走去,但是过了一会儿之后,他又再次比较直接地站在她面前,手插在口袋里,神情轻松却不太自然。他站在那儿听着最后那几个字,听完的反应是稍微把头往后一甩,双眼瞪着天花板,像是要将某事想个明白似的。"你觉得呢,"这当中他问,"你一直在干吗?"这句话把他的意识与目光拉回到她身上,而她点出她的问题。"我是说等她回来的时候——我想她总是会的,一段时间之后,会回来的。我们似乎得说法一致才行呢。"

嗯,他又再想了想。"不过,对于没有做的事,我几乎没办法假装有。"

"啊,你有什么没做过的?——你现在没有做什么呢?"

她的问题响起时,他们正面对面,姿态久久不变。不过,在回答之前,他依然看着她的眼睛。"我们至少不能一块儿做同样的事,那太荒谬了。我们得行动一致,看来真得如此才行。"

"看来真得如此啊!"她的眉毛,她的肩膀都耸了起来,神情颇为欢快,好像因此松了一口气似的。"我假装的就这么些了。我们得行动一致才行。老天明察,"她说,"他们就是这么做的!"

就这么回事,很明显地,他了解了,再者因为他的加入,情况几乎是搞定了。不过很明显地,他所了解的事也同时揪住了他,令他难以承受,因此他突然间回到现实,这倒是出乎她的意料。"难就难在我弄不懂他们,这个难处永远都不会消失。我一开始就没弄懂过,我以为我应该学得会。那是我原本所希望的,而且当时范妮·艾辛厄姆看似要帮我。"

"呵,范妮·艾辛厄姆!"夏洛特·魏维尔说。

她说话的语气使他瞪着眼看了一会儿。"她会为我们做任何事的。"

这句话让夏洛特一开始什么都没说——好像觉得话中的意思多到难以言喻。然后她摇了摇头,一副包容的样子。"我们强过她呢。"

他想了想——像是在想这句话把他们俩放到哪个立场上。"她会为他们做任何事。"

"嗯，我们也是呀——所以喽，那对我们没有用。她已经不灵光了。她不了解我们。而且说真格儿的，亲爱的，"夏洛特补充一句，"范妮·艾辛厄姆已经无关紧要了。"

他又思忖着。"除非是为了照顾他们。"

"唉，"夏洛特立刻说，"那岂不是我们、只有我们，才能做的吗？"说到他们的特权和职责，她仍闪着骄傲的神采。"我想我们并不需要别人帮忙。"

虽然说这句话的时机挺奇怪的，但是话说得很有力，她的神情也令人可敬；那是种显而易见的真诚态度，尽管几经转折，但只要涉及保护那位父亲及女儿的事，仍是他们最大的考虑。无论如何，他觉得很感动，好像他自己有某根弹簧，比较弱的那根，突然因此断掉了。这些事情，特权也好，职责也好，机会也好，一直都是他自己愿景中的本质；他的说法不断回到这些事情上面，就是要她知道，即便他们的处境如此特殊，但他并非没责任感的人。有个概念是他可以说得出来，也可以有所行动的，现在他终于在殷殷期盼下要讲出来了，不至于像个大傻瓜；而她刚才说得这么直白的想法，原本很可能是他自己要表达的。她先他一步说出来，而且既然她已经说得再清楚不过了，也的确说得美妙，他觉得有人挺自己，没有受什么委屈。他看着她，脸上表情有了大变化，神采中是激动的感触，此荣光来自——几乎可以这么说——她之前给了他什么，他就如此回应。"他们幸福得不得了。"

呵，夏洛特对此程度的形容更是不留余地。"老天赐福。"

"那很好啊，"他继续说，"这么一来，别人就算不了解，也真的没啥关系了。再说，你做得——也够多了。"

"我可能算是了解我丈夫，"她停了一下子之后说，"我倒是不了解你太太。"

"不管怎么说，你们是同一类型的人——多多少少吧；大致上的传统与教育都一样，道德思想也一样。有些事你和他们没有差别。不过，我自己这方面，一直努力在了解那些事里面，有几件是我还缺的——我自己这方面是越来越差了。最后看起来，好像没有哪件事好拿来说嘴的。我不得不这么看——自己的确是差太多了。"

"不过你没有——"夏洛特说到重点，"和我差太多啊。"

"我不知道——因为我们并没有结婚。结了婚事情才会浮现出来。很可能，假使我们结了婚，"他说，"你就会发现我们差得十万八千里呢。"

"既然得如此这般才能成立，"她微笑说，"那我可安全了——你也很安全。更何况，常常会有些事让人感觉，甚至足以说出，他们是非常、非常单纯的人。要相信那件事是有困难，"她补充一句，"不过一旦仔细想想之后，要行动就容易多了。至少我认为自己已经仔细想过了。我不害怕。"

他纳闷了一下子。"不怕什么？"

"呃，笼统地说，像是犯些讨厌的错误。特别是自以为他们不一样的这种想法，而犯下的任何错误。因为这种想法，"夏洛特进一步说明，"实在令人很心软。"

"啊，没错！"

"所以事情就是如此。我没办法把自己完全放在玛吉的处境——像我说的，我没办法。不合适就是不合适——就我的了解，身在其中我应该没办法呼吸。但是，我可以感觉到，我愿意做任何事保护它免于受到伤害。我对她也是非常心软，"她继续说，"我想我对我丈夫更是如此。事实上，他是个既贴心又单纯的人！"

有一会儿时间，王子反复想了想魏维尔先生的贴心还有单纯。"嗯，我不知道我能选什么。晚上的猫都是黑的，难以分辨。我只知道，基于许多理由，我们应该如何支持他们——以及我们要如何做才能充分表现自己。那对我们而言是要很刻意小心的事……"

"几乎是每个小时都要如此。"夏洛特说。她能看到事实的最大范围。"也因为如此，我们一定得信任彼此！"

"喔，像我们信任荣耀的圣人一般。幸运的是，"王子很快又说了一句,"我们办得到。"接着,像是为了要给这句话全然的保障,还加上誓约,每一只手都本能地找到另一只相握。"一切都太神奇了。"

她握着他的手,握得很紧,很郑重。"太美妙了。"

有一分钟的时间他们就这么站着,和他们过去较为自在的任何时刻一样,手牵得很紧,脸贴得很近。一开始他们都没有说话;只是正面看着对方,也被对方正面看着;只是紧握着对方,也被对方紧握着;只是迎接对方的目光,也被对方迎接着。"这是神圣的。"他最后说。

"这是神圣的。"她也轻声对他说。他们盟誓,说出誓言也将誓言收藏心底;因为双方情绪都很激动,也因此更加紧紧相系。突然间从这个紧密的圆圈,像有水流从一道狭窄的海峡奔流到另一方的海洋,每件事都崩散、失常、溃退、融化、混合。双唇追索着双唇,唇上的压力追索着的回应,唇上的回应追索着的压力,激烈得令他们在下一刻发出叹息,以最长最深的静止,热切地立下他们的誓言。

第 六 章

一如我们所见，他从她那儿得知范妮·艾辛厄姆在目前已无关紧要了——"目前"是他自己加上去的，因为和稍早的几个阶段比较起来，这种说法是再恰当不过了。尽管那时候他的赞同充其量不过是默许而已，但此时他还是颇按部就班地行事，他原本在那场谈话时，曾答应了他的老友要在外交部见面，也被他拖延了好几天。他们的关系，理论上来说，好像是个很依赖的学生与仁慈的女教师，他们几乎从一开始，都认为如此一来可以便宜行事，要是哪天这种关系消失殆尽，那他是会挺懊悔的。将此事推波助澜最多的就属他，这是错不了的，因为他要了解情况之需求，远超过她温和的借口。但是他一次又一次重复对她说，如果不是因为她，他永远不可能有今天这个局面。她相信这个说法，它带来的喜悦是藏都藏不住的，就算这个局面所指为何越来越说不清楚也无妨。自从在那次正式晚宴的走道上之后，他们从未像那天下午一样讨论过此事；在那些时刻里，他第一次感到有些失望，因为这位亲爱的女子，好像少了某种是他一直认定她所具备的特质。至于究竟少了什么，就算他想说，恐怕也觉得有点儿为难。事实上，假使像夏洛特所说的，她曾经"失常"过，相较之下，其中崩溃的细节也不要紧了。对于所有这类崩溃他们得出相同的结论，他最料想不到会发生在她身上，那不过是另一个名字罢了，代表愚蠢战胜了——不论是少了勇气，失去友谊，还是仅仅缺了圆滑手腕；其中任何一项，不都等同于没了机智吗？夏洛特说过，他们终于"超越"她了；他是一直乐于相信，她有某种信手拈来的想象力，那会一路陪着他。他不愿意为艾辛厄姆太太的缺乏信心再添上一笔；但是每每他闲下来的时候，一想到那种人真有办法享受——或者至少是任何精美的事物——义气相挺的热情，他就为他们做了一出幻想戏，剧中没有胆小，也不见战战兢兢。所以有需要的时候，为了那个善良的人儿，他的义气也可以接受冒险，冒险的程度可达到令他几乎错过了她对他的召唤，她的召唤可是件奢侈的事。他又再次想起了这些人，其中一人是他结婚的对象——发现自己的想象力大部分都用在纳闷，他们是如何这么轻松就办得到。他有时觉得，好像为他们在人际关系上面所做的任何事，都不曾有价值——或称得上有价值；所承担的任何托付也从不曾是基于深切的信赖感。说得白一点，他认为没有人需要设计他们，或对他们说谎；说得幽默一点，他认为更符合情况的是，没有人会带把刀子等着他们，或者是狡猾地在杯子里动手脚。这些都是传统的浪漫故事里的情节，将感情神圣化，恨意也如法炮制。不过他要用自己觉得好玩的说法——能有趣味就好——那些他已经不玩了。

尽管在他们一致认为范妮已经撑不下去之后，就很少再提了，但此时她似乎常待在伊顿广场；他从这位客人身上得知，她也常去波特兰道，至少同时段的饮茶时间都在。这些对话或隐忍的场景里，艾辛厄姆太太可真的一点都没出现过；她最后一次展现她的用处，好像是在伊顿广场，那是最需要的地方。事实上，每件东西、每个人都在那里，除了王子之外；他大部分时间要么刚好人在外面，要么就算在应酬的空当，他无论如何总也没法和对方碰上一面，凑巧那是他唯一有点儿疏离的人。在夏洛特的协助之下，他已经非常适应这些事了，否则会挺不好收拾的——实际的情况是，因为若干神奇因素在运作着，所以表面上配对起来，仍看不出谁疏离了谁，一切都很清楚，只是难以言喻。如果艾辛厄姆太太很喜欢玛吉，那么此时她已经知道，最容易找到她的方式为何；如果她对夏洛特有所不满，同样的道理，她也知道最能避开她的方式为何，以免见了伤神。当然她也会发现她怎么常常不在家——对家里的事不闻不问，那焦虑的心思在那儿最能想想这种特殊情形。然而范妮有她自己的理由避开波特兰道，这是察觉得出来的；毕竟如此一来，她可能也就不太清楚夏洛特是否常常在那儿的这个问题，或是说他们是否都一直使房子的主人，保持一贯的单独生活（既然都谈到这点了）。至于魏维尔太太一天的时间如何分配，那解释起来可多了，总有套说法能将所有不明确的状态兜在一块儿，予以释疑。魏维尔太太负责这个家庭，其实说起来是两个家庭的"社交关系"；越来越需要她的天分，以华丽姿态代为出席大场面，这些都鲜明地为人所见。这两个家庭有件事很早就确定了，他们极为幽默地说夏洛特是一位也是唯一的"社交名流"；王妃尽管挺亲切，挺细心，也挺迷人的，事实上是世上最可亲的人，又加上王妃的身份，但是很清楚，她就不是也没办法成为社交名流，她大可以完全都不参与，姑不论理由是因为太高估或是太低估这档子事，是因为觉得自己太状况外或是太沉迷其中，是因为感觉能力太不足以应付或是太格格不入，都没什么特别的关系了。每天得代表出面和外人沟通的整件事全落在夏洛特的身上，要称之为喜好此道或是要称之为耐心都可以，她的能力已经通过考验，以及对于自己在这个家的用处，她的看法是既包容又不计较，这便已足够。坦白说，她处在一种关系里，做她能做的事，过她能过的日子，"绝不过问"。情势如此，而她心思细密又实际，也就把一串待访名单的重担承接下来，那原本是玛吉得自己来，相当煎熬应付不了，连小王子也更受影响。

简单说来，伦敦繁重的工作，她倒是胜任愉快——她也不扭捏地承认了，为了能让其他三者日子过得更舒适，她只好努力撑在那儿"抛头露面"，希望这种说法对于天生好奇又讨喜的人不是太刺耳。这工作有可能很无趣，做起来很沉重，社交圈子可能像荒芜的沙砾，待一个小时下来，可能像是在贬值的钞票里发现了伪币一般无奈。那些事她几乎是一贯地轻描淡写，仿佛她笨到分辨不出来似的。她刚结束结婚旅程从美国回来的时候，王子曾就这点夸奖她；不管从哪方面看，她在那儿令人赞叹地忍耐着冲击，站在夫家这一方，伶俐地面对所有发生的事——所发生的事又往往无法言喻：说得具体一点儿，正如她在婚礼前，冒着个人利益危险的会面之际，她还是罢手了。从这两对再聚首的时刻开始，魏维尔太太和她丈夫的女婿见面所谈话的内容，就不外乎是美国，他们比较彼此的看法、印象与冒险等等。总之一句吧，她朋友所欣赏的是，夏洛特能够立刻突显自己的优点；即便使用的表达方式，是在那个时间他使她知道，只有他懂得的趣味。"要是一个人的合约里有一部分写明了，每件事都得完成，"她曾这么问，"那岂不是再简单不过了吗？我因为结婚而得到这么多，"她未曾片刻对他掩饰过，她觉得这么"多"，也发现的确如此，"所以如果我的回报很小气，那我也太不值得这般善举了。不可以那样做的，相反的要尽力回报，表示一个人的正派、荣誉与美德。如果你有兴趣知道的话，这些事也因此成了我生活的准则，是我所崇拜、无可取代的小小神祉，可以安在墙上的神像。哎呀，没错，因为我可不是什么畜生呢，"她接着做了结论，"你将见识到真正的我！"因此，那也就是他见到她的样子——月复一月，日复一日，一件事接着另一件事，老是在尽她收了酬劳的职责。她做得无可挑剔，杰出又有效率，全都是为了大大地贡献给她的丈夫以及她丈夫的女儿，使他们轻松愉快的生活得以重叠在一起。其实，可能做到的不仅于此——这使得他们对于能够轻松到什么程度，有了更细腻、更暖心的看法。他们将她带了进来——说得最直白些——为他们打理"俗事"，而她凭这般本领就打点妥当，结果他们比起原先打算的，更是不愿涉足了。她担待的范围之大，因此无须再接手其他比较不重要的事；比较小的杂事，顺理成章地移交给玛吉，在她巧手安排下，归她管的也自然事事和谐不悖。那些琐事还包括后者这位小姐，得在伊顿广场，一针针补缀着明明是夏洛特漏掉的东西，那也同样再自然不过了。这是很普通的家事，不过正因如此，才归玛吉做。牢牢记得亲爱的阿梅里戈，是她自己世俗生活中一根很棒的羽饰，刚才说到的普通家事当然不会均分给他——那会是需要夏洛特发挥她最迷人能力的地方，得以平衡一下，只要夏洛特清楚状况，接下来就没问题了。

嗯，大概估量得出，夏洛特终于挺快地就清楚状况了；这个想法在我们看到的那几天里面，已于王子的胸中完全成形，他空闲时所沉思的其他这几个人、这些影像，都在他意识里和经验里摸索与铺排，而我们也试图在那儿将它理出个顺序来。它们陪伴着他，倒也挺足够了——特别要考量到他在那方面有多行——同时他至终都在努力让自己的原则更加清晰，他要克制自己不可以跟着范妮到卡多根街，也不可以犯下在伊顿广场显露出挂心样子的错误。这种错误是因为他没有尽量利用那套理论，认为他或夏洛特的个性毫不矫揉造作，在那儿更可能压倒其他的看法。那套无矫饰的理论能够也的确压倒了其他的看法，因为他最后也是因为在充沛的证据之下，既明确又无可辩驳，也只得接受一个事实，就是点点滴滴的零头都要收藏起来不浪费，那是谨慎行事，挺普通的，也是人生最简单的事。若在伊顿广场徘徊不去，终将显示的是他办事不力，跟他聪明的同伴不一样。正因为他的能力充沛，也正因为他们一并都有此能力，很奇怪也很幸运地可以给对方善加利用，才得以办好所有的事。进一步支撑着这种情况的，是行事"范围"也包括波特兰道，它没有丝毫伊顿广场那种大格局，这是他们另一个颇为反常却又美好的机运。同时有一点得尽快补充说明，后者这个宅邸偶尔也会在时机到的时候有所动作，嬉闹似的抖抖身子醒来，然后发出二十来份的邀请函——送信的时间不定，但是其中一份一定会在复活节前寄达，有点儿扰乱了我们这位年轻人的打算。玛吉懂得人情世故，认为她父亲应该每隔一阵子办一场令人瞩目的晚宴；而魏维尔先生从没想过使人期待落空，也就顺着认为他太太应该来办一场。夏洛特的看法不外乎他们无牵无挂，好得不得了——她所抱持的证据是，他们原本担心可能最为他们所疏忽的人，只要稍微给个迟来的讯号，每个都会光临，而且脸上堆满笑容。这些带着点儿致歉意思的宴会，使阿梅里戈觉得到处都充满了微笑，也够真心；他坦白说挺感动的，在伦敦这么个挤来挤去[1]的大都市里，他们还保有自己一点儿小小的优雅，投注一些惬意与人情温暖。每个人都会来，也来得匆匆忙忙，不过他们都会受此温柔的影响。身上穿戴着外套围巾，人一站在那道漂亮的楼梯口，就会将一般人的粗鲁、不知转圜的好奇心都抛诸脑后了。复活节前他们会款待少数几场，而他和玛吉每次势必出席做客，没有人坚持他们非来不可，只是尽地主之谊，也因此更加有田园式的恬淡与乐观：这个晚宴很光鲜盛大，充满

---

[1] 原文为法语：bousculade。

听不清楚的低语声，来宾是目光温和的中年人，大多数非常和蔼，尽管来的夫妻档皆德高望重，名号响亮；晚宴接着是一段简短的音乐演奏会，毫无后续节目的压迫感。王子知道，在准备的过程中，玛吉的焦虑感和夏洛特的机智取得协调，而且两者也似乎非常陶醉于魏维尔先生尽偿人情债的能力。

按照惯例，尽管社会地位不高，艾辛厄姆夫妇仍会出席；而且除了夏洛特之外，相较于其他人，王子内心比较想和上校的太太待在一块儿，尽管她的身份是较低微的。他和夏洛特在一块儿，因为首先她看起来俊美极了，又很挺拔，其他人都一副成熟模样地坐着不动，她亮出来的是年轻人特有的敏锐反应以及标准的低调优雅；第二个原因是因为一个事实，只要是需要有自信地强调女主人的时候，指的就是玛吉，不管这种说法是出于喜欢也好，善意也好，故意也好。一旦他们都坐定了之后，他看得出那是有差别的，他太太尽管很完美，也有她自己的小小个性；不过令他好奇的是，此事怎么会如此明显地被简化了——而这件事他知道，尽管她尽全力招待宾客——重重压在她的心上，远超过挂心宴会的欢乐气氛，要顺利举办又有好成果。他也知道其他事情，她在任何时候所营造出来的样子——特别是在伊顿广场的时候：她和她父亲是一个样儿，有时候情况较为热烈的时候，表现出来的相似程度之鲜明，一眼就看得明白，好像一朵花飘散出香味一般迅速。他曾经在罗马对她提过，那时他们刚订婚几天，心情依然很兴奋，说她好像一位娇小的跳舞女郎，正在休息，她的动作非常轻盈，但大多时间是在长凳子上柔柔地喘着气，还有点儿忐忑不安。终于，她越来越像他悠久的家族史所营造出来的形象——只是比拟而已，并非等同于——那是大家所见一般做妻子与做母亲的样子，表现得体，但心思难以一探究竟。假使这位罗马贵妇足以成为悠久家族史唯一的荣耀，那玛吉无疑是有一副庄重的模样，到了五十岁时会更稳固、更显尊贵，甚至有点儿像一尊科涅莉亚[①]小雕像。然而，他倒是

[①] 科涅莉亚·秦纳（Cornelia Cinna minor，前94—前69）是恺撒大帝的第一任妻子。

及时想通了,一旦想通了,他前所未有地更加理解,魏维尔太太的亲身参与状况为何难以预测,那是朦胧未明,却又相当敏感细腻——仅仅是个暗示,或者不动声色地考虑周详,简言之,魏维尔太太与整个场景的关系,难以描述又深不可测。她的情况是被固定住的,她该坐哪儿、与谁为邻、更热诚的表现、更沉静的微笑、更少的珠宝等等都比不上一个念头,那个念头在玛吉心中,如一小簇焰火般燃烧着,而且事实证明,她双颊上也各有一处燃烧着,看起来挺相衬了。这个宴会是她父亲的宴会,对她而言办得成功与否的重要程度,关乎他的重要程度;她感同身受,也因此显得提心吊胆。处于这般压力之下,她满是为人子女的孝道,不过说的话、动作、语调却几乎没有为人子女的样子。这一切都很清楚,很赏心悦目,也有人可能会认为挺怪的;这一对在一块儿,即使各自结婚了也没办法分开他们,而王子——不消多说①——该坐在哪儿随她的意:在那个房子里,她永远都是玛吉·魏维尔,什么也改变不了。我们所谈的这个想法,王子此时发现自己正为其所苦恼,他自然也会好奇地想到,如同上述事件里,要是魏维尔先生和他女儿一起吃饭,是否也留给别人同样的印象。

  然而,开始回想这些事情,是很容易被打断的,因为史无前例地,阿梅里戈此刻认为,他卓越的岳父是全世界最不会在不同场合做不同表现的人。他很单纯,是坦率的化身;他就是一个样儿到底了——这种说法有可议之处,因为其中有个弱点。我们这位年轻人今晚想得饶有兴味的;他乐在其中用各式各样神秘的方式,想象这位屋主是否由其他东西组成——那些被社会传奇化所夸大的资源、财产、能力以及和蔼可亲的性情——是否因为没有其他人能与之"平起平坐",也因为缺乏可以度量的工具来表达其浩大家业。这些好人的浩大气势弥漫于周遭,而魏维尔先生可敬的特质也几乎随处可见。他很瘦小又谦虚,眉目清朗;他的双眼四处游移时不会显出害怕,目光停在某处时也没有挑衅的意味。他的肩膀没有很宽阔,胸膛也没挺得

---

① 原文为法语:il n'y avait pas à dire。

老高；他的气色不是很好，头顶上也少了头发。坐在桌子最上方的主位，简直就像个小男孩，害羞地招待某些高阶人士，他只能是权高位重的人士之一，有力人士的代表——好像一位年幼的国王即代表整个王朝。这是大致上阿梅里戈对于他岳父的看法，从来没片刻稍歇，只是今晚更强烈了些，他将之视为避难处。此避难处在两个家庭于英国重聚之后，越来越像是取代了社交生活，一个个渐渐地大家都知道；他原本以为会进一步发展及更加热闹，但是并没有。他隔着桌子和体面的这一家子互望，稍后也在音乐室见到他们；不过对于他们的了解，和刚开始的那几个月一样多，那段时间他处于过度焦虑的状态，条款和条约在有点儿惶惶不安中，才终于确实确定。挂心的事情轻松落幕，不过它既不是磨磨蹭蹭，也没有进展神速。在王子的想象里，不管从哪个方向看，那过程的顺序都一样，就像是颇为专注的目光由同一个地点，瞧瞧在进行交易时收到一张支票上面的数目，接着要装在信封里交给银行。总值确定了——正因如此，每隔一阵子，王子的总值也会得到证明。分期不断更新，持续有进账；他已把希望放在银行当作资产，不过尽管这种方式颇为自在，但依然受制于得一直有人为他重复背书才行。再者，最后的结果就是，这位年轻人可不希望自己的价值变小。他自己当然都还没定好数目为何——那个"数字"只有魏维尔先生知道。不过想当然，每件事都得维持下去；王子从不曾像今晚一样感受如此深切。若非这件事他已经与夏洛特有密切的共识而获得保证，当这些想法静静掠过心头的时候，他应该会挺难受的吧。他已经没办法不这样一次又一次看着夏洛特的双眼，很明显地，她也一次又一次看着她丈夫的双眼。从自己全部的脉动中，他也能感受到她所要传达的。这一点使他们相依，得以度过表面上的分离；把另外两张脸，把整个流逝的晚会时光、所有的人、灯火、花朵、虚假的言谈以及精致的音乐，都变成了他们之间一道神秘的金色桥梁；桥摆荡得很厉害，有时候简直令人头晕，为了要紧密相依，最大的法则就是要"用心"保持警觉，永远不可鲁莽地有所怠慢，也永远不可蓄意伤人。

第 七 章

  在连续的很特别的几个小时里,王子不断回味着,那距离伊顿广场的晚会有一段短暂的时间,而那几个钟头里他感受为何,才是我们的重点。这是一杯范妮·艾辛厄姆倒给他的茶,香味缭绕;晚餐已经用毕,音乐室里热闹的四重奏乐声正酣,成列的同伴,如果他们愿意的话,也可以起来动一动;不过为了方便,大家仍保持静止。几段曲目之后,艾辛厄姆太太想办法找机会,告诉她的朋友说自己非常感动——勃拉姆斯①真是个天才——感动到受不了;因此,她很快地轻移到这位年轻男士的身边,看起来没有很刻意,距离也保持得既可以交谈,又对表演没有不敬之意。演奏剩余的二十分钟里,在另一个没人的房间,也没那么刺眼的灯光,他和她相处得很愉快——他会如是说,他们坐在一处僻静的沙发上谈得很满意,再开心满意不过了;这在他心里为日后的事情打下结实的基础。这件日后要发生的事,当时只是拿来谈谈而已,她却很想知道——虽然轻声低语,但听在他敏锐的耳里,的确隐隐透着紧张——想单独和他谈谈;等坐在一块儿的时候,她提了那个可能相关的大问题,没说得太直白,但清晰无误。什么话都没说就当面问他,如此突然的举动是需要加以解释一番的。然后,这突然的举动似乎已不言自明,因为紧接着就有点儿尴尬了。"你知道他们,呃,没有要去马灿;所以喽,假如他们不去——或是至少玛吉不去——我想你不会自己去吧?"我就说嘛,是在马灿,事情就这么发生在他身上;就是在马灿,于复活节的时候,他内心扎扎实实有了番领悟,真是奇怪,此事的意义丰富又特别,其实早已注定会如此发展。打从一开始到现在,他已经到英国乡间拜访多次;他老早就学会怎么做这些英国人的事,而且做得全是一派英式风格;就算他没

---

① 约翰内斯·勃拉姆斯(Johannes Brahms, 1833—1897)是德国作曲家与钢琴家。

有一直狂热地觉得很享受,至少表面上看起来,他跟那些在那个晚上一同想出了这些事的人,一样乐在其中;那些人在长长的午后,就算有点儿不经大脑,也仍然行动一致照着做。尽管如此,在类似的逗留期间,他未曾有过某种超然的心态,那是一种内在有些批判的趣味。表面上人是一直参与着活动,但是那种要回归自我,要静悄悄、远远地退出,重回那儿的决然需求,使他一部分的心思仿佛没和他在一块儿为众人所见。他的身体不断地为众人所见,非常稳定——不管是射击的时候,还是骑马、打高尔夫球、散步经过草地上呈对角线的步道还是绕过四角挂着球袋的撞球桌的时候。整体来说,那冲击的程度好比玩桥牌、吃早餐、中餐、喝茶、晚餐和每晚待在他所称呼的酒店①,托盘上挤满酒杯,情绪高亢。最后它对嘴唇、肢体动作、机智等都成了些负担,那些可都是交谈和表情最需要的。所以他常常在这样的时间里,觉得自己少了什么;特别是当他一个人或是和他自己人在一块儿的时候——这么说吧,当他和魏维尔太太在一块儿,又没别人在场的时候——他不管动作、说话,还是倾听,都觉得自己内外一致又完整。

他大可说,"英国社会"就这么把他切成两半,而且以自己和它的关系,他时常提醒自己,身上别着一颗闪亮的星星、一种装饰品,像是某种位阶;它极具观赏价值,最理想的状态是,一旦没戴上,他的身份即显得不完整。不过,他也发现,相较于其他常佩戴的物品,它最该从他胸口拿下来,永远放进口袋里,而且一点儿都不觉得惋惜。王子个人的敏锐纤细,就是他最珍贵的闪亮星星,这一点是错不了的;但他刚刚想到的那个物品,不管是什么,他都看不到——对他而言就像记忆不停歇地出现,也像一块用思想巧织的精美绣帷。伊顿广场上,就在他与他的老友快乐共处的几分钟里,发生了一件相当重要的事:他目前的洞察力使他清楚得知,她已经为他脱口而出,撒了她第一个小谎言。那含意非常深刻(虽然他也说不出个所以然):她

---

① 原文为意大利语:bottigliera。

不曾对他撒过谎——不管是为了要表示恰当、合乎逻辑，还是理义上说得过去，但愿是因为她不曾想过，她非这么做不可。一旦她问他会怎么做的时候——她也意指夏洛特会怎么做——有个提议他们已经说了一两天了，但玛吉和魏维尔先生却不感兴趣；一旦流露出她好奇另一对只剩两人独处时又会如何的时候，她就会很想避免表现得太直接打探的样子。三个星期前她已经对他表示过关心，透露出有个想法的端倪，看得出来她经过考虑之后，不得不讲个理由，说说她为何想要知道；王子这一边倒是挺厚道的，早已瞥见她临时摸索着理由，不过仍找不到。说他厚道是因为他出于友善，真的当下就编了一个出来给她用；而且将它呈献给她的时候，他的表情看起来，不过像是她掉了一朵花，他捡起来交还给她罢了。"你是否在问，我可能也不会去了，因为那会改变你与上校的决定？"——他这一步走得挺远的，是为了使她得以接受此说法，虽然印象中夏洛特并没有对他说过，艾辛厄姆这家人会参加马灿的大宴会。接下来最棒的是这对活跃的夫妻，开始在这段时间想办法让自己列于那卷金色的名册上；为她说句公道话，他从未见范妮做过这类事情。此章节的最后一段证明，只要她愿意，她就能成功办到。

如同他不管大小事，被指派往来于波特兰道与伊顿广场之间一样，无论如何，一旦放手做了，一旦沉浸于马灿让人十分满意的殷勤招待，他发现解读起每件事，都信手拈来就稳稳到位；况且，随时可以和魏维尔太太交换意见与看法。那座大房子里挤满了人，可能是新近结识成为同伴，也可能加快了亲近的速度，当然啦，最要紧的是找机会和他的朋友聚首，而且得和他们可敬的配偶保持安全距离。他们各自都没有同伴随行，于同一个社交场合相会，时间又长，最好的是有种大胆无畏的快乐在里面——这般的自由里有那么一点儿诡异之处，只不过，那些被他们抛在身后的亲戚很难想象。他们结伴在人前曝光次数之频繁，简直要被说挺奇怪的——虽然从另一方面来说，这个讲法也没什么大不了的，因为话说这个家，以他们高贵的境况、随和的生活习惯和几乎要令人激动不已的花费用度，每一条都只能说挺怪的。我们的两位朋友都觉得精神一振,和以前一样,这么便宜行事的社会,只要顾及它的观感即可——好像低头看着一片低矮植栽的顶部;而且它对于同盟好友的观感,更像是在自家办宴会一样,轻松和善得不得了,一点儿也不拘泥形式。任何"认为"其他人如何的想法——特别是任何与其他人如何的想法——在这些厅堂里是引不起什么尴尬;出现于挥之不去的批评、规模程度高低时的尴尬,在那儿可能完全被当成不过是关系不融洽,或遭到冷落,或气势受挫,但都同样是系出颇有教养与老练的、最体面的家世;也仅能从有点儿暗淡的外观来看,当然太少换装就是喽;因为不管是默认舍不得打扮、住在阁楼房间里或是茶几上只有一个碟子,都没什么大不了,就算机器已经锈蚀,也不发出半点儿咔嚓声。挺有趣的,在如此轻松的气氛中,王子竟然又摆出只为王妃发言,可惜她又无法离家外出;同样挺有趣的是,魏维尔太太竟然也如常地具体化身成她的丈夫,为无法出席致歉一番,口气虽颇不以为然,神态却依然美丽。她丈夫待在他收藏的宝物之间,非常温和谦逊;不过有关他的传说日益扩大,说他对于随便出门拜访,连去一些富丽堂皇的人家做客都会受不了,表现得不耐烦与沮丧,因为他已经习惯于高标准和同伴的谈吐,以及沙发和橱柜摆设的模样。那都是无妨的,有聪明的女婿和迷人的继母协调配合,只要这关系能维持不过度又足以运作应付所提及的情况即可。

因为这个地方高尚又幽美,正值英国的四月天,强风吹袭,阳光普照,一片生气勃勃,四处都显得不耐烦地喘息起伏着,甚至有时候还像婴孩时期,赤条条的赫拉克勒斯[①]又踢又叫的。因为这些事以及年轻与美貌带来的勇气,和他一起来做客的人财大气粗,弥漫着一股傲慢无礼,可怜的艾辛厄姆夫妇,相对之下年龄显然较长,也没那么显赫,是在音乐会里唯一看起来不对劲的人;就某个程度来说,所

[①] 赫拉克勒斯(Hercules)为神话中的大力士,也是古希腊最伟大的英雄,从小即显现其不凡之处。据传其父为天神宙斯(Zeus),嫉妒的天后希拉(Hera)派两条大蛇,欲置仍是小婴儿的赫拉克勒斯于死地,未料摇篮中的襁褓幼儿徒手捏死入侵者。

引发的气氛怪诞又恶劣，使人觉得他出糗的情况，像是遭到某个精心策划的恶作剧胡整。这座明亮大房子里的每个声音，都想要来点儿与众不同的乐趣，而且不想负担后果；每个回音都在抗拒困顿、疑惑或是危险；画面所呈现出的每个方面，都热切地渴求直接不可延宕，是魔咒下的另一个阶段，还有更多即将到来。如此这般组成的世界为魔咒所统御，即众神的微笑与掌权者的青睐；唯一大方，唯一豪迈，事实上，唯一聪明接受这个世界的方式，就是对它所应许的保证要有信心，也对它所提供的机会保持高昂的精神。它要的尤其是勇气和好脾气，事情会回到这上面来；其价值是一切皆获保障——那是从最糟的境况设想——以前王子在罗马的日子，即使是最惬意的时候，都没这么有把握。他以前在罗马的日子当然较为诗意，不过现在他回想起来，那段日子好像悬在地平线上空的斑斓虹彩一般，既松散、模糊又稀薄，留有一大块一大块的空白，让人好生倦怠又说不出个所以然。目前他身处的状态，多少是脚下踩着的扎实土地，耳朵上有只喇叭，手上拿着一个深不见底的袋子，里面装着沉甸甸、闪亮亮的英国金币——这点太重要了。也因此每天最重要的，就是勇气和好脾气；虽然那至少对我们而言也一样很重要，不过在阿梅里戈的内心最深处，这一切感受得到的自在，最终可能是又怪又恼人。一边是显而易见的结果，另一边是出奇地想换掉他太太心底的既定观感，好满足于他的行为和习惯；他将两者做比较时，原本他已养成的心甘情愿，却莫名地有种诡异的压力挥之不去；两者间产生的讽刺太奇妙了，其程度有时大到他无法独自承受。倒不是在马灿有什么特别的事，骇人听闻或是不得不留意的，像人们说的"出事"了；只是一天巴巴过着，在那么几个时间点，有个问题会当面迎来，而且有趣极了，他会进出口问："他们日子到底是怎么过的啊？""他们"指的当然是玛吉和她父亲，在单调的伊顿广场沉闷度日——只要他们愿意，要多沉闷就有多沉闷，不过，因为很了解他们优秀的同伴们所承受的，此念头也就使他们心平气和了。从这些观点看来，可能他们知道这世上完全没任何事值得谈一谈，管它美好或是愤世嫉俗的事儿；假使他们有朝一日能平心静气地承认，他们并不需要知道，而且事实上他们也根本无法知道，或许他们会好过一些吧。他们是优秀的传人，祝福他们，也是优秀传人的子孙；因此，想象中小王子可能会是他们三人里面最为睿智的一个，因为他没有照那样传承下来。

　　困难之处在于，特别是每天和玛吉的交谈中令人紧张地发现，她心里摆明了连一点点不对劲的感受都没有。如果往回追溯，她丈夫或甚至是她父亲的太太，最后证实他们是照着魏维尔家人那一套行事的话，那才是极其不对劲了。不管谁如果是那个样儿，当然就不会跟马灿在任何条件下扯上任何干系；又话说不管谁如果不是那个样儿，那么在特别的条件下，就不会扯上任何干系——指的是符合伊顿广场的条件——大家都对那些条件奉行不悖，实在是莫名其妙。这位年轻人心中所激荡起的这些不安，其深处我们大可称之为恼火的感觉——在此虚假姿态的底层，是他对于合宜的感觉，那标准更高也需要更勇敢，而且燃烧着红色的火焰，永不熄灭。有些情况是挺可笑的，不过也拿它没办法，譬如说，最常见的就是，当一个人的妻子要他这么做的时候。然而，正是这一点不一样，可怜的玛吉得想出最不寻常的方式——他竟然也只能配合，实在太荒谬了。按部就班地就这么和另一个女人被推了出去，很巧，这个女人他极为喜欢，也有同样的情形；他这么被用力推出来，理论上似乎宣告着他很笨，要么很无能——这种尴尬的困境里要维持一个人的尊严，那完全得靠他自己一手处理了。其实，最古怪可笑的是，这些理论在本质上充满矛盾——仿佛一位正人君子，至少如他这般被公认是地地道道的正人君子，在有如孩童般的天真无邪状态下，就是我们最原初的父母、亚当夏娃堕落之前的那种状态，和魏维尔太太这种人，以如此匆忙的速度"四处走动"，也不会发窘脸红。这理论怪诞可笑，以他的说法，应该要极力憎恶之，他这么做——他也是见过世面的人——尽是慈悲为怀而又公道。尽管如此还是要确保，只有一个方式是真的让人看得出来的，也就是他们所坚持是出于怜悯之情，这一点无论对他的同伴还是他自己都极为重要。对此所发出的议论够多的了，却只能在私下说说，但至少不沉闷，况且说起辞藻丰富而又效果十足的议论，夏洛特和他可都是天生一把好手。这个共识，不恰恰就是他们唯一知道且得以走得优雅的方式吗？的确好比他们在见面时有吉兆显示，两人间那种微妙的纠葛关系渐渐滋长，这将有助他们趋吉避凶。

第 八 章

　　他也因此发现自己连和范妮·艾辛厄姆说话都兴高采烈的，稍微提及了他们共同关心的伊顿广场，很特别的是，都没有稍微提一下波特兰道，原本是该稍微提一提："我们亲爱的另一半会在这儿做何感想呢？您知道的呀，说真格儿的，他们会怎样呢？"若是他尚未熟知，这位朋友反驳的力道已较为缓和，那是最近的事，错不了的，他这番倾泻而出的话可就显得太鲁莽了，此举挺不寻常，连他自己都吓了一跳。这下子他可免不了要听她回答："哎呀，要是他们感觉有这么糟，你又哪能这么好啊？"——不过，就算此问题中的小小意蕴已经说得很到位，她倒是表现得一副已经和他一样有自信而且精神高昂的样子。他对于目前发自内心比较谦卑的感觉，有自己的看法，或者说至少有一部分是他的看法；他的确见识到，她在魏维尔先生最近的一次晚餐之后，收回以前说过的话，他的看法与其完全相符。没有圆滑的手腕，不必费力笼络她，也无须收买她，摆出一副要不是真心诚意，那么他对她就一点儿用处也没有的样子；但他仍感受到，对于刚刚她藏不住的沮丧，他出于本能的同情态度，就得以掌握并左右着她。一如他所猜想的，她觉得自己就像俗话说的，要出局了，不再身处晶莹的主流中，昂贵的画面里也缺了她；说得粗略一点儿，她为自己所犯的过错被判刑罚，而他的友谊恰以愉悦的姿态，一个钟头又一个钟头地补偿着她。毕竟她唯一的错误就是希望自己在他眼里是端正的；她却使自己沦落了——她很快就认了那件事，开始喝茶的前半小时她就自己宣布——她是宴会里单独也是唯一打扮邋遢的女人。因为每件事的规模都大不相同，她所有一些比较小家子气的价值观、较为奇特的举止、小小当家的气势、她的幽默感连带她的衣着等等，在其他地方、在她的好友①之间，都还够应付，他们全都属于她。属于亲爱的范妮·艾辛厄姆——这些事与其他的东西，现在全没了：才五分钟的光景就足以给她致命的一击。在卡多根街，她最糟也不过是显得自成一格罢了——因为她老是习惯说，自己是士隆街的"当地人"，然而在马灿这里，她只会变得挺恐怖的。这场灾难的缘起，只因为她有着真正友爱精神的情操。为了证明她真的没有盯着他看——盯着他看的原因太严肃也太可怕——他要找乐子，她也跟着去了。所以喽，她的的确确可以表现出不在乎的样子。这个麻烦对她而言担子不小——王子完全能了解：那不是若有似无的干涉，连好脾气的人都会发怒的。因此当她对他说，她知道自己有多邋遢，邋遢到连她女仆都回过头来念她，夜以继日不断叨念她，连眼睛和嘴巴都没合过，此时他甚至没说，她现在可认识您了吧——他甚至没说："哎呀，看看您做的好事——这不都是自己的错吗？"他表现得完全不同，极为出众——她告诉他，从没见过他如此出色——不管她是默默无闻，或是更糟的，她那大家公认的荒谬举止，他仍视她与众不同，而且坦白地赋予她自己的价值，那是无人可取代的，让她环绕于自己的风趣机智，觉得那很重要。从体格与外观看起来，那种风趣机智像是在玩"桥牌"，以及赞赏珍珠的时候会说的，原本大可以是很重要的，只不过在马灿这儿显得暗淡无光；因此他对她的"体恤"——她也只说那是体恤罢了，但是这么说着，眼中倒是含着泪——是很了不起的表现，显得既特别又是他平时的样子。

"她懂得的，"有关这一切他对魏维尔太太下了这么个评语——"她有需要懂的地方全都懂了。她不疾不徐的，但总算自己想出来了：她了解我们很渴望能给他们过着所偏爱的生活方式，使他们周围充满平静与安详，与最重要的安全感，那是他们最爱的。对她而言，她当然不能一个劲儿说我们做到了，也只能尽量按照我们的情况；她也没办法一股脑儿说'别考虑我啦，我也得尽量看看自己的情况，要怎么

---

① 原文为法语：bons amis。

安排请自便，反正你们日子总得过下去嘛.'我不认为她是那个意思，我也没问。不过，除非是她信任我们，要尽可能小心，要尽可能和缓行事，和她自己一样战战兢兢的，那么她的语气和整个态度，就不知所为何来了。所以说，她是……呃，"王子最后说，"你可以这么说吧，几乎是没问题了。"然而夏洛特想使他更有信心，其实她什么都没说；算是给他上了堂课，他会知道清楚的部分在哪儿，重要性在哪儿，或者不管是什么东西，她都没有给他任何协助，要他自己大声念出来。有两三次她要他自己把事情说出来；只有到了他们这次做客尾声的前夕，她才看到一次这么清楚或是直接的反应。在晚餐前的半小时，他们一起在房子的大厅里待了几分钟。这种机会最容易了，而他们已经有过几次经验，只要耐心等到其他随意漫步的人，最后离开去着装即可，而且他们梳妆打扮的速度非常快，所以也只会比首先盛装到场的人稍微慢一点儿而已。这时候的大厅空荡荡的，准备把坐垫重新拍一拍整理好的女仆大队还没进来，另一端的炉火没人管，旁边有个地方，他们可以模拟一招不期而遇。最重要的是，在这儿以及趁机逮住的片刻里，他们可以靠得很近，气息相闻，分离的间隔几乎全被吞没；两人联合一气与小心翼翼的心情都如此强烈，倒成了一种联络方式，挺管用的。短暂的片刻被他们延长了，当作天赐的良辰；他们也将缓缓接近彼此，解读成长长的拥抱。事实上，这些过程的特质令说出口的话，特别是关乎别人的话，他们都没放在眼里；也因此，我们这位小姐甚至连现在的语气，都显得有点单调了。"她这么信任我们很好呀，亲爱的。话说回来，她能干吗呢？"

"咦，就是当人们不相信的时候会做的事呀。他们会让人明白他们不信了。"

"不过，是让谁明白呢？"

"嗯，这么着，一开始就让我来吧。"

"你该在意吗？"

他的表情有点儿惊讶。"难道你不该在意吗？"

"在意她让你明白？不会，"夏洛特说，"我想象得到，唯一我会在意的事，是假如你一个不留神，让她明白了什么。"针对这一点她又补了一句，"你知道，你可以让她明白你无所畏惧。"

"我畏惧的只有你，有时候有一点点啦，"他很快地回话，"不过，我可不会让范妮明白那一点的。"

对她而言，不管艾辛厄姆太太看得多远或多有限，已经不重要了，这是很明朗的，而且她说起这个来，还用前所未见的语气。"她到底还能拿什么来对付我们呢？她一个字儿都进不出来。她已经无可奈何，啥事不能说，出了事第一个被毁掉的就是她。"他看起来好像慢吞吞搭不上话，于是她又说："所有的事都会回到她那儿。是她起头的。每件事都是由她开始。她介绍你给玛吉认识。她促成你们的婚姻。"

王子此刻原本可以稍稍抗议一下，不过，听到这里，他过了一会儿之后露出个微笑，看起来似有若无，但意义深远，接着开口说话了。"可不可以这么说，你的婚事，她也使了好大的劲儿呢？我认为那是颇有用意的，不是吗？有点儿矫正的感觉。"

夏洛特这边迟疑了一下子，然后话说得更快了。"我不是指有任何事需要矫正一番；每件事都来得恰如其分，我也不是在说她有多么关心你或是我。我说的是她如何每次都用自己那一套，视他们的生活为己任，以及目前她如何因此被困得动弹不得。她没办法走过去告诉他们：'你们这些可爱又可怜的家伙，现在情况的确很尴尬，但我当时挺随便的，给搞错了。'"

他目光停留在她身上良久，思忖着这些话。"更有甚者，她没搞错啊。她是对的。每件事都对了，"他继续说，"而且每件事会一直如此。"

"对喽，我就是那么说的。"

不过，为了能更满意，他还是继续说下去，甚至连表面清楚可见的都拿出来说说。"我们很快乐——他们很快乐。这种境况还要什么呢？范妮·艾辛厄姆还想要什么呢？"

"哎呀，亲爱的，"夏洛特说，"她还想要什么，那可不是我说的。"

我只说她被定住动弹不得；我只说每件事都是她亲手做的、摆好位置，她得分毫不差地挺住才行。是你才在时时惦记着她可能会有变卦，造成伤害，我们得准备好应付东、应付西的。"她谈着这番高超的推论时，脸上还有一抹奇怪又冷峻的微笑。"我们是准备好了——应付任何事、每件事都行；而且，因为我们是准备好，差不多了，所以她也不得不接受我们这个样儿。她被诅咒了，不得稍有变动；她已经注定了要保持亲切与乐观，可怜的家伙。也算她好运吧，因为那挺符合她的本性。她天生就是要来给人安慰、说好听的话。现在可好了，"魏维尔太太温柔地笑了，"她一辈子的大好机会到来！"

"因此，她目前所宣称的说法再好，也有可能是心口不一吗？——可能不过是个面具，掩盖着怀疑和恐惧，另外仍想争取些时间，是吗？"

王子一面说着这个问题，表情又再度像是受到困扰，使他同伴有点不耐烦了。"你不断在谈这些，仿佛这是我们自己的事情似的。无论如何，她的怀疑和恐惧或是她可能感觉任何事怎样，我觉得和我一点儿关系也没有。她得好好为自己安排一切才行。我们老是担着心事要她做到，都比不上她永远得为自己担心来得更好，不管是看或是说话，对我而言那就够了，真的，就当我们白痴或懦夫好了，但我们不是。"说这些话的时候，夏洛特脸色——将原本话语中的强硬稍加缓和——有了光彩也变得柔和、明亮了起来。反映出来的是他们稀有的好运气。此刻她的样子好像她真的讲出了那个不准说的放肆字眼——脸上的气色搭配得刚刚好，比起说得出口的，更像是多了一份心思的细腻，感觉得出到这里特别停顿了会儿。她的确很可能早就知道，在下一秒会见到她朋友畏缩了一下，因为她要用个词，而那个词已经悬在她唇边，可以脱口而出。他对一些东西依然很赞赏，对各式的财产依然很珍爱，那是错不了的，就算一点儿也不喜欢他们的称呼。然而，除了那个字完全符合之外，有什么词汇她可以拿来简单又有力地用在她的想法上，而他同伴有没有完全了解这点呢？她是用了它，尽管她本身的直觉要她同时也需兼顾高尚的品位，对此他们倒是到现在都不曾有一丝偏离。"要不是听起来太俗气,我应该说我们啊——像命中注定一般——很安全。请原谅这种差劲的说法——因为很巧,我们正是如此。我们是这个样儿,正因为他们也是。而他们是这个样儿,因为他们没办法变成其他的样儿,打从一开始她为了他们插手进来就是如此,万一她无法使他们维持那个样儿,她会受不了的。那个办法就是,她非得和我们站在一块儿不行,"夏洛特微笑着说,"我们可是从根本上挂在一块儿呢。"

嗯,王子也不掩饰,就让她为他解释清楚。每种说法都很到位。"是呀,我懂。我们是从根本全挂在一块儿了。"

他朋友耸了耸肩——优雅地耸耸肩。"还能怎样呢①?"看起来又美又高贵,比罗马人更像罗马人。"唉,没错,是有这种事。"

他站着,眼睛望着她。"是有这种事。但不会有很多吧。"

"可能绝不会、绝不会、绝不会再有另一件了。"她微笑着,"我承认我是这么想。只有我们自己这一件。"

"只有我们自己的——是很有可能。希望如此②。"说到这儿的时候,好像为了接续刚才停掉的话题,他很快又说了一句:"可怜的范妮!"不过夏洛特倒是已经跳起来,瞄了时钟一眼,比了个警告的手势。她快步离开去着装了,而他则是看着她走向楼梯。他只往周围快速地看了一眼,目光就一直跟在她后头,直到她没了踪影。这幅景象里好像有某种东西,使他想起刚刚脱口而出的话,他兀自对着前方又轻轻说了一遍。"可怜啊,可怜的范妮!"

隔天倒是证实了这几个字所言不虚,马灿宴会的人群分散四处,他应该可以在不失礼的情况下,回到他原先来时的平静心情。他不可能和艾辛厄姆夫妇到城里去,那是有原因的;也由于同样的原因,他也不可能真的到城里去,除非遇到状况,那状况他在过去的二十四小时里,已经私底下仔仔细细地思考过了,也可以说,思考得很深入。

---

① 原文为意大利语:Cosa volete。
② 原文为意大利语:Speriamo。

思考的结果对他而言俨然很珍贵,也为他所用;他挺相信自己用对了口吻,来应付这位年长友人的提议,事实上这说法也一样理由充分又温和,也就是说,为了方便之故,他和夏洛特会搭上同一班火车,坐同一个车厢,就像她与上校一样。这个想法之所以能涵盖魏维尔太太,有一部分完全是靠艾辛厄姆太太的温和表现。而最能显示出她对社交生活敏锐度的,莫过于她不必下功夫就能理解,此时已不会有何不妥,所以这位来自波特兰道的绅士和那位来自伊顿广场的女士,可能会坦承他们要一块儿行动。过去这四天来,她并没有对后者当面说些什么,不过就在他们停留的最后一晚,大伙儿正要分散开来的时候,王子倒是亲眼见到她采取了一项新的行动。大家如常地在事先讨论着搭车时刻、谁跟谁一块儿搭车,说得正热烈的时候,可怜的范妮温柔地靠近魏维尔太太。她说:"你和王子,亲爱的。"——挺直接的,眼睛眨都没眨一下;她觉得他们公开地一起离开是理所当然;她也说只要对这个场合不失礼,鲍勃和她也一样,哪班火车能让他们坐在一块儿,他们就搭上去。"我真觉得这一次,仿佛都没见着你似的。"——这位体己的人讲得坦白,又添了一抹雅气。不过那个时刻,另一方面这位年轻人也好好借用了,如何用对的口吻说话的秘诀,做他想做的事。这个晚上他想做的,就是坚持保持静默;几乎是不发一语,也没有任何眼神示意,感觉得出,已经与夏洛特成为一体。全都是她对着他们的朋友说话,回答他们朋友的问题,但她仍给他打了个清楚的信号,好比她从窗户挥舞着一条白手帕似的。"您两位真是太贴心了,亲爱的——我们能一块儿走很好呀。不过,千万不要在意我们——只要两位方便就好,我们已经决定了,阿梅里戈和我要待到用完午餐才离开。"

听到这珍贵的声音当当响在耳里的时候,阿梅里戈立刻转身离开,以免接着被发问;再说,这么一伙情绪激动的人,对预测未来的揣测情绪,可又不知会想到哪儿去。夏洛特原本就说了一模一样的话,说他也做同样的打算,也说虽然彼此都没谈过这件事,但是都觉得很有需要如此,事情就这么定了。老天为证,她可没对他说什么——他太了解自己要什么；不过他该学的，夏洛特已经用她直截了当的清晰语气精炼了一番，她不多做任何解释，完全信手拈来，也没有一丁点儿要说服别人的意思，道义上她没有非说不可；处于如此境况的女性用以表达自己，突显自己，真是高招。对于艾辛厄姆太太的问题，她答得四平八稳；没留下理由或瑕疵，连最小的都没有，因为那会像是他想进一步关心，虽然被掩盖住了，但是看起来就好比拿面镜子对着太阳大闪光芒。这些时刻里，他所感受到的，是一切都要掂掂轻重——特别是掂掂那个想法的轻重，他已经无法自拔地一直如此地想着，而她用着一样完美的想象力，信手拈来一笔带过，使他心里的那个想法开始悸动起来，是前所未有的激烈。一个很精巧的高低顺序排出来了，这个真相几乎令他整个知觉都要发疼了；它发出的灼热也正无疑地给她温暖——真相就是，除非是他们自己不使力，过去这几天所建立起的时机，不可能让他们得不到其他更美好的东西。它已经时时告诉他们，这是有含义的——其含义是，他们联合一起就像是在沙地犁完田后，远远看到了棕榈树丛，干渴的双唇至少可以饮尽沙漠里那一口可靠的井。日复一日都美妙极了，以心灵之唇品尝的滋味无穷；可是，尽管如此他们对此幸运，似乎还是保持得挺低调的。他做每件事的背后和私底下，都无法平静，老想着要如何自由又勇敢地，足以反映出他们的高昂情绪；好比浪漫故事中出现的，探索于日光斑驳的林地里一般，在远远那端的开阔景色中，他的灵魂与她相遇。从那时开始，他们已经在那儿牵手相伴，五分钟之后，他已经用着与夏洛特完全相同的语气，告诉艾辛厄姆太太他也打算这么回伦敦，很遗憾未能同行云云。

这档事突然变得再简单不过了——这种感觉好像真成了个预兆，无须费脑筋，竟然轻松自如地就觉得将永远与她契合。事实上比起夏洛特，他往前踏出更远的一步——看成自己不得已将她推向台面。遵照他们女主人的意思，她要待到午餐结束——因此他也得留下来，以便护送她回家。他觉得自己一定得将她平平安安地送回伊顿广场。虽然他也挺遗憾这个决定有所更动，但是坦言并不在意，找乐子之外，只要他小心翼翼，能确保魏维尔先生和玛吉两人满意即可。他故意透露说，他对家庭的责任，几乎没有忽视过，但是他们根本完全不知道，也没全盘理解过，那些责任现在可成了他的首要之务；他也因此一直觉得，他万万不能让他们注意到自己有所疏忽。这一点他也同样坦白，他们晚餐时会回去；最后又补了一句，万一他赶不及，那么范妮如果能在她回去的时候，拨空走一趟伊顿广场，那就"太好了"，去报告说，他们可是正在突破万难，最后提到这次无可厚非的行动，并不是因为他们少了一股想要回家的冲动。他内心对他这个计划，大体上是气定神闲，它会一点儿一点儿持续下去，而更令他开怀的是，不管想法有多强烈，她也不会怀疑他有一丁点儿的"大胆"行径。但他总是——那才是重点所在——吃力不讨好地努力做事周全，心思细腻；和英国人这个种族相处，有些随着友谊而来的小迷信，要全部忘掉是一门长久的课题。艾辛厄姆太太自己第一个说她会去"报告"，绝不误事；他认为，其实她真做得挺漂亮的——前后她分别对夏洛特提出要求，也和他本人说了话，短短期间内，她已经做得美极了。显而易见，接下来的谈话以及行动里，她只带着其中那五分钟回到她的帐幕里，好好思量一番——有好几件事情代表夏洛特留给她的印象。当她从帐幕再度现身的时候，她的武器已经磨亮；真格儿的，她现在见他的举止，到底是闪耀着战斗的气势，抑或是挥舞着休兵停战的白旗，又有谁能真说得准呢？不管是什么，话都说得简短；她表现出来的豪气，便足以说明一切。

"我会去我们的朋友那儿——我会要求留下来吃午餐。我也会告诉他们，你们何时回来。"

"那真是太好了。就说我们都很好。"

"很好……一点儿也没错。多个字儿我也说不了。"艾辛厄姆太太微笑着。

"一点儿也没错。"但他想的是此话另有含意，"我觉得，好像您想少说也不成呢。"

"呵，我不会少说的！"范妮笑了，说完她立刻转身离开。同样的情况他们隔天又看到一次，当时是早餐过后，挤满了出发的马车与互道珍重的声音，一样很热闹。"我想，我会先送侍女回尤斯顿①的家，"她不打算给场面太难看，"然后就直接到伊顿广场去。所以你们可以放心。"

"喔，我想我们是很放心，"王子回答，"无论如何，要记得说，我们正努力撑着呢。"

"你们正努力撑着……很好。夏洛特回来用晚餐吗？"

"会的。我想，我们不太可能再多待一个晚上吧。"

"那么，我祝你们至少有愉快的一天。"

"啊，"分别时他笑着说，"我们一定会尽可能做到的！"——话一说完时间正巧，他们的车子宣布启程，艾辛厄姆夫妇就离开了。

① 位于伦敦中城区。

第 九 章

　　经过这件事之后，情况似乎愈发明朗了，特别是对王子而言。此情绪也因此洋溢在接下来的半个小时里，他在露台上漫步、抽着烟，天气也颇怡人。虽然的确有许多元素组合成这幅明亮的画面，但是从整个时空闪耀而出的，是一幅伟大的图画，天才之作，呈现在他面前，像是他收藏里居于首位的装饰品，整个涂刷得光亮亮的，加了边框等着悬挂起来——最让人欣赏之处，特别在于它指定了只能给他，提升了他拥有的权利，出奇地不容置疑。可怜范妮·艾辛厄姆的挑战成不了什么气候：他倚着古老的大理石栏杆，想些事情，其中一件就是——这露台跟其他的很相像，而他知道在意大利的更显高贵——她已经被摆平了，一点儿都不麻烦，因为连她自己也如此认为，心满意足地一路车声辘辘回到伦敦，她成了个与此场景无关的影像。有若干原因，此时他的想象力前所未见地活跃，他也想到，毕竟自己从女人那儿所得到的，要多过于在她们身上所失去的；就算是做生意习惯惨赔的男士们，也会在那些神秘的账册上记录着这类交易，而他账册里的结余显得越来越对他有利，几乎大可将之视为理所当然。令人赞叹的人儿呀，她们此刻所为，不就是要胜过彼此，好给他得利罢了？——从玛吉自己，她的方式最让人惊叹，到现在的女主人，脑子里想的无非是要夏洛特继续待下去，理由很特别，也挺厚道地问，急什么嘛，既不是原先敲定了，又没什么说得过去的理由，干吗催促她丈夫的女婿，不能留下来陪陪她？至少他知道卡斯尔迪安夫人曾说过，不管是待在那儿，或是现身在城里走走，她都不会遇着什么不好的事；再说，就这件事而言，就算做得稍微逾越他们的权限，他们在一起也会大有帮助。他们各自在家，也都会这般抱怨对方一下，挺自然的。此外，她们都是如此，卡斯尔迪安夫人和玛吉一样，范妮·艾辛厄姆和夏洛特自己也一样，全为了他忙着，没有挑衅也没压力，只是她们本身各自隐约有感觉——只有夏洛特知道得最清楚——他整体而言,不管从本质、个性或是绅士的角度看,都和他的好运气一样出色。

不过,在他眼前的还不止这些。事情全融合在一块儿,几乎难辨彼此,他觉得煞是美妙。如果未来的展望怎么看都很宽广——在不同县市都有人用同样充满感情的语气,指出那三座大教堂的塔楼给他看,塔楼闪着微光,像银质般的微暗光泽——难道他不能对此更有感觉,因为卡斯尔迪安夫人自己身边也有位男士,而且就像是对那天的注记,也多了某种挺贴心的理解,不是吗?这情况使每件事都水到渠成,使他边等待、边徘徊的同时,简直光是想着,脸上就一直挂着若有所思的微笑。她留着夏洛特是因为她想留着布林特先生,虽然他定会照着她的意思去做,但不这么大费周章一番,她就无法留着布林特先生。卡斯尔迪安到伦敦去了,整个地方都是她的;她很希望早上和布林特先生静静在一块儿,他是个彬彬有礼、圆滑的年轻人——明显比这位贵妇年轻——能弹又能唱,令人开怀(连"桥牌"也能玩,除了会唱法文的悲剧之外,英国喜剧也行),以及一起出现的——其实是不见人影的意思——其余几个朋友,只要选对了人,什么事都办得成。王子心情很好,觉得自己雀屏中选,就算有个随之而来的感觉,也没坏了他的情绪,那种感觉他待在英国的期间,已经不止一次得在心里加以应付了:那种状态提醒他毕竟是个外人,是个外国人,甚至不过是个派来当代表的丈夫和女婿罢了,他和他来办的事简直太不相配,每每只好屈就于做些微不足道的事。她其他的客人,没有一个像他这么给女主人方便;每一个活跃又随和、有固定工作的男士,早早搭火车离开办事去了,不管是什么事;他们是社会中伟大的政治管理机器①里,一个上了润滑油的零件——最忙的是卡斯尔迪安自己,不亦怪哉,因为不管从身份地位或是类型来看,他都是个挺重要的零件呢。另一方面说来,如果换成这位挺好又机灵的罗马人有事要

---

① 原文为法语:engrenage,原意为齿轮机组。

忙，也不会是那种阶层；他的的确确就是被归纳成一个阶层，成了光芒不太闪耀的代替品。

尽管王子此时有受到"归纳"的看法，但它可一点儿都没影响到他真正轻松的感觉。他的牺牲是事实，他也对此了如指掌，有时候这些情况会再次出现在眼前——最后总认为是为了他妻子方便之故，他放弃了在这个世界真正该处身之境；而一路分析下来，最后的结果是，周围的人常常是不如他的，但自己身处其中，确实没有受到尊重，也被轻忽了。不过，尽管这一切都够清楚了，在精神上他依然能有所超越，此精神积极地应付着实际的状况，全部都能加以应付；不管是英国这些模棱两可又滑稽的关系，还是他心里某些美好、不受别人干涉又和谐的东西、完全属于他自己的东西。他毕竟不能把布林特先生太当真——把格局放大一点儿来看，比起一位同意将自己权益搁置起来的罗马王子，他更是个局外人。然而，如卡斯尔迪安夫人这般贵妇，怎么会接纳他，一样也无从得知——他觉得这个问题，又再次地深深没入英式的模棱两可之中。他们这些人他全都认识，像一般人说的，"挺熟的"。他和他们生活在一起，待在一起，不管用餐、打猎、射击，以及其他林林总总的事，都在一块儿。但是有关他们的一些问题、那些他没办法回答的问题，不仅没有变少，反而越来越多；以至于那种经历大体上在他心里留下的，不过是个残存的印象而已。他们不喜欢清算净值[①]——那是他非常确定的。无论如何，他们都不要那种情况发生；不管何时何地都要避开，这是他们国家聪明之处，也是他们成功的地方。他们自己挺沾沾自喜的，称呼它为神奇的妥协精神——它的影响力真真切切、无时无刻不围绕在他四周，泥土和空气、光线和色彩、原野、群山和天空，蓝绿色的郡县、冰冷的大教堂，到处都听得到相同的腔调语气。一点都没错，它成功了，给人的感受像站在这么一幅画的前面一样真切。到目前为止，它一直位于浓浓的海雾中，坚实不移，雾蒙蒙的，使那些外表光鲜炫丽、心生

[①] 原文为法语：les situations nettes，指扣完负债后所余的资本。

羡慕的人，得以歇歇他们的眼睛。不过，这也正是为何，尽管一开始受教良多，有时候依然令人困惑不已，因为在一片新意中嗅得出陈腐，而在一片陈腐中又嗅得出新意，过失中可见无辜，而无辜中又可见过失。这里还有其他大理石的露台，更显紫气威势，站在上面他就会知道要想些什么，至少也会借此享受一下脑力激荡，想想给别人见到的样子，以及别人会怎么想，这两者之间看得出来的关系，等等。目前这种情况下，一探究竟的心思可能会受到更剧烈的挑战，这也是实情；但运气不太好，据了解，尽管十分留意也机灵聪敏，结果仍是面对一堵没有出口的墙、说不通的逻辑以及无法转圜的迷惑。再者，他思考进尾声的时候，除了最直接的态度之外，也没什么事是要紧的了。

　　这个早晨，宅邸又回归原本非常祥和的气氛，想必卡斯尔迪安夫人对布林特先生的梦想，已经借由和他"察看"某个东西一起出发，地点是在钢琴的旁边，位于这儿无数小一点儿的房间里其中一间，那里很神圣，不是给大伙儿用来聚会的。她一直向往的事已经实现——她确保那份便利性，无须折腾。这一点更是让他想到，夏洛特又身在何处——他一点儿都不认为，她会这么不灵光地当起电灯泡，在他们双人结伴之时，只能待在旁边当观众。每件事对他而言或多或少有了结论，这难得的一天就像是朵又大又香味扑鼻的花，绽放芳华只等着他来采撷。但是他只希望对夏洛特做此提议；他沿着露台走动，从这里看得见房子的两侧，四月天的早晨，所有窗户都开着，他抬头看了看一面想，哪一扇窗是他朋友的房间。结果他的疑问很快就获得解答；他看见夏洛特出现在上方，仿佛听见他踩在石板上的脚步停了下来，在叫她似的。她来到窗台，倚着身子往下望，她维持了一分钟这个姿势，对他微笑着。她戴着顶帽子，穿着外套，一副准备就绪的样子，他心头立即为之一震——她没有拿阳伞，美丽的头上什么都没戴，与其说是要到他这里，和他一起站着，不如说是要与他并行，跨出大步。那一大步在前一天傍晚就已经情绪紧绷地在他内心跨出去了，尽管他连最小的困难细节，都没有彻底思考过。他想用很明确的话对她说，不过所需要的机会一直没出现；但她现在呈现的脸庞，使他觉得是在提醒自己，她自己已经猜到了，真是奇妙。他们心中的冲动是一致的——他们以前就反复出现过如此的冲动。假使这般未经事前安排又分毫不差的机缘，能用来度量所谓的彼此合适的程度，那世界上没有哪一对，比他们更有道理该在一起的了。事实上，最常见的情形是，她的道理甚至比他又更进一步，她应该会如是说。他们在相同的时刻感受到相同的需要，但是也只有她一直都最清楚该如何达到。此时她的目光从灰色的老窗户注视着他，看得好久；她帽子的姿态、她领巾的颜色、她没变的微笑，笑得好久，其中有点儿什么东西突然令他恍然大悟，事实太明白了，他可以依赖她。他把手放在这天盛开的花朵上，准备摘下；不过，她回应的手已经伸了出来，机敏聪慧，此辉煌的一刻不就是这个意思吗？于是，此刻拉得长长的，他们俩之间传递着信息，说着他们的杯子已斟满；高举酒杯连眼睛都遮住了，紧紧握住，移过来稳住它，品尝之后，接着开始赞叹一番。但沉默一会儿后，他开口说话。

"只缺了一轮明月、一把曼陀林琴，再加点儿危险，就成了一首小夜曲。"

"啊，那么，"她轻快地对着楼下说，"至少还有这个！"她一面说，一面将衣服前方香气浓郁的白玫瑰花苞，摘下一朵，往下朝他抛了过去。

他接住了，她看着他别在纽眼儿里；他目光又回到她身上。"快下来呀！"他用意大利话说，不响亮，但是音调深沉。

"来了，来了！"①她丢了一句话出来，说得很清楚，只是语调轻快多了，她留他在那儿等了一会儿。

他又沿着露台走着，有时停下脚步，看看远方那幅深色美丽的水彩画，平时也常常这样做，那片画布上呈现最远端几个有大教堂的小镇。这个地方有自己的大教堂，也很容易到达，它的高塔突出而又醒

---

① 原文为意大利语：Vengo, vengo!

目，清楚显示它的英国历史与吸引人的形态，饶有趣味之处广为人知，整个晚上有一半的时间，这个地名不断在他耳边响起，而它俨然成为另一个名字，好读又容易说，所代表的事情此刻正在他内心悸动着，一种无与伦比的感觉。他一直在心里默念着，"葛洛司特、葛洛司特、葛洛司特"①，仿佛刚刚结束之前的全部岁月，而其鲜明的意义都强烈地在这个字眼儿里道尽。那个意义和他的情况真是出奇一致，还有他和夏洛特两人绝对是站在一块儿，周遭围绕着这个事实所发出的光华。目前每件事情都帮衬着做此宣告，就像清晨的双唇对着他们的脸庞吹风。他了解了，为什么打一开始，他对自己的婚事就这么有耐心，这么百依百顺；他了解了，为什么他放弃了这么多，又让自己无聊到这种地步；他了解了，为什么他不管如何都要投入，用什么形式都好，只为图个净利而出卖自己。一切都只为了他的——嗯，除了称为他的自由之外，还能叫它什么呢？——目前他的自由才得以像某些珍贵的大珍珠一样，圆滚滚的，既完美又光泽饱满。他没有强求，也没有夺取；人家给什么，他就拿什么。那颗珍珠质地精美又稀有，是径自掉下来的，直接落到他手中。就在这儿它幻化成人形，正当魏维尔太太从较远处一个小一点儿的走道出现时，它的大小和价值也一并增大了。他朝她走过去，她迎向他走来，静默无声。在马灿，门前的这条走道很长，使得他们阶段式的碰面方式，与心中一个接一个的想法，接连着出现。一直到她走得相当近了，他才对她说，"葛洛司特、葛洛司特、葛洛司特，"以及，"看看那儿！"

她懂得该往哪儿看。"是啊——真是好极了，可不是吗？有修道院、塔楼还是什么的。"她的双唇微笑着，眼睛却回到他身上，透露着深深的领会之意，几乎有些严肃。"也或许是某个老国王的坟墓吧。"

"我们一定得见见那位老国王。我们一定得'亲炙'大教堂的辉

---

① 葛洛赛司特（Glocester）位于英格兰西南区。原文中的角色将该词说成"Glo'ster"，反映出前面所说的易于发音以及激动的情绪。

煌,"他说,"我们一定得了解个彻底才行。要是我们能够,"他轻呼着说,"把握住所有的时机就好了!"一会儿之后,因为感受到所有的意义,他再次探索她的双眼,"我觉得这个日子好像一只硕大的金杯,我们可得一起共饮才行。"

"你总是使我感受到每件事,而我现在的感觉和你一样;所以,就算离你有十英里之遥,我也知道你的感觉!但是,说到金杯,"她问,"好久以前我曾提议你买很美的那只金杯,不是假货,不过你并不想要,还记得吗?就在你结婚前,"她对他提起这件往事,"在布卢姆斯伯里一家小商店里,那只镀了金的水晶钵。"

"喔,没错!"不过,王子竟然还想了一下,这倒是让人有点儿惊讶。"你想拿那个有裂痕又不牢靠的东西来拐我,而且那个子矮矮的、懂意大利话的犹太骗子也帮你说话!但是我觉得这是个机缘,"他立刻又补充了一句,"我希望你不是指,"他微笑着说,"它也会如同机缘一般,裂开来,成不了局。"

他们说话很自然降低音量,并不大声,外人看起来,他们俩保持着适当距离,站在一排窗户旁边;但他们都在对方的声音里,尝出某种缓慢而且非常专注的滋味。"别想太多'裂痕'了,你是不是太害怕它们呢?我是冒着裂损的危险,"夏洛特说,"我常常回想起那只钵还有那个犹太小骗子,想着他是不是已经卖掉了。他真的,"她说,"令我非常难忘。"

"嗯,毋庸置疑,你也令他非常难忘,而且我敢说,要是再回到他那里,你会发现他仍为你留着那个宝贝。但说到裂痕这回事,"王子继续说——"那天你告诉我怎么用英文称呼它们,说得可好来着?'鲁特琴里的裂口'?[1]——你要怎么拿它们来冒险请便,但是不要为我而冒险。"他外表平静得几乎纹丝不动,但话说得兴高采烈。"你知

---

[1] 小说原文的句子是 "rifts within the lute"。鲁特琴(lute)是一种弦乐器。该句是出自19世纪英国诗人阿尔弗雷德·丁尼生1859年的作品《国王叙事诗》(*Idylls of the King*),原文为:"It is the little rift within the lute, / That by and by will make the music mute, / And ever widening slowly silence all."(琴中的小裂痕渐渐扩大,终使乐音及一切寂灭,)此引文的意象与主题都与故事相呼应,为小说未来的情节埋下伏笔。

道的，我一路走来少不了我的迷信。那就是为什么，"他说，"我知道我们情势如何。今天，它们每一个都对我们有利。"

她靠在低矮的栏杆上，面朝着美丽的景致，沉默了一会儿。下一刻，他见她闭上了双眼。"我一路走来少不了的只有一件事。"她的手放在石头上，石头被太阳晒得暖暖的；他们已经离房子挺远了，因此他把手放在上面，盖住它。"我一路走来只少不了你而已，"她说，"我一路走来只少不了你。"

他们就这样待了一会儿，然后他又开始说话，还摆了相呼应的手势。"你知道，我们一路上最需要的，是真的少不了我的表，要走了。已经十一点了，"他看了看时间，"如果我们待在这儿用午餐，那下午要干吗？"

夏洛特听到这儿，两眼立刻睁大。"我们根本不用待在这儿吃午饭呀。难道你看不出来，"她问，"我已经准备得有多妥当了吗？"

他想了想，不过，她的意思越来越多。"你是说，你已做好安排？"

"安排起来并不难。我的侍女会带着我的东西上路。你也只需对你的人这么说即可。他们俩可以一起走。"

"你是说，我们可以立刻离开？"

她要他全部听完。"我提过的其中一辆马车，会回来载我们。倘若你的迷信对我们有利，"她微笑说，"那我安排的事项也是，我会拿我的和你的来对照看看。"

"那么你想的是……"他猜测着，"葛洛赛司特吗？"

她迟疑着——不过，那只是她的习惯。"我想过你会这么想的。感谢老天，我们还挺一致。你要把它们想成迷信也可以。就是葛洛赛司特，"她继续说，"很美妙啊，像你说成'葛洛司特、葛洛司特'，听起来像首老歌。不过我确定'葛洛司特、葛洛司特'会很迷人的。"她如此说，"我们可以很轻松地在那儿用午餐，而且我们的行李和仆人都不在身边，我们至少还有三四个小时的时间。我们可以从那里，"她最后说，"发封电报回去。"

她平静地说着话，好像她早已想过此事，全盘都想过了；他只得暗中使自己欣赏的程度不断扩大开来。"那么，卡斯尔迪安夫人呢？"

"没想过我们会留下来。"

他把话听进去了，不过还是想了想。"那么，她想的是……"

"想布林特先生啊，可怜的家伙，想的只是布林特先生而已。"她的微笑对他——对王子本人——毫无保留。"我有没有很清楚告诉过你，她不要我们留下来？她要我们留下只是为了其他人罢了——表示她没和他单独在一块儿。那已经办到了，而且他们也都离开了，她当然自己心里明白……"

"明白？"王子模模糊糊地复诵了一次。

"咦，明白我们喜欢大教堂呀；只要有机会，我们一定会停下来看看它们，要不然也会到处走走，欣赏它们；那也是我们各自的家人都希望我们去的，如果没去的话，他们会失望的。身为外国人[1]，"魏维尔太太继续说，"这就是我们着力之处——就算我们着力之处，不是随时随地都那么好。"

他只能注视着她。"你知不知道那辆火车……"

"就是那一辆。帕丁顿[2]——6:50 进站。时间很宽裕。我们能按照平常的时间，在家里用餐；玛吉当然也会在伊顿广场，我特此邀请你一起来。"

有那么一会儿工夫，他依然只能注视着她；看了有一分钟之久，才开口说话。"非常感谢。太好了。"过了一会儿，他又接着说，"不过，到葛洛赛司特的火车呢？"

"是一列本地火车——11:22；一个小时内要停好几站，挺多的，我不记得几站。所以喽，我们不用赶。只是……"她说，"我们得好好运用时间。"

他挺起身子，好像刚才被她暂时施了咒语一般；他们一面往门的方向走回去，他又看了一次手表，而她先一步进去了。不过，他再次

---

[1] 原文为意大利语：forestieri。
[2] 位于伦敦中区，是西敏市（the City of Westminster）的一区。

停下脚步,又问了问题——好像全都因为那份神秘与迷人的感觉。"你查过了……我都没要你查一查呢?"

"啊,亲爱的,"她笑了,"我看到你带着《布雷德肖铁路旅行指南》[1]!那得要有盎格鲁-撒克逊的血统才知道怎么回事。"

"血统?"他复诵了一遍,"你每个种族都有吧!"这句话让她停在他面前。"你太惊人了。"

嗯,他想怎么说就怎么说吧。"我知道那间旅店的名字。"

"是什么?"

"有两间——你会看到。不过我选的那间是对的。我想,我记得那座坟墓。"她微笑着。

"呵,那座坟墓……"他对任何一座坟墓的反应都一样。"我是说,我自以为聪明,一直帮你想点子,其实你早就设想周到了。"

"你要帮我想多少点子,随你高兴。但你又怎么以为自己留着不让我知道呢?"她问。

"我没有——现在没有。有一天我会希望如此吧——我哪有办法留着什么事呢?"

"唉,遇到了我可能不想要知道的事,我向你保证,你会发现我很蠢。"他们已经到了门口,她停下来解释,"这几天下来,昨天、昨晚还有今天早上,每件事我都想要。"

嗯,没关系。"每件事你都会有。"

---

[1] 乔治·布雷德肖(George Bradshaw,1801—1853)是英国出版商,出版一系列的火车时刻表。

第 十 章

范妮一到镇上就张罗着她的第二个想法；她要上校去他的俱乐部吃午餐，把她的侍女送进一辆出租马车，载到卡多根街，各有各的用意。结果就是，一天都快过完了，这一对因各自心事重重，没再好好说上话。他们一起在外面吃饭，不过，在一块儿出去进晚餐又回来的过程里，双方都看似没啥可说的。范妮裸露的肩膀紧紧裹在柠檬色的披风里，但是她的想法把她裹得更紧；而她丈夫面对她的沉默，也完全提不起劲来，不同于以往要是遇到棘手的事，他会说要撑到底。这些日子，他们之间停顿不说话的时间拉长了，其间就算开了口，也愈发显得唐突不自然；后者于一次午夜时分，因为紧绷到最高点而爆发了。艾辛厄姆太太又把自己窝在家中，精神相当倦怠，她上了二楼，在客厅外的楼梯小平台上面，有一张镀金的威尼斯式的大椅子，她很沉重地坐了进去——那张椅子配上她忧虑的脸色，一开始就把它当成某种用来沉思的宝座。这么一来，她可以无拘无束地用她东方的方式，回想起一点点那尊远古的、无言的狮身人面兽，得以最终可以说得出话来。上校这边也是，宛如某个古老的朝圣者，在那个纪念碑底下的沙漠扎营，也像探路般走进了客厅。按照他平时的习惯，他看了看窗户，看了看窗栓；他把整个地方看了一遍，目光集数角色于大成，既是主人也是管理者，既是指挥官也是纳税人，然后他回到他太太那儿，他站在她前面等了一会儿。不过，她依然持续等着，只是抬头望着他，表情高深莫测。这些小招式和有意地耐着性子，里面有某些他们以前东聊西聊的老习惯受到阻碍，他们现在的沟通方式太笨拙，越来越不能理解对方的意思。这份既熟悉又愉快的感觉似乎很想表现出来，那对于任何清楚的麻烦事儿都管用。尽管整个气氛让人感觉没啥条理，目前没有哪件麻烦事儿，能随便粗粗鲁鲁就说得清。

至于那件事，很可能是艾辛厄姆太太的脸上，透露出一点儿更细微的感觉——他感觉到太太的处境，以及她正要对此处境加以反驳一番，真是很怪——受她影响，这种感觉也在他心里滋生。不过，那是一朵花，得轻柔地闻一闻，而她最后所做的正是如此。她知道并不需要告诉他，整个下午她都在伊顿广场的朋友那里，她这么做的结果，很可能只是将若干印象聚集起来，像马灿收成的那些紫色葡萄一样，把篮子堆得满满的。虽然仍在进行中，但这个过程他很上手，其节制谨慎的程度简直让人心生肃穆。同时，这份肃穆之感也没给他什么定论——除了告白本身说的是心里那片深深的水域之外，什么定论都没有。看得出来，她为了他浮到水面上；而他为此所做的贡献就是，尽管不发一语，他仍然好好看着她，不离开视线。她冒险的时候，他连一个钟头都没离开那座神秘湖泊的岸边；他反倒是把自己定在那儿动也不动，这样她有需要的时候才能跟他示意。万一她船身的厚板子裂开的时候，就会有需要了——届时他刻不容缓的任务就来了，像是纵身跳下水。他目前的身份很清楚，要看着她待在那片黑暗的水域中央，同时纳闷着她老实不吭声地盯着他看，大概不是意味着她的船板此时正在裂开吧。他摆好了待命的姿态，仿佛心里那个人，已经将外套还有背心都脱掉了。不过，他跳水之前——他问题还没讲出来——他见到了挺欣慰的一幕，她正要上岸。他看着她稳定地划着水，一点儿一点儿，越来越靠近，终于觉得她的船碰到岸了。碰这一下是错不了的，而且事实上，她踏上岸了。"我们都错了。根本没什么。"

"没什么？"好像他伸手过去，扶她上岸。

"夏洛特·魏维尔和王子之间没什么。我本来挺不安的——不过现在我挺满意的。其实我原本就搞错了。根本没什么。"

"我以为，"鲍勃·艾辛厄姆说，"那不过是你一直坚持要如此认定的。你打一开始就保证他们是直率的人。"

"才没有——我从没保证过任何事，现在唯一可以保证的是我自己老爱担心。从来不曾这样，直到现在，"范妮坐在椅子上，语气严肃地继续说，"我才有如此机会亲眼看到，下个判断。我在那里就有过机会了——就算手上什么其他东西都没有,"她强调着补充说,"也是因为我自己太执迷不悟,太蠢。所以说,我当时就知道了——我一直都知道的。现在我可懂了,"她一面重复那个字,一面加强语气,她的头抬得更高了,表情稳当无误,跟她身子下的椅子一样,"我懂了。"

上校把话听了进去——不过一开始仍是不发一语。"你是说,他们有告诉你吗?"

"没有——我哪是说这么荒谬的事。首先,我并没有问过他们;再者,说到这码子事,他们的话也无法算数。"

"喔,"上校用他最怪的方式说,"他们会告诉我们喽。"

听到这个话她立刻转头面对他,不耐烦的样子像是又看到他在抄捷径,老是要穿过她精致的花圃。尽管如此,她仍觉得自己把讽刺的话压了回去。"他们告诉你的时候,麻烦你发发好心给我知道。"

他抬高下巴,一面用手背摸了摸胡子长得如何,一面用单只眼睛盯着她看。"哎呀,我没说他们非得告诉我不可,他们已经是为所欲为了。"

"我希望不管发生什么事,他们都得闭口不谈才行。虽然我现在正谈着他们,也只是说给自己听而已。对我而言,那就够了……我不得不关切的也就如此。"说完过了一会儿之后,"他们真是奇妙啊。"范妮·艾辛厄姆说。

"对极了,"她丈夫附和地说,"一点儿不假,我认为他们是啊。"

"要是够了解的话,你会更以为如此。不过,你并不懂——因为你不明白。他们的情况……"这就是她不明白的地方,"实在太惊人了。"

"太……"他倒是很愿意试试看。

"太惊人了,所以难以相信,我是说,假使没有亲眼看见的话。不过从某方面来说,光是那样就救了他们。他们对它可是很认真的。"

他照着自己的步调说话。"是指他们的情况吗?"

"是它让人无法置信的那一面。他们把它弄得一副挺取信于人的样子。"

"取信于人——你是这么说的——是指对你而言吗?"

她回答前又再看着他。"他们自己对它很有信心。他们顺势而为,就是那样救了他们。"

"但是,如果情'势'只不过是他们的机会而已……"

"夏洛特第一次现身的时候,我就告诉过你了,那就是他们的机会。我当时就确定,她打算把它当成他们的机会。"

上校看起来挺努力地回想着。"呵,他们在不同时刻的种种想法,而你知道其中的一个!"看得出来,一路的交谈下来,他眼前集结成一片朦胧,他用了最大的善意,也只能对着这一大片的浩瀚无垠干瞪眼。"你现在是说已经有什么东西,可以使你安下心来了吗?"

她又狠狠瞪了他一眼。"我回到原本相信的事,而且我也这么做了……"

"呃?"他见她停住了就问。

"嗯,会看出来我是对的——我向你保证,我之前漂泊得太远了。现在我又回到家里,而且我是说,"范妮·艾辛厄姆说,"还要在这儿待下去。他们实在美妙啊。"她说得肯定。

"王子和夏洛特吗?"

"王子和夏洛特。那正是他们如此出色之处。而美就美在……"她解释着,"他们依旧担心着他们。我是说担心其他的人。"

"担心魏维尔先生和玛吉吗?"他真的得想一下才跟得上,"担心什么?"

"担心他们本身。"

上校可纳闷了。"他们本身?魏维尔先生和玛吉本身?"

艾辛厄姆太太一副了然于胸的样子,也挺耐着性子。"是啊——担心视而不见到如此程度。但最担心的是他们自己的危险。"

他想了想。"因视而不见而有危险吗?"

"因为他们的身份而有危险。他们的身份包含什么——什么都有——都这个时候了我也不必告诉你。它什么都包含在内,很幸运——那是老天垂怜——就是不能视而不见：我说的是他们那一边。视而不见的……"范妮说，"最主要是她的丈夫。"

他站定了一下子。他直截了当地问："谁的丈夫啊？"

"魏维尔先生，"她继续说，"他是最视而不见的人了。他们感觉得出来——他们懂的。不过，他太太也是。"

"谁的太太？"他问，而她依然对他一脸闷闷不乐，虽然有时候因为她想争辩就会显得活泼些。接着她又一脸沮丧："王子的太太？"

"玛吉自己视而不见——就是玛吉自己。"她好像在自问自答似的。

他停顿了一下。"你认为玛吉真的如此盲目吗？"

"问题不在于我认为什么。问题在于王子和夏洛特确信不疑而且奉行不悖——他们掌握的机会比我想的还要好。"

上校又纳闷了。"你很确定，他们的机会比较好吗？"

"嗯，"他太太问，"他们整个情况很不寻常，他们的关系很不寻常，不就是个机会了吗？"

"啊，我亲爱的，你也有那种机会——他们很不寻常的情况和关系——和他们一样呀。"

"有不同之处，亲爱的，"她回答的时候又显得稍有精神了，"你可以这么说，那里面没有一件是我的事。我看到他们在同一条船上，不过我自己没有在里面，感谢老天爷。倒是今天，"艾辛厄姆太太加了一句，"今天在伊顿广场我真的看到了。"

"很好啊，看到了什么？"

但她依旧若有所思的样子。"喔，看了好多事。比起以前看得都要多。仿佛老天爷帮着我为他们而看着——我是说为了另外的人。仿佛真的发生了什么似的——除了这几天和他们待在那个地方，有些印象之外，我不知道是什么——给事情现了形，不然就是擦亮了我自己的眼睛。"这位可怜女士的双眼，的确就停驻在她同伴的身上，显示出有强烈洞见之明的光彩，但不如他曾在几次不同的时间里见识过那般。她摆明了想要他安心，结果只不过集结成几颗又大又清澈的泪滴，把事实强调了一番。那些泪滴立刻对他产生了原有的效应：为了要使他有此感觉，她务必要用她的方式令他安心。只要一想通了，他会立刻顺应它。唯一剩下的是，其中有数不清的纠结与转折。举例来说，她讲着下午出现的事，所指称的纠结也越发引人注目。"好像我最知道似的，是什么使得他们……"

"使得他们怎样？"——他逼着要她说话，因为她突然没了声音。

"嗯，使王子和夏洛特领会他们的行为。要如何领会很可能不容易；他们自己甚至也可以说，他们花了好长一段时间想努力看清楚。我说啊，今天，"她继续说，"仿佛突然间我有某种恐怖的一股冲动，看透了他们的眼睛。"说到这儿，像是要摆脱自己这种诡异的说法似的，范妮·艾辛厄姆突然跳了起来。不过，她仍然站在昏暗的灯光下，而上校则维持他一贯"风格"，又高又瘦的没什么表情，和他领带、衬衫前襟，还有背心上那些摸不着的白色雪花，倒是挺相符的，发出有力的口音，他看着她，等着。时间已经很晚了，房子也很安静，他们好像一对饱经世故的冒险家，半夜在一个奇怪的角落，听到什么可怕的声响，被逼得急于找寻脱身之道。她的注意力硬生生地转向装饰的物品上，它们随意地钉在墙上，放在楼梯还有楼梯间的平台上；在那个时间里，看着它们的目光既没有喜爱之情也缺了内疚的感觉。"我可以想象那是如何办到的，"她说，"太容易了解了。只是我不想搞错，"下一秒钟她突然脱口而出，"我不想，我不想搞错了！"

"你是指犯错吗？"

喔，不是，她才不是这个意思；她太清楚自己说的是什么。"我不会犯错。但是我在想法上犯了罪。"她说得激动不已，"我是个最糟糕的人。有时候我好像一点儿都不在意我做过的事，以及那些我所思考的或是想象的、或是害怕的、或是接受的事；有时候我觉得我会再做一次——觉得我会亲自下手做。"

"哎哟，我亲爱的！"在冷静的辩论过程里，上校说话了。

"没错，要是你把我逼回我的'本性'。算你幸运，你从没那么做过。你什么都做了，不过你没那么做过。但是，我真的一点儿都不想帮他们忙,"她大声宣告,"或是保护他们。"

她同伴把这句话仔细想了想。"要保护他们什么?——假如他们又没有做什么足以令他们曝光的事,那是你现在深信不疑的呀。"

这句话有点推了她一把,得立刻回答。"嗯,使他们免于突然被吓到。免于惊慌吧,我是说,玛吉可能会这么想。"

"不过,要是你根本就认为,玛吉压根儿啥也没想……"

她又等了一下子。"不是我'根本'就这么认为。没有什么是我'根本'就认为的——因为就像我告诉你的,今天我觉得气氛里有太多东西了。"

"呵,还气氛呢!"上校没啥表情地吐了几个字出来。

"唔,气氛里有的,总是得——不是吗?——落到地上。而娇小的玛吉,"艾辛厄姆太太继续说,"很让人猜不透。打从我今天下午'进'去,看到的比以往都要多得多——嗯,因为某种理由吧,我也有那种感觉,我以前不曾觉得如此。"

"某种理由?什么理由?"因为他太太一开始没有说话,"她有表示任何征兆吗?她有没有哪里不一样?"

"跟世上任何人相比,她总是不同的,所以也很难说她有没有和以前不一样。不过她倒是让我用不同的方式想想她。她送我回家。"过一会儿范妮说。

"回这里?"

"一离开她父亲之后,就先去了波特兰道:有时候她总得离开他一下。那是为了要把我留在她身边久一点儿。不过,她把马车留下来,在那里喝完茶之后,和我一起回来这里。这也是为了同样的目的。然后她就回去了,尽管我有从王子那儿给她带了个口信,说他们的活动有另外的安排。他和夏洛特一定已经到了——假如他们已经到了——应该会一起坐车到伊顿广场,而且会留玛吉在那儿一起用晚餐。那里她什么都有,你知道的——她还有衣服在那儿。"

其实上校并不知道,他不过说了他能理解的。"喔,你是指换衣服?"

"你喜欢的话可以换上二十套——什么东西都有。玛吉的确是这样,她真是为了她父亲——她一直这么做——也为了她丈夫或她自己而着装打扮。她在他房子里有个房间,和她出嫁前几乎没变——小男孩在那儿也同样有第二间婴儿房,诺布尔太太和他一起来的时候,就把那儿当成家了,我没骗你。甚至①如果夏洛特希望在自己家,打个比方,留一两个朋友陪陪她,也真的找不到地方给他们留宿吧。"

这幅图画描绘得连鲍勃·艾辛厄姆这么一个不太会助兴的人,都多多少少活络起来了。"玛吉和小孩占了不小空间。"

"玛吉和小孩占了不小空间。"

嗯,他考虑了一下。"是相当怪啊。"

"我就是那么说嘛。"她好像对这个字挺心存感激的。"我也没多说别的了——不过,是相当怪。"

上校立刻接着说话:"别的?还能有什么别的呢?"

"可能她不太快乐,也可能她用这种奇怪的小方式来安慰自己。假如她真的不快乐。"艾辛厄姆太太这么理解此事,"那我确信她会用的,正是这种方式。但是,我也确信,她对她的丈夫爱恋得不得了,一直没变,她哪会不快乐呢?"

上校对这整句话沉思了一下。"假如她那么快乐的话,那拜托一下,现在是怎么回事呀?"

这问题差点儿让他太太直接对他扑过去。"你以为她私底下很悲惨吗?"

他立刻举起双臂,表示反对:"哎呀,我亲爱的,我把他们交给你啦。我没啥可再建言的了。"

"那你就太不不体贴喽。"她现在说得好像他常常很贴心似的。"你也承认,是挺怪的吧。"

这说法倒是真的又一下子拉住了他的注意力。"夏洛特抱怨过没房间给她的朋友住吗?"

---

① 原文为法语:Si bien。

"就我所知，连一个字儿也没有。她不会做这样的事。再说，她能对谁去发牢骚呀？"艾辛厄姆太太补充说。

"她不是都对你说吗？"

"呵，我哟！我和夏洛特，现在……"她说话的样子，好像看到某个章节戛然而止。"看看我依旧在为她说公道话。她越来越让我觉得很惊人。"

这个字的回音让上校的脸蒙上更深的阴影。"假如他们每个人全都如此惊人，那别人不就该认了，不必再管他们——注定没胜算的，不是吗？"听到这个问题，她的脸上闪着熟悉的色调，仿佛他们的麻烦现在变得真实得不得了——紧绷的眼神泄露了她的精神状态，他很有警觉，立刻回到比较可靠的基调。他以前说过有关直率男人的看法，但现在他可万万不能只当个直率的男人。"夏洛特她不也有丈夫？"

"对他抱怨吗？她宁可去死。"

"啊！"鲍勃·艾辛厄姆听到这么极端的话，脸都拉长了，也变得很温和。"她也还有王子呀？"

"应付这种事？呵，他使不上劲儿。"

"我想过，那正是因为他使得上劲儿——我们才这么激动啊！"

然而艾辛厄姆太太立刻搬出她不同的意见。"他一点都不是受不了牢骚的人。我激动正是因为，她不会为了任何理由去烦他。夏洛特绝不会！"脑子里想着魏维尔太太绝不会犯下这类错误，她一如往常甩了甩头——好像证明了不管什么情况，那位女士总一副优雅的样子，而所提到这个人也一定这么被肯定过。

"唉，只有玛吉了！"上校说的时候，发出了又短又低的咯咯声。他太太又一下子给顶了回来。

"不——不是只有玛吉。伦敦有很多人烦着他——没什么好大惊小怪！"

"玛吉只是使情况更糟吗？"他很快就把这个问题停住了，话锋一转，提了她不久前说过的另一件事。"你刚才说，这个时间他和夏洛特会回来了,假如他们已经到了,你认为他们真有可能还没回来吗?"

他同伴觉得似乎应该好好想一想这个看法,但是很明显的,她忍不住拿来消遣一下。"我认为他们现在没什么办不到的——他们十足地真心诚意。"

"真心诚意?"他复诵了一遍,不过听起来怪怪的,颇不以为然的样子。

"说他们违心背义也行。反正到头来都一样。"乍听之下没头没脑的,她决心再加把劲说清楚。"根据我对他们的了解,他们非常有可能还没回来——当作表态示意。"

听到这话语,他也只能纳闷她又是怎么了解他们的。"有可能突然一块儿上哪儿去了?"

"有可能一直待在马灿,待到明天才回来。有可能发封电报,各自发一封回家,时间是在玛吉和我分开之后。也可能老天爷才知道干什么去了!"范妮·艾辛厄姆继续说,情绪突然激动起来,有个影像在她心里一跃而出,压力大到藏都藏不住,发出一阵难过的呜咽,"不管他们做了什么,我将永远都不知道。永远、永远都不会知道——因为我不想知道,因为没什么说得动我。所以他们想做什么就去做吧。毕竟我已经为他们全部的人努力过了!"最后这句话她说得压抑不住地颤抖;再下一秒钟她的泪水涌现,而泪崩之际,似乎是为了掩饰,她走开没靠近丈夫。她走进暗淡的客厅,他刚刚在那儿徘徊的时候,将一扇百叶窗拉开,因此窗户透进一点儿街灯的光亮。她走到这扇窗户,将头靠了上去,这时候上校拉长了脸,在后面看着她一分钟之久,踌躇不前。他可能正在努力猜测她做过什么。做到什么程度是他不知道也没概念的。她还能如何纵身投入,忙活着这些人的事。不过,光是听到她哭,还尽力不哭出来,对他而言一下子就受不了。他知道以前有过几次,她也没这么强忍过,而且那也没这么难受。他走过去用手臂环抱着她;将她的头靠向他的胸膛,她喘着气,有一会儿时间动也不动——使劲儿忍耐令她当下处于静止状态。然而很奇怪,这场小危机倒没有使他们结束谈话,最后他们很自然地上床就寝：彼此更加坦承，她激烈表达情绪获得积极的进展，他们似乎已经进入心灵相通的境界，再也无须言语；关上身后的门，他们面对面更加接近。他们看着模糊的窗景好几分钟，外面的世界纷纷扰扰，而范妮的客厅很华丽，朦胧的光照在这儿、照在那儿，有金色也有水晶，昏暗又隐约可见。她痛苦的哭泣、奔流的泪水、他的惊奇与仁慈还有安慰、他们沉默的时刻，全部在他们之间美妙地传递着，那很可能表示他们一起下沉，暂时手牵着手，沉入那座神秘的湖里，一开始的时候我们提了，他看到她一个人在那儿划呀划的——美妙之处在于，他们现在真的可以谈得比以前更好，因为基本的底线终于一次看个清楚。底线是什么——那是范妮急着弄清楚的，夏洛特和王子一定得幸免于难才行，只要不断地说他们依然安全，就可能使他们幸免于难吗？范妮心烦意乱，觉得那样便可以做到——女人心本来就是那样。无论如何，他目前传达给她的是，他会对她很温和，他已经抓住充足的诀窍了，而此诀窍正是他最需要的。这一点显见于他很快地把话题转到她曾告诉他，最近和玛吉说过的话。"你知道，我不是那么明白，你这么说的意思是什么，或是你指出的原因为何。"他这么一讲，像是将原先他们已经谈过的话，从深处再翻了出来。

第十一章

"我说不上来,"他的同伴回答,"只是她的脸、她的声音还有她整个对我的态度,没有一点儿和以前相同。而且正因如此,给我感受最深的是她非常努力——她一努力起来就很好,可怜的宝贝儿——要保持平静,保持泰然自若。看到那些平时总是泰然自若的人,一点儿一点儿可怜巴巴地努力撑着,知道事情就出在那儿了。我无法形容我的感想——你得自己看才知道。也唯有那件事对玛吉才是紧要的。我说的'那件事'是指她开始起疑了。生平第一次起了疑心,"艾辛厄姆太太下了结论,"怀疑她对自己奇妙的小世界,所做的一点儿奇妙的判断是否正确。"

范妮的看法挺深刻的,连上校本人也好像很激动,又徘徊走了一圈。"怀疑起忠诚——怀疑起友谊了!真是的,可怜的宝贝儿!她会很难过。不过她会把一切,"他说了他的结论,"都算在夏洛特头上吧。"

艾辛厄姆太太还是一脸阴沉地思考着,摇摇头不表认同。"她哪儿都不会'算'上去。别人会做这样的事,她可不会。她会全部自己承担。"

"你是说,她把它当成自己的错?"

"对——她会找法子那么想。"

"哎呀,"上校老老实实地大声说,"那她可真是个好心的小女子啊!"

"喔,"他太太回答,"不管怎样,你会见识到和谐之音的!"然后突然间,她用几乎是兴高采烈的口气说话——似乎是立刻感觉到他吓了一跳,她转过身来。"毕竟,她会看着我顺利渡过!"

"看着你?"

"是呀,是我。我是最糟的一个。因为,"范妮·艾辛厄姆现在得意扬扬的样子有点勉强,"全是我做的啊。我心里清楚——我也接受。她不会找我算账——她什么账都不会去算。所以我只能靠她了——她会支持我。"她讲得几乎口若悬河——她突然很敏锐,连他也一起拉进来。"她会为我们整个担起来的。"

但是话中仍有令人不解之处。"你是说她不在意喽?我说嘛,亲爱的!"他一瞪眼,挺温和的。"哪还有啥困难啊?"

"什么困难也没有!"范妮说得一样很坚定。

他看着她更久了,仿佛接不上话。"哦,你是说,对我们而言,什么困难也没有了!"

她和他四目相望一分钟之久,这说法似乎有点儿太自私,只关心着不计代价都要保住他们自己的颜面。然后她可能也下定决心了,他们的颜面才是最大的考量。"是没有了,"她答得挺威严的,"只要我们恰如其分地保持冷静即可。"她甚至表现得一副他们要开始保持冷静的样子。这下子终于有了个踏实的基础谈下去。"你记得那个晚上在外交部的宴会之后,你对我说,我第一次感受到真正的焦虑不安?"

"我们回家的时候……在马车里?"是呀——他想起来了。"不要管了,他们自会转危为安?"

"一点儿都没错。他们自己会想办法,来挽救颜面。你几乎是这么说的,嗯,我觉得这说法靠得住。我已经不管了,他们自会转危为安。"

他考虑着。"你的重点是,他们并没有这么做喽?"

"我不管他们了,"她继续说,"不过,现在我知道如何不管和哪里不要管。我一直在不知情的状况下,全都留给她了。"

"留给王妃吗?"

"那就是我的意思,"艾辛厄姆太太若有所思地说,"那就是今天我和她之间发生的事,"她继续解释着,"我突然想到,那真的就是我一直在做的。"

"哦,我懂了。"

"我无须折磨自己。她已经接手了。"

上校说他"懂了",却瞪着眼视而不见,似乎有点儿茫然的样子。"前后两天有如此的变化,她是出了什么事呀?什么让她开了眼啊?"

"那双眼睛从来没真正闭上。她想念他。"

"她以前又为何没想过他呢?"

嗯,他们自家里面现在挺昏暗的,也有闪耀的光影,范妮面对着他,开始说个清楚。"她有呀——不过她自己不承认。她自有一番道理——她装作看不见。现在她的情况终于到了危急关头。今天她真的知道了。那很清楚。我是,"艾辛厄姆太太作了结语,"一直都很清楚。"

她丈夫注意听着,不过他的注意力有那么一下子走了神,他倒抽了一口气来掩饰他的走神。"可怜的亲爱的小姑娘!"

"哎,才不呢——不要同情她!"

这句话说他错了。"我们连为她感到难过都不行吗?"

"不是现在——或许说,起码时机未到嘛。说这话太快了——如果不是已经晚过头了的话。这要看情况,"艾辛厄姆太太说,"无论如何我们会看到的。我们以前可能同情过她——那也是都为了她好;前些时候我们可能也开始有这种感觉。但现在她可要开始过活了。我想到的是,我想到的是……"只是,她又在脑子里描绘影像了。

"你想到的,她很可能不喜欢!"

"我想到的是,她会好好活下去。我想到的是,她会得到胜利。"

这句话她说得突然闪着先知般的风采,连她丈夫心情都好起来。"啊,那我们得支持她才行!"

"不——我们千万不能碰她。我们也不可以碰他们任何一个人。我们务必不可插手,我们只得蹑手蹑脚、小心翼翼。我们势必只能在旁观看与等待。同时,"艾辛厄姆太太说,"我们一定得尽量忍耐。那就是我们要做的——活该如此。我们会在场的。"

她绕着房间走动,仿佛与显示预兆的阴影在沟通,就这样一直等到他开口询问。"在场干吗?"

"嗯,在场等某件可能很美妙的事情发生。很美妙,因为它可能会成功。"

他一面纳闷着,而她则停在他面前。"你是说,她会赢回王子?"

她很快把手举起来,挺不耐烦的——这种说法简直太难堪了。"问题不在恢复原状。问题也不会是什么粗鄙的缠斗。要'赢回他'的前提是她失去了他;而且她失去他之前,得先拥有他。"范妮说话,一面摇着头。"我认为她意识到一个真相,从头到尾她没有真正地拥有过他。从来没有。"

"哎哟,亲爱的!"可怜的上校喘着气。

"从来没有!"他太太又重复了一次,挺冷酷的。她仍硬着心肠继续说下去。"很久以前我对你说过——就是他们结婚前,夏洛特突然出现的那一晚,你记得吗?"

听到这个问话,他的微笑恐怕不算灿烂。"亲爱的,你所有的时间,不都在说话吗?"

"错不了,事情太多了,我偶尔会说对一两次,他们就冒这个险。在那种场合,我说得挺笃定的,世上有种人是没办法对他们说错误的事,玛吉就是那样,除此之外我什么都没多说。她的想象力仿佛对这种事是关起门来,她整个感觉全部封闭似的。那就是,"范妮继续说,"现在非得发生不可的事了。她的感觉非得开启不可。"

"我懂了。"他点点头,"去感觉错误的事。"他又点了点头,几乎显得兴高采烈——像在安抚小婴儿或是精神错乱的人。"去感觉那件非常、非常错误的事。"

但是他太太的心情在经过奋力提升之后,依然很高昂。"去感觉所谓的邪恶吧——要加上重音:她这辈子头一遭去发现它、知道它、体验它粗陋的一面。"她用了最大的尺度来描述可能性。"去感觉那搅得人糊涂又刺痛的摩擦,每天都呼吸到它的冰冷。除非啊,"艾辛厄姆太太说到这儿倒是稍有收敛,"除非啊,只要到达(就她所想到的,或许她再也想不下去了)怀疑与担心的程度就好。我们会见到,是否单单这么一帖警觉,就已经下得够重了。"

他一面思索着。"够重了又如何,亲爱的——仍不足以令她心碎吗？"

"要足以令她震惊！"艾辛厄姆太太答得挺怪的，"我是说，要给她对的那一种。对的震惊不会令她心碎。会让她，"她解释道，"嗯，借着一些改变，让她了解世界上的一两件事。"

"不过，所发生的那一两件事，竟然是她最难受的，"上校问，"岂不是挺可惜的吗？"

"喔，难受？他们非得难受不可——才能让她稍微知道目前的处境。他们非得难受不可——才能让她坐直身子警觉起来。他们非得难受不可——才能让她坚定地活下去。"

鲍勃·艾辛厄姆此时到了窗户边，而他同伴则慢慢绕起圈子走着。为了最后的耐心，他点了一支烟，她来来回回地走，而他看起来隐隐约约在给她"计时"似的。同时他也觉得不错，她最后把话说清楚了；正因为有照着他说的做，他的眼睛朝着房间上方昏暗之处转呀转的，约莫一分钟之久，好像感觉很强烈。他想着他太太回答里的暗示，说得很好。"坚定活下去——唉，是啊！——为了她的孩子。"

"哎哟，哪扯得上她的孩子！"范妮突然不说话了，他觉得从未受到如此奚落，且当作警惕。"你真可怜啊，亲爱的，活下去是为了她父亲——那是另一件挂心的事！"说完这句话，发福又妆点过的艾辛厄姆太太，整个人亮了起来，几经折腾，真相开始发光发热。"随便哪个白痴都能打点她的孩子。她得要有个更具创见的动机才行，我们会看到它如何在她身上发挥效果。她一定得救救他。"

"救他？"

"不给她父亲知道她所了解的。那……"她好像在丈夫的眼睛里看到了，他站在她面前，"可是要下番功夫消弭于无迹！"说完这句话，仿佛选在情绪最高点上，她结束了他们的讨论。"晚安！"

然而，她的姿态里有某种东西——抑或是如此高超的表达方式，产生了效果——才一下子就将他拉到她的身边；她转过身子到了平台与楼梯之处，还没踩上阶梯，他就追赶上来，声音里透着激动："啊，你知道，那挺令人高兴的！"

"高兴?"她在阶梯下想了想这句话。

"我是说,那挺好的。"

"好?"这俨然已经有点儿成了他们的惯性,她在悲伤的时候,他就一副喜感。

"我是说,那挺美妙的。刚才你自己就是这么说的。只是,"此想法给了他动力,好像原来的连带关系,由暗淡转为明亮,他很快地接着说,"只是我不太了解,她在乎他到这种程度,使一个人变得这么'怪',同样的情况不早就该要她多注意一点,已经在出事了。"

"你瞧瞧!我心里一直在想这个问题。"她盯着地毯,不过,她接着说话之际,又抬起双眼——直视着他。"白痴才会问那个问题。"

"白痴……"

"嗯,不管从哪方面看,我一直是个白痴——最近我常常这样问自己。你现在才问,还算说得过去。我今天看到了答案,它当面瞪着我没停过。"

"那到底是啥?"

"咦,就是她对他有一份强烈的良知——她充满热情又勇敢的小小孝心。那就是它发挥作用的方式,"艾辛厄姆太太解释着——"我也承认,那方式真是再'怪'不过了。但是打从一开始,它就很'怪'了呀。打从那位亲爱的男子,为了要她女儿好过些而娶老婆就开始了,接着又来了件出奇反常的怪事,于是产生了反效果……"此番宿命的新看法,她也只能无奈地耸耸肩。

"我懂了,"上校颇有同感沉思着,"那开始就是个怪字。"

他如此的反应好像让她一下子受不了,她又很急得把双手举高。"是啊——我到这个地步啊!我当真落到底了,"她大声说,"我不知道那时候着了什么魔——但我帮他计划,激励他继续下去。"说完后下一刻,她就开始自责,"或者说,我是知道我着了什么魔——他周围、左边右边,不都是些贪婪的女子;而且他不是可怜兮兮地寻求保护;他不是一副迷人姿态,要别人知道他很需要而且渴望吗?玛吉,"她继续说得很清晰,"才开始自己的新生活,她以前为他做过的事,未来却不做了，她没办法——要围住他使他安全，却要他们离开。这件事让人觉得，"她继续说，"是出于个人丰沛的感情与同理心。"尽管前面有五十次打迷糊，这会儿面对一件件的事实，心中满是焦虑与悔恨，老天保佑，她总算是全想到了。"人嘛，就是爱管闲事的傻瓜；人总是这样，认为观照别人的生活，好过观照自己的生活。不过说到这里依然有个借口，"她坚持说，"这些人啊，摆明了不会观照他们自己的生活——看都不看的。那令人觉得很可怜——他们弄来那么多迷人的东西，而他们只是放着不管，白白浪费了。他们不懂如何生活——但别人就算觉得他们有趣，也没办法径自待在旁边看照着。那就是我付出的代价。"这个可怜的女子在此刻，用比较直接的方式沟通，使她同伴听懂，那是前所未有的，她似乎觉得要他知道自己心中，所有的沉重负担，"或早或晚，我总要为我的社交活动，为我没必要又该死的兴趣付出代价。当然，我活该如此，但夏洛特也躲不过——夏洛特用不甚美丽又有点儿神秘兮兮的姿态在他们上方飞掠而过，同时她也在我们的生活边缘盘旋不去；要说对世界有什么好处，那么她与魏维尔先生和玛吉一样，都是白白被浪费掉，而且遭受着失败的威胁。晚上睡不着醒着的时候，我想到夏洛特是这么个人，可以挡掉那些贪婪的女人——她自己不会像其他人一样粗鲁；而且帮魏维尔先生这个忙，也是给她未来一个讨人喜欢的工作。当然有些事会使我打消此意：你知道的，你知道我的意思——它正从你的脸，"她当真哀哀哭出来，"看着我啊！我只能说事情不是这样的。我立刻爱上了这个既美好又和谐的对应计划，最大原因在于我好像感觉得出来，玛吉肯定会接受夏洛特，另一方面，我也想不出来她会接受其他哪些女人，或是其他类型的女人。"

"我懂了——我懂了。"她停了下来，但是一直迎着他聆听的目光，她一面回想着，一面说话的情绪很强烈，也激化了他这一方的心情，只是语气冷静多了。"人家相当理解的，亲爱的。"

这句话也只让她闷闷不乐。"我亲爱的，我当然知道你会理解，再一次从你的眼睛完全看得出来。你知道，我所看到的玛吉，是在无知又无助的情况下接受了她。没错,亲爱的,"她清晰地说起来,又任自己陷入阴沉的情绪,"你只需告诉我,我所做的是因为我知道些事情。你一旦这么说,我又怎能毫无惧色面对你呢?你知道的,"她说着话,摇了摇头,轻得几乎看不出来,"我撑不住!我在往下掉、往下掉、往下掉,"她说得坚定,"然而,"她也很快补了一句,"有件小事会救我一命。"她只要他等了一下子。"他们原本可轻易地——甚至可能他们一定会——做出更糟的事来。"

他思考着。"比夏洛特更糟的……"

"哎,别告诉我,"她说得很大声,"没有什么可以更糟的了。已经有这些事了,就有可能更多。夏洛特以她的行事来说,是出乎常情的。"

他几乎是同步说出。"出乎常情!"

"她外在举止中规中矩。"范妮·艾辛厄姆说。

"与王子在一起时是如此?"

"为了王子而如此。和其他人在一起时也是如此,"她继续说,"和魏维尔先生在一起时——更是让人赞叹。但最要紧的,是莫过于和玛吉在一起的时候。至于规矩嘛,"她甚至也要为他们说句公道话,"有三分之二是行为举止。这么说吧,他娶了个女人把他们搅得一团乱。"

他倒是往后退了。"唉,亲爱的,我无论如何都不会这么说啊!"

"那这么说吧,"她不管,仍继续讲,"他娶了个女人,是王子原本真的会很在乎的人。"

"你是指现在他不在乎夏洛特?"

这是另一个新的看法有待讨论,看得出来,上校挺希望真能如此讨论下去。他瞪眼看着,而他太太也给了他一点儿时间;最后她只说:"不!"

"那他们到底在干吗啊?"她只看着他;于是他杵在那儿,双手插在口袋里,不疾不徐地又问了个冒险的问题。"你说的'规矩'有三分之二都是行为举止,这会儿她和他到早上才回来,你的假设又是什么呢?"

"没错——一点儿都没错。他们的规矩。"

"他们的……"

"玛吉和魏维尔先生的规矩——那些他们加诸夏洛特和王子身上的。那些规矩，"她说得更清楚些，"我说过是很反常，却已经被当成对的了。"

他思考着——最后却只令他很痛苦。"你说的'反常'，亲爱的，我怎么都搞不懂。事情到了现在这个地步，可不是旷野里的蘑菇，一夜之间就长得出来。整个说来，他们现在的窘境，至少是他们所作所为的结果。难道他们仅仅是受制于命运，只是无助的受害者吗？"

嗯，范妮终于鼓起勇气。"没错——他们是呀。天真到可悲的地步——那就是命运的受害者。"

"夏洛特和王子也是天真到可悲的地步？"

她又想了一分钟，接着她就直挺挺地站起来。"没错。他们以前是——和别人没什么两样。都是出于美好的心意。王子和夏洛特以前的心意是挺美的——那一点我不怀疑。他们以前是——赌上命我都敢这么说。否则，"她补充说，"我岂不是成了个卑鄙的小人。我可不是卑鄙的小人。我彻底是头蠢驴。"

"唉，然后，"他问，"我们一搅和又怎么使他们变得如此呢？"

"唔，为彼此考虑太多了。随你怎么称呼这样的错误都行。无论如何，总而言之，这就是他们的状况。像一幅诉说着不幸的图画，"艾辛厄姆太太神情严肃地说，"只因为太过于、太过于迷人了。"

这是另一件值得谈下去的事，不过，上校仍是尽力而为。"是呀，但又是对谁而言呢？——那得看对象的，不是吗？王子和夏洛特对谁而言太过迷人呢？"

"很明显呀——一开始是对彼此。接着对玛吉而言，他们俩都是。"

"对玛吉而言？"他复诵着，一面猜想。

"对玛吉而言。"她现在说得很清楚，"打从开始的时候，她就毫无心机地接受了——没错，他们本身就是这么毫无心机——她毫无心机的想法，是能和父亲一起过生活，紧紧留住他。"

"照常理来说，一般人不也都这么想吗？假如没什么过节，日子也过得去，而他那一方面，既不酗酒也不会挑起事端——一般人不也都会想要将自己年老的亲人留在身边吗？"

"当然啦——如果没有特别的反对理由。除了酗酒之外，摆在我们眼前的，可能有其他关乎道德的理由。首先要说的是，魏维尔先生可不老。"

上校迟迟没说话——不过还是一吐为快："那真是见鬼了，他干吗——喔，亲爱的可怜男人啊！表现得一副他老了的样子呢？"

这句话让她想了一下。"你哪知道他表现得怎样了？"

"咦，亲爱的，我们见识到夏洛特怎么了！"

这句话又使她犹豫着，不过她依然再次面对它。"唉，我从头到尾不是都在强调他对她而言挺迷人的吗？"

"这岂不是要稍微看看，她所认为的迷人是啥？"

面对这个问题，她似乎觉得太轻率了，接着她很庄重地摇摇头撇开它不谈。"魏维尔先生是真正年轻的人——而夏洛特才是真正老的人。我所说的，"她补充说，"并没有受到影响！"

"你说的是，"他附和着她，"他们都是没心机的。"

"他们是呀。一开始都没心机——挺奇特的。我的意思是他们不了解，他们越是理所当然地认为他们可以一起行事，反倒越是真的渐行渐远。我要再重复一次，"范妮继续说，"我真心相信，夏洛特和王子打一开始是很诚意下定决心，他们对魏维尔先生非常尊重，而此一举——那可能是，也真是一件很严肃的事！——会救了他们。"

"我懂了。"上校也同意，"而且也会救了他。"

"反正都一样！"

"然后会救了玛吉。"

"那可就有点儿，"艾辛厄姆太太说，"不一样了。因为玛吉付出最多。"

他纳闷着。"你说的最多是什么意思？"

"嗯，是她起的头——她启动了恶性循环。虽然听到我把她和'恶'这个字连在一起，你都睁圆了眼睛——不过事情很简单，就是这样而已。整个说起来，他们的互相体谅成了万丈深渊，也因为他们用自己的方式，善良到难以置信的地步，也才会使他们陷入纠葛不清。"

"用自己的方式——没错！"上校咧着嘴笑着说。

"尤其是玛吉的方式。"现在对她而言什么都不重要了，闪烁其词也好，他的粗话也好，"一开始玛吉是因为自己这么快结婚而想补偿她父亲——可怜的小亲亲，她以为这样就可以了。然后她又因为无微不至地陪着她父亲，花了好多时间，那些时间原本是可以和她丈夫共聚的，于是她又得补偿他。她的做法就是要王子，随你怎么称呼它，利用也好，享受也好，有夏洛特陪着日子开心些——好像在分期摊还似的——来替代自己，一方面她能确保父亲安好，一方面他会思念待在父亲身边的她。做到这个地步的同时，"艾辛厄姆太太进一步解释，"为了达到这个目的，她使得自己年轻的继母离魏维尔先生远远的，这又让她觉得也是件需要加以补偿的事。你很轻易就晓得，她身上扎扎实实地又多背负了她对父亲的新责任，这个责任是因她的困顿而产生，就算其中有点儿公平正义的气概，也越发显得不堪了。她一开始是想要他知道，不论她与王子过得多幸福，也不会成为弃他不顾的借口。然后，同样的道理，她也想要王子知道她心里明白，另一件她希望的事，这么说吧，在某个程度，而且只有目前，得靠着弃他不顾才能办到——那件希望的事，就是依旧能保持着小女儿的身份，充满高度热情。我是这么觉得啦，"范妮说话的特色就是里面有好多插入语，"一个人只能感受到一种热情——也就是一种触动人心的热情——一次只能一种。只是，那对于我们原始本能的依恋感是没好处的，如'亲情的召唤'，像是我们对于父母或兄弟的感觉。那些依恋感可能很强烈，但是并不会妨碍其他强烈的情感——亲爱的，你会明白的，只要你记得我在爱恋你多年后，仍是如何一个劲儿地[1] 爱恋着我的母亲，

---

[1] 原文为法语：tout bêtement。

虽然你对她可没什么爱恋之情。唔，玛吉，"她接着话题说着，"和我有相同的处境，又加上了些错综复杂，感谢老天我可没有——加上的那些错综复杂，尤其在一开始的时候，根本感觉不出一丝一毫的错综复杂，其实我应该要有感觉的。什么都搞不清楚的状况下，她那小小的良心不安、小小的神志清明状态——像我说的，她小小的却挺热切的公平正义感——说穿了都瞎得厉害，就这么把其他两个人兜在一块儿了，这一点她就算做了再怎么严重的错事，都办不到啊。这会儿她知道这里或是哪里不对劲儿了——尽管还不知道究竟是什么。她只是又再加倍补偿，可怜的孩子——那是她认为非用不可的方法，心里很急切却又惶惶不安。那个方法用到最顶点的时候，加倍补偿到最高点的时候，她第一次自己仔细想想，已经做了这么多的改变，到底还需要什么？她唯一的改变是越来越觉得不能让她父亲有所怀疑，怀疑他们日常生活中，所有事情是否可以处于最好的状态。如果他问了他们目前的状况，有没有什么事情让人不自在、不满意，或是有什么一点点不合礼教的事发生，她可从未曾像现在这样，要他察觉不出来。每一天、每个月，她都在忙着东修一下、西补一下，把事情弄得给他看起来挺自然，挺正常的。于是——老天爷原谅我这么比拟！——她就像个老太婆忙着'上妆'，而且年纪越大就涂得越厚，行径越发大胆，甚至越发肆无忌惮。"范妮站了一会儿，心思被她想出来的影像所占据。"玛吉会变得大胆与肆无忌惮，这个想法我挺喜欢的——她学着如此做，才能将事情抹上光泽加以掩盖——为了那个神圣的目的，着魔似的学着做，而且做得棒透了。等那位亲爱的男子在哪一刻真的见识到，一切都是粉饰太平罢了！"她停下来，瞪着那幅景象。

　　鲍勃情绪也受到感染。"然后好玩的事就开始啦？"她只是狠狠看着他，所以他换了个方式问，"你是说，那种状况下，这位迷人的可人儿将败下阵来吗？"

　　她又静默了一会儿。"我以前告诉过你，只要她父亲得救，她就不会败下阵来。她当作那就足以救赎。"

　　上校想了想。"那她可是个小女英雄呢。"

"算得上了——她是个小女英雄。不过，总的来说，也是得靠他的天真，"艾辛厄姆太太补充说明，"才能使他们安然渡过。"

她同伴听到这里，又拿魏维尔先生的天真来做文章。"很古怪啊。"

"当然是很古怪！那是很古怪，那一对也是很古怪，我们全部的人老早就很古怪——我不是说你和我，而是我们那群可爱的自家同乡人，我是一代不如一代，很可悲——那就是核心所在，"艾辛厄姆太太说得坚定，"一开始他们才会请我帮忙，而我也才会对他们挺感兴趣的。当然啦，他们比别人更加古怪，"她挺难过地补了一句，"我是这么觉得，不用等到他们和我绝交！"

这句话可能最令上校说不下去，不过并没有。"两年下来，魏维尔先生对夏洛特依然天真无知，你相信吗？"

她瞪着眼。"但整个重点在于，他并没有和夏洛特真的在一起两年——或者你可以说，要是连着一起算的话。"

"照你的理论，玛吉也没有，哦，不管是'真的、或是连着一起算'，和王子在一起四年，对吧？正因为没有，"上校不得不承认，"玛吉的天真无知才解释得通，我们也才这么欣赏她。"

虽然话可能不中听，她倒是没有为难他。"要把玛吉说清楚，那很多事得纳入考量才行。所有事情里面，可以确定的是——虽然这挺怪的——她为她父亲所做的努力，一直到目前为止算是相当成功。她已经使他，她要他完全接受他们的关系，尽管有明显但仍能忍耐的怪异之处，当作行事的一部分。而她身后那个受到保护、被逗乐、像是极力被哄着的小王子也都能使上力帮忙，他可真讨他欢喜——为了他那些优越后代，他也愿意安稳又平静地过这样的日子。他没有在细节上想明白——我也没有，天可怜见！——而怪事正全在细节里。对他而言，这就是他为何娶了夏洛特。他们两个人，"她简洁地把话说完，"都帮得上忙。"

"两个人？"

"我是说，如果玛吉老是忙得分身乏术，而他认为她称职得不得了，那么夏洛特也不遑多让，她的责任可大呢。夏洛特，"范妮坚定地说,"做得像头牛似的。"

话都说了,而她丈夫看着她一分钟之久。"那王子又做得像什么呢?"

她回答的时候盯着他看。"像个王子啊!"说完话就立刻上楼去她的房间,她将很刻意装饰的背部朝向他——那上面在一些奇怪的地方有着红宝石或石榴石或是玳瑁和黄晶在闪闪发光,有点儿像是补丁用的缎子,象征她靠着机智一块块把它们给钉住了,好使她的论辩能连成一气。

他望着她,仿佛他真的觉得,她处理这番话题非常高招;没错,就像在他们面前的这出戏,真正的结论不过是,话说人生紧到无法转圜之处——他的人生是缩小了——他的太太是最有见识的一位了。看到她这么有威严地退场,他将一盏有点儿昏暗的电灯关上,它在整场谈话里都亮着。然后他赶紧在她身后跟了上去,尽量避免踩到她一波波的大幅长裙摆。他知道他们这番试图厘清的努力,甚至连她都松了一口气——她大动干戈的阐明使自己获得支撑,不致下沉。到了上面楼梯平台的时候,他和她站在一起,她按了个金属开关将灯点亮,他觉得,与其说她浇熄了他的好奇心,可能还不如说她又开启了。他把她留在那儿一分钟之久——仍意犹未尽呢。"你几分钟前说他不喜欢夏洛特,是什么意思?"

"王子吗?他不是真的喜欢?"之后她想了一下子,挺好脾气的。"我是说,要是来得太容易,就不喜欢了。十之八九的人都是如此,一个女人甘冒生命危险,也是受到如此对待呀。你刚才问我他是怎么工作的,"她补充说,"其实你可能应该问我,他是怎么玩乐的。"

嗯,这下换他说了。"像个王子喽?"

"像个王子。他根深蒂固是个王子。正因如此,"她说得表情生动,"他是个好例子——很美妙。就算在'顶级阶层'里,他们也是非常稀有的分子,比他们自以为的更为稀有——那就是他们价值如此之高的原因。他可能是最后几个里面,其中之一——仅存几个货真价实的。所以啰,我们务必得接受他。无论如何,我们务必得接受他才行。"

上校思考着。"要是出了任何事——如何要夏洛特一定也得接受他呢？"

这个问题使她一分钟没动静，但是她眼睛看着他，伸出一只手抓着他的手臂，他觉得皮肉上感受的力道很清楚传达了她的回答。她稍稍离开他，然后他听到这辈子从她嘴里说出来最坚定、最长，也最深沉的一句禁令。"不管如何——什么事都不会发生。也没发生过什么事。也没什么事正在发生。"

他看起来有点儿失望。"我懂了。对我们而言是如此。"

"是对我们而言呀。还能对谁呢？"他实实在在感受到，她很希望他能了解。"我们根本就一无所知啊……！"这是个保证单，他非签名不可。

所以呀，他就如此这般签了名。"我们根本一无所知。"好比士兵在晚上讲口令似的。

"我们天真无知，"她用同样的方式说话，"像婴儿一样。"

"干吗不说成跟他们自己一样天真无知呢？"他问。

"唉，是有道理！因为比起他们，我们更是如此啊。"

他猜不透了。"我们哪会更……"

"跟他们相比？呵，很简单！我们当什么都成。"

"十足的白痴吗？"

"十足的白痴。喔，"范妮轻轻吐出这句话，"这么一来我们可轻松啦！"

呃，他看起来仿佛其中有言外之意。"难道他们会不知道，我们不是吗？"

她几乎没迟疑就回答。"夏洛特和王子以为我们是呀——那更好。魏维尔先生倒是认定我们很聪明——不过他没什么关系。"

"那玛吉呢？难道她不知道？"

"知道我们看得心知肚明？"是呀，这会儿时间果然拉得长些。"哎哟，只要她猜得到的，她就不会表现出来。所以到头来都一样。"

他抬起了眉毛。"我们一样没办法帮她忙?"

"我们得用那种方式来帮她忙。"

"要看起来像个傻瓜?"

她把双手往上一举。"她自己只想要看起来声势大些!就是我们啰!"说完她就不接话了——他也顺着她的意。尽管如此,依然有某些事占据她的心思;像是最后一波擦亮眼的浪,浪花在她自己的脑海里碎裂开来。"此外,现在,"她说,"我可懂了!我是说,"她补充说,"我懂你问的:今天在伊顿广场我又是怎么知道玛吉觉醒了。"她的样子很清楚她是知道。"因为看到他们在一起。"

"看到她和她父亲在一起?"他又搞不清楚状况了,"但你已经常常看到她了呀。"

"可没用过我现在的眼睛看。从没发生过如此的考验——这么长的时间,另外的几个人却一块儿不在了。"

"有可能!但是如果是她和魏维尔先生坚持的话……"

"为什么说,那是如此的考验?就是因为他们并没有想要它变得如此呀。这么说吧,他们亲手搞砸了。"

"馊掉了,呃?"上校说。

"那个字挺可怕的——应该说是'变了'。"范妮继续说,"也有可能她很希望看看自己能忍耐到什么地步吧。如果是那种情况,那她已经看到了。只不过,关于此次的出访,倒是她自己坚持的。她父亲才不会坚持什么。她在观察他怎么做。"

她丈夫看起来挺认真的。"观察他?"

"打从出现第一个淡淡的征兆就开始了。我是说他会不会去注意这种事。不过,就像我跟你说的,并没有出什么事。但是她那儿已经准备好了——等着看。而我有感受到,"她继续说,"她是如何待在那儿;好像被我当场抓到她似的。她没办法不让我知道——虽然她还刻意放下她的职务:她跟着我回家,想借此糊弄我。我什么都看在眼里呢——想糊弄我;不过那就是摆在我眼前的。"一面说着这句清楚得不得了的话,她人已经站在她房门口了。"很幸运,我也看到她如何成功办到了。他那里——都还没有任何动静。"

"你当真那么确定吗?"

"当然。不会有任何动静。晚安。"她说,"否则,她会第一个死掉。"

卷二 王　妃

第 四 部

第 一 章

过了好几天之后，王妃才开始接受，自己做了以往不会做的事；或是说，她真的倾听了内心的声音，它换了一种新的语气说话。然而，这些出于本能加以延宕的省思是一种结果，早已真真切切活跃于认知与感受中；尤其它是在某个特别时刻里产生的结果，当时她的手才轻轻一触就理解了，她理解到，长久以来自认为无懈可击的情况，已经有了改变。几个月又几个月下来，情形一直如此，成了她生活花园里的中心；但它兀立在那儿，像某座奇怪的高大象牙塔，或者，可能比较像远方国度里某座让人惊艳的寺庙宝塔，整体铺着又硬又亮的瓷砖，突出的屋檐上了色，有各种花样，还用银色铃铛装饰，偶尔有风吹过，就发出叮叮当当悦耳的声音。她绕着它一圈又一圈走着——那就是她的感觉；她就活在留给自己绕圈圈的空间里，此空间有时候似乎很宽阔，有时候很狭窄：抬起头往上看，这栋漂亮的建筑物一大片延展开来，很宽阔又拔升得很高，但如果她希望可以进去，就会一直搞不清楚入口在哪儿。她直到现在才希望进去——的确很奇怪；但除此之外，同样奇怪的是，尽管她举目往上，看得出特别是在很高的地方，有些从内部造出来的孔洞和观景窗口，但是从她近在手边的花园方向，却连个可以进去的门都没有。它很壮观，装饰精美，不变的是依旧无法一探究竟，又莫测高深。然而现在，她心里不断思考，仿佛自己已经停下脚步，不再只是绕着圈走了，不再只是审视这座矗立的房子，不再那么茫然，那么样无助地干瞪眼，放在心里纳闷。她清楚地发现自己停了下来，接着来回逗留，最后走上前去，从来没这么靠近过。依照它与她之间隔开的距离来看，那个东西可能是伊斯兰教的清真寺，没有哪个恶劣的异教徒敢放肆。一见到它，脑海里会出现一幅景象，进去前得把鞋子脱下来，如果被发现擅自闯入，甚至可能要赔上性命。她当然没想到自己可能为了做任何事而赔上性命；不过，仿佛她已经敲了一两下其中的一块稀有瓷砖。简单来说，她敲门了——虽然她也说不上来是要进去，或是要干吗；她用手找了块冰冷又平滑的地方试试，然后等着看会发生什么事。已经有事情发生了；好像她才轻轻一碰，一会儿工夫之后，里面就传来一个声音；那个声音足以使她知道，有人注意到她来了。

如果这个意象，能代表我们这位小姐意识到自己最近的生活有些改变——这个改变不过是几天的事而已——那我们同时也可以观察到，她一面绕着圈圈走，像我说过的，一面也在寻找而且发现了答案，好来解释她做过的事，这个想法令她松了一口气。位于她繁花盛开园地里的那座宝塔，即描绘出这种安排——要不然，又该怎么称呼它呢？——这么一来可以让人眼睛一亮，她可以结婚又不必和过去脱节，她喜欢这么形容。她毫无保留，无条件地奉献自己给她的丈夫；同时也没舍弃过她父亲，丝毫都没有。看到两位男士彼此爱护，好美妙，她觉得非常幸福；她的婚姻里，没有什么比得上这件事更令她开心，简直就是给这位长辈交个新朋友，因为他比较孤单。整件事已经是颇为称心如意，另外又再锦上添花的，就是后者的婚姻了，所花的功夫和她的婚事一样多。他以同样自在的方式采取同样明快的步骤，也一点儿都没有弃她的女儿不顾。他们竟然能够同时处于分离又在一起的情况，是相当与众不同，她也从不曾有过片刻质疑；事实上，从一开始就知道是与众不同，所以也总是成了鼓舞、支持他们每一个人的重要部分。有很多独特的事，但他们不会沉迷其中——例如奔放的才华、大胆、创造力等等，至少对这位亲爱的男子与她自己，根本就不搭调。不过他们喜欢认为，自己已经将生活扩展到这个不寻常的范围，加上这种自由的形式，有许多家庭、许多伙伴和更多的夫妻档，仍觉得行不通。最后这个事实，可以由他们大多数朋友大方表达的羡慕获得证实，他们一次又一次地告诉他们，说不管从哪方面看，能维持如此的关系,他们肯定是个性和蔼得不得了的人——对美阿梅里戈和夏洛特当然也同样赞誉有加。他们很高兴——哪里不会呢?——知道自己散发此等魅力;她父亲和她自己当然也觉得很高兴,他们俩的个性和别人不同,慢吞吞的,如果没有好好把这点想一想,应该也不觉得有什么成就感吧。所以呀,他们的幸福已经有了成果;所以呀,那座象牙塔也一层一层往上升得越来越高,在社交场上一定随处都看得到它,既明显又令人赞赏。玛吉真不愿意用相对严厉的口吻问自己,为何看到它的时候,不再觉得舒心自在;那表示一种情况,她原本的日子是一成不变,精神上甚感安慰,几乎片刻未曾另作他想,但现在不同了。为了要维持一成不变,她总是能够多多少少删减掉一些对自己重要的事。

她人生第一次觉得,自己的处境不对位,她活动空间里的阴影越来越浓;她沉思着,要么应该是她没有做对——也就是太自信了——要么就应该看出来是自己错了。尽管如此,她还是竭力为自己争取些空间,好像一只刚从池子里爬上岸、毛皮丝滑的猎犬一般,摇摇头想把水甩出耳朵。她一面走着,一面用差不多的节奏摇着头,一遍又一遍;除了一般的粗鲁吠叫之外,她也会别招,是那条猎犬不知道的,她很努力地对自己低声哼着,那是个信号,代表什么事也没发生。可以这么说,她没有掉进池子里,没有出意外,也没有打湿自己;原本她只是假想而已,但是后来她开始有点儿觉得,自己该不会着凉了吧,也不管有没有吹到风。她不记得自己曾经这么激动过,当然也不曾——那是另一件特别的事了——连带着非得掩盖她的激动不可。在她看来,一件新的迫切要务出现了,她整个空闲时间都在处理,正因为那需要巧妙的手法才能使它不被人瞧见。这种巧妙的手法得全神贯注在私底下练习,说到这一点,我可以把这些隐喻加强几倍来看,我要把她比拟成一位吓坏了又寸步不离的年轻母亲,正照顾个不守规矩的孩子似的。根据我们新的模拟,这件盘踞她心思的事,证明她遇着了灾祸;但同时对她而言,没有什么比得上关系里的另一个征兆更为重要。她已经够大了,足以知道任何深植人心的热情,都有其喜悦与痛苦之处，也知道痛楚与焦虑，才会让我们对它有满满的感受。她从不曾怀疑，这种感觉的力量使得她与丈夫紧密相系。但是忽然间，她感觉强烈的不安，力道之强要将人给扯伤了，一旦正视它，却只显出她不过像其他数以千计的女人一样，因为拥有此热情的全部殊荣，就每天照章行事。假使经过考虑，她享尽了好处，也没什么好理由反对，那又为何办不到呢？反对的最好理由，可能是某些结果对于别人不如他们的意或是不方便——特别是那些人，从没有因为只专注于他们的热情，而给她带来困扰。不过，假如危机在个人尽全力之下，就会获得适当的防卫，那也只是等同于运用自己所能或是恰如其分地扮演好自己的角色。王妃一开始的时候不是很清楚，但是渐渐地越来越了解，自己的能力有好长一段时间，没有好好地灵活发挥；这个情况很像她一度喜爱的舞蹈一样，因为不再参加舞会，所以原来牢记的舞步也渐渐模糊了。她要再参加舞会——这么说是随便了点儿，甚至比较粗略，看起来似乎是解决之道；她会从深深的容器里，拿出各式各样的装饰品，可以匹配更盛大的场合，原本都摆着不用了，但她知道自己的收藏非常可观。她原本很轻易地就可给我们了解上述所言；在不忙又安静的时刻，就着被风吹得闪烁的烛光，偷个闲去看看；再次浏览一下她丰富的收藏品，也看看她的珠宝，它们看似有些腼腆，但全都着实散发着耀眼光芒。事实上可以把它当成一幅画，描绘着她半压抑的烦乱心绪，也在某个程度上描绘着，她顺利地把自己危急的处境，尽可能地当成只是需要排遣一下而已。

然而，还是得说说她丈夫和他同伴从马灿——严格说来是迟归的那个下午，如果要她断定自己采取的步骤，是属于自制或是夸大表达，她可能会挺茫然的——当然一开始时。因为很清楚，这是玛吉这方面所采取的步骤，当下以及当场，她决定要做点儿什么，使阿梅里戈觉得挺不寻常；虽然她没有按照平日习惯，但也不过就是经过安排，没给他见到自己待在伊顿广场罢了，不像平常他是铁定会在那儿找到她。对他而言是够奇怪的，好像他得回家，就是为了见到她;她独自一人等待着他,表现得很强烈,起码是殷殷急盼的样子。我们之前提过,这些是玛吉的一些小变化以及温和的策略,其中含义无穷。表面上,在炉火边盯着她丈夫回来,似乎是再自然不过的事了;再说,他也只会觉得如此。这种状态下,此类事可归于平凡无奇,但这个样子——她反复思索的想象力最后接手了——其实是她处理的手法,完全按照自己所设想好的做。她拿自己的想法来印证,而证据已经露了边儿;全都呈现眼前,她不再把玩一些既钝又不灵光的工具,也不要砍不了东西的武器。每天有十来次,她都幻想见到一把出鞘刀刃的闪光,而每次见到,她就紧闭双眼,非常明了这股冲动会用动作与声音来骗过自己。某个星期三,她只是坐着车去波特兰道,而不是待在伊顿广场——她私底下一次又一次重复做这件事——先前也看不出什么理由,会使她目睹到历史的斗篷就这么给掀了开来,也只不过是急速地一挥,扫过一次很寻常的行为罢了。反正都一样,就是发生了。才一个小时,它就一口被咬进她的心里,从此之后,她以前所做的,就某方面来说仍未能下定论,也都不重要——可能甚至连在他们金光闪闪的古老罗马,那时她接受了阿梅里戈的求婚,也包含在内。不过从这只胆小的母老虎轻轻蜷伏的姿态来看,她并没有冲动地说任何事情已到了终点,也没有笨拙地指任何事是不可或缺的;于是她骂了这种招人非议又怪诞的态度,把它当成自己嘲弄的对象,尽量减少受它影响[①]所招致的后续事情。她只想要再靠近一点儿——朝那个东西,再靠近一点儿,那个东西她甚至连描述给自己听都没办法,也不愿意;事前她无法估算,能靠得多近。实际上她加倍要自己分心不再专注此事,压抑自己——因为她可以选择,可以敲定它们——不论成效如何,都无法使她别再想到,两个人新关系里的任何特别时刻,从她给丈夫第一次感到惊讶之后,关系就和以前不同了。那是挺糟糕的,不过全都属于她自己;整个过程往后退回去,是一张很大的图画挂在她每天生活的墙上,随她的意去

[①] 原文为法语:portée。

揣度。

　　回想的时候，有一连串的时刻依然历历在目；简直就像戏台上的一幕，演着不同的事情，有的场景好像故意演的，要留给正厅前排的观众好印象。这样特显突出的时刻有好几个，而那些她再次最有感受的，好比一串坚硬的珍珠一样，可以一颗颗地算，很特别的是，它们都属于晚餐前那段时间——那天的晚餐好晚，到九点才开始，因为阿梅里戈迟了很久，最后才匆匆进来。这些只是部分的经验——尽管事实上有一大堆这样的经验——而她的印象持续地在经验之间，做出敏锐的判断。隔了颇有一阵子之后，才发生了接下来的事；在那之前，记忆的火焰转到另一处也同样灼热灿烂的地方，是某个教堂祈祷室的灯光，里面香烟袅绕。无论如何，刻意回想起来，重要时刻当然是最初那一个：那时有一阵子沉默，时间慢慢过去，有点儿不自然，她再怎么不愿意，当下依然将这段沉默的状态彻底估算了一下，不过——到底有多久呢？她真的知道有多久吗？——她没办法打破沉默。她在比较小的客厅，总是"坐"在那儿；她算好时间也打扮妥当，终于进来了，等着吃晚餐。为了这么桩小事，她不知算计了多少件事情，真令人赞叹——因为这件事太重要，她拿不定主意用哪个方式来应付。他会晚到——他会很晚才到；那是她唯一可以确定的事实。假使他和夏洛特的车子直接到伊顿广场，就算知道她已经离开了，他也许仍然觉得最好是留下来，也有此可能。万一如此，她没有给他留下任何信息；这是她另一个决定，尽管这样一来有可能只会使他离开更久。他可能会认为她已经吃过晚餐了；他有可能继续待下去，尽量能说的什么都拿来谈一谈，以对她父亲示好。她知道他有办法做得更漂亮，结果也都挺美好的；已经不止一次了，他可以连换衣服的时间都牺牲掉。

　　如果她现在逃避了这类牺牲，用她可以支配的时间，使自己变得极为神采奕奕又很伶俐，这一点很可能为她已经压力十足的精神再添上一笔；这种情况就是后来她认为自己蜷伏着的样子，因为她可是一直等，一直等。她绷紧了神经，尽量不让自己的外表成了那样；但是读不下那本无味的小说,她可就没办法了——唉,真是的①,那是她无能为力的呀!——不过,至少她坐在灯光旁边,手里拿着书,穿着她最新的长裙坐着,第一次穿它,很突出,全身上下都很挺也很气派,对一件只穿在家里给熟人看的长裙来说,可能有点儿太挺也太气派了,然而,却也突显出她内在无可比拟的优点,这是她冒险希望能在这一次表现的。她反复瞄着时钟,却不稍微放任自己,上上下下走一走,虽然她知道,如此走在光亮的地板上,会把她装点得更美,因为衣服轻摆发出窸窣声,以及"垂坠的"饰品摇晃。难就难在,这也会令她更觉得自己处于激动的状态,那正是她不想要的。只有当她用眼睛,想到自己裙装正面让人满意的样子,她的焦虑才会停止,像个权宜之计,把人搅得迷迷糊糊的,尤其是等她盯着它看得够久之后,她会接着猜想,不知最后夏洛特是否会觉得很满意。说到她的衣着,她一直是挺提心吊胆的,也不太有把握;过去这一年,她更是活在夏洛特对它们的批判之下,那些批评挺让人猜不透的。比起任何女人穿的,夏洛特自己的衣服根本就是最迷人,也是最引人注目的。她随意地发挥天分,怎么搭配都令人赞赏,不显突兀,这一切要归因于财力,也要归因于她无穷的能力。不过,在这些关系里面,玛吉形容自己一直是深深地被"撕裂"一般;一方面知道自己不可能模仿她的同伴,另一方面也知道,不可能独自一人就可以彻底了解她。她进了坟墓仍然不会知道的事,没错,这是其中一件——不管看法有多巧手慧心,个个不同,但夏洛特到底是怎么看待她继女?她对于继女的美丽打扮总是说很好——尽力予以赞美;不过狐疑的感觉一阵阵在玛吉的脑后盘旋着;这些表达是在发慈悲,并不是批评,说得有些真诚,但可不是全然的直率无隐。如果可以知道她真正的想法,以夏洛特眼光这么完美的人,早就对她绝望了,不是吗?——是经过很严格标准才认为绝望,也因此在没有其他办法下,给了她一个不一样的、低

---

① 原文为法语:par exemple,最常见的用法是字面上的意义,指"例如"或"举例来说",相当于英文的"for example";但是此处是比喻式的用法,常用于表达吃惊或不以为然,如"我的天哪!""开什么玩笑啊!"等语助词。

一点儿的标准,然后挺耐心又让人放心地帮她一把,不是吗?换句话说,尽管她这么可笑,但是她都没有表现出来,只是偷偷觉得放弃希望了,甚至可能偷偷觉得很烦,不是吗?——所以,现在最好仔细想想,有时候别人对她比平常更为不真诚,她是否该为此觉得惊讶。缺席者仍迟迟未现身,而玛吉提出的关乎表象的这类问题,正是她汲汲于想要呈现的;但不过是再次重复着结果,仅仅消失于浓密的空气里无处可寻,周围的气氛越来越沉重,因为我们这位小姐,累积了许多问题找不到答案。它们就在那儿,那些累积的东西;好像一屋子混在一起的东西,从未被"分类"过,她沿着人生的回廊走着,一遍又一遍地经过它们,有好一段时间了。只要可以,她就经过一下,也无须开门;有的时候,她会转转钥匙,丢件新的东西进去。她做的就是把东西拿开不挡路。它们加入了原本混乱的那堆东西;仿佛有某种本能同类相吸似的,它们在那一堆里面找到了安身之处。简单来说,它们知道该往哪儿去;现在她心里面又再一次推开那扇门,几乎对这种情形有着似曾相识的感觉。夏洛特的想法有她永远都不知道的东西——她把那个也给丢了进去。它会自己找到同伴,而且,要是她在那里站得够久的话,可能会见到它回归自己的角落。如果她的注意力再灵活些,那么这幅景象肯定会让她目瞪口呆——里面有一堆虚华之物,同类的、不同类的,都等着新东西加入。此番景象着实让她幽幽地倒抽了一口气,她转过身去,最后那幅内在景象被外在的一幕乍然终结。另一扇很不一样的门打开了,她丈夫站在那儿。

后来她再想到这件事,也觉得挺奇怪的。那是她生活在实质上一个突发的转折:他回来了,跟着她从另一间房子回来了,很明显不甚笃定——她第一分钟看到的就是这个表情写在他脸上。但也只维持了那几秒钟而已,等他们开始说话之后,那个表情似乎很快就消失了;不过就在出现的时间里,它表达得相当清楚。尽管并不太知道会看到什么,但她原本以为自己看不到一丝一毫的羞赧之情。至于为何有羞赧的表情——她称它为羞赧,是因为她要确定自己做着最坏的打算——又为何脸上有此特殊的表情,很清楚是因为他想知道,见到面的时候她会如何。又为何是在第一时间呢？——她后来一直在想；问题悬在那儿摆荡着，仿佛它可以解答每件事似的。她当下一察觉如此，就有了个强烈的念头，自己一定是立刻令他觉得不对劲，有点儿太激烈了，那不是她原先的意思。其实他大可轻而易举地把她变成个难堪的傻瓜——至少在那个时候——这点在那一刹那也看在她眼里。仅仅十秒钟的时间里，她真的挺担心会变得如此：原本他脸上那不甚笃定的神情，紧接下来弥漫于空气之中。不耐烦的字眼儿完全听不出来；如果脱口而出，像是"你到底在忙什么，还有你是什么意思啊？"这样的话，会使她立刻坠入谷底——老天知道，她尤其更不愿很激昂。她不过是小小地与平时习惯脱节而已，或者说，无论如何，与他自然的推论脱节，仅仅小事一桩罢了；来不及挖苦它投下的阴影之前，强烈的揣度感已经产生了复杂的效应。她无法测知他感觉有何不同，这一次不是在他处和其他人在一起，而是和他在家里单独见面，她不断地一次次地回想，如果她选择硬是要这么说，在他得以看清之前，脸上那副漠然神色是有意义的——可以说，是具有历史价值的——其重要性超乎一般只是转瞬间的表情。她当场自然是没想到，他可能想看清什么；不过已经足以知道，他是看清了，更别提心跳得厉害，他看到太太，就在她该待在自己客厅的时间里，好端端地待着。

　　他什么都没问，那倒是事实，她现在相信在那短短几瞬间，他心里正想着，她的态度和打扮都透露着某些不寻常；他走向她，微笑又微笑，然后，终于毫不迟疑地拥她入怀。一开始是迟疑着，她见到没有自己的协助，他也立刻克服了。她没有给他任何帮助；假如说一方面她看不出他有迟疑，那么另一方面——特别是他也没问——她也说不出来为何自己那么激动。她从头到脚全身上下都知道，知道自己在他面前，情绪又再次紧绷；假使他出声，就算只问一个问题，都会瞬间使她不顾一切爆发。想要最自然地对他说的话，竟然就是这身外表，颇为奇怪。但她从未比现在更为清楚，她的任何外表，或多或少都会直接转向她父亲，他目前的生活好安定，基本上，也接受这样的生活；因此，如果他心里有一点点的异动，即使可能只是要它活泼一点，都会晃动他们珍贵的平静生活。那就是她放在心底的事，他们的平静生活是第一要务，它极为不稳多变，只要差之毫厘便会失了平衡。正是这平静的生活，或者说她随时在为它担心不已，才令她如履薄冰、战战兢兢；她与阿梅里戈交换着目光，不发一语，两边都一样担心。不言自明，要维持此幸福的平衡感就需要这么多周详的考量，实在得谨慎处理；不过她丈夫也有他的习惯性焦虑和小心行事的作风，因此将他俩更紧密地联结在一起。如果一切只为了过平静的日子，而她也因为他们对此事完全有共识甚感喜悦，那就太美好了；她大可坦然说出真相，说自己为何有这般行为举止——说说此番行为欠佳的小举动，在此刻看来，不过是非常不足挂齿的一桩怪事。

"怎么了、怎么了，我把没有一起吃晚餐这回事，看得这么严重？呃，因为我孤孤单单整天想着你，最后实在受不了了，再说，也没什么道理要我再忍耐下去。那就是我心里想的——乍听之下可能觉得很怪，毕竟我们都为了彼此忍耐着，真是太奇妙了。最后这几天，你似乎——我不知怎么了：没有你的空虚更甚以往，太空虚了，我们没办法再这样过下去。一切都很好，我环顾四周也完全明白有多美好；但是，有这么一天冷不防的，那个已经装得满满的杯子，满到了杯缘，开始往外流泄。那就是我需要你的样子——一整天，那个杯子太满了，没办法端着。所以我和它在这儿，溢出来泼到你身上——只是这个理由而已，那是我活着的理由。毕竟，我几乎难以解释，我现在爱你之深，一如最初的第一个钟头，除了有某几个小时之外——那些时间出现的时候我知道，因为他们简直吓坏我了——它们让我知道，我爱得甚至更深了。它们出现了……啊，它们就要出现了！毕竟，毕竟……"这类字眼就是那些没说出口的，然而，却连这些尚未发出的声音，都像是因为本身的颤抖而压抑了下来。就算他让话一直说下去，也为因其沉重而不成句。他没有走到极端，在最后一刻，他了解了他该了解的——他的太太正表露心迹，她仰慕他，想念他，也渴望着他。"毕竟，毕竟。"她是这么说的，而她说得没错。他得有所回应；从那一刻开始，就像前面说过的，他"看清"了，他得当成最要紧的一件事。他紧紧抱着她，抱了很久，这是他们单独重聚的表达——很明显地，那是这么做的一种方式。他的脸颊温柔地磨蹭她的脸，也在她脸旁边，用深沉的声音喃喃低语，另一边的脸庞则紧紧靠在他的胸膛。那是另一种同样明显的方式，简言之，他信手拈来的方式可多了，她后来心情好的时候发现，他这方面的机智极度老练。后面这一部分无疑地是因为，才过了快十五分钟她就感觉得出来他挺机智的，因为在那段时间里，她温和地询问着，而他一副无所不谈的样子。他告诉她那一天怎么过的，高高兴兴地说到他和夏洛特绕来绕去走一走，说到他们找寻教堂的整个冒险经过，以及这个旅程如何变得出乎他们的意料之外。这件事的教训就是，无论如何他可真是累了，得去洗澡和换衣服——为此请她慈悲地容他告退，时间会尽可能地缩短。后来她记得，说到这里的时候，他们之间的对话——对她而言，有那么一刹那，他人还没出去站在门口的样子，那时他听到她问，要不要跟他上去帮忙时的样子，她一开始问得有点儿迟疑，但接着很快地决定问他。他可能也迟疑了一下子，不过他婉拒了她的提议；她的记忆里留住了那抹微笑，如我所言，他带着微笑说，他认为照这样的速度下去，他们要到十点才能吃饭，所以他一个人直接速去速回即可。如我所言，她想起这类事——事后玩味的力道之强，好像灯光照亮整个画面；此经验的后续发展也不足以模糊原本清晰的一幕。后续发展有好几个，她后来心里已经比较会分析了，其中第一部分是她的第二次等待，也挺漫长的，等着她丈夫出现。尽量往好处想，她倒是可以确定，如果她跟着他上去，可能会帮倒忙，因为人在赶时间的时候，旁边没人帮忙的话，几乎都会更快些。可是她依然觉得，他真正花掉的时间也不亚于她可能会拖住他的；虽然得说说，现在这位娇小人儿的心里想得很多，可不仅仅是不耐烦而已。看到俊美的他，以及她不担心惹他不快要他来回跑，就可以知道出事了，而且进展得很快。一开始，当恐惧消退的时候，对于玛吉来说，总是意味着甜蜜的降临，长久以来所有的事都充满甜蜜，而现在她的心情，忽然给了她特别的感觉，一种归属于她的拥有感。

第 二 章

　　阿梅里戈又离开她了，她在那儿坐着，在那儿走着，他都不在身旁——和他在家的时候不一样，她不再克制自己，不让自己走来走去。不过，无时无刻不仍然充满着他靠得很近的感觉，特别是亲近感一旦建立之后，很奇怪，几乎感觉他的样子重新出现。距离上次见到他，不过才五天前的时间，可是，他往她面前一站的时候，却像是从遥远的国度回来，历经漫长行旅，结合了危险和疲累。这种前后的变化是无法抹灭的，她感觉他颇耐人寻味，这不过意味着——用大白话说——她很幸运地嫁了个帅极了的人吗？那是个很老、很老的故事，不过故事中流露的真相几乎令她惊讶，像是隔了很久之后，再看到的一幅美丽的家族老照片或是某位祖先线条柔和的画像。那位帅极了的人在楼上，她在楼下，加上其他几点事实，那关乎她此番表态所需的抉择与决定，也涉及需要不断关照、维持着平静的感觉。不过都一样，她未曾像此刻般觉得全心全意结了婚，凄凄然觉得自己命运中有个主宰。他想要对她做什么都可以；事实上，所发生的与他所做的，也正是如此。"他想要"，他真的想要——可能只有程度大小不知道，因为心情愉快，气氛好融洽，说到的人、讨论的事都好熟悉。她知道只要是他渴望的，他绝对总是会得到。此刻她毫无保留全心奉献，所以此刻她知道，他已经征服她了，毫无疑问，只消一个暗示、一点儿温柔的动作即臻完美。就算他累了一天，回来的时候一脸疲惫，那也是为了她与她父亲而操劳。他们俩安心地坐在家里，小王子在他们中间，生活的烦琐杂事降到最低，无聊的事务也都排除，家里面得以维持轻松自在，全都因为其他人不畏风霜坚守岗位。阿梅里戈从来没有抱怨过——夏洛特对此也没有；以前她从没想过，但是今晚她好像了解了，他们出席社交场合的工作，要求什么就做什么，是远超乎她能想象的，他们也都认真地完成了，这种日子永远受到束缚。她记得范妮·艾辛厄姆老早就说过的评语，那位朋友是如此描述她与她父亲，说他们好像没在过日子似的，不知道要做什么，也不知道还要别人为他们做什么；她心里一面回想，而他们有过的一次长谈，也一面回荡着。那是九月的某一天在丰司，他们待在树下，她把范妮的这句名言告诉他。

那次事件可以算是他们更聪明过日子的第一步——她已经常常这么想。时间已过了一个钟头，一连串的原因和结果都有轨迹可寻——有好多的事可排列成表，第一件是自她父亲结婚开始，从夏洛特来访到丰司的过程，在她脑中流过，而那件事就出现在那次难忘的谈话里。不过，连锁的事情里，有一件最为突出，无论如何，夏洛特仿佛是被拉来"凑数"似的，仆人们老是如此称呼那些额外找来的帮手；因为别人会指给他们看，说什么如果家里的大马车拖行困难，而且困住了，那错误全出在轮子不齐全。他们可能会说，才三个呗，还少了一个呀，而夏洛特打一开始做的，做得又顺畅又美妙，不就是当第四个轮子吗？让人立刻一眼看出来，车子走得顺畅优雅多了——至于这一点，玛吉将自己的形象补齐了，没有缺损，她现在极度感受到，身上的每分压力都减轻了。只要她是其中一个轮子，她也只要待在自己位置上即可。她的工作有人代劳，所以她没感受到重担，要她承认连转个弯都很少也是实情，没什么不好说的。她在炉火前伫立良久，可能正紧盯着她所幻想的画面，甚至自己也知道，它有多荒谬，多不切实际。她可能正观看着那辆家里的马车开过去，注意到阿梅里戈和夏洛特正使力拉着车子，而她与父亲却连推都没推上一把。他们一起坐在车子里，逗着小王子玩，把他抱到窗户看看外面，也给别人看看，就像个真正的王室婴儿；做这些事的时候，另外的人都在场。玛吉在这个影像里看到难处一再出现；她一遍又一遍在炉火前伫立：每次站在那儿，似有强光瞬间突破昏暗一般，过后她会较轻快地活动一下。她终于在那幅一直钻研的画面上，见到了自己突然跳出马车；坦白说，那个神奇的景象使她的眼睛睁得更大，心脏也停了一刹那。她看着这个人这么做，仿佛是别人一般，很紧张地等着看接下来会如何。那个人是铁了心——清清楚楚，长久累积的一股冲动，终于感受到一阵最激烈的压力。只是，要如何给这份决心使上力呢？特别是画面中的那个人会做什么呢？这个问题的力道好强，她在房间的中央环顾四周，仿佛那里就是采取行动的地点。接着，门又再次打开的同时，她看到了第一次的机会，不管行动为何、方式为何。她丈夫又出现了——他站在她面前显得神清气爽，简直是容光焕发，挺让人放心的样子。他着装妥当，头发上了油，身上散发香气，一切就绪准备用晚餐，在延宕的终了时分，对着她微笑。好像她的机会得仰赖他的长相似的——是很好，如她现在所见。当下似乎仍有那么点儿不确定，不过比起他刚进门的那一刻，消散得更快。他已经伸出双臂。

　　过后有好几个钟头又好几个钟头的时间，她仿佛被高高地往上提升，有个温暖又高耸的浪潮托着她漂浮，下方绊脚的石块全都没入，消失无踪。这种感觉是因为她再次有了信心，甚感喜悦，也因为一如她所相信的，她知道要做什么了。以后的一整天，以及接下来的一整天，她都觉得自己知道。她有个计划，而且乐在其中：其中包括了她无休止的长考中，突然出现的一道亮光，将警戒的状态推向顶点。她想到的是一个问题——"你知道的，假如是我抛弃了他们呢？假如是我太无反抗，就接受了我们这种奇怪的生活方式？"对于阿梅里戈和夏洛特，她自有一套程序，各不相同——这套程序和他们的程序相当不同。如此的解决之道在她面前升起，它的简单影响着她，令她着迷，这么长的一段时间，她竟然笨到都没察觉这么简单的好处，而且同时也已经开始见到成果。她自己只需做某件事来看看反应有多快即可。知道她丈夫已经做出反应，就是那波高高升起又不消退的海浪。他和她"碰面"——她是这么形容的；从他回她身旁到准备好用晚餐，他用一种大方、特别是欢乐的样子和她碰面；在她心里，这就是一种象征，他们两人可借此逃避某件事，它尚不十分明确，但又很清楚是挺糟的。事实上，即便她的计划已经开始产生作用，但是当他一副光鲜的样子又现身之时，她仍满心殷切，忙活着又摘又拔——在思想的花园里又摘又拔的，她把它看作某一朵盛开的花，可以当场呈献给他似的。嗯，这朵花是参与的花朵，她视它为此，在那个时间、那个地方，伸出手拿给他，直接将想法付诸行动，再不足挂齿也好，再不明显、再荒谬也好，都要与他分享，无论什么开心的、有趣的事，或是任何经验——因为如此，所以也要与夏洛特分享。

晚餐的时候她全心投入于同伴们，最近这一场冒险的点点滴滴，毫无保留给他知道，她多么想知道每件事情，尤其是夏洛特。她想知道夏洛特对马灿的评语，夏洛特的观点，她在那儿多得心应手，她又引发了什么效应是有迹可寻的，她无可仿效的穿着，她如何优雅展现机敏的一面，最后，还有她如何发挥她杰出的社交功力，等等，一连串的询问绕着这个主题没完没了。再者，对于他们想到开开心心去找城堡，玛吉的询问最是显得感同身受；她很高兴他们去玩一趟，而阿梅里戈则心情挺愉快地告诉他们有哪些有趣的发现，连冷牛肉、乳酪面包、客栈里奇怪又陈旧的气味和肮脏的桌布都说了。在热切的期待下他述说着，听到的已经是第二手的印象，那些好玩的事、自由自在的大好时光，只属于别人，他的目光不止一次越过餐桌看着她，仿佛内心颇受感动——仿佛在其中看到了些相当强烈的情绪。到最后，只剩他们两个人，她要摇铃找仆人来之前，他又再次宽容地接受她有点儿可说是不按牌理出牌的行为，她之前已经有过一次了。他们一块儿起身准备上楼；他正在说的几个人，已经快讲完了，最后才提到的是卡斯尔迪安夫人和布林特先生；之后她又谈到葛洛赛司特的"风格"这回事。他绕过桌子走向她，这个话题让他盯着她看，神情很温和也显得不太自在，看得出挺迷惑的，困窘的样子也藏不住，同样的神情也出现过，那是因为他觉得她好奇时很优雅迷人。好像他马上要说："你不需要假装，亲爱的，挺辛苦的，不需要认为得这么在乎才行！"——好像他站在她面前，一开口就说得出来似的，不必费力想，如此亲近地让人安心呢。她也早就准备好答案了——她一点儿都没假装；他牵着她的手，而她往上看着他，眼中尽是她对这个小计划的坚持，不含糊，认真又固执。从那一刻开始，她要他了解，她将会再次和他在一起，和他们在一起，打从那些"奇怪的"变动之后——真的可以如此称呼它们——她就真的没再这么做了，因为这些变动使得他们每个人，好像为了其他人之故，都太容易也太温和地就被忽略掉了。住在伦敦的人说，他们整体的生活需要一个特别的"形式"，而他们也将它视为理所当然——那的确是很好，只要这个形式是保留给外人看的；给自己人，顶多像是模子倒出来的美观冰镇布丁或是那类东西，吃的时候不必担心会弄断汤匙。一开始她只打算自己进一步观察到那个程度即可；她要他了解，她的计划里也包含着夏洛特。所以，一旦他开口说她在评断他的当下——说他逮到她对于他们情况有这个挺勇敢的想法——那么她可以清晰地侃侃而谈，甚至口若悬河。

然而，所发生的却是她一面等待，一面觉得自己目睹有个过程止深深植入他的内心，大致来说，似乎不必如此深入——这过程是在掂掇天平两端的重量，也是考虑、做决定和打消念头的过程。他已经猜到，她人在那儿是有个想法的，事实上她在那儿自有一番道理；只是很奇怪，这可让他最后没再说话了。这些情况她更容易察觉了，因为他现在看她的样子，比以往更显专注——这下子她感到惊惶，因为她不确定，他对她的想法是否无误。令人惊惶是因为他握着她的双手、弯下身来靠近她，好温和，仿佛想看得更清楚，了解更多，或许是要给更多——她不知道是哪样；不过他那么做，已经一把将她控制住了，她会如是说。她不再坚持，放手使自己的想法离去；她只知道他又将她拥入怀中。一直到过后她才认出差别在哪儿，感觉到他如何用行动来代替没说出口的话——在他眼里，可能比任何言语都要管用，事实上，无论何时，比任何事都更管用。命中注定避不开，她接受了也予以回应，事后回想起来，几乎像是认同他内心的假设：假设如此的表态，已经巨细靡遗地预测了也打点了每件事，也假设很可能任何刺激，都不会真的触发她心里按捺不住的那股冲动。不管怎么说，从他回来之后，这已经是第三次将她拉向他的胸膛；现在要离开房间了，他要她待在身边，走进大厅穿过它的时候，他都靠着她好紧，一起缓步移动至上方的房间。至于他的温柔所带来的幸福感，与她感受的敏锐度,他都是对的,对得不得了;不过,就算她觉得这些事把其他的都一扫而空,她心中仍因为它们而感到软弱,尝到某种恐怖的滋味。对她而言,的确仍有未竟之事,她万万不可因此而软弱,务必得坚强起来才行。虽然她牢牢相信,理论上自己已获致成功,因为她的激动表现已为人所见,错不了;然而,过了好几个小时之后,她依然觉得很软弱——如果可称之为软弱的话。

她很快地恢复了,回到那个感觉,此事总还有个夏洛特得应付——无论如何,不管夏洛特如何看待那些表现,即使是最糟的状况,或多或少,她也非得有所不同才行。夏洛特要作何反应,她的选择可多着呢,那是铁定的,等她从马灿回来的隔天见面时,玛吉采用相同的办法,也是一副非常希望听到她讲所有事情的样子。如同她要从自己伴侣那儿得知一样,她也要从她那儿得知事情的全貌;王子不在伊顿广场,而她几乎是铺张地大动作去到那儿,为达此目的而努力,她不断回到这个话题,只为了此目的,不管她丈夫在场也好,或是有数次简短的单独谈话也好。在她父亲面前,玛吉则出于直觉,借口说他和她一样很希望能再听听,那些回想起来有趣的事儿——也就是说,要他太太把已经告诉过他的,那些在前一天晚上,他们俩之间这类谈话,全都再说一遍。吃完午餐后她又找到他们,加入他们,因为她急于要继续用上她的办法,所以连他们人都仍未离开早餐的餐厅,虽然他们吃的是正午时分的餐点,她就已经当着她父亲的面表达,希望能听一两件轶事趣闻,以免再晚了可能会错过。夏洛特打扮好要出门,而她丈夫看起来肯定是不去了;他已经离开餐桌,靠近炉火坐着,旁边的架子上放着两三份早报,加上送来第二回和第三回,尚未看完的邮件——玛吉瞄了一眼就知道,比平常多更多,有传单、目录、广告、拍卖公告、外国的笔迹写的外国信封,那跟外国衣服一样,一看就错不了。夏洛特在窗边看着外面紧邻广场的小街道,好像出门前在等他们的客人来似的;像是一幅涂了油彩的画,有颜色的光线照着,怪怪的,为她的样子定了调,没有哪个物品能如此将其价值完全展现。她很灵敏,很快就知道自己又面临了一个问题,她加紧动脑想出对策：她的心思在前晚，已经学着短暂地放松一下，这是最近才有的感觉，但是又很快加速起来，她走出家门，接着走过半个城市——她从波特兰道一路走来——空气凝重得化不开。

叹了一口气，轻轻地，没人听得到；人站在那儿没开口说话，那些她对于事实所提出的证明，已在金色的迷雾中乍隐乍现，而雾也已经开始消散了。她面对的种种情况拿这金色迷雾没办法——已经显著地消融了；但它们又出现了，很明确，接下来的十五分钟都会如此，仿佛她一根根掰着手指头算着似的。最令她感受强烈的是，她父亲又一次展现全盘接受的态度，长久以来她觉得自己也有一样的特质；但现在很不同，情况太复杂了，她得分开来另外处理才行。那些接受的态度尚未令她觉得惊人至极——她把它们和自己的混成一气，因为最近她对自己接受事物的看法，也开始改变了。尽管她立刻心里明白，不管她提出任何有关接受度的新看法，一定会引起他某种程度的注意，也可能会令他很惊讶而改变了她与他目前共有的状态。此具体的影像在提醒她、警告她；有那么一会儿时间，夏洛特的脸很快地浮现出来，使她也搜寻着自己的脸庞，看看有什么要提醒的。她行礼如仪地亲吻了她的继母，然后从后方弯身靠近父亲，用脸颊碰碰他。迄今，这些小小的礼节让守卫轻松交接班——夏洛特好兴致地时常如此形容这个交班的过程。玛吉像个下了哨的卫兵，也因为太习惯这么做了很顺手，甚至连她的伴侣在这种情况，只要一收到这个暗号，就会起身离开，绝不会像个老百姓，有半点儿拉拉杂杂的闲聊。然而，这一次可不同了：假使我们这位小姐一直漂浮在自己第一个冲动上面，想要一击打碎现存的美丽幻觉，那么她现在也只需要一瞬间就可测知她弹出的音符是否冒险，她已经私底下反复练习过了。倘若她昨天已经练习过，在晚餐时弹了，也对着阿梅里戈弹了，那么她更知道要怎么对着魏维尔太太弹将起来；这对于进行此事大有帮助，她立刻说王子告诉她的不仅没有满足她的好奇心，反而更引发自己的兴趣了。她一脸坦诚又兴高采烈的样子问着——想问问他们俩在那段挺不寻常地延后归程的时间里，有什么收获。她承认啦，她已经尽可能要她丈夫说了,不过,做先生们的总是没办法把这类问题回答得尽如人意啊。他只是令她更好奇罢了,所以她才会这么早到,好听听夏洛特说的,一丁点儿都不想错过。

"爸爸,太太们啊,"她说,"说起事来总是比较清楚——虽然我也承认,"她为了夏洛特又补充说,"做父亲的比起做丈夫的,也好不到哪儿去。您对他说过的话,"她面带微笑,"他再来告诉我,每每连十分之一都不到。所以呀,我可希望您没把每件事都告诉他了,这么一来,我很可能会漏掉最精彩的部分呢。"玛吉一路说着,她一路说下去——觉得自己没停下来过。她这副模样令自己想起女演员,事前不断研究戏份,也一直排练;不过,突然间一上了台,站在打亮的脚灯前面,却开始即兴演出,说的词儿都不在剧本里。她正是靠着舞台和脚灯这份感觉撑着,更加昂然挺立:就好像既然是演出,自然地会有某个平台——这真是她生平头一遭的演出,要是把前天下午的也算进去,那就是第二回了。她感受得到那个平台在她脚下三四天之久,整个期间灵思泉涌,她很英勇地即兴发挥。准备工作和练习算不上什么,她的戏份无所限制,要说什么,要做什么,她随机应变发想一番。对于此项技艺,她只有一条规则——要控制在范围内,而且自己不可惊慌失措,一个星期的时间就可确知成效为何。她情绪很兴奋时心里想,这实在太简单了:一点一滴改变,还要另外三人,尤其是她父亲,都不怀疑她的手法。就算起了疑心,他们也会想要个理由,而那个不堪的真相,她仍没想好理由应对——也就是说,她不知道哪个理由称得上是合理。她想想自己一辈子在父亲身边,视他为标杆,总是用直觉也颇为美妙地、以合理的理由来处理事务。如果在这方面她为他所做的,不过是个差劲的替代品的话,那才真是最大的羞辱。除非她有资格明确地说她很嫉妒,否则她没有资格能像样地说她不满意。唯有后者成立,前者才说得通;没有前者在后面的支撑,则一定会倒地不起。所以说,如果此事已经为她安排得很妥当,那么她有一张牌可以打,不过,也只有一张,而且一把它打出来,也就要终结这场牌戏。她觉得自己是她父亲的牌友兼伙伴——围坐在小小的绿方桌,两人中间放着很高的银制的古烛台,四个角落都打点得干净整齐。有个画面不断出现在她心里,如果她问个问题,说出疑虑,谈一下其他人打的牌,都会破坏整个氛围的魔力。她得称它是魔力,因为它要她的同伴持续灌注心力,永远坐在那儿心满意足地忙活着。不管她说什么,最后都得说她为何嫉妒;当她独处时,久久干瞪着眼,瞪到热泪盈眶也不可能说得出口。

　　这个星期她早上的时间都在伊顿广场,待在她父亲和他太太之间,一星期终了之时,她只意识到又接受了很好的款待,除此之外,没别的了。我务必得补充一下,她最后发现自己相当怪异地纳闷着,以意识来说,有什么能如此势不可挡。这个测试多用于夏洛特身上,而她的反应应该会为此测试盖上成功的戳记,她心里很清楚;这么一来,就算成功本身的利益,好像不如原本的形象那么扎实,我们这位小姐,依然拿它来与阿梅里戈坚定的表达方式互相比拟,挺享受地回味着。玛吉对那件事保留着不止一份回味,我说过,当她暗中打起仗来的时候,有若干印象牢牢得记在她心里;有件事她的感受很明确,一定得说说,在几个时刻里面,夏洛特一下子显得不甚确定。没错,她表现出来的是——她无法不表现出来——她已经有了个想法;正如前个晚上,她表现给丈夫看她一面等着他,心里是带着情绪的。这两个情况的相似之处,一直使她记得两张脸上的表情,可像得紧呢——说到这儿,她自认已经用同样的方式影响他们了,或许,无论如何他们各自都将感觉掩盖得好极了。只要一做这种比较,对玛吉而言,就是要常常回想,反复思索,想办法从最后的渣滓,再榨出点儿什么耐人寻味的东西来——简单来说,就是紧张兮兮、暧昧莫名又停不住地把玩这件事,好比把玩着一枚大奖章,两面各有一幅珍爱的小画像,用条金链子圈着悬挂在她的颈项,链子既精致又牢固,再用力都扯不断。两张小画像是背对背,但是她怎么看都是脸对脸,而且每当她从一张脸看到另一张脸,她就发现夏洛特的眼中转瞬间闪着"她到底想要干吗?"这句话也在王子眼中来来去去。所以,另一道光出现,她又懂了另一件事,在波特兰道和伊顿广场都一样,那时她才一表示不想妨碍谁——不想造成夏洛特更不方便，只是要她接受自己想要和她一起出去走走；此道光线一下子变得发亮灼热起来。那个过程里她人在场，如同其他家务事的场合里，她也会在场一样——譬如说挂上一幅新的图画，或是帮小王子试试他第一件小裤装。

她整个星期都在场，魏维尔太太则展现迷人风范，热诚不曾稍减，欢迎有她为伴。夏洛特要的只不过是个暗示，她也看到她收到了，不就是发生在早餐室里的那一段，虽然挺克制却又无法忘怀，那不是暗示又是什么呢？不论看起来有多平淡的样子，收到此暗示的态度可不是很柔顺，也不是有什么先决条件，或是有所保留；而是充满渴望，充满感激，用温柔优雅的姿态取代种种解释。这个状况的确是可能出现非常慷慨给予方便的情形，使得整件事说得通——仿佛真的把王妃当成懂得变通的人，用圆融的规则来接受律法里这些反复无常的样貌。反复无常的情况其实普遍可见，但凑巧的是，无论何处，只要女士们其中的一位出现了，就成了另一位女士出现的指标，除非哪天这跟随的热潮改变了，否则从没失误过。此时期的变化为那张明亮的脸庞饰以丰富的色彩，魏维尔太太只希望知道，随时有什么需要她做的，待在那儿只为了听候指示，如果可能的话，把那些指令下得更好。情况持续着，而这两位小姐，又再次成了好同伴，像当年那些日子一样。在那些日子里，玛吉既令人欣羡又慷慨，而夏洛特总会延长她来做客的时间；那些日子里，她们是平等的，因为前者本性天真，对于自己的优势懵懵懂懂。早期的这些元素又再次涌入生活之中，频频相聚又很亲密，是友伴的最高表现——互相赞美，亲昵的称呼，也说说心事。彼此为了另一个人的幸福而积极地投入，也在两者身上产生了少见的迷人效应：一切都进一步提升——是提升了或是有所限制，谁又说得准呢？——因为多了新的圆滑手腕，几乎称得上焦虑，特别是可见于夏洛特这边，不管问话也好，答话也好，确知王妃打算要做什么，或是满不满意等等，都坚定展现出奉行不悖之貌，似乎又要再一次表现出关系是不同的，虽然手法细致多了。总归一句话，夏洛特的态度有时显得过于客套，有别人在场的时候，更是保持得非常低调谦卑；有时又突然开口，一本正经地提出些建议和认同的看法，那可能表示她有职责在身，不可"忽略"社交上的特点。最令玛吉印象深刻的是，有几段比较闲散的时间里，她们只要关照自己即可，但是当她同伴坚持绝不走在她前面，坚持她没坐定之前也不入座，坚持她没表示要离开之前不会出现任何打扰的动作，也坚持不会因为太熟了而忘记她不仅是个重要人物，也很敏感。这些都使她们的往来多了薄薄一层银光闪闪的礼数。它挂在她们上方像王室搭的顶篷，提醒着，虽然当宫女是个稳当的好差事，身份也挺安定的，但是，小王后就算脾气再好，也永远是个小王后，只消给点儿警告就会记住这一点。

　　林林总总加起来都成功得不得了，然而，也感受到另一部分的事同时变得轻松。夏洛特与她应对时很敏捷，但又有点儿过了头，像是中途插嘴一般：尤其有件事又引起她的注意，因为她丈夫说，他也一样随时听候差遣，话就是这么说的，只要给他——其中另一个词儿也是——漏点儿口风就够了。她听过他在心情不错时，说过泄露口风这种英式俗语，展现他不凡的同化力量，此力量值得更好的理想与更高昂的激励。有需要的时候，他从她那儿接手过来，一开始是因为得以松口气而满心欢喜，也延长了她短暂的空当时间。然后，他们的关系明显有了调整，尽管发生得很快，而且只是表面上而已，但她算得上又再次做了一点牺牲。"我每件事都得做，"她曾说，"还不能给爸爸看到我做了什么——至少得等事情做完再说！"不过，她几乎不知道，接下来几天要如何不使这位生活中的同伴看见，或是要怎么哄过去。她一下子就看出来，有件事来得挺快的，假使她的继母已经用美妙的手法掌控了她，假使她因此又再次地、几乎是被一把抓着离开她丈夫身边，那么从另一方面来说，她在伊顿广场也马上得到了非常好的协助。为了有助于这个她们自以为在过生活的世界，她和夏洛特会一起回家，她们紧密的关系没什么不可公之于世，也让别人赞美一番，这个理由可不容小觑——在这些时间里，她开始很规律地发现，女士们不在家的时候，阿梅里戈要么去和他岳父坐坐，要么就自在地过他的家庭生活,等同于她和夏洛特出外走走一样。此特别的印象使玛吉觉得,每件事都溶解了、化成碎片——也就是说,每件她有意要质疑他们平凡生活中那完美状态的事都碎了。这个浪潮带来的特别转折又将他们分开来,那是真的——重新切成一对对、一群群。仿佛他们之间最需维持下去的,是一份祥和平静的感觉而已;仿佛阿梅里戈自己心底也一样想着这件事,关照着这件事。为了应付这一点,他使她父亲有她陪着,而他能为他们所做的,这是再好不过的了。总之一句话,只要打个信号,他就有所行动,而通过观察就会得到暗示;只要看到她行为上有些微改变,他就明白了:他对人际关系有非常敏锐的直觉,无人能及,只要一感受到变化,立即能迎头赶上,应对一番。她重新感受到,自己嫁了一位十足的绅士;也因此,尽管她不愿意把他们所有微妙的事,都拿来粗鲁地讨论一番,她仍然一次次在波特兰道说:"你知道,就算我不爱你,不爱你这个人,但我还是会爱你,因为他的关系。"每次她发表完这类言论之后,他看着她的表情,就像夏洛特在伊顿广场看她一样,当时她对她提及他的好心善意:她夸张的说法,引发了一抹不太明显、几乎是若有所思的微笑,虽然没什么恶意,但也常令她注意到。"哎,我可怜的孩子,"夏洛特可能会觉得不吐不快,当场就回答,"好人就是那个样儿呀,到处都是——所以喽,有什么好大惊小怪呢?我们全都是好人嘛——我们哪会不是呢?如果我们不是的话,又哪能一路走得这么远——而且我认为,我们的确已经走得非常远了。你又何必'一副'好像你本人挺不完美、做不了最贴心的事似的?——好像你其实并非在如此的环境下成长似的;打从以前一接近你们开始,我就知道,这个环境围绕着善良的事物,而现在你们又使我得以在你们之间,过得这么幸福。"其实魏维尔太太太可不必提及另外一点,也就是她身为一位心存感激而又让人无可挑剔的好妻子。"我也可以提醒你,你丈夫如果有机会,可能会做什么糟糕的事,那可不妙,不如和我丈夫待在一块儿会更好些。亲爱的,我正好非常欣赏我丈夫呢——我正好也完全了解,他应该要多交些朋友,而别人也喜欢有他陪伴。"

　　这类听了就令人开心的话语，在另一间房子里从夏洛特口中说出，依旧回响在空气中。但如我们所见，对于我们这位年轻女士而言，将同一来源所散发出来的信息，去芜存菁之后，空气中仍有点儿不同的东西，对此她把持住原则，不提异议也不反驳。她回想到那个画面——时间到了画面就会出现；而基本上我们想要知道的可能是，它激发出玛吉最后一次的沉思，那是由内心发出的沉思，它为她发出一道光，像是夜里绽放的一朵硕大的花。这道光才稍稍扩展开来，就已经将某些部分照得清清楚楚，好惊人。她心里忽然想，才三天下来，怎么会如此清晰啊。她的成功很明确，也无可挑剔，就好像她一直悄然无声地划着船，靠向某个陌生的岸边，而且在那里她吓了一跳，因为发现自己只要想到小船很可能驶离，把她留下来，就足以让她打哆嗦。那道光线闪着字，而那两个字就是他们在敷衍她，他们随她的脚步行事——也随着她父亲的脚步行事——他们的计划和她的相对应，天衣无缝。他们不是从她那儿，而是从彼此得到行动的信号——这特别让她无法入眠；他们打心底同声一气，想到的办法完全相合，一旦她开始注意到这点，那态度、表情和语气，更是一致地盯着她瞧。他们有个看法，针对她的处境以及她几个可能的心态——他们从马灿回来之后，察觉她有了微妙的改变，才有了这个看法。他们得解读那几乎完全被压抑的小变化，发着无声的评论——他们并不太知道该就什么发出评论；现在它于王妃头上，拱成了个大圆顶，大肆地横展开来，他们之间针对这个主题的重要沟通，一定很即时，不会拖延。如我们提过的，对她而言，这项新的认知布满古怪的暗示，但尚未获致解答的问题，也在此过程里进进出出——譬如说，为什么这么急于恢复和谐是挺重要的，这就是个问题。啊，等她一块块拼凑起来之后，整个过程变得好鲜活；她的房子已经井然有序，但是她从清扫收拢过来的垃圾里，很可能依然挑得出几颗闪亮的小钻石。为了这个理由，她往垃圾箱弯身探看，抱持着单纯的节约做法，连最后一丁点渣滓也不放过。然后，出现了阿梅里戈的脸，原本已经忘怀的一张脸，那天晚上呆立于她的小房间①门口，当时她坐在椅子上，双眼仔细地看着他——这一点点的记忆强大无比，也发出它全部的力道。问题就在几扇门上面，她后来把它们关上隔在外面，现在她可看见了；而我们了解，她也因此关在里面，将多情的自己关在里面，只知道他又出现了，幸好常看到他。这些事毕竟是明证，取代了其他一切；因为当下，即便她正看着那道冲刷着的温暖浪潮早已上了海滩，漫流得老远。接着她都算不清有几个钟头的时间，一直感到晕头转向，波翻浪滚得都快窒息了——真的就在海底的深处，周围隔着翠绿和珍珠色的墙；虽然明天在伊顿广场和夏洛特面对面时，她仍得探出墙头来喘口气。尽管如此，此时很明显的，首要的也是基本的印象维持不变，仍在上了拴的门槛另一边，像个暗暗打探消息的仆人。他瞅着眼等在那儿，以便随时逮个最小的借口，好再进去瞧一瞧。仿佛他已经在她身上找到这个借口似的，因为她老是要评比一番——比比看她丈夫一目了然的寻常特性，与她继母现在"解读"她心思的方式。她亲眼看见也好，没有也好，无论如何，一比较之下，她直接感受到她同伴们的心思，正极度热切地运作着，而且运作的手法非常和谐；但就在一切都看起来都差不多的情况里，如午夜时分难以辨识，她从中见到了自己的曙光。

这个计策经过深思熟虑，因为他们不想伤害她，也对她很尊重；各个都有某种拉拢的方式，好让对方投入；因此，随着计划推进，证明了她已成为他们可以一起亲密研究的主题。他们不知道竟然要伤了她之前，听到某个警报响了，又急切又焦虑，很快、很快，他们就发了个讯号，把自己机灵的想法传到另一个房子，这些天下来，那倒是给她自己的想法获益不少。他们故意把她关在里面——难怪她头上那个拱顶，看似弯曲得好沉重；她的无助成了个坚实的房间，她就这样坐在里面，好像泡在一盆刻意为她准备的洗澡水里，装着满满的好意，她只能努力伸长了脖子，才能够得上浴缸的边缘看看。能在满满

---

① 原文为意大利语：salottino。

的好意里面泡个澡是很好啊，不过至少，除非是得了某种病的病人、紧张兮兮的怪人或是迷了路的小孩，若不是自己要求，通常不会泡得这么彻底。她一点儿都不曾如此要求过。她拍了拍小小的翅膀，是渴望飞翔的象征，不仅仅是请求多个镀金的笼子，以及额外多几块糖。尤有甚者，她没抱怨过，连颤抖着发个音也不曾——那么，她可曾表现出她特别害怕受到什么伤害吗？她曾受过什么伤——她可曾对他们提过一个字吗？倘若她埋怨过或是闷闷不乐，那他们可能有理由；不过，如果她从头到尾除了一副柔顺与婉约的样子，还有其他表现，那她就去死算了——她对自己连重话都说了。他们自己有套程序运作着，相当小心翼翼也有应对的策略，也因此有些非做不可的事，一切全都给想起来了。他们给她进了浴缸，而且他们自己为了前后言行一致——也就是说彼此要言行一致——一定得要她继续待在那儿才行。那种情况下，她就不会来插手干预那条策略，都已经定好了，也都安排好了。想到这点她心情非常紧绷——时不时地停下来，也很胆怯，但是过后，总能轻快地再一跃而起。她想清楚了，她丈夫和他的同僚二话不说，致力于不给她自由活动。有策略也好，没有也罢，都是他们亲手安排的。她一定得被摆在某个位置，才不会乱了他们的套。只要她给他们一个动机，整件事马上就会贴合得天衣无缝。说也奇怪，到了这个时候事情开始明朗，有个理想支持着他们，但她想不出自己的理想和他们的有何不同。当然啦，他们也是受到安排——所有四个人都是经由安排的；不过，精确地说，他们的生活基调，不就是被安排在一起吗？唉！阿梅里戈和夏洛特被安排在一起，而她则是——也只能对自己说——被另外安排。她感受到这一切以十足的一阵力道冲过心头，加上十天前的破浪之举，又是另一阵力道。她父亲本人似乎并没有看出那只隐然操控的手，而她却在刚开始完全了解后的震惊里，竭力地稳住自己不要倒下，所以，她觉得好孤单。

第 三 章

从很早开始——自圣诞节过后吧——就已经计划好了，父女俩应该一起"做点儿很棒的事"，而且他们有机会就一再提起，按部就班地喂养这个计划成形茁壮，虽然仍不至于直接叫它双脚触地，走起路来。大部分是在客厅的地毯上小试几招，双方都表现得很殷勤，场面控制得很好，也防备得很好，最终是预想了很多可能会发生的尴尬，或是意外状况。他们的同伴也是一个样儿，不断配合演出，一会儿堆着一脸的同感了解之情，一会儿又摆出欢快之姿，从没获得这般满堂彩；玛吉现在可懂了，当这个计划仍在新生儿阶段，把它短短的腿儿乱踢一通的时候——把他们踢过了英吉利海峡、半个欧洲大陆，也把他们踢着一路翻过比利牛斯山，甚至天真无邪，又得意地说了个西班牙名字。现在她心里想，他们是否"真的"相信，只是想要抓住机会，从事一些这类冒险举动；他们有哪一个人，只要见到了可行之机，没太太或是丈夫在旁，除了像垂吊个玩具挂在对方面前之外，他们可以立即开溜，好在"他们死之前"，再看一眼马德里的画作，或是三四幅一直延宕着没看的大作，第一流的稀世珍品，这个消息来源很可靠，照片也很多，却没人对此知情，它们仍在僻静之处，耐心等着他们悄然无声的光临。这个画面在更显暗淡的伊顿广场里，一直被把玩着，整个的冒险活动一讲，讲到春天时节，长达三四个星期之久；是他们日常生活中的三四个星期之久，而他们的日常生活本来就是固不可移，规律得不得了。这期间他们都在一起，不管是早上、下午、晚上、散步、坐车、或随意看看老地方；特别是交谊上也轻松自在，那可都是花钱买来的，因为他们的房子很舒服也备受赞扬，根本是付费所能得到最好的了，但这个价码让一切都"到位"了，简直便宜得——对那父亲和小孩而言——如九牛一毛。玛吉纳闷着，是否自己是真心要走这一趟，也想着如果什么事都没有发生过，那么她是否依然愿意照着他们的计划而行。

她现在不可能照着走了，因为她感觉到每件事都发生了，我们可想而知。她和每一个同伴的关系已经产生变化，而她压抑不住地想，对阿梅里戈和夏洛特要表现得和以前一样，那是极度虚伪。这些日子里，她认为和父亲出国旅游一趟，不管是他那边或是自己，都是自信的最新表现，令人喜不自胜，而且这个想法迷人之处在于它很崇高。日复一日她一直拖着"说"出口，她心里总括地称它如此——也就是开口对她父亲说。更为之所苦的是，她等着他亲自打破沉默，心也一直奇怪地悬着。几天下来，她一直等，那个早上等着、那个下午等着、那个晚上也等着，还有隔天、隔天又隔天一样等着；她甚至下定决心这么想，假使他再避开得更久一些，那就证明了他也觉得很不安。他们都办到了，把彼此搞得迷迷糊糊的；仿佛他们终究非得转开脸，视而不见，因为原本保护着他们的那片银色薄雾，明显地已经开始渐渐散开。到四月底的时候，她终于决定，如果二十四小时内他依然什么都不说的话，那么她只得把它当作，他们所为皆是枉然，那是她私底下心里的用语。夏天要来了，到肯定已经很热的西班牙旅行，想假装很喜欢也装不来。从他嘴里说出如此提议，仍是乐观得过了头、他一贯的表达方式——其实他并不真想跑来跑去，或是尤有甚者，跑到比再回去丰司更远的地方去，这只说明了他心里并不满意。不管他要什么、不要什么，到最后都及时考验着玛吉，使她重新上紧发条。这天她和丈夫在伊顿广场用晚餐，由魏维尔先生与太太做东，款待卡斯尔迪安勋爵与夫人。我们这群人为了不让这类事失礼，好多天前就开始准备了，问题缩减到只剩一个需要两家人做的。要安排停当蛮容易的——不管大小事都交给阿梅里戈和夏洛特即可；一开始的事儿当然是交给魏维尔太太，她去过马灿，而那时候玛吉离得老远；在伊顿广场的那个晚上，可当作更私人的交谊，晚餐自然是以"密友"的方式来安排。连马灿来的男女主人在内，仅有六名其他宾客同席，每个人对玛吉而言，都是在那座想象的房子里、复活节狂欢的关联事证，颇值得玩味。他们对那件事的回忆，普遍觉得很好、回味无穷——谈论的时候表情喜滋滋的，阿梅里戈和夏洛特尤其明显，使他们有种难以探究的伙伴关系，也使得这位小姐的想象力，碎裂成微小的虚幻波影。

她并非希望自己去过那个大家回想中的宴会或是知道它的秘密；因为她不在乎它的秘密——她现在唯一关心的只有自己的秘密。她只是猛然间了解，她需要付出多大的力量来滋养，以及她又能从这些人身上获得多少。因此，她忽然间很渴望能拥有他们、利用他们，甚至到了敢于冒犯他人的地步，要勇于反抗，要直接压榨，或许，可能也蛮享受披着邪恶假面的外貌，使他们误以为是她的好奇心罢了。最后的这个想法一闪而过，不过，她一旦知道了——她忍不住这么想，自己是他们某种怪异的经验，一如他们对她而言也是——她不会设限，要想方设法不让他们全身而退。今晚她起了头之后，就要一直继续前进；如同三个星期之前一样，那天早上她见到父亲与他妻子一块儿在早餐室里等她，那一幕有决定性的影响，她真的感觉自己在不停前进。另一个这样的场景里，卡斯尔迪安夫人是决定性的那一位，她点亮了光，或者说是热度也行，令人烦躁起来。尽管有各式各样的理由，她知道自己很奇怪，就是不喜欢卡斯尔迪安夫人；最黄的头发上戴着最大的钻石，双眼眨着最长的睫毛，很美，也很假，穿的是最紫色的天鹅绒，披上最古老的蕾丝，一举手一投足最不失礼，却有着错得最厉害的看法。这位贵妇的看法是，她一辈子的每一个时刻，都占尽了所有的好处——这让她变得温和美好，甚至几乎是慷慨大度；以至于她分不清楚，比较没名气、像一堆昆虫般穿梭于社交场上的人，哪些是他们突出又通常视野宽广的眼睛，哪些又是他们身体与翅膀上的圆点装饰。不管在伦敦或世界各地，玛吉喜欢的人，比她认为或判断是自己该担心的人更多，所以这次的情况，才会使她如此积极地想要了解，为何没再听到后续的结果。只不过，有个既迷人又机灵的女子，猜测着她的心思——把她当成阿梅里戈的妻子猜测着，再者，也是怀着好意地猜测着，其不自觉的反应表现得几乎是挺吃惊的。

全部八个人的观点——就那一个——是她从他们随意的回想里

所理解到的。阿梅里戈那儿倒仍有些不甚清楚之处，而她说出来的话，都被他们当成像个穿了衣服的布娃娃，既温柔又老练地抓着她塞得扎扎实实的肚子，摆对姿态。只要一捏肚子，她就会说些什么出来。他们大可指望她，用不寻常的声调，学人家说，"喔，是呀，我一直在这儿呢。我这方面也是打一开始就挺花钱的，那是假不了；我是说，我整个人里里外外就花了我父亲不少钱，还花了好多功夫让我丈夫进门——好训练我——那可是钱也换不来的呢。"嗯，她会要他们瞧瞧如此这般，而用过晚餐后，在他们还没分散之前，她已将想法诉诸行动；她不按常理，几乎是武断地要他们同样，全都得来波特兰道和她吃饭，只要他们不介意是原班人马的话，因为原班人马就是她想要的。呵，她正前进着，她正前进着——她又重新感觉到了；好像她已经打了十个喷嚏，还是突然间迸唱出欢快的歌。这一连串的事情里有些空当，宛如过程里会有若干停顿一般；她尚不十分明了他们要拿她怎么办，也不知道她自己该如何对付他们；不过在她中规中矩的外表下，只要想到自己起码已经开始做点儿什么的时候，她就上下不停地翩翩飞舞——所以，就算觉得成了大家猜测的汇集点，她也相当喜欢。毕竟，他们猜得再多也无妨——那被逼到无处去的六个人在她面前，闪着微微的光，她可能有办法像群羊般赶着他们：她紧绷的意识所尝到最烈的滋味，是她推测出自己已经转移了，或是像他们说的，已经虏获了阿梅里戈和夏洛特的注意力，其间她连看都没看他们一眼。至于他们本身，她已经把他们加入那六个人中。接下来的几分钟，他们和自己的职务脱离关系——简言之，就是放弃了他们的职位，把他们吓了一跳也深印脑海。"他们吓呆了，他们吓呆了！"她内心深处评论着；他们顿时慌了，这反倒使她凝聚了领悟力。

她领会外表的能力，也因此大大超过她对于原因的看法；不过，当下以及当场她就认为，如果她只能直接从外表看出事实，只把他们推挤回到他们的位置上，那些一直摇摆不定、让人雾里看花、变来变去的原因，很可能依旧无法清楚呈现。这当然不是因为王子和魏维尔太太见到她对他们的朋友如此客气，因而甚感讶异；正好相反，是因为她一点都没有客套之意：她全然不顾任何含蓄的对应方式——例如，等对方表示首肯才说话啦，"假如"这类建议用语啦，或是约略地接受邀约，等等——这些方式都会使这些人得以推辞她，要是他们希望这么做的话。她计划的好处，她用如此蛮横的行为，就因为他们正是那群人，她以前对这群人挺害羞的，这会儿她突然对着他们张大嘴说话。我们可以补充说，后来的情况遍布她激动又坚决的步伐，至于他们是谁或不是谁，已经无关紧要了；不过此时，这群今晚要带回家的人，她有了特别的感觉，这倒是帮她打破了冰层最厚之处。更意料之外的是，对她父亲可能也有帮助；几乎是等他们人一走，他就做了那件她一直等却也一直落空绝望的事——就像其他每件事一样，他的做法很简单，反倒是把那些想要更深地探知、想进一步了解他用意的人，都落到"后面"去，赶不上他说的话，啥事也做不了。他直接就说了出来，无所顾忌又美妙地把它变得轻描淡写，也恳请他们知道，要是戳破这个气氛，他们会有何损失："我猜我们不会去那里了吧，不是吗，玛吉？——这里才正要讨人喜欢呢。"就那样办了，也没个特定目标；不过这么一挥手就帮她把事情敲定，帮阿梅里戈与夏洛特敲定的也不遑多让，甚至更多，他们身上所产生的效应非常庞大，她在心里偷偷地揣度着，几乎要喘不过气来。现在每件事对起来都配合得挺稳当的，就算感觉得到那庞大的效应，她依然秉持原则，连瞧都不瞧那一对一眼。那神奇的五分钟里，她的眼睛虽然没在看，但是隐约感觉他们在她两侧，显得比以往更高大些，比真人更大，比心里想的更大，也比任何危险、任何安全都来得更大。最后，有那么一段时间，她觉得天旋地转，当作他们不在这个房间里似的，什么都没想。

她从来都不曾如此对待他们——甚至连刚才也没有，那时候她忙着对马灿那群人施展她的计谋；她目前的态度更显得旁若无人，他们的沉默充满在空气中，而她正对着另一个同伴讲话，好像只要考量他即可。他已经很神奇地给了她一个提示，指出讨人喜欢这一点——跟他成功的晚餐是一样的——可以当作他们在收买别人不再坚持而弃权；所以整个听起来，他们的谈话仿佛挺自私的，这类经验会扩大，也会反复出现，这是必然的。玛吉的行动力也因此前所未见地充沛，靠在她父亲的跟前，紧紧抓住他的目光，片刻不移；同时告诉自己，要微笑，要谈下去，要开始她一系列的作为，"他这么说是什么意思啊？那是个问题——他是什么意思啊？"但是，又要再次研究他发出的所有征象，倒是并不稀奇，因为那是最近的焦虑所造成的，也要在那珍贵的几分钟观察其他人的反应。她感觉其他人隐约地出现在他们的沉默里；她事后知道，她并不清楚这段时间的长短，但是它越拉越长——在比较单纯的情况下，真的会被称之为尴尬——好像是她在拉紧绳索似的。然而十分钟之后，已经在回家的马车上，那是她丈夫为了减少耽搁立刻备妥的，一声令下就启程了；十分钟之后，她拉紧得简直要断掉了。王子缩短了她徘徊的时间，因为他走到门口的速度比平常快得多，通常他们在这样的晚上，都会慢慢消磨时间，随意聊聊；她的反应就是把它当作一个象征，他不耐烦于为她缓和一下那诡异的气氛，因为那件一起谈论的事，更精确地说，那件在他们面前敲定的事，他并没有立刻给予喝彩，夏洛特也没有。他有时间了解她可能是怎么想的，而他几乎是催着她进马车，其实这和他认为势必得采取新的行动有关。她模棱两可的样子绝对是在折磨他；但是他已经找到抚慰与纠正的方法了——这一点她这方面，倒是有个很精明的想法，知道该如何做。她本身为此已备妥一个真相，她一面坐在有顶篷的马车里，一面讶异于自己所做的准备工作。她几乎没有停顿，直接说了出来。

"我很肯定那是爸爸要说的话，就算我留下他一个人也一样。我已经都让他自己来，而你也看到结果了。他现在讨厌搬来搬去——他太喜欢和我们在一起。不过，就算你看到结果，"她觉得自己很了不起，话题没断掉，"可能你并没有看到原因为何。原因呀，亲爱的，实在太可爱了。"

她丈夫坐在她旁边，有那么一两分钟，她观察到他什么也没说，什么也没做。感觉起来，他仿佛一直在思考、等待和做决定：然而，在他开口之前，他的样子也肯定是演出来的，她觉得是如此。他用手臂围住她，把她拉得更靠近些——通常这类时间，不仅代表着也一定会让人陶醉于他单手牢牢地长久拥抱，感受到她整个人不知有多大的重量，全靠在他身上。她因此是被抓着的状态，被索求着，感觉很强烈也太熟悉了；她已经说了自己打算好的也很想说的事，而且相较于其他一切，她更感觉到，无论他要做什么，她都不能置之不理。没错，她被他施展的手法紧紧掌握住，而且她知道那是怎么一回事。不过，她同时也被自己明显的回应紧紧掌握住，惊人的是，两件令她激动的事情里，后者很快地更显突出。他倒是不疾不徐，勉强回了她的话："你父亲决定不去的原因？"

"是呀，还有我为何默默不出声，让他自己来的原因——我是说，我没有一直坚持。"她被紧紧压着、挤着，她的话又停了一下；这令她觉得自己像是正使出极大的力量反抗。对她而言，这份感受真是够奇怪，未曾体验过；他们坐在马车里一面前进着，托天之幸，她当场与当下都觉得拥有些优势，她可以放弃，也可以留着。怪啊，怪不可言——她了解得太清楚了，一旦真的选择放弃，她也就永远放弃一切。如她身上骨头所承受的，她丈夫紧紧抓住她的真正用意是她应该放弃：正是为此，他才转而施展一向攻无不克的魔法。他知道如何施展魔法——她从未了解得像最近这么清楚，他有时候是个心胸非常宽大的爱人：那部分正是她一直认为，他具有王子风范的个性，不管是在交谈还是表达事物以及对人生看法时，总一副自在优雅而又气度宏大的样子，具备展现他迷人气质的天分。她应该将头往后仰，靠在他的肩膀上，再稍微动一下使他确实知道，她没有反抗的意思。他们一路前进，而她知觉的每个悸动都在催促她——每个悸动其实只代表一件事，也就是她内心深处更想知道，她"真的"走到哪一步了。因此，在她把剩下的想法说出来的时候，仍保持着头脑清晰，也打算就这样保持下去。虽然她也瞪着马车的窗子往外看，但是忍耐的痛苦泪水已经涌现，所幸在暮霭中难以看清。她正在努力的事情可怕地伤害着她自己，也因为无法大叫，她沉默不语，双眼充满泪水。同样的这对眼睛，看完在她旁边铺展开来的广场，也看完伦敦灰色夜景的全貌之后，她英勇地完成一项功绩，没漏掉想要看到的；她的双唇依然能用欢快的语调说话，得以助她一臂之力，也保护她不穿帮。"因为不想留下你，亲爱的，他才会什么都不想做；你知道的，要是你和他一起去的话，我想他哪儿都会去。我是说，就你和他两个人。"玛吉一面说话，一面瞪着窗外看。

阿梅里戈想了一下才回答。"呵，这个亲爱的老顽童！你要我去跟他建议点儿什么吗？"

"嗯，只要你认为受得了就好。"

"然后留下，"王子问，"你和夏洛特两个人？"

"有何不可呢？"玛吉也等了一会儿，不过等她一开口的时候，话就说得很清楚了，"为什么我的原因之一不能是夏洛特呢——我不想留下她呀？她总是对我这么好，这么无可挑剔——像刚才那样更是神奇得无以复加。我们毕竟在一起的时间更久——那段时间里，我们想的几乎只有彼此；好像又回到过去一般。"她进行得圆满极了，因为她自认为很圆满，"仿佛我们一直思念着彼此，曾稍微分开了，虽然是肩并肩在过日子。不过美好的时刻，只要一个人诚心等候，"她很快补充说，"总会降临。再说，你也亲眼看到了，因为你已经努力讨父亲欢心；每道风吹过来，你就用自己美好的方式，去感觉每个不同之处；不需要别人告诉你，也不用催促，你的好意和强烈的本能，自然就能与之相处，完全没问题。不过，你当然同时也见到了，我和他都深深感觉到你的用心良苦，想办法不让他独处太久，而我这方面也才不至于看起来——你可能会这么说——忽略他了。这一点，"她继续说，"我再怎么感谢你都不够，你为我做了这么多好事都比不上这一件呢。"她继续解释下去，好像她挺乐于解释似的——尽管她知道他一定心里明白，她形容说他有多自由，这也是他随和的一面，"那些日子，你自己把小孩带来；每次你来的时候就带着他——世上没有哪件你想得出来的事，比这更使父亲着迷的了。还有啊，你总是知道如何使自己与他相处投缘，也总是知道如何让别人看起来，他也与你相处投缘，真是美妙。只是这几个星期，你好像希望再提醒他一下——只是想要他开心罢了。结果就是这样,"她总结说,"都是你办到的。你得到了你要的结果——他不想去你不在的地方,就算一两个月都不要。他并不想烦你或是让你觉得无聊——我可认为他从未那样吧,你知道的;你只要给我时间,我会跟以往一样自己来招呼他,绝不会给你困扰。不过,他就是受不了没看见你嘛。"

她揪着这个话题说个不停,越说越多,不断加料。真的一点困难都没有,这要归功于所说的每一个字,都是经过长久感觉的酝酿,准备得快满而溢了。她画了张图,直接拿给他看,挂在他面前;她快乐地回忆起,有一天在小王子的激励下,他竟然提议在伊顿广场来个动物园之旅吧,比他老的和比他小的两人,有了这个开心的念头,他当下就带他去了,他学着后者的声调,两人多多少少一起把老虎狮子全介绍给爷爷知道,爷爷好紧张,吓得都要缩起来呢。一点一滴,她不自觉地渐渐进入她丈夫的沉默里,他本性之好、风度之佳毋庸置疑;他表现出的美德更是令她自己都觉得奇怪,为何依旧无法对他让步。问题不过是用个最小的操作表达屈服之意,神经稍微震动,肌肉移动一下而已;但是很明显她动也不动,所以两人之间的动作也就愈加重要,她只是说着话,语气使她自然倍显温柔。她知道的越来越多——每走一分钟,她都学着——他只要说句贴切的话,就能使她不再看着他;独不见那个贴切的话,离怪异的事实有百万英里之遥;那贴切的话包括他突然对她说,说得好极了,说得挺放肆的,快快乐乐的,也有点矛盾。"和我一起走,随便去哪儿,就你——任何事或其他任何人,我们都不需想到,甚至连说都不必。"——像那样的五个字就是她要的,足以令她完全崩溃。但也只有这几个字管用。她等着它们出现,有那么绝妙的一瞬间,她似乎在他心中与嘴唇上感觉到它们的存在,他全身都证明了这点;只是它们没有发出声来,她只好再等着,再更使力地看着他。反过来他也在看着、在等着,而他所期待的又有多少是他现在感觉不会出现的。是呀,要是他没回答她,要是他没说对而是说错了,就不会出现。要是他可以说对了,每件事都会出现——就那么千钧一发,只要他碰一下就好,使他们重拾幸福的每件事，都会变得清晰透彻。这个可能性令她神情热烈，然而也只撑了五十秒就冷却了。消失之后，她感受到事实的寒冷，也再次知道，单是贴着他的心，让他的呼吸吐息在她脸颊上，就能知道她的态度有多差、多严厉，她的本性发不出这股严厉的气势。最后他们俩都陷入沉默，大略地看，几乎像在对峙一般——他看得出来努力地保持沉默，想要她再回到他刚刚进行的部分，把她对他说得这么甜美的话，诠释成在对他表达爱意。啊，老天知道，玛吉可没有这样做；假如问题在这里的话，她表达爱意的能力可比那个好太多啦！除此之外，为了要和她已经说过的话搭调，她很快就想到说："当然啦，除开那一点，若是说到他要出发去哪里，只要和你去，他随时都行，也会很开心呢。我真的相信，他想一个人和你一块儿待一下。"

"你是说他想提提这件事吗？"王子过了一会儿出声了。

"喔，才不呢——他不会开口要别人做什么的，你一定也常见识到。不过，假如是你建议的话，我相信，他会像你说的，'飞也似的'去呢。"

她知道，这番话已经营造出某种条件，她也在心里想着，此话一出，该不会就使他松开臂膀，放她走了。事实上，她倒是没想到，她使他突然间更认真地思考，而全神贯注地思考之下，他当下只能做一件事。那正显示了，仿佛他已经立刻专注于此。他转了个弯，与原来浮面的表象不同——跳跃式的转变，轻松地使他们的谈话变得严肃，对她而言，也代表着他需要争取些时间。她理解到这是他不利之处——他已经收到、夏洛特也收到了由她发出的警告，那毕竟来得太突然。他们面临此事，正在重新安排着，他们必须重新安排才行，全都摆在她面前。然则，若要依着心意行事，他们一定得随时抓住机会，不论时间或长或短，享受着重新到手的独立时光。阿梅里戈立刻表现出他不喜欢这样，好像她正毫不掩饰地盯着他似的。"你父亲今年对丰司有什么看法？他要在圣神降临周①去，然后待在那儿吗？"

---

① 复活节后的第七周，尤指该周头三天。

玛吉研究着此思维形式。"我想他真的会去,和以前一样,方式好多也常常如此呀。无论什么,只要最合你的意就行。当然啦,也总要考虑到夏洛特。只是,就算他们真的去了,早早到了丰司,"她说,"也和你我去不去,一点儿关系也没有。"

"啊,"阿梅里戈把话重复了一遍,"和你我去不去,一点儿关系也没有?"

"我们想做什么就做什么。他们可能要去干吗,并不需要我们费心,因为呀,幸好他们在一起的时候,都快乐得不得了。"

"喔,"王子回答,"有你在父亲身旁享受他的快乐,才是他最开怀的时候。"

"嗯,我可以很享受此事,"玛吉说,"但是快乐并非因我而生。"

"就是因你而生呀,"她丈夫说得坚定,"我们之中所有的好事,多是因为有你。"但她对此赞美沉默以对,而他紧接着又说,"就算我们不管,你和我全都撒手不管,魏维尔太太也几乎不会这么做的,就像你说的——或者说,你也几乎不会如此——就算她一直拖着,没有弥补你。"

"我懂你的意思。"玛吉沉思着。

他让她专心想想,接着问:"我需要这么突然给他提个旅程吗?"

玛吉心里仍在盘算着,但她将经过思考的结果说出来。"到那时候,如果夏洛特能和我待在一起就好了——我是说和我在一起多一些。再说,我也不应该挑这么个时机走得远远的,看起来好像挺没感觉又不知感激,好像挺淡漠的,又好像简直是想把她甩开似的。相反的,我应该表现得更明显才行——要单独和她在这里待一个月。"

"你想要单独和她在这里待一个月?"

"我可以这么过呀,很棒的。或许我们甚至也可能……"她开心地说着,"一起去丰司。"

"你没和我在一起,也能这么心满意足?"王子迸地把话说出。

"是呀,我亲爱的——如果你也能心满意足和父亲待一会儿。那就能使我撑下去。我可能一段时间,"她继续说,"去和夏洛特住在那里；或是她可能会来波特兰道，那就更好了。"

"哦呵！"王子兴高采烈地咕哝着。

"你知道，我会觉得，"她说下去，"我们之中的两个人都同样很好心。"

阿梅里戈思索着。"我们之中的两个人？我和夏洛特吗？"

玛吉又花了点时间。"是你和我，亲爱的。"

"我懂，我懂了。"——他了解得真是快。"那么，我该用什么理由——我意思是，来对你父亲说呢？"

"请他出发吗？咦，再简单不过了——你只要老老实实说就好了。说希望……"玛吉说，"他能感到愉快。那样就够了。"

这个回答里有点儿什么，使她丈夫又思考起来。"老老实实？我哪会不老老实实呢？照你的说法，那是不会，"他说得仔细，"令他觉得惊讶的。再怎么糟，他也一定觉得，我是世上最不可能做出任何事来伤害他的人。"

啊，玛吉觉得，又来了——之前已经听过这个论点，说的是一种需求，不可有伤人之意！她重新想想，父亲和她自己一样，几乎从不发牢骚的，为什么仍须这么小心翼翼？他们的生活已经是全然静止无波的状态，这种仍须别人放过他们的态度，是想表达什么吗？她脑中的影像又一次定格，定在这个态度上，看到另一个人身上也有，一样鲜活、一样具体，直接将影像从她的伙伴延伸到夏洛特。还没来得及想清楚时，心情紧绷的她复诵了一遍阿梅里戈最后说的话。"你是世上最不可能做出任何事来伤害他的人。"

说完后，她听到自己的声音，听到自己的语气，听到更多的是，一分钟过后，她感觉她丈夫的眼睛盯着她看，好近啊，近到她都看不见他了。他心头为之一震，所以才会看着她，而且看得很专注——虽然他的回答也挺直接。"唉，那不正是我们一直在谈论的吗？——我很关心他的舒适和愉悦，不是使你挺感动的吗？他可以借着向我提议出去走走，"王子继续说，"就能表达他的感觉了。"

"那你会和他去吗？"玛吉立刻问。

他只停顿了一下。"天哪!"

她也停顿了一下,不过,仍是打破沉默——因为气氛挺快乐的——脸上也挤了个微笑出来。"你可以放心那么说,因为那种提议,他不会自己说出来的。"

过后她无法描述——事实上她心中一片茫然——是发生了什么转折,是什么使得他们个人的关系,突然发生了相当明显的变化,车子最后停了下来,像给了他们俩中间有段休息的时间,那是他们都心里有数的。她是在他的语气里感受到的,他重复了她的话:"放心?"

"放心是指,就算拖太久才跟他说也没关系。他就是那种人,以为你可能自己很轻易就能感觉到。所以喽,"玛吉说,"不会从父亲嘴里说出来的。他太客气了。"

他们的眼睛不断从马车的一个角落看到另一个角落,时时交会。"呵,你们之间要这么客气……!"但他依然微笑着,"所以说,除非我坚持……?"

"否则我们就这么过下去喽。"

"嗯,我们是过得挺美好的。"他回答——刚才有一段无声的你来我往,一个试图抓住,另一个得以脱身,所以现在才说得出此番话来。玛吉倒也没说什么来反驳他的话,这倒是使他接下来又有另一个想法。"我在猜这样是否会有用。我是说由我来介入。"

"介入?"

"介入你父亲和他太太之间。但有个方式,"他说,"我们可以要夏洛特来问他。"现在换玛吉在猜了,把话又重复说了一遍,"我们可以对她提议,要她去对他提议说,他应该让我带走他。"

"哎呀!"玛吉说。

"如果他问她,为什么我突然间这么说,她也有办法告诉他原因。"

他们停下来,男仆下车响了门铃。"说你认为这样很好?"

"说我认为这样很好。说我们说服了她,那样听起来颇让人信服。"

"我懂了，"玛吉一面说，一面等着男仆回来开门给他们下车。"我懂了。"她又说了一遍，虽然她觉得有点儿不知所措。突然间她见到的真正画面，她的继母可能会把她说得好像极度关心这件提议。这一点倒是使她回到她需要做的，就是她父亲不应该认为她在为任何事担着任何心事。她才下车就觉得有轻微的挫败感；她丈夫在她下了车后，快步走到她前面，提前走到低低的露台边缘等着她，朝向开了门的入口高了一阶，两边各站着一个他们的仆人。眼前升起的一幅生活的景象，极有规律又固定，而当阿梅里戈的双眼，透过昏暮的灯光与她相望之时，他脸上正如此说着，似乎有意提醒。他之前已经清楚地回答她了，看来也让她没什么好说的。简直像是他已经计划好结尾要讲的话，此时她见到的他，可正兀自欢喜着呢。简直就像——怪到极点——因为在车程中，她溜出了他的掌握，所以他小小回了一下，令她感到剧痛，要她担着新的心事。

第 四 章

玛吉新添的心事原本有时间可渐渐放下；接下来的数天，她不仅没发现新的迹象，另一方面甚至觉得挺惊讶的，因为她放在心里推敲的那个征兆，开始扩大。一周结束的时候她认清了，如果她老是一副被困住的模样，那么她父亲也是——此认知来自她丈夫和他太太，紧密地和他们待在一起，他们共四个人，突然间开始过着群居的生活，也因此，只要这轻松自在的声响持续下去，几乎算得上热热闹闹，这是前所未有的。有可能只是意外和巧合而已——至少她一开始是这么想；但是，有十几次机会连番出现的时候，全貌就跟着浮出台面了。若干愉快的借口，呵，可愉快呢，特别是由阿梅里戈来说的时候，更是显得愉快了，有为了工作上相关的借口，比较像是要共同冒险的借口；有意思的是，后来他们要做的总是变成同一件事，发生在同样的时间，用同样的方式。这位父亲和女儿其实长久以来，几乎没表达过想要什么，从这一点来看，在某个程度上是有点儿怪。然而，如果最后阿梅里戈和夏洛特两人对于彼此的陪伴已经有点儿烦，那么与其转向各自的伴侣寻求安慰，不如希望将后者推进火车，他们可是一直靠它四处游走。"我们在火车里，"玛吉在伊顿广场与卡斯尔迪安夫人共进晚餐后，闷不吭声地沉思着，"我们在里面突然间醒过来，发现正非常快速地前进着，仿佛我们睡着的时候被放进去似的——像两只贴了标签的盒子般被塞进车厢里。因为我想要出去'走走'嘛，当然我就走喽，"她可能会这样补上一句，"我出门上路并不麻烦——他们都帮我们做好了：他们懂得之多，每趟行程之顺利，真是很神奇。"那倒是一件她得立刻承认的事：似乎对他们而言，安排个四重奏，就跟他们过去颇长一段时间里，都在安排两对双人组，一样能应付自如——这么晚才发现如此，真是太荒谬了。可以这么说，有个重点使得日复一日看起来都很顺利，因为只要火车偶尔突然摇晃一下，她都会忍不住去抓住她父亲。那时候——不容否认——他们就会四目对望；他们会采取激烈的行动，像在对付其他的人似的，甚至连成一个阵线，或者说，至少是达到改变的目的，这就是她亲上火线所要做到的。

已经达成的最大改变，肯定是马灿一行人在波特兰道用餐的那天——堪称是玛吉社交上最辉煌的一日，因为是她自己办的场子，完全属于她自己，其他每一个人都集结起来，大肆地投入其中，完全是合力把她变成现场的女主角。她父亲老是使自己看起来比较像宾客，而不是主人，这回连他也串通好一起加入似的。在场的艾辛厄姆夫妇也不含糊紧跟上来，被其余的动作一阵横扫之后，看傻了一会儿，特别用心地给我们这位年轻女士鼓励与掌声，至少范妮是如此。因为夏洛特表示要用自己喜欢的方式来款待客人，所以范妮并没有出现在另一顿的晚餐，这一次她亮丽现身，穿着一件橘色的天鹅绒新衣，装饰着许多绿松石，按照女主人的推论，她的自信也一样，要和在马灿明显受到的轻蔑尽可能不同。玛吉也没放过这个弥补自己的机会——那个时间里，似乎有一部分是在矫正前非之意。波特兰里的高规格，不管再挑剔的人也无可批评之处，她朋友和其他人一样，会觉得很"优"，事实上，有时候也几乎是带头指出令人赞叹的地方，这个晚上要尽量为娇小的王妃更添光华。艾辛厄姆太太不断给她这样的提点；其实，有部分是靠着她聪慧的协助，而玛吉也挺感激地接受，她内在那位娇小的王妃被引了出来，也加重突显一番。她没办法确切说出是怎么发生的，但是她第一次觉得自己的身份，符合了外界对这么个人物的通俗观念，一如她周遭的人都要她如此。她这样做着，内心也颇为纳闷，借由这些奇怪地混在一起的事情，像卡斯尔迪安之类名流就可以帮她验证这个通俗的观念。范妮·艾辛厄姆大可出现在所有的场合，像是马戏团圆形广场里的助理之一，要那只毛色油亮的健壮动物跟上节拍，它背上骑着一位穿着闪亮短裙的姑娘，出色地跳跃，还摆姿势。错不了，就是那样：玛吉一直忘了、忽略了，也婉拒成为这么大阵仗的小王妃，但是现在，他们联成一气，欣然对她伸出手来，所以她就顺势一跳，跃入灯光之中，其至还露出粉红色的长筒袜，还有一小截白色的衬裙，在她含蓄的心里，在弯弯的眉毛之下，她了解自己哪里犯了错。晚餐后的时间，她重新将他们组合起来，也就是她在伦敦所有的朋友——这也是小王妃们该有的姿态，对她们而言，呈现王侯气势是想当然的。她正在学着怎么做，使得她这个被指派、受到期待，也是加诸她身上的、想当然的角色不致留白。虽然有些潜在的考量干扰着学习，但她今晚练习得可多呢，可由卡斯尔迪安夫人那儿看出来，做得很成功，因为她最后变得好温驯，那是前所未见的情况。感受到如此高度的成就，让艾辛厄姆太太欣喜得容光焕发；她时不时就激动得目光闪耀，看着她的年轻友人，仿佛她这位年轻友人突然奇迹似的，不露痕迹就真的成了援助者，为她所受到的委屈出一口气，美极了，好极了。事实上，品尝这些气氛里的意涵，毕竟是个过程，而且关联性已不可考，她同时也拿阿梅里戈和夏洛特来练习——她事后不断的检查、考虑再三，唯一的缺点是，可能她更是连带着也拿她父亲来练习。

最后这一点真的很冒险，因为接踵而来的时间里，有时候会产生奇怪的假象——在那些时候，她往往疏于小心谨慎而觉得与他更加亲密，胜过其他人。他们之间不得不发生一件独特的事——她一次又一次想着；要小心注意，毕竟它带来的安慰可能和危险一样多，而且她认为，他们一起组成的这一对，双唇紧闭，只是以无比温柔的眼光互相对望，是为了某种自由，有某些虚构的成分，也有某种粉饰的勇气在内，在这种情况下，他们才能安心地谈谈它。那个时刻会来到——而它终于来了，随之产生的尖锐声响，好像压到了电源按钮似的——她每每想到自己带来的烦乱激动，想从中读出一些根本没用的意义。如果仅仅以表面来描述他们的状况，就是长久以来，这个家庭是很令人愉快的，开心的情况没间断过，而且他们仍可发现新的幸福感，老天保佑，这份幸福感是靠着她父亲的喜好，以及特别是她自己的喜好，得以维持不流于俗套又讨喜。整个说来，他们的相处往来是比较活泼轻快的，偶尔会让他产生一股要牢牢抓住的本能，那一点我们已经见过；非常像是因为她没有先开口打破沉默，所以他就对她说了："每件事都很好啊，不是吗？——不过，我们到底要上哪儿找它呀？要坐着气球上升，回旋于太空中，或是要深入地底，到金矿里闪烁的通道呢？"即便经过重新安排，祥和的珍贵状态依然持续着；虽然不同的重量重新分配，但是平衡感依旧胜出，存在不移；一切的一切，都使她与自己一同冒险的伙伴面对面时，无法将考验加以施测。假如他们在平衡状态，他们也就平衡了——她不得不接受那样的情况；她每个借口都因此遭到剥夺，没办法做到他想要的，不管过程多么隐秘。

但是她有时候觉得，他们如此严谨规律的方式，使得她与他紧紧相连。只要想到从头到尾，他心中最希望不要烦劳她，就令她激动不已。他们看起来好像真的没什么"内心"事可聊，这是事实，但是，反而使她整个人显得暖心又神圣，这一点甚至连她丈夫都没表现过，即使她殷殷期盼望着。然而，等她已经都准备好了对他说的时候却中断了，因为那道闪光突然出现，她无力开口，只是更加全然地噤声不语；她想说："是呀，光是看起来，这是我们有过的最好时光了；不过，都一样，他们一定是如何共同设计好的，尤有甚者，我成功的表现，我成功地将我们美好的和谐状态换了新的基础，却变成他们的成功；他们的机灵、他们的和蔼可亲、他们坚持到底的能力，简单说，他们把我们的生活全部一把抓走了，您难道看不出来吗？"她哪能只说那些话，不再提更多呢？怎能不说说"只要合我们意的，他们什么都会做，除了一件事例外——给我们一条线画着，分开他们两人。"她即使只是轻声低语，也一定会使他说出几个让自己胆怯的字，她哪敢想象呢？"分开，亲爱的？你要他们分开吗？那你是要我们也……你和我？一个分开了，另一个哪能不分开呢？"那就是她心里听到他问的问题——加上一连串更多相关联的询问，让人惧怕。他们自己分开，他和她，当然是想得到的，没问题，但原因很基本，也是最尖锐的。呃，最尖锐的、最最尖锐的就是，这么说吧，他们再也承受不起，他使他太太，而她使她丈夫，用这么三言两语的简洁方式，就把他们"搞定"。比方说,他们接受了这个攸关他们情况的最后决定,照章行事,也分开各做各的,难保各自哪一方,不会有过去那些受到压抑的阴沉幽魂,穿越辽阔的海峡,露出他们无法安息的苍白脸庞,或是在经过的时候,举起手来,表达不以为然和谴责之意?

其间,不管这类事为何,她有时候会想到,在复原的过程和重重的保证下,仍可能潜藏着更深沉的背叛行为。她又觉得好孤单,好像那天在伊顿广场见了卡斯尔迪安夫妇之后,回程路上和她丈夫间高度紧绷的感觉一样。那天晚上让她产生更大的警觉,但是接着又显得平静无波——要警觉的事仍有待证实。该来的还是来了,那时候她打了个寒战,知道自己在怕什么,也知道为什么害怕;花了这一个钟头,花了一个月的时间才想通,但是,等认清了又摊在她面前之时,也是透彻理解之时。因为它猛然地让她看见,为什么阿梅里戈拐着弯提出说,特别要夏洛特帮着他们巩固和谐与兴旺的状态。现在她越是思考他的语气,说他们要好好善加利用这个办法,她就越是觉得,那是存心在应付她。那一刻他心里存着很多件事——心里很想,也很需要知道,在某种情况下她会怎么做。她想通了,那个情况就是,到什么程度她才会有受威胁的感觉——要把这个词儿归咎于他有任何意图的话,是很恐怖的事。问题是,为何要叫她的继母来插手,他们可能会如是称呼,来插手一个问题,那问题一眼看起来根本不关别人的事——为什么这样的转折如此熟悉,如此简便,却糟到令她觉得倍感威胁,怪异得令她暂时忘了原来的关联性,她心中想象的冒险,可能已经茫然得不知所以。的确,那正是为何一周接着一周过去,她学着等待,假装已恢复平静,她装得很像,其实装得有点儿过度了。王子模棱两可的样子,倒也没急着再说些什么,只能靠耐心等;然而她得承认,许多天过后,他曾丢到水里的那块面包又回来了①,因果相连,所以也证实她原先的挂虑不是疑神疑鬼。导致使人见识到他机巧的心

---

① 该句是引自《圣经·旧约·传道书》里的一句话:"Cast your bread upon the waters, for after many days you will find it again." 字面意思是说,往水里丢块面包,许多天后会再见到它;引申为先施予,最终会有收获,好心有好报。

思，令人难以忘怀，也重新令人痛苦不堪。对她耍心机——那不就是说，那不就可能意味着，任何时刻只要她铁定接触不了他，他就不用顾忌着要饶过她、怀疑她、害怕她，也不用顾忌要随便想个办法来对付她吗？他只简单说他们可以利用夏洛特，就显出了心机，好像他们俩要得同等高招没啥稀奇似的，而他成功的地方正是那份简单。她没办法——他知道的——说出真相："喔，如果你愿意的话，好啊，你'利用'她，我也利用她；不过，我们利用她的方式大不相同，各行其是——方式和程度大相径庭。我们没有真的在一起利用别人，只是利用自己罢了，难道你不懂吗？——我的意思是，只要我们在意一样的事，无论什么我都可以为你做，而且做得很美好，精巧周到，而你也可以为我做，做得很美好，精巧周到。我们需要的只是对方而已；这么想当然的事，又为何要拉夏洛特进来呢？"

她没办法这么回呛他，那会成了——她无法动弹——在提点他。这话听在他耳里立刻会变成嫉妒，然后经过一番余音袅绕与回声，就会传到她父亲那儿，像在安详的沉睡中，来上一阵大声尖叫。这么多天下来，她想和她父亲静静待个二十分钟都好难，不像过去那么容易。其实以前——好奇怪呀，好像已经是很久以前了——她一定会花比较长的时间和他在一块儿，他们周遭每件事向来如此，是某种美满的家庭生活形式。但是现在，只要阿梅里戈带她去伊顿广场，夏洛特几乎总是在场，阿梅里戈也几乎总是不间断地带她去；而只要夏洛特带她丈夫去波特兰道，阿梅里戈就几乎总是在场，夏洛特也几乎总是不间断地带着他。有零碎的几分钟让他们面对面的时间，这是最近才想办法有的，但他们之间也简直无法说什么，要么是因为没机会，要么是因为大家都在场，他们没法进行已经习惯了一辈子的交谈，讲一些需深谈的事，不至于粗略而过。他们连十五分钟得以聊聊基本原则的时间也没有；他们在静止的硕大空间里慢慢移动；任何时候他们都可以静静地待在一起，挺美好的，比起匆匆忙忙说话，那是舒适太多了。他们能清晰地互相沟通也只有靠声音了，看起来的确是如此；他们在与伴侣交谈的时候，也是在"对"彼此讲话，而前者也确实没有更直接的方式，来得知他们目前的关系为何。这就是其中几个理由，为何玛吉对于基本原则，我是这么称呼它们，她抱持存疑态度，不想采取新的行动提出来——她存疑是因为五月底有一天早上，她父亲独自一人来到波特兰道。他自有一番说辞——她完全心里有数：小王子两天前有点儿发烧，幸好烧是退了，但是，这可讨厌了，因为他得待在家里才行。这是理由，真是个好大的理由，所以要来按时探问；但是她很快地反省了一下就发现，不成理由的部分在于他想办法来访的方式太不寻常了——因为他们的生活才安排停当——竟然没有和他太太一起来。很巧，她自己丈夫这时候也不在。我立刻注意到，这段时间看起来自有其特别之处，王子是怎么往里头瞧了瞧，说他要出去了，那个样子仍记忆犹新，而王妃异想天开，一边纳闷着他们各自的配偶该不会就直接见面了吧，也异想天开地真希望他们能暂时有此打算。有时候她禁不住奇怪，他们对于放弃再做以往的例行公事竟然没有过度的反应，几个星期之前，那可是件神圣的要务呢。当然是没有放弃的气氛——他们没有一个人有此表示；她现在自己的行为，不就直接作证，不利于他们吗？一旦她竟然得坦承，害怕与她父亲单独在一块儿，害怕那个时候他可能会——唉，如此缓慢又痛苦的动作，她吓坏了！——对她说些什么，届时阿梅里戈和夏洛特就有最足够的时间坦承一番，说他们不喜欢让人看起来好像不期而遇呢。

今天早上她很清楚地知道，一方面她担心他要问个特别的问题，另一方面如果他活跃的想象力认为那个问题很重要，她也能加以阻止，没错，就算她听到时的表现令人很困窘，也在所不惜。那天明亮又温和，有着夏日的气息；这使他们先谈到了丰司，说它有多吸引人——这会儿玛吉知道，如果同意他说的，那里对于一对夫妻很有吸引力，就等同于说之于另一对也是；她脸上装出来的微笑，越来越大，肌肉简直快要抽搐。就那样了，听到的时候也挺松口气的：她已经在对他装模作样，真正情非得已，她这辈子从未、从未……使尽全力这么做。这个大房子闪着微光，他自有一番理由婉拒坐下，他正走在阿梅里戈踏过的步伐上，这份情非得已的感觉，伴随着一股迷惑的力量，紧紧压迫着她。过去他们之间愉快的感觉又坦然地再度升起，他们温柔相待毫不矫情，很熟悉的样子，仿佛从铺着绣帷、一长列的沙发就可得知，他所谓的心满意足就坐落在上面，而她的就在旁边，中间有数不清的静止不语，情非得已之感渐渐退去，很暖心。这一刹那她就知道，好像有东西在教导她，所以提前知道了，要她千万连一秒钟都不能中断已经全神贯注的任务，要证明自己什么事都没有。基于这个任务，该说什么或该做什么，她突然间全看清楚，不管事情过去多久，都要找好关联性，她为了这个任务建议，譬如说，一起出去走走，好好利用他们的自由，也对这个季节致意，到摄政公园①转一转吧。这个休憩之地就近在手边，位于波特兰道的最上方，而小王子大致恢复后，已经在高度的照护下被带到那儿：一切的考量都对玛吉有利，在她心里，一切都是为了要培养延续感而做的一部分事情。

　　她留下他上了楼，加件衣服准备出门，想到他在楼下等她，整栋房子空荡荡的，她突然间觉得无法再继续下去，时常想着想着，一阵的枉然轻轻掠过心头，几乎快让她瘫在镜子前一分钟之久，时间虽然短但是很锐利——换句话说，他婚姻所造成的特别改变，在眼前清晰地浮现。这些时刻里，特别的改变看起来变得最多的，是他们失去了原有的自由，以前他们在一起，只要考虑彼此就好了，从不必想到任何人、任何事。并不是她的婚姻造成如此；那从未使他们任何一个人觉得自己得圆滑行事、得留意别人在不在，连三秒钟也不曾有过——没有，连她丈夫在场也未曾有过。枉然的感受持续不减，她暗自呻吟，"为什么他结婚了？唉，为什么他结婚了？"但是接着，她越发觉得，夏洛特非常深入他们生活之前，阿梅里戈不曾有过介入的举动，那时候比什么都要美好。为此她对他表达的感激，又在她眼前高高升起，像是一大串的数字——愿意的话，甚至也可以叫它是座纸牌搭的房子：是她父亲奇妙的举动把房子给弄倒，把数字给加错了。尽管如此，她刚问完，"为什么他结婚了？为什么他结婚了？"就立刻知

---

① 此公园位于中伦敦区的北方。

道他的理由何在，像一波大浪往回冲，她无力抵抗，不知所措。"他这么做是为了我，他这么做是为了我，"她呜咽着，"他这么做正是因为，我们的自由——这位亲爱的男士想得很简单，也就是我的自由——不会少，只会更多。他这个神奇之举是为了使我，尽可能不要再在意他会变得如何。"就算行色匆匆，她在楼上依然有点儿时间，以前，她也是一再找出时间，使这些刹那领悟所带来的惊奇炫光，一如往常地让她直眨着眼睛；问题尤其在于，她自己是否能找到解决之道，按照他做的想法来采取行动，逼着她"在意"的程度尽可能减少，就像他一直竭力想要达到的。因此，她觉得整件事的重量，又重新压在她的肩上，又面对着那个陷她于无所遁逃情况的主要源头。是她自己没办法不要在乎——不去在乎他变得如何；没办法不焦虑难安，要他照着他的意思走，拿他来冒险，过他自己的日子。焦虑难安已经成了她整日膜拜的愚蠢小神偶；就像现在，她一面将一只长夹子别进帽子里，有点儿别歪了——曾经在挺激动的时候，她对女仆说，她最近认为有个新来的女人深不可测难以捉摸，她不想要她——一面正竭尽所能地把焦点放在他们之间可能达成的一个默契上面，随后他就得放手了。

这类可能性，看起来还真是近在眼前呢！——她已经准备好的时候，心理上也准备好了；目前所有的颤动，所有的情绪，都是因为他们又跌回过去，那段简单得多的日子，回到好相似的奇异感觉，一边是现在的样子和感受，一边是过去其他那些数不清的时时刻刻，已经离得好远、好远。虽然心中波涛汹涌，有时候快喘不过气来，但她动作已经很快了；不过，走下楼去见他之前，她仍然又停了下来，她站在楼梯顶上停了下来，其间她想着，就最实际的观点来说，是否不必考虑，应该直接把他牺牲掉。她没有仔细想牺牲掉他是什么意思——她不需要仔细想；她心里有灯光，从不关的，在其中一盏灯下，看得太清楚了，他正在那儿等着她，她会见到他在客厅走来走去，窗户开着，花朵盛开，空气散发温暖的香味；他在那儿表情淡然，慢慢地走动，看起来瘦瘦小小的，很年轻，表面上很好说话的样子，虽然是她的长辈，但是说得放肆一点儿，简直像她的小孩一般；尤其是他来的样子，可能就是有意要亲自对她说几个字："牺牲我吧，亲爱的；就牺牲我，就牺牲我吧！"假如她想要，假如她坚持，她可能真的会听到他用颤抖的声音对她这么说，一副了然、成全的样子，像一只毫无瑕疵又聪明绝顶的珍贵小绵羊。这模样带来的激动也有好处，反倒是使她将此念头甩开，又继续走下楼；与他会合之后，他聊了几句之后，他的了然、清清楚楚的用意，根本已经使她不可能做得下手，此时她才知道那极度痛苦的全盘滋味：她内心感受着，一面装模作样地再次对他微笑；先拉拉她干净的漂亮手套；拉到一半还没戴好，中途又去稍微调一调他的领带，更显帅气些；接着又用鼻子揉揉他的脸颊，这是他们之间向来最没大没小的样子，她当它是给他的补偿，因为她隐瞒着愤怒。从此刻起，她应该能怪罪他是蓄意的，每件事都能有个了结，而她也只得加倍地装模作样。唯一能牺牲掉他的方式，就是要做到让他想都想不到。她亲亲他，整理他的领结，说了点话，带着他出门，握着他的手臂在前面带路，而不是跟着走；用的力道就像以往一样亲热，她是个小女孩的时候，也是这么紧紧抱着她的布娃娃不愿分离——这些事她全做足了，这样一来他才会想都想不到，做那些事所为何来。

第 五 章

　　一直到走进公园后,她才发现所努力的仍差了一截;因为他竟然没有认真找小王子,挺出人意料的。他们在阳光里坐了一下,那个样子就是一种征象:他和她一见到一张位于僻静之处的椅子,就立刻坐了上去;坐定后等了一会儿,仿佛现在她终于能说些什么比较特别的话,只说给他听。她却仅仅更强烈地感受到,自己几乎从任何方面,都说不出任何特别的话——一说出来,简直就像松开链子,放出一条急于追踪某种气味的狗儿似的。特别的话在哪里说出来,狗就跟着过来,多少会跑去挖掘真相——因为她相信自己关系着真相!——那一点她可是连拐个弯、指一指都不行。无论如何,她非常积极地审慎应付可能的危机,解读她所见的一切,看看其中有否若干泄露征兆的蛛丝马迹,而且,就算她看出端倪,也要确保对方察觉不出她表情皱了一下。他们坐在椅子上的时候有么几次,他大可看着她如何使自己坚强起来,绞尽脑汁想着,有什么没见过的事会导致功亏一篑。有几次停顿的时刻,她表现出的钟爱一如阳光般甜美,不曾稍减;然而,也像在牌桌上玩大钱的赌盘一样,她几乎是抗拒着他想牢牢拴住她的纠结的心思,一点儿都不行。事后她颇感自豪,得以借此不错的方式维持住局面。后来他们又站起来,往回家的路上走,阿梅里戈和夏洛特正在等着他们,她心里想,自己已经完成计划了,尽管每一分钟都很辛苦,以期他们的关系不比过去所珍爱的时光逊色;那些时光围住他们,像博物馆里的画框一般悬挂着,上面高高标着他们过去幸福的印记;夏日傍晚,丰司的公园里,树下的他们肩并肩就像现在,那时他们好快乐,自信的感觉哼着它最拿手的曲调,让人好放松。现在问题很大,他们又要回去住在那里,这可能是个困顿的陷阱;因此,尽管他拖着没做决定,要看看她的意思,她也已经不止一次想探探,是何究竟。她心里偷偷想着:"我们能用这种样子,再回去那儿吗？我自己承受得住吗？按照以往公认的惯例，在乡间象征着我们将更窘迫、需更费心才能维持下去，而且是没完没了，难以忍受，我能面对吗？"内心的疑问让她很迷惘——接下来她只记得这么多，不过，记得那时她的同伴，虽然看得出来不想表现得太急切，但是仍开了口打破沉默，挺像那天在伊顿广场和卡斯尔迪安夫妇人晚宴之后所做的，一个样儿。

她的心思已经走了好长的路，漫步走进一个远远的画面里，画里呈现丰司的夏季，会是怎样的光景，其中阿梅里戈和夏洛特两个人好突出，背后衬着清朗的天空。此时她父亲不就假装在说这件事吗？就像她也假装在听着，不是吗？无论如何他终于说了，难免像是冲口而出地转到这个话题；一把将她从私下漫游拉回神的，正是因为感觉到他开始模仿起——喔，从没有过！——远古时期的拿手曲调了。终于，他的确还是说了，如果他找个借口和王子离开英国几个星期，问她认为是否会非常好——不过，是真的非常好。接着，她知道她丈夫的"威胁感"并没有真的消退，因为她正在与这件事的结果面对面。唉，他们接下来的路上都在谈着此结果，谈下去没停过，一直跟着他们回家，此外，也不能立刻假装想起来，找小孩才是他们原来的目的，当然不能这样。最后五分多钟的时候，那反而成了他们积极要做的，把它当成了权宜之计，玛吉心里一直挥之不去这个景象；随后他们欣喜不已，因为小男孩硬是缠着要人陪，他来得时机正好，大家也都很开心，又加上他的家庭女教师，个性很贴心，掩盖了所有的尴尬。到头来，这位亲爱的男士对她说的一切，只是为了要考验她——就像夏洛特也是用同样细致的方式对他说。王妃当场就想到了，紧紧抓住它的意思；她听过她父亲和他太太一起谈过这件奇异的事。"王子告诉我，玛吉计划要您和他一块儿出国；他喜欢全照着她的意思做，所以他建议我来跟您说说，这件事您应该是再同意不过的了。所以我就来说喽——懂了吧？——您知道的，我自己也是很热衷于满足玛吉的愿望。我是说了，只是这次不太明白她脑子里在想些什么。为什么一转眼她竟然挑这个特别的时刻，想要将您两位一块儿送出国去，只单独和我留在这里呢？我觉得很好，我承认，但您得依自己的意思决定。看得出来，王子准备得挺妥当了，要做他分内的事——不过您要跟他把话挑明了谈谈，也就是说，您要跟她把话挑明了谈谈。"那些差不多是玛吉用她心灵之耳听到的——她父亲在等她直接对他说之后，而这次正是他请她来挑明了谈谈。接下来整天她心里都这么想，哦，那就是他们一直待在小椅子上面时所做的；那正是他们已经做过的，一如他们现在真的、真的要挑明来谈的。至少对这件事已经想过办法了，他们各自也会奋斗到底，尽力不流露出任何真正的焦虑感或为它所曲解。她立刻照实说了，装作一脸笑意，连根头发都没抖动一下，看着他的眼神就像他看她的时候，一样温和，她照着自己的意思坦言，他们岳婿两人，可能会挺喜欢这么出去走走吧，因为他们俩在家待着，好久都足不出户了。借这个机会，她暗示说有两个精力充沛的年轻人，受不了关在家里想手牵手一起出发，他们对此提议，应该也会颇感新奇吧，她对于自己有此发想，简直要得意起来了。有五十秒的时间，她用特别甜美、特别虚假的双眼，讨好地看着她的同伴，觉得自己粗俗不堪；可是，也管不着了——如果再糟不过是自己变得粗俗不堪，却能因此渡过难关，那她会接受这样的命运。"而且我认为，比起一个人到处跑，"她说，"阿梅里戈会更喜欢两个人吧。"

"你是说，如果我没带着他，他就不去喽？"

她考虑过这个问题，而且她一辈子没考虑得这么迅速、专注过。假如她真的顺着话说，而她丈夫一被激到了，可能会扯破谎，这么一来，那也只令她父亲不解，有可能直接来问她，为什么要如此施压？她当然不能受到怀疑在施加压力，一刻钟也不行，所以她只好回答："那不就是您得跟他把话挑明了谈谈吗？"

"那是一定的——如果他有对我提议的话。不过他还没说。"

喔，她又觉得自己摆出一脸笑嘻嘻的模样！"可能他太害羞了吧！"

"因为你很确定，他很希望我陪吗？"

"我认为他一直以为,您可能会喜欢。"

"嗯,我应该会……!"但是才说完这句话,他转开眼睛往旁边看;她屏住呼吸想听他说话,要么问她是否希望他直接找阿梅里戈提这个问题,要么探询看看如果他没再提这个话题,她是否会很失望。把她"摆平"的,她私底下如是称呼,是这两件事他都没做,也因此不必问她的理由为何,远远避开冒险受牵连,无法脱身。另一方面,为了要缓和一下这光景,仿佛要填满因为他没再接话所留下的空当,太引人沉思,所以他自己倒是很快地给了个理由——大大地省了一番功夫,免得她还要问,根据他的判断夏洛特是否不太赞成。他把每件事都揽在自己身上——那可真是摆平她了。她不用等什么时间就感觉得出来,他揽了多少事。他说重点是他没什么意愿与太太分开,不管时间以及距离长短。他和她在一起没有很不开心啊——才怪;玛吉认为,他对着她咧嘴而笑,很慈祥,目光透过遮着的眼镜,轻轻松松强调这一点——就是暗示他想一个人静静,放松一下。因此,除非是王子自己……

"哎呀,我认为不是为了阿梅里戈自己。阿梅里戈和我,"玛吉说,"可亲近很融洽呢。"

"那好,就是说嘛。"

"我懂了,"她再次用十足平淡的语气表示赞同,"就是说嘛。"

"夏洛特和我也是,"她父亲又语气欢快地说,"可是很亲近融洽呢。"说完这句他好像是想腾出点儿时间似的。"就是这么说的,"他温和又快乐地补充说,"就是这么说的!"他说话的样子,好像他可以说得更好似的,非常容易,然而,这一番安心而又不明言的说法所产生的幽默感,好像已经很足以应付这个场面。他如此这般落入夏洛特的掌握中,不管是有意或是无意;结果就是使玛吉更加三倍确信,这是夏洛特拟的计划。她已经办到她要的,也就是他的太太——那也是阿梅里戈要她做的。她一直不让自己的测试,也就是玛吉的测试,应用在别人身上,反倒只是测试自己。根本像是她已经知道,她的继女很害怕被叫过来问说,为什么想要有所改变,连盘问都免了。我们这位年轻女士觉得更惊人的是，宛如她父亲经过一番算计也有办法加以配合，判断出了有一点很重要，也就是他才不要问她是怎么回事。有这么个机会，他又为什么不问呢？总是经过算计的——那就是为什么，那就是为什么。他可能会招来反驳的话，这可把他吓坏了："亲爱的，既然都说到那儿了，那您又是怎么回事呀？"一分钟过后，他接着刚才的话说了一两句，为了避免联想到不寻常情况的事，越扯越远，说得正热乎的时候，她完全发不出声音来提问。"挺迷人的，不是吗？我们的生活里——好像最近又有了崭新的面貌，一副苏醒后的清新模样。挺兴旺的，可能也挺自私的，仿佛我们把每样东西都一把抓了似的，每件事都妥当了，连我剩下的最后旧展示间里，最后一个角落，最后一个玻璃柜里的最后一件可爱的物品都是。那是唯一中断的事，那也可能使我们变得懒散，有点儿无精打采的——像一群神一样躺在那儿，完全不顾人类死活。"

"您认为我们无精打采吗？"她一开口如此答话是因为语气挺轻松的，"您认为我们不顾人类死活吗？我们和一大群人共同生活，而且经常东跑西跑，老是忙这忙那的。"

这话还真的让他想久了点，她原意并非如此；不过，他笑了，又回神了，她会这么说。"呃，那我就不知道了。我们得到的只有欢乐，没别的了，不是吗？"

"是啊，"她答得有点儿迟疑，"我们得到的只有欢乐，没别的了。"

"我们全都做得美极了。"他评论道。

"我们全都做得美极了。"她等了一下，没有否定此说法，"我了解您的意思。"

"嗯，我的意思也是说，"他继续说，"没错，我们还不足以感到困难。"

"足以？足以什么？"

"足以别再自私了。"

"我不认为您自私。"她回答——努力不要号啕大哭。

"我不是特别指我——或者说你啦，夏洛特啦，或是阿梅里戈。

我们是一起自私——我们是一群集体自私的人。你知道，我们要的总是相同。"他继续说，"那紧紧抓住我们，把我们绑在一块儿。我们需要彼此，"他进一步解释，"每一次都是为了彼此，也只想要这样。那就是我说的幸福咒语；但是也有点儿——可能吧——不太道德。"

"不道德？"她复诵一遍，语气愉悦。

"唔，我们对自己当然是非常有道德感——也就是对彼此而言；但我也不讳言，我知道，譬如说你和我的快乐，是谁在付出代价。谈到这点，我敢说啊，我们过着舒适优渥的日子，但心里老是有件事萦绕不去——好像有点儿诡秘，令人不安。当然啦，除非，"他随口说下去，"只有我看得出来这么多，那可神奇了。无论如何，那就是我的意思——那算是'稍有'慰藉吧；仿佛我们坐在躺椅上，留着辫子，吸着鸦片或看到幻影似的。'那么，让我们起而行吧'——朗费罗① 说啥来着？有时候似乎就这么响了起来呢；好比警察破门而入——冲进我们的鸦片室——把我们吓醒。但是同时，妙就妙在，我们是在行动呀；我们在行动，毕竟，那就是我们参与的事。随便你要叫它什么都可以，我们的生活，或是我们的机会都好，从一开始所见、所感受的，我们就努力在做。我们一直很努力，哪能再做些什么呢？我可是花了好大的工夫，"他说了结论，"才使夏洛特这么快乐——令她完全满意。你呀，打老早以前，就理所当然地无须加以费心了——我是说，你一切都很好；我也不必在意你知道，从那时候开始，我费了可观的心力，除了确保对你有好处之外，夏洛特那方面也能一样顺利。假如像我所说的，我们为了生活努力，说真的，是为了我们的想法而努力——假如不管怎么说，我能坐在这儿，谈谈我参与努力的部分——那么你可能不至于说，我们给夏洛特过得这么轻松自在，算不得什么吧。那挺令人感到安慰，无论从哪方面来看都是；它盘旋而上，像一缕最大的蓝色鸦片轻烟，或者不管什么都行。难道你

---

① 亨利·沃兹沃斯·朗费罗（Henry Wadsworth Longfellow, 1807—1882）是美国诗人。原句是"Let us, then, be up and doing"，出自朗费罗的诗篇《人生礼赞》(*A Psalm of Life*)。原诗主旨在于把握今生，努力不懈。

不懂，要是她当初没有定下来，我们会有多惨吗？"他转向玛吉说着结论，好像她真的没有想过似的。"亲爱的，我真的相信，你会觉得这件事讨厌极了。"

"讨厌……"玛吉说得模模糊糊。

"讨厌我们费了庞大的心思，却没有成功。而且我敢说，与其说为了我自己，还不如说我更是为了你，觉得这件事讨厌极了。"

"那可能是因为，您毕竟是为了我才做的。"

他踌躇了，不过只一会儿工夫。"我从未对你这么说。"

"呃，夏洛特自己告诉我的，速度可快着呢。"

"不过，我也从未对她说过。"她父亲回答。

"您很确定吗？"她立刻问。

"嗯，我喜欢把事情想成，我是如何全然地被她给迷住了，我所想的有多正确，有上述事项作为我的基础，是多么幸运。我把自己认为她的所有优点告诉她。"

"那正是，"玛吉回答，"优点的一部分。我是指，她能这么美妙地理解此事，正是一部分的优点。"

"是呀——每件事都能理解。"

"每件事——特别是您的理由。她告诉我的——那使我看出来她有多了解。"

他们此时又再次地面对面，她看到自己令他脸红了；仿佛他在她眼中，见到了她与夏洛特那一幕场景的具体形象，他是第一次听到，而他自然也应该再问下去。他刻意不如此做，正显示出他的恐惧有多复杂。"她喜欢，"他终于说了话，"事情很顺利。"

"您的婚姻吗？"

"是呀——我的整个想法。那一点证明我是对的。那就是我给她的快乐。要是哪一样出了错，那么她……"然而，那是不值一谈；他也就没再说下去。"你认为你现在去丰司，会不会太冒险？"

"冒险？"

"呃，道德上啦——从我所谈到的观点来看；我们深深地陷在懒散怠惰之中。我们的自私在那里看起来尤其巨大。"

玛吉没接着话说，他觉得挺有意思的。"夏洛特，"她仅简单问，"真的准备好了？"

"喔，只要你跟我和阿梅里戈好了就成。只要逼着夏洛特问，"他轻松地稍加解释，"就会发现，她只想知道我们要什么。那就是我们要她的原因啊！"

"我们要她的原因——一点儿都没错！"虽然他们已经多多少少比较自在些了，却没有继续这个话题，有些奇怪。一会儿之后，玛吉才又提起，她的继母竟然会愿意，同样挺令人惊奇的，在社交季节结束之前，把可以和这么多人待在一起的日子，换成相对孤单得多的生活。

"哎，"他这么回答，"这一次我想，她认为我们在乡下应该要认识更多人，比我们以往更多才对。难道你忘了，那就是一开始我们要她的原因啊？"

"喔，是呀——使得我们可以过日子。"玛吉回想这件事的时候，他们好久以前的坦白模样，又再次发出光芒，也显露了某些奇怪的事，所浮现的影像，让她激动得站了起来。"嗯，要过'日子'，丰司当然行。"她往他头上看过去，而他倒是待在原地不动；她见到的影像，瞬间蜂拥而出。她与她同伴旅行所共乘的那列神秘火车出现了震动，又摇晃起来；不过这一次，和他四目交接之前，她先稳了稳自己。她的确已经将两边的不同处全度量好了，一边是搬到丰司去，因为每个人现在都知道，其他人想要这么做；另一边是她丈夫和父亲配成一对去旅行，而这件事却没人知道双方有哪一个人想要这么做。在丰司会"更有伴"，便足以使她丈夫和继母加以有效运作；唯一的问题是她和父亲得接见一批批的访客。现在没有人会要他结婚了。他刚才说的话是对那件事直接的诉求，而此诉求本身，不正合了夏洛特的意吗？他人坐在椅子上，一面注意着她的表情，但下一分钟他也站了起来，接着他们又彼此提醒，他们是为了小孩才出来的。他们顺利地与他和他的同伴会合，四个人慢慢走回家，但气氛更显暧昧不明；也正因为不明朗，玛吉得以立刻换到另一个更大的话题。"假使像您说的，我们要找人到乡下去，那您知道我第一个想到谁吗？您可能会觉得很有意思，不过，我想到的是卡斯尔迪安夫妇。"

"哦。但是，为什么我会觉得有意思呢？"

"呃，我是说我自己觉得挺有意思的。我想我不太喜欢她——然而，我却喜欢见到她。就是挺'怪'的，像阿梅里戈说的。"

"你不觉得她长得真是俊啊？"她父亲问。

"是俊啊，但不是为了那个原因。"

"那又是为了什么？"

"只因为她可以在那儿呀——就在那儿，在我们跟前。好像她有某种价值——好像她会带来什么事似的。我一点儿都不知道是什么，而且她其实也令我挺烦躁的。我承认，我甚至不知道为什么——不过，只要我们常常见到她，我可以找出答案来。"

"有那么重要吗？"他们一起走着，她的同伴问。

她迟疑着。"您是说，因为您真的相当喜欢她？"

他也稍微等了一下，不过他接续她的话。"是呀，我猜我真的相当喜欢她。"

这是她想得起来的第一次，他们没有对一个人有同样的感觉。那就是他在假装喽。不过，她又扯得更远了，随口说她希望在丰司也能见到艾辛厄姆夫妇，虽然这不是什么新鲜事。此话一出，所有的事都无须多加解释。然而，同时也有不寻常之处，因为一旦又到了乡下和其他人在一起的时候，她会非常需要好心的范妮也在场，他们在家里常这么说。这真是怪透了，但是，仿佛艾辛厄姆太太可以稍加缓和她因为想到夏洛特而导致的紧张情绪。仿佛两两相对会取得平衡，也仿佛可再度获得她所认为的平静。像是将这位朋友放进她的天平来增加重量——也把父亲和她自己放进去。另一边则放着阿梅里戈和夏洛特；因此，得靠他们三个人让对方搞清楚状况。她在心里暗暗想着，父亲对此却突如其来地发言了，颇具启示之功。"哎呀，就这么办！我们一定得要艾辛厄姆夫妇过来。"

"我们要像以前一样,"她说,"请他们常来。用过去同样的方式和过去同样长的时间,要待得久久的:'像是寄宿的常客',范妮以前常这么说。假如他们愿意来,就会是那样。"

"像是寄宿的常客,要待得跟过去一样久——我应该也会喜欢那个样儿。不过,我猜他们会来。"她同伴说的时候加了点语气,而她读出其中的含义。主要的意思是,他觉得自己会跟她一样,常常邀请他们来。他认清了这次待的期间和过去不同,那简直是在坦承出事了;他也感知到,艾辛厄姆太太对于此番不可避免的发展,并不会袖手旁观,因为会出这种事她是有份的,除此之外,还能有什么呢?他一不小心泄露了,能向某人求助他可是心存感激的。假如她曾希望暗中探探他的口风,那么他现在根本就是露出真意;又假使打一开始她甚至需要多点儿什么来稳住自己,此时确实已经足矣。他们又开始走动的时候,他牵着小孙子,把小男孩的手晃来晃去,即使他像只胖胖的小豪猪,老是发出尖锐的声音问个不停,也不嫌烦,他从不嫌烦。于是,他们一面走着,她则是在心里偷偷地想,要是夏洛特也给他生个小王子,那平静生活岂不显得更加真实,而不只是纸上谈兵般的怪异。现在她挽起他另一只手臂,只是这一次,她轻轻地、无助地将他往回拉,回到那个他们刚才极力想要远离的时刻——一如他也刻意地拉着小孩,而高大的博格尔小姐则站在她的左侧,满足地拉着她,表现出家庭的职责。波特兰道的房子再度出现,家庭的职责更使它自大老起,就鲜活地呈现在他们眼前。阿梅里戈和夏洛特已经回家了——应该说,阿梅里戈到家了,而夏洛特是出门来才对——这一对倚身一起靠在阳台上,他没有戴帽子,而她身上外套、斗篷什么都没穿,倒是戴了一顶很亮丽的帽子,与温和的天气相呼应,玛吉一眼就"认出"是新的,无出其右地不落俗套,很有特色又非常协调,是第一次戴;很明显是在等着外出的人回家,尽可能准时地在那儿等着接他们。这个怡人的早晨,他们神情欢欣,表情愉悦;他们倾着身子,越过栏杆往下打招呼,照亮这座暗淡大宅邸的正前方,活泼地打破沉闷的单调,几乎要吓到波特兰道中规中矩的人呢。走在人行道的这群人，抬头望着城堡上站着人的墙垛；连头抬得最高的博格尔小姐都有点儿瞠目结舌，好像隔着大老远仰望什么拔尖儿的超群人士。此目瞪口呆的样子，几乎不亚于有一次圣诞夜，几个衣衫褴褛的流浪儿，可怜兮兮唱着赞美诗乞讨零钱——那时候阿梅里戈渴望多了解英国习俗，走到外面惊呼"圣母马利亚！"①，对于保留此项传统甚感惊异，也给了钱买心安。玛吉自己无可避免地也目瞪口呆，因为又想到那一对是如何一起运筹帷幄。

---

① 原文为意大利语：Santissima Vergine。

第 六 章

艾辛厄姆太太从马灿的复活节宴会回来，自那个下午过后，她已经有好几个星期的时间没有再好好和她待在一块儿了；不过，从开始讨论哪一天要搬到丰司起，这个空当很快就被弥补了——两家人几乎同时停止一切外务。她立刻察觉，能与父亲谈谈，和一位老朋友重新用过去同样的方式，以及过去同样长的时间，待在一起久久的，这种谈话能开放她的精神，又不至于太张扬，泄露自己的心事。她父亲老是说，挺"信任"他们的老盟友，不需要怀疑她找来范妮，是要帮忙弄清楚点儿什么——至少，范妮只要照着范妮原本那般轻松自在即可。玛吉认为范妮挺轻松自在的，但如果让艾辛厄姆太太知道这样，她可是会颇为激动——至于那一点嘛，在某种程度上，很快就渐渐地显露出来，躲都躲不掉。我们这位小姐特别在想，有这位朋友的力量，她就安全了，不会被怀疑心存疑虑；这位朋友会掩饰她，保护她，甚至大方地代表她——也就是说，在他们目前过日子的真实形态里，可以代表她身在其中的关系位置。无疑地，就像人们所说，这难度可高呢；但是，如果艾辛厄姆太太能在其中显得分量十足，或者为了她自己的好处，而四处都见得到她，那么这将是玛吉播下的信息种子里，所能采撷最美的花朵了，她将大把的种子撒在波特兰道，款待马灿那一群人的宴会上。那个晚上艾辛厄姆太太沮丧的心情力图振作，有满满的勇气也感同身受；其间可能有点儿豁出去的意味，但她绝对是泄露了心里更深、更黑暗的想法——现在就算她前后矛盾，试着要抹去所留下的印象，也嫌晚了。这些事实全都显露出来，气氛很神奇，于是王妃此时再度找上她；一开始当然是好好表达内心的顾忌，给她知道想请她来特别帮忙，虽然范妮可能对于要怎么奇怪地利用她，有着不安的预感，可是玛吉说得直截了当，一点都没有感到不好意思。一开始玛吉就对她说了些颇不寻常的事，像是"你能帮忙我，你知道的，亲爱的，其他人都不成"；像是"说真的，我几乎希望你有什么不对劲，譬如身体不健康，或是没钱了，或是失去名誉（原谅我，亲爱的！），那我就可以和你尽可能在一起，或是把你留在我身旁，不用发表批评的言论，也无须任何话语，只要'像'我这般友善就好。"我们各自都有方法好使自己显得不自私，而玛吉对于她丈夫或者父亲，是没有任何私心，对她继母也仅有那么一点点、不太确定的私心；然而面对这次危机，她真的会看着艾辛厄姆太太牺牲掉她的个人生活或自由，却感受不到一丝痛苦。

她的态度不变，想从目前的情况和她受害者激动的情绪上取得特殊的支持。这位人士真的令她觉得，随时可以应付任何事；或许不至于激烈地抗辩，但会因为她自己的烦躁不安，想知道她要什么。到最后——也不会拖太久——如同已发生的一样，有关那件事也就一点困难都没有了。简直就像玛吉使她了解，她揪着她，要她为某件事负起责任；首先，并不是把每件事做得仔细到位，或是紧紧拴在一起，而是对待她的态度要抱以信心，不用坚持强求，只要在那儿看着和了解状况，提供忠告与协助。很清楚，她那套理论全凑到一块儿了，毕竟这位亲爱的女士，早早就已经插手他们一切的命运，因此他们平时的关系和事务，多多少少全部都能回溯到一开始，她热心投入的状态。这位善心女士的年轻友人就在此热心投入的基础上，当面建造起什么东西来——非常像是个聪慧甚至淘气的小孩在地板上玩，可能堆起了积木，很有技巧，让人看得头昏眼花，还时不时留意着在旁边偷偷观察的大人脸色。积木倒的时候，他们的反应是：积木嘛，总要倒的；然而，一旦它们叠得老高的时候，那一定要对这个成就加以注意、赞美一番。艾辛厄姆太太一副全心奉献的模样，和她并无二致：她可说是一脸焦虑的表情，全神贯注在她年轻友人满是幸福的活泼脸庞；有可能是她对于最近状况升温的情形，一点儿都不错愕。假如王妃现在要前所未见地积极前行，那她会立即表态，说要看着她往前进，说她一直知道她早晚会这么做的，还要说任何想参与的请求，都多多少少已经包含了，也嗅得出胜利的滋味。她态度温和也闻不出任何异状，那是千真万确的,而且她一副欢快的模样,简直到了有些夸张的地步;短短暂别之后再见面,开心的程度更是明显:有时候玛吉觉得初见面时的激动,让她想起另外几张脸的表情,尤其是有两次难以磨灭的影像为甚,她丈夫受到惊吓时,面貌所产生的变化——她终于能在心里想想那场"惊吓"——他刚从马灿和葛洛赛司特回来,一眼见到她的时候,以及隔天早上在伊顿广场,这位老朋友从窗户转过身来和夏洛特交谈时,她美丽又大胆的目光,顾盼流转。

假使她敢这么不加粉饰地看到这件事,那么她大可说,范妮挺怕她的,怕她会因为阿梅里戈和夏洛特那短短几秒钟的时间,说些什么、做些什么——那几秒钟对那三人而言,都是一种清楚的表达。然而不同的是,这位亲爱的女士脸上不断地出现这个表情,挺奇怪的,但其他人不曾再次稍有或见。其他人的其他样子、其他光彩,又亮又恒定不减,倒是在稍早之前已经出现了,达到顶峰,也就是那天早上在她家的阳台上的那一对,往下望着她和她父亲在做什么。他们整个看起来光鲜亮丽,和乍到的夏日时光好吻合,似乎流露出温暖与欣喜,也保证一切都很安全。他们连成一气,不会做出任何惊扰她的事——现在终于事竟功成,有反复的练习,经验已俱足,他们几乎已经不太担心会出什么状况。另一方面,艾辛厄姆太太对此事也一样颇不以为然,只是因为缺乏掌控局面的能力,也就少了些信心。在行动之前,她打算要有哪些大胆的表情,微笑的程度有多大等等,好比一小队突击手——要怎么称呼它们都行——已经走在装满弹药的车厢前头,令她情绪激昂到高点。这些事情使得我们这位小姐在两周的时间里,不下十余次,话到唇边又压了回去,机灵地等着最佳时机;不过,同时她也感到亟须一吐为快,表态一番。"您很担心我可能会来找您,抱怨您扯大了嗓门想淹没我的声音;但是,亲爱的,等您受了伤才大叫吧——您尤其要想到,我哪会这么坏心眼儿抱怨。一切都棒透了,您可梦想得到,我岂能从中找一条名目,要来抱怨什么呢?"这类问话王妃都能暂时压抑下来,而她这么做,有几分是借着猜想她朋友给她的这种模棱两可的感觉,不就像极了现在她也常常给她父亲的感觉。她猜想着,自己应该会挺乐于见他受到如此对待,一如她也是一天接着一天放过艾辛厄姆太太,这么一来,她尽可能努力轻松对待她,就像魏维尔先生,这个有福气的男士对他女儿一样,一副宽容的样子,但也深不可测。尽管如此,她依旧要她承诺说,只要上校时间允许,他们就会待在丰司;和她对话的这位女士,完全不提要如何应付夏洛特,对于这几位盟友长期的造访停留有何看法,对她而言,存于其间的关联性再清楚不过了,也令她更想一探究竟。

王妃看得出来,范妮明显地对此提议不甚热络,她本人心里也有数,好像站在深渊的边缘往后退着,以免脚步一滑摔下去;此真相再次呈现在我们这位小姐的面前,有可能将她想要微妙进行的过程大肆宣扬开来,这是一直面临的危险。夏洛特应该是要开始对艾辛厄姆夫妇有所约束——纵然有一百个清楚的好理由,她也从来不曾如此——这个事实本身对玛吉有极高的价值,范妮的沉默不语反倒说明得更多、更准确,也更提升其价值。其代价之所以如此令人胆战,正因为它会使得她与继母对立的状态更加激化——假使她支持她的友人,不要让步——她可从未领受过如此对立的状态;结果一定是挺复杂的,魏维尔太太可就有机会,去问问她丈夫是怎么回事。唉,一旦她真的被逮到在唱反调,届时夏洛特的机会要暴增几倍,当然就难说了。然而,她心里不断萦绕着一个问题,假如一方面他太太真的开始逼他,叫他女儿别闹了,而且,因为过去习惯使然——光说这一点就够了——他竟然也不计一切代价,依然相信这位小姐,届时她父亲会变得如何呢?她整个人被这些理由团团围住,而这些理由她又不可能告诉——当然不可能告诉他。在乡间的房子是他的,因此也是夏洛特的房子;只有在它真正的男女主人大方地支配之下,才会是她和阿梅里戈的房子。玛吉当然觉得自己很了解,父亲的大方是没有限度的,但夏洛特就算再好,也不可相提并论,要是考量一切之后,落到得为她的喜好而战,这会挺不堪的。的确有那么些时候,王妃看到自己拿起武器准备战斗,只要打仗的时候没有旁观者就好。

最后这一点对她而言是绝无可能,真是太可惜了。她唯一的心力放在了解夏洛特是否并不"想要"艾辛厄姆夫妇来,因为所持意见的背后,也会有其动机与理由。其间她一方面掌握着接收来自他太太的任何反对、任何抱怨,由父亲来告诉她;他可能会问:"亲爱的,你的理由是什么呢?"她可以很自在地清楚回应:"那她的理由又是什么,亲爱的,请说说呀?那不就是我们最好得知道的吗?因为她不喜欢某些人,也连带不喜欢他们所观察到的,也因为那些人可能知道她的事情,而他们知情对她来说颇为困扰,这理由挺充分的,可不可能是这样呢?"那张丑陋的牌,她可能只是顺势就会打出来——此刻的她私底下,步调更快速,整副牌里,她已经反复把玩那一张,非常熟稔。只不过,要出这张牌,她只得牺牲他,让人难以容忍;这件事实在太令人难以忍受,连想要知道他是否真的同意被牺牲掉,都觉得很恐怖。她只得做她非做不可的事,不去牵扯到他;而一如我们所见,此时她的心情大胆沉湎于一个想法,那个顾忌和受益者想出来的无情操控,并无二般。她看到自己与此联结在一起,无法置之度外——看到别人也是绷紧了精神;否则她可能已经对自己的麻木不仁大感震惊,或是觉得挺有意思的。要是她能不顾夏洛特面对她朋友,强留在丰司的尴尬场面,她多少能看到他们散发出来的勇气,那也可以用来激励她自己。简言之,他们自己不仅要说得合情合理、大胆无畏,也借此要她,玛吉自己,也好好学着点儿。她的确觉得自己给他们的时间不多,有天下午在波特兰道,她突然没来由地脱口而出,说些不着边际的话。

"天哪,他们之间有什么可怕的事呀?您认为是什么,您又知道什么呢?"喔,如果她靠观言察色行事,那么她客人一听到这句话,突然变得惨白的脸,可是会把她一路带得老远!范妮·艾辛厄姆听到这句话脸色发白,但是这样的表情,眼睛里有某种东西使玛吉再次确信,其实这位同伴早已心里有数。她一直看着它靠近,从远远的地方靠过来,毕竟,现在它就在那儿了,第一次的颤动结束,她们肯定会很快发现自己处于比较真实的关系。它就在那儿了,因为她们单独共进周日的午餐;它就在那儿了,日子怪得可以,因为气候好坏,六月天反常地下起冷冷的雨,整天都变得不对劲;它就在那儿了,因为它代表着所有难解之谜与欺瞒的总和,我们这位小姐最近才觉得,自己在其中走得小心翼翼;它就在那儿了,因为阿梅里戈和夏洛特又再次一起单独来趟"周末"出访,那是玛吉计划里,满怀憎恶所促成的——只想看看这一次他们是否真的还会如此;它就在那儿了,因为她没要范妮去拜访一处她自己会很高兴去的地方,反倒是要她来共进午餐,很愚蠢,表情茫然又百无聊赖;全是为了要来赞颂王子和魏维尔太太已经赋予她的权力,得以据实描述他们一番。其实,突然发生此事是因为玛吉需要帮忙,好开始判定他们是怎么了;尽管从另一方面来说,她的客人尚未回答问题之前,她觉得此时此地的每件事,所有状况里的每件事,已经都在大吼大叫了。尤其是她客人呆若木鸡干瞪眼的样子——发出第一声的喊叫。"他们之间?你是什么意思啊?"

"任何不该有的事,不该有过的事——一直以来呀。您认为有吗——或者您的想法是什么?"

首先,范妮的想法很清楚,她的年轻友人吓到她了;不过,她仍目不转睛,很严肃地看着她。"你说这话是因为你自己有所怀疑吗?"

"我终究还是因为痛苦而说出来了。原谅我说出来。几个月又几个月的时间我一直在想,我也没有人可以讲,没有人帮我把事情理一理;也只能靠我自己看到的一天过一天,难道您不知道吗?"

"几个月又几个月的时间你一直在想?"艾辛厄姆太太仔细思忖。"但是,亲爱的玛吉,你倒是一直在想什么呀?"

"呃,可怕的事情——像只小野兽一样,可能我是吧。或许有某些事——某些事不对劲又糟透了,某些事被他们掩盖起来。"

这位年长女士的脸色开始恢复;看得出来很费一番功夫,但是她已经能够稍微神色自若地来面对这个问题。"可怜的孩子,你想象那两个家伙在谈恋爱?是那样吗?"

但玛吉只是瞪着她,看了一分钟之久。"帮我找出我想象的是什么。我不知道——我除了没间断过地一直焦虑之外,什么都没有。您有吗?——您可明白我的意思吗?假如您愿意告诉我实情,那不管在哪方面，起码都会对我有所助益。"

范妮看起来显得分外严肃——表情丰富得像要放出亮光。"这是在说你嫉妒夏洛特吗？"

"您的意思是，我是否恨她？"玛吉想了想，"不是的，不是因为父亲。"

"唉，"艾辛厄姆太太回答，"别人不会这么想。我是在问，是否因为你丈夫而感到嫉妒。"

"嗯，"玛吉很快说，"可能就是这样吧。如果我不快乐，那我就是在嫉妒，说的都是同一件事，至少我不用担心对您说那几个字。如果我在嫉妒，那我就是很痛苦，您看不出来吗？"她继续说，"尤其是，如果我又孤立无援。如果我不仅孤立无援而且痛苦，我就把手帕往自己嘴里塞，大部分时间我都不把它拿出来，日日夜夜，这样见不得人的呻吟声才不会被别人听到。只有现在和您在一起，我终于再也按捺不住了；我把它扯出来，在这里对着你尖叫。他们不在，"她把话告个段落，"所以他们听不到；再说，我没和我父亲在家用午餐，也算是奇迹般的巧妙安排。我生活周遭满是奇迹般的巧妙安排，我承认其中有一半是出自我的手；我日子过得战战兢兢，留意着每个声响，感受着每个呼吸，然而同时，还要尽量让人看到我，像一匹染成玫瑰色的旧缎子一般，光滑柔顺。您有没有想过，"她问，"我这么做，我真正感受为何？"

她的同伴很清楚，得说明白才行。"嫉妒、不快乐、痛苦……不会吧，"艾辛厄姆太太说，"不过，同时——虽然你可能会笑我啊！——我得招认，我从不曾如此确信自己有哪一点，可以说得上认识你。你真的是个，像你说的——好深沉的娇小人儿啊！我不曾想过，你的日子受到荼毒，既然你希望知道我是否认为需要什么，我现在就能轻轻松松说出来。我认为很明确，什么都不需要。"

说完这句话，她们面对面了一分钟；玛吉突然站起来，而她朋友则堂皇地坐着；她神情紧绷地来回走动，然后停下脚步接下她刚才提出的话题。它一直大量累积着能量，此刻更是环绕在艾辛厄姆太太发福的外表上,她终于得以呼吸得深一些,连我们这位小姐也这么认为。"这几个月来,我给您觉得——特别是这几个星期——好像挺安详,挺自然又自在?"

感觉得出来,这个问题是得回答的。"打从我第一眼看到你,你只给我觉得——是你自己散发出来的——完全是善良、贴心又美丽。像我说的,某方面,"艾辛厄姆太太又说了一遍,口气很亲昵,"都是你自己散发出来的——别人身上可没有。我想到你的时候,都与丑陋的事物无关,不懂什么是虚假、残酷或是粗俗,永远都不会被它们碰到,也不会去接触它们。我从未把你跟它们混在一起;假如它们似乎要靠近你,应该会有足够的时间。但是它们并没有——如果那是你想要知道的。"

"您只认为我过得心满意足,是因为您认为我很蠢?"

这一步跨得很大,令艾辛厄姆太太笑开了,有可能是借着小嬉闹来优雅地掩饰一番。"要是我曾经认为你很蠢,那我可不会认为你很有趣了;要不是我认为你很有趣,那我也就不会注意到自己是否'认识'你了呢,我是这么说的。我倒是老有种感觉,你一直把自己一大部分的个性隐藏起来;隐藏的量之大,其实,"范妮微笑着说,"以你娇小的身形,别人也只能猜想喽。只有一件事,"她解释说,"因为你不曾让别人注意到它,所以我也没有想出什么来,也就一直搞不懂你是带着它,或是把它放在哪里了。我只能说是压在哪里下面——像你有一次给我看的那个小小的银制十字架,由教皇赐福过的,你一直都紧贴着皮肤戴着,没给别人见过。那个圣物我瞄过一眼,"她一面说着,一面使出幽默的功力,"不过,那珍贵的小心思最深处,比方你个人那小巧的金色本质——是由力量高于教宗的人赐福过吧,我想——那你可从没给我瞧瞧呢。我不确定你有没有给别人瞧见过。你整个人就是太端庄谨慎了。"

玛吉努力听着,额头都快皱出一道折来。"我今天还让您觉得端庄谨慎——端庄谨慎地站在这里对着您大叫?"

"喔,我同意你的说法,是没见过你大叫。我一定得把它放在什么稳当的地方。问题来啦，"艾辛厄姆太太一路说下去，"天哪，我又能把它往哪个鬼地方放才稳当呢。你是说，"她问，"我们这两位朋友从昨天到明天要待在一个地方，然后他们多少会不顾一切地见见面？"她说话的时候，尽可能讲得难听。"你想他们单独在那儿——是他们同意如此的吗？"然后她等了会儿，没听到她同伴回答，"这次是你安排的，然后到了这个节骨眼儿，又说你不要——但是他们真的不想去，不是吗？"

"没错——他们的确很不想去。但是我要他们去。"

"就是啦，我亲爱的孩子，这到底是怎么回事呀？"

"我想看看，他们要还是不要。他们一直得如此才行，"玛吉补了一句，"只有这么一件事。"

她朋友看起来有点儿搞不懂了。"打从你跟你父亲退出开始？"

"喔，我不是说为了那些人才出去。我是说为了我们。为了父亲和我，"玛吉继续说，"因为他们现在知道了。"

"他们知道？"范妮·艾辛厄姆的声音有点儿颤抖。

"知道我有好一段时间不太注意了。注意一些我们生活里奇怪的事情。"

玛吉立刻看着她的同伴，她应该会当场问她这些奇怪的事是什么；但是艾辛厄姆太太下一刻的反应，是将那个模棱两可的话题摆一边，说了一个她明显觉得更好的。"是因为那样你才如此做？我是说，不再出门拜访交谊。"

"是因为那样我才如此做。就要他们自己去了——他们也越来越不希望被留下来，或者说越来越不敢表现出希望留下来。这么长的时间下来，事情都是他们在安排，"王妃继续说，"您也知道，有时候他们不得不如此。"随后，像是被这一番直言不讳的话语所打击似的，艾辛厄姆太太有一会儿时间，什么都说不出来。"您现在还认为我挺端庄谨慎吗？"

只要有时间，范妮总能高明地想点儿什么有用的。"我认为你错了。亲爱的，那就是我给你的答案。我说得再直接不过了。我没看到可怕的事——也没什么好让我起疑的。要是你还另作它想的话,"她补了一句,"我会非常难过。"

这句话令玛吉凝视良久。"您甚至从没想象过任何事?"

"哎哟,天可怜见!我正是以一个有想象力的女性身份在说话。我一辈子没有片刻不在想象点儿什么;正因为如此,亲爱的,"艾辛厄姆太太接着说,"我才知道你丈夫,是真心诚意、温柔地对待他那令人赞赏的可爱妻子;你却当他心怀不轨跟你继母瞎搅和。"她停了一分钟,要她朋友好好体悟这番话——至于玛吉这方面则无任何反应;然后,可怜的女人啊,真是糟糕,她又努力地推了一把。"他连你一根头发都不会伤到的。"

玛吉一听完立刻做出微笑状,看得出来她是想表现出微笑的样子,真是再奇特不过的表情了。"哎,是啊!"

但她的客人已经又接着说话。"我绝对相信,夏洛特也不会。"

这使王妃脸上挂起诡异的表情,站在那儿不动。"不——夏洛特也不会。他们就是如此这般地一起上路去了。他们一直担心无法再这样了——以免惊扰我,惹恼我,多少对我有用。我坚持他们得这么做,我们不能全都停摆——虽然父亲和夏洛特不太接受,但我这么说的时候,他们又害怕了;如果他们要担心一起行动的话,那对他们而言是更大的危险:危险就是,你懂吧,我会觉得自己受了委屈。他们知道,最不危险的事,就是那些看起来好像我会接受的事,以及那些我不曾提过无法接受的事。他们想到的每件事,都以非常奇特的方式出现,而我都没有发出任何声响或征兆,透露我的心思——以至于一切就像您所看到的,很美妙。无论如何,他们周旋于我说的那些危险之中——不能做得过头,也不能做得不够,不管他们是缺了信心,或是少了胆子,随您怎么说都成。"她的口气这会儿透着怪异,和她的微笑兜不上;她一说结语的时候,更是明显:"我喜欢的就要他们做,就是那样!"

艾辛厄姆太太对这番话的反应是她站了起来,挺慎重的样子,每段话都使她的气喘得越来越大口。"我亲爱的孩子,你太惊人了。"

"惊人……"

"你太吓人了。"

玛吉深思着,摇了摇头。"没有,我才不吓人,您也不认为我是这样。我是出乎您意料,一点都没错——但也只温和地出乎您意料罢了。因为——您不明白吗？——我是个温和的人啊。我什么都能忍耐。"

"哎呀,还忍耐呢！"范妮声音变尖了。

"为了爱。"王妃说。

范妮踌躇着。"爱你父亲？"

"为了爱。"王妃重复说了一遍。

这话让她朋友观想了一下。"爱你丈夫？"

"为了爱。"王妃又说了一遍。

这会儿上述几个清晰的字眼,仿佛可以给她同伴在二三个很不同的选项里,找出是哪一个似的。无论如何,艾辛厄姆太太的回答——不管多大多小,总是个选择——倒是立刻胜出了。"你就说说你自己爱的吧,你认为你丈夫和你父亲的妻子有所行动,而事实上也是一对恋人,那是不是你想告诉我的？"王妃没有立刻回答,"你说得这么直断,还叫作温和呀？"

"喔,我没有假装对您很温和。不过,我告诉过您,而您一定也亲眼见过,我对他们有多温和。"

艾辛厄姆太太反应又变快了,控制住情况。"你要他们照你喜欢的做,如你所言,就为了要吓人,那是你说的温和吗？"

"唉,如果他们没什么不可告人之密,就不会觉得恐怖。"

艾辛厄姆太太面对她——现在挺镇定的。"亲爱的,你真的知道你在说什么吗？"

"我在说我好困惑,好痛苦,除了您之外我也没别人可以讲。我一直思考着,事实上情况已经确定是如此,您自己也亲眼见识过。那就是为什么我相信,您会同意我的看法。"

"同意什么呀？"范妮问,"那两个人是多年的朋友了,我一直很欣赏又喜欢得不得了,没有一丁点儿什么差错好让我拿来说嘴的,是要加以谴责吗?"

玛吉瞪大了眼睛看着她。"我宁愿您好好谴责我一顿,而不是谴责他们。只要您可以,"她说,"谴责我吧,谴责我吧。"她完全就是一副要说服自己的样子。"要是有良心,您可以谴责我;要是有良心,您可以痛骂我一顿;要是有良心,您就当我是一只卑鄙的小猪仔!"

"啊?"艾辛厄姆太太说得若有所思,她停顿了一下使语气显得更沉重。

"那么一来,我想我会得救。"

这句话她的朋友想了一分钟,双眼若有所思的又显出不祥的预感,往她头顶望过去。"你说自己没别人可以讲,又说你得如此掩饰你的感觉——像你说的,不敢表达出来。难道你从不曾认为,有这个需要对你丈夫说说,那是你的权力,也是你必要的职责呀?"

"我对他说过了。"玛吉说。

艾辛厄姆太太瞪着眼看。"哎,那你说没露出迹象就不对啦。"

玛吉静默了一会儿。"我没有找麻烦。我没有大吵大闹。我没说要怎样。我没有责备他,没归咎于他。您会说,其中用的方式,从头到尾都够讨厌的了。"

"哎哟!"范妮叫了一声,好像她忍不住的样子。

"不过,我倒不认为——很怪——他认为我很讨厌。我认为,打心底——是那么样的,"王妃说,"怪异——他为我觉得难过。没错,我认为,内心深处他可怜我。"

她同伴可不懂了。"因为你让自己陷入这样的境地?"

"因为我已经有了这么多,却依然不快乐。"

"你什么都不缺呀,"艾辛厄姆太太语气活泼地说。但她立刻觉得挺难为情的,似乎说得过头了,"不过,我不懂怎么了,要是你什么都没做……"

玛吉脸上不耐烦的表情令她说不下去。"我不是完全什么都没做。"

"但是,是什么……"

"嗯，"一分钟后她说话了，"他知道我做了什么。"

艾辛厄姆太太听完这句话后静肃着，她整个人的语气和举止，更凸显了这段拉长的时间，表示她也一样明白。"那么他当时又做了什么？"

玛吉又想了一分钟。"他表现得好极了。"

"'好极了'？那你还要什么呢？"

"唉，如你所见啊！"玛吉说，"不要感到害怕。"

这话使她的客人又迟疑了一下。"不要怕真的把话说出来？"

"不说话也不怕。"

艾辛厄姆太太进一步考虑着。"连夏洛特你都没办法说？"但是等她见到玛吉听到这句话后脸上压抑的绝望表情，她不敢再说下去，尽管应该要紧盯着她的，但是很难，也让人不忍，于是她茫然地走到窗边，看着外面沉闷的街景。这简直像是她不得不放弃一样，因为她朋友的反应搭不上话——她本来就挺担心最后会办不到——她一直努力，希望能有所转圜。艾辛厄姆太太接下来立刻又说话了，语气好像在对她保证，万万不可放弃任何事。"我懂了，我懂了。那种情况你要考虑的实在太多。"这话又把王妃的心给拉回来，话中透露着了解的信息是她最想要抓住的。"不要害怕呀。"

玛吉站在原地听着——她很快地回答："谢谢。"

她的顾问觉得备受鼓励。"你责难一件正在进行的密谋犯罪，一天接着一天，受到绝佳的信任与同理心相待，而且不仅你在盯着看，你父亲也在盯着看。这件事我一时之间真的是想都想不通。"

"啊，就是这样！我就是想听到您这么说。"

"好说，好说！"艾辛厄姆太太轻轻说。

"您从来都没有想过？"玛吉问。

"连一刹那都没有过。"范妮说，头抬得高高的。

玛吉想了会儿，又接着问得更多。"请原谅我这么讨人厌。不过，您是以神圣之名说的吗？"

艾辛厄姆太太面对她。"哎，亲爱的，以我是个诚实的女人、话说得肯定之名。"

"谢谢您。"王妃说。

她们也就停在那儿一会儿。"但是，亲爱的，你相信这回事吗？"之后范妮问。

"我相信您。"

"嗯，我对他们有信心，所以那是一样的。"

最后这句话使玛吉有一会儿好像又在思考着；但是，她欣然接受这个说法。"是一样的。"

"那么，你不会不开心了吧？"她的客人追着问，对她说得挺高兴的。

"有好长一段时间应该不会了，一定的。"

但是，现在换成艾辛厄姆太太想知道更多。"我说服了你那是不可能的吧？"

她伸出了双手，而玛吉一会儿工夫就走过来，投入她的臂膀，一面发出像是松了口气似的奇怪声音。"不可能，不可能，"她回答得语气决断，决断得不得了；然而下一刻，她却因为那个不可能而眼泪溃堤；几秒钟之后，又是拥抱，又是紧抓，又是啜泣的，连声音都听得到，让人感同身受，但是很怪，痛哭的人是她朋友。

第 七 章

　　上校和他太太要在七月中旬来丰司好好待上一阵子，玛吉请父亲一定要委婉地坚持要他们过来，可见大家已经都有默契了。伊顿广场的夫妇会在那个月早一点儿到，然后不到一个星期的时间，波特兰道的夫妇也会抵达。"喔，我们会给你一些时间喘口气！"范妮轮流对每个人都这么说，说的是未来这段日子，语气很开心，一副不太管别人会怎么批评的样子；她不断强调，艾辛厄姆夫妇最守时，很有自信，尽管说得温和，但是也颇讥讽，她借着这些言论兀自振作、坚强起来。她觉得最好的说辞就是，她承认自己对某些事永不满足，像是乡野的休憩之地，属于自己枝叶繁茂的凉亭，或是目前这个懒懒散散的季节里，能有个固定的去处；这些都令她无法自持，而这群朋友也总令她无法自持，上校在这点上面一直无法满足她，而魏维尔这家人的好客正好给了她方便，也安排得让她很自在。她在家就这么解释过了，不断地解释再解释，说她进退维谷，说她真正的难处在于她的，或者说——她现在这么称呼——是他们的身份。要是这对夫妇在卡多根街无事可做，那么他们仍会谈谈令人赞叹的娇小玛吉，以及他们是如何屏住气息观察着她，这是很有意思的事，虽然挺坏的；那是午夜时分讨论的重大话题，我们到目前为止也仅略微窥知一二。所有的私人时刻里就会出现，这是无法控制的；他们将此话题深植于他们之间，一天天地长大，陶醉的感觉几乎已经取代了他们的责任感。艾辛厄姆太太在这类时刻里坚决地说，为了这个令人赞赏的小姐——她也坚决地说，这个人已经颇令她"心服口服"了——她随时要对全世界，就算对王子本人也一样，矛盾也罢，都能毫不羞赧地一直赞美下去，说得清清楚楚的；即使被当成一个粗鄙又没教养、人人避之唯恐不及的女人，一把年纪了还露出真正寡廉鲜耻的个性也无妨。我们已经见过，即便他太太给的压力很大，上校所明白关注的，并没有任何事是别人认为复杂纠结的。不过，这倒没有一丁点儿，是因为他为她感到难过，也不是因为她让自己陷入困境而心生不忍，她跟他保证自己知道得太清楚了；而是因为只要他一张开双眼，他就没办法一面看着王妃，一面又能很自满地使它们平静下来，用理智使它们平静下来也不成。假使他现在爱着她，那更好；这么一来，他们就不会在得帮她做点儿什么的时候，显得畏畏缩缩。只要他一发出哼哼痛苦的声音或是咕噜着不耐烦的声音，艾辛厄姆太太就回到那个话题来；她从不瞎诓哄一通——玛吉走的那小小一步就是真的在诓哄——老老实实地给他看到，等着他们的有多狰狞。"如同我一次又一次告诉你的，我们只得为了她而撒谎———路撒谎下去，累到我们脸色发青为止。"

"为了她而撒谎？"上校在这种时刻，常常表现出新形态的古老骑士风范，也就是在大白话里，找些明显说不通的地方研究研究。

"是对她撒谎，上上下下，里里外外漫天撒——不是都一样。也包括要对其他人撒谎：对王子撒谎说别人信任他，对夏洛特撒谎说别人信任她，对魏维尔先生这位可亲的男士撒谎说大家都互相信任。所以喽，我们的工作很清楚——第一要务就是撒最大的谎，说我们为此目的好想待在那儿。我们难以言喻地厌恶这档事——就算遇见任何社会责任，听到任何人的呼吁，逼着大家要合于礼教，我也不至于如此；但一碰见这档事我就懦弱得不得了，心惊胆战又自私地想让整件事、让每个人都悄悄顺利过关。我说的至少是我的看法啦。至于你嘛，"她补充说，"我给了你大好的机会爱上玛吉，想必你的说法会很靠近她那一边吧。"

"那你所说的，"上校对于这种话，总能心平气和地发问，"自己的看法，应该也是挺靠近王子的吧？就算不是因为被惹恼，你也的确说是被他们迷住了——更别提我本性就是抗拒不了——所以你才想出这漂亮的画面吗？"

问题中提到的画面，事实上正老是出现于她沉思的时候。"我很难享受那画面的原因是，你看不出来吗？我秉持对玛吉的忠诚，只好把他对我的好感搞砸。"

"你真有办法找了个词儿,说什么对玛吉的'忠诚',好来漂白他的罪行?"

"哎呀,那件特别的罪行,要说的可多呢。我们最感兴趣的罪行莫过于它了——至少那也是为了它。当然啦,我心里的每件事都称得上是对玛吉的忠诚。如果要帮她打理她父亲的事,对她忠诚是比什么都管用——那是她最想要,也是最需要的。"

上校以前就听过这种说法,不过,摆明了他怎么听都不嫌多。"帮她打理她父亲的事?"

"帮她对抗他。对抗那些我们已经彻头彻尾谈过的事——他们之间一定得有所认知才行,他依然不太相信呢。我在那里的角色很简单明了——帮她完成,帮她完成到底。"艾辛厄姆太太每每讲到简单明了这种字眼时,当下总显得神态昂扬;然而同时,她也几乎不会忘记,要稍微修正一下。"我说我的责任很清楚,那是千真万确;至于要如何一天过一天,同甘苦共患难地维持下去,我跟你讲,那可是另外一回事。所幸,我有个办法挺厉害的。我可以完全放心地仰赖她。"

上校在这种时候也很少不往下猜,很少不鼓励她说下去,好像内心越来越激动似的。"不要看穿你在撒谎吗?"

"不管她看到了什么,都要紧紧跟着我。要是我跟着她——老天保佑,那是我可怜的办法,奋力地看照着他们所有的人——那么她就会支持我,至死方休。她不会放掉我的。你知道,这对她很容易的。"

按照常理,一路话题转到这里对他们而言,是再可怕不过的了;不过,鲍勃·艾辛厄姆每次上路遇到了,都把它当成第一次。"容易?"

"她和她父亲可以完全使我名誉扫地。她可以告诉他,他结婚时我已经知道——就好像她自己结婚时,我也已经知道一样——他太太和她先生之前就已经存在的关系。"

"照你自己的说法,时至今日,她自个儿仍然不知道你已知情的事,她哪有办法做什么呢?"

艾辛厄姆太太已经反复练习来应付这个问题,效果也很显著,很像是她接着就要说这正是她的最佳谎言似的。但她有个挺不同的说法，毫不含糊：话里有种气氛，可以稍微教训一下他的口无遮拦。"带着一股莫名的怨气，立刻采取行动，一百个在她位置上的女人，九十九个都会这么做。也要让魏维尔先生也带着油然而生的相同怒气，采取行动，一百个男人里，九十九个都有这股怒气。他们只要同意我的看法就行了，"这可怜的女人说，"他们只要对它有同样的感觉就行了，觉得有人对他们耍着不堪的手段，欺骗他们，伤害他们；他们只要对着彼此谴责我就好了，说我不老实又无耻，让我一败涂地。当然啦，其实我才是而且仍一直在受骗——被王子和夏洛特骗。不过，他们并没有责任把我想得那么好，或是给我们哪个任何好处。他们的权力范围内，是可以把我们拴在一块儿，当成一队共谋的人马，背信忘义又残酷，而且，要是他们找得到相符的事实的话，就会一把将我们连根铲除。"

这番话每次都能把事情摆到最糟的境地，就算不是第一次说，也几乎无法控制地令她热血沸腾，被逼着看到整件事的每个部分，丑陋的样貌没变过，偶尔发出短暂的光泽，全兜在一块儿。她向来挺喜欢呈现她身陷危险中，把它说得很真，给她的丈夫看，以及他们两两相望之时，他脸色转为几乎苍白的样子，想着他们可能受累的情况和一起败坏的名声。这美妙之处像是轻触钢琴键盘左方的一个象牙色琴键，这位讨人喜但脑筋转不过来的亲爱男士，不安地用简短又严厉的声音说话了。"共谋——就你而言——有啥目的呢？"

"咦，目的很清楚呀，为了给王子讨个老婆——要玛吉来付出代价。然后给夏洛特找个丈夫，要魏维尔先生来付出代价。"

"为了朋友效劳，是喔——结果却变得很复杂。你又不是为了搞得很复杂才做这件事的，为什么你不应该为他们效劳呢？"

在这个关联性上面，她总是觉得很不寻常，面对她自己刻画出来的一个摆明"糟透了"的影像时，他有时候帮她说起话来比她自己还行。尽管身陷困扰，她依然能从中汲取些乐趣。"哎呀，我可能管了闲事——只要证明我的确管了闲事——只得任人说嘴，我是说管了魏维尔先生和玛吉的事儿了，不是吗？要谈到感激，他们看我的动机，仿佛更加确定了我希望与其他人为友,而不是那对父女受害人,他们不可能这样看吗?"她真的想谈这个话题,"他们看我的动机,好像第一要务是不管什么情况,也不计任何代价,我都下定了决心为王子而效劳,把他'安置'在舒适的位置上,换句话说,给他想办法填满钱袋,他们不可能这样看吗?他们怎么看都像是我们之间,真的有个模棱两可又阴险的协议——有什么天理难容又暧昧①的事儿,不会吗?"

这肯定会让可怜的上校复诵一遍。"暧昧的感情吗?"

"唉,你自己不也这么说吗? 虽然说不上来,但你不是也想过有那种可能,挺糟的吗?"

她现在可拿他有办法了,因为她提醒他那些事,他颇玩味地乐在其中。"是指你老是有这样的迷恋吗?"

"一点儿都没错,我对这位男士有这样的迷恋,要一手帮他打理事务,好使他轻松自在。用不偏颇的眼光来看就会知道,不过是母爱般的迷恋罢了——但是,当然啦,我们又不是在谈不偏颇的眼光这码事。我们谈的是现在发现有件事很恐怖,有几个天真的人遭到别人大耍手段;也要更进一步来谈他们如何看待这件可怕的事,这种人几乎都是这么看待的,要比那些打一开始就知道的人谈得更远些。我从朋友那儿得来的这么个看法,是用我之前为他所做的换来的——呃,对我来说,把它想得机灵点儿,两者是差不多啦,我心里最清楚。"她每每心无旁骛地想要将此画面弄得很圆满的时候,就显得颇为焦虑。"以前也见过,也听过,像某男士不要某个女人,或是感到厌倦,或是对他而言除了那些可利用之外,已经没啥用处了。她却因为爱得无法自拔,不想连看都看不到他,音讯全无、完全断了关系,反而有可能鼓励他去喜欢别的女人。又不是头一遭②,亲爱的;更怪的事儿也多有所在——不需要我来告诉你吧!那太好了,"她说结论,"你这位贴心的太太,她的行为是有个构思的,非凭空杜撰;像我说的,想象力

---

① 原文为法语:louche。
② 原文为法语:Cela s'est vu。

一旦被激发了，什么也比不上激动的小羊。狮子对它们而言也不算什么，因为狮子太圆滑世故，无动于衷①，一开始成长就学着暗中潜行抓伤人。你得承认，这的确有某些东西我们可以想想。所幸，我终于这么想，我可松了一口气。"

这个时候他已经挺了解她最后想的是什么，但他依旧觉得挺有意思的。就一个读者而言，这几页讲的是有关这一对之间的事，其中的他实在很像个天真的小孩，听着他最爱的故事听了第二十遍，仍然很喜欢，正因为他知道接下来会发生什么。"要是他们能比你以为的少点儿想象力，那么你在促成魏维尔太太的婚姻里所得到的利益，当然就是能阻止他们的东西。你一点都不喜欢夏洛特。"

"哎，"艾辛厄姆太太听到这种话，总会接着说，"要说我插手管那档子事很容易，我只是很想让他高兴。"

"魏维尔先生吗？"

"是王子啦——这样他才不会眼睁睁看着她随便找个丈夫，而那个人是他没办法像对他的岳父大人一般开诚布公的。我把她带来接近他，留下她使他触手可及，因为她也不能一直停留在单身的状态，或是做别人的妻子。"

"好贴心的设计，留下她来当他的情妇？"

"好贴心的设计，留下她来当他的情妇。"她说得挺有气势的——听在她自己的耳里，当然，也听在她丈夫的耳里，所产生的效果一直都是如此。"那件事办得很顺手，这得归功于那些奇特的情况，真是太理想了。"

"甚至你连做每件事都没有很小心，竟也顺利地就给他享受两位美丽的女子，你是这么看的吧。"

"连那个都是——我蠢极了。但可不是随随便便的两位，"艾辛厄姆太太补充说，"一个有美貌……另一个多金。那就是纯洁善良的人所遭遇的事。她因为纯洁善良而受罪，因为能感同身受，不为私利，

---

① 原文为法语：blasés。

能敏锐感知别人的生活而受罪,已经无法回头了。就这么着①。"

"我懂了。那就是魏维尔一家留住你的原因。"

"那就是魏维尔一家留住我的原因。换句话说,他们留住我,以便好好地表现给彼此看——要是玛吉人没那么好就好了。"

"她放你走不计较?"这种事他都要打破砂锅问到底。他就是这样才变得非常熟知她最终会想什么。

"她放我走不计较。我对于之前做过的事感到很恐惧也很懊悔,所以,我现在要来帮她忙。"她喜欢补上这一句,"魏维尔先生也放我走不计较。"

"你真的相信他知情吗?"

这话总能让她慎重地停顿下来,陷入沉思。"我相信就算他知情,也会放我走不计较——因此我也要来帮他忙。或者,其实说真的,"她继续说,"我可能帮得上玛吉的忙。那是他的动机,也是原谅我的条件;一如事实上她对我也是如此,要我采取行动使她父亲免于受伤害,那是她的动机,也是原谅我的条件。不过,只有玛吉才是我最关心的;不管出了什么事,我未曾从魏维尔先生那儿听到什么——连喘个气、看一眼都没有,我可以保证。所以我应该可以千钧一发地,和我犯罪的惩罚擦肩而过。"

"你是说人家会要你负责。"

"我是说人家会要我负责。我占便宜的地方,在于手上有玛吉这么张王牌。"

"你说这么张王牌是指她不会背弃你。"

"不会背弃我,我们有默契——不会背弃我。我们的默契已经签名生效了。"只要再次闷闷地想着这件事,艾辛厄姆太太就一定会再次突然神采飞扬。"这份契约很大气又很高尚。她神情肃穆地应允了。"

"但是,只有说说……"

---

① 原文为法语:Voilà。

"喔，是呀，有说话就够了——因为这本来就是件跟说话有关的事。只要我撑住我的谎言，她也能把她的撑下去。"

"你说她的谎言是什么？"

"咦，假装她相信我呀。相信他们是清白的。"

"那么她是真的相信他们有罪喽？虽然没有证据，她也已经走到那个结论了，而且也挺满意的？"

每次说到这里，就是范妮·艾辛厄姆最接不下话的时候。但是，最终总能按照她自己的道理说上一番，加上叹一口长长的气。"问题不在相不相信、有证据或是没证据。对她而言是没法逃避的问题，自然感受得到，无法克服的感觉。她无法压抑，她就是知道他们俩之间有点儿什么。不过，她根本没有像你说的'走到'结论；那正是她仍未做的，正是她持续很努力不愿去做的事。她闪了又闪，才不至于走到那一步；她一直出海去，好远离礁石，而她要我做的就是和她一起保持着安全距离——因为我为求自保，所要求的也只有别再靠近了。"说完这些，她一定会让他把全部都想一想。"因为没有证据——要我站在她那边，好歹她势必得拿到才行——所以她要有反证，好来反驳她自己，也向我求助，帮衬着反驳她，真是太惊人了。想想她拿什么样的精神来做这件事，你真的会为之动容。只要我厚着脸皮把他们掩护得够好，其他人看起来也开开心心绕着他们转，快乐得像只小鸟一样，她那里自会尽力为之。简单说，只要我能使他们不吵不闹，就能为她争取些时间——好有时间来反驳她父亲的任何想法——多少能有点胜算。只要我把夏洛特顾好，她会去张罗王子；她觉得时间可能会帮助她，看着让人感到很美好，很奇妙，也真的很可怜又不忍心。"

"唉，可怜的小东西，不过她说的时间又是什么？"

"嗯，从这个夏天待在丰司开始。当然她日子会过得很惨，不过，我想她自己已经想出办法了，从表面看来，丰司危险之处在于可能变得几乎像在给予更大的保护似的。在那里，那两个情人——如果他们是情人的话！——就得小心翼翼。他们自己会有感觉，除非他们的事已经完全失控了。"

"他们的事没有完全失控吗？"

这可怜的女人没办法，听到这儿就犹豫着，不过她依然回答了，说话的样子像是把她身上最后一毛钱掏出来，买一件绝对少不了的东西。"没有。"

听到这句话，他总是对她露齿狞笑。"那是谎言吗？"

"你以为你值得别人对你撒谎呀？如果我觉得那不是真的，"她补充说，"我也不会接受去丰司。我相信我可以让那几个可怜的家伙安静下来。"

"但是，要如何……最糟会是？"

"喔，最糟……不准说最糟！我可以让他们安安静静的，那就是最好的情况，我似乎感觉得到，我们只要坐在那儿就成。事情一星期接着一星期就会产生效果。你等着瞧吧。"

他可是很愿意能瞧瞧呢，不过，他很想有备无患……"假如没有用呢？"

"唉，那就是在说最糟嘛！"

唔，可能吧；不过他们从早到晚对这件危机事件所做的，不就是说话而已吗？"那其他人是由谁来呀？"

"其他人……"

"谁来让他们安静下来？假如你那对想一起过过生活，要是没有目击者在，没有人家的帮忙，他们就没办法，不管人数多少，这些人一定得对他们有所了解、有些想法才行。他们得碰面，偷偷摸摸的，也要安全，他们得安排才行。如果他们没碰面、没做安排，也就不会在某个时辰让自己泄了底，我们又为何要再堆叠上去呢？因此，如果在伦敦上上下下都找得到证据的话……"

"一定有人会有证据？唉，"她老是记得，"不止，在伦敦上上下下而已。有些肯定会把他们连在一块儿——我是说，"她若有所思地补了一句，"自然会有——在其他地方也是；谁晓得有什么奇怪的冒险、机遇与掩饰呢？但是，不管发生了什么，也都会当场掩埋掉。呵，他们知道怎么做——做得太漂亮了！但是一样，没有哪件事玛吉会知道。"

"你认为每个可能知情的人,都已经被收买了?"没等她开口,他就喜滋滋地又说了一句,这是根深蒂固的习惯,"要拿什么来收买卡斯尔迪安夫人呀?"

"要知道,"她一向反应很快,没变过,"不能拿石头砸别人的窗户。保护她自己的玻璃窗,就够她忙的喽。那就是她所做的,"范妮说,"在马灿最后一天的早上,我们大家都离开了,她却把王子和夏洛特留下来。她帮他们只因为她自己可能也需要帮忙——就算也许不是在帮她那位可笑的布林特先生,也可能是帮了他。他们那天当然就全集结在一块儿了;他们心知肚明——她全看在眼里;我们知道的,那天搞到很晚,前面的那段时间,就再也找不到他们的踪迹了。"艾辛厄姆太太随时都能把这个历史性的时刻好好再想一遍;不过,想完了之后,她也不忘随即虔诚地加上一句:"只是,其他的事我们都不知道——我们要感谢老天保佑!"

上校感恩的心可就没那么明显了。"从他们为所欲为,到他们各自出现在自家(你不是跟我提过,晚餐时间都过了好久?),那段时间里他们到底做了什么呀?"

"呃,那不关你的事!"

"我没说什么关我的事,不过,只跟他们干系太大了。在英国啊,只要有需要,总是有踪迹可以找得到人。早晚会出事的;早晚会有人打破神圣的平静状态。会出人命的。"

"出人命……这又不是凶杀案。可能完全相反呢!我的确相信,"她挺得意地加上一句,"为了从这场吵架里找乐子,你更想来个大爆发吧。"

然而,这种话很少引起他的注意;他大部分时间都静静的,一面沉思,一面抽烟,抽了好久,接着有句话他依旧没能忍下来。"你对那个老男孩的看法是什么,真是要了我的老命也想不出来。"

"夏洛特那个太让人想不透又奇怪的丈夫吗?我不知道。"

"请见谅——你刚刚就说啦。你每次讲到他,都说成太让人想不透又奇怪。"

"嗯，他是呀，"她都会坦然承认，"就我所知，他可能是太让人想不透又伟大。不过，那可不是个看法。它只代表我有点儿觉得，他远远超越我所能及——那也算不上是个看法。你知道，他也可能挺笨的。"

"一点儿都没错——瞧你说的。"

"然而，另一方面，"她总是会继续说下去，"他可能很卓越超群：甚至比玛吉更加卓越超群。其实他可能已经是这样了。只不过，我们永远都不会知道。"她说这话的语气可能流露了些许的痛楚，因为少知道了这件事，她开心不起来。"那一点我能了解。"

"哎呀！"上校也受了影响，连话都说不出来。

"我相信连夏洛特也没办法。"

"喔，亲爱的，夏洛特不知道！"

但是她想了又想，想了又想。"我相信连王子也没办法。"这下子两个人似乎都说不出话了。"他们会搞不清楚状况，一片混乱，受着折磨。但是他们不会知道——就算他们把脑袋集中起来也想不透。那就是他们的惩罚。"范妮·艾辛厄姆说，每当她想得这么远，她说话结束时的语调不会有变化。"要是我难以全身而退……那很可能也会是我的惩罚。"

"那我的，"她丈夫就是要问一问，"又是什么呢？"

"没有——你什么都不配有。人们感受到的就是他们的惩罚，要成功地惩罚我们，我们应该要有感觉才行。"她说"我们"的时候好气派，突然迸出这个预言，"要看玛吉怎么派下罚则来。"

"玛……"

"她将知道，她父亲知道每件事。每件事，"她又说了一遍。每次艾辛厄姆太太心里有此意象，她就转身别过头去，像是有什么不祥的预感，很奇怪，也很绝望。"但是，她永远都不会告诉我们。"

第 八 章

玛吉若不是早已非常坚定地下决心，除了她对父亲的看法之外，不管是对她的好友或是任何人皆不吐露实情，那么她会发现，和丈夫待在伦敦的这一星期，自己的感觉可能已经泄露，肆意漫流；其他人已经转移阵地到丰司去度夏日时光。只因为一个简单的事实，就是他们正处于短暂分离的状态，但这是他们生活至今，很少出现的奇怪状况。她自己到目前，当然已经习惯于应付古怪的事了，但是，只要感觉到她那难以洞悉的父亲，可能得一个人和他们待在一起的时候，此问题就足以令她立刻抛开好不容易才修补好的平静生活。她想到他一个人和他们在一起，就是想到他一个人和夏洛特在一起——这一点是挺怪的，因为她同时也全心确信，他太太有能力维持幸福的表面，甚至能把程度加以放大。他们离开英国度蜜月的时候——困难的确少得多——夏洛特已经那般做过了，那时这两对夫妇尚未神奇地重逢；她那么做是为了使每个人的优点，都能有挥洒的大空间，到了最后，现在却带给夏洛特的继女如此惊人的果实。相较之下，目前这段时间很短，关系也有了很大的改变——她的问题进入新的阶段，考验着夏洛特的伎俩。她父亲和妻子之间真正的"关系"她一无所知，而且，严格说来，也不关她的事，王妃只要记得这两件事，她就再次振作起来。不过，面对着他们这种显而易见的幸福隔绝状态，她无法保持安静不作声，她是这么称呼的。她心里有个奇异的希望闪闪烁烁，完全称不上安静，此希望将原本正常的地方都占据了，顽强不退让。她专注于一个想法，要是夏洛特再坏些就好了！——玛吉开始这么想，而不是把她想成要是再好些就好了。用这类方式来感受，真是太怪异了；因为，以她所了解的继母，在美丽的树下与可贵的老花园间，随便就举得出五十种可靠的姿态和至少二十种的和善样貌，如果不是那样，她相信自己也不至于那么担心了。一位迷人娇妻对丈夫理当表达出可靠与和善，但是，这位女士亲手编织出来的那块布料，令人挺安心的，质地之精巧，像一张轻盈的面纱将她的同伴蒙住，既精细又透明，她觉得父亲的双眼透过面纱，不断地看着她自己。隔着一段距离，他凝视她的眼神更显直接；他一个人在那儿更加了然于胸，整个过程他们都没有惊扰他，没有伤害他，但是他知道，也感受得到其细心的程度。几个星期又几个星期过去，丝毫没有松懈，她自己现在追溯着这份诚心的努力所延展开来的轨迹。她完全没有泄露迹象——她自认为那点做得不错——但是那份成就却很可能全都白费功夫，如果魏维尔太太竟然告诉他，她和他女儿所分配的比重是错误的，他们之中的一对是被拿来纠正另一对的，但是太唐突，也太没条理了。然而，假使她曾经更糟，可怜的女人，那谁又能说得准，她丈夫是个比较好的人呢？

　　静静地在这些问题里摸索，其实王妃也不确定，现在她自己的阿梅里戈和她单独留在城里，而他是否已经在无所顾忌的豪气里想出了中庸之道，盘算着把私底下的评论，从它最新的栖息之地刷掉。这关联性里的真相是她有各种不同的恐惧，有些时候她想着，这些天过得像是重复着几周前那个晚上，从另一个房子回他们自己家，乘车路途的过程，只是时间更加漫长，那时他使尽全力想用王室的个人魅力迷住她，令她无法招架，不再坚持下去。可以这么说，只要和他单独在一起，或早或晚她就会在心里想着，自己的坚持已经成了哪副模样了。不过同时，只要她让人嗅不到责备的气息，她就能维持最后那一点残余的表象，使自己免于受到攻击。攻击、他真正的攻击，因为他是做得出来的，这最令她难过；她一点儿都不确定，在那样的情况下，自己会不会陷入相当软弱的程度，无法自持，会不会使他见到最容易摆平她的方式，好方便下次再利用。因为她没给过他任何借口，可以假装说她已经失去信心，或是感到幸福生活受到些微影响；所以不难看出，在所有的等待与压力中，她给他占了极大的便宜。她希望他目前不是有目的地来和她"和好"。和好可能会使她一头栽进去，变成盲目地默认，盲目地假装，或是盲目地摧毁，谁知道呢？她爱他爱得太无力自拔，不敢将门开个一英寸看看他要如何对待她，仿佛他们之中有谁让另一个人受委屈似的。某件事或某个人——是谁会这样？哪一个呢？——终将无可避免地要被一阵自私的狂风牺牲掉，而她的理智告诉自己，得知道要往哪儿去。知情了，了解了，是件让人着迷也害怕的事；此重大关头里有个奇怪的部分，正是她担忧着他不过突然跟她大致表白一下，她就迫不及待地想要原谅他，要他放心，对他一呼百诺，什么情况她都想遍了。她务必得弄清楚，做这些事到底所为何来；但是，在那样的情况下采取行动，也一样会知道其他的事是什么，实在太可怕了。他或许只挑他想说的告诉她，只挑那些他美好的恳求姿态能打动她的话才说；他直接诉诸任何美好姿态所产生的结果，就是让她无力自拔地臣服于他的说法。她的安全感是暂时的，成功也少得可怜，全都因为他既没感受到也没有推测出这件事，幸好她采取了一些方式来预防。预防的方式是真的一小时接着一小时，没有松懈过，因为这段相处的日子相较之下，是比较没有间断的。一小时接着一小时，她几乎预期着有某些征兆，显示他突然下定决心。"唉，没错，事情一直就跟你想的一样；我走偏了，幻想自己是自由之身，用更大的宽容使自己屈服于其他东西，因为我认为你是个不一样的人——和我现在见到的不一样。不过，那也只是，只是因为我不知道……而且，你得承认你几乎没给我足够的理由。我是说，有足够的理由来清掉我的错误；我坦承，那件事我懊悔得不得了，而我也有种美妙的感觉，觉得你现在就能帮我把它完全结束掉。"

她一面紧盯着自己，一面似乎极有可能会听到他这么说。她又快过完另一天，连续下来，两人接下来又要共同度过另外几个小时，而他仍然没有说出来，她觉得自己满脑子都是他，比起要臣服于他的念头更形强烈。她保持自己头脑清楚是为了要个理由，要知道起因为何；她费力地使自己不偏颇，费力地逼自己对此事低调不张扬，这才把他们俩亲近得像用钢圈拴在一起，直截了当的热情和它一比，不过空气中一个震动罢了。她最大的危险，或者说，令她在乎的最大动机，是一个挥之不去的想法，如果他真的有所察觉，那么他注意着她一举一动所产生的结果，势必代表着他觉得她越来越重要了。她用虚假的样貌，以设定好的方法来对应他，一如她也以此对应过她父亲，她了解这虚假的样貌得一直撑下去，甚至撑到她要想办法来证明自己跟以前一样，并不重要。要是他心灵地认出了她可能在意的地方，而不是真的忧郁地变得可怜兮兮，只要他轻轻一触——喔，万一它来的时候，她一定得知道才行啊！——只要他的手、他的唇、他的声音轻轻拂过，就会绑住她的手脚，径自送到他面前。所以，要有自由，要自由地行动，不要为了她父亲而悲惨难堪；她在做的事，就像一只只能从显微镜下才看得到的小虫，推着一粒砂子，她做的事甚至是为了她自己。目光所及之处她能改变一下好维持住，但她没办法永远如此维持下去。他们经过一星期没有任何干扰地面对面相处，其中出现许多新的记号，结果很不寻常，因为她得以在心里，好好想一想他们习以为常的同伴们，也能估量此番重聚，将为心情带来何种舒缓。她几乎是一分钟又一分钟地学习成为一个隐身能手——因为，只要有可能会处于足够亲密的时刻，两人交流中，总是觉得有可能会一片的光辉灿烂，难以隐藏；但是她努力应付的对手，也正是位隐身高人，假使她一不留神，很快他就会知道他们为何挣扎缠斗。事实上，去感觉他，想到他对他自己的感觉，想到她的对手有如此细致的能耐——简言之，看他顶着一个和他完全相反的名字——就已经几乎把她的惊呼给硬生生地压下来。万一他猜到，他们隐而未显的姿态里藏着激烈的争斗，而且这整个期间，应该是她很愚蠢的关系才弄得这么激烈，而且还让它一直这么激烈——要是在他们离城之前就猜到了，那她是铁定要溃败了。

在丰司她或许可以稍微喘口气，因为他直接的观察在那儿一定会稍微分心。情况应该会如此，只要是她父亲一副平静的样子让人紧绷，那应该就会分掉他大部分的注意力。除此之外，夏洛特本人也总在那儿引开他。夏洛特一定会再次帮他研究每件事情，不管大大小小，只要是呈现出某些征兆。不过，玛吉倒是把这个事实，当成可能保护她内心暗潮汹涌的秘密，不致外泄。她也许会发现，而且也不是什么难以料想的事，会有一丝安慰的微光将扩及王子的活力、精神以及他微妙的不安，产生明显的效果，那正是魏维尔太太的气质与外观、轻盈高雅的姿态，与太完美的干练能力所散发出来的。她心里想，毕竟最好的是他又能再次享受，可以盯着那位女士看。心中有这些因素全都掺杂在一起，却只靠目视享受，他又能撑得了多久呢？此时她已经拿定主意，有善于应变的夏洛特在一旁，他会对夏洛特日渐增加的警戒言听计从。假如他老是看到她——光说这一点就好——总是站在城堡的围墙上，姿态优雅地站得直挺挺的，手上拿着滚着蕾丝荷叶边的阳伞，一下子折好，一下子撑开架在肩膀上，来来回回踱着步子，背景衬着东边或是西边金色的天空，他会不会感到厌烦呢？玛吉想着这个问题的奇特反应，真的想得很远，而她也不是没办法训斥自己打着如意算盘，想太多了，好让自己振作起来。她都还没在阿梅里戈上发现厌倦的表情，以及他为何厌倦的合理解释，她就已经对好多事确信不疑了呢！

　　遇到他们的压力时，她掩饰的招数之一，就是在他们生活里的片片段段，尽可能顺理成章地将艾辛厄姆太太拉进来，话是这么说的，她得来和他们共度一个下午，因为他们要一起乘车外出，或是说去看看东西——看看东西已经在他们生活里成了一大特色，他们仿佛成了去给市集开张的王族似的。当天稍晚就会搭配一些异想天开的活动，而她会陪着他们，连上校也一块儿，像是去听歌剧，也不管是谁唱的，一副突然间对英国戏剧极感兴趣的样子，要一探究竟。这对来自卡多根街的好心夫妇，总也不客套啰唆就和他们一起用餐，然后"继续"这类公开活动，王妃也大胆表达自己对此有顽固的偏好。可以这么说，在这些事情里，她顺道拽开自己激动的感觉，紧张地要自己不动情于她幽暗森林里盛开的小小野花；如此一来，她至少就能外表上很大方地对着他们面带微笑，对她的同伴们，特别是对她的丈夫，表现得很勇敢，无所谓地一起到处找乐子。她激动的情绪，有些挺强烈的一直被压抑着，有些几乎是为她带来鼓舞的灵感；特别于某些时刻，她觉得很有意思，因为她把朋友利用到极致，挺放肆的，连解释都免了，真是太有趣了。她不必、不必再对范妮·艾辛厄姆解释一番——这可怜的女人自个儿就被赋予一个特权，拥有更高超的灵巧心思，而且可能一辈子都得如此。她一股脑儿全放在范妮身上，也因此这位亲爱的人啊，自己可要掂据此庞大的分量了。玛吉现在越发显得自我，表现得好极了，无可挑剔，也不问她问题，只有给她伟大的机会时，才会下达指示。她才不管艾辛厄姆夫妇有没有要忙什么，或是他们已经"约"了晚餐；那是小事一桩，她突发奇想或者重新安排的时候，眉头皱都不皱一下，而她也只得听候差遣上天入地。一步步很流畅；因此，尽管这段时间很艰辛，她又激动不已，但王妃就像一颗有棱有角的小钻石，她的手法兼具建设性与创造性，闪闪发光。她只要用相当高尚又合宜的态度，想象自己看起来，她丈夫看起来，陪着自己先生和太太是天经地义的嘛。初夏这么多个星期下来，夏洛特正是如此激励自己，除此之外，哪还有别的呢？——她如此认为，也尽可能履行自己的职责，像个整天转来转去的下属似的，一阵大浪来袭之后，只得随波逐流。

惯例就这么形成，一群人也组合妥当。艾辛厄姆太太不管是坐在桌边、站在楼梯上，待在车子或是戏院包厢里——为了那样，总是滔滔不绝地说着话，特别是谈到男士的时候，有个固定的特色——可能随她高兴，目光就会望向阿梅里戈，也不管含意为何：那倒不是玛吉担心的。她可能在警告他，可能在指责他，也可能是要他放心，她——不这么做是不可能的——绝对会向他表达爱意；很简单，这是他们俩之间的事而已，只要能帮她负起责任，达到当初她所保证的完美无缺，她连这样都愿意做。其实玛吉只想跟她说，有她帮忙效果挺好的；有天晚上谈到隔天的一个小节目，私底下的消遣——想到博物馆拜访克赖顿先生，她们都觉得这个点子太好了，热衷得一定要去。艾辛厄姆太太一下子就想起来，克赖顿先生是个最有成就又彬彬有礼的公务员，每个人都认识他，他也认识每个人——此人爱好艺术与历史，所以魏维尔先生的冒险路途上，他一开始就尽力成为其中一盏颇为稳定的灯光。身为伟大国家收藏珍宝里最丰富部门之一的管理人，他能感受到私人收藏家的真诚，一路鼓励他，甚至连他房获了若干战利品的时候，他也被迫出席，那些东西是因国会节约财源而牺牲掉的。他很和蔼，甚至说，反正伦敦的看法很小家子气，有时候一定会错过一些珍贵的机会；看到那些失去的理想，无法避免地一个接一个流浪在外，听着它们银制铃铛发出折磨人的叮当声，不可思议地，一路响到比密西西比河还远，那个已然颇负盛名之地，对他而言也几乎算得上安慰了。他说"几乎"的时候挺有意思的，又顺耳，特别是等魏维尔先生和玛吉越来越确定之后——或是说，几乎又一次——享受着只有他们拿得到那些东西的乐趣；克赖顿先生与这对父女越来越熟了之后，原本的羡慕之情也转为感同身受；他去过两个房子，尤其是伊顿广场那儿，学习扮演好自己提供回应与建议的角色。范妮记得很清楚，很久以前有一次，因为顶着那个光荣的姓氏之故，玛吉在她自己的陪伴之下，受他之邀参观了一个展览；那是一座超群绝伦神庙里的大圣坛之一，有个房间层架上放满了金棕色的书册，有黄金和象牙的封面，是王子家族的神圣记录。留下的印象直透人心，历久不衰；然而玛吉当时很可爱地叹了一口气，觉得看到的东西太肤浅了。她要找一天再回去看得更深入些，好好琢磨、品味一番；尽管这么说，艾辛厄姆太太倒是不记得有再去一次。过了这么久的幸福生活，此第二次机会换成了其他的场合——全都以各自的程度证实了她丈夫的血统，祖先的族谱里什么人都有，其中有许多非常的出名。过后，无可否认地，虔敬着迷之心越发显得让人头昏无力。

尽管如此，现在看起来，能和克赖顿先生再谈谈，好像可以将那虚弱无力的感觉重新振作起来似的；玛吉提到自己的目的无非是一个想法而已，而且她要花一个早上的时间，顺利完成这个想法。在他的护卫之下，优雅的女士们来访，玫瑰色的光彩照耀着这个挤满了走道与小房间的大蜂巢，而这位仁兄恐怕是布卢姆斯伯里区里最爱花和吸食蜂蜜的人了。他朋友对他说过，渴望再见到乡间景致，虽然无法如她所愿，但是一定会感受到满满的都会风情，这对他是再容易不过的事了。于是，就这么敲定了，玛吉对艾辛厄姆太太说；而且也无须阿梅里戈陪她去。过后范妮想起来，起初她把它当成这位小姐不想太黏人的委婉说法，以为她非得要单独去不可，是因为这阵子过得挺暧昧不明的，如果她丈夫本人出现的话，可能直让人拿任何一笔留传给他、令人赞颂的丰功伟业来和他比较一番，那就有些讽刺了。接着她就清楚感觉到，此自由状态是经过缜密的计划，几乎是深思熟虑后去芜存菁的结果，有一股冲动想重新庆祝或许仍存留着的骄傲与希望，暧昧不明的感觉消退了，很高兴，而她要恭喜她的同伴去做如此巧妙的事，也要恭喜她抱持如此巧妙的心境来做它。这件事过后，她对自己乐观的看法更加坚定；那天晚上她了解，待在投射出的光线下一个小时，一本本的编年史和一张张的插图、羊皮纸和人物画像、有纹章装饰的书册和低喃的评论，对王妃而言，都显得恢宏而且鼓舞精神。玛吉几天前，语气很甜美但又很坚定地对她说："星期五请我们去吃饭，拜托，您想请谁都好，能请谁来都好——不管什么人都没关系。"住在卡多根街的这一对温驯地顺从此项指令，一副理所当然的样子，没有丝毫受打扰的感觉。

就这么过了一个晚上——玛吉原本就是要这样；看在她朋友的眼里，她也照着她自己的看法，多少挺明显地将此场合当成既新鲜又奇怪的地方。善良的艾辛厄姆夫妇其实已经在其他两处用过餐了，比起来他们自己这一场这么小规模，真不成比例，所以要开个玩笑很容易，像是看看他们在家怎么吃饭，或是他们自个儿怎么给别人吃饭这类问题。简言之，玛吉和他们一起用餐，到场的时候也要她丈夫一块儿来吃饭，好像一对年轻的君主似的，统治着太平盛世，带着欢乐的幽默感，亲自移驾至这对忠心耿耿地侍奉他们的属下面前。她对他们所打点的表达兴趣，几乎是温柔地询问着他们的安排情况；所以女主人也就会这么说，顺理成章地前后全都解释一遍——说话的语气和畅所欲言这方面，她都开了例——那个早上在一座古老圣坛前所学到的教训，又在她心中复苏。她又留意到，曾经从一件或两件奇闻秘史里听到过，相较于女英雄，这种阶级的王妃作风可是更多样化的，不是吗？玛吉今晚的作风令他们都很惊讶，因为她亲切可人，十足让人如沐春风。她当然不是嘈杂喧闹；然而，以艾辛厄姆太太身为一个温和的评论家而言，尽管从没怀疑过她的优雅，但是也没见过她如此尽情地挥洒，可以称得上是我行我素了。这一切使范妮的心偷偷悸动不已；她的客人很开心，因为发生了某件事而开心，但是，她也让王子不漏掉她的任何笑声，虽然没办法不给他发现，有时候真是挺蠢的。他不是那种男人，当太太在公开场合，被认为发蠢到超过某个程度，依然受得了。因此，他们的朋友一直觉得，待会儿在车子里或是在家里，他们两人之间可能会有些口舌交锋，探询的语气可能有些嘲讽，或是立马要求解释；至于这一幕会不会加速事情的发展，要看玛吉在其中所扮演的角色而定。特别是有哪些事或是影响力，使得这些外在表现变得挺吓人的，仍是神秘难解——很清楚，对阿梅里戈而言，是颇为神秘难解。

卡多根街的女主人又花了三天时间，解读得更深了，她的年轻知己离开伦敦前夕，又让她开了番眼界。明天，等着移居丰司的人就要启程了，艾辛厄姆太太知道那天晚上，他们一行四人要和另外一大群人于美国大使馆用餐；所以，当这位较年长的女士在六点钟收到那位较年轻女士的电报，请她立刻过去的时候，她挺惊讶的。"请立刻来我这儿；如果有必要，提早梳妆打扮，那我们就不必赶：车子是订给我们用的，它会先去载您。"艾辛厄姆太太猛地起来快快着装，虽然搞不太清楚状况，依然在七点进了波特兰道；人一到就被告知，她朋友正在"楼上"打扮，也马上来接待她。可怜的范妮当场就明白了；后来她对上校说得很坚定，她所害怕的危机已经爆开，像是按到了哪根弹簧似的，她最受不了的时刻已经摆在眼前。她最受不了的时刻，就是事情曝光的时刻，这件事她早就心里有数，远比她说过的更清楚得多；她常想到就惶惶不安，甚至尽量有心理准备，她知道万一厄运降临，会近似于在一个温度最低的夜晚，窗户被一阵最强的风给吹开了。即使在火边蜷伏再久也是徒然；玻璃会被击碎，整个地方会灌满冰冷的空气。她上楼的时候，玛吉房间里的气氛并不如她预期的冷冽凄惨，但仍感受得到有股氛围是他们俩在一起时前所未见的。她注意到，王妃已经着装完毕——该忙的都忙完了；这使得等待着她所召唤前来的协助，更添重要性，好比说，她看到场子已清理完毕，准备行动。她的侍女已经离开，这个干净的大房间里，每件东西都令人称羡，也没有哪件东西摆的位置不恰当，她却看起来好像生平第一次打扮得"过头"了。她是不是戴了太多东西，过多的珠宝让她显得有些夸张，特别是头上戴了比平时更多、更大的珠宝吗？——她的客人很快就回答了这个问题，这个外表要大大归因于那鲜艳的红点，红得像可怕的红宝石似的，在她的双颊上燃烧着。她脸上那两个红点已经足以令艾辛厄姆太太明白，她因为激动，所以本能地要着装打扮一番，好逃避一下，也掩饰一下，但是几番装扮下来就过了头，简直到了没条理的地步，真想不出有什么更可悲的了。看得出来她有自己的想法——不可因为粗心而泄露自己的情绪，她可从没粗心大意过；她站在那儿转来转去，所散发出的姿态总是证明，她正进行着个人完美的程序。她有个特征，不管什么场合，看到她的时候都是已经准备停当，没什么尚未打点好的，看不到没戴好的装饰品，多余的也都移除了。她家里的布置尽管辉煌，但多少稍嫌壅塞，纹饰过多；从被清空和装饰的东西可以看出，她对于秩序和对称性的要求极为强烈，物品的背部得靠着墙放，甚至似乎在说着，流在她体内的美国血液，要把新英格兰的姥姥们，全都掸得一尘不染，磨得晶亮。假如说她的房子在这个明亮又漫长的一天看起来，颇有王子风范，那么她本人看起来，宛如某尊被移驾到游行队伍里的圣像一般，全副行头妆点就绪，只等着看看，在压力之下她能使出什么神迹。她朋友的感觉——她岂能作他想？——真像个虔诚的教士，于圣人祭典之前，在祭坛的后方与他神奇的圣母马利亚，面对面遇个正着。这类场合通常都挺严肃的，因为他所找寻的就是严肃沉重。不过今晚，这桩严肃的事儿极为罕见，因为他要找寻的东西，视于他给得出来什么而定。

第 九 章

"发生了件非常奇怪的事,我想您应该知道。"

玛吉说话的时候没有任何出奇之处,却让她的客人重新衡量她话中的力道。她们之间很肯定有个默契:只要范妮知道的事,范妮保证会说出来。五分钟后她就知道了最近所发生的奇特事情有哪些,以及在克赖顿先生的护卫之下,玛吉如何在博物馆里有了重大收获。克赖顿先生以他特有的亲切,很希望能在看完奇妙的展示,到他邻近的、同在一个区域的工作室用午餐之后,接着送她安全回家。护送她走到大台阶的时候,他特别注意到,她将车子撤走了;其实她这么做只觉得无妨,自己回家也挺有趣的。她知道这个时间走在伦敦街上,自己一定会兴致高昂,而那正是她最需要的;独自随意走走,感受所见所闻,让情绪兴奋又满意,不需要留意什么也不用和别人说话,而且,只要她喜欢,多的是商店橱窗可以浏览:基本上,想必都是品位较低的东西,与她的需求不符,最近越发有许多的理由使得她无法感到满意。她表达感谢后离开——她挺清楚该怎么走,甚至暗地里还希望绕一点路。她觉得随意逛逛真是太有趣了,所以避开牛津街,而是走一些没什么印象的路段,结果多少一如她所预期,看到了三四家商店——一家老书局,一家印刷店,以及几个地方,橱窗里放着色泽暗淡的古董——不像在,譬如说,士隆街那儿一样热闹的店家,这里很久以前就开始萧条,不再吸引人了。她记得,几个月前夏洛特曾提及的事——提到在布卢姆斯伯里那儿,有些"好玩又迷人的袖珍"地方,而且,有时候甚至有出人意表的发现呢;这段不经意的谈话,像一颗种子掉进她的想象世界。恐怕没什么说法,比得上这次几乎是在冒险的机会更加有力——没有什么信号比得上任何夏洛特说过的话,即使只是轻描淡写,会更加栩栩如生地一直留在她的心里,非常小心地看照着。然后,她感到这几个月又几个月下来,前所未有的悠闲自在；她不知道为什么，但是很奇怪，花在博物馆的时间产生了这种感觉。仿佛她从不曾和这么多的美丽贵族有所关联，她儿子没有，甚至她父亲也没有，却只见他们变得虚华无实，充满疑虑，还有可能变得更糟。"我又如以往一般地信任他，而且，我觉得我有多么信任他，"她说话时眼睛很亮，眨也不眨一下，"我沿着路走的时候就这样觉得，好像那帮了我，拉了我一把，离开困顿的自己，连猜测和观察的时间都没有；相反的，我心里几乎什么都没想。"

简直像是每件事全都顺利对盘儿了，她开始想到父亲的生日，给自己一个理由来挑个东西。他们会在丰司庆生，以前在那里也有过——是本月的二十一日，但她恐怕没有其他机会好确定要送他什么。给他找件有点儿"好"的东西，当然喽，那几乎总是不可能的，他大概早在搜罗的过程里就见识过了——只要不去想有没有四分之一的好即可。反正这是个老掉牙的故事，送他礼物毫无乐趣可言，只能拿他一个体贴的理论聊以自慰。他认为个人的礼物，出于友谊的致赠，在本质上就注定会有偏差；越是有偏差就越容易表现出友爱的程度，而且，因为表现出来，人们就会越加珍惜。坦白的情感显示在不牢靠的艺术，细腻的同理心也显示在系出名门的粗俗里；最丑陋的常见物品其实最美，最柔弱的纪念品，像在一个个玻璃柜里看到的，当然很值得摆在家里，但并不值得端放于庙堂之中——送给人不过赖个脸，献给相貌堂堂的众神可就不恰当了。这些年过去，她自己当然也常去那些贮藏所；她依旧很喜欢顶着那上了锁的窗格，把鼻子压扁，每次她都发现，那些连着几年的生日一直建议要拿开的东西，全部都还在；她努力想要相信，他会假装听听她的话，然后拖拖拉拉不做，或者至少会认为那是什么怪念头。她现在要再试一次：他觉得她故意假装的时候很有趣，她觉得他也是，两方都做出牺牲，古怪地流露家人互动的感觉，他们一直乐此不疲。为了这个目的，她在回家的路上到处游荡；在旧书与古印刷品上流连忘返，但是没有合意的，倒是另外有家不起眼的店挺奇特的；那是间小小的古董铺子，有位怪异的矮个儿外国男子，先给她看了一堆东西，最后拿了件物品出来，看起来相当稀有，而且和她前面所见到的相比，真是挺合适的，她就买了——说到那一点，还真是贵呢。"现在看起来，它一点儿都不合适，"玛吉说，"出了件事，也就不可能用它了。只有那一天我对它满意过，但是，我把它摆在前面这里，同时又感觉无论如何都不愿失去它。"从她朋友一进来，她就说得还挺有条理的，语调有小小的颤抖，突显出她正强自镇定；但是她每几秒钟就憋着气，好像故意要证明她没有很喘——这些都让范妮看到她内心深处的激动：她说她想到父亲，想到她可以挑个东西逗他开心，最后她提到，礼物也无法动摇他；这个时候照理讲，应该说话者的嘴唇不用再打开了，而是该让听者自己立刻有所回应，把一些以前就观察到的有趣的事情、回忆里想得到的以及感同身受的，全都要搬出来说说才是。后者所喜欢的看法会填满整个画面才对。但是，玛吉蓄势待发；她知道自己在做什么，也已经有个计划——这个计划依然来得及使一切"没有差异"；也因此她还能出去吃饭，没有红着眼睛，表情没有抽搐，外观的配件一件不缺，没有哪样东西会让人来打探一番。有些事情她知道了，那正可以支撑她不至于崩溃，这是她最希望、她需要的，也是她拥有的；然而，就在艾辛厄姆太太的面前，无声的不祥闪电起起落落，她不管要冒什么险或是付出什么代价，都一定要给玛吉所需要的。我们这位朋友全部直觉就是使出拖字诀，直到她搞清楚状况为何；她也不会更进一步采取行动，除非她能通盘理解。虽然只能脸色苍白、内心纠结地在那儿晃来晃去，又因为摸不着情况而显得很蠢，非常尴尬，单纯只想帮忙，其实也没多猜想这么不祥的开始会发展成什么样儿。她想了一秒钟，抓了个话题，王妃刚说自己觉得不安心。

"你是说，星期一那天你觉得很悠闲自在——晚上你和我们吃饭那天吗？"

"我那时候非常快乐。"玛吉说。

"是呀——我们都认为你好快乐，好出色。"范妮觉得这句话说得挺弱的，但是她仍然说下去，"我们很高兴你很快乐。"

玛吉有一会儿站着不动，一开始只是看着她。"你们认为我都很好，哦？"

"当然啦，最亲爱的，我们认为你都很好。"

"嗯，我敢说那很自然。不过，事实上，我这辈子从没如此不对劲儿过。整个期间这件事只是在酝酿着，你可以这么想。"

艾辛厄姆太太放任自己的懵懵懂懂，几乎到了没有节制的地步。"这……"

"那个！"王妃回答，她同伴看到她的双眼转向壁炉架上的一个东西，它在许多其他的物品之间——魏维尔家的人，不管人在哪里，特别喜欢一些装饰品，可以放在无与伦比的古老壁炉架上——她的客人一直没有注意到。

"你是说那只镀了金的钵吗？"

"我是说那只镀了金的钵。"

范妮现在认出这件物品是她没见过的，那是个容量颇大的碗，看起来旧旧的，金黄色相当抢眼，下面有根短柄，底座很大，就摆在壁炉上面正中央的位子，为了要使它更利于观赏，也清掉了其他的东西，很明显的是那个路易十六的时钟，原本放在枝状大烛台旁边。后面这个战利品，现正在一个柜子的大理石上面嘀嗒作响，正好搭配它的豪华和风格。艾辛厄姆太太认为，那只钵挺不错的；不过，很明显，问题并不在它本身的价值上面，她也不走过去，远远地欣赏它。"但是，那又和什么事有关系……？"

"每件事。你会知道的。"那一刻玛吉又将眼睛奇怪地睁得大大的。"他以前就认识她了——甚至早在我见过他之前。"

"他认识……"但是范妮一面试着摸索出她错过的环节，一面也只能重复说着。

"阿梅里戈认识夏洛特——比我想过的更加熟识。"

范妮这时候觉得彼此只能互相瞪着眼看。"但是，你一直都知道，他们以前就见过啊。"

"我当时不懂。我原先知道得太少了。难道您不明白我的意思？"王妃问。

这短短几瞬间，艾辛厄姆太太猜想她现在知道了多少，又花上一分钟感受她说话样子的温柔。因为没有感受到震怒，觉得受骗的激动，只是随意地将过去完全无知的状态呈现出来而已，甚至如果真的觉得好笑也无妨，所以一开始这位年长女士感到松了一口气，很奇怪，也简直难以置信：她笃定地吸了一口气，不需要面对批评的任何结果，真是甜美呀，宛如花朵在温暖夏日所散发的香气。任谁也不应该批评她——除了她自己之外，那是她自己悲惨的事。然而接下来，她仍在内心暗感惭愧，倒不是因为自己当下觉得懦弱：她原本只想到自己，想到"脱身"，想都没想到——不忍地看着——所面对的是一个请求，全部也就是个请求，需要彻底地接受。"大致说来，亲爱的孩子，是没错。不过，不是……呃……你告诉我的那种关系。"

"他们以前挺亲密的，您知道。挺亲密的。"王妃说。

范妮一直面对她，从她激动的眼睛读出这段历史，尽管她很焦虑地强调着，依旧显得暗淡又模糊不明，那已经是好久以前的事了。"问题总在于一个人是怎么想的……"

"一个人怎么想亲密这回事？嗯，我现在知道自己认为的亲密是什么。太亲密了，"玛吉说，"才不给我知道任何有关的事。"

挺安静的……是呀。但是凭范妮·艾辛厄姆的本事，不至于安静到让她畏缩害怕。"你是说，我们很投缘，所以只给我知道？"她停顿了一会儿才发问，但是接着又转过去看壁炉上的新装饰品，甚至因为她不知道怎么回事，反而得以因为它而放松一下，却也是一面纳闷着。"但有些事，亲爱的，我可是毫不知情啊。"

"他们一起出去——大家都知道他们是如此。但是，我是指不止以前——我是指过后也如此。"

"过后？"范妮·艾辛厄姆说。

"在我们结婚之前——没错；但是，也在我们订了婚之后。"

"啊，我一点儿都不知道！"她说话的时候语气很勇敢，很有把握——紧抓住这件对她可是未曾听闻的事。

"那只钵，"玛吉继续说，"好奇怪，就是证据——太奇怪了，简直让人在大白天也难以置信。他们一直都在一块儿——直到我们结婚前夕。难道您忘了,就在婚礼前她突然从美国回来吗?"

这个问题对艾辛厄姆太太来说——不管知不知道都好——很简单但又很痛苦,真是怪透了。"喔,是呀,亲爱的,我当然记得她是怎么从美国回来的——以及她怎么和我们待在一起的,还有别人怎么看这件事。"

玛吉的目光从头到尾充满压迫与穿透力,所以有那么一会儿的时间,她大可以当场来个小爆发,短促地猛攻一下,问一问,那"别人"又是怎么看的。范妮只能有心理准备,静待这阵小小的发作;不过,她很快就看到威胁已经过去了——看到王妃即使非常痛苦,也不愿意在他们这场奇怪又高尚的协商里利用机会谴责刺伤人,这个机会是自然可得。她了解她——或者以为她了解她——看着自己明明有机会可以直接加以斥责,却只看着它,然后让它擦身而过。她觉得自己因为这个事实而噤声不语,几乎到了畏怯的地步,因为心里清楚自己太关注于此,没有任何沮丧可以加以混淆,不管发现了什么——毕竟这件事跟"发现"有关,且不论这个发现有多模糊不清——也不能减损对它的需要。这几秒钟其实很短——一下子就过了;不过也够久的了,足以令我们这位朋友,因为受到强烈的示意,她对自己这份奇特的任务又有了新的感觉;她要再次发挥功能,负起责任的感觉又一次钻进了她的心坎。她想起来自己因何被原谅——她回忆着当时夏洛特再度现身与她自己之间的关系,就知道自己被大方地放过;整个印象的深处有熊熊灼热的光——啊,想到那一点是多么令人振奋呀!——她的看法从一开始就很清楚也没变过,她知道她同伴美妙的动机为何。像打了场大胜仗,献上刚宰杀的祭品似的——"现在只要看我熬过去就好,做就是了,即使已经是这种情况也不管,然后我就会给你想都想不到的自由!"恐惧感越来越加剧——或者应该说,其实是知道得越来越多——最恐惧的对象直指她父亲。这引发她要尽速且全力保护他,也就是说,要使他一直不知情,这一点依然是她态度的法则,也是她解决的关键。她恐惧的事已获证实,于是她紧紧抓住这些理由和这些形式不放，好像骑士坐在一匹正在俯冲的马身上，只能用双膝牢牢扣住座椅；她大可告诉她的客人，说她相信只要他们别再"遇到"其他的事，自己就能一直待在上面，不会摔下来。虽然范妮仍旧不知道她到底已经遇到了什么，但是内心深深感受到她的情绪。就这样，什么话都没再说，仅透过同情的眼睛，先行传达出一个承诺，承诺走到交叉口时，提了盏灯照亮夜路，挥一挥手把粗心的行人驾驶赶开，还要机警地四处看看有无危险。玛吉其实没有耽搁片刻就回答了。"他们待在一起好几个小时——至少有一个早上——那是千真万确的，我现在知道了，但是我当时想都想不到。那只钵就是证人——好个千载难逢的机会。那就是为什么，反正它已经在这里了，我坚持要我丈夫看到；它放在一个只要他一进房间就一眼能瞧见的地方。我要它和他碰面，"她继续说，"我要他和它碰面，而且碰面的时候，我要亲自在场。不过，那还没发生，他最近常常在这里见我——是呀，特别是最近——他今天还没来。"她说话的时候显得越来越平静，颇为刻意——这样从头到尾连成一气，很清楚地使她得以听到自己说了什么，看到自己的表现，一步步帮她把一些事实串起来，很流畅。"他好像有个直觉似的——有某事在警告他离远一点儿，或是令他挺不安的。当然啦，他不了解发生了什么事，他很机灵也只能猜猜应该是出事了，也就不急着来面对。他隐隐觉得害怕，于是不想走近。"

"他人在房子里……"

"我不知道——今天从午餐前就一直不见他人影，挺例外的状况。他那时有跟我说，"王妃轻松地解释着，"要在俱乐部谈谈投票给——某人，非常重要，他跟那个人私底下有交情，我想是要出头又有身处危险的疑虑吧。为了帮忙，他最好是在那儿用午餐。你看，他多会帮忙呀，"讲到这里玛吉微笑了，直接打到她朋友的心坎儿，"他在许多方面，真是最好心的人。不过，那是几个小时之前的事了。"

艾辛厄姆太太思考着。"他进来看到我在这儿可就更危险了。你看看，我不知道你现在是自以为确定了什么事；也不知道有哪件事，与你斩钉截铁地讲得那件该死的东西，有何关联。"她的眼睛停在这件奇怪的东西上，然后转开，又回过来看，又接着转开——它颇为高雅，但也无趣得看不出端倪；然而，一旦仔细打量之后，它又鲜活了起来，真成了整个场面的主角。范妮现在看着它，好像在看一棵被点亮的圣诞树一样，不容忽视；不过，就算她紧张兮兮地探究内心，寻找记忆里的蛛丝马迹，却仍不可得。虽然她试了一下一无所获，但是她同时也了解了很多，她甚至也大大地感受到王妃神秘的领悟。仔细想想，这只金钵散发出一种蓄意又难以磨灭的乖戾之气；有点儿像一份"文件"，虽然装饰得雅致，依旧很丑。"对我们所有的人而言，你不管是有心或是非得帮我们不可，相较之下，他要是看到我和它在这里，可能才更叫人觉得讨厌极了。所以，我务必得花时间，好好了解一下是什么意思。"

"事情照那样发展不会把你拖下水，"玛吉回答，"相信我，他不会进来，我也只在下楼要坐车的时候，才会看到他在等我。"

范妮·艾辛厄姆相信她说的，也相信她话中有话。"我们就要到大使馆那儿坐在一块儿——至少你们两个人会坐在一块儿——现在你们面前突然出现这个新的复杂情况，而且全都没解释清楚；接下来那可怕的一小时得看着对方，摆出一副什么也没看见的样子？"

玛吉看着她，那副神情可能是对要来应对的已经心里有数。"没解释清楚，亲爱的？完全相反——已经解释了：解释得很透彻、很热切，也让人赞叹，没什么可以补充的。亲爱的，"她维持一样的语调，"我不要更多了。我有的已经很充分，很够用了。"

范妮·艾辛厄姆站在那儿，因为少了联结的关键，所以依旧搞不清楚状况；但特别是越来越接近事实，这产生了最合适的效果就是直让她发冷。"不过，等你们回到家……我是说他会再和你上来。难道他那时候不会看见吗？"

玛吉听到这里，看得出来想了想，然后，极其怪异地慢慢摇着头。"我不知道。可能他永远不会看见它——如果它只是杵在那儿等着他。可能他再也不会进来这个房间。"王妃说。

范妮更是纳闷了。"再也不会？哎哟！"

"是啊，有可能。我怎么会知道呢？有了这个东西！"她平静地说着。

她倒是没再看着那件陷人于不义的东西，但是那几个字对她朋友有了不寻常的意义，好像一语道尽她整个的处境。"你不打算跟他说……"

玛吉等了一会儿。"说……"

"呃，有关你拿到它，还有你认为它所代表的事。"

"哦，我不知道我应该说——假如他不说的话。但是，他因为那样而不靠近我——不就是在说了吗，哪还有别的？他没办法再说什么、再做什么了。不是该我来说，"玛吉用不同的语气补了一句，这种语气曾穿透过她客人的心，"而是该我来听了。"

艾辛厄姆太太仔细思索。"你认为自己的理由全靠那件物品，把它当成证据吗？"

"我想我可以这么说，我是靠它了。我现在没办法，"玛吉说，"对它视若无睹。"

艾辛厄姆太太听到这里，往放在壁炉上的那只钵走去——很想觉得这么一来，就不必更靠近她的同伴了。她看着那件珍品——如果它真的很珍贵——仿佛只要看着它，循循善诱一番，就可以让它吐露秘密，也就不用玛吉来告诉她，挺折磨人的。它看起挺漂亮的，坚实且色泽饱满，钵体中空又深，轮廓明晰；若不是这古怪的情况让人痛苦，她会觉得这是件让人称羡的装饰品，也令人挺想要拥有的，因为她自己很喜欢黄色调。她没去摸它，但是过一会儿，她走开了，因为她怕自己会这么做，这理由来得很突然也相当怪。"那么，一切都看那只钵啦？我是指你的未来就靠它了？我看情况是如此吧。"

"情况就是，"玛吉立刻回答，"那个东西用简直是奇迹一般的方式使我了解：他们多久以前就开始在一起。假使以前他们之间有过那么一大段，现在——就算换了外表——也只会更多不会少。"她一直说下去，按部就班地说出她的看法，"假使这类事早已存在他们之间，他们可是做足了功课,好改变别人对于他们之间有过一段的任何疑虑。假使以前什么事都没有,那可能解释得通。但是,今儿个已经多到解释不来了。我是说辩解不了。"她说。

范妮·艾辛厄姆在那儿就是来辩解一番的——这一点她心里很清楚,至少到目前为止依旧是。然而,从玛吉的表现看来,就算没经过她比较精确的衡量,也知道规模比以前都要大得多。除此之外,一分钟接着一分钟过去,不管看得精不精确,她越来越知道玛吉了解到什么。玛吉了解了真相,而且正因为她们在那儿待在一块,使得艾辛厄姆太太和它脱不了关系。王妃看待此事的举止轻描淡写却有着强大的力量,她所知道的一些细节也就显得没那么要紧了。有一刹那,其实范妮觉得有些不好意思,自己竟然得向她问问细节。"我不想假惺惺地否认,"她停了一会儿后说,"你提到我自己在不同的时间里有些看法,"她又补充说,"我也不会否认,我没忘记过在采取行动的每个过程——不管我做了什么决定——有何困难、有何危险会加之于我。我尽了力,用尽全力想得到最好的结果。而且,你知道的,"她往下说着,陈述的声音里又慢慢有了勇气,甚至振振有词,感到一丝激动,"而且,你知道的,我相信我应该已经办到。"

这句话说完的一分钟,虽然她们之间沟通的速度加快,也很深入,但是只有静默和看得久久的、颇有意涵的目光;这种氛围在玛吉终于开口的时候,达到几乎是神圣的境界。"我确信,您尽了力想得到最好的结果。"

范妮·艾辛厄姆听了又沉默了一分钟之久。"最亲爱的,我认为你是个天使,这个想法从没变过。"

光是这句话,也帮不了什么忙!"一直到那天前夕,你懂吧,"王妃继续说,"一直到我们结婚前两三天。那个,那个,你知道的……"她说不下去,露出一抹怪异的微笑。

"是呀,我就说嘛,那时候她和我在一起。但是我不知道。也就是说,"范妮·艾辛厄姆说,"我不知道什么特定的事。"听起来颇缺乏说服力——她觉得如此;但是,她想把自己的重点真正说清楚。"我的意思是指知不知情这件事，我现在什么都不知道，我当时也不知道。我现在的状况是那样。"她仍慌乱不安，"我是说，我那时候的状况就是如此。"

"但是，不管您过去如何，现在如何，"玛吉问，"不是几乎都一样吗？"这位年长女士的话听在她自己耳里，用的语气现在不对时机，但那是最近的事，说出的默契实在太做作，因为当时没有任何证据，也没有任何确切事迹是无法令人苟同的。情况已经变了——呃，不管是什么原因，突然间事证确凿；而这一点使得玛吉态度坚决。她态度挺坚决的，因为她又接着开口说话。"阿梅里戈娶我是靠着这整件事。"说着说着，她眼睛又转向那件该死的东西上面。"就是靠着那个——就是靠着那个！"但她双眼回到她客人身上。"也是靠着它，爸爸才娶了她。"

她客人听着可能的意思。"他们俩的婚事——哎呀，你务必要相信——是全心全意的。"

"爸爸当然是啦！"再次想到这件事，一切全涌上心头。"唉，把这样的事往我们身上丢，在这里，在我们之间，和我们一起的时候，日复一日做出这样的事，用来回报，用来回报……！对他也这么做——对他，对他！"

范妮犹豫着。"你是说，你最痛苦是因为他吗？"王妃看了一眼之后转身走开，开始绕着房间走——此番举动使这个问题显得唐突——"我问，"她继续说，"是因为我认为每件事，我们现在谈的每件事，可能真是为了他，可能都是为他才做的，仿佛以往没有过似的。"

但是玛吉接着立刻面对那个问题，好像没听到她讲话。"爸爸为了我才做的——全是为了我，也只为了我。"

艾辛厄姆太太非常突然地将头高高抬起；不过，她说话前又畏缩了一下子。"呃……"

本来只是打算要说而已，但是玛吉的表现立刻证明她听到了。"你是说，就是那个原因，或者只是一个原因？"

范妮感受着其中的反应，起初倒是没有全盘托出她的意思，反倒说了另一回事。"他为了你才做的——至少大部分是为了你。我也是为了你才做的，虽然我关心的格局要小得多——嗯，做我能做的。因为我能够做点儿事，"她继续说，"我以为我了解你在意的，如同他自己也了解。我以为我也了解夏洛特的意思。当时我对她有信心。"

"当时我对她也有信心。"玛吉说。

艾辛厄姆太太又等了会儿，但很快就接着说话："当时她对自己也有信心。"

"啊？"玛吉低语着。

她朋友因为感受到某种很单纯又激动的情绪，有点儿急于再说下去。"当时王子也是相信。他是真的相信。他对自己有信心。"

玛吉花了一分钟好好想了想她这句话。"当时他也对自己有信心？"

"就像我也对他有信心一样。玛吉，千真万确我是真的如此。"范妮接着又补了一句："我依然对他有信心，"她做了结论，"呃，我是说，我有信心。"

玛吉再次好好想了想她这句话，然后又开始不安地走着。接着，她停下脚步："那你是否依然对夏洛特有信心呢？"

艾辛厄姆太太不想顺着话说了，她觉得自己这会儿承受得住。"夏洛特的事我们改天再说吧。无论如何，他们俩那个时候都认为自己靠得住。"

"那么，他们又为何把每件我可能会知道的事都瞒着我呢？"

她朋友用最温和的目光看着她。"我自己又为何要瞒着你呢？"

"喔，您不是为了个人荣誉。"

"最亲爱的玛吉，"这可怜的女士听到此话，冲口说出，"你真是好啊！"

"他们假装爱着我，"王妃接着说，"他们假装爱着他。"

"请说说，有什么是我没假装的？"

"不管怎么说，您没有假装喜欢我，就像您喜欢阿梅里戈和夏洛特一样多。他们有趣多了——想当然的。您当时哪有办法不喜爱阿梅里戈呢?"玛吉继续说。

艾辛厄姆太太没憋在心里。"当时我哪有办法、哪有办法呢?"接着她又稍微大着胆子说下去,"我现在就有办法、就有办法了吗?"

玛吉又重新将眼睛睁得大大的,看着她。"我懂了——我懂了。嗯,你能这么做,很好。当然啦,"她补了一句,"你当时也想帮帮夏洛特。"

"是呀,"范妮考虑着,"我想帮夏洛特。但是你知道,我也想帮你——才不把那段往事挖出来,因为我相信后来又发生了那么多的事,那一段早已经结结实实地埋起来了。我当时想这么做,我现在也是这么想,"她用充满感情的声音说得好坚定,"想要帮每个人的忙。"

这句话让玛吉又开始走动——走着走着很快又停下脚步,话说得有点儿重。"要是每件事一开始都很好——那么,错大部分都在我身上喽?"

范妮·艾辛厄姆尽可能应付这个说法。"你只是一直都太完美了。你只是一直想得太多……"

但是王妃已经逮住这几个字。"是啊——我只是一直想太多!"她看似全神贯注于那个错误。其实,此快速闪现的念头已将一切都摊在她的眼前。"为他而着想,那亲爱的人,是为了他着想!"

她朋友能直接感知到她父亲的影像,所以没再接话,只是看着她。那个方式可能安全些——像是透着光的裂隙又更大了些。"他对夏洛特有信心——真是美好啊!"

"没错,而且是我要他相信不疑。我当时倒没想这么多,因为我根本不知道往后会发生什么事。不过,我还是做了,我做了!"王妃语气坚定地说。

"真是美好——啊,你也一样美好!"艾辛厄姆太太坚持她的看法。

玛吉不管什么情况,都是自己亲眼看才算——不过,那是另一回事。"情况是,他使她以为可能办得到。"

范妮又犹豫着。"王子使她以为……"

玛吉凝视着——她原本是指她父亲。但是她的看法好像扩大了。"他们俩使她以为如此。没有他们两人，她不会这么想。"

"然而，阿梅里戈的诚意，"艾辛厄姆太太坚持说，"是毋庸置疑的。再者，也没有任何事对你父亲不利。"她补了一句。

这句话让玛吉纹丝不动地站了一会儿。"或许他也只知道她是知情的。"

"知情？"

"知道他做这么多是为了我。您认为，"她突然问她朋友，"他心里清楚她知道了多少？"

"哎呀，两个人是这种关系的时候，谁又说得准他们彼此谈些什么呢？我们只能确定一件事，那就是，他是个慷慨大度的人。"艾辛厄姆太太颇有定见地微笑着，"知道多少是对他自己好，就知道那么多即可，那是一定的。"

"也就是说，知道多少是对她好，就知道那么多即可。"

"是呀——知道那么多对她好即可。重点是，"范妮语气坚决，"不管他知道什么，都是因为他的诚意十足。"

玛吉还是凝视着，她朋友现在只得等待她下一步的动作。"很大的重点是他的诚意在于一定是对她有信心，知道她会为了我好，如同他自己一样为了我好，不是吗？"

范妮·艾辛厄姆想了想。"他看得出来，也接受你们长久以来的友谊。但是他建立在这份友谊上的，并非自私。"

"是没错，"玛吉说着，一面想得更深入，"他没看她自私这一部分，几乎像他看自己的一样。"

"你可以这么说。"

"很好，"玛吉继续说，"假使他自己没有私心，那么他可能希望她这一方也是几乎没有。她可能从那时候才发现如此。"

艾辛厄姆太太有点儿摸不着头绪。"从……"

"他可能也开始知道，"玛吉说下去，"她已经发现了。从他们结婚之后，她就采用那个方式，"她解释着，"看看他对她有多少要求——那时候说得多，但是她懂得较少。他最后可能想到，如此的要求终究会影响她。"

"他有可能做了许多的事，"艾辛厄姆太太回应说，"但是有件事他一定不会做。他绝不会表现出自己期待她做一丁点儿什么，因为她一定了解，他是个给予的人。"

"我常常在纳闷，"玛吉思虑着，"夏洛特到底懂了什么。不过，有些事她从没对我说，这是其中一件。"

"有些事她也从没对我说，这是其中一件，那我们可能永远都不会知道，所以我们就把它当成不关我们的事。有很多的事，"艾辛厄姆太太说，"是我们永远都不会知道的。"

玛吉听了这句话，想了好久。"永远都不会。"

"不过，有其他的事，"她朋友继续说，"直盯盯地瞪着我们——不管你觉得有多困难，依然努力做下去——现在对我们而言，大概也够了吧。你父亲一直很惊人。"

玛吉似乎小心翼翼地想着下一步，但是这句话她倒是答得脱口而出："很惊人。"

"极好的人啊。"

她的同伴也没松懈地紧跟着。"极好的人。"

"那么，若有什么要做的，他会自己来。他答应为你做的事，就会做到底。他可不是为了搞砸才答应做的；这么有耐心、令人赞赏的人——他可曾搞砸过什么吗？他一辈子都没想过失败吧，这次事件也不会。"

"唉，这次事件！"玛吉的哀叹突然间让她回了神，"我至少能确定，他知道了每件事是怎么回事儿吗？我至少能确定他不知道吗？"

"如果他不知道，岂不更好。别打扰他了。"

"您是说不管他吗？"

"是别打扰她，"范妮·艾辛厄姆继续说，"把她留给他。"

玛吉脸色阴沉地看着她。"您是说，把他留给她吗？即便经过了这番事情？"

"即便经过了所有的事。说到那儿，他们这会儿不就亲亲密密地在一块儿了吗？"

"亲亲密密？我哪会知道啊？"

但范妮还是抓着此话题。"即使经过了所有的事——你和你丈夫不也是吗？"

玛吉的眼睛睁得再大不过了。"还不晓得呢！"

"假如不是的话，那你的信心又在何处呢？"

"在我丈夫身上？"

艾辛厄姆太太只犹豫了片刻。"在你父亲身上。全部都要回到那一点上面。靠它就对了。"

"靠他的不知情吗？"

范妮又回应了这句话。"靠着不管他对你提出什么，接受就是了。"

"接受？"玛吉瞪着眼。

艾辛厄姆太太扬起了头。"而且要心存感激。"说完话，她让王妃面对着她有一分钟之久。"懂了吗？"

"懂了。"玛吉最后终于说话。

"这就对啦。"但是玛吉转过身去，走向窗户，好像她的脸色透露着什么不想让人看见。她站在那儿，眼睛看着街道；而艾辛厄姆太太则回过头看着那件放在壁炉上、把事情变得很复杂的物品，连她自己都觉得怪异，好像对它的感觉时而好奇猜测、时而愤慨不以为然，两种情绪反复出现。她朝它走过去，重新看着它，忍不住冲动用手摸一摸。她将双手放在上面，举了起来，对于它的重量颇感惊讶——她鲜少有机会接触这么一大块金子。那结果多少令她更放胆，很快地直言："你知道，我不相信这个。"

此话让玛吉转过身来面对她。"不相信它？等我告诉您之后，就会了。"

"哎哟，什么都不用告诉我！我不要听。"艾辛厄姆太太说。她把金钵端在手里，玛吉专注地看着她捧着的样子，下一刻，她看到了忧心的神情,挺激动的。这很奇怪地使她产生了一个念头,她采取了放肆的姿态,有某种意图,而她同伴眼中所流露出的表情,看在另一方越发显得清晰,那是个警讯。

"它挺值钱的,但是我得知,它的价值因一道裂痕而有所损伤。"

"裂痕?在金子里面……"

"它不是金子做的。"玛吉说着,脸上露出一抹奇怪的微笑。

"重点在那儿呀。"

"那又如何呢?"

"它是玻璃的——而且就像我说的,在镀金的下方有道裂痕。"

"玻璃的?……这么重?"

"嗯,"玛吉说,"是水晶——我想它曾经很珍贵吧,但是,"她问,"您能拿它做什么呢?"

她已经离开那扇窗户,这个宽敞的房间口三面窗户,充分享受房子的"背景",饱览西方的天空,也能一瞥傍晚霞光;艾辛厄姆太太手里拿着那只钵,也知道了所指的瑕疵,走向另一扇窗户,欣赏着光线慢慢变暗。这会儿,她一下子摸摸这个特别的物件,一下子又掂掂它的重量,转过来又转过去,突然间有股难以压抑的冲动,很快又说了话。"裂痕?那么你整个想法也有道裂痕瑕疵。"

此时玛吉站得离她有些距离,等了一会儿。"假如您是说我的看法,我知道的事……"

但是范妮已经拿定主意。"只要知道一件和我们有关的事即可——一个事实,和我们的一切都有关系的事实。"

"哪个事实呢?"

"那个事实就是,你丈夫从不曾、从不曾、从不曾……"她抬起眼睛看着房间另一边的朋友,但是话语太沉重感,她突然停了下来。

"哦,从不曾什么?"

"从不曾像此时如此地在意你。亲爱的,难道你真的感受不到吗?"

玛吉显得不疾不徐。"呵,我自以为告诉您的事会帮我感受到呢。

他今天连惯常的举止都不顾了,离我远远的,人都还没来呢。"她摇了摇头,不愿意随便评断,"您知道,就是因为那个。"

"好啊,如果是因为这个……!"范妮·艾辛厄姆一直在找个好法子,这会儿终于出现;她将金钵高举过头,她的脸在下方对着王妃微微笑着,又颇为严肃,透露着心中有个念头。才转眼时间,她举起了那只珍贵的容器,想法与行动皆溢于言表,然后打量了一下光滑地板的边缘,靠近她的那扇窗,突起的窗缘又硬又细致,没有雕饰,接着大胆地将它砸向地板,她激动地看着它因重击而摔得粉碎。用力使劲儿令她脸色泛红,玛吉目睹此惊人之举,也是脸色泛红,她们脸上闪过许多想法,传达给彼此,超过一分钟之久。过后,"不管你说它有什么意思——我现在并不想知道——已经不存在了。"艾辛厄姆太太说。

"亲爱的,你到底是曾觉得它怎样呀?"范妮的话一说完,接着响起一声很清楚的、轻触弹簧开启的声音。这个声响让两个原本神情专注的女子吓了一跳,其程度不亚于摔碎那块水晶,因为她们都没有注意到,王子已经开了房门。他应该有时间看到范妮这番动作的结局;他的眼睛紧盯着这位女士脚边的闪亮碎片,两者间很巧地隔着宽大的空间,他正可一览无遗。他先对着他太太问话,但随后他立刻转而看着她的客人,而后者的眼睛则看着他们两人,一片寂静,无疑地两人之中,没有哪个能猜透她的心思。他曾经见过那副神情,就在结婚前夕他去了卡多根街,而那天下午,夏洛特再次现身。现在这三个领圣餐的人处于极大的压力之下,有些事又变得可能了,有些事取代了那个说法,可能成了信约中的救赎,然后彼此互相交换。请求受到压抑,回应也经过伪装,变化虽快,但也足以有了不止一个结果,足以使艾辛厄姆太太衡量此番快速回复自恃有多英勇,也可能因此更立即地就可看清楚,因为伴随着她的是阿梅里戈的看法和他预估有多少证据,那是她要来应付的——她看着他的时候,觉得真是好令人欣赏啊。她看着他,看着他——有好多好多的事,她想当场说出来。但玛吉也正在看着——尤有甚者,她正看着他们两个人;以至于这位年长女士就将这些事，快快地缩减为一件而已。她回答他的问题——不算太晚，反正他们都没说话，问题也就一直悬在那儿。她准备离开，留下地板上三个金钵的碎块，她简单地就把他交给他的妻子。她以后会再见他们，他们大伙儿很快就会再见面。至于玛吉的意思为何——她在门口转过身来说——咦，现在玛吉自己一定会告诉他喽。

第 十 章

　　玛吉和她丈夫单独被留在那儿,其间她什么都没说。她当时心里很痛苦,非常希望能再有一分钟,等他准备好了之后,才见到他的脸。她已经在他进门时,一脸错愕时见到了——虽然时间很短,但是她已经看得很清楚,也知道下一步该怎么走。因此她才知道自己成了个很厉害的专家——能快速鉴定——只要一眼就够,永远都会留存当作参考;那晚他自马灿晚归的画面如一道闪光,照进她烦扰的心灵。就在范妮·艾辛厄姆告退、情绪达最高点之时,即使只有几秒钟的时间已经足够认得出来,那副神情使她知道一件最说得通的事,并非不可能。她在那神情里认出的是,他认得了,那是结果,因为他们客人临时冲出的举动,也因为她说的字字句句难以磨灭,他被逼着要考虑到这次事件,这次意外里极为大胆的种种征象,那是他没预料到会碰见的。很自然地,他看不出那件挺值钱的物品,在地板上碎成三块,是代表出了什么事,即使他保持着距离,隔着房间的宽度,它们也在提醒他。尽管还很混乱,但无疑地有些事情,有其他无法忘怀的影像,已经为人所知。那是一阵惊愕,一阵痛苦——宛如范妮·艾辛厄姆暴戾的举动,但力道大大加倍,超过了原先的预期,此暴戾之气冲出一股热血,好像一拳打在嘴巴上。玛吉转身走开时知道,她并不要他痛苦;她要的是自己能确定即可——而不是在他美好的脸上,燃烧着定了罪的红色印记。假如她能在眼睛蒙上绷带走路,那是最好不过了;假如问题在于,她现在很明显得说点儿什么,或是得听听他要说些什么,那么任何能遮蔽视线的东西都算是恩惠了。

　　她静静地走到她朋友奋力振作、发挥出惊人能量的地方,一点儿也不想如她朋友般张扬;然后,在阿梅里戈的注视下,她捡起了那些闪亮的碎片。她的妆很浓,戴满珠宝,一身华服发出窸窸窣窣的声音,以谦卑的姿态立即表达出敬意——却发现,她一次只拿得起两个碎块。她将它们带至壁炉上那个显眼的地方，范妮没拿下之前，那只钵原本就放在那儿，小心翼翼地放好之后，她又回来拿剩下的那一块已经脱离的坚实底座。她拿着它回到壁炉台，刻意地摆在中间，接下来一分钟很专心地试图将其他的部分拼在一起。因为有了那道暗藏的缝隙，裂口十分干净平整，如果有什么东西把它们兜在一块儿，隔着几步的距离看起来，这个钵仍是毫发无伤，相当美丽。然而，接下来的短暂片刻，除了玛吉用双手扶着之外，别无他物，她也只得将此容器几乎对称的两半放在底座旁边，在她丈夫眼前把它们摆好。过程里她不发一语，不过似乎达到了所要的效果——尽管如此，她依然觉得，以前很快就可以完成的事，相较之下，这次似乎花了好长、好长的时间。阿梅里戈也没说话——虽然，他沉默的真相闪着微光，那无疑是她给他示意的警告：她的态度仿佛要他噤声不语，好好看着她在做什么。无论如何，他的确能肯定：她知情了，破掉的钵证明了她已知情——她最不想要的就是听他再浪费唇舌。他得想想才行——这一点她更清楚；她目前所关心的，不外乎他应该要知道了。一整天她都认为他是知道的，或者至少直觉上，隐约有些焦虑不安——至于那一点，她刚刚已经对范妮·艾辛厄姆吐露过；但是，他因焦虑所产生的结果，她倒是错了。比起害怕进门，证明了他更害怕离得远远的，像个受瞩目的征象；即使冒着面露害怕的表情，他还是进门来——唉，一开始的一两分钟，她就已感觉得出他是带着这副神情，努力稳住自己以免有说错话的危险，她也感觉得出它关在他们俩之间，接下来的时刻在它下方悸动着，好像医生的拇指压在发烧病人的脉搏上，除了这个感觉之外，此刻她还需要什么呢？

玛吉在他面前的感觉是，虽然钵破了，但她采取行动的原因可没有；这个原因令她下定决心，这个原因使她召唤朋友前来，这个原因使她将那个地方布置给她丈夫看；全部只有一个原因，而且，尽管范妮的行动以及他对此事的担忧，她都紧紧揪住，但是这一切没有一丁点儿发生在她身上，反倒是一股脑儿地直接针对他，所以他也只好照单全收了。她在那儿希望能有点儿什么事介入好争取些时间——多些时间给阿梅里戈，倒不是为了她自己，因为这么久以来，看似几个钟头、几个钟头地过，她的生活没有变化，而且也会如此继续过下去。她想对他说，"接受吧，接受吧，你想怎样都好；好好打点你自己，才能尽量不受苦，或者至少不要让自己扭曲变形了。只要看就好，看我所看到的就好，然后在这个新的基础上，随你的意做决定吧。不用急——不会拖太久——等到你能和夏洛特再次谈谈，那个时候你会更好上手，对我们俩都会轻松一些。最要紧的是要藏好，别让我见你痛苦地看不清楚和摧残人的忧心忡忡与尴尬，此外，即使我做了这些事，你却依然冷静沉着，更突显你无与伦比的卓越。"她又把壁炉上的小东西摆了摆，就在她要转身对他提出那个要求的时候，虽然整个事发的过程里，她心里已经很清楚他们要外出用餐，他尚未更衣，而且，虽然她自己已经打扮好，但是很可能脸色涨红着，很可怕，又因为激动，许多地方都乱了套；想想大使请来的宾客，想想别人会怎么解释和评论，她一定得在镜子前面把外表再打理一下才行。

此时既然她要他等着，阿梅里戈无疑地也就尽量把握机会——从她大动作地处置那个打碎的金钵就看得出来；就等着吧，直到她能像艾辛厄姆太太刚刚承诺的，再开口说话。此番延迟当然又再次考验着她的心情——但她很快地说话了，却并非因为那个压力。尽管没和她丈夫的双眼对看，她仍不由得立刻感受到他正努力想办法的压力。甚至有那么一分钟她背对着他，心中再次浮现奇怪的感觉，好想不为难他，这奇怪的感觉已经出现五十次了，每每她身陷困境中就掠过她的心头，像某只飞翔的鸟儿，突然盲目俯冲进一口竖井里面，身处黑暗中，翅膀一阵拍扑，距离上方圆圆的天空好远。太惊人了，在她所受的委屈里，这个滋味软化了她整体的感受，而非令其更显艰涩，她越是知道这个滋味，就越是觉得到它惊人之处。结论是，看到自己终于确定知道每件事，了解事实真相，厌恶到无以复加的样子全盘摊在她面前——结论是，即使仅仅只和他不发一语地待在那儿，她就已经感到内心突然撕裂成两半，一边要诉说罪状，一边要采取行动。太令人意外了，这两边一下子分道扬镳；诉说罪状这一边动也不动，根扎得更深了——但是采取行动这边却开始盘旋起来,一种更轻、更大,但又更轻松的形态,有能力可以离地待在上方。它会是自由的,它会是独立的,它会有——不会吗?——某个自己的冒险活动,既惊人又无可匹敌。可以这么说,若有什么会要它扛起自由的责任——即使是现在,玛吉都能见此微光闪烁——那就是随着时刻一一过去,她丈夫越来越可能又重新需要她了,这种需要正是在这几秒钟里所产生的。这对她是全新的感觉,自此以后他会感到没什么比得上,在这种情况下,的的确确错不了,他会真的需要她,那可是他们整段关系里头一回。不对,在此之前他已经利用过她了,甚至也非常喜欢她;但是对他而言,她迅速地具备了不可或缺的特质,倒是无前例可循。这条特别的线索,其中最大的好处是她现在不必再安排什么,不必改变什么,也不必假装什么了;她只要维持简单又直接即可。她依然背对着,集中心思想着那个方法好在哪里;但是答案紧接而来,于是她转过身去这么说着。"范妮·艾辛厄姆把它打破了——她知道它有道裂缝,只要用足了力气它就会碎掉。我告诉她之后,她认为那样做最好——她自己是这么认为。那完全不是我的主意,我还搞不清楚的时候,她就做了。我想的完全不一样,我原本把它放在那儿,就是要这样你才能全部看到。"她解释着。

他两手插在口袋站着,目光移向壁炉架上的碎片,她已经感觉得出他松了一口气,绝对是及时的援手,他把握住机会,接受了她的说法,想想他们朋友此番激烈举动的结果——从此刻开始,每进一步的思量与时间的延宕,对他都有加倍的好处。现在她心里有件事到了最要紧的关头,她瞥见了一个珍贵的真相,那就是因为她帮了他——帮了他自救一把,所以她也应该想办法让他来帮她。她不就是和他一起走进他的迷宫吗?——她的确为了他,把自己放在迷宫的中心位置,靠着确切的指引和她自己的直觉,她可以安全地将他从那儿引导出来,不是吗?因此,她保证要给他支持,那是事先没想过的,而且那得要仔细看看之后——唉,再真实不过了!——才能令人相信,才能说其中没有耍诈。"是呀,看哪、看哪,"她好像看到他在听她说话,即使她说的是另一种——"看哪、看哪,看看真相依旧在那碎掉的证据里,也看看另一个更值得注意的事,我不是你所认为的傻子。就算我跟你不一样,也可能仍有点儿什么能帮得上忙——只要你有本事和我一起把它弄出来。当然啦,有个问题你务必得想想,你这边恐怕得放弃抵抗才行,你恐怕得付出什么代价——和谁一起付——使得这个好处不再受限;但是,无论如何好好想一想,只要你别太盲目地把机会糟蹋掉,就会有些东西给你。"他没有再更靠近那些该死的碎片,不过,他倒是从站的地方看着它们,有点儿看出端倪的表情,那很明显不是假装的;她全当成某种有迹可循的过程。而她说出口的,却和那些她原本已经说过的话语大不相同,那些他大可拿来插入话语中的言外之意。"那只金钵,你知道的,就是很久以前你在布卢姆斯伯里小古董店里看到的那只——你和夏洛特一起去的,你和她在一起好几个小时,在我们结婚前一天或是两天的时候,而我并不知情。当时这个东西有拿给你们看,但是你们没买;你们把它留给我,实在太惊人了,上个星期,我对你说我和克赖顿先生有约去了一趟博物馆,过后我走路回家,进了同样那家店,原本想到处看看,有没有什么老古董小东西可以送父亲当生日礼物,我就看到它了。它被拿了出来,我看看也觉得不错,就买了——当时我什么都不知道。我现在知道的是从……我是今天下午才知道的,在几个小时之前;想当然的,留下了深刻印象。它就在那儿了——裂成三块。你可以摸摸它们——不要害怕——如果你想确定一下,那个东西就是你和夏洛特一起看到的那件。很可惜它破了,改变了它美丽的外观、它的艺术价值,但是其他的都没变。它其他的价值依旧——我是说,它给了我这么多有关于你的真相。也因此,我并不那么在意它现在成什么样儿了——或许等你想到要怎么好好利用它的时候,才会在意吧。万一如此,"玛吉说了结语,"我们就把这几块东西带去丰司呀,不麻烦的。"

她感觉好极了,此时她见到自己通过了窘迫的困境,她真的已经有所收获——这个状况对她而言,的确已经不再束缚得那么紧了。她听从自己的直觉,为了他而办到了;不是暂时而已,她已经奠定了一个基础，使他得以与她步调一致。他的脸色隐约可见如此，因为他转过头来，终于与她目光相望。不过，他的脸色依然流露出内心的煎熬，他的眼睛几乎就在发问；他开口之前，他们之间有种前所未见的精神交流，她表现出无以复加的坦然。然而，等他真的开口的时候，倒没有太沉重。"那范妮·艾辛厄姆到底跟它又有什么关系呢？"

尽管压抑着痛苦，她也差一点就微笑起来：他这番问话就是把整件事都交给了她。她只好说得更直接一些。"她不得不跟它有关，因为我要她立刻来，她也就立刻来了。她是我第一个想要见的人——因为我知道她会了解的。比我已经得知的了解得更多，我是说，多过于我自己理解出来的。我自己已经尽可能地去理解——我也希望我办到了；尽管如此，我做的依然很有限，而她一直都帮得上忙。虽然她不见得很想照着自己的意思帮忙——可怜的好人儿，她刚才也不见得很愿意如此做；但是她仍为了你全力以赴——你可要永远记得啊！——这一路幸好有她，我过得好多了，和没有她的境况相比会是天差地别。她帮我争取时间，这三个月的时间代表了所有的事情，你不明白吗？"

她说"你不明白吗？"是故意的，而下一秒钟就见到它起作用了。"这三个月的时间？"王子问。

"从你自马灿很晚回家那一夜算起。从你和夏洛特待在葛洛赛司特的时间算起；你们去了大教堂——你不会忘记曾对我描述得极为详细。从那时候我才开始确定。我之前就一直不太相信。我确定的是，"玛吉说得更清楚些，"你和夏洛特有过，而且是很长的一段时间有过两段关系。"

他听了之后瞪着眼，有点儿傻住了。"两段？"

语气中有种模棱两可，几乎是发蠢的感觉——这使玛吉突然感受到，做错事者的惩罚里最重要的部分，是无法逃避地受罪，即使是最聪明的人，也会显得狼狈可笑。"呵，你可能有过五十……和她有过五十次同样的关系！我说的数字，是指你和她关系的种类——只要其中没有父亲和我所认为的那一种，那么数字多寡真的不要紧。摆在我们面前的就是一种；她继续说，"我们把那样视为理所当然，也接受了，这是你们知道的。我们从未想过，背着我们还有另一回事。但是，我提的那晚过后，我知道另有其事。一如我说的，面对着那件事，我有自己的看法——你没想过，我也会有看法吧。我开始谈到它的时候，就出现更多看法了，你们自己、你和她，也开始隐隐约约、不安地觉得有些不同了。不过，一直到刚刚这几个钟头，我才最清楚我们到了什么田地。我一直和范妮·艾辛厄姆谈着我的疑虑，所以我想让她知道我所确定的事——至于决定这么做，和她一点关系也没有，你务必要了解。她为你辩解呢。"玛吉说。

他一直非常注意地听着，她再次感觉到，基本上他在请她多给点时间——时间，她心里很明白，就是时间而已；感觉不管会听到什么怪事都行，感觉他真的很喜欢听她说话，即使几乎会令他一无所有也要听。有一分钟的时间，他好像在等着什么更糟糕的事似的，等着她说出内心一切，任何确立的事实，任何精确叫得出名号的事，如此一来，他也才能知道自己目前境况为何——这也是他的权利吧。他当面听她按部就班地述说，内心最感不安的应该是接下来摆在他面前的话题，那是他仍不敢去碰的。他想随口扯扯这个话题，但是仍按兵不动，原因为何他已经了解了。他望向她的眼睛，很明显看得出他激动、无计可施，也很苦恼，而领会了某件特别的事也让他冷得难以忍受。她多多少少提到她父亲，也令他颇感震动，他大可连开口问都不必，只用双眼尽力催眠她说出答案。"他有什么看法？或者是现在他连你一起，有其他更多的看法吗？"——这些话他得克制自己才能不问，因为她一定不会随意带过。她感受到一阵未曾有过的强烈震颤，因为他被困住了，动弹不得，而且此时她是有意让他一直这么狼狈又可怜兮兮的。在这种焦躁又内疚的情况下提到她父亲，实在令人难以忍受，而且简直就是将夏洛特一把给抖了出来。显而易见，感觉得出来，也有迹可循，他不想扯进这件事，好像忽然察觉到一个裂着大口的深渊般往后退却，不过这道存在于两人之间的深渊，即使有这么多、这么怪的其他事情出现，却一直未曾被好好地估量过。他们过往的信心，真切得像高塔般在她面前隆起。他们把它盖得很牢固，一层层筑得很高——表面上是如此——多亏了她本性上对许多事都很容易满足，他们秉持着信念，她会永远把他们彻底当成拥有高贵的情操，有义气地为她代劳。阿梅里戈觉得无论如何都要避开此等出奇难堪、出奇难以解释之事，所以他看起来手足无措，仿佛他一直跟他太太一样，不过是个头脑简单的小人物罢了。她虽然是个头脑简单的小人物，但他更进一步地发现，不管她会对他如何——她这方面是没有设限的——他也绝不会用任何说得过去理由把夏洛特指出来。魏维尔太太是他岳父的太太，这会儿以不得触碰的威严姿态，在他们两人之间升起。不管是要保护她，为她辩解，或是为她解释，都一定会将她拉进问题来——这么一着，她丈夫也会同样地被拉进来。但这正是玛吉不给他开的一道门，引他进去；无论打算做什么，她都在下一刻就心里想着，经过此番警告与困窘，他是否正痛苦地纠结着。根据这种假设，他又更纠结了好几秒钟，这才在能做的和不能做的之间做出了抉择。

"你很明显从一些芝麻小事里面做出天大的结论。你说得气呼呼的、得意扬扬的，或是该怎么形容都好，但是都太不谨慎了，你如果这么想，感觉会不会公平些呢？——要是我绝不否认，的确想起了你摔碎在那儿的那只钵，感觉会不会公平些呢？我现在坦承有那么回事，也坦承当时并不想告诉你；我们安排好，大概花了两三个小时在一起；那是发生在我结婚前夕——也就是你说的那个时候。不过，把它安排在也是你结婚前夕，亲爱的——重点就在那儿。因为急着在最后一刻给你买个结婚的小礼物——到处物色一件值得给你的东西，或许从其他观点说来，似乎我也能帮点忙。当然是不用告诉你——正因为那全是为了你呀。我们一起出去，找来看去；我们细细翻找着，我记得我们把它称为葡匋搜寻呢。我一下子认出来了，我们看到了那只水晶钵，就在那儿——老实讲，不管范妮·艾辛厄姆有什么好理由，这样处置它实在太可惜了，我得这么说。"他一直把手插在口袋里；又把眼睛转过去，看了看那件珍贵容器的残骸，但此刻表情已经显得满意多了；而玛吉感觉得出，对于此番解释所带来的平静，他呼出了一口气，呼得既长又深，比较放心了。对他而言，每件事的背后，台面下的每件事，都觉得稍稍舒坦，因为终于能和她谈上话了——而且他好像也对自己证明了，他还能谈。"那是一间在布卢姆斯伯里的小店——我想我现在就能到那个地方去。那个人懂意大利文，我记得；他极力想卖掉那只钵。不过我对它没什么信心，所以我们就没买下。"

玛吉听得饶有兴味，明白表现在脸上。"喔，你们把它留给我了。但是，你们又买了什么呢？"

他看着她，一开始好像努力在回忆着，接着他又好像努力要忘记。"我想，没有——在那个地方买。"

"那么，你们买了什么其他东西吗？你们给了我什么当结婚礼物——那不是你们的最终目标吗？"

"我们没给你任何东西吗？"王子可有点儿惊讶——他维持一派高雅气度思考着。

玛吉等了一下子。到现在她已经目不转睛地看着他好一会儿了，但是她听到这里的时候，双眼转向壁炉上的碎片。"有的；反正最后你们还是给了我那只钵。那一天我自己遇上它的，机会实在好巧妙；在同一个地方发现了它，也被同一位小个儿的男子强力推销着，他就像你说的，懂意大利话。我可是'对它有信心'，你知道的——一定是某种直觉，让我对它有信心；因为我一见到它，就买了。虽然当时我一点儿也不知道，"她补充着，"买了它，还附带着什么。"

王子一脸尊重她的说法的样子，努力想着这是怎么回事。"我也认为，这等巧合实在太惊人了——这类事大多只发生在小说和戏剧里吧。但我不懂的是，你一定要我说出来它的重要性，或是关联性……"

"为什么你们没买成，我却买了？"她很快地接起他的话说。但是，她眼睛又再次看着他，思虑中又加了点别的东西，那是不管他怎么说都无法让她动摇的。"此巧合怪异之处，倒不是因为就快满四年了我才踏进那个地方；这类机遇在伦敦并不稀奇呀？怪的是，"她说得很清楚,"买完东西回家之后,我才明白;其价值来自我发现了这么位朋友,好奇妙。"她解释着。

"这么位朋友?"这等奇妙之事使她丈夫非得接下话题不可。

"店里那位小个儿男士。他为我做的比他知道的更多——这要归功于他才是。他挺关心我的,"玛吉说,"而且因为关心,他回忆起你们的造访,他记得你们,也和我说起你们。"

听到这儿,王子报以一抹狐疑的微笑。"哎呀,可是,亲爱的,如果奇特的事是出于那些关心你的人……"

"那样一来,我的生活,"她问,"一定是非常不平静喽?嗯,他喜欢我,我是指——很特别的。唯有如此,我才能解释为什么后来我可以从他那儿得知——事实上,他今天才给我的,"她接着说,"他根据他的判断给我,神情很坦然。"

"今天?"王子重复说着问话。

但她就是有此独特的能耐——很神奇地,就这么交给她了,事后她心里想着——为了她的看法,为了她握有的线索,要顶住不放弃,也要按照他自己的程序进行。"我引起他的同理心——看吧,就这样啊!但是,他竟然产生同理心,而且提供给我有用的东西,那才是奇迹所在。那可真是我这个机会里面怪异的地方,"王妃继续说,"我竟然在不知情的状況下,不偏不倚走向他。"

他见到她紧守自己的步骤进行着,他似乎顶多也只能站在旁边,好好看着她,使她通行无阻;他仅仅隐约地稍作表示,像是做了个可有可无的手势。"我很遗憾说你朋友的坏话,事情也已经过了好久,除了那一次之外,再也没有什么让我想起它来。但是我记得那个男人,像个可怕的卑鄙小人。"

她缓缓摇了摇头——仿佛经过思考之后,并非如此,那个样子不是问题。"我只能认为他是个亲切的人,因为他什么也没得到。事实上,他只有损失。他来告诉我——他跟我要的价格太高了,超过那个物件真正的价值。他并没有提及某个特别的理由,那个理由令他考虑再三,而且感到反悔。他写信要求再见我一次——信里的用词遣字叫我今天下午在这里见他。"

"在这里？"这话令王子往四处看了看。

"在楼下——那个红色的小房间。他一面等，一面看着立在那里的几张照片，认出了其中两个人。尽管已经过了好久，他依旧记得那位绅士与女士的造访，然后他把事情串了起来。他也使我把事情串联了起来，因为每件事情他都记得，也把每件事都告诉我。看吧，你也是让人印象深刻呢；只是啊，跟你不一样，他又想到了它——他已经想起它了。他告诉我，你们希望给彼此礼物——不过，倒是没买成。那位女士对于我向他买的物件，非常感兴趣，但是你自有一番道理，反对从她那儿收下它，而你是对的。现在他更认为你是如此，"玛吉继续说，"他知道你有多睿智，因为你已料到那个瑕疵，以及那只钵有多容易破。你看，我自己买下了它当作礼物——他知道我买它做什么。就是这件事在他心里发酵——特别是在我付了那笔价格之后。"

突然间她的故事停住了。她说话的时候，有一小波一小波激动的情绪，每一波都会渐渐削弱下来；所以他逮住机会，在下一波出现之前开口说话。"请告诉我，价格是多少？"

她又停了一下。"对那些碎片而言——当然是挺高的。我想，看着它们在那儿，我觉得要说出来挺不好意思的。"

王子接着又看着它们，他可能已经开始习惯这幅景象了。"但你起码应该拿回你的钱吧？"

"喔，我一点儿都不想拿回来——我觉得它好值得。"讲完话，在他没来得及回答之前，她快速转了话题，"我们在谈的那一天，对我而言有个重大的事实很难让人不注意，就是我并没有收到礼物。如果你们已经决意要那么做，却又一点儿成果也没有。"

"你那时什么都没收到吗？"王子显露出严肃得没什么表情、几乎是关注于回想的样子。

"除了为两手空空、口袋空空而道歉之外，什么也没有。致歉的话对我——好像很重要似的！——总是说得很坦然，姿态很美丽又动人。"

阿梅里戈听得很有意思，倒不是因为搞不清楚的关系。"哎呀，你当然是不会在意！"挺清楚的，随着她一路说下去，他越来越能控制被留在这里的尴尬；就像他了解现在需要忍耐被她留下——然后他们才能一起到外面去亮亮相——顶多不过是选错了时机，也还有点儿时间可以耽搁。他看着表；他们要赴约的事，这会儿全摆在他眼前。"但是你知道，我不懂，是什么原因使你说我的不是，就因为……"

"因为我告诉你的每件事情？唉，这整件事——事情就是，这么长的时间以来，你们都顺利欺瞒了我。你们想找件东西给我——原本是件迷人的事——却和你们当时花了一个早上在一起一点儿关系也没有。真正和它有关系的，"玛吉说，"是你们非得如此不可：打从你们再次面对面，就没办法不这样做。至于那样做的原因，是你们之间在以前有好多好多的事——在我来到你们之间以前就有的。"

最后这段时间，她丈夫原本都在她眼前走来走去；但是一听到这句话，他又站住不动了，像是为了避免自己显出任何不耐烦的样子。"那个时刻，你对我而言是很神圣的，尤其以往——除非不把此刻算进去，因为你又变得如此神圣。"

她能注意到，他话语中的肯定并无心虚在内；他说得坚定，两眼看着她，从他奇怪但又一贯的态度，好像远远地轻吹来一阵风，寒冷得难以想象。尽管如此，她仍旧照着她要的方向走去。"喔，我最了解的事，是你们从不曾想过要一起得罪我们。你们非常想要的是，绝不可以出那种状况，而你们长久以来为此小心翼翼，这是我印象最深的事情之一。我想，那方式，"她补充说，"是我最知道的。"

"知道？"过了一会儿，他重复说着。

"知道呀。知道你们是老朋友，而且在我们结婚时，你们亲近的程度远超过我有任何理由去加以臆测。也知道有些事没有告诉过我——它们的意义一点儿又一点儿放到了其他的事情上，摆在我眼前。"

"要是当时你已经知道，"王子很快问，"那它们会不会改变我们的婚姻呢？"

她慢慢地思考着。"我跟你说，不会——就我们俩之间。"接着他又急切地紧盯着她,根本无法松懈:"问题要比那个大得多。你看,我所知道的对我产生多大的影响。"那才是让他沉不住气的地方,因为她重复着已经知道的事,使得他各种泰然自若的神态都成了问题,当下他对自己是否能再一派超然地假装下去也失了信心。她使自己显得平静,此举带给他的意味——就算只是字词本身的影响力,像是她重复清晰地说着"知道,知道",都使他很紧张,无法再掩饰。她很难过令他这么紧张,因为就要出去用餐了,他心却不在上面,他需要镇定下来,很有气势地出席,算是职责吧。即便如此,她也不会因此松懈,一定要尽全力好好利用这个珍贵的机会,弄个明白才行。"你务必想想,我可没拿这一点对你相逼;假如你没进来的话,这些可能也不会发生了。"

"唉,"王子说,"我很可能会进来呀,你知道的。"

"我认为你今晚不会进来。"

"为什么呢?"

"嗯,"她回答,"你可能会做的事……各式各样。"说到这儿她想起她对范妮·艾辛厄姆说的话。"再者,你很莫测高深。"

一听到此句话,尽管他控制着自己的神情,仍是稍稍扮了个鬼脸,那是他们种族所独有的表情。"你呀,亲爱的,才是莫测高深呢。"

她过了一会儿接受他这种说法;最后,她终于也觉得的确没错。"那么,我缺一点儿都不行。"

"如果我没有进来,"这时候他开口问,"你又会做什么呢?"

"我不知道。"她思索着,"那你呢?"

"喔,我呀①……那不是问题。我都依你而行事。我就继续做该做的事。你会明天才说吗?"

"我想,我会等等。"

"等什么?"他问。

---

① 原文为意大利语: io。

"看看它让我自己有何改变。我是说,我所知道的实际情形。"

"呵!"王子说。

"像我说的,无论如何,我现在唯一的重点,"她继续说着,"是它对你可能造成的改变。从你踏进来的那一刻起,你了解的才是我着眼之处。"然后她又说了一次——这样他才能再听一遍,"你了解,我已经不再……"

"你已经不再……"其实她停顿下来,却反而让他急着发问。

"咦,就是不再和以前一样呀。不再被蒙在鼓里。"

过了一会儿,他只得再次站在那儿默默接受;但是,话中有某些相同的东西是他仍想知道的。他又迟疑了一阵,但终究还是问出这句奇怪的话:"那么,有其他任何人知道吗?"

他几乎可以将她父亲的名字说出来,所以她让他停在那儿。"任何人?"

"我说的任何人,指的除了范妮·艾辛厄姆之外。"

"都这个时候了,我认为你应该已经有特别的方式可以得知才对。我不懂,"她说,"你为什么问我。"

接着过了一会儿之后——据她了解,只有一会儿时间——他弄清楚她的意思;此举更令她觉得奇怪,因为夏洛特自己知道的和他一样少。一幅画面隐约出现于此景象中,甚至有几秒钟的时间很亮眼——看见有两个人单独在丰司,其中一人是夏洛特,摸索着前进,总是不知道、不知道!同时,画面闪着它的主要色彩——与她父亲的动机和她自己的原则,很可能相同。他是"莫测高深",如阿梅里戈所称,所以静止的空气不会有任何颤动波及他的女儿,一如她也被如此形容,因为她努力关照着而且也会继续关照他平静的生活,或者说,无论如何也要关照他的尊严,那一层坚硬的外壳全是神奇的珐琅,那是她至高的准则。她丈夫现在说的话,似乎就在帮她办到这一点,真是怪透了。"我所知道的,就是你告诉我的这些。"

"那么,我已经告诉你我全部想说的了。其余的,你自己去发现吧!"

"发现……"他等着。

她在他面前站了一会儿——花了点时间才得以继续。她看着他的脸，感觉自己的境况一层深过一层，汹涌升起又陷落；但她多少再次感到精神一振，而不是沉落萎靡。她走得坚实——她的同伴才是依然漂在海上的人。她稳住双脚；用力往下踩着。她走到壁炉旁的摇铃，摇响了一下，他只能当作在叫唤她的仆人。所有的事情就到目前为止；那是在暗示他该去着装了。但是，她得坚持下去才行。"为了你自己，去发现吧！"

第 五 部

第 一 章

这一小队人马在丰司安顿之后——花了十来天总算完全确定——玛吉很自然地觉得自己的心思，完全被刚在伦敦发生的事所盘踞。她想起了一句过去在美国生活时所听到的话：根据那句俗语，她的日子从没这么快活过，棒极了——她知道，因为她时时感受到心思被占得满满的悸动，不管是识得它或是想隐藏，都几乎太激烈了。仿佛她刚出来——那是她最普遍的感觉，才从一条黑暗的隧道出来，从一座浓密的森林出来，甚至简单说，或许是从一个烟雾弥漫的房间出来，也因此得好好清一清肺里的空气。也仿佛她终于采集到付出耐心的成果；要么在当时她并不知道自己真得很能耐着住性子，要么就是不知道自己能耐得了这么长的时间：所带来的改变之大，就好像只将望远镜移动一英寸，入眼的景象却大不相同。事实上，是用她的望远镜所见到的范围——但是这个目视利器越是让人着迷，就越是让人无忌惮地使用它，于是，在观察的过程中，她也要冒着暴露自己意图的危险。她不曾松懈的准则是绝不可在公开场合起冲突；但是，这般心口不一的难处一点儿都没减轻，反倒是需要加倍的努力才能维持下去。和父亲说话时，她是又哄又骗的，如果只在意别人会不会起疑，那倒是简单；但是，现在要顾及的面积越来越大，她觉得自己挺像戏院里的某个年轻女演员，在剧里担任个小角色，惶惶然地努力记熟自己的戏份，却突然发现自己被拔擢成女主角，五幕戏全都要出场。最后那个夜晚，她已经对丈夫说很多她"知道"的事；但正因如此，她现在知道，从那个时刻开始，她也只能掩饰，在自己的职责又多了这一项，而掩饰把一切变得不过是个小问题，只是得负责某些珍贵又多变的事罢了。没有人帮得了她——现在连范妮·艾辛厄姆也不成；自从她们在波特兰道最后那场激动的会面之后，这位好朋友的出现，也注定只有最基本的功能而已。喔，没错，她用了她上千次；但是，也因此很清楚，唯独不能触及任何——至少和玛吉不可以，那是一定的——她们讨论过的那件事。她在那里是非比寻常的有价值，但是，那个价值是把每件事都否定掉，一点儿也不含糊。她正是他们普遍的象征，代表着完美无缺的至福——而她也尽力做到这件折腾的事，可怜人啊。私底下，她跟阿梅里戈或是夏洛特在一起的时候，如果有需要，或许她会松懈戒备——当然啦，如果只和屋子的主人在一起的时候是绝不会的，连一眨眼的时间都不会。要松懈戒备是她自己的事，玛吉当前没办法去想。她对待她年轻友人嘛，得这么说，是一点儿都没露出任何差异；打从她和上校一进了门，她们之间就热络得不得了。那天傍晚在玛吉房里所做的，看来不就是要将这对丈夫和妻子拉得更近、尤甚以往，可不是吗？她这次的成功很堂皇气派，因此，要是她试着隐身幕后，岂不是太轻率呢？——那可是会招致别人对她这番善行持疑。顺理成章地，她知道的只有一派和谐，她片刻不停地散发出和平的气息——此和平表现得可不内敛，一眼就明白，也很有干劲，和此地扎实的平静状态倒也没啥冲突；有点儿像头戴钢盔，手里挥舞着三叉戟的天下太平时期①。

随着日子一天天过去，一定得补充说明的是这种和平是需要维持它的活力，也需要人力——多亏了在场的"同伴"，要靠玛吉在其中维持表象，她老早就学到要如何从中找到最佳的资源。情况很明显，事实上是很引人注目，因为现在这个资源，好像高度符合每个人的需要：仿佛每个人都想要逃离别人的注意，因为场景里人来人往层层交叠，想象的事情被制造出来，弄得糊里糊涂的。情况已经到了这个程度，大家知道有人要来都兴奋得胸口起伏，那是兰斯女士和卢奇小姐

---

① 原文 "pax Britannica" 为 "the British Peace" 的拉丁文，指 1815—1914 年间大英帝国国力最盛时期，是较为和平的一段时间，但作者也暗讽，此太平盛世乃是以武力维持的表象。

们，说到征服这种事上面，她们依旧黏在一起，却也依旧无法融合；她们就要在附近上岸，做短暂停留：很怪，这队人马很喜欢这个奇特的转变，因为她们的再次出现，可能带来近似"周末"的愉快感觉。这使玛吉比较起没几年前那个难忘的午后，他们曾一起旅行，九月里那个具有决定性的星期天，她和父亲坐在公园里，好像在纪念着过去最顶点的时刻、他们原来旧有的秩序、旧有的危机，她向他提议，他们应该"唤来"夏洛特——唤她过来，像是请一位专家来到病床旁的椅子似的。基蒂和多蒂曾为他们所鄙视，现在他们却准备好转向她们求得一时消遣，这不就是某种预兆吗？其实，这套方式已经用过了，她离城之前，邀请了卡斯尔迪安家人，以及那星期一起在马灿的好几位人士过来，颇有用意，一直是如此——因为她不曾毫无想法地就和这些人接触，也因为一次次的事情，他们之间的交流令她越发地感到恐怖。这些特别的日子里，火焰再度燃起，高举火把照亮每件事，所发生的每件事都可能是从传统跳脱出来的极度狂喜，生机勃勃——这一点儿本身就证明了她私底下的动机是有道理的，她的手法也显得神圣不可侵。她已经借由这群人的帮助达到她要的某种效果——不管她同伴们有任何合用之处，都"好说"，也不会要求他们为了她放弃任何人或是任何东西。这样的情况有一点她非常乐在其中；它将她想要彰显的一个真相，又添了一笔——那个真相就是，最近她生活的表面在汲汲努力之下，布满一层厚厚的花朵，从哪方面看都平静无痕，毫无起疑之处，也没有哪里透露出丁点儿的端倪。仿佛在她的压力之下，可以这么说，没有谁能甩开和另一个人的共谋关系；总而言之，仿佛她看着阿梅里戈和夏洛特，因为担心他们自己有所泄露，转向卡斯尔迪安夫人那"帮"友人走得近，却显得有气无力的；而后者这群人也同样得被迫帮忙作证，接下来所延伸的问题和行为举止，他们都无法掌握，所以尽管本性勇敢豪迈，依然觉得有些搞不清楚状况，甚至有些害怕。

尽管如此，他们在丰司依然喜欢一大群人在一起，喜欢到处活动，也喜欢各种声响——他们在危急时刻里扮演自己的角色，他们危机感肯定时时盘旋不去,在这所老房子的长长走道里,在黑暗的时刻,和常驻于此的鬼魂同样能感觉到,这是一直都有机会发生的;并不是他们白天看得到的形体,不是某个外来者让人在客厅遇到,或是晚餐时就坐在隔壁。即使王妃没能隐秘地运用这么多的消遣方式,她依然能从范妮·艾辛厄姆那套已经受挫伤的理论里面,得到一份同理心作为利基之处。这位好朋友的关系事实上是站在反扑[①]的立场,她说得很清楚要为她在马灿被遮掩的光彩讨回公道,因为在那个地方,相较于其他大部分的人,她不太知道该如何应对。在丰司她可就知道了,没有章法地随兴而谈也不会出错,肯定比谁都强,这一点玛吉可以为她证明;她的报复是勇敢的作为,里面的宽宏大量是每个人都看得出来的,那是非常自觉的行为,几乎像个充满悲悯之心的保护者似的。这儿有座房子,她成功使大家注意到它,在里面她是个充满许多价值的人,当同行的宾客们如果短暂地觉得态势不明、模模糊糊地有些惊慌失措,像是掉了钥匙一般,她就会愿意拿一些出来,开心地与大家分享。有一天傍晚,玛吉和她的老友又重拾过去直接沟通的情况,有部分原因可能是这种共同生活已经产生了特别的压力。他们一直在楼下待到很晚;其他的女士们已经一个个或成双地从客厅上了"大"楼梯,客厅一样很大,进进出出都一目了然,也是个怡人的画面;男士们很明显地已经到吸烟室去了;而王妃倒少见地在那儿流连,好像挺喜欢此番光景似的。接着她看到艾辛厄姆太太待了一会儿——好像在欣赏着她满意的神情;她们两人的目光穿越没有障碍的空间,彼此对望,然后这位较年长的女士慢慢走近,此刻看不出太多的表情,也有些犹豫。此举像是在问,有什么是她能做的,更靠近一点,她立刻就感觉到问题的答案,一如玛吉最近一次的紧急召唤之下,她出现于波特兰道时的感受一样。她们默契之中的这些新的点滴时刻是那次事件中留下的。

"他没告诉过她我知道了,我对那一点终于颇为满意。"然后,就

[①] 原文为法语:revanche。

在艾辛厄姆太太睁大了眼睛的时候："从我们下来这儿之后，我就一直不清楚状况，我不了解他在做什么，或是有何打算……也想不出来他们之间互通些什么话。才一两天内，我就已经开始怀疑，而今天傍晚，我有理由相信了——喔，太多了，没办法全部告诉您！——因为解释得通了。他们之间什么话都没说——那就是所发生的事。解释得通了，"王妃很有生气地重复说着，"解释得通，解释得通了！"稍后这位听者将她说话的样子描述给上校。她说很奇怪，她的激动一点声响也没有，她转身回到壁炉那儿，因为天气潮湿，夜晚又寒冷，堆叠的木头已经燃烧，落下成了余烬；她说出事实，心情很明显地剧烈变化，于是范妮·艾辛厄姆等着她说下去。此令人瞩目的事实解释得通的原因，令她同伴简直目瞪口呆，虽是出于一片好意，但也的确无法立刻理解。王妃迁就着，也挺有自信，倒是很快想出其他方法。"他没有给她知道我知道了——而且很明白，也不打算这么做。他已经下定决心，他什么都不会说。所以喽，她没办法，也只能靠自己知道这些事，她也不知道我到底了解了多少。她相信，"玛吉说，"而且依照她自己的信念，她知道我什么都不晓得。那对我来说，帮助可大了。"

"帮助可大了，我亲爱的！"艾辛厄姆太太低声叫好，尽管并非整个过程都如此。"那他是故意保持沉默吗？"

"故意的。"玛吉闪亮的眼睛，至少看得比以前都更远了。"现在，他也不会对她说什么了。"

范妮·艾辛厄姆觉得纳闷，想了想。最重要的是，她非常欣赏这位娇小的友人，做这般宣示很显然需要一股英雄气概才能不乱了套。她站在那儿，全副武装，像个小个儿的司令官，站得挺挺的发动围城，也像个焦虑的上尉，突然接到重要的消息而激动不安，要在此地划分区块。其重要性她的同志也感受到了。"所以，你都好吧？"

"喔，都好嘛，很难说。但是看起来我至少到了前所未有的境地。"

范妮大幅思虑着，有一点仍不甚清楚。"你是从他那儿得知的吗？——你丈夫亲自告诉你的吗？"

"告诉我？"

"咦，你是这么说的呀。他都没给个保证，你就这么说了？"

听到这儿玛吉还是瞪着眼。"天哪，没有。你以为我问他要给个保证吗？"

"哎，你没有问？"她同伴微笑着，"我想那就是你的意思喽。那么，可人儿，你有没有……"

"有没有问他要过吗？我什么也没问过他。"

这会儿换范妮瞪着眼了。"那晚在大使馆的晚宴，你们之间什么都没说吗？"

"正好相反，每件事都说了。"

"每件事？"

"每件事。我把知道的都告诉他——也告诉他我怎么知道的。"

艾辛厄姆太太等着。"就那样？"

"那不够吗？"

"喔，亲爱的，"她有些动气，"那得你自己认定了才算啊！"

"那么，我已经认定了，"玛吉说，"我当时就认定了。我确定他了解了——然后我就不管他了。"

艾辛厄姆太太纳闷着。"但是，他没有解释？"

"解释？感谢老天，没有！"玛吉把头一甩，好像这个想法很可怕似的，接着又立刻补了一句，"我也没有。"

端庄的话中有股傲气，透出点儿寒冷的光线——光线高高在上，她同伴则待在底下，气喘吁吁的。"但是，假如他既没否认也没承认……"

"他做的好过一千倍——他不再管了。他做的……"玛吉继续说，"就像他愿意做的；我现在知道，我当时也挺确定他愿意的。他不管我了。"

范妮·艾辛厄姆仔细想了想。"那如你所言，你又如何知道自己'到'哪里了呢？"

"哎，就靠那一点呀。我要他知道情况不同了，那个事实把我变得不一样了,我毕竟没那么笨,笨到无法知情——虽然我承认,是个神奇的机会帮了我一把。他得了解,我是为了他而改变——那个和他一起生活了那么久的我,已经改变了。问题是他得真的接受这种改变……而就我现在的了解,他正在做。"

范妮尽量跟上她的意思。"他表现出来,就像你说的,不管你?"

玛吉看着她一分钟。"也不管她。"

艾辛厄姆太太尽其所能想弄明白——但有个想法让她稍稍停了下来,那是最接近她所能想得出来的,在这般大到摸不着边际的氛围里,那简直是灵光一闪。"哎呀,但是夏洛特会不管他吗?"

"喔,那是另一回事了——那和我几乎一点儿关系也没有。我倒是敢说,她不会。"这个问题引发一幅画面,王妃远远地凝视着它。"其实,我不太了解她如何能办到。但是,我的重点在于他了解就好。"

"是呀,"范妮·艾辛厄姆柔柔地说着,"了解……"

"嗯,了解我要什么。我要的幸福不能有漏洞,连你手指头戳得进去的大小都不行。"

"表面要又亮又完美——先说说起码要这样才行。我懂。"

"那只金钵——原本是如此呀。"玛吉的心思留在这个朦胧的影像上,"我们所有的幸福都放在钵里。没有裂痕的钵。"

对艾辛厄姆太太而言,这个意象也有它的力道,那件珍贵的物品又在她眼前闪着光芒,好像又可以摆出来供人观赏了。但不是掉了一片吗?"然而,假如他不管你,而你只要他……"

"您是说,我们这么做,恐怕会被注意到?——恐怕会泄露我们的心思?嗯,我们希望不会——我们尽量不要——我们很小心的。只有我们自己知道我们之间的事——您和我们之间;从我们到这里之后,我们表现得有多好,"玛吉问,"难道您没有特别感受到吗?"

她朋友犹豫着。"表现给你父亲看吗?"

但这句话也令她犹豫起来,她不想直接谈到她父亲。"给每个人看。给她看——现在你可了解了。"

这使得可怜的范妮又发愣了。"给夏洛特……是的,假使对你而言，有这么多事可以放在它下面，又假如全都是一场计划。那些将它兜在一块儿——它也将你们兜在一块儿。"她几乎将内心的欣赏，一口气给呼了出来，"没有人像你一样——你太惊人了。"

听到这句话玛吉心怀感激，但态度又有些保留。"不，我并不惊人——不过，对每个人而言，我是挺沉得住气的。"

"嗯，那正是惊人之处呀。'沉得住气'是我有所不及的地方，你远远地把我抛在后头。"艾辛厄姆太太不避讳着，突然间又陷入沉思，"现在我可了解了，你说的——但有件事我太不了解。"下一刻，她同伴还在等着，她就已经提出来了。"毕竟夏洛特怎能没逼过他、没为此对他发过脾气？她怎能没问过他——我是指，要他老实讲——是否你知道？"

"她怎能不如此呢？唉，当然啦，"王妃说得平静，"她非得如此不可！"

"呃，那么……"

"那么，您认为他非得告诉她不可吗？唉，那正是我的意思，"玛吉说，"他不会做那类事；如我所说的，他会维持另一种相反的做法。"

范妮·艾辛厄姆衡量一下这句话的轻重。"即使她直接要求真相？"

"即使她直接要求真相。"

"即使她要他老实讲？"

"即使她要他老实讲。那就是我的重点。"

范妮·艾辛厄姆大着胆子问。"要他告诉她真相？"

"告诉谁都行。"

艾辛厄姆太太的脸发亮。"他会直率地、他会坚持要撒谎吗？"

"他会直率地、他会坚持要撒谎。"

这话再次占据她同伴的心，然而下一刻，她一个动作投身靠在她朋友的颈项上，任情绪奔放。"啊，您不知道自己帮了我多大的忙！"

玛吉很高兴她了解到这是可能的，但是再想想，她过后也很快知道可能性颇为有限,原因很神秘不可解,她仍说不上来。看不太出来她没办法做到这一点,因为王妃,如我们所见,才夸说情况不会再更糟了。玛吉内心的想法,只能对外开启一部分,即使对这么好的朋友也是,而她本人则仍在继续进行着,好见到那件事更全面的境况。她想象力的隐蔽之处越发显得暗淡——目前这么说它们是一点儿都没错。她在离城前夕曾仔细地探究它们,但几乎难以透视:在那几个小时里她想出来的,以及接下来几天所得到的真相,只不过是一段奇怪的关系,它最主要的记号——不管是否会延长下去——缺乏任何"深入的"答案,那是她要她丈夫此时共同认清的危机。发生在她房内那一幕之后的隔天早上,他们曾很短暂地又面对面处理这个危机——但是结果很怪,她似乎仅仅将事情交给他而已。他从她那儿接手过来,好像接过一串钥匙,或是一张写着待办事项的单子——很留心地听她说着有关它们的指示,但那个时候也只是很小心、很安全地把它们放进口袋。那些指示日复一日,几乎并未使得他的行为有何改变——不管他是说话或是不说话;行动上尚未有何成果出现。简言之,他去着装赴晚宴之前,他当场从她那儿听到的话就是她全部要说的了——过后,到了隔天,他又要她再多说些、说更多,仿佛一个晚上下来,她可能重新又可以补充一堆;但是,他提出后面这个目的的时候,样子却显得挺奇特的,颇为超然又谨慎,如果她说得出粗鲁的话来,那么她会说这种神态简直就是冷淡,就像如果有任何人是这副模样,他自己也会说那是"大胆";这种特别的情况下,她会由他说去,反正一般来说她是不会讲的。在这种压力之下,他的话语和沉默,要是拿它们和过去几周相比的话,都令她觉得没有特别多或特别少的意思。然而,倘若她不是相信他绝对不会有任何想伤害她的念头,那她大可将他这种泰然自若的态度和他完美地使自己回复常规的能力,当成非常傲慢的德行。借由它的协助,一些伟大的人士、贵族[①],那些她丈夫那类阶级和形态的人,总是知道如何重建受到破坏的秩序。

---

① 原文为法语:les grands seigneurs。

她能确实感觉到,傲慢——对她傲慢,无论程度高低——不是他会诉诸的方式;尽管他的行为几乎让人难解,什么都不回答,什么都不否认,什么都不解释,什么也都不道歉,他多少还是给她知道,这并非因为认定了她的情况不"值得"处理。两次的状况里面,他听她说话的样子是有在考虑的——虽然同时也显得极度保留;这种保留的态度让人想起在波特兰道,他们第二次更短的会面时,的确有所修正,这是事实,因为见面到了尾声的时候,她想象着他确实对她提了一个暂时的调节方式。那是当他终于定睛看着她的时候,他眼底深处有某种东西;她越是看着它,就越是发现在其中默默地显示着一份草图,其中有些安排。"让我有所保留,不要质疑——它是我现在仅有的,难道你不明白吗?所以,如果你能允许我单独和它一起,时间长短看我的需要而定,那么我向你保证,会有某些或其他东西,在它的覆盖下生长,回报你的耐心,尽管我仍不确定那是什么。"她转身离开他的时候,耳中似乎响起这些没说出口的话,她的确必须想象自己在精神上听到了这些话,必须再次听听它们,好来解释自己特殊的耐心,得面对着他无法办到的特殊情形。他没有立刻接下她提出的问题,连假装都没有,问题是有关他们自己结婚之前,那段他与夏洛特亲密交往的时间,她却不知情,而且被认为不要紧。他和夏洛特本身都要保持不被别人知道——多年下来,达到极尽保护彼此利益之能事——此情况如果不成立,那么他会当场第一个提出来辩护,这是她无法闪避的事实。他迟迟地考虑又考虑,前所未见地凝神许久,就是最好的保证。他冷静地对它致意,而玛吉若不是有某件事撑住,自己可能真的要傻住了,她要靠着自己目前的力量,即使是暂时的也好,要在过去事件的章节里达成协议,此事如果一周前让她遇着了,她铁定会大大打个寒战。以目前生活的速度,一小时又一小时地过,她已经渐渐习惯面对变得宽广的视野。在丰司她心里想着,对于自己单独的观察、她在伦敦对他说的那些,王子可曾反对过哪一个,她就是没办法将讨论的焦点集中于那个紧张的小妻子,像某位跳着艰难舞步、喘着气的舞者,在一排脚灯之前蹦蹦跳跳,但整个戏院都是空的,只有一位观众闲靠在包厢里。

　　她回想起他们唯一一次回到这个话题的时候，王子问她，事实上那是他明白提出来要谈的，以便问个清楚，据她了解，这最能解释阿梅里戈为何能顺利地不说说自己的看法。他跟她又讲了一遍，尤其是她在家里和那位从布卢姆斯伯里来的小店家见面的特别事件。这个小插曲用更直接的话说了一遍，对他而言，倒是没有令人惊讶之处，王子面对它的态度，再次表现出非常像在缜密地反复询问似的。说到那位小个头男士有个难解的问题，就是他的动机为何——他写信给一位跟他成交了最有利买卖的女士，先说要取消，然后又过来见她，这样一来他才能亲自道歉。玛吉觉得自己解释起来疲软无力，但又都是事实，她也说不出其他的。买卖成交后他一个人想想，那位客人向他买这个东西，是要给她父亲当作生日礼物——玛吉承认和他聊得很自在，几乎像朋友一样——这个金钵的贩子良心不安，接着做了一件极罕见的事，任何阶层的卖家都难以得见，也几乎不曾出现在节俭的以色列子孙身上。他不喜欢自己所为，尤其不喜欢这种行为还被当成"好事"；他想到这位买家的真诚和迷人的样子，她买的东西不应该有瑕疵，把它献给一位至爱的尊亲，这会有恶毒的意义和不幸的后果，他知道良心是什么，知道迷信里会招致的事。于是，这一时的兴起无疑地胜过了他的生意头脑，这在其他关系上，从没给他带来困扰过。她知道自己这番经历的怪异之处，也就不再多做说明。另一方面，她也不是不知道，如果不是和阿梅里戈有如此切身关系，他也只会将它当成一件想到觉得好玩的事罢了。她一面说的时候，他发出了一个很惊人的声音，介于笑声和吼叫之间，那时她正努力说明："喔，他很肯定地告诉我他的理由，是因为他'喜欢'我！"——虽然她一直怀疑，那言外之意是否由于她令人觉得很熟了，或是由于那些看来她非得忍受的事不可。和她做买卖的对方，很渴望再见她一面，干脆就拿这个托词，这也是她很坦白对王子所说的。但她很快就明确知道是欣赏和感激的心意，并没有怠慢或是愤慨的意思。他十分认真，想要退还她一部分的钱，而她全然婉拒接受；接着他说，希望无论如何她尚未将那只水晶钵按照目的送了出去，他觉得很幸运，能听她把买礼物的目的说得这么美好，这么亲切。那东西不能当作礼物送给她喜欢的人，她不会希望送个会带来厄运的礼物。他想到那样——所以心里很不安，现在他告诉她了，心里也觉得好过得多。他觉得羞耻，使她在不知情的状况下做了买卖；因为她如此优雅，如果她愿意原谅他所有的冒昧之处，那么除了那个用途之外，她可以随意使用那只钵。

这件事过后，当然，最奇特的也随即发生了——他指着两张照片，说里面的人他认识，而且更神奇的是，好几年前他之所以会认识他们，也正因为同一个物品。那位女士那一次倒是挺喜欢它的，也拿给那位绅士看，但是他很聪明，又是猜又是推托的，最后坚定地说，这件东西很可疑，他无论如何都不会收下的。这位小个头的男士坦白说，他本人是不会在意他们；但是他不曾忘记他们的谈话或是他们的脸，他们整体留下的印象，以及，假如她真的希望知道，最让他感动的可能就是想到她在不知情的状况下，竟然会对一件别人都嫌弃的东西感兴趣。这件事令他非常惊讶——那是另一回事了——他们竟然也是她的老朋友；他们没再出现过，这是他看到唯一的一次。认出他们来他脸都红了，觉得自己有责任——他坚定地说，太神秘了，这种关联性一定和他心中那股冲动有关，于是他就照着做。她丈夫再次站在她面前，玛吉毫无隐瞒地对他说着这件令人震惊的事，它来得太突然又太激烈。即使当面侃侃而谈，她也尽全力不要泄露自己的心情；但是，她不愿意回答——不要，她不要——她如此激动，那位通报消息的人会怎么想。他随便怎么想都可以——有那么三四分钟的时间，她一个接着一个问题询问他，必定是什么也不在乎了。而他也按照她所希望的，尽可能把仍记得的事说出来。他说得，呵，很开心呢，说到另两位客人彼此的关系，事实上，他肯定他们交往与亲密的程度，即使很谨慎，也令他无法忘怀。他观察着，做判断，然后忘不了；他相信他们都是很好的人，但是，不对，哎呀，不对，他"喜欢"他们的程度不及喜欢王妃夫人，那是一定的。当然啦——那一点她可一点儿都不含糊——他有她的名字和住址，好将杯子和账单送过来。至于其他两人，他也只是臆度一番而已——他很确定他们不会再回来了。他甚至精确地说出他们来店里的日期——因为重要交易都会记在账簿里，几个小时后就记上去了。他离开的时候很高兴，因为他们这次的小交易不是太"公平"，而他能对她做出补偿，却意料之外地给了她这些信息。他很高兴也因为——阿梅里戈也一样会如此！——有个人因素，她和蔼可亲、温和优雅又迷人，自然散发的人情味，不拒人于千里之外，实实在在都令他受到感召。玛吉在心里把全部的事一遍又一遍地想——喔，想想自己是否因为热情和痛苦而有鲁莽的行为，也想想这个可靠的小故事，该怎么把剩下的说完——可有一长串的事要王子苦苦思索。

　　卡斯尔迪安一家人和那些受邀来访的客人离去之后而兰斯女士和卢奇姊妹尚未抵达之前，有三四天的时间，在那期间她了然于胸，自己一定不可以被看透；然后，靠着来自真相的支持，她感受到全部的力量要自己毫无保留地投入，那个真相她在几个晚上之前坦白告诉了范妮·艾辛厄姆。她事先就知道了，也要自己小心，当时房子里还满满都是人；夏洛特对她有些计划，唯有她自己最清楚是什么，只不过在等待比较好的时机，人比较少的时候。玛吉了解，所以这正是为何她希望他们的客人越多越好；确实有那么几个时刻，有计划地加以延宕，逃避的样子与其说是遮遮掩掩，不如说是很刻意，过程里她很焦虑，反复思索着不同的方式——是有两三个可能的方式——她年轻的继母有需要的时候，或许会拿来对付她。阿梅里戈没有把他和太太那一段话"告诉"她，使得玛吉对于夏洛特的心思和情况有了全新的观点——现在这个观点让王妃考虑若干事项，为了理解，为了臆测，甚至，虽然挺矛盾的，有时候是为了某些像是怜悯的东西。她想要发现——她能办得到——他为何没有使这位和他共同犯行的人了解状况，因为这件事与她干系至深，他的用意为何；以及他为了这位确实受到蒙蔽的人本身所做的事，用意又是为何。玛吉可以想象，他对她的用意为何——所有想得到的事情，不管是仅仅"形式上"的事或者是出于真诚的事、同情的事或者是郑重其事：他的用意，譬如说，最主要在于尽全力让这两位女士间的关系在表面上不产生任何变化，否则他的岳父有可能会注意到，然后采取下一步行动。然而，以他们的亲昵关系，他大可随意选择，用比较行得通的方式和夏洛特一起避开这个危险；一个十分热心的警告，其实也就是在没有任何约束的情况下拉起警报，他要坚决强调她处于引发嫌疑的危险中，以及不计代价也要维持外在平静的重要性，这个警告会是最可行的方式。他不是用警告和忠告的方式，反而是要她放心，还欺骗她；所以我们这位小姐从老早开始，因天性使然就非常谨慎小心，以免牺牲了别人，仿佛她觉得生命中的这座大陷阱，主要是为个人的作为而设置，现在她发现自己的念头牢牢地放在曝了光的这一对的情况上，至少会关系到他们的事，至少最倒霉的那个会被牺牲掉。

目前她想都没想过，阿梅里戈会不经考虑就作打算，不管他考虑多少，都只留给她更多空间发挥巧义。事情面临考验的时候，他帮她忙的只是将对待太太的举止外表擦得光鲜亮丽，几乎是太光鲜亮丽了，这些举止是做给一个发出欣羡目光的世界看的；的确简直是在赞颂着负面的外交手法。她对艾辛厄姆太太说，他要保持自己的行为举止正确无误；最严重的是倘若他让它出了错，那情况会变得无法预料。无论她想要做到什么，或是认为什么规定才合适，他毋庸置疑必定遵守，像是对她许下沉默誓言似的，她想到这点就欣喜良久。这种敬畏的感觉令她屏息，即便如此，她仍觉得几乎无所不能。仿佛在极短的时间里，她对他而言，从什么都不是，变成天大地大似的；倘若观察正确的话，仿佛这些日子里他每次转个头、声音里的每个语调可能都只意味着，一个骄傲的男人所能使力的，就是把自己气势削弱得很落魄。玛吉每每处于警戒时，她丈夫的那幅影像隐约地出现她面前，非常巨大，很美，但她惊觉自己的付出太少了。为了要确定——确定那闪耀而出的美感是由谦卑而来，也要确定那谦卑潜藏在他所有表现出来的傲气里——她不惜再付出更多，即便有困难与焦虑也要多付出些，相较之下，她目前所遭遇的简直就像头痛或是下雨天一样地不足为道了。

常常有个想法涌上她的心头，即使情况再复杂，只要她口袋还掏得出东西来，付出多少的限制就不是太大的问题。情况的确很复杂，无论是为了要心机或是为了要有恢宏的气度，只要一想到，夏洛特也只能苦苦挣扎于一些她猜都猜不到的秘密。她惊讶于这些细节，而笃定的感觉更是一次次地令她心底，更为踏实并增添色彩，这着实很奇怪。譬如说有个问题，阿梅里戈是如何临时抓到机会商讨一番，拿些错误的解释打发那个心神不宁的人，应付她若干特定的质疑，然后又逃避——如果他真的那么做！——她若干特定的要求。就算玛吉如此相信，夏洛特只能等着某个机会，测试一下她情人的太太，看看自己是否有麻烦了，玛吉依旧感觉到镀了金的铁丝和受伤的翅膀，一只悬挂着的笼子，宽敞但永难安宁的家，她在里面踱步、拍动翅膀或是用力摇晃都没有用，最后终将溃却消散于自己徒劳的意识中。笼子意味着受到哄骗的情况，而玛吉也已经知道何谓哄骗——当然啦！——了解笼子的本质为何。她在夏洛特的笼子周围走着——走得小心翼翼，圈子绕得非常大。不得不沟通的时候，她觉得自己相较之下待得比较外面一些，也处于大自然之中：她看到她同伴的脸好像囚犯一般，从铁栅栏之间望了出来。她觉得夏洛特最后坚强地一搏想穿越栅栏，那些栅栏重重镀了金，谨慎又牢靠地固定着；王妃起初本能地往后退，仿佛笼子的门突然间从里面开启了。

第 二 章

那个傍晚他们单独在一起——一群六个人，而其中四人在晚餐后提了个让人无法拒绝的建议，于是在吸烟室里坐下来，玩起"桥牌"了。从餐桌上起身之后，一行人就一块儿往那儿走去，夏洛特和艾辛厄姆太太对于抽烟总是宽宏大量，事实上努力效尤。范妮说，上校担心她偷了他的雪茄，所以下了禁止令，因此她顶多只能抽抽短柄烟斗。牌戏很快就熟门熟路地玩起来，照以往牌搭子也常是魏维尔先生和艾辛厄姆太太一组，王子和魏维尔太太一组。上校向玛吉告退，因为他得写几封信，赶着明天最早的一批邮件寄出，所以他坐在房间的另一头做自己的事。王妃自己倒是挺喜欢这比较静谧的时刻——几个玩桥牌的都很认真而且沉默——跟一位疲惫的女演员心境一致，很幸运地能"离"场一下退居幕后，其他的同伴们仍在台上，时间久到几乎足以在厢房的道具沙发上打个盹儿。就算她有办法抓住片刻时间，玛吉打的盹儿也只是精神上的，不是睡觉的感觉；可是，等她靠近一盏灯坐下来，手上拿本最新的淡橙色的法国杂志，她依然无法稍稍啜饮单独自处的滋味，好让自己恢复精神。

她发现要闭上眼睛或者是离开，都不成问题。周遭一片寂静，她的双眼回到生活中，从她那本评论杂志的上方望过去，书页里充满高超又精炼的评论，但是她一篇都看不下去。她人在那里，她的同伴们也在那里，再次地在那里的感觉更甚以往。突然间，似乎因为他们个人的紧张，以及他们之间很少见却又复杂的关系，她又开始觉得他们烦扰不休。这是第一次，傍晚没有其他人在那里。兰斯女士和卢奇姊妹明天才会来。现在围绕着绿色桌布和银制大烛台，是几个她要面对的事实：事实就是她父亲太太的情人，正面对着他的情妇；事实就是她父亲坐在他们中间，一言不发，动也不动；事实就是夏洛特仍旧维持着局面，越过桌面，维持着每件事，而且她丈夫就坐在旁边；事实就是范妮·艾辛厄姆，这个神奇的人呀，坐在另外三个对面，可以这么说，恐怕她对每个人所知道的，要多过于任何一个人对其他人的了解。矗立在她面前最讽刺的事实，是整个团体与她的关系，不管是个人或是集体——此时她看似隐身而退，但每个人对她的关注，想必比下一张要打出来的牌还更多。

没错，她觉得他们坐在那儿，心头上却压着个那个念头——表面上单纯的牌戏，牌桌下和背后都在臆测着她是否真的没有从她坐的角落里看着他们，并且心思重重地把他们掌握在手中，可以这么说。最后她心里想他们怎么受得了——虽然她对牌戏一窍不通，搞不清楚下一步要打什么牌，所以这种场合她总是告退，但是她觉得牌戏似乎和这座房子僵化的标准，就严肃和合宜这两方面来说，颇为相符。她知道，她父亲是个中高手，最厉害的高手之一——而她的愚蠢，一直是他唯一的小小无奈。阿梅里戈很快就精通此道，每一种可以大量消磨时间的技艺他都知道也勤加练习；再者，艾辛厄姆太太和夏洛特则被列为女性中的"好手"，虽然女性在这方面常被认为较弱。因此，很明显地不管是为了她或是他们自己，就算是按照他们寻常的形式，也不只是玩玩而已；表面上这种彻底的征服所意涵的享受，或至少是获得保障的感觉，就带着某种刺激的力量，令她烦躁不安。她坐着离他们很近，想做什么就做什么，这个念头好惊人，让她高兴了五分钟之久；她觉得，如果她有那么点儿不一样——啊，很不一样！——那所有的这些繁文缛节也就悬于一线岌岌可危了。这些眩晕的时刻里，她的脑子被那个惊骇又令人陶醉的想法所盘踞，那恐怖的可能性好诱人，它的突然爆发我们倒是常常有迹可循，以免它更进一步发展，无来由地就退却和做出反应。

因为倍觉委屈，她使得他们也都战战兢兢，瞪着眼，脸色发白，此画面在她眼前栩栩如生一会儿之后，她一句话就可以探知他们的命运，从数个可怕的句子里随便挑一句出来就行了——她觉得强烈的光芒令她目眩，等转为黑暗的时候，她从坐的地方起身，杂志放在一旁，慢慢绕着房间走，靠近那几个玩牌的人，然后轮流在每张椅子后面停一下子。她安安静静又细心周到，脸庞没什么表情但挺温和的，对着他们稍稍往前倾，仿佛在说虽然不晓得他们在干什么，她希望大家都能尽兴。然后，在一贯的肃穆气氛中，她将坐在桌子对面每个人的神情记在心里，也有了更高的体悟，几分钟后，她带着这份体悟到外面的露台。她父亲和她丈夫、艾辛厄姆太太和夏洛特，都只是和她四目相接；然而，每个人的表现造就了各自不同的管道——每张脸后面都藏着秘密，他们都通过那一点来看着她，然后又接着否认，真是神奇。

她一面漫步走着，一面心里觉得好奇怪——那四对看着她的眼睛有着前所未有的力量，是一种请求，也很有自信；任何否定都比不上那力量的深沉，似乎在为每个人说话，希望她能想想法子把关系弄好，把和她的关系弄好，这么一来，就可免除个人和其他人的关系陷于危险，也可免除当前真正的紧张压力。他们心照不宣地把他们自己危机中的整个复杂状况交代给她处理，而她很快就看出原因为何：因为她人就在那儿，一如她人正在那儿，举起压在他们身上的重担，然后承受它；像古时候的代罪羔羊一样使自己承担着，她曾见过一幅可怕的图画，他承担起人们的罪孽走进沙漠，被重担压垮然后死亡。她竟然被自己的重担压垮，那当然不是他们的用意，对他们也没有益处；他们不会觉得她竟然日子过不下去，她总要为了他们的福祉生活下去，甚至要尽可能地与他们为伴，不断向他们证明，真的已经逃过一劫了，而她会一直在那儿，好让一切变得简单轻松。她在露台徘徊着，夏夜非常温和，几乎不需要围上那条随手带出来的披巾，她脑子里牢牢地想着自己让一切变得简单，想着他们牵扯挣扎的状况，虽然模糊不清，却又持续增长着，觉得她会将它从他们身上接手过去。他们待的几个房间有好几扇长形的窗户敞开着，一道道朦胧的灯光从里面透出来，照在平滑的旧石子路上。这时候既没月亮也没星星，空气沉重，一点风也没有——这就是为什么，她就算只穿着晚宴服也不必担心受凉，也才能走进外头的黑暗里，远离那曾突袭过她、令人愤怒的事，要是她在里面坐在沙发上，它可能会像只野兽，跳起来扑向她的喉咙。

她在那儿待了一会儿时间，然后从其中的一扇窗户看着同伴们，好像他们真的知道比较安全了，谢天谢地，那个样子真是怪极了。他们简直就像——在那个美丽的房间里，他们看起来真是迷人，夏洛特当然一直是很出色又很俊美，非常与众不同——他们简直像是演员，排演着某出戏，而她本人正是作者；因为他们能保持着幸福的外表，各自都像有强烈特色的演员，特别是他们自己的戏剧细胞，保证让任何作者都觉得会叫好又叫座。简言之，他们愿意演出任何神秘的故事，而解谜的关键钥匙，连弹簧啪嗒声响都没有就能旋紧或开启的那把钥匙，就放在她的口袋里——或者说，此次的危机里，钥匙无疑地抓在自己手里，她一面来回踱步，一面将钥匙紧压在她的胸口上。她走到最尾端，远远离开灯火光亮处；她走回来，看到其他人仍留在原地；她绕着屋子走，看到客厅里仍亮着灯，但已经空无一人，反倒更像是用它自己的声音，诉说着所有的可能性都由她所控制。再次像舞台一般，宽敞又华丽，等着戏上演，那一幕戏里，只要轻压她的弹簧，台上就会有人，不管是要沉着、庄重又体面的，或是恐怖、羞辱又崩毁的事，如同她努力拾起的那几块已经变了形的金钵碎片一样丑陋的事。

她一直走着，也时时停下脚步。她又止步看了看吸烟室，而此时——宛如认出这一景似的，紧紧吸引着她——她好像在看一幅画，其中曾诱惑她、让她逃开的，已经绝迹了，那是为何她一开始没有任由她的委屈放肆地发怒。她看着他们，觉得有可能错失了，再也找不回来；觉得自己有可能一直渴望着要直接报复，有憎恶的权利，发出嫉妒的愤怒，表达激烈的抗议，尤其因为自己被欺骗了：对很多女人来说，这一长串的感觉事关重大，但是对于她丈夫的妻子，对于她父亲的女儿，却像是看到一列奔驰的东部列车，慢慢进入视力范围，阳光下它们的颜色很粗犷，汽笛发出凶猛的声音，像长矛高高抵着天际，一切都让人兴奋不已，一种自然心生的喜悦，但是在靠近她的时候，突然转弯，往其他山间隧道疾驶而去。她了解为什么总是恐惧得不能自己；这种恐惧在事先就有预兆，以她的看法，那会使每件事变得只要不符合原来她所熟悉的，就痛苦大叫；她原本以为恐惧只在良善之处，却发现邪恶一派安逸地稳稳坐着；她恐惧有骇人的事躲在背后，躲在这么多的信任背后，这么多的虚情假意，这么多的高尚尊贵，这么多的聪敏机智，这么多的温柔体贴。不管是她触及这类事或是别人对她如此，她这辈子第一次知道让人痛心的谎言；好像周日午后在一间安静的房子里，走道铺着厚厚的地毯，突然遇见某个脸色很难看的陌生人，吓了一跳；然而，没错，好令人惊奇，她看的时候既害怕又讨厌，只知道尽管这种新鲜感让她感到苦乐参半，但不得沉溺于其中。从窗户看到那一群人组成的样子告诉了她为什么，告诉了她该怎么做，好像用坚定的双唇说了个名字给她，直接对她说了名字，如此一来，她就得全盘面对此事，也因为全部的事实一股脑儿地要她承担，所以其他衍生出来的关系也如法炮制。真是太不寻常了：他们确实使她理解到，如果用的是立即式的反应，用的是按照惯例又可满足自己的方式来感受他们，就等于是弃他们不顾，而弃他们不顾可是件难以想象的事，真是妙啊；因为那些方式通常是被激怒的无辜者以及遭到背叛的慷慨者才会用的。自从第一时间确实知情，她就未曾弃他们不顾，此刻尤甚；虽然无疑地就算有可能，但过了几分钟之后她所采取的步骤，更显示出没有这种想法。她又开始走着——这里停一下，那里停一下，靠在平滑又清凉的石头栏杆上休息，让事情更清楚些；她一面想着，又过一会儿之后，再次经过空荡荡客厅所照出来的灯光，又停了下来看一看，感受一下。

并没有立刻出现很具体的感觉；但她很快地看出来夏洛特在房间里，她冲进来在中央站得笔直，环顾四周；她应该是刚下牌桌，从其中一条走道绕进来——按照大家所料想的要和她继女在一起。她一看到这个大房间里没人就停住脚步——玛吉离开那一群人，可不是等着被仔细观察。太清楚了，她是要来找她的，打桥牌也因此中断或是有了变化，王妃觉得备受袭击；而夏洛特态度和表情里的某些东西，那种突然停下追逐的脚步和若有所图的样子，再加上她接下来难以捉摸的动作，意思很快就明朗了。这个意思就是，她以前就极度清楚玛吉人在哪里，现在她也知道自己总会找到她一个人待着，她为了某种理由想找她，此念头之强烈让她决定找鲍勃·艾辛厄姆来帮忙。他补了她的位子好让她离开，这样的安排玛吉认为实实在在证明了她很心急，事实上也证明有一股能量，虽然在一般寻常的情况里，人们不会这样盯着彼此看，但我们这位小姐当场就为之震慑，因为这是一股突破栏栅约束的力道。这位外表亮丽、姿态柔软的人儿，出了笼子随意走着；现在浮现一个挺怪异的问题，有没有什么办法可以在她往别处去之前，就在她目前所在地将她围住免得跑掉。这种情况只要一下子工夫，很快关上窗子并发出警讯——可怜的玛吉只能凭感觉，虽然不知道她为何找她，但是对一个恐慌的人来说，这些手抓到什么都不会放开，知道这样也就够了：随之而来的更不必提了，一位被激怒的妻子再次沿着露台逃走，甚至耻于自己的脆弱而逃避着。尽管如此，这位被激怒的妻子现在好脆弱。最能形容她的状况就是，等她终于能站得远远地停住不动，她觉得无论如何不要再如此可怜兮兮的，她不要偷偷摸摸走另一条路好安全地回到房间。她简直就是当场活逮自己正在闪躲逃避，这是当头棒喝，活脱脱地说白了她这一路最害怕的是什么。

　　她害怕和夏洛特的谈话中，会使她父亲的妻子，决定对他掏心掏肺无所不谈，这是她仍做不到的，好让他心里有所准备，将听到她诉说委屈，也将她摆明受到怀疑的不名誉事件，整个摊在他面前。要是她铁了心这么做，也是经过精心算计，其他可能性以及想象的画面会因此而接着出现。她看起来是充分相信自己已经掌握了丈夫，才会这么有把握；他女儿采取守势，玛吉的理由、玛吉的话语，终究都是要拿来反驳她，玛吉说的可不一定会胜出。她脑中的想法在眼前一闪，全是基于自己的理由，由经验和自身把握而来的理由，除了她自己很熟悉之外，旁人并无从探知——才这么一眼，就已经宽阔地出现在视野中。假如此事已经牢不可破地存于那一对长辈之间，又假如这美丽的表象一直受到持续地维护着，那么破掉的仅仅是那只金钵，玛吉自己清楚。破碎所代表的并不是那三个得意的人之间有什么心烦意乱——它代表的只是她对他们的态度已经可怕地变形了。她此刻当然还无法完全度量出改变有多大，但是，倘若她不够谨慎，没能令夏洛特那嘲讽人的心思满意到那个程度，包括没说出口的、说不出口的，以及不断清楚暗示着的，那么，她父亲会被请出来，无须大张旗鼓就要她照办。这个影像留在她面前让人焦虑不已，甩都甩不掉。魏维尔太太天生足智多谋，任何自信、任何潜在的傲慢，她应该会继续拥有它们并储备起来以应付不时之需；但它们突然闪着微光告诉玛吉是可行的，似乎提供了一个新的基础、某个类似新的规律。下一刻钟等她一想清楚，可能非要那个新的规律不可的时候，玛吉真的感到她的心罕见地纠结了一阵——而且在得知她害怕的事已经发生了之前，恐怕她早已几乎照着那套规律做了。夏洛特扩大她的搜寻，隐约认得出站在远处的她；过了一会儿，王妃就确定了；因为虽然夜色很浓，但是吸烟室窗户投射出来的清晰灯光，很快地帮上了忙。她朋友慢慢地走进那块环状区域——她自己现在也很清楚地发现玛吉人在露台上。玛吉在另一头，看着她在其中一扇窗户停下来，瞧了瞧里面那群人，然后看着她走得更近一点，又停下脚步，两人中间还隔得挺远的。

没错，夏洛特看到她正从远处盯着她，现在她停下脚步，看看她是否真的在注意着。她的脸庞透过夜色紧盯着她不动；她就是那个奋力从笼子里逃脱的人；然而，即使如此昏暗也看得出来，她全身的动作都明确显示，就算处于静止状态仍是充满机敏，颇令人震慑。她逃出来是有用意的，用意越是肯定就越是显得安静。无论如何，一开始的几分钟这两个女子只是在原地徘徊，隔着中间的距离两两相望，没有任何动静；他们互相看着对方，气氛紧张得足以刺穿夜色，玛吉最后因为害怕而先开口，害怕自己会屈服于怀疑、畏惧和踌躇，短时间内恐怕就能让她暴露心思，连其他什么证据都不需要了。她驻足凝望已经多久的时间了？……一分钟或是五分钟？不管怎样都够久了，足以觉得自己从这位到访的人全然接收到某种东西，那是后者抛过来给她的，由不得她说不，这种结果靠的是静默无语，靠的是等待与观察，靠的是度量她的犹疑不决和恐惧的时间长短，实在大胆至极。一看就知道她害怕又裹足不前，假使她因此放弃了过去所有的伪装，那应该马上就知道获得极大的优势，因为夏洛特终于看到她走过来。玛吉走过来，战战兢兢；她走过来，已经确定可预见的事，心脏跳动得像手表的嘀嗒声，像是命中注定要发生的，无法转圜又极其煎熬，但是，她睁大眼睛看看之后，也只能低头承受。就这样她来到同伴的身侧，而此时夏洛特没有任何动作，没说一个字，只是让她靠近，然后站在那里，她的头已经放在板子上了，只知道每件事都变得模糊不清，连斧头有没有落下来也不知道。啊，那"优势"呀，魏维尔太太真的具足了。玛吉觉得自己断了一半的颈项往后一折，甩到她的背上，而她无助的脸庞往上看着，除此之外，还有什么感觉呢？只有那个姿态能说明，为何脸上有虚弱与痛苦的扭曲表情，尤其相较于夏洛特尊贵的气势。

"我来和你在一起——我想你人在这里。"

"喔，是呀，我在这里。"玛吉听见自己回答的声音不甚热络。

"屋子里太闷了。"

"真的很闷——不过，连这里也挺闷的。"夏洛特仍然动也不动，一脸严肃——她甚至还提了有关气温的事，语气之沉重，简直是一派肃穆；所以玛吉也只能茫然地看着天空，感觉她要贯彻目标。"空气好凝重，像要打雷一样——我觉得有暴风雨要来了。"她这么猜测，想化解一下尴尬的气氛——这向来能令她同伴获益；但是，随之而来的静默并没能减少尴尬的气氛。夏洛特什么也没回答；她的神色好阴沉，表情木然；透过幽暗的夜色，她高贵优雅的姿态、俊美的头、又长又直的颈项，看起来好挺拔，十足证明由内在散发出的尊贵，无以复加。她走出来要做的事仿佛已经开始了，也因此，玛吉无助地说着"你要不要加件衣服？要不要我的披巾？"这类致敬的话相较之下显得乏善可陈，所有的事都成不了气候。魏维尔太太拒绝了，此举简短地说明她们到这里不是来闲聊的，就像她严肃暗沉的脸色一样，直到她们又开始走动，才稍见缓和；那个脸色也表示出她看着自己所有的信息，没遇着阻碍全都成功地传递出去。她们很快地沿着她走过来的原路回去，但是等走到吸烟室外的窗户范围里的时候，她又要玛吉停下来站着，前方是那群打牌的人。她们肩并肩站了三分钟之久，牢牢地看着这幅安静又和谐的画面，真令人迷醉，此外，可以这么说，它整体所呈现出来的重大意义——这会儿玛吉意识到，那毕竟不过是在诠释某件事而已，不同的诠释者各有不同的解读。一如十五分钟之前，她自己在此处徘徊就已经见到这幅光景，这应该是她要给夏洛特看的才是——充满理直气壮的讽刺以及责备给她看，因为太严厉了也只能沉默以对。但现在竟然是别人要她来看，而且是夏洛特要她看；她立刻心知肚明，因为是夏洛特要她看的，所以目前她也只得顺从地接受了。

其他人都很专心，没意识到什么，要么安静地打着牌，要么时不时地说点话，但露台上听不到。女儿心里只有父亲那张安静的脸，看不出任何表情，我们这位小姐的心思几乎全在上面。他太太和女儿都紧盯着他看，她们两人之中的哪一个会告诉他这件事呢？他会对她们两人之中的哪一个，不由自主地抬起双眼示意呢？她们两人之中的哪一个又是他觉得最重要的，所以任何造成不安的源头——他可是紧紧抓住这份平静不放——都得加以摧毁呢？自从他结婚以来，玛吉未曾像此刻这样如此激烈又难以自持地感受到，他好像某个她拥有了很久的东西，却要被瓜分掉，要去争取。得经过夏洛特的批准，得到夏洛特的指示，她才能看着他；事实上，仿佛她是被规定着要用这特别的方式才能看他；甚至仿佛是有人挑衅她试用其他方式看他吧。她也想到，可以这么说，如此的挑战对他没有益处，也无法保护他；但是，夏洛特的挑战很压迫人，不肯松手，是为了她的安稳而不计任何代价。她大可经由这种不发一语的表达方式，告诉玛吉代价为何，用问句的方式告诉玛吉本人，给个数字好让她去筹一筹钱。她一定得安全无虞，而玛吉一定得照付才行——至于要付什么，那是她自己的事。

王妃感觉此事压在她身上，比以往更加直接，有一分钟的时间，只是个非凡的瞬间，她心中燃烧着无法抑制的渴望，好希望她父亲能抬起头看看。这几秒钟心跳得好厉害，像是对他殷殷切切地请求着——她要冒这个险，也就是说，看他是否会抬起眼睛，望过一大段空间，瞧见她们俩在外面暗处一块儿站着。然后这幅景象可能令他有所感触，但也没想太多；他可能打个手势——她几乎不知道会是什么——那就足以拯救她了；将她从必须全部付出的状况给拯救出来。他可能会选择比较喜欢的——在两人之间有所区分；可能出于同情她给她所发出的信号，因为她为了他卖力到了极限，远超出他所要求。那代表玛吉有点儿前后不一致——那是她计划中所有步骤里唯一小小的走偏锋。到了下一刻，什么事都没发生，因为这位亲爱的男子，眼睛动也不动，而夏洛特的手很快地穿过她的手臂，把她拉得非常紧——好像突然间，她那方面也同样感受到，她们想沟通的事方法不止一个。她们又开始沿着露台走完剩下的那一段距离，在房子的转角处弯过去，一下子就并肩走到其他的窗户，那是华丽客厅的窗户，依然亮着灯，也依然空无一人。夏洛特在这里又停下脚步，然后再次地指给玛吉看看她刚才自己所观察到的东西；这个地方一片寂静，外观鲜明，所有的贵重物品都摆得很有秩序又和谐，好像一间正式的接待室，用来开高级会议，商议某些实际的国家大事。有了这个机会，玛吉再次面对她的同伴；她在夏洛特身上寻找着蛛丝马迹，所有那些后者已经传递的东西；夏洛特还表示出一种成功的意味，她的想法都完全到位了，即使有露台加上这个郁闷的夜晚作见证都嫌不足。很快到了房间里，古老威尼斯的光辉照耀中，有好几幅伟大的肖像画挂在丰司的墙上，等着最后辽远的迁徙，在画中人物的目光注视下——玛吉很快发现自己瞪着眼，看着累积起来的总和，一开始简直太让人喘不过气来了，那是魏维尔太太迄今一件件加之于她身上的个别要求，不管她是怎么办到的，现在全部归拢到了一处。

"我一直在等——等的时间之久，恐怕你不会相信，想问你个问题，只是我好像找不到比这次更好的机会。如果你给我有一点点感觉你肯给我个机会，那么事情可能会容易些。我看到有机会了，你知道的，所以我现在得抓住才行。"她们站在这间极为宽广的房间正中央，而玛吉感觉得出，二十分钟之前她在脑中想象的那一幕生活场景，此时加入人员给补足了。这寥寥几个字说得直接，搭配这幕场景达到极致的效果，她被要求扮演的角色参与其中，全上了心头，没一样漏掉。夏洛特迈开步子直接走进来，后面拖着长长的裙摆；她挺拔地站在那里，漂亮又自在，整体外观和行动非常搭配她说话时坚定的语气。玛吉一直拿着刚才带出去的披巾，因为很紧张所以把它捏得紧紧的；她裹着披巾，仿佛想把自己缩在里面寻求庇护，也仿佛想把自己盖起来，好显得谦卑似的。她往外看的样子，好像戴着临时拿来的帽兜儿似的——宛如站在显赫人家门口的某个贫穷女人，帽兜儿是她头上唯一的装饰；她连等待的样子都像那个贫穷女人；她从她朋友的眼中认出这些画面，无法忍住不看。她尽量把话说得像是"那么，是什么问题呢？"她从头到脚、心中的每件事情全挤在一起想问夏洛特，她知道的。她知道得太清楚了——她在故作姿态；所以说，成功地不把话说白就已经注定了要失败，只不过眼看着挫败将临，给她的尊严留点儿面子；如果可能，所剩的一件事就是无论如何，都要尽力看起来好像她并不害怕，尽管那不太要紧，也挺蠢的。要是她能表现得一点儿都不害怕，那么或许她也可以稍微表现得没那么羞耻——会怕并不羞耻，那种耻辱才会牢牢套在她身上，就是因为她一直心存恐惧才会促使她整个行动。不管如何，她面临的挑战、臆测、惊骇——她表现出那副难以解读的模糊外表，管它是什么——全都混在一起，不再有明确的意义；优势已经累积，夏洛特接下来说的话本身，也几乎没法再往上添加了。"你对我有任何不满吗？有没有什么委屈你认为是我造成的？我觉得自己终究有权利来问问你。"

面对这个问题，她们互相看着，看了好久；玛吉起码要避免因为转开眼睛而丢脸。"你怎么会想问呢？"

"我当然很想知道。已经很久了，你这样没什么道理。"

玛吉等了一会儿。"很久了？你是说，你已经想了……"

"我是说，亲爱的，我已经看很久了。我看了一星期又一星期的，你好像在想……某件使你搞不清楚或是烦心的事。有什么是我要负起任何责任呢？"

玛吉鼓起所有的勇气。"那到底应该是什么呢？"

"唉，那我可想不出来呀，要是我非说不可，那我会很难过！我不知道我有哪一点让你失望了，"夏洛特说，"也不知道我在哪个地方，让哪一个我认为你在意的人感到失望。我觉得好焦虑，要是我不知情地犯了什么错，你可要老老实实告诉我。如果我说的有哪里弄错——我认为你对我的态度，整个都不一样了，而且越来越明显——哎，讲明白了更好。如果你要我改正，那会使我心满意足，没什么比这更好。"

她同伴觉得，她说话的样子愈发显得自在，颇为奇特；好像听到自己这么说，再加上看到别人倾听的样子，可以使她一步步更为顺畅。她了解自己是对的——这是她说话要用的语气和她要做的事，这件事在那段延宕和不确定的期间，很可能她已经提前夸大其困难度。困难并不大，就在她的对手缩得越来越小之时，困难也跟着越来越少了；她不仅随心所欲，而且此时也已经麻利地完成，停了下来。一切只加深了玛吉的感觉，有个非常激烈又简单的需求要看着她撑完全局。"你是说，如果你弄错了？"王妃几乎没什么结巴，"你已经弄错了。"

夏洛特看着她的样子很严厉，很有气势。"你完全确定，都是我弄错了？"

"我能说的就是，你看错了。"

"哎呀——那可是更好了！打从我看到那一刻开始，我就知道早晚我得说说这件事——因为你知道的，我做事一向如此。而现在，"夏洛特补了一句，"你让我很高兴自己说了。我太感激你了。"

怪的是，对玛吉而言，困难怎么也随之没入无踪。她同伴接受了她的否认，宛如共同立下誓言不让她的事情变得更糟，原本是一定会很糟的；这可大大地帮助她筑起虚伪的假象——这么一来，她又添了块砖头上去。"很明显，我是让你不太舒服——挺意外的——是哪方面我一直都不知道。我从来都没有觉得，你委屈我了。"

"我哪可能和这沾上边呢？"夏洛特问。

玛吉现在看着她，已经比较没那么难了，她并没有想说什么。过了一会儿，她才说了一点点有关的话。"我责怪你……我什么也没责怪你呀。"

"啊，那太好了！"

夏洛特说话的语气感情丰富，简直是一派欢乐；玛吉必须努力想着阿梅里戈，才得以继续下去——想着他那边是如何经历这番对她扯谎的过程，他是如何为了自己太太而这么做，以及他这么做是如何给了她线索，也给她立下榜样。这一点，他铁定有他自己的难处，而她毕竟也没有他好过。事实上这要归因于，她心中萦绕着他与这位令人欣羡的人儿对峙的影像，连她在遭到对峙的时候也是，因此，就像一道深沉的光从远方照亮了她，那光线照得又直又强，足以解释厘清一切，将最后一寸的幽暗之地都照亮了。他给了她某些东西要她照着做，她没有傻乎乎地反对他，没有不照他的意思做，没有像他说的把他"摆了一道"。他们是一起的，他和她，非常、非常亲近地在一起——夏洛特虽然高高在上、容光焕发地在她面前，但是在某些黑暗的地方依旧落了一截，她会因此陷于孤立，也因为担心而烦扰不已。所以王妃尽管尊严抱屈，但心情高涨了起来。她一直保持在道义这一方，可确定的是可能很快地，她就会从中得到某个东西，像一朵花，摘自不可能攀爬的岩架。道义呀，道义——没错，它要一路到底穿着这件哄骗人的奇特外袍，她如是称呼。问题不过是有可能，于毫发之间偏往真相之途。她鼓起无可比拟的勇气。"你务必要相信我，你的焦虑是误会一场。你务必要相信我，我从来没有想过你会让我难受。"真是神奇啊，她就这么源源地说下去——不仅说下去，也越说越好。"你务必要相信我，一想到你，我只认为你好美丽、令人赞叹而且善良。我认为那些就是你想要的。"

夏洛特停得有点久：她需要最后那两个字——但又不能表现得不够圆滑。"亲爱的，我做梦都没想要那么多。我只想要你说没有就好。"

"那可好，你听到了。"

"你是当真？"

"我是当真。"

我们这位小姐甚至没有转身离开，以示强调。她紧抓着披巾的手已经松开——她让它掉在后头了；但她依然站在那儿，一面看看有否更多其他的事，也等着心上的重担减轻。一有此心念，她很快就了解有更多东西要出现了。她在夏洛特的脸上看到它，觉得它在她们两人之间、在周遭，产生一股寒意，为她们冷酷地睁眼说的瞎话做了完结。"为了这样要亲我一下吗？"

她没办法说要，但她也没说不要。她利用顺从的态度来揣度夏洛特已经撤退了多远。但就在她脸颊受到夸张的一吻时，有些东西不同了，她有机会了——她看到其他人已经从牌桌上起身，来加入缺席的那两人，他们走到房间的尾端，门是开着的，这幕等在那儿的景象令他们大受震撼，停下脚步。她丈夫和父亲走在前面，而夏洛特拥抱着她——或是她拥抱着夏洛特，她觉得她们自己也分不清——没有放开，等他们一到，此景大肆地公开示众。

第 三 章

　　三天后有个平静的空当,她父亲问她感觉如何,因为现在人可更多了,多蒂、基蒂,以及一度挺难缠的兰斯女士都再度回来了;这一问的结果使得这对父女一起离开那群人,出门散步进了公园,跟上次这些挺容易激动的老朋友来做客一样,他们觉得有需要出来走走——那时候他们在其中一棵大树下,坐在一处隐蔽的长凳上谈了许久,他们谈着那个刚浮现的特别问题,傻傻地讨论,后来玛吉在闲暇开心的时候,习惯称呼那是他们目前状态所踏出的"第一步"。时间像风车旋转,把他们带回原来的地方,其他人在露台上一起饮茶,他们则是彼此面对面,让那股同样奇怪的冲动念头,静静地"溜走"——他们一面前进,亚当·魏维尔自己就一面这么讲,好熟悉的说法——和以往做法一样;这么做是为了那很久以前的秋日午后,也为了这次安然度过危机所带来的激烈感觉。现在想想可能怪得好笑,因为当时他们焦虑和审慎的态度,连对兰斯女士和卢奇姊妹都造成危机感——虽然若干征候在那个时间都尚未成形;可能是怪得好笑吧,他们把这几位女士想象成危险的象征,活灵活现的,让他们着急地寻找解决方案呢。他们的确会从自己的真实印象里面找些消遣和协助;就玛吉的看法,他们过去好几个月,都在找个可以聊聊以便舒展心情的话题,又能有点儿刺激感,等他们见面之时能聊聊那些他们不会真的想到也不会真的在意的人,他们的生活几乎已经开始挤满了那些人;但是现在他们又很亲近了,围绕着他们过往的残影,他们开始叙说这三位女士,譬如说,比起卡斯尔迪安那家人在的时候,他们更能开心地享受这个话题。相较之下,卡斯尔迪安夫妇是比较新的玩笑话,所以他们得——玛吉总这么认为——学着习惯它才行;有关底特律和普罗维登司[①]的

[①] 普罗维登司(Providence)是罗得岛的首府,也是美国历史上最早建立的城市之一。

宴会是老话题，最有得聊，因为立刻让人想到底特律和普罗维登司那两个地方，可以一路幽默地谈下去，无须担心。

他们几乎要坦承自己忽然间非常渴望这个午后，一起稍微放松一下感受了很久的压力，虽然从未说出口；无须在意谁又肩靠肩、手牵手说什么话，给每对眼睛都放松休息一下，渴望能够——确实让人好疲乏，哪还有别的？——合上眼，免得被另一对眼睛侦察到崩溃的样子。简言之，他们心里真的再次感受到幸福快乐，单纯的就是女儿和父亲在一块儿，即使只有半个钟头，随便找个借口很容易就办到了。在别人眼里，他们一个为人夫，一个为人妻——啊，固不可移的身份啊！但是等他们在以前的长凳上坐下来之后，也发觉露台上的那群人，因为有邻居的加入和过去一样多，就算少了他们俩，仍然进行得很美妙；挺神奇的，好像他们一起上了某艘小船，划呀划地驶离岸上那群丈夫和妻子，以及一大堆的纠葛，连空气都变得太酷热。在船上他们是父亲和女儿，而可怜的多蒂和基蒂的情况，就成了船桨或船帆，不虞匮乏。再说，就此而言——玛吉这么想——只要依旧生活在一起，为什么他们不能永远住在一条船上呢？她脸上感受到一丝气息回答着她的问题，她情绪也因为这个可能性而和缓下来；从今以后他们只要知道，彼此仍处于未婚的关系即可。在同样地方、那另一个甜美的傍晚时光，他也是尽可能地保持在未婚状态——这么说吧，那使得他们的境况中的变化，不至于太明显。那么，目前这个甜美的傍晚时光，会和另一个甜美的傍晚时光相似；因为颇为期待，所以内心又打起十足的精神来。毕竟，不管发生什么事，他们总能永远地拥有彼此；彼此——那是隐藏的珍宝，保留的真相——会一起做的，全都相符一点不差：充满各种可能，源源不断。因此谁又知道，结局来临之前，他们有什么做不出来的？

七月的午后接近六点，浓密的肯特郡森林周围一片金光，他们此时正一起谈着她的昔日玩伴们，长大后在社会的发展，其中有数个特点；还知道消息的，有的好像因为没有达到理想，回去隔海的老家要重新恢复士气、财务以及可供应酬的——简直不晓得要怎么称呼才是——全套装备，然后再次现身，永远像是一族流浪的犹太女人。我们这一对终于把这些人物的动态记录都研究完毕——连动物也在内吧——玛吉过了一会儿之后，提了另一件事，或者说，一件刚开始看不出有立即关联性的事。"您刚才是不是觉得我挺好笑的——那时候我在猜其他人挣扎奋斗，求的是什么呢？您是否觉得我挺愚昧的？"她问的样子颇为急切。

"愚昧？"他好像糊涂了。

"我是说，我们好幸福，无与伦比——好像站得高高的往下看似的。或者说，我们整个的状况无与伦比——那是我的意思。"她说话时有种习惯，好像心中感到焦虑似的——有些事使得她与别人沟通往来时，常常要确保自己心灵的"记账簿"收支平衡。"因为我一点儿都不想，"她解释着，"在交际应酬时显得盲目无知或是高高在上。"她父亲听着此番严肃的宣告，仿佛她表露出的慈悲心肠、小心翼翼的样子，依然能让他很吃惊似的——更别提有多么细腻美好与迷人了；他大可以等着看看接下去她会到什么程度，他觉得十分感动。但是她等了一下——好像感觉出来，他太把全部精神放在她说的话上面，令她挺紧张的。他们避开严肃的话题，不安地远离一些真实状况，一次次地回到以前在同样的这个避难所一起谈过的话，好像要掩饰他们的战战兢兢似的。"您可还记得，"她继续说，"他们还没来这里之前，我是怎么对您说的，说我不是很确定，我们自己就能拥有那个东西？"

他尽力而为。"你是指交际应酬吗？"

"是呀——范妮·艾辛厄姆是第一个跟我说的，按照我们过日子的这种速度，我们永远都不会有。"

"就是那样才要夏洛特担起我们，是吧？"喔，是呀，他们常提及，所以他很快就记起来了。

玛吉又停顿了一下——她知道他现在不必皱着脸也能肯定与承认，他们在危急时刻是夏洛特"担起"他们。仿佛认清这一点是他们之间反复推敲所得的结论，这是使他们得以诚实地看待自己成功的基础。"嗯，"她继续说，"我回想着我对基蒂和多蒂的感觉，就算那时候我们已经很'固定'了,或者随便您说我们现在又是如何,仍然不能有借口说为什么别人就不能顺着点儿,把他们自己的想法变得小一点,好使我们显得更尊贵伟大。那些,"她说,"是我们以前的感觉。"

"喔,是呀,"他答得挺冷静的,"我记得我们以前的感觉。"

玛吉像是要借着温和的回想,为他们稍稍辩护一番——好像他们也曾经挺受人敬重似的。"我当时认为,有了身份地位之后,心里如果缺了同理心,是件坏事。要是再一副无与伦比的样子,可就更糟了——我好害怕,事实上我仍然好害怕会这样——尤其是根本没有什么可以支持这种想法。"她又显得好急切,她可能以为自己已经不会再这样了;把它当成几乎是种警惕——无疑是太常见了,即使现在她身处危险的状况。"无论如何,人总得对别人的境况要有些想象力才行——想想他们可能觉得被剥夺了什么。不过,"她补充说,"基蒂和多蒂无法想象我们有被剥夺任何东西。而现在,而现在……"但是她没讲下去,好像沉浸在她们的惊叹与羡慕之情。

"而现在她们更了解,我们可以得到每件东西、留住每件东西,却不骄傲。"

"是的,我们并不骄傲,"她过了一会儿回答,"我确定我们没那么骄傲。"然而,接下来她立刻换了话题。她只能靠着回顾以往才能办到——仿佛那挺令人着迷似的。经过这一番重新来过,更具暗示性的回顾,她可能希望他随着自己一起回溯时间的河流,水波轻柔,再次沉入过往那已经缩成了的水塘。"我们谈过……我们谈过;您不像我记得那么牢。您也不知道——这就是您美好的地方;您跟基蒂和多蒂一样以为我们有身份地位,而且当我认为我们应该告诉她们,我们不会照着她们意思做的时候,您颇为惊讶。事实上,"玛吉继续说,"我们此时也没有做。您了解,我们没有真的引介她们。我是说,没有引介给她们想认识的人。"

"那你是怎么称呼那些,她们正在一起喝着茶的人呢?"

这句话令她差点儿跳起来。"那正是您在另一次问我的——那一天有别人在。我告诉您,我不会给任何人安上什么名称。"

"我记得——这类人，这些我们很欢迎来做客的人不'算数'；范妮·艾辛厄姆也知道，他们不算数。"她，他的女儿，已经使回音再度觉醒；和以前一样，他坐在长凳上点着头，饶有兴味的样子，脚也紧张地一直摇摆着。"是呀，对我们而言他们是很不错——这些来的人。我记得，"他又说了，"事情就是这样发生的。"

"就是这样……就是这样。而且您也问我，"玛吉补充说，"有没有想过，我们应该告诉她们，特别是要告诉兰斯女士，我是说，我们一直为了要她开心，用了些不实借口。"

"一点儿都没错——但是，你也说过她不会懂的。"

"您回答如果是那种情况的话，那么您跟她是一样的。您也不懂。"

"没错，没错——但是我记得，说到我们挺愚昧也没有身份地位的时候，你解释得令我哑口无言呢。"

"那可好，"玛吉满脸的喜悦，"我要再度令您哑口无言。我说过您自己是有身份地位的——那毋庸置疑。您跟我不一样——您有的身份地位永远不变。"

"然后，我问了你，"她父亲立刻接着说，"既然这样，你哪会没有？"

"的确，您问了。"先前她已经将脸面对着他，现在因为这句话所点燃的光亮整个照耀着他，结果显示出一个经过考验的事实，他们在谈话中可以再次生活在一起。"我回答结婚后我就失去了原本的身份地位。那个——我知道我怎么看待它——再也回不来了。我对它做了点儿事——我也不太知道是什么；就这么放手了，看起来也真的回不来。我原本相信——总是靠着亲爱的范妮——我可以得到它，只是我一定得醒了。所以，您看吧，我很努力醒来……非常努力。"

"是呀……有相当程度你成功了，也点醒我。但是，"他说，"你做得挺艰苦的。"他把前面的话又补了一句："就我记忆所及，没有任何事你做得艰苦，玛吉，那可是唯一的一次吧。"

她看着他一会儿。"我以往都快乐得不得了？"

"你以往都快乐得不得了。"

"嗯,您承认,"玛吉延续这个话题,"那种艰难是件好事喽。您坦承,我们日子是过得看似相当美好。"

他想了一下。"没错——我很大方地坦承,对我而言看似如此。"他用脸上淡淡又自在的微笑控制着情绪,"现在你又想对我说什么呢?"

"只是,我们以前常感纳闷——当时我们也正纳闷着——我们的日子,过得恐怕有点儿自私。"

这一点亚当·魏维尔在闲暇时也曾于怀想中思考过。"因为范妮·艾辛厄姆这么想吗?"

"喔,不是;她没想过,就算要,她也没办法这么想。她只是认为人有时候就是很傻,"玛吉说得更仔细些,"她似乎也并不是非常认为他们错了……错的意思指的是心术不正。她也不是那么在意他们心术不正。"王妃进一步说明。

"我了解——我了解。"然而,可能对他女儿,他就没了解得非常清晰了,"那么,她只认为我们很傻?"

"喔,没有——我没那样说。我是说我们挺自私的。"

"那包含在范妮觉得可以宽宥的心术不正吗?"

"哎,我没说,她觉得可以宽宥……"玛吉的顾忌为之升高,"再说,我讲的是以前的事。"

她父亲过了一会儿之后,却表现得好像不太懂这有何差别;他此刻的想法仍停留在他们刚刚谈的。"听着,玛吉,"他说得颇深思熟虑的样子,"我才不自私。我要是自私,我就下地狱去。"

唔,假如他都愿意讲成那样了,玛吉可以宣告一番。"那么,爸爸,我是自私的。"

"喔,搞什么啊!"亚当·魏维尔说,讲内心深处真诚的话时,方言就会回到他的嘴边。"等阿梅里戈抱怨你的时候,"他很快补充说,"我就相信。"

"唉,他正是我自私的地方。我因为他而自私,可以这么说。我是说,"她继续说,"他是我的动机……做每件事。"

嗯,她父亲倒是可以从经验中想象她的意思。"不过,女孩儿家难道没有权利为自己的丈夫自私吗?"

"我不是说我嫉妒他。不过,"她发表着论点,却没回答问题,"那是他的优点——不是我的优点。"

她父亲好像又觉得她很好玩似的。"你能……改一改吗?"

"喔,我哪能说什么改一改啊?"她问,"算我运气,那不是改一改就行。如果每件事都可以改变,"她进一步说明她的想法,"那每件事早就不一样了。"接着好像那句话又只说了一半,"我的想法是这样,假如您只爱一点点,自然就不会感到嫉妒——或是说,只会嫉妒一点点,所以也就没什么关系。但是,假如您爱得又深又强烈,那么,您嫉妒的程度就会相形变大;您的嫉妒会很强烈而且凶猛,那是一定的。然而,当您爱得深不可测又无法言说的时候……没有任何事阻挡得了,您会坚不可摧。"

魏维尔先生听着,好像对这些崇高的话语,也没什么好唱反调的。"那就是你爱的方式吗?"

有那么一分钟她说不出话来,但最后她还是回答:"不是在谈那件事。我真的觉得没有任何事阻挡得了……以至于我敢说,"她补了一句,但是语气一转,显得挺开心的,"似乎常常不知道自己在哪儿了。"

话中的热情轻轻地脉动着,暗示有个人意识清明地在温暖的夏日海洋里漂荡、发亮,某种元素像令人目眩的蓝宝石和银光;有个人在深渊上面成长,困于危险中依然浮升不坠,身处其中不随势而动,害怕或是愚蠢或是沉沦都是不可能的——她很可能正沉浸于狂喜之中,据推测,想当年也没几个人相信他给过别人或是接受过这种狂喜的状态,而现在这一切因为他谨慎又半推半就的同意,再度地出现在他面前。他坐了一会儿,好像知道自己不可以出声,几乎像是受到告诫一般,而且不是第一次了。然而,带到他面前的,与其说是他所错过的,还不如说是她所得到的。此外,也只有他自己才真的知道,毕竟,他没有得到了什么,或者甚至是得到了什么呢?她的境况好美妙，无论如何都让他见到了海洋，他感觉得到，虽然在那里他个人已经不再碰水，这整件事依然能照耀着他，那空气、泼水和玩乐对他而言也变得很刺激。那没办法说成他所错过的；因为，如果不是亲自漂荡一番，甚至如果不是坐在沙子里，那么，当成呼吸着至乐的气氛也很好，这种沟通的方式，让人难以抵抗——浅尝一下即甚感安慰。可以进一步把它当作知道——知道若是没有他，什么事都成不了：那是最不会错过的了。"我猜呀，我不曾嫉妒过。"他终于说话了。对她而言，话中含义比他想说的还要多，他接下来就会知道；因为这句话好像压到弹簧一般，她突然看了他一眼，其中诉说的若干事情是她开不了口的。

但是她终于还是说了其中一件。"喔，爸爸，我说的没有任何事阻挡得了是指您呀。您坚不可摧。"

他也回看了她一眼，好像是他们轻松的沟通交流，虽然这次难免有一丝肃穆的气氛。他可能是看到什么要说的，而其他的事当然就先忍住了，也不管是不是因为有点儿自以为是。所以他挑了明白的先讲。"可好了，我们成了一对。我们没事的。"

"喔，我们没事的！"此话一出，不仅一把将她特别强调的事项给推出来，也加以确认了，因为她起身站在那儿一副下定决心的样子，仿佛他们这次短暂之旅的目的，已经无须再谈下去。然而，在这个节骨眼儿——他们穿过了沙洲，好像就要进港了——显示他们得逆风航行的唯一方式却出现了。她父亲一派镇定，仿佛她已经熬过了，正停下来等着她伙伴也照着做。假如他们都没事的话，那他们就都没事；然而他看似犹豫着，等着还有什么没说的话。他们四目相望，言犹未尽，她只是对他微笑，笑得纹丝不动，接着他在长凳上说话了，仍有要紧的事；他往后靠着，抬起头来对着她，两只脚往外伸显得有些乏力，而两只手则紧抓着椅子两边。他们一直逆风航行，而她依然神采奕奕；他们一直逆风航行，而他恐怕已经有点撑不住了，毕竟再好也不过像艘饱受风霜的船只。但是沉默的结果像是她在招呼着他，原本他可以过去和她走在一块儿，但是又过了一分钟之后，他说话了。"只是得一直反驳你假装自己是个自私的人……"

听到这儿,她帮着他把话讲完。"您不相信我的话?"

"我不相信你的话。"

"嗯,您当然不相信,反正您就是那样。无所谓,它只证明……证明了什么也无所谓。我现在呀,"她说得坚定,"自私冷酷得硬邦邦的。"

他依旧一副老样子面对着她,时间又更久了;挺奇怪的,好像因为这突然的停止状态,因为他们几乎已经不再假装,也接受了没说出口的,或者说,至少是接受了那些他们所指的东西——好像是"注定"了,他们嘴上不说,却一直闪避着,但是忧心忡忡本身让人难以割舍,如同任何告白都直指忧心之事。然后她似乎理解他不再执着了。"要是谁有你说的那种个性,总有其他人要受罪。但是,你刚刚对我形容说,一旦有好机会你会从你丈夫那儿得到。"

"喔,我不是说我丈夫!"

"那么,你是说谁呢?"

这个反驳和回答,来得比刚才的任何谈话都更快,玛吉接着停了一会儿。不过,她没有避开,就在她同伴一直盯着她看的时候,她同时也在猜想,他是否期待她说出他太太的名字;然后,以高超的虚伪手法,像在为他女儿的福祉而付出似的,她倒是说话了,她觉得说得真不错。"我说的是您啊。"

"你是说,我成了你的受害人?"

"您当然是我的受害人。您做的、曾经做过的事情,哪件不是为了我?"

"事情可多了;多过我能告诉你的……那些你只能自己想想的事情。你了解,我为自己做了什么吗?"

"您自己?"她糗了糗他,笑得脸色一亮。

"你了解,我为美国市做了什么?"

她马上就说了:"我不是在说您公众人物的角色——我是说您个人方面。"

"呃，美国市——如果光靠名人就能办得到——已经给了我个人方面挺好的一面。你了解，"他继续说，"我为了自己的名声做了什么吗？"

"您在那里的名声？您毫无所图已经把它送给了他们那群糟糕的人；您已经把它送给他们去撕成碎片，让他们拿着粗鄙又恐怖的玩笑来消遣您。"

"啊，亲爱的，我不在乎他们粗鄙又恐怖的玩笑。"亚当·魏维尔几乎是直接反应地急着说。

"您正是如此呀！"她好得意，"每件碰到您的事，每件您周遭的事，一路走来都靠您在支付——您人那么好都不在意，而且有求必应，让人难以置信。"

他一直坐着，看着她更久了一点；接着他缓缓起身，双手插进口袋，站在她前面。"当然啦，亲爱的，你一路都是靠我支付：我从没想过，"他微笑着，"你得工作过日子。我可不会喜欢看到这一幕。"说话的同时他们依旧面对面相视了一会儿。"这么说吧，如此一来我才有做父亲的感觉。那怎么会使我成了受害人呢？"

"因为我牺牲了您。"

"但是，到底是为何而牺牲呢？"

这句话摆荡在眼前，她有着前所未见的好机会说话，却像被紧紧钳住了长达一分钟之久。她现在看着他脸上挂着紧绷的微笑，触及她内心最深处，他掩饰着不安正在探测她的意思。整个过程里他们都互相警戒着，但此刻绝对是最岌岌可危，只要碰错了地方，即使轻得不得了，他们这道薄薄的墙壁就会有破洞。这片清晰透明的东西，随着他们的呼吸，在他们之间抖动着；它材质精美，但是绷在一个框架上，只要其中一方呼吸太用力，它立刻就会垮掉。她屏住呼吸，因为从眼神就知道他并非看不清问题核心，所以他的用意是要确定——确定是否她也跟他一样笃定。那个时刻他全部的精神都押在上面——这就足以彻底说服她了，仿佛她高高站在一个让她头晕的小支点上，而另一边他正瞪着她的一举一动，她勉强保持平衡了三十秒钟，简直就快要摇晃了：那段时间里，她全身上下都知道，虽然用的方式不同，但祥和的外表正是他们竭力要挽救的。他们正在挽救它——没错,他们正在努力,或者说,至少她是如此:她可以说,仍使得上力的,尽管她觉得晕头转向往下掉。她很努力撑着;这一定得做,而且要一次做完,就在这儿她站的地方。这么短的时间挤进这么多的事,她已经知道自己正保持镇定。他眼中透露着警告,要她保持镇定;她不会再慌了手脚;她知道方法也知道原因,要是她变得冷酷,实在对自己有利。他心里想:"她快要崩溃了,然后把阿梅里戈托出;她会说就是为了他而把我给牺牲了;光那一点就使我得以——虽然还有很多其他的事——搞定自己所起疑的事。"他盯着看她的嘴唇,仔细观察发出声音的征兆;假使她对他倾诉时没有发出征兆,那他将两手空空,什么都得不到。事实上她很快就恢复镇定,似乎知道不必太费事就能让他说出自己太太,而不是他让她说出自己丈夫。她眼前所见的,假使她真的逼他非刻意地免于说出"夏洛特,夏洛特",那么他会暴露自己的心思。但是,只要确定这一点对她而言就够了,时间一分一秒过去,她越来越清楚他们两人在做什么。他在做的是朝着他原本的方向稳定前进;他简直就是献出自己当牺牲品,拿自己压迫着她——他了解她的最佳选择,知道了他自己的路;若非她已经接受这样的提议,那过去这几周的日子,她坚定的立场又是根基于何处呢?真是冷酷啊,她变得越来越冷酷,因为他个人缜密的看法令她觉得自己饱受折磨,但他这种态度并未削弱她的坚持。她非常确定他的沉重压力;假如没有发生这么可怕的事,他们任谁也不必来做这些可怕的事了。同时她的情况也极为有利,因为她大可以说是夏洛特,无须透露自己的心思——她接下来就给他看看那回事。

"哎,每件事、每个人我二话不说都拿您来牺牲呀。您的婚姻,我认为是天经地义的结果。"

他将头稍稍往后一晃,一只手把玩着他的眼镜[①]。"亲爱的,你是怎么看这些结果呢?"

[①] 原文是"nippers",一种古式的眼镜,没有两边的耳朵支架,而是用夹子固定在鼻梁上。

"您的婚姻造就了您的生活。"

"呃,那不正是我们要的吗?"

她稍微犹豫着,然后觉得自己稳定下来——喔,远超过她想象的程度。"正是我要的……没错。"

他双眼仍旧从掰直的眼镜里看着她的眼睛,他的微笑更加紧绷,表示他应该知道她自己恰如其分地受到了激发。"那么你了解,我要的是什么吗?"

"我了解的就是您已经得到的,没别的了。那正是重点所在。我这么做又不费心——我从不费心;我知道的都是从您那儿来的,都是您提供给我的,至于您那边要怎么想这件事,就留给您了。看吧……其余的,您要自己来了。我连假装关心都不会……"

"你关心……"他盯着她看,因为她有点儿结巴,这会儿还四处张望,免得一直看着他的脸。

"关心您到底会变得怎样。好像我们一开始就说好了不谈那件事似的——对我来说,如此的默契当然很好。您知道,您不能说我没有坚持过吧。"

他没有这么说——就算她又停下来喘口气,他都没逮住机会说。他反而是说:"唉,亲爱的……哎呀,哎呀!"

但是,也没什么差别了,她大概知道这句话指的过去为何——仍是很近的时间,却又已经好久远了。她这边又重复否认着,示意他不要破坏她在争辩的事实。"我从来不谈任何事的,您懂吧,我不谈的;我一直都好仰慕您……但是,对这样的一位父亲,若一个像样的女儿也仅能如此,那又算得了什么呢?我们有的不是一间房子,而是两间房子、三间房子,这不过是便宜行事安排的问题罢了(假使我要的话,您会安排个五十间吧!)好让您来看孩子容易些吗?我想,您不会宣称,一旦您自己成家了,我很自然地要用船把您送回美国市吧?"

这些问话很直接,一个接着一个在林间轻柔的空气里响起;所以亚当·魏维尔有那么一分钟似乎沉思着这些问题。她很快就看出来,他经过沉思后知道要做什么。"玛吉,你知道,当你这么说话的时候,我希望怎样吗？"他又等了一下，而她也更清楚，有某个东西在后面深深隐藏于阴影之中，正小心翼翼地移动到前面来，而出现之前正在探着路。"你常使我希望自己已经坐船回到美国市了。每当你这般说话的时候……"但是，他真得控制自己不要说出来。

"呃，每当我说……"

"咦，你使我好想坐船回去。你挺让我觉得，仿佛美国市对我们是最适合不过的地方了。"

这话震动了她，轻得几乎感觉不到。"对我们……"

"对我和夏洛特。你知道，要是我们真得把它用船送回去，那你可是自食其果啊？"说到这儿他微笑了……喔，他微笑了！"假如你再说更多，那我们就要运走它。"

啊，她杯子里装的信念已经满到杯缘了，才碰了一下就整个溢出来！他的想法就在那儿，清透的程度有那么一瞬间，几乎让她眼睛都花了。她看到夏洛特的黑影出现于其中一道模糊的光线，像某件物品以对比色凸显出来，看到她在视野里摇摇晃晃的，看到她被移开、运走、命中注定了。他已经把夏洛特说出来，又再说了一次，是她逼着他的——那都是她更加需要的：仿佛她拿了张空白的信纸去烧，结果笔迹却浮现出来，而且比她原本希望的还要更大。她花了几秒钟才发现，但是当她说话的时候，她可能已经将那珍贵的几行字折好，收进她的口袋里了。"嗯，都是因为我，您才这么做。我一点儿都不怀疑您会办到，只要您认为我可能从中得到些什么，甚至像您讲的，"她笑着，"只因为说'更多'就会给我一点儿乐趣的话。无论如何，就任我开开心吧，让我继续看起来，像我所说的，一副把您给牺牲掉的样子。"

她长长地吸了一口气；她逼着他全是为她而做，而且照着她的意思，也没让他讲出自己丈夫的名字。沉默和那个尖锐、躲都躲不掉的声音同样清晰，现在他心里有某种东西，他正跟着它走，突然间，那个样子好像终于要对着她全盘托出，也好像要她回答一个特别的问题。"难道你不认为我能照顾自己吗？"

"唉，那正是我一直在想的。要不是那样的话……"

但是她说不下去,他们只是又面对面了一会儿。"等哪天我觉得你已经开始牺牲我的时候,我会给你知道。"

"开始?"她夸张地复诵了一遍。

"嗯,对我来说,等你对我没信心的那一天就是了。"

说话的时候他的眼睛依然紧盯着她看,两只手插在口袋里,帽子往后推,他两条腿有点分开,好像是为了站得更稳,或是令自己看起来有点儿放心的意味,他想到可以在换到其他话题前,先给她瞧瞧这样子就好,反正也没有其他事情了。好像在提醒她——提醒她,除了身为她个头不高的完美父亲之外,整体而言他是怎样的人,他所有做过的事,她可以当他是个代表人物,可以当他是极为出色的人物,这是东西两半球都认可的,所以他能够也希望她要注意到,挺合情合理的……不是吗?这位"成功的"善心的人,这位公民白手起家,非常慷慨大度,倔强又无所惧,他过去一直是、现在仍是个无出其右的收藏家,从不看走眼的权威人士——当下她觉得这些事以神奇的方式使他有了个特性,那是和他交手时一定得纳入考虑的,不管是出于同情或是羡慕。这样的印象下,他隐约显得比真人更高大,所以在这些时刻里,她见到的他是心中已存有的形象;过去许多的时间里,那形象在她心中闪闪发光,但是从未像此刻一般强烈,几乎像是告诫一般。他非常安静,那是他现在成功的一部分,也是每件事成功的一部分:他能创新,不招摇,他不循传统的反常行径广为人知,他拥有难以臆测又无法估量的精力;这种特质可能——目前这个情况,那更像是出于仰慕之情所努力追溯的结果——使得他在她眼中,任何曾放在他手中珍宝恐怕都比不上。这时刻好长,绝对是的,其间她心中的印象升高又升高,好像一个凝神注目的典型观赏者,在静悄悄的博物馆里,很着迷地看着面前这个标上名字和日期的物品,它是目录上最傲人的品项,光阴把它打磨光亮变得神圣。他要她看到方式之多,更是非常惊人。他很强势——那是很好的事情。他也很确定——总是对自己很确定,不管是什么想法:那完全表现在他对于稀有珍品与真品的喜好。但是所有事情里最突出的是他永远都好年轻,令人不可思议——他诉诸她想象力的这个时间里，这一点添上了最重要的一笔。突然她的意识被提升到高处，她了解他不过就是个伟大的、深沉又显赫、个子不高的男子，她很温柔地爱他也很骄傲地爱他，两者是无法区分清楚的，一点都不行。她想通了，好奇怪，心情突然如释重负。他不是个失败者，永远都不会是个失败者，这个感觉净化了困住他们的每个恶意行为——仿佛即使他们之间的联结已经转变，他们出现的时候可以真的面带微笑，几乎没有痛苦。好像是两人间的新秘密似的，又过了一会儿之后，她更是清楚原因为何。他那方面现在也是呀，他想着她是自己的女儿、自己的亲骨肉，所以这无语的几秒钟里，他正在试探她，不是吗？喔，倘若她不是个脆弱的小孩，知道自己心中的一点儿热情，她不也是够强壮的吗？这个念头在她心中膨胀；将她提升到更高、更高的境界；那种情况下，她也不是个失败者——从来就不是，而是相反的才对；他的勇气就是她的勇气，她的骄傲也是他的骄傲，他们都是心胸宽大又能干的人。这一点她终于在回答他的时候说了。

"我对您的信任，无人可及。"

"无人可及？"

话中的意思很多，她犹豫了；但那是毋庸置疑的——喔，有一千倍之多！"无人可及。"她现在毫无保留了，说话时看着他的眼睛，好给他知道全部的含意，之后她继续说，"我想，您对我的信心也是那样。"

他看着她有一分钟之久，但最终他的语气是对的。"那样……没错。"

"那可好……"她说得像是为了结束谈话，也是为了其他的事情——为了任何可能的事、每一件其他可能的事。

"那可好……"他伸出双手，她也伸手接住它们，他将她拉向他的胸膛，抱住她。他抱她抱得好紧，抱了好久，她任情绪奔流；但是这个拥抱，虽然让人敬畏而且几乎显得严厉，不过它的亲密感不令人讨厌，突然流下的泪水，也是意义重大，不容小觑。

第 四 章

经过这一段之后，玛吉觉得几天前那个晚上被看到她和父亲的太太像以前一样拥抱着的那场意外，对她与父亲都有帮助。他回到客厅凑巧目睹这一幕，而她丈夫和艾辛厄姆夫妇也没错过，他们因为牌局暂停就离开撞球室和他一起过来。当时她心里就挺清楚，其他人看到这一幕会怎么想，延伸出来的情况对她又有何作用；尽管如此，因为没有人想针对此事第一个发表看法，于是，感觉得出来，大家不约而同地默不作声，把它蒙上一层特别的阴影，神圣地供起来。她可能会认为，这结果简直让人颇为尴尬——她一察觉有观众的时候，就火速地和夏洛特分开，好像他们被发现在做什么荒谬的事似的。另一方面，那些观众——表面上是的——可不会认为以她们目前的关系，能互相喜爱得无法自持；然而，在感同身受与欢笑之间，存着一点顾忌，他们一定是觉得，如果要使得接下来的评论免于听起来流于粗俗，不管是讲述也好，笑谈也好，唯一的方式就是使它无论如何都听不出来。他们明明看到两个年轻的妻子，如同一对感情丰沛的女子正"言归于好"，女人家大抵都这么做，特别是勃然大怒后发现自己好蠢的时候；但是对于她父亲、阿梅里戈和范妮·艾辛厄姆三人，所注意到这场言和的范围，却各自不同。每个看的人所观察到的这个小插曲，要么其中是有某些东西，要么是太多东西了；只不过，任何一个讲出来的都像在说："懂了吧，懂了吧，这两位可人儿呀……老天保佑，她们已经不吵架了！"想要说成另一回事都没办法。"我们吵架？哪儿来的吵架？"这两位可人儿遇上那种情况，自己一定会要求说清楚；而接着其他人也会被请过来，一起伤脑筋。没有人厉害到可以当场进出一个虚构的理由，拿来解释任何失和——也就是说，拿来取代真相，那早已经弥漫在空气中了，稍微敏感的都知道；因此没有哪个人会故意让自己为难，于是别人没说的，自己也马上假装没什么好说的。

　　玛吉自己的方式倒是维持不变，一直沉思这整起事件所推论出来的东西，它几乎使得在场的每个人深深吸了一口气紧绷神经——呵，更别提夏洛特了！那幕小场景传达的信息有种种个人的解读，但是很明显地，它一再强逼着每个人——一逼再逼，力道惊人——外观、谈话和行动皆要如常，好像生活里没什么要紧的事，日子就这样一周接着一周过，尤其后面这几天，表现得更为顺利成功。然而，举杯庆贺之时，玛吉转而去感受这种成功对于夏洛特的意义。尤其是，只要她猜测父亲一定偷偷地吓了一跳，她丈夫一定偷偷地左思右想，而范妮·艾辛厄姆一定也偷偷地瞬间看到自己希望的曙光——尤其是经过交谈沟通后，她体验到此事带给她的同伴很大好处。夏洛特感受到的，她也在脉动里感受得到；此外，公诸大众绝对是必要的，这样她的卑微才能达到最高点。那一笔添上去，现在什么也不缺了——为她继母说句公道话，魏维尔太太自从那个傍晚起，倒是只想表现得生气勃勃，和她最后见识到的一样。玛吉回想着那几分钟的时间——发现自己也重复这么做着，而且已经到了一个程度，她事后觉得好像整个傍晚连成一气，某个与她交手的神秘力量似乎在指挥着一件事；那股力量，举例来说，同样地让那四个人坐立难安，它下达命令，指挥并精准地拿捏时间，使他们打桥牌时——不管它摆了一张多么深不可测的脸给她看——不约而同地中断了牌戏，心照不宣地急着出去找人，跟夏洛特耐不住性子一个样；后者成了那一群人全神贯注的焦点，她表现得怪异，而他们也在怪异的气氛中随意地走来走去，尽管大家都假装视而不见，但是都心里有数。

　　她觉得倘若魏维尔太太因为最近的幸福和乐而打定主意朝向某个方向前进，并于那个夜晚开花结果，但她并没有因为状况维持不变，心情就变得轻松，我们这位小姐很明白这个事实。玛吉看见她用足全力应付这件事，而且还要一副雍容高贵的样子，这是绝对错不了的——她看见她认定了正确的方式就是要证明，在客厅又高又清凉的光辉照耀之下，水晶和银器也闪烁着，而她在那里极力挂出的保证，不仅圆滑地平息了因她们问题所搅出来的一趟浑水，而且使得她们整场的交流顺畅无比。她如此坚持要大大地回敬一番，帮上的忙连她自己都觉得很大方，那可不只是周到而已。"干吗这么大方？"玛吉大可以随口问问；因为如果她很诚实的话，那么帮这个忙一定不会如此庞大。假使是那种状况心里会很清楚，每个人都一样，王妃的嘴唇可以毫无困难地说出真相。即使后者私底下有办法将心情变得欢快，看着这么机灵的人儿被蒙骗得这么深，可能也是种无法抵挡的消遣。夏洛特的理论是要展现宽宏大量的态度，明白表示她继女的话已将一切抹去，一如她会这么说，好让她们重拾过往的平静关系，清朗得连朵乌云也没有。简言之，这个淡淡的结局很理想，再也没有什么幽幽步行的鬼魂令人难安。然而，不过就是小小地妥协一下罢了，有什么好让人狂喜不已呀？——说真的，那个星期里面，有个机会使玛吉足以怀疑，她朋友已经开始想起来了，虽然来得相当突然。她丈夫给的例子已经令她信服，再加上她声称信任他的情妇，这服从的行为都是经过缜密算计；但是她想象力所追寻的，是他的影响力在暗中做些什么，解读着表面上有无任何改变、表情或意愿有无不同。如我们所知，王妃的幻想没几个地方可随兴所至；不过，一旦那段关系里出现一个由细节组成的空洞，等它一头栽进去之后就甩开一切的束缚。这个区域可以进驻种种影像——一遍又一遍个个不同；它们一大堆在那儿，好像各式奇怪的组合，潜行于薄暮时分的森林里；它们隐约地出现，接着变得明确，然后又渐渐模糊不清，她觉得它们老是激动不安，那是最主要的征象，虽然暗暗的并不十分明显。福庇本身所带来的压力，动摇了她稍早所见的极乐的状态——幸福已离她而去；她很茫然，看不到瓦格纳①歌剧里那一对出色的恋人（她内心深处拿这些来作比较）在魔幻森林里紧紧相依，那片翠绿的林间空地好浪漫，像梦境中古老的德国森林。这幅画面却相反地被蒙上一层烦恼，暗淡无光；画面的后方，她无法分辨出那一串人形为何，他们已经失去了珍

---

① 这里是指德国作曲家威廉·理查德·瓦格纳（Wilhelm Richard Wagner, 1813—1883），以歌剧著称。

贵的自信，可怜兮兮的。

　　因此，尽管这些日子里，她与阿梅里戈连想假装得泰然自若地交谈都很难——她一开始就预见会如此——但是她灵敏的观察可一点都没有松懈，注意着他有无受到影响，因为他们的同伴有权利开创新局面，有私人的理由也是无法熄灭的念头。无论如何，她内心觉得他仍在暗中拉扯着线，控制着局面的变化，或者说，掩盖了整个可能出现的状况，压得低调、再低调，引导他的同谋继续走下去，以便转到新的弯道。玛吉自己则是一个星期接着一个星期下来，越发感觉他心思精巧地想弥补她，因为他们丧失了对于真实的坦诚态度，已经到了很严重的地步——一旦被剥夺后，他双唇表现出渴望，而她自己的双唇，也感到同样的干涸而扭曲了，像沙漠中迷了路的朝圣者一般，倾听着沙子有否水花喷溅的声音，明知道不可能听得到。每当她好希望为心中那股热情寻找若干有尊严的理由，他这种受到阻滞不前的状态就会浮现在她眼前，她的热情是坚定的，不管他做了什么都无法将它熄灭。很多时候在寂寞的时间里，她抛开尊严；更是有时候，她装着羽翼的专注力，寸步不离她内心深处的某个小房间，她将贮存的温柔收藏好，宛如是她自花朵采集而来。大家都看得到他走在她身边，但事实上，他处于灰色的中间地带无助地摸索着，片刻不得休息；她感受到这一点，内心痛苦不堪，而痛苦可能持续下去——永远吧，有必要的时候——但是，若想去除这种状态，也只能靠他自己的力量来办到。她自己无能为力了，她已经尽了最大的可能。从这方面看来，夏洛特也没有比较轻松，因为她要靠他来指引，即使苦涩也只能忍耐，却依然与他在迂回的深处失去联系。最可想而知的是，一从她那儿听到他太太所做的珍贵保证，他立刻就警告她务必提防得意忘形，以免泄露了她的危险处境。玛吉给了他时间去了解，她有多么义无反顾地为他撒谎，然后她静静等了一天——等着看他了解之后，经过慢慢深思，他的态度有何表现，至于会如何，她几乎不知道。这几个小时，她心里想，可怜的夏洛特不明就里，为了阻滞事件的进展会冲动地做出什么来呢？于是，玛吉又觉得夏洛特好可怜，即使低头让步的是玛吉，因为有个理由原本会无人知晓地悄悄过去，但是它不断回到我们这位小姐的心里。她看到她与王子面对面，而他给了她最严厉的告诫，寒彻心扉，也面对着两人各自有可能会遭遇的更棘手的困境。她听到她在问，很烦躁又阴郁，天哪，她到底是用什么语气说话呀——因为她的勇敢已经不合他用了；然后经过一阵幻想发挥的预测，她听到阿梅里戈回答，为了自己好，每个人真的都必须这么谨慎才行，他的声音好熟悉，让人欣羡，每个精美的语调又回到她的心头。因此王妃也跟夏洛特一样呼吸着寒冷的空气——在冷空气中和她一起转身离开他，心中越来越觉得同情，和她一起转向这里、转向那里，在她身后徘徊，然后一面心里想着，何时才能停止。玛吉绕着圈子流连徘徊——仿佛她身体真的在跟着她走，只是别人看不见，一步一步算着她无助又白费的功夫，留意着每个使她停顿的阻碍。

　　这个老天保佑来得快但又让人忧心忡忡的胜利，才过了几天随之起了变化——那是宽宏大量又平静的胜利——结果晚上在露台的那一幕，逼得我们这位小姐不得不妥协。我们知道，她在心里见到了折弯的镀金围栏，笼子的门从里面被强行打开，关着的人儿自由地漫步着——那位人儿的动作很美，让人难忘，即使只有短短的时间；然而，她与父亲在大树下谈话时，自另一个方向直接进入眼帘的是一个受到限制的范围，渐渐逼近。她看见他妻子悲戚的脸，旁边紧连着一段话，那是在他们谈话中他说得颇有深意的一段——那时玛吉才观察到它变得苍白，因为他说的话笼罩着一层阴影，当中有最不祥的预兆，如"命中注定"，那时候她似乎才知道为何会想到她。一如我所言，假使她目前的注意力，日复一日都这么绕着圈徘徊，它在某些段落会停步不前，那些时候，她绝对是通过夏洛特严肃的眼光在看。从那双眼睛看出去，一定会见到一位个子不高的绅士，他独自穿过画面中的原野，大多时候头上戴着草帽，身上穿着白色的背心，打着一条蓝色的领带，嘴里叼着雪茄，双手插在裤袋，更多时候看到的是他沉思的背影，他正用透视法慢慢度量着公园，一面算着（看起来好像是）自己的脚步，一副若有所思的样子。有那么一周或两周情绪紧绷时,她似乎很谨慎地追踪她的继母,在那个偌大的房子里,一个房间接着一个房间,一扇窗接着一扇窗,只是想看着她,这里、那里、到处都想探探她不安的外表,问问她的事和她的命运。她心里的确想到以前没有想过的东西;它呈现出新的复杂状况,也衍生出新的焦虑——这些东西她用餐巾包着随身携带,里面是她情人受到的斥责,她一直在找某个角落,好将它们安全地放下来,却找不到。在比较讽刺的眼光看来,这种经过伪装的庄严、拉长了时间徒劳地搜寻,可能挺滑稽的;我们原本就认为玛吉没什么讽刺人的本性,但这会儿可又更少了。有时候没别人看到的时候,她和她一起盯着看,才一靠近就觉得很激动,心脏都快跳到喉咙了,简直要动情地对她说:"撑下去啊,我可怜的人儿——不要太恐惧——终将会明朗的。"

她可以想见,的确,即使对那个说法夏洛特也可能回答,谈何容易;即使那样也不会有太大的意义,只要那位个子不高、戴着草帽的沉思男子,不断在视线中出现,他散发着难以描述的气质,施咒般地引人入胜,独自一人在那里施着咒语。他全神贯注于此事,整幅画面不论从水平线哪里看过去,就数他最突出;玛吉也开始知道,曾经有过两次或三次不寻常的机会,他告诉过她、暗示着他所度量的结果为何。一直到最近他们在公园的长谈之后,她才真的知道,他们谈得有多深,多彻底——所以,他们暂时还是待在一起,接着就好像两个爱交际的饮酒客,轻松地往后一坐,身子离开前面的桌子,刚刚才把手肘放在上面,靠着桌子把各自付账的酒饮尽一空。杯子依然放在桌上,但是倒扣着;两个同伴也没什么好说的了,只能以平静的沉默表示,这酒还真是不错。分别时,两人似乎都因喝了酒而兴致高昂——什么都能应付;这个月即将结束,他们两人之间的每件事越发地如此相像。目前他们两人之间并不是真的有什么事,他们只是看着彼此,全心信赖;几乎不需要更多言语了;他们在仲夏之际碰面,甚至碰面时四下无人,他们早上、晚上亲吻如仪,或是在其他场合接触,总是一派自在欢乐,空中飞翔的一对鸟儿也不过如此,哪会要对方坐下来再来操心一番呢？房子里他静置的宝藏，以前所未见之姿暂时被陈列出来，有时候她就在房子里，只看着他——譬如说，从大画廊的一端看到另一端，那里是这座宅邸最傲人之处——像博物馆里的某间大厅似的；她是个手握旅游指南、热切的小姐，而他是个不特别引人注目的男士，连旅游指南也不知为何物。他当然是用自己的方式走来走去，看看自己的收藏，检查一下它们的状况；原本是个消遣，但她觉得他现在几乎沉溺得太过头了，只要她经过靠近，他就会转过来对她微笑，她心领神会的——或者说，是她幻想的——是他不断轻哼着沉思的小曲里面更深的意义。仿佛他一面走着，一面很小声地①唱着——有时候挺说不上来的，好像夏洛特也在徘徊，仔细地观察聆听，一直待在听得见的范围内，好弄清楚是首歌曲，也因为这样而保持着距离，也不敢靠近。

　　自从婚后，她最常做的就是随时对他的珍品表达兴趣、欣赏他的品位、她本身对美好物品的热爱，对于他能让她任何有关它们的事都不愿错过，求知若渴，也心存感激。玛吉在某个时间就发现，她开始"发挥"这种天性，心灵能对有价值的东西深受感动是很幸运的。整个范围她都掌握住了；人们可能会注意到挺奇怪的，也有点儿过度，但整个范围都在她掌握之中，以及她丈夫，他们两人都了解得最精致又最清晰，透过他们最能透彻饱览精华之处。玛吉也想过，在受到赞许认可的紧张过程里，她会不会使他在自己的区域里封闭得太久，但是他从未对女儿抱怨过，而夏洛特因为本身令人称羡的直觉，她所领悟的广度想必与他并驾齐驱，从不落后，极可能连个刺耳的错误或是愚蠢的表现，都不曾有过。玛吉在那些夏日里，不由得感到很神奇，毕竟这是当个贤妻的方式吧。她的感觉不曾如此强烈过，她在这些奇怪的时刻里，也曾于丰司拱形的天花板下遇过阿梅里戈所谓的夫妻档，他们待在一块儿同时又貌合神离，却依旧每天这样过下去。夏洛特走在后头，时时注意动静，她丈夫一停住脚步，她也停下来，但

---

① 原文为意大利语：sotto voce。

是保持距离，隔着一两座展示柜，或是其他一连串陈列的物品，不管是什么；他们之间这种联结的情形，要是他被认为插在口袋其中一只手，握着一条长长丝绸缰绳的一端，而另一端则圈住她美丽的颈项，如此形容也不算错。他没有扯它，但是它就在那儿；他没有拽着她，但是她就过来了；那些我描述过有关他所显露出来的特质，那些特质是王妃觉得他令人难以抗拒之处，这会儿成了他给女儿的两个或三个沉默的暗示表情，即使太太在场也不避讳——女儿经过他旁边，他更是一定会来上一下，即使她有些激动得红了脸，他也不在意。它们最后恐怕也只是一抹微笑，连个字也没有，什么都没说，但此微笑已经轻轻地摇了摇那条编织的丝绸绳索。玛吉把对此事的解读放在胸口，除非她已经离得老远，除非门在她身后关上才会说出来，好像怕被别人听到似的。"没错，你看——我牵着她的脖子走，我牵着她走向她的命运，她根本不知道怎么回事，虽然她心里挺害怕的，如果有机会你用耳朵听听，身为丈夫的我就听过，你会听到怦怦怦。她认为自己可能命中注定要去那边很糟糕的地方——对她而言很糟糕；但是她不敢问，你看不出来吗？她也不敢不问。她现在很害怕，看到了这么多事重重堆叠在她周围，好危险，充满凶险的预兆。不过，等她真的知道的时候……她就会知道了。"

夏洛特原本充满自信的态度，和她坚定的迷人风采非常搭配，在访客面前尤甚，而随着季节正盛，访客从未整个间断过——事实上是源源不绝，所有的人都会来吃午餐，来喝茶，来参观房子，它现在满满全是人，很出名，玛吉再次认为这么大一群"同伴"，好像在给大水槽重新补水似的，他们在里面像一群张嘴喘气的金鱼般漂浮着。这种情况对她们彼此当然都有帮助，使得如此多的沉默时刻不那么明显，那原本应该是说些私密话的时候。有时候她甚至觉得这些外来的介入既美妙又神奇——它们让两个人都明白，事情只要马马虎虎就好，那可能也需要大无畏的精神。她们学着日子要得过且过；她们每天尽可能像这样维持得久些；最后，变得很像闹鬼房子里最中心的宽敞卧室，那是一座圆形大厅，有巨大的拱形屋顶，装饰着过多的玻璃，原本可能充满欢乐，那些开着的门却不祥地通往迂回的走道。如她们所言，她们在这儿撞见彼此，面无表情，不愿承认这种走法令人担心；她们在这里把身后一大堆的门都仔细关上——只留一扇门连着那个地方，经由一条有顶棚的笔直走廊通往外面，鼓励外界闯入，像是模仿着马戏团里夸张打扮的演员，从圆环的孔洞跳过去。玛吉觉得真是幸运，魏维尔太太所扮演的社交角色给了她很大的帮助；她有若干"个人的朋友"——夏洛特个人的朋友，去过伦敦的两个房子，相处起来自在又幽默有趣极了——减缓了此时她的孤立危机；因此也不难猜测，她最好的时刻就是不必担心自己成了个无趣的人，只因为无法迎合那些友人的好奇心。他们的好奇心或许没说得很白，但是他们女主人的机灵可是很清楚的，她推着他们走，不给他们喘口气，好像她每天算着收了多少银币似的。玛吉又在画廊遇见她，时间极为奇怪，而她正招待着那群人；听着她侃侃讲解，坚持趣味所在，甚至酸溜溜地批评特定的推测，对于大家困惑的样子也报以微笑——后面这几个特色几乎出现在任何场合——那种姿态令我们这位小姐头晕目眩，回不过神来，真是神秘得令人再次感到惊奇不已，这人在某些人际关系上可以做得如此热切与到位，却在其他方面错得如此离谱。她父亲在妻子陪伴下随意绕行之际，夏洛特总是走在后面；但是，她当起向导①带着别人参观的时候，他就在后方徘徊，温和又谦虚地在展览的边缘来来回回走着，恐怕在这种时刻，对于第一次见识到他施着咒语的人，最是无力招架。出色的女子们若有所感地请教他，但他的反应好像他只不过是被雇来的，待冲入的人潮消散之后，他要确定展览柜全部上好锁，全部都要对称地归位。

有天早上尚未到午餐时间，有一群人从邻近地区刚刚抵达——离了十英里远的邻近地区——由魏维尔太太负责招待，玛吉正要经过艺廊入口处，她看到他的脸从对面的门望着她，他的样子让她犹豫地停

---

① 原文为意大利语：cicerone。

下脚步。望过去，夏洛特已经走到一半了，充满权威的风采，几乎是严峻地把她的访客们紧紧兜成一团，他们有些害怕（他们人都到那儿了！），先前在电报上，他们宣称很渴望此行能一并请益与欣赏。她的声音传到她丈夫和继女的耳里，高亢又清楚，有点儿沙哑，肯定是显得兴冲冲，顺从地尽她的责任。她对那一大群人说的话，有好几分钟的时间响遍整个地方，每个人都静静地聆听，好像点满蜡烛光辉的教堂，而她在里面唱着赞美的诗歌。范妮·艾辛厄姆一副全神贯注的虔诚模样——范妮·艾辛厄姆没有抛弃这另一个朋友，就像她也没有弃王妃、王子或是小王子于不顾；这些时刻里她都支持着她，缓慢但很果决，出现时还会有小小的骚动以资证明，而玛吉在犹豫了一下之后继续往前走，也注意到她的态度肃穆又难以猜测，她眼睛往上看，挺专心的，这么一来就能免于泄露心思。然而，待玛吉走近后，她仍透露了些许端倪，她将眼睛平视前者，看了好一会儿像是无声地大胆诉求着，挺神奇的。"你懂的，对吧？要是她不做这个，谁知道她会做什么呢？"艾辛厄姆太太这番意蕴丰富的话一出，令她的年轻友人无招架之力，备受感动，但又觉得不太确定，接着为了不想表现得太露骨——或者说其实是隐藏起来，也把更多的事隐藏起来——她很快转过身去走到其中一扇窗户，尴尬地等在那儿不知所以。"三件里面最大的，有一项稀有的特点，上面有花环圈着，你们见到的可能是古撒克逊[①]文物里最精美的；它们出处不相同，也不属于同一个时期，尽管堪称极品，但整体的品位倒未臻完美之境。它们是被归类于比较后期，历经一个过程后仅留下极少数的例证，而这件是其中最重要的，的的确确是独一无二——所以，虽然整个东西有点儿巴洛克风格，但是，作为一个典型的范例，我相信它的价值可以说是无法估计。"

高亢的声音颤抖着，这群邻居个个瞠目结舌，而她真正目标是要外围的人也能听到；所以这位讲者更是一句接着一句停不下来，比较

[①] 原文为法语：vieux Saxe。

公正的裁判可能会说那叫作火力全开，似乎要证明自己受到赞扬的信念可不是浪得虚名。玛吉站在窗边，知道最奇怪的事就要发生了：她突然哭了，或者说起码已经濒临哭泣的边缘——她眼前光亮的广场全变得暗淡又模糊不清。高亢的声音继续说着；它的颤抖是只给知情者的耳朵听的，但是有那么几乎三十秒的时间，我们这位小姐听起来，像是一个痛苦的灵魂发出尖叫。再撑个一分钟就会中断崩溃——也因此，玛吉接着突然间转向她父亲。"她就不能停一停吗？她做得还不够吗？"——她心中想要自己问他那类问题。然后，越过半个艺廊——从她刚才看到他开始，就没动过——她觉得他眼中有奇怪的泪水，像在坦述明确的心情。"可怜的东西，可怜的东西，"说得直接"她可是趾高气扬啊，真有一套，不是吗？"之后，虽然两人对此说法都没异议，但仍旧过了很不自在的一分钟，羞耻、同情、内心有数、压抑的不满、可预知的痛苦，种种情绪压垮他，甚至令他红了眼睛，他突然转身走开。这过程只是几分钟而已，都闷在心里，但是短短的交流片段却使得玛吉有如在空中飞翔——也让她想想心底深处所猜测的几件事。坦白讲，事情挺糟糕地搅在一起，但事后思考这类片段，她的感觉并没有封闭——我们其实已经在其他情况见到它是开放的——是感受得到的惩罚，最深的地方就是，你没有办法确定你的某些内疚和纠结，别人看来会不会挺可笑的。譬如说，阿梅里戈那天早上人就不在了，好像很希望人家知道似的；他去伦敦一天一夜——现在他时常需要去，即使有客人在也一样，不止一次了，照理说，宾客中一个接着一个的漂亮女士，是他喜欢公开展现绅士风度的时候。他妻子从不认为他是个天真的人，但是终于在一个闷热八月的微亮黎明时分，她睡不着，不安地慢慢走到窗边，呼吸着林地那儿清凉的空气，看见东方有淡淡的光线渐渐上升，感受到另一件几乎同样是奇观的事。它玫瑰色的光线将她的视野变得乐观——即使他是这样的人，没错——她丈夫有时候因为太坦白而犯了罪。否则他的理由，不会是在八月天去波特兰道整理书籍。他最近买了很多，还有一大堆其他的书要从罗马送过来——是她父亲很感兴趣的古印刷珍本。但是当她的想象力跟着他到了那个满是灰尘的城市,到了那个遮着窗帘的房子,屋内盖着淡色的防尘罩,只有一个看门员和厨娘留守,却看到他只穿件衬衫,并没有忙着打开磨损的箱子。

她看他其实没那么容易受骗——看到他在关上了门又满是灰尘的房间里,漫无目的地走着,从一个地方走到另一个地方,不然就是花了很长的时间斜靠在深深的沙发上不停地抽烟,两眼瞪着前方的烟雾。她刚刚了解,他现在最想要的就是要独自想一想。因为自己和他的想法有所联结,她更甚以往地继续相信,这样非常像他单独地与她在一起。她了解,他可以借此离开丰司那种敷衍过日子的持续压力,好喘口气;她也得以见到,这个另外的选择几乎是捉襟见肘的难堪。他好像用悲惨的方式在赎罪悔过——被送到监狱去或是被关起来身无分文;不用太花脑筋她也想得到他是真的被关着,又没东西吃。他大可离去,大可轻易地开始旅行;他有权利——玛吉现在觉得好棒——得到比他现有的更多自由!他的秘密当然就是在丰司的时候,他整天都退缩着,整天人看起来都在努力压抑着,不管是什么神秘的傲气,不管是什么内心的冲动,那是见过很多世面的男子所熟悉的冲动,他要避开以免爆发。某个原因使得玛吉在那个清晨,一面看着日出,一面很不寻常地估量一下,他会有多少的借口可以拿来搪塞离开。她全想起来了——他离开是为了要逃离一个声音。那个声音仍在她自己的耳朵里——夏洛特在那个噪声的艺廊内,站在展示柜前被迫发出的声音,高亢又颤抖着;她自己昨天才被那个声音穿透心房,像是出自一个极度痛苦的人,听到那声音,尽管躲在朦胧的窗户旁,泪水依然涌进她的双眼。她的理解力升空翱翔,她觉得很神奇,他没有感到需要更大的距离和更厚的墙壁。尽管很赞美那样的情况,她仍沉思着;她现在仔细考虑着,持续解读着他漏了什么,也解读着他是如何将自己摆到不明显的位置,好表达心意,但能做得这么美好,令她相当感动。好像黑夜悬在花园上方难以分辨的花草树木,但又觉得它们是花瓣闭合的花朵,以及它们隐约的甜美香气,以所有的空气为媒,散播开来。他不得已转身走开,但是他一点都不懦弱;他会等在当初他做了什么的原地。她跪下来,双臂放在窗边的椅子边缘,她遮住双眼,因为光线透进来太耀眼,她了解了他的想法就是不管发生什么事,都要等在她身边。她埋住脸庞好久好久,觉得他从未靠得如此近;虽然过了一会儿之后,艺廊里奇怪的哀鸣又开始重复着它无可逃避的回声,她知道了这个声音如何令他皱起脸来,变得苍白又痛苦。

第 五 章

　　一开始那个阳光明亮、又热又没有风的星期天下午，她尚未看出相似之处——到了整个夏季的第二个星期天，他们一群六个人——是七个人，包括小王子，没什么登基大典也没有敌人入侵，但是她看到夏洛特坐得老远，就在预期找得到她的地方。王妃不禁想着，那个晚上在魏维尔太太敏锐的追逐下，她朋友是否并不像她自己这样受到这么大的影响。这个关系在今天倒过来了；夏洛特看着她在长长的午间时分，一小段路又一小段路地走过来，就好像她观察着夏洛特在没有星光的黑暗里，对她步步进逼；有某个时刻，当时她等了一下，等着她们两人穿过那段距离碰面，心中了悟的一件事消弭了距离，也和另一次同样静悄悄的，表面看起来充满奇怪的意思。然而，重点是她们改变地点了；玛吉从她窗户看见她继母离开屋子——在一个不太可能的时间离开，那是八月酷暑的下午三点，去花园或是小树林走走——觉得一股同样激烈的冲动，那冲动使她同伴在三周前采取动作。那天是当季最热的一天，大家都很闲散，觉得应该要找有遮阴的地方午睡；不过，我们这位小姐恐怕不太认同，虽然小憩一番代表好教养，但盛宴时就会有人缺席了。的确，这很像那场盛宴，宽敞的餐厅有点儿暗，按部就班不慌不忙像在用着午餐，刚刚吃过，却缺了魏维尔太太。她头疼得厉害，所以缺席，这个消息并没有对大家宣布，而是他们聚集了之后，由她的女仆恰如其分又尽责地直接对魏维尔先生本人说。

　　玛吉和其他人坐好，吃着经过冰镇的食物，珍贵的酒壶慢慢轮着斟酒，发出叮叮当当的声音，各个方向传来刻意压低音量的谈话——可怜的范妮·艾辛厄姆几乎头也不抬地，把她的鼻子埋在加了衬垫的酒杯里。整个场景大伙儿一致看起来懒洋洋的，简直可以当成一群担惊受怕的人——唯有米切乐神父偶发的一阵话语才能让大家放松一下,他是个善良而又胃口很好的神职人员,一位受到信任的伦敦友人,大小事都会找他寻求建议,因为玛吉慷慨解囊之故,他来邻近地区一周或两周时间做点儿服务,主持当地一些宗教仪式,也顺便享受一下这所房子大方提供的一切。他米切乐神父可是不气馁地找人说话——通常对方是莫名地微笑着,不甚专心;王妃能感受到,这类场合有他真是福气,尽管她心里觉得尴尬,因为她的麻烦事打一开始就自己找出路,没受过他的指引。有时候她心想,他有没有怀疑过她用很微妙、很反常的方式把他放在一旁,她在两种看法里面取得平衡,一边是他私底下必然曾经猜想过,另一边是很确定他什么也没猜想过。即使如此,他现在也很有风度地把一些兜不拢的地方补起来,因为他内心的直觉比他脸上的表情更加敏锐,足以应用——打个比方,他察觉到周围那层薄薄的冰和长期的压力,这对于认为豪奢近乎美德的那些圈子的人,可真是很陌生。或许在某个更开心的季节里的某一天,她会对他告白,说当时尽管心事重重,她仍没有坦诚告知;但是刚才她虚弱又僵硬的手,端着一杯斟得满满的杯子,她曾写下誓言一滴都不会流出去。她害怕更有智慧的话被说出来,那碰撞是来自更高处的光芒,是老天爷的保佑;再者,不管那是什么,她的呼吸从不曾像今天下午一般,沉重得好有压迫感。

某件严重的事已经在某处发生了,老天知道,她有自己选择要认定的假设:她最纳闷的就是,那条连接着她丈夫和父亲的绳子,会不会终于断了,一想到她的心脏都要停了。这么一件事是有可能发生的,她沮丧地闭上眼睛——他们前面可能出现一连串各式各样丑恶不堪的面貌。"你自己去发现!"她最后把这句话丢给阿梅里戈,那时正在问着还有谁"知情",也就是打破钵的那个晚上;她还沾沾自喜,从那时候开始就保持一贯清楚的态度,没再帮过他一丝一毫。这就是她要他这几个星期来一直忙着的事,而她一次次地躺着无法入睡,执着于硬着心肠感受他的不确定,也不断地试探他的尊严。她令他处在不知情的状态,连不想理都办不到,也不愿意一口认罪以澄清观感。尽管他心胸宽大,但是就程度来说,此事已经啃蚀着他的精神,她不止一次心想，为了要打破她施在他身上的魔咒，以及他父亲那个像磨亮的老象牙般不可侵犯的外表，他会突然犯下某些错误，或是做出某些激烈的行为，打碎窗户玻璃来呼吸空气，甚至连他老天赐予、根深蒂固的品位都不顾了。那么一来就完了，他会把自己放在错误的位置——一步踏错就会毁了他外在的完美。

米切乐神父还在闲聊着，她眼前这些阴影起起落落；其他的阴影，则是悬在夏洛特头上的那些，凸显她对于种种疑虑也一样无力招架——特别是想到可能会有所改变，而她不敢面对如此的改变，也就是改变与这两位男士的关系。或者说，玛吉觉得似乎仍有其他的可能性；可能性总是太多了，它们都是邪恶的，尤其当一个人终于鼓起最大的勇气的时候；尤其当勇气把这个人留在四周潜藏着危险的黑暗中，那种黑暗就像个守夜人的困境，身处于野兽横行之地，却无法生火。她具备如此的勇气，几乎任何人的任何事都猜想得出来；可怜的鲍勃·艾辛厄姆的任何事她几乎都猜得出来，他不得不永远中规中矩的，不得不很严肃地赞美她父亲的酒；那位善良牧师的任何事也猜得着，没错，他终于放松往后靠了，两只肥胖的手交叠在他的肚子上面，两根拇指转来转去。这位善良牧师紧盯着玻璃酒瓶，紧盯装着各式甜点的盘子——他稍稍斜眼看着它们，好像它们今天比起在场的任何人，讲起话来都要更投机。不过，王妃的幻想最后也包括了那件事；她忽然间就已经待在通道的中间，一头是米切乐神父，另一头是夏洛特——那个早晨他用来接近她的方法，可能是注意到她最近挺明显地不再有什么奉献的举动了。他大可借此发挥，比如说，没什么心眼儿地推论一下——把它当成心里某个被压抑的困扰，接着再自然地点出道德教训，要脱困可不能忽略了那帖伟大的解药。他可能已经规定要忏悔——无论如何，他加快使她认为午睡是虚假的这件事，我们这位小姐已经对于如此不牢靠的小事，灌注了全部心力。此虚假的状态已经设下圈套，和它一比，就算无异议地接受背叛的谴责，也像是一条长满玫瑰花的小径。奇怪的是，因为接受了，反而令她什么都做不了——假使她喜欢的话，她大可以保持一派的傲慢又懒得理人的态度；无法继续对付她，可以这么说，反而所有的事都留给她做，尤有甚者，这些事外表看起来都是信心满满。她只得日复一日不断确定自己是对的，不管是行动的理由、要求的公道，以及得以有福气地幸免于难——所以说，真的，虽然米切乐神父摆明了这么关心，但其深处不就几乎是在嘲笑她的成功吗？

这个问题无预期地有了答案，那时候用午餐的一群人开始各自散开了——玛吉对于魏维尔太太的敏锐看法，把她缺席午餐的举动视为想要逃避、免于遭到嘲笑。在分开前，她和那位善良的牧师四目相望；当牧师最糟的就是，这么说吧，都是大好人，她马上以为他简直就要用无比温柔的声音开口对她说：" 去找魏维尔太太，孩子——你去吧；你会知道你能帮她忙。"然而，这句话并没有说出来，什么都没有，只有在吃得饱饱的肚皮上，两根拇指又重新转哪转的，还扯开大嗓门，提到丰司雇来做鲑鱼蛋黄酱的人手，讲得好坦白又充满喜感。什么都没有，只看到其他人各自退去的背影——特别是她父亲微驼的肩膀，像是出于习惯又在罗织咒语，跟他太太在场时一样耐心十足。她自己的丈夫也在场，该感受到的也的确都感受到了——恐怕这正是为何此人立马效法起" 溜走"，毫不含糊。他有事要忙——可能连在丰司也有书要整理吧；再说，睡午觉这码子事，不管什么情况，也没必要大声嚷嚷。玛吉就这样被单独留下来，和艾辛厄姆太太待了一分钟，她等到状况安全了才出现，显然心里有话要说。她们一起" 商讨"的阶段已经过了很久；她们现在交谈的是已经相当具体的事实；只是范妮这方面很希望能证实，没有什么逃过她的注意。她就像个和蔼的女士，凑巧在马戏团徘徊，其他观众则一堆人挤向出口，她遇见了表演荡秋千的小女孩，因过度工作而劳累——支持表演特技的想必是其父母亲，既尴尬又要求严格——于是把她当成一位名不见经传但又值得赞赏的艺术家，给予慈爱的关注。在我们这位年轻女士的想象里，觉得最清楚的就是不管什么场合，只要破局了，她自己就会被留下来收拾。她在那儿主要是对周遭的疏失和逃避负荷起重担，这是最后一步棋；今天她正是为了那个任务，又被抛在后头——艾辛厄姆太太和她走在一起，看起来算是稍稍缓和一点儿这种感觉。艾辛厄姆太太暗示说她也仍在观望——虽然过了一会儿之后证实了，她这股侠义之情其实是因为她很好奇。她已经环顾四周，确定同伴们听不到她们讲话。

"难道你真的不希望我们走？"

玛吉淡淡地微笑。"您两位真的想……"

此话让她朋友脸红了。"好吧——不想。但是我们愿意，你知道的，你使个眼色就行了。我们会整理行李离开……当作牺牲。"

"唉，不用牺牲，"玛吉说，"帮我渡过难关。"

"就是啦——那就是我要的。我实在是太差劲了！再说，"范妮继续说着，"你实在太出色了。"

"出色？"

"很出色。还有，你知道的，你不是渡过。你已经办到了。"艾辛厄姆太太说。

但是玛吉只是听听。"是什么令您觉得我办到了？"

"办到你想要的呀。他们要去了。"

玛吉仍然看着她。"那是我要的吗？"

"喔，不该由你来说。那是他的事。"

"我爸爸的事？"玛吉犹豫了一下子之后问。

"就是你爸爸的事。他做出选择——她现在也知道了。整件事已经都摊在她面前了——而她没办法说话，或是抗拒，或是动根指头都不行。那就是她的情况。"范妮·艾辛厄姆说。

她们站在那儿，这些话在王妃心中形成一个画面——那画面是由别人的话所组成，不管说的是什么，她觉得永远好过自己说的任何话，即使她的视线已经颇感负荷。她往周围看看，透过百叶窗的缝隙有好刺眼的阳光——看到夏洛特在里面某处，几乎被逼得无处可逃，但是也拒绝任何可以在最后慈悲地保护她的真相。她看到她在某处孤零零的、脸色苍白不发一语，仔细想着自己的命运。"她告诉您的？"接着她问。

她同伴笑得有些得意。"她不用别人告诉她——我也不用！感谢老天，我每天都看到些东西。"然后，好像玛吉看似想知道是什么，比方说："我看见遥远的海洋和那个可怕的伟大国家，一州接着一州——我从来不觉得它们这么大、这么恐怖。一天又一天，一步又一步，最后我在远远的那端看到他们——我看到他们永远不会回来了。永远不会——就这样。我看到那个惊人又'有趣'的地方——我是没去过，你知道的，但是你去过——以及她将会受到多大的期待，好投注热情于其中。"

"她会的。"玛吉很快地回答。

"受到期待？"

"投注热情。"

说完这句话之后，她们四目相望。最后范妮说："她会的……是呀……只要是她得做的。那会是——不是吗？——永远，永远。"她朋友觉得她说得情感丰富，但玛吉只是看着她。话里的用语好重，构筑的画面也好大——尤其是它们现在开始延伸、扩展开来。然而在中途艾辛厄姆太太很快地继续说话。"我说知道的时候，我真的不是指你有权利这么做。你知道因为你了解——而我并不了解他。我弄不清楚他的心思。"她用几乎是潦草的口气坦承不讳。

玛吉又等了会儿。"你是说，你弄不清楚阿梅里戈的心思？"

范妮却摇摇头；仿佛在说，无论如何想也知道，早就放弃了要弄清楚阿梅里戈心思这件事。玛吉想她指称得有多广，以及她接下来说的会有多大的含意在内。没有再提及其他的名字，艾辛厄姆太太立刻从她眼中了解了——不过判断力还差那么一点点。"你知道他的感觉。"

玛吉听到此话缓缓地摇摇头。"我什么都不知道。"

"你知道你的感觉。"

但是她又否认了。"我什么都不知道。要是我知道……"

"呃，要是你知道？"范妮在她声音颤抖得说不出来的时候问了。

然而，她受够了。"我会死掉。"她说完就转身离去。

她穿过安静的屋子到自己的房间；她在那里漫步了一会儿，挑了把不同的扇子，也不知道为什么，然后开始往阴凉的寓所走去，这时候小王子应该在安享午睡。她经过第一个房间，是白天的婴儿房，里面没人，接着在一扇开着的门口停下脚步。里面的房间暗暗的，很大又清凉，也一样很安静；她儿子的小床是古董，很宽大，曾为历史上某王室所有，据闻是王室继承人才能睡在上面，并受到严密保护，自从小王子有此封号，他祖父就送来这个礼物；床放在正中央，好安静，她几乎能听到小孩轻轻的呼吸声。他梦中的保护者正在他旁边；她父亲坐在那儿几乎动也不动——他头往后仰有东西垫着，眼睛显然是闭着，容易看出紧张的脚平静地放在另一只膝盖上，那深不可测的心，外面包着永远亮洁如新的白色背心，袖孔老是有拇指勾在那儿。庄重的诺布尔太太睡着了，整个地方都标记着她暂时离开职守；不过，这是例行的实际情况，玛吉流连于此只是看看罢了。扇子上端紧压着她的脸，她的目光从上面看过去，看得挺久的，猜想她父亲是否真的在睡，或许因为知道她来了，所以故意保持安静。他的眼睛是否从半开的眼睑盯着她看，而她只把它当成——他忍耐着不问任何问题——是个信号又要她担待每件事吗？尽管他动也不动，她还是看了一分钟之久——然后，宛如她的顺从又整个重头来过，她没发出半点声音就回到自己的寓所。

她内心有股奇怪的冲动，她这部分倒不是想把重担放在他处。那天早上她原本可以睡得像几天前那么少，当时她从窗户看着第一道曙光转向东方，她房间的这一边现在有遮阴，两扇窗扉已经折回，加上所处的位置居高下望，景致迷人——从高高的露台往下看，眼前景色仿佛某座城堡的高塔，矗立在岩石上。她站在那里，脚下是花园和林地——在这一大片的光线之下，全都显得昏昏沉沉。长长数英里的阴影看起来很热，一团团的花朵也显得暗淡；栏杆上有几只孔雀，尾巴垂了下来，吃力地走着，比较小只的鸟藏在树叶间。一切都明亮又空洞，好像没什么东西会动一下，但就在玛吉要转身的时候，她看到有一个点在移动，很清楚，有一把绿色的阳伞正在下楼梯。它从露台往下走，隔了相当距离，退到视线外，自然也看不见头部和背影；但是玛吉很快地就认出那袭白色洋装和这位冒险者特别的动作——她心里想着，所有人里面只有夏洛特会选择在日正当中、大太阳底下，到花园探寻一番，她只能到花园深处某个无人造访之处，或是花园之外某个她已经觉得是最佳避难所的地方。王妃才看着她几分钟，便觉得足以感受到，光是她的步调和前进的方向，就知道像在逃跑，然后她自己也了解，为什么她们都觉得静静地坐着让人无法忍受。她心中凌乱地回响着一个古老的寓言——画面里的爱莪被牛虻追着跑，或是阿里阿德涅在无人的海边流浪①。她感觉她的意愿与渴望全部都在寓言里；此时她也可能是某位远方的女主角，烦扰不已——只能演的那个部分却毫无前例可循。她只知道从头到尾——从头到尾她和其他人坐在那儿，她却不在——她想直接走向这位离开大伙儿的人面前，最后一次表达对她的支持。只差个借口，但玛吉立刻找着了。

魏维尔太太消失之前，她瞄到她带了一本书——有一半被她的白色洋装遮住了，看得出来是深色封面的书，万一有人突然间遇到她，好拿来解释，而那本书的另一册此刻正在玛吉的桌上。那书是本旧小说，王妃这儿两三天提到，是从波特兰道带来的装订得很漂亮的三册原版书。夏洛特夸张地大加赞扬，希望有机会能看看，于是我们这位小姐隔天就指示女仆送到魏维尔太太的寓所。后来她发现这位信差不知是太笨，还是不小心，只拿了其中一本，而且还不是第一册。因此第一册仍在玛吉这里，而夏洛特在这种奇特的时刻，想去凉亭读点浪漫小说，拿到的却是第二册，真是没辙，玛吉当下就准备出门给予援助。她只需要那本对的书和一把阳伞——再加上，也就是说，勇气给自己心里那个念头。她又穿过屋子，很顺利，然后现身在露台上，紧贴着阴影走着，心里明白此回与她朋友的局势大翻转，我们之前就已经注意到了。她一路走着，下到空旷的地方然后开始四处探寻，魏维

---

① 爱莪（Io）和阿里阿德涅（Ariadne）是古希腊神话里的人物。爱莪因与天神宙斯谈恋爱遭到嫉妒的天后赫拉（Hera）惩罚；阿里阿德涅则是帮助爱人忒修斯（Theseus）除掉人面牛身的怪兽弥诺陶洛斯（Minotaur）后，被抛弃在孤岛上。两者在此皆是孤独无助而又绝望的象征。

尔太太走得更远了——她放着自己安逸的房间不要，到这个没有保护又有大太阳的地方，越想越奇怪。所幸，最终她还是靠着锲而不舍的追寻，抵达了有美丽遮阴的区域：这里想必是那位流浪的可怜女子所看到的避难所——特别是有好几条又宽又长的巷道，上方是由攀爬的玫瑰和金银花组成浓密的拱顶，一道道狭长的绿色景象汇集在一起，有点像是阴凉的寺庙、古老的圆形建筑，有柱子和雕像，有壁龛和屋顶；它很古老也未加修饰，就像丰司所有的东西一样，知道目前没有激烈的暴力，未来也没有威胁。夏洛特在那儿停住了，心绪烦乱，或是怎么称呼都行；此处可想而知是隐蔽之地；她坐着，目光凝视前方，看起来已经陷入沉思，完全没注意到玛吉出现在其中一条路口。

　　这简直就是那天晚上在露台的翻版；距离太远，她不确定自己会立刻被看见，但是王妃等着，她的用意和夏洛特在另一个场合里等着，是一样的——可以，啊，可以出现不同的用意！玛吉满心都是那个感觉——满满的心意让她失去耐心，于是她稍稍往前移动，使自己在视线范围内，那双眼睛一直看着别处，但是突然间她认出来了。很明显，夏洛特没料到有人跟着她，瞪着无神的双眼，本能地直起身子反抗。玛吉看得出来——也更进一步知道，第二眼再看她朋友走近时的态度，立刻有所不同。王妃靠得更近了，神情严肃不发一语，但也几乎想再次停下来，好给她一点儿时间，看看她想做什么。不管她要怎样，不管她能怎样，都是玛吉想要的——她最想要尽可能帮着她自在些。那可不是夏洛特在另一个晚上想要的，但这一点本来就无关紧要——要使得她、要她心里真觉得自己有高度的选择权才好。一开始很清楚，她挺害怕的；她很快就知道，她的追逐者是心里有某个计划才会追着她跑；再者，她思考的可能不过是，当她自己是追逐者的时候，她要她继女了解她的心情和目的，那个样子又算是什么？那样子在当时沉入了玛吉的心中，那种坚持不退的样子，而魏维尔太太也感受到它、看着它还听着它沉下去；她对于压力的记忆很好，自然她也一直没忘记。但是她凝视的眼睛似乎散发着恐惧，有掩埋的宝藏是以非常不光彩的手段获得，害怕本来可能会被挖出来，也可能会被丢回她的手里，但是，在那个时刻和过后，她同伴不变的表情便是同意当起深深的泥土。没错，那几分钟里，王妃有那么一会儿是真的非常紧张。"她撒的谎，就是她撒的谎令她受不了；她的反抗再也无法压抑，她要来收回她的话，否认是她的意思，而且要加以谴责——当着我的面把真相一吐为快。"一个屏气凝神的时刻，玛吉觉得她无助地喘着气——但只让人知道她屈辱又可怜的状态。她自己也只能暂时原地徘徊，把她带的那本书放在显眼的地方，然后尽可能看起来无害、温和又卑微；她也一直提醒自己读过的故事，西部荒野的人们在某些情况里会将自己的手举高，以便证明他们没有佩戴左轮手枪。尽管她知道自己仍心烦意乱，但是到最后她几乎可以微笑了，想表示自己真的无害人之意；她将书举高，多差劲的武器呀，一面体贴地继续保持着距离，一面解释着，尽量让声音不要颤抖。"我看到你出来——从我窗户看到的，想到你在这里却没有第一册的书可以看，我实在受不了。这才是最开始；你拿错本了，我把对的带来给你。"

她说完话之后仍站在原地；好像与对手进行谈判，她脸上露出一点点的微笑，情绪既紧张又高昂地提出正式请求。"我现在可以靠近一点吗？"她好像这么说着——然而，下一分钟，她见到夏洛特以奇怪的程序做出回应，包含了好几个剧烈的阶段，她站在那儿就能按步追踪。过了这一段之后，她脸上担心的表情已不复见；虽然依旧看得出来她难以置信，有人用这么奇怪的方式对她献殷勤。假如有人对她献殷勤，表示心中起码有某个念头——一开始她觉得那个念头必定很危险。那倒不是，真的不是因为玛吉散发出的力量让人无法抗拒；而是因为察觉到可以大大松一口气，才三分钟的时间每件事就惊人地改观了。玛吉出来找她是因为她真的注定了，注定要分离，那像把刀子插在她的心上；看到她无能为力的样子，盲目跑着寻求平静又怕被抓到的样子，跟艾辛厄姆太太所形容的，她要越过大海和大片陆地被丢进一个恐怖的未来，好像有部分开始成真了。她离开的姿态就是这个样子——把身后当作掩饰的船只都烧了，破釜沉舟——好让她要面对的恐惧在眼前上演，不让其他人看见；即使玛吉一脸无辜来接近她，也难掩她正处于极端的高涨情绪。也说不上来，她们哪一个此刻是否仍用一贯的优雅掩饰；不再遮掩也不觉得羞赧了，王妃觉得好悲哀，尽管她们很快又装糊涂，因为自信心稍微恢复了。她立刻将傲气压下来，这么明显的变化真是悲哀啊——这种情况就算不是逼近，也可能是自我防卫。傲气的确在下一刻成了件斗篷，因为需要保护也觉得别扭的关系；她将它一甩，往身上围，好像否认失去任何自由。命中注定这回事在她的情况里，已经放大到引发命运上身；所以，一旦坦承悲苦不堪，形同坦承虚言假意。她不会坦承，也没坦承过——一千个不会；她只是相当坦白也很急切地东找西找，想要有点儿什么，可以为她的突破束缚增加可信度。她一面思索，一面睁大了眼睛，胸口起伏着，玛吉看了真的希望她能帮上忙。她很快地站起来——好像说"喔，如果你喜欢，就待着吧！"她随意走了一下，眼睛望向别处，任何东西都看，每件东西都看，就是不看她的访客；她说了气温，坚称她爱极了；她为了书本道谢，但又有点儿矛盾地说，她觉得第二册恐怕不如她所想得那么灵动；她让玛吉走近，近到足以把刚才说的东西，照原样地放在长凳上，然后她顺从地拿起它已显得多余的同伴；当她做完这些事情后，她在另一个地方坐下，看得出来，多多少少可以控制自己的情绪了。她所有的冒险里面，我们这位小姐，刚才经历了一段最奇怪的时刻；因为她现在不仅看见她同伴，简直就把她当成可怜的小人物，那是她觉得挺容易表现出的样子，而且她的反应也是暗自地高兴不已，猜想是否有什么能令她更显得可怜到无以复加。她感到这个可能性虽然不太清楚，但渐渐明朗起来。终于，夏洛特觉得够明白了，她又再次要自己卑躬屈膝的（像人们说的）；可发挥的舞台也因此真的变大了。那个时间里她们两人都一样，大舞台的好处使人眼花缭乱。

"我好高兴看到你一个人——有点儿事我一直等着要告诉你。我厌倦了，"魏维尔太太说，"我厌倦了……"

"厌倦……"后半句话没下文；没办法一次全说完，但玛吉已经猜到那是什么意思，而且她脸上的一阵表情，也显示她心里有数。

"厌倦这种生活——我们正在过的这种生活。我知道你很喜欢，但是我有其他的梦想。"她现在把头抬得高高的；眼神绽放出更多胜利的光彩，也比较安定；她正在找、正在照着自己的方式走。玛吉坐在视野所及之处，也受到同样的影响；她正在拯救某个东西，数量多寡只有她自己才能判断；即使王妃已经自己前来做出牺牲，依然花了好长的时间，很像是看着她从坚实的岸边一跃跳进难测的大海，跳进可能危机四伏的深处。"我看了其他东西，"她继续说，"有个想法非常吸引我——我已经想了很久。我觉得我们错了。我们真正的生活不在此地。"

玛吉屏住呼吸。"我们的？"

"我丈夫和我。我没有在为你说话。"

"喔！"玛吉说，只是祈祷着不要发蠢，就算只是看起来像也不要。

"我在为我们自己说话。我说话，"夏洛特说出口，"是为了他。"

"我懂。为了我父亲。"

"是为了你父亲。哪还有谁呢？"她们现在紧盯着彼此，但玛吉的脸色可以借着她非常关注的事而不被看穿。无论如何，她不至于那么蠢，以为她同伴的问题需要人家回答；过一会儿证明了，她很谨慎没有动静是对的。"你当然知道那会牵涉到什么——我的冒险使你觉得我挺自私的。就让我承认吧——我是自私的人。我把丈夫放在第一位。"

"嗯，"玛吉说，一脸的微笑没停过，"那也是我放自己丈夫的位置……！"

"你是说，你不会埋怨我？那就更好了，因为，"夏洛特继续说，语气越来越奔放，"我的计划已经全部完成了。"

玛吉等着——她脸上的微光加深了；她的机会几乎近在眼前。唯一的危险就是她自己破坏它；她觉得自己在避开一处深渊。"那我可以问问，你的计划是什么吗？"

夏洛特只停了十秒钟之久，接着说的话就很利索了。"带他回家呀——回到他真正的职位。不容耽搁。"

"你是指……呃……这个季节？"

"我是指立刻。而且——我现在可以告诉你——我是指我自己的时间。我想，"夏洛特说，"最后要有点儿时间把他留给我自己；我想要，可能你会觉得挺奇怪的，"然后她加了全部重量在她的话上面，"留着我嫁的这个男人。要做到这样，我知道自己得有所行动。"

玛吉很努力地跟对话题，觉得自己从脸到眼睛都红了。"立刻？"她若有所思地复诵着。

"我们能越早走越好。搬走所有的东西毕竟只是细枝末节。那总是办得到的；像他那样花钱，没什么办不到。我要求的，"夏洛特说得坚定，"<u>是</u>明确的分开。我希望现在就是。"话说完，她的头就像她的声音一样，抬得老高。"唉，"她补了一句，"我知道我的难处！"

在远远的下面没人注意到的地方，在她几乎说不上来的神圣深处，玛吉灵光乍现，下一刻它加重了好几倍，成了声音："你是说，我是你的难处吗？"

"你和他都是——因为我和你在一起的时候，就一定得看到他。但是，如果你想知道的话，我面对的事好难，可我已经在面对那难处，我告诉自己要克服那难处。和它奋斗——不是太愉快——对我而言颇为无趣，你可以想象得到；如果我非得全部告诉你不可的话，有时候我觉得其中丑恶得厉害，也丑恶得奇怪。然而，我相信会顺利的。"

说到这里她站了起来，魏维尔太太走了几步以加重语气；而玛吉一开始没有动静，只是坐着看着她。"你要将父亲从我身边带走。"

发出这声几乎是单纯的呜咽，过程流畅，听起来好激动，连夏洛特都转过身来，而这个动作证明王妃被瞒骗得很圆满。她胸口有某种东西悸动着，和那天晚上感觉一样，当时她站在客厅否认自己在受苦。只要她同伴起个头，她随时可以再说谎。然后她就会知道，能做的她全做了。夏洛特严厉地看着她，仿佛拿她的神情与她所说厌恶的话做比较；玛吉感受到这一点，于是表现得看起来一副被打败的样子。"我真的好想拥有他,"魏维尔太太说,"我也觉得他值得如此。"

玛吉站起来,好像要迎接她似的。"喔——值得的!"她脱口而出,表现得可圈可点。

她马上知道那语气又产生效果了:夏洛特气焰高涨——可能真的相信她激动的表达方式。"你以为,你已经知道他值得什么吗?"

"的确,亲爱的,我相信我已经知道——我相信我依然知道。"

玛吉,已经给了直接的回应,也同样打中标的。夏洛特只是看了一会儿,然后就开始说话——玛吉知道这些话会来的——因为她已经压了压那根弹簧。"我可懂了,你有多讨厌我们结婚!"

"你在问我吗?"过一会儿玛吉问了。

夏洛特往四周看了看,拾起她放在长凳上的阳伞,呆板地拿起被弃于一旁的小说,然后又将它丢下,颇为故意地:看得出来,她要说最后几句话了。她咔嗒一声打开了阳伞,把它放在肩上转着圈,一脸骄傲。"问你?我有必要问吗?我可懂了,"她冲口而出,"你是怎么对付我的!"

"哎呀、哎呀、哎呀!"王妃大叫着。

她同伴离开,走到其中一个拱门,但又转身爆发怒火:"你没在对付我吗?"

玛吉听到了,把这话留在心里一会儿;怀抱着它。闭上双眼,仿佛它是只被抓到的小鸟,拍扑着翅膀,她用两只手握着贴近胸膛。然后,她张开眼睛说话:"有什么关系呢——反正我都已经失败了?"

"你看清楚,你已经失败了?"夏洛特站在门槛处问。

玛吉等着;她看着座位上的两本书,就像刚才她同伴做的;她把它们叠在一起后又放了下来;然后她下定决心。"我已经失败了!"等了一会之后,在夏洛特离开前,她这么说了。她注视着她,亮丽又挺拔,飘然走下长长的通道;然后,她身子一沉跌坐在椅子上。好了,她已经全部做完了。

第 六 部

第 一 章

"您喜欢什么我就做什么，"她对丈夫说，时间是在那个月最后几天中的一天，"假如我们这个时间用这种方式待在这里，您觉得太荒谬、太不舒服，或是太让人受不了的话。我们要么现在就离开他们，不必等——要么他们动身前三天，我们可以即时回来。您只要说个字，我就和您一起出国；去瑞士、蒂罗尔①、意大利的阿尔卑斯山脉，不管哪个古老高地您最想再看看的都可以——您待在罗马之后再去那些地方，对您身心有益，那些您时常告诉我的漂亮地方。"

他们待的地方是因为种种情况加速了这个提议，但可笑的是，眼看着无趣的伦敦九月已经快到了，他们竟然依旧满足于继续待下去；而波特兰道看起来好空洞，从未曾如此了无生气，要是昏昏欲睡的车夫往地平线望过去想找个乘客，也要冒着因为动也不动又会倒头再睡过去的危险。但是一天接着一天，阿梅里戈自有奇怪的意见，认为他们的情况不会再更好了；他甚至不曾提过，连用回答的形式也没有，如果她觉得他们的考验已经超过他们能忍耐的限度，那么他们采取的任何步骤，也只是为了令她自己喘口气罢了。当然这部分原因是他自始至终都很坚持，连稍微露点儿口风都没有，绝不承认他们生活中有任何东西是或曾经是考验；不管什么情况都不会落入圈套，"形式"上没半点差错，也没有被激怒而意外松口过，任什么都不会使他陷于矛盾之中。他太太可能真要对他说，他的确是一以贯之——他那令人赞叹的外表从一开始就持续至今，都没变过——也太不知变

---

① 蒂罗尔是位于阿尔卑斯山脉的区块，现为奥地利与意大利所分隔。

通使她受罪了；只不过，幸好她不是那种心胸狭窄的人，会说那种话，而且他们之间有种奇怪的、心照不宣的默契，那是经过聪慧地比较两人特有的耐心之后才建立的，彼此确实精准地核对过了。只要她愿意看着他，他最后会出现在对的那端，而她正看着他熬过去：这种默契，一周又一周心照不宣地复苏着，几周下来也因为受到时间的洗礼而几乎显得神圣；但无须强调，她正看着他按照他的时程走，那跟她可就一点关系也没有了，或者说，一言以蔽之，她务必得顺着他那个几乎可行的方式才行，尽管他没解释，也没人知道是什么。如果那个方式凑巧又帅气地让他显得是在忍耐无聊，而不是让别人觉得无聊就好，因为他没有完全失去那让人感到亲密的幸福感——这些优点都是他自己的，可随时双手奉上，但绝对不是别人给的，就算说服他也不成——那么，这件事情虚假面貌所代表的，不就是她所许诺的事实本身吗？假使她曾质疑过、挑战过，或是干涉过——假设她曾为自己保留那项权利——她就不会许诺；还有很长的紧张日子要持续好一阵子，这期间他们的状况会放在每双眼睛前面，看看她可能或不可能变节。她千万得维持到最后才行，连三分钟都不可以从岗位上消失：唯有这些方式才能证明自己和他连成一气，没有在对付他。

很奇特的是，她要他来与自己太太"连成一气"，任何时间都行，但一连串的迹象少得可怜：她免不了那么想，因为他们现在的状态悬而未决，一心一意等待着——有此想法更是因为她心里有数，和他一比，她得"全揽"在身上去经历整个过程，不辞劳苦地跑来跑去，他却是定在他的位置上不动，宛如某尊他无祖的雕像似的。四下无人时她推论这种情况看起来，像是他有个位置，而且这个特色是无法被废止，挡也挡不住，也因此使得其他人——自他们想从他身上得到任何东西的那一刻起——和他相比，她只好走更多步伐绕在他身边，忆起那座山和穆罕默德之间家喻户晓的关系①，那对他也有好处。如果看深

---

① 英文谚语里有一句话"If the mountain will not come to Mahomet, Mahomet must go to the mountain."字面上的意思是如果一座山不向穆罕默德走来，那穆罕默德就得向它走去。也就是说如果某事无法迁就你，那你只好改变自己顺应它。

入一点儿会很怪,但是像阿梅里戈这样的位置,其实是通过数不清的事实,老早就为他而设置妥当,这些事实大部分是大家都知道的,像是由先祖们、典范、传统和习惯所组成具有历史性的东西;而玛吉的位置好比临时的"职位"而已——一个称得上高级的职位——有了这个称号,她会发现自己挺像是个新国家里的殖民者或是商人;甚至很像某个印第安妻子,背上背个小孩,以及准备要卖的一些原始的串珠饰品。简单来说,玛吉的位置若要用基本的社交关系按图索骥,是行不通的。它唯一的地理记号,当然就是根深蒂固的热情。无论如何,王子坚持到底的"终点",代表的是他岳父的期待,他已经宣布要和魏维尔太太启程去美国;就像那即将来临的事件一样,最初是被当成谨慎的缘故,于是建议比较年轻的这一对夫妇往外跑,更别提要其他纠缠不休的同伴,在丰司的大变动前离开。这个住宅会有一个月的时间,挤满了搬运工、打包捆工和敲榔头的,这些人展开工作,房子成了特别的公开场所——相对于波特兰道而言——夏洛特坐镇指挥,全速进行;工作指定的规格和样式相当惊人,玛吉心里从未感受过如此庞大的规模,有一天亲爱的艾辛厄姆一家人慢悠悠地回来,进入眼帘的尽是木屑,她脸色苍白得像是看到了参孙① 大力士将神庙给一把扯毁了似的。他们见到了至少是她没看到的,他们退隐时见到了一大堆看不太清楚的东西;她目前眼睛看的只有时钟,好给她丈夫算时间,或者只看镜子——那个影像恐怕更真实些——镜中反映出他的影像,她知道他在给那一对人在乡下的夫妻算时间。无论如何,他们来自卡多根街的朋友们,更是在所有的中场时间里,产生某种震荡的效果;尤其是艾辛厄姆太太和王妃之间有一段迅速的问答,更是明显。那时候这位焦虑的女士,最后一次在丰司见到她年轻的朋友,尽管不如以前一般热络,她也接受了,但是感同身受的心情令她胆子变大了,又开始探探口风,以前从不曾如此需要这套做法,不过当前这

---

① 参孙讲的是《圣经》里一位大力士的故事。他为奸细情妇所陷害,其力量来源的头发被剪掉而遭俘虏,被挖去双眼囚禁。等头发长出来恢复力气后,他有个机会将敌人聚集的神庙柱子拉断,神庙崩毁,他与众多敌人同归于尽。

个怪异的"路线"实在也太奇怪了,要问清楚。

"你是说你们真的要待在这儿不动了?"玛吉都还没来得及回答,"你们晚上到底要干吗呀?"

玛吉等了一会儿——她暂时仍能保持微笑。"人们一知道我们仍然在这里——报纸上当然会写得满满的!——他们不管人在哪里,都会成群结队、数以百计地过来揪住我们。看吧,您和上校自己就是呀。至于我们的晚上嘛,我敢说,不会和我们现在过的有何特别不同。也不会和我们的早上和下午有何不同——可能啦,除非您两位亲爱的人,能够偶尔来帮帮我们一起度过。我已经提议过了,只要他愿意,"她补充说,"在哪里买个房子都行。但是,这档事——只有这个,没别的了——是阿梅里戈的主意。他昨天,"她继续说,"还给它安个名字,他说那足以形容,也很适合它。所以,你懂吧,"王妃又在她的微笑上面使力了,那微笑可不轻松好玩,而是像人们说的,是逼出来的,"所以,你懂吧,我们的疯狂里还是有条理的。"

艾辛厄姆太太这下子纳闷了。"那个名字是什么呢?"

"'把我们正在做的,化约成最简单的呈现方式'——那就是他说的。以至于,因为我们什么都没做,所以我们是用最恶劣的方式在做——那就是他要的样子。"说完后玛吉又在讲了一句,"当然啦,我了解。"

"我也是!"她的访客过一会儿轻轻地说,"你们得把房子清空——那是免不了的。但至少在这里,他不必胆战心惊。"

我们的小姐接受这样的说法。"他不必胆战心惊。"

范妮仍觉得不甚满意,若有所思地抬起了眉毛。"他是个非凡的男子汉;但又有什么——你都已经'摆平'了——需要躲避的呢?除非,"她继续说,"她会靠近他;她会——请原谅我说得粗鲁——苛责他。那可能,"她暗示着,"是他在意之处吧。"

不过,王妃可是有备而来。"她能靠近他。她能苛责他。她也能突然现身呀。"

"她能吗?"范妮·艾辛厄姆发问。

"她不能吗?"玛吉回答。

她们四目相望了一分钟，过后，这位较年长的女士说："我是指看到他一个人的时候。"

"我也是这么想。"王妃说。

范妮听到这儿忍不住微笑了，原因为何，只有她自己知道。"哦，假如他是因为那样才留下来……"

"他留下来——我搞清楚了——是要承担所有会发生或是要面临的事。要承担，"玛吉继续说，"甚至那件事。"然后，她说了话，好像她终于对自己说了，"他留下来是为了要更加得体。"

"得体？"艾辛厄姆太太凝重地复诵着。

"得体。要是她竟然试图……"

"啊……"艾辛厄姆太太催着。

"呃，我倒希望……"

"希望他会见到她？"

然而，玛吉犹豫着，没有正面回答。"光希望是没用的，"她很快地说，"她不会的。但是他应该会。"前不久她朋友才为粗鲁而表达抱歉，这会儿刺耳的声音更加延长——像是按着电铃久久不放。现在竟然要被拿来讲一讲，夏洛特有可能"苛责"那个爱她那么久的男人，说得如此简单，其实真是很难过，不是吗？当然，所有的事情里，最怪的莫过于玛吉的顾虑，像要担心的是什么、又有什么要应付的；更怪的是，有时候她这边几乎陷入一种状态，不甚清楚地盘算着她和丈夫一起，对这件事能打探出多少。这样是否会很恐怖，如果过去这几个星期里，她突然很警觉地对他说：「为了个人荣誉，你不觉得似乎真的应该在他们走之前，私底下为她做点儿什么吗？」玛吉能够掂掂自己精神上要冒多大的风险，能够让自己短暂神游去了，即使像现在还一面跟别人说着话，这个人可是她最信任的，出神期间她好去追踪后续的可能发展。说实在的，艾辛厄姆太太可以在这类时间里面，多多少少感到心理平衡些，因为不至于完全猜不到她在想什么。然而，她刚刚的想法不只是一个方面而已——而是一串，一个接一个地呈现。这些可能性的确也包含了她壮起胆子，顾虑到艾辛厄姆太太可能还想要多少的补偿。可能性总是存在，毕竟她是够条件来苛责他——事实上，她已经不断、不断地这么做。没什么好拿来对抗的，除了范妮·艾辛厄姆站在那儿，一脸确定自己被剥夺了权利的样子——那是被残忍地加之于身的，或者说，是在这些人实际的关系里无助地感受到的；尤其回头一看已经不止三个月的时间，王妃心里当然觉得像是确实认定了。这些臆测当然有可能并无根据——因为阿梅里戈的时间好多好多，没有任何习惯癖好，他的解释里也没任何假话；因为波特兰道的那一对都知道，夏洛特不得已去伊顿广场，也不是一次、两次而已，那是没办法的事，因此她有不少个人的东西正在搬走。她没去波特兰道——有两次不同日子，家里知道她人在伦敦一整天，却连来吃个午餐也没有。玛吉很讨厌，也不愿比较时间和样貌前后有何不同；或衡量一下这个念头，看看能否在这几天的某些时刻，临时见个面，因为季节的关系，窥伺的眼睛都被清空了，这种气氛下事情可能会非常顺利。但其实部分原因是，有个画面一直萦绕着她，那可怜女人摆出一副英勇的模样，尽管她手上已经握有秘密，发现她心情并不平静，但心里几乎容不下任何另一个影像。另一个影像可能是被掩盖的秘密，指出心情多多少少已经获致平息，有点儿被逼出来的意味，也有受到珍惜；这两种隐藏的不同之处太大了，容不得一点错误。夏洛特没有隐藏骄傲或是欢欣——她隐藏的是羞辱；这种情况是，王妃根本没办法爆发报复的怒火，因为每当她在对抗自己硬得像玻璃的问题时，她的热情就势必会伤到它的痛处。

　　玻璃后方潜伏着整个关系的历史，她曾经几乎把鼻子压扁在上面，想看个究竟——此阶段，魏维尔太太很可能从里面疯狂地敲着，伴随着极度难以压抑的祈求。玛吉和继母最后在丰司的花园会面之后，心里沾沾自喜地想已经都做完，没事了，她可以把手交叠起来休息了。但是，就个人的自尊心而言，为什么没留点儿什么好再推上一把、好匍匐得更低些？——为什么没留点儿什么好令她毛遂自荐来传话，告诉他，他们的朋友很痛苦，并说服他，她的需要是什么？这么一来，她就可以把魏维尔太太敲着玻璃的事——那是我这么叫的——

用五十种方式表达出来；最有可能把它用提醒的方式说出来，刺到心里深处。"你不知道曾经被爱又分手的滋味。你不曾分手过，因为在你的关系里，有哪一个值得说是分手呢？我们的关系真切无比，用知觉酿的酒斟得都要满出来；假如那是没有意义的，假如意义没有好过你这个私底下痛苦的时候，只能轻轻说出口的人，那么我为何要自己应付所有的欺瞒呢？为什么要受这种罪，发现闪着金光的火焰，才短短几年之后——啊，闪着金光的火焰！——不过是一把黑色的灰烬？"我们的小姐很同情，但是同情里的慧心注定也有机巧，偶尔她也只得臣服无法反抗；因为有时候才几分钟的时间，似乎又有一件新的职责加诸她身上——分离之前若有意见分歧，她就有责任要说话、祈求他们能在放逐之旅前，带走些有益处的东西，像那些准备要移民的人① 一样，拿着最后保留下来的贵重物品，用旧丝绸包着的珠宝，以便哪天在悲惨的市集里讨价还价。

　　此位女子不由自主地想象着这个画面，其实是陷阱之一，因为玛吉在路的每个弯道，都会被困住；只要咔嗒一响，就紧抓住心思不放，接着就免不了一阵焦躁不安，羽翼乱扑，细致的羽毛四散，我们甚至可以这么说。这些渴望的想法，这些出于同感心的探寻，以及这些没将他们打倒的冲击，都即刻被感受到——这位非常突出的人物使得大家都动弹不得，前几周在丰司，他一直周而复始地在大家观望的未来、更远的那端，走过来又走过去。至于有谁知道、或谁不知道夏洛特有没有拿伊顿广场当幌子，把其他机会混进去，或混入的程度到哪儿了，是那位个头小小的男士自己用他一贯令人无法预测的方式，安静地仔细思量。这是他已经固不可移的一部分习惯，他的草帽和白色背心，他插在口袋的双手不知在变什么把戏，他透过稳稳地夹在鼻梁的眼镜，目光盯着看自己缓慢的步伐，那种不在乎外在世界的专注神情。此时画面上不曾消失片刻的一件东西，是闪着微光的那条丝质套索，无形地拴着他的妻子，玛吉在乡间最后的那一个月时间，感觉

---

① 原文为法语：émigré。

特别清晰。魏维尔太太挺直的颈项当然没有让它滑掉,长长绳索的另一端也没有——呵,够长了,颇为上手——把圈住大拇指较小的环解开,他手指头握得紧紧的,但她丈夫的身影则是不得见。尽管貌似微弱,但这条套索收拢的力道,不由得让人纳闷着,到底是什么样的魔法在拉扯,它经得住什么样的压力,但是绝不会怀疑它是否足以发挥效用或是它绝佳的耐用程度。事实上,王妃一想起这些情况,又是一阵目瞪口呆。她父亲知道这么多的事,而她甚至仍不知道!

此时艾辛厄姆太太和她在一起,所有的事情迅速地掠过她的心头,轻轻震颤着。虽然她仍未完全想通,但她已经表达了看法,认为阿梅里戈这边"应该"有条件地要做点儿什么,然后感觉她同伴用瞪眼的方式回答她。但是,她依然坚持自己的意思。"他应该希望见她一面——我是说要有点儿保障又单独的情况下,跟他以前一样——以免她自己来安排。那件事,"玛吉因为胸有定见而勇敢地说,"他应该要准备就绪,他应该要很高兴,他应该要觉得自己一定——如此终结这么一段过去,实在微不足道!——得听她说说。仿佛他希望得以脱身,没有任何后果。"

艾辛厄姆太太一脸恭敬,沉思着。"你认为他们应该私下再见一面,但目的为何呢?"

"随便他们喜欢的哪个目的都行。那是他们的事。"

范妮·艾辛厄姆突然笑了,然后又抑制不住地回到她原来的姿态。"你真是好样儿的⋯⋯好得没话说。"王妃听到这句话不耐烦地摇摇头,完全不接受这样的说法,所以她又补了一句,"或者说,就算你不是这么好的人,那也是因为你非常确定。我是说对他很确定。"

"哎呀,我正是对他不确定。要是我对他很确定的话,我就不会怀疑了⋯⋯"但玛吉只是思索着。

"怀疑什么?"范妮等着,要逼她回答。

"嗯,不太相信他一定觉得自己付出的比她少得多了⋯⋯不太相信他应该将她留在自己眼前。"

艾辛厄姆太太听到这句话,过了一会微笑以对。"亲爱的,信任他把她留在眼前！但也要信任他别待在家。随他自己去了。"

"我什么事都随他，"玛吉说，"只是——您知道我本性如此——我会想想。"

"你的本性就是想太多了。"范妮·艾辛厄姆大着胆子说，语气没什么修饰。

此话倒是激起王妃心中自己所排斥的一种行为。"可能吧。不过，假如我没想过的话……"

"你是说，那么你就不会走到现在这个境况？"

"是呀，因为他们那边什么都想到了，只差那一点。他们什么都想到了，只是没想到我可能也会想想的。"

"或者说，甚至，"她朋友附和着，随口说说的样子，"你父亲可能也会！"

无论如何，这句话令玛吉觉得不可混为一谈。"才不是，那也阻止不了他们；因为他们知道他最在乎的事，就是别让我这么做。按照情况，"玛吉补充说，"那一直是他最后在乎的事。"

范妮·艾辛厄姆把这句话更深入地想了想——因为她立刻将它大声地说出来："他是了不起呀。"她的语气简直是夸张；她被冷落得只能这么说了——她一定得表示没忘记才行。

"唉，随您怎么说！"

玛吉说完这句话就不管了，但是话中的语气，却随即使她朋友有了新的反应："你们所想的，你们两个一个样儿，都想得好深又好安静。不过，那将会使你得救。"

"唉，"玛吉回答，"那会使他们得救，打从他们发现了我们也能想到的时候开始，"她继续说，"我们才是输家。"

"输……"

"输给彼此——我和父亲。"她朋友看起来似乎不太服气这样的说法，"喔，没错的，"玛吉坚定又清楚地说，"输给彼此的程度，尤甚于阿梅里戈和夏洛特两人；因为对他们而言，那是正义的，是对的，是活该如此，但对我们而言，只有悲伤、怪异，并非我们自作孽。不过,我不知道,"她继续说,"我在讲自己干吗,因为它是针对父亲而来。我放他走。"玛吉说。

"你放他走,但是你没逼他走。"

"我照着他的话做。"她回答。

"你哪有其他办法呢?"

"我照着他的话做,"王妃又重复了一次,"我一开始知道自己应该做什么,就去做了。我放弃他才得以脱身。"

"不过,假如是他放弃你呢?"艾辛厄姆太太假设性地反驳着。"再说,"她问,"他结婚更是成全了这个目的——逼着你也让自己更自由,不是吗?"

玛吉看着她好久。"是呀……我帮忙他那么做。"

艾辛厄姆太太犹豫了,但最后她勇敢地说出话来:"那又为何不坦白地说成他全盘成功了呢?"

"嗯,"玛吉说,"那全都留给我做了。"

"是成功了,"她朋友很聪明地加以说明,"而你根本没有涉入。"然后,仿佛为了要表示她可不是随便说说,艾辛厄姆太太又更进一步:"他成功是为了他们……"

"啊,瞧您说的!"玛吉应和地说,一副若有所思的样子。"没错呀,"她立刻接着说,"那就是阿梅里戈留下来的原因。"

"更不用说,那就是为什么走的是夏洛特。"艾辛厄姆太太大胆地微笑着,"所以,他知道……"

但是玛吉畏缩了。"阿梅里戈吗……"然而,说完话她脸红了——因为她同伴看出来了。

"你父亲。他知道你所知道的? 我是说,"范妮有点儿结巴——"呃,他知道多少呢?"玛吉的沉默加上玛吉的双眼,其实已经使问题追不下去了——但为了要有始有终,她不能就这样放掉不管。"我要说的是,他知道很多吗?"她觉得这句话依旧挺尴尬的。"我是说,他们做了多少。他们……"她修饰了一下,"到什么程度。"

玛吉等待着,但也只问了一个问题:"你认为他知道?"

"至少知道些东西?哎呀,他的事我没办法想。他超出我能力所及。"范妮·艾辛厄姆说。

"那么,您自己知道吗?"

"做了多少吗……"

"做了多少。"

"程度为何吗?"

"程度为何。"

范妮看似希望能弄清楚,但是她想起了一些事情——及时想起来了,甚至还面带微笑着。"我告诉过你,我绝对什么都不知道。"

"嗯——那就是我知道的。"王妃说。

她朋友又犹豫着。"那就没人知道?我是指,"艾辛厄姆太太解释,"你父亲知道多少了。"

喔,玛吉表示她了解。"没有人。"

"夏洛特……没有……一点点?"

"一点点?"王妃复诵着。"对她而言,什么都知道才算知道得够多。"

"而她什么都不知道?"

"假如她知道了,"玛吉回答,"阿梅里戈会知道的。"

"事情就这样了——他不知道?"

"事情就这样了。"王妃说得语意深重。

艾辛厄姆太太一听到又想想。"那么,夏洛特又是如何被制住的呢?"

"就靠那样呀。"

"靠她的不知情吗?"

"靠她的不知情。"

范妮猜着。"很痛苦?"

"很痛苦。"玛吉说,泪水在眼眶中打转。

她同伴看了她双眼一会儿。"但是,那王子呢?"

"他是怎么被制住的?"玛吉问。

"他是怎么被制住的。"

"唉,那我就没办法告诉你了!"王妃又突然说不下去了。

第 二 章

一封署名夏洛特的电报早早就送来了——"如果方便，我们五点过来喝茶。正写信给艾辛厄姆一家吃午餐。"此文件个中意义尚待解读，玛吉赶紧拿给她丈夫看，还说她父亲和太太一定是前一晚或是那天早上就上来了，应该是先到饭店。

王子正在"自己的"房间里，他现在常在那儿独自坐着；五六份敞开的报纸，特别显眼的是《费加罗报》，《泰晤士报》也一样，散落在他四周；但是，他咬着雪茄，看得见额头上一抹烟云，似乎正认真地来回踱步。靠近他的时候，从不曾——她最近有这么做过，因为这个或那个需要等等原因——遇着这么特别的状况；有某种原因，她一进来，他就很激动地突然转身。部分原因是他脸上的表情——像是发烧般地满脸通红，让她想起最近在那个屋顶下，范妮·艾辛厄姆指责她"想法"太过费解。这话留在她心里，令她想得更多；所以，她一开始站在那里的时候，觉得要他这么不安地悬着非她本意，但自己是有责任的。这三个月来与他相处，她心里一直有个想法，全然地心里有数——她倒是从未对他说过；不过，到了最后，有时候他看着她的样子，似乎对这个人的看法不是只有一个，而是五十个，各式各样都准备好了，有需要的时候可以用得上。她知道自己突然间可说是很开心，能在这个时候走向他，手里拿着再抽象不过的一封电报；但是，即便有借口踏进了他的监牢之后，她先看看他的脸，然后看看围困住他、使他坐立难安的四面墙壁，她认出来，他的情况和夏洛特的处境几乎一模一样，初夏时分在那个宽敞的大宅邸内，她无须深究也看得出来，它像个上了锁的笼子。她觉得他被囚禁着，这个男子让她感到可以在一瞬间本能地推开她身后这扇门，她尚未完全关上它。他转了二十个方向，很烦躁，一旦她又和他关在一块儿，自己宛如来到了他那像极了修士的小房间，好给他一点儿光线或是食物似的。尽管如此，他和夏洛特被囚禁的情况仍是不一样——不同之处可能在于，他潜藏在那儿，并没有外力要他这么做，也是他自己的选择；她一进来他就吓一大跳，仿佛即使仅仅如此的程度也是一种干扰，这几乎就是承认上述情形。对她而言，那简直是透露出他害怕着她的五十个想法，一分钟之后即使得她好想开始驳斥或是解释一番。那实在太奇妙了，她都说不上来；非常像是在他身上看到的成效超乎她的预期。这短短瞬间，她觉得他夸大了，他心中太高估究责之事。一年前她开始想着，要如何使他将她想得更好；但他此时在想什么呢？他眼睛一直停在她的电报上；尽管写得很简单，语气也不是挺尊重的，他依然读了不止一次加以了解；这期间她发现自己好渴望，真的毫无武装地徒手前来，渴望的程度简直令自己震惊，几乎等同于和夏洛特在丰司的花园里一样。她不是存什么心来着——此时的他触动着她，她几乎不知道自己来的唯一目的是什么了。她只有原本的想法，他以前就知道的那一个；她丝毫没想到另一个。事实上，四五分钟很快就过去了，仿佛她连那一个也不见了。他把纸片还她，一面问有没有什么特别的事要他去做的。

　　她站在那儿看着他，把电报对折像对待一件珍贵的物品似的，同时又屏住呼吸不敢喘气。突然间他们两人之间，好像只剩下这几个书写的字，一个惊人的事实出现了。他和她在一起，仿佛他是她的一般，就程度和范围来说都是她的，既浓烈又亲密，涵盖面之广前所未见也很奇怪，好像他们原本被困住了，却有突如其来的一波浪潮松开他们，感觉像在漂浮着。随着这阵涌现的感情，她差点儿就伸出双手接纳他，差点儿就捉住他，像他和夏洛特在其他时间里一时兴起偷偷做的那样；她也常常觉得喘不过气来，冲动得想一把捉住父亲，是什么阻止了她呢？不过，她倒没有做出什么不合理的事——尽管她一时间也说不上来，是什么救了她；把电报整齐地折好之后，她只做了该做的事。"我只想要你知道而已——这样你才不会不小心错过他们。因为这会是最后一次了。"玛吉说。

　　"最后一次？"

"我当他们是在道别。"然后,她微笑着,微笑永远是她最拿手的,"他们来是很隆重的事——要正式告别。他们做的每件事都要合礼数。明天,"她说,"他们就要去南安普敦。"

"假如他们每件事都要做得合礼数,"王子很快地问,"最起码他们为什么不来吃顿晚餐呢?"

她犹豫了一下,但依然轻松地给了答案:"我们当然得留他们吃晚餐。很简单,你问就好了。他们一定会觉得非常暖心……"

他搞不懂了。"既然这么暖心,他们就不能……你父亲就不能……把他在英格兰的最后一晚留给你吗?"

玛吉对这句话就比较难招架了,但她仍然有备案。"他们有可能会那么提议——我们应该一起到哪儿走走,就我们四个人去庆祝一下——只是,要做得功德圆满,我们也得要范妮和上校一块儿来。他们喝茶时不想要他们在场,她讲得挺清楚了;他们两三下就把他们晾在一边,亲爱的可怜家伙,他们事先就摆脱他们了。他们只希望和我们一起;假如他们缩减人数只要我们一起喝茶,"她继续说,"就像他们缩减人数只要范妮和上校一起吃午餐,那么有可能,他们是想把在伦敦的最后一晚留给彼此吧。"

她想到什么就说什么,尽管她听到自己说的话可能随风而去,再也收不回来了。把他最后一天囚禁的日子,和那位自己钟爱的男士一起度过——难道不是应该这样才对吗?她越来越觉得,每个时刻都像是跟他一起,在他的监牢里等待——法国大革命黑暗的恐怖统治时期里,那些高贵的俘虏依旧在记忆里闪着微光,他们总会把最后残余的资源拿来办场盛宴或是发表慷慨激昂的演说。假使她现在放弃所有的事,放弃过去这几个月来所坚守的事,她只需接受即可——接受她一直所努力的终究太逼近了,令自己惊慌失措。她大可当着自己丈夫的面惊慌失措——因为他一直都不知道,她突然这么滔滔不绝,只不过是把自己急于要抓住他的心情换个方式表达而已。他也几乎不知道,这是她的作风——她现在是和他一起——要无所畏惧,使得别人看不清他们为了悬宕而忧心忡忡。法国大革命时期的人没什么悬宕的情形好忧心；对于那些她正在想着的那些人而言，断头台是唯一的路——夏洛特的电报简单明了他所宣示的就是自由，不会发生什么难以预估的错误。然而，重点是她看得比他更清楚；她明白的种种事情、明白的种种事情——那些她一直低声下气地努力的原因——威胁着要一拥而上朝她挤过去，看起来好像一堆堆天使般的人簇拥在一起，它们是其中的一堆，透过铁栅栏射出的一道道光线里，有人影晃动，偶尔大吃大喝的欢宴其实是另一个激动的方面，也正是那些被上了手铐脚镣的人。她觉得，不久她即将知道——无疑地就在明天，她即将心存内疚地知道，对于他们要一起被留下来，事前这番滋味是如何让她的心怦然不止：闲暇时她会拿来评断一下，她正屈服于复杂的心思，身躯即将被提升而起。闲暇时她甚至也会来评断一下，那么渴望的一件事，其中除了他人无法消除的身影之外，一点都不复杂。当然，她的表情已经简化了许多，丈夫支持她的神情比较复杂，而他脸上挂着这样的表情听她说话。至于他岳父与魏维尔太太，他一定对她的看法百思不解，因为她轻描淡写地说着，他们为什么可能会想要紧紧相守一个晚上。"但不是吧……是吗？"他问，"仿佛他们就要离开彼此似的？"

"喔，不是，不是仿佛他们就要离开彼此似的。他们只是想做个了结吧——不知道何时才会再开始——他们想必很关注那个时间。"没错，她可以这么谈着他们的"时间"——她心底比较踏实了；踏实到可以更加肯定自己目前的立场为何。"他们有自己的理由吧——很多事要考虑考虑；谁能说得上来呢？但是，他总是有机会对我提出，我们应该要一起度过最后的几小时；我是说我和他应该要这样。他可能会想要把我带去哪里，和他单独吃个饭——回忆过去时光。我是说，"王妃继续说着，"早在我伟大的丈夫出现之前，也早在他伟大的太太出现之前，那些真正的过去时光；那些神奇的岁月，他才刚开始灌注极大的心力于他一路做到现在的事；他才刚开始他伟大的计划，好多的机会，好棒的发现，以及种种磋商议价。我们一起坐在异国的餐厅，待到好晚，他以前喜欢这样；我们在欧洲每个城市一直待着、一直待着,我们手肘放在桌子上,大部分的灯都熄了,聊着那些他当天看到、听到,或是提议要买的东西,那些他已经到手、不想要,或是得不到的东西!他带我去一些地方——你不会相信的!——因为他常常只能把我留给仆人们。假如他有念及过去,今晚真的带我去看伯爵宫展览中心①,那有一点点——只是非常、非常小的一点点——像我们年轻时的冒险活动。"说完后阿梅里戈盯着她看,事实上,因为这样她有了个想法,她打算照着做。假使他在猜测她接下来要讲什么,她已经找到要说的话了。"那么一来,我们不在的时候,他会把夏洛特留给你招呼。你就得带着她找个地方,过过你们最后的晚上;除非你偏爱与她在此度过。我保证你们吃饭啦,每件事情都打点得很美妙。你喜欢怎样都可以。"

她无法事前就确定,也真的没确定过;但说完这段话最立即的反应是他使她见到,他没把这些话当成无谓的夸大其词,讽刺也好,遗忘也好。对她而言,世间没有哪个真相比得上这般甜美,他竭尽所能地看起来很严肃,不让自己的意思有一丝错误。她困扰着他——那完全不是她的目的;她令他迷惑——那是她没办法的事,而且相形之下也不是那么在意;然后,她突然想到,毕竟他有个很简单的东西非常重要,是她从来不敢妄加臆测。那是个发现——不像她以前有过的其他发现,而是有种新鲜感;那是他认为她有本事变出几个想法的数量,她又认出来了。这些想法很明显对他而言都很怪异,但是她至少在过去这几个月来,已经创造了一个概念,就是那些想法里可能有点儿东西;他俊美又肃穆地在那里凝视着她现在给他看的样子。他心里有些东西是他自己的,她知道他正在把它和每件事都拿来参考比较,好找出意义来;从几周前的那个晚上开始,他就将它放在心上不离,那时候是在她房间里,他见到了那只布卢姆斯伯里的金钵之后,她就将它丢给了他,深植在他心里;那个问题就是,她父亲对他的看法如何,她斩钉截铁地说:"你自己去发现!"她心里明白这几个月的时

---

① 位于伦敦市,原本是一片荒地,19世纪末引进游乐场及展览活动才渐渐发展,现为展览中心。

间，他一直努力想要发现，尤其试图避免有任何看起来像在逃避、不想知道的样子，因为答案的来源会是任何方面，可能会来得太激烈，或是暗中渗透。然而，他什么都还不知道；没有什么是他不费力猜一猜就为他而出现，即使他们的同伴，突然间宣布了最后停留的时间，也是依然如故。夏洛特很痛苦，夏洛特在受折磨，但是他自己就已经给她足够的理由受罪了；而且，她又得跟着丈夫以及后续的一些事情，那个人和她，已经将每个留在心里因果间的关联性都搅乱了，像是用已经没人说的语言所写的某句著名的诗行，只得屈从于各式各样的诠释。要复苏此晦涩难解之意，只有她一副奇怪的样子，对他提出他们共同的要求，是她父亲和她自己的提议，要有个机会和魏维尔太太分离，形式要全部到位——尤有甚者，他现在好凄惨，没办法和他因为品位问题争论一番。品位在他是试金石的重要标准，现在也都一片茫然；谁又知道她五十个想法之一，也可能其中的四十九个，本身正是那个品位，而他总是奉行不悖的品位，怎么会变得无足轻重呢？无论如何，如果他现在觉得她挺严肃的，那她更有理由这么做才对自己有利，因为她也可能无法再从中获益了。他一回答她最后那句话之后，她就开始深思，他说的话尽管很切题也很持平，刚开始却让她觉得非常怪异。"他们要做最有智慧的事，你知道的。假如他们真的要走……"然后他的目光越过雪茄往下看着她。

简言之，假如他们真的要走，现正逢时，她父亲岁数大了，夏洛特需要能主导行动，他们定居下来适应是件大规模的工作，要学着"存活于"他们古怪的未来，他们得拿出勇气，现正逢时。这种感觉很明显，但王妃没有被它拖住，她接着就找到一个形式把自己的质疑说出来。"但是，难道你没有一点点想念她吗？她好奇妙又漂亮，而且我有点觉得，她好像正在死亡。不是真的，不是生理上的，"玛吉继续说，"她风华正盛，距离生命结束当然还很早。不过，是为我们而死——为了你和我；也令我们感受到，其实她留下了好多，好多。"

王子用力抽烟抽了一分钟。"如你所言，她风华正盛，但是有——也一直会有——好多是她留下来的。只是，也如你所言，是为了其他人。"

"我倒是这么想的,"王妃回答,"并非好像我们要全然和她断了关系。我们哪能够不一直想着她呢?而是好像对我们而言,她不快乐是必要的——好像我们需要她好让自己茁壮、好过日子,却要她自己付出代价。"

他将此话细细思量,但是他清楚地发问了:"为什么你说,你父亲的太太不快乐呢?"

他们交换了一个眼神,看得很久——这时间她拿来找出回应。"因为没有……"

"呃,没有……"

"那会逼我非说到他不可。但我没办法,"玛吉说,"说到他。"

"你没办法?"

"我没办法。"她说得十分肯定,免得又被重复说一次,"有太多的事情,"她毕竟还是补了一句,"他太伟大了。"

王子看着他雪茄的尖端,然后把烟放回去,"对谁而言太伟大?"她听完犹豫着,"亲爱的,不是对你而言太伟大,"他说得坚定,"对于我嘛……呵,你爱说多伟大就多伟大。"

"我是说,对我而言太伟大。我知道自己为什么这么认为,"玛吉说,"那就够了。"

他又再次看着她,仿佛她使得他更想知道了;依她判断,他要问她为什么这么认为,话已经到了嘴边。但她眼睛里的警告意味没有减退,过了一分钟,他说了另外的话。"你是他女儿,这才是重要的。那至少是我们已经知道的。我想,假如我说不出什么其他的东西来,起码我可以说,我很珍惜它。"

"喔,是呀,你可以说你很珍惜它。我自己可是极为重视它的。"

这句话又让他细细思量着,他很快说出一个挺突出的关联:"她应该要懂你的心。那是我现在认为的。她应该要更了解你。"

"比你更了解?"

"是的,"他说得严肃,"比我更了解。但是,她真的一点儿都不懂你的心。她现在不懂。"

"唉，不是，她懂的！"玛吉说。

但是他摇摇头——他知道自己说的是什么。"她不仅跟我一样不懂你，她懂你的部分可能更少。虽然即使连我……"

"哦，即使连你？"玛吉要他说出来，因为他停了下来。

"即使连我、即使连我也还没……"他又停下来了，他们之间一片静默。

但玛吉终究打破了沉默："假如夏洛特不懂我的话，那也是因为我不让她懂。我选择欺骗她，对她撒谎。"

王子眼睛看着她。"我知道你选择了做什么。但我也选择做同样的事。"

"没错，"过了一会儿玛吉说，"一猜到你的选择，我就做了决定。但你是说，她懂你？"她问。

"那一点儿都不难啊！"

"你很确定？"玛吉继续问。

"挺确定的。但那没什么关系。"他等了一会儿，然后从抽烟的云雾中往上看着她，"她笨嘛。"他突然发表起意见来。

"哎哟，哎哟！"玛吉很不以为然，发出长长的呜咽。

事实上这句话使他一下子脸色都变了。"我是说，她并非像你所言，觉得不快乐。"然后他又恢复以往所有谈话的逻辑，"假如她不知道，她又怎么会不快乐呢？"

"不知道……"她就是不让他的逻辑通顺。

"不知道你知道了。"

他说话的样子立刻使她想到三四件事情来回答。但她一开始是说："你认为那就足够了吗？"他都还来不及回答之前，又说了，"她知道，她知道！"玛吉挺严正地说。

"嗯，那么，知道了什么呢？"

但是她将头往后一甩，不耐烦地转过身去。"哎，我不必告诉你吧！她知道得够多了。再说，"她继续，"她不相信我们。"

这话令王子凝视了一会儿。"唉，她要求太多了！"那可又使他妻子发出另一声反对的低吟，他因此提出他的看法，"她不会给你认为她不快乐。"

"唉，没有人比我更清楚，有哪件事是她不要我这么认为的！"

"很好，"阿梅里戈说，"你等着瞧吧。"

"我会看到惊奇的事，我知道。我已经看过了，也准备好了。"玛吉回想着——她记忆里的东西可多着呢。"挺可怕的，"她的记忆使她脱口而出，"我知道对女人来说，总是挺可怕的。"

王子一脸严肃，目光往下望。"在男人的内心——每件事都可怕，亲爱的。她正在创造她的生活，"他说，"她办得到的。"

他妻子转过身去，慢慢踱步走向一张桌子，随意地把东西摆正。"她正在做的这件事，也会顺带创造我们的生活。"听到这句话他抬起了眼睛，与她四目相望，她一面看着他，一面说出已经在心中想了几分钟的话："你刚才说，夏洛特没有从你那儿得知我知道。我想你接受也看得出来我知道的事，对不对？"

他对这个问题，态度非常审慎——很清楚衡量着它的重要性，衡量着自己的回应："你认为我原本可以做得更漂亮一点儿？"

"这不是漂不漂亮的问题，"玛吉说，"只是真相多寡的问题而已。"

"呵，真相多寡！"王子模糊地咕哝着，但语意繁多。

"是的，真相就是真相。但也还有其他的事情，像是诚意的问题。"

"当然是啦！"王子很快地搭腔。过后，他稍微放慢速度说话，"要是一开始就以诚意行事……"但他没再说下去，只有那样一句话。

这句话像在空中撒下一把金屑，随着时间慢慢沉淀，玛吉自己好像也奇怪地将它深深放进心里。"我懂了。"她甚至希望自己尽力，使此话得以一语道尽，"我懂了。"

过了一会儿，他感受到此话尽诉之意，的确好极了。"啊，亲爱的、亲爱的、亲爱的……"那是他唯一能说的。

然而，她没有说得太仔细。"你不发一语撑了这么久！"

"是呀，是呀，我知道我一直撑着。但是，你可不可以再为我做一件事？"他问。

她突然间仿佛因为刚刚泄露心事而脸色苍白。"还有哪件事没做吗？"

"啊，亲爱的，亲爱的，亲爱的！"那句话又触动了他心里那根精细的、不可言说的弹簧。

不过，没有什么是王妃自己不能说的。"只要你告诉我，我什么都会去做。"

"那么，就等着吧。"然后他举起手，做了个意大利手势，手指头比出来的忠告意味从未如此鲜明。他发出下沉的音调。"等着吧，"他重复说，"等着吧。"

她了解，但是仿佛她想听他说出来似的。"你是说，直到他们来这里为止？"

"是的，直到他们走了为止。直到他们离开为止。"

她继续这个话题。"直到他们离开这个国家为止？"

她眼睛看着他想问清楚。这是承诺的条件——所以他将承诺直接放进他的回应里："直到我们再也看不见他们为止——能有多久就看老天的意思吧！直到真的只剩下我们自己为止。"

"唉，如果只是那样……"她可以感觉到，一旦从他沉重的呼吸中说出这句确切的话——很亲密、很直接，也很熟悉，她已经很久没有听到了——她又转身，把手放在门把上。但她的手只是放在上面，并没有抓着，她还要努力做另一件事，努力地离开他；刚刚在他们之间的点点滴滴，他的样子令她无力抗拒，情绪满溢，要离开他倍加困难。有某些东西——她说不上来是什么；好像他们一起被关着，一起走得太远——以他们现在的位置还到不了；所以，即便只是离开他，也像是试图找回已经失去的、已经走远的。于十分钟之内，特别是最后那三四分钟，她了解有某个东西已经悄悄地从她身边溜走——就算想尽力抓住或捡拾，现在也已枉然，不是吗？事实上，意识到那件事令她痛苦不堪，她极力稳住身子不忍离去，对于自己无止境地想放弃抵抗，简直让她好恐惧。真的，他只需要稍微施压，使她一寸又一寸地让步即可;她现在一面从自己眼前的烟云看着他,一面心里知道,这珍贵的秘密已经坦然呈现,就等他去采收了。这几秒钟的感觉真是太惊人了;只要不顾羞耻,她的脆弱、渴望就像花朵一般绽放在她脸庞,一阵光亮,或一阵幽暗。她找些话想要对此加以掩盖;于是转向喝茶的问题,说得好像他们不应该更早碰面似的:"那么大概五点吧。说定了。"

然而,他也想到了些什么,而那正好给他机会说话。"唉,但是我会看到你吧……不会吗?"他说,走得更接近了。

她背靠着门,手还放在门把上,所以,就算因为他接近而想要后退,也只剩下不到一步的距离;但是,她无论如何,也没办法用另一只手将他推开。现在他靠得好近,她可以触摸到他,尝到他的滋味,嗅到他的气息,亲得到他,抱得到他;他几乎已经压在她的身上了,他的脸散发着温暖——她可能也不晓得是皱着眉头或是微笑着,只感觉很美好,很奇怪——对她低着头,像梦中才会渐渐逼近的巨大东西。她闭上眼睛,下一瞬间她违背了自己此行的目的,伸出手来碰到他的手,他握住了它。然后,就那几个字从她闭上的眼睛后面出现了:"等着吧!"这句话说的是他自己的沮丧与哀求,也是他们两人的话,那是他们留在大海中的一块板子上的全部东西。他们的手紧紧交缠,所以她又说了一遍:"等着吧。等着吧。"她一直闭着眼睛,但她知道自己的手在帮忙传达信息——过了一分钟,她感到他的手了解了。他放开她——他带着这个信息转过身去,等她再看到的时候已是他的背影,他放开了她,脸凝视着窗外。她控制住自己,然后走开。

第 三 章

　　过后在下午时分，其他人抵达之前，他们复合的样子已经颇为清楚了：他们可能在东厢的大客厅里互相切磋心得或是比一比焦虑的心情，因为此次的来访拘谨又正式，让人备受威胁。玛吉心里片刻不得安宁，甚至还对即将来临的景象稍稍试演了一番；这个房间在午后的阴影下，又高又清凉，古老的绣帷没有遮盖，宽敞的地板擦得光亮无比，倒映着一盆盆的花朵，茶桌上有银器和亚麻布，整体效果反映在她的一句话里，王子缓缓地踱步和转身的动作，也同样有些其他的意思。"我们真是中产阶级的庸俗之辈啊！"她随意抛出这句严厉的话，回响着他们过去一群人的生活；尽管对一个冷眼的旁观者而言，他们被认为是一对享受荣华富贵的夫妻，也只同意自己被当作正等着王室的来临。他们大可事先说好，准备就绪一起走到楼梯下——王子稍微在前面一点儿，走到开着的门那儿，甚至带着王子的气势往下走到马车停靠的地方，迎接他们大驾光临。不得不承认，这个时候很闷，不太适合很气派的事；静肃的九月天，在此单调的白日将尽之时正在发威，几扇落地窗开着面向阳台，突出于一片寂寥中——春天的时候，玛吉正是从这个阳台见到阿梅里戈和夏洛特一起往下看到她从摄政公园回来，同行者还有她父亲、小王子和博格尔小姐。阿梅里戈现在又同样地，时间一到就开始耐不住性子，好几次走到外面去站在那儿；然后，像是要报告目光所及之处什么也没见着似的，他又回到房间里，摆明了没其他事可做。王妃则假装看书；他经过她前面的时候就看着她；盘旋在她脑子里的想法是，她在其他场合里为了自己激动的外表，已经假装用书本来骗过别人了。最后她感觉他站在面前，于是她抬起眼睛看看。

　　"今天早上你告诉我这件事的时候，我问了你有没有什么特别的事希望我做的，还记得吗？你说要我在家，但那是一定的呀。你还说了其他的事,"他继续说,而她坐着,书本放在她的膝上,眼睛往上看,"我几乎希望能够发生。你说我可以单独见见她。你知不知道,那机会来的时候,"他问,"我要怎么利用它呢?"她一面等着,"用它的机会就在我眼前。"

"哎呀,现在那是你自己的事!"他太太说。但这句话倒是令她站了起来。

"那是我自己的事,"他回答,"我要告诉她,我对她说谎。"

"唉,不要!"她回答。

"我还要告诉她,你也是。"

她又摇摇头。"喔,更糟了!"

他们因此意见不合地站着,他头抬得高高的,很让他开心的那个想法高高栖身于他的头顶上,一副急切的模样。"那么,她要怎么知道呢?"

"她不用知道。"

"她只需要一直认为你不知道……"

"所以,我也就永远是个傻瓜?她要怎么想,"玛吉说,"随她喜欢。"

"她这么想,我却没有抗议……"

王妃走动了一下。"那关你什么事?"

"纠正她难道不是我的权利吗?"

玛吉让他的问题一直响着——响到连他自己都听到了,这时候她才接话,"纠正她?"现在换成她自己的话真的响着,"你是不是忘了她是谁呀?"说完后,因为这可是他第一次见她用这么庄严的语气说话,他依然瞪着眼的当下,她丢下了书,举起一只手警告,"是马车。快来!"

这一声"快来!"符合她其余的话语,既清楚又坚定,等他们下了楼在客厅的时候,又对他说了声"快去!",声音穿过敞开的门和成列排队的仆人间,更是搭配。所以,待车子一停在人行道上,他帽子也没戴就去迎接魏维尔先生和太太,他们组成王家代表,而玛吉则在门槛欢迎他们进屋里去。后来，又上了楼的时候，她自己觉得刚刚提醒他的力道不够强；喝茶的时候，看到夏洛特坚定不移的样子——夏洛特很坚定——她才长长地吸了口气，比较放心。再一次，所有印象里面这是最奇怪不过的了；但这半小时里，她感受最深的是，魏维尔先生和太太使得这个场合颇为轻松。他们好像连成一气，只为了使目前的气氛连成一气，玛吉从未见过他们如此；而且很快地，有一瞬间阿梅里戈与玛吉四目相望，了然于胸，那是他藏不住的感觉。至于夏洛特被纠正了多少，她倒是不设防地态度大方，但这个问题浮现上升、盘旋了一阵子，才一转眼就因为问题本身的重量，肆意地掉了下来。她非常高调地把问题放进无意识的境界，成功地制作一出华丽无比的戏，展现她的沉着。她美丽、无后顾之忧的样子，隐约透露出板一眼的姿态，未有一刻消失过；那是一个避难所，冷静而又高不可攀，一个很深的拱形壁龛里面某尊彩色还镀了金的雕像，她坐在里面微笑着，被侍奉着，喝喝茶，谈谈她的丈夫，也没忘记她的任务。她的任务已经颇为具体了——那不过给她有利的大好机会另一个名字罢了：将艺术与优雅的风华，展现给遥远的一个无知又萎靡不振的民族瞧瞧。十分钟前玛吉已经对王子说得很清楚了，对于他们朋友所不认可的事，她不需要表态；但现在因为出于欣赏的尊崇之心，而有了困难的抉择，说不出是哪一项令她更显高贵。一开始的十五分钟，大致上她表现得品位卓越而又谨慎得体，完全虏获了我们这位小姐的注意力，原本想要留意的态度，是她那位相形见绌、简直已经退了位的同伴。但魏维尔先生即使此时和他女儿在一起，也让人无法忽略，因为他很特别，无论何时都看起来没有抱持任何态度；只要他们一起待在房间里，她就觉得他依旧编织着罗网，释出他那条又长又精美的绳索，她知道自己正目睹此心照不宣的过程，一如她在丰司就已经知道了。不管他身在何处，这位亲爱的男子有个习惯，会在房间里走来走去，静悄悄地，看看它有什么东西；而他现在正是这个样子，等他看完视野所及的东西之后，挺明确地表示接下来就全交给他太太处置了。不仅于此，根据王妃的理解，自从她更直接、好好地思考着他开始,那指的几乎是对于这些处置手法的某种特别观感,表现出那些手法很稀有,伴随着一种不随波逐流、已然稳固的欣赏态度,欣赏那些手法绰绰有余足以应付,简直不太需要他用沉思式的、低到快听不见的哼唱来伴奏了。

夏洛特安坐在宝座上,可以这么说,左右是女主人和男主人,她一坐下来,整幕场景就清楚透彻,静静地、恰如其分地发出光彩;尽管和谐的样貌仅止于表面,但并非不持久,唯一快要破局的时候,是当阿梅里戈已经站得挺久的、等着他不知所以走来走去的岳父来迎向他、对他说话或是提议什么,接着却又因为找不到恰当的字眼,也就给另一位客人端上一盘小甜点①。玛吉盯着她丈夫——假如可以用盯着来形容的话——请客人用点心的样子;她注意到最高招的方式——所谓"高招"是她私底下用的词——是夏洛特在接受的态度上、她那抹看不出个人好恶的微笑里,把所有可能泄露的心思、任何些微她所重视的以及意识到的事情,全都清得一干二净;然后在一分钟或两分钟之后,她觉得有一波影像慢慢地漂浮、流过房间到了她父亲站着的地方,他正在看画,是她结婚时他送给她的一幅早期佛罗伦萨的神圣作品。他可能是默默地在对它告别,她知道他高度重视这个作品。他牺牲了这么件宝藏,其中的温柔情意对她而言,已经是融合成整体的一部分、是恒久不灭的表达。他美好的情愫总是从其他美好的东西朝她望着;仿佛画框真像一扇窗户似的,灵显了他的脸;此时她心里可能在想,他留下了这件东西,好像被她的臂膀紧紧抱住,这是最可行的方式,如果他想留给她一部分可触及的自己。她将一只手放在他的肩膀上,他们又再度四目相望,感受着不变的幸福;不知为何他们的微笑一个胜过一个,仿佛话语已无法表达他们所历经的事;下一刻她就猜想着,如果最后他们接触的这个阶段,能被保留下来的话,那会好像老友重逢似的,原本自信一切不变,却悄悄地发现人事已非。

---

① 原文为法语: petits fours。

"不错吧，呃？"

"喔，亲爱的——相当好！"

他把问题放到了那幅伟大的画作上面，而她也以那幅画作为回答；但是，仿佛他们的话过了一会儿之后象征着另一个事实似的，所以他们开始到处把每件东西都看看，有没有其他也说得通。她的手臂勾着他，房间里其他的物品、其他的画作、沙发、椅子、桌子、柜子等等"重要的"物件，都以出色的姿态矗立着、环绕着他们，腼腆地等着被认出来，接受喝彩。他们的眼睛从一个物品移到另一个，整体的高贵气势放进心里——挺像是让他好好度量一下，过去那些想法有多睿智。两位高贵人物则坐着谈话，到用茶的时候，和谐气氛更是好极了：无论知不知情，魏维尔太太和王子几乎已把自己"定位"不动了，好像某些场景里就需要这类人形家具，以表达高度的美感。他们的外表与装饰的东西融合在一块儿，他们的贡献是很完整无缺的，也令人赞赏，表达出精挑细选、胜出的品位；尽管如果再看得久一点，他们也具体印证了某种很罕见的购买力，只是这个场合并不真的需要如此更有穿透力的目光。亚当·魏维尔又说话了，语气中有太多意涵，谁又知道他的想法终止于何处呢？"都在这儿了。[①]你有不少好东西啊。"

玛吉又要有所回应："啊，他们看起来真好，不是吗？"他们的同伴听到这句话把注意力转过来，一脸严肃表情，他们缓慢的谈话也中断了颇长的时间，好像更显得臣服于一贯的浩大职责；坐着动也不动，等着被品头论足一番，好像杜莎夫人蜡像馆展示台上，一对当代伟人的肖像。"我好高兴……您能看最后一眼。"

就在玛吉说完这句话之后——话仍响在空中——语气产生了震撼；从一对传到了另一对，语气表示奇怪地接受了关系终止，似乎幸好没有试着加上注解，所以才没那么尴尬。是呀，这就是神奇之处，这个场合要应付的事情太多了，很难坚持下去——因此，任何依

---

① 原文为法语：Le compte y est。

依送别的指标都无法衡量这场分离。要把这一个小时说清楚，就不得不稍微问一下它的基础为何——那是为什么他们四个人用高尚的风度，坚决不让压力靠近，最终却能联合在一起。阿梅里戈与夏洛特面对面，任何一人所施加过的压力，很明显已经没有意义了；所以玛吉也几乎不用记得，自己不太可能冒险如此做。她父亲也一样不会动根指头——她心里同样知道：她唯一要屏息以待的是，既然他不会这么做，那么他又会做什么呢？三分多钟后他说话了，挺突然的："呃，玛吉……小王子呢？"宛如相较之下，那才是艰困的、也是更真实的声音。

她瞄了时钟一眼。"我规定他五点半来——时钟还没响呢。相信他，亲爱的，不会令您失望的！"

"哦，我可不要他令我失望呢！"这是魏维尔太太的回答；用的却是这么明显的玩笑方式，说出让人失望的可能性；甚至于过后，当他有些不耐烦地踱步到其中一扇落地窗，走到外面的阳台，有几秒钟她心里在想，要是她跟着他走出去，她是否会在那里被事实击倒，或是面对事实。出于必要，她还是跟着他——近乎是他邀请她似的，暂时走进一个没有牵挂的空间，好给另外两人一点机会，那是她和丈夫异想天开讨论过的。站在他身边，他们俯身望着一大片单调的地方，很清晰，现在也几乎有点儿颜色了，这种颜色在奇特又令人感伤的照片上看得到，"老派"的样子，夏末时节午后将尽的时分，空荡荡的伦敦街头就是这个样子，她再次感到，这么一段过程对他们而言是多么的忍无可忍；如果百般忍耐，让受到压抑的这些关系从他们眼里渐渐流露而出，那他们又会如何被它撕成碎片。这种危险当然会愈加显现，若不是个别的直觉——她起码是清楚自己的——积极又顺利地为它捏造了其他种种明显的关联性，而这些关联性是他们可以假装开诚布公的。

"你们万万不可待在这里，你知道的，"看着眼前一望无际的景象，亚当·魏维尔说话了，"你们当然可以到丰司那儿去——住到我的租约满了为止。只是，丰司已经拆得不成样了，"他补了一句，语气中有些许悔意,"丰司有一半的东西都搬走了,最好的东西也有一半搬走了,恐怕你可能认为,它已经不再那么特别令人愉快。"

"不会的,"玛吉回答,"我们一定会想念它最好的东西。亲爱的,它最好的东西当然已经搬走了。要回去那里,"她继续说,"回去那里……"这个想法的力量好强大,她无法再说下去。

"唉,回去那儿却没什么好东西了……"

但她此刻不再迟疑,她将想法说出来:"回到那里却没有夏洛特,才是我心里过不去的。"她说着,一面对他微笑,所以她立刻看到他把话听进去了——把话听进去了,使得她可以用微笑暗示一件她没说、也说不出口的事。这个内容太清楚——都这个时候了,她没办法假装像他会用的语气,说说"即将"少了他是什么样的境况,不管是丰司或是哪里。那现在可是——尽管做得很兴奋,很卓越——超过他们能处理的范围和问题;所以,此时他们一面等着小王子,好让其他两人待在一起,他们紧张又感觉有威胁,除了大胆地提出一个够分量的代替品,她又能做什么?夏洛特出现在这里,感觉得出她话语里的真诚,没有什么比那样更奇怪的了。她觉得她的真诚绝对不假——她认为真诚就是那个样儿。"因为夏洛特,亲爱的,您知道,"她说,"是无人可及的。"这句话花了三十秒讲出来,但是一讲完的时候,她觉得这辈子说得最快乐的话,这是其中之一。他们已经将目光从街道转回来;他们一起靠在阳台的栏杆上,从他们站的地方看得到大部分的房间,但是王子和魏维尔太太就在视线外了。她立刻看出,就算他努力也无法使他的眼睛不发亮;甚至连他拿出雪茄盒,什么都还没说之前先问了句:"我可以抽烟吗?"也没能使他眼睛不发亮。她又说了"亲爱的!"回答请他自便,然后他划着火柴的时候,她又紧张了一分钟——那一分钟,她一点儿也不是用来尽量让说话顺畅,而是重复着高度的叮咛,她才不管这句叮咛会不会传到里面那一对的耳朵里:"爸爸,爸爸……夏洛特很伟大!"

他一直到开始抽烟之后,才看着她。"夏洛特很伟大。"

他们能够接近这个话题了——他们可能立刻感觉到它形成一个基

础；所以他们一块儿心存感激地站在上面，每个人都在对方的眼里，看到脚底踩得很牢靠。他们甚至又再等了一下，以便证实它的存在；尽管这几分钟，他们的同伴隐藏着看不见，但是，仿佛他要让她看到，这终究正是为了什么——正是为什么！"你懂了吧，"他很快地补了一句，"我做的有多正确。我说的正确，是为你而做的。"

"啊，的确是！"她微笑低语。接着，好像她自己觉得正确得不得了似的，"我不知道要是没有她，您要怎么办。"

"重点是，"他静静地回答，"我当时不知道你要做什么。那毕竟是在冒险。"

"那是冒险，"玛吉说，"但是我有信心。至少我对自己是如此！"她微笑着。

"嗯，现在我们懂了。"他抽着烟说。

"我们懂了。"

"我比较了解她了。"

"您最了解她了。"

"喔，自然而然喽！"听到这句话，像是个已获保证的真相挂在空中一般——一如人们会说的，真相获得保证，正是经由目前的机会才说出来，这个机会被创造出来，也被接受了——她却发现自己对于他所指的含义有些茫然，虽然有个更细微的兴奋情绪恐怕是她还不知道的。她心中的感觉更强烈了，见到他流连徘徊的每个时刻，都会令她更加激动；他说完话，过了一会儿之后又抽起烟，眼睛往上看，头往后仰，双手张开放在阳台的栏杆上，看着房子前方灰色又荒凉的样子，"她很美好，很美好！"她的感觉告诉自己，话中的语气里有一丝新意。这就是她所希望的，因为这是某种说话的功夫，是拥有和控制的语气；然而，一直到现在，她才觉得他们的分离已经是事实了。这样看起来，他们的分离完全得靠夏洛特的价值——这个价值充满在他们刚刚走出来的房间里，像是要使它好好发挥一番似的，王子那方面可能也有更大的体认。假使玛吉想要在这最后的离别时刻把他放在某个让人舒坦的范畴里，那么她可能会发现，就在此地，他的功力都回来了，依旧具有高超的价值。毕竟，该说的都说了，带着她礼物的记忆、她的多变、她的力量，夏洛特留下了这么多！才三分钟前她自己说她很伟大，不就是这个意思吗？眼前的这个世界里，她是伟大的——那是他要她应当如此：他实践计划之时，她的才能不至于荒废。她的才能不至于荒废——玛吉认定这个想法。他找了这个短暂的时刻，好私底下让他女儿知道。她也因此得以说出她的喜悦，真是太好了！他的脸一直都是转向她，等她又再看着他眼睛的时候，她的喜悦表现得很直接："成功了，爸爸。"

"成功了。即使是这样，"他补了一句，此时小王子一个人出现了，虽然离得挺远的，但已经立刻传来打招呼的声音，"即使这样，也不算失败！"

他们进去和小孩碰面，博格尔小姐带他进房间后，夏洛特和王子站起来——气势颇为惊人，所以博格尔小姐未再多留。她告退了，但是小王子在场就足以打破紧绷的状态——十分钟之后，这种沉静对于大房间里的气氛所带来的影响，有点像持续好长一阵的哗啦哗啦作响之后，声音突然停止了。王子和王妃送完访客上车回来后，静止的状态与其说是恢复了，不如说是刻意营造出来；所以，不管接下来发生什么事，注定了会十分突出。情况本应如此，尽管玛吉只是又去了阳台，目送她父亲离去，此举虽已无所帮助，但也是人之常情。马车已经看不见了——她花了太多时间心情肃穆地再走上楼，只能看了看那一大片灰色的空间，暮霭的阴影已经笼罩，而房间尤甚。一开始她丈夫没有和她在一起；他和孩子一块儿上楼，他抓着爸爸的手，嘴里说着一大堆的话，值得在家族史记上一笔；但是，看起来两个人往博格尔小姐那儿走去。她丈夫将他们的儿子带走，而不是带回他母亲身边，王妃心里颇有感触；但现在她缓缓走动着，每件事都让她感触良多，像是合唱团大声唱着听不见的歌。然而，尤其是这一点——她人在那儿等着他进来，他们自由了，得以永远一起待在那儿——却是最不受观照的意义：她站在凉爽的暮光中，将周遭的一切好好思量，那里面隐伏着她所作所为的原因。她终于真的知道原因所在——她是如何受到启发和引导，她是如何能坚持不放弃，以及她的灵魂是如何全心全意，就为了这个结局。此刻，就在这儿，金色的果实在远处闪着光芒；只是，这些事握在手上、放在口中，经过考验、经过品尝，究竟是什么——它们是报偿吗？她未曾如此仔细地度量着自己的做法和行为的整体样貌，她突然间好害怕，因为对于那位要付出代价的人儿，总量到底多少仍是悬而未决，一直在她前面。阿梅里戈是知道那个总量的；他仍放在心上，而他迟迟没有回来，这使她的心跳得好快，几乎要停止，好像在胡思乱想，却突然出现一道炫目的强光。她已经孤注一掷，但是他的手盖在骰子上面。

然而，他终于还是开了门——他离开不过十分钟的时间；一看见他的身影，她好像见到了那个数字，又紧张了起来。光是他出现、停下脚步看着她，就让数字蹿到最高点，即使他尚未开口对她说话，她已经全数都收到全额付清了。事实上，有这个想法的时候，一件不寻常的事发生了；原本很害怕自己安危的顾虑消失了，一分钟之内已经变成关心着他的焦虑，关心深埋在他心里的每件事，关心每件清清楚楚摆在他脸上的事。一看到已经有人"付给"她了，他可能正伸出手拿着钱袋等着她来拿。但是这个动作与她前去接受的过程中间，有种感觉立刻浮现，她一定令他觉得她正等着告白。这可令她充满新的恐惧：假使那样才是恰当的金额，那么她会不拿钱就走开。对于牺牲了夏洛特，他脸上满是了然的神情，太令人难受了，面对那个人如此大气的精妙手法，她只能立于原地赞叹不已。因此，她只知道，自己若听到了说出来的话，应当会很羞愧；也就是说，除非是她当下就要处理掉，一劳永逸。

"她太了不起了，不是吗？"她简单地说，试着解释，也结束这个话题。

"喔，了不起！"他一面说话，一面朝她走来。

"那样帮了我们大忙，你知道的。"她补了一句，进一步说明自己的心意。

他在她面前把这句话好好地想了想——或者说，是尽力地想了想——她把话说得好极了。他极力想讨好她,太清楚了——顺着她的方式使她满意;结果是他走过来,双手握住她的肩膀,她的脸一直面向着他,而他的整个动作包围住她,并立刻回音似的说:"知道?除了你我什么都不知道。"过了一会儿,这句话所含的真相有股力量,奇怪地使他眼睛变得好亮,她却像是因怜悯与担心不忍直视,于是将自己的双眼埋在他的胸前。

后　记

◎李和庆

经过四年多的努力，这套"亨利·詹姆斯小说系列"终于付梓，与读者朋友们见面了。借此后记，一是想感谢读者朋友的厚爱，二是希望读者朋友了解和理解译事的艰辛。

二〇一五年初，我向九久读书人交付拙译《美妙的新世界》稿件后，跟著名翻译家、上海海事大学教授吴建国先生和九久读书人副总编邱小群女士喝下午茶时，邱女士说九久读书人有意组织翻译亨利·詹姆斯的作品，问我有没有兴趣和勇气做这件事。说心里话，我当时眼睛一亮，一方面是因为长期以来她给予我的信任着实让我感动，另一方面是为自己能得到一次攀译事高峰的机会感到高兴，但同时，我心里也有些忐忑。众所周知，詹姆斯的作品难译，自己是否有足够的能力去承担如此重任？我虽然此前曾囫囵吞枣地看过詹姆斯的《一位女士的画像》和《黛西·米勒》，但对他和他的作品一直缺少深入的了解和认识。回家后，我便利用现代化的网络拼命补课，结果发现，国内乃至整个华人世界对亨利·詹姆斯作品的译介让人大失所望，中文读者几乎没有机会去全面领略詹姆斯在小说创作领域的艺术成就。三个月后，在吴教授和邱女士的"怂恿"下，我横下心来决定要去啃一啃外国文学界和翻译界公认的"硬骨头"。

无可否认，亨利·詹姆斯是十九世纪末至二十世纪初美国继霍桑、梅尔维尔之后最伟大的小说家，也是美国乃至世界文学史上举足轻重的艺术大师，被誉为西方心理现代主义小说的先驱，"在小说史上的地位，便如同莎士比亚在诗歌史上的地位一般独一无二"（格雷厄姆·格林语）。詹姆斯是一位多产作家，一生共创作长篇小说二十二部、中短篇小说一百一十二篇、剧本十二部。此外，他还写了近十部游记、文学评论和传记等非文学创作类作品。面对这样一位艺术成就如此之高、作品如此庞杂而又内涵丰富的作家，要想完整呈现他的艺术成就，无疑是一项浩大而又艰巨的系统工程。要将这样一位作家呈献给中文读者，选题便成了相当棘手的问题。此后近一年的时间里，经过与吴教授和邱女士反复讨论，后经九久读书人和人民文学出版社领导审批立项，选题最终由我们最初准备推出的亨利·詹姆斯小说作品全集，逐渐浓缩为亨利·詹姆斯小说作品精选集。

说到确定选题的艰难历程，有必要先梳理一下詹姆斯小说作品在我国的译介情况。国内（包括港台地区）对詹姆斯的译介始于二十世纪八十年代，现今我们看到的詹姆斯作品的译本以中篇小说居多，其中包括《黛西·米勒》（赵萝蕤，1981；聂振雄，1983；张霞，1998；高兴、邹海仑，1999；张启渊，2000；贺爱军、杜明业，2010）、《螺丝在拧紧》（袁德成，2001；高兴、邹海仑，2004；刘勃、彭萍，2004；黄昱宁，2014；戴光年，2014）、《阿斯彭文稿》（主万，1983）、《德莫福夫人》（聂华苓，1980）、《地毯上的图案》（巫宁坤，1985）和《丛林猛兽》（赵萝蕤，1981）；长篇小说有《华盛顿广场》（侯维瑞，1982）、《一位女士的画像》（项星耀，1984；唐楷，1991；洪增流、尚晓进，1996；吴可，2001）、《使节》（袁德成、敖凡、曾令富，1998）、《金钵记》（姚小虹，2014）、《波士顿人》（代显梅，2016）和《鸽翼》（萧绪津，2018）。此外，新华出版社于一九八三年出版过一部《亨利·詹姆斯小说选》（陈健译），其中包括《国际风波》《黛西·米勒》和《阿斯帕恩的信》[1] 三个中篇小说；湖南文艺出版社于一九九八年出版过一部《詹姆斯短篇小说选》（戴茵、杨红波译），其中包括《四次会面》《黛西·米拉》[2]《学生》《格瑞维尔·芬》《真品》《螺丝一拧》[3] 和《丛林怪兽》七个中短篇小说[4]。纵观上述译本，

---

[1] 即《阿斯彭文稿》(The Aspern Papers)。
[2] 一般译为《黛西·米勒》。
[3] 一般译为《螺丝在拧紧》。
[4] 此译本虽然命名为"短篇小说选"，但学界一般认为，《黛西·米拉》《螺丝一拧》和《丛林怪兽》均为中篇。

我们发现，国内翻译界对詹姆斯中长篇小说的译介基本是零散的，缺少系统性，短篇作品则大多无人问津。

鉴于此，选题组在反复研究詹姆斯国内译介作品的基础上，决定首先精选詹姆斯各个时期的代表性作品，最终确定了首批詹姆斯译介的精选书目，共涵盖了六部长篇小说：《美国人》(1877)、《华盛顿广场》(1880)、《一位女士的画像》(1881)、《鸽翼》(1902)、《专使》(1903)和《金钵记》(1904)，四部中篇小说：《黛西·米勒》(1878)、《伦敦围城》(1883)、《螺丝在拧紧》(1898)和《在笼中》(1898)，以及各个时期的短篇小说十八篇。读者朋友从选题书目上可以看出，此次选题虽然覆盖了詹姆斯各个时期的作品，但主要还是将目光放在了詹姆斯创作前期和后期的作品上，尤其是他赖以入选一九九八年美国"现代文库""二十世纪百部最佳英语小说"榜单、代表其最高艺术成就的三部长篇小说《鸽翼》《专使》和《金钵记》。詹姆斯的其他重要作品此次虽然没有收入，但我们相信，这套选集应该足以展示詹姆斯各创作时期的写作风格。此外，这套选集中的长篇小说《美国人》、中篇小说《在笼中》《伦敦围城》以及绝大多数短篇小说均属国内首译，以期弥补此前国内詹姆斯作品译介的空白，让中文读者能更好地认识这位与莎士比亚比肩的文学大师。

选题确定后，接下来的任务便是组建译者队伍。我们首先确定了组建译者队伍的基本原则：译者必须是语言功力深厚、贯通中西文化、治学严谨、勇于挑战的"攻坚派"。本着这样的原则，我们诚邀海峡两岸颇有影响的专家、学者，最后组建了现在的译者队伍，其中既有大名鼎鼎的职业翻译家，也有上海交通大学、华东理工大学、上海海事大学、上海电机学院等国内高校的专家、教授。他们不仅在日常的教学科研工作中治学严谨、成绩斐然，而且在翻译实践领域也是秉节持重、著作颇丰，在广大读者中都有自己忠实的拥趸。

说起亨利·詹姆斯，外国文学界和翻译界有一种不言自明的共识，那就是：詹姆斯的作品"难译"。究其原因，詹姆斯作品的艺术风格与酷爱乡土口语的马克·吐温截然不同。詹姆斯开创了心理分析小说的先河，是二十世纪小说意识流写作技巧的先驱。他的小说大多以普通人迷宫般的心理活动为主，语句冗长晦涩，用词歧义频生，比喻俯拾皆是，人物对话过分精雕，意思往往含混不清。正因如此，他在世时钟情于他的美国读者为数不多，他的作品一度饱受争议，直到第二次世界大战前美国出现"第二次文艺复兴"时，作为小说家和批评家的詹姆斯才受到充分的重视。

面对这样一位作家和他业已历经百年的作品，译者该如何向生活在一个世纪之后的现代读者再现詹姆斯的艺术成就，便成了译者队伍共同面对的问题。翻译任务派发后，各位译者先是阅读和研究原著，之后又通过各种方式和渠道，多次探讨译著该如何再现原著风格的问题。虽然译者队伍年龄不同、阅历不同、研究方向不同、学术造诣不同，对原著文本的把握也有差异，但大家最后取得的共识是：恪守原著风格的原则不能变。我曾在一次读者见面会上见到出版界的老前辈章祖德先生，就翻译詹姆斯作品的种种困难以及如何克服等问题虔心向章老请教。章老表示，虽然詹姆斯的作品晦涩难懂、歧义频现，现代读者可能很难静下心来去阅读，但翻译的任务就是要再现原作的风采，不然，詹姆斯就成了通俗小说家欧文·华莱士和丹·布朗了。在翻译詹姆斯作品的过程中，对章老的教诲，我时刻铭记在心，丝毫不敢苟且。

说起做翻译，胡适先生曾说过："译书第一要对原作者负责，求不失原意；第二要对读者负责，求他们能懂；第三要对自己负责，求不致自欺欺人。"胡适先生的观点，也是此次参与詹姆斯小说作品译介项目的译者们的共识。

翻译詹姆斯的作品，能做到胡适先生提出的前两重责任已经是非常困难的了。胡适先生提出的"求不失原意"，其实就是严复的"信"和鲁迅先生的"忠实"。对译者来说，恪守这一点是译者理应秉持的态度，但问题是译者应该如何克服与作者间存在的巨大时空差距，做到"对原作者负责"。詹姆斯的作品大都语句烦琐冗长，用词模棱两可，语义晦暗不明，译者要想厘清"原意"，需挖空心思、绞尽脑汁、字斟句酌、反复推敲。在很多时候，为了准确理解一句话，译者需要前后反复映衬，甚至通篇关照。为了"不失原意"，译者必须走进作品，进入角色的内心世界，既做"导演"又做"演员"，根据作品的文本语境和时空语境，去深入体味作品中每个人物角色的心理活动，根据角色的性别、性格、年龄、身份、地位和受教育水平，去梳理作家通过这些角色意欲向读者传达的意图和意义。

  胡适先生提出的"对读者负责"，其实就是严复的"达"和鲁迅先生的"通顺"的要求，用当代学术语言说，就是译文的接受性问题。詹姆斯的作品创作于十九世纪七十年代到二十世纪初，其小说当然是以那个时代欧美社会的物质生活和精神生活为背景的，小说的语言风格也是维多利亚时代的文风。一百多年过去了，在物质生活已经极其丰富、生活方式已经发生质变、意识形态和伦理道德均已大异其趣的今天去翻译他的作品，该如何吸引生活在当今数字化、信息化时代的读者去读詹姆斯的作品，而且让读者"能懂"作者的意图，是译者面临的巨大挑战。对此，译者们的态度是，在"不失原意"、恪守原作风格的前提下，在文本处理上，适当关照当代读者的阅读感受。比如，詹姆斯的作品中往往大量使用人称代词和替代，在很多情况下，为了厘清原著中的指代关系，读者往往需要返回上文，但更多的则是要到下文中很远的地方去寻找，这种"上蹿下跳"式的阅读方式无疑会严重影响读者的阅读体验。为此，在翻译过程中，译者根据上下文所指，采取明晰化补充的处理方式，目的就是照顾中文读者的阅读感受，省却"上蹿下跳"的阅读努力。本质上说，这种处理方式也是恪守译文必须"达"和"通顺"的要求，而"达即所以为信"。

  就翻译而言，译者如能恪守前两重责任，似乎已经足够了，可胡适先生为什么还要提出第三重责任呢？这一点胡适先生没有详述，但对一个久事翻译的人来说，无论是从事文学翻译，还是非文学翻译，都必须具有高度的职业责任感和历史使命感，对译事必须"不忘初心"，始终如一地怀有敬畏之心。换句话说，在翻译过程中，译者自始至终都要用心、动情，不可苟且。只有"用心"，译者拿出来的译文才能经得起时间的考验。"用心"是译者"对原作者负责"和"对读者负责"的前提,也是当下物欲蔽心、人事浮躁的大环境下,对一个优秀译者的基本要求,也是最根本的要求。

培根说过,"书有可浅尝者,有可吞食者,少数则须咀嚼消化"。詹姆斯的作品概属"须咀嚼"方能"消化"的,对译者而言如此,对读者朋友来说何尝不是这样呢?培根还说,"读书足以怡情,足以博彩,足以长才"(王佐良译)。"怡情"也好,"博彩"、"长才"也罢,相信读者朋友读詹姆斯的作品自会各有心得。

在结束这篇后记之前,我要借此机会感谢以各种方式为这套选集翻译出版做出重大贡献的同志们。首先,感谢九久读书人和人民文学出版社的领导,是他们慧眼识金,使得这套选集能早现在读者朋友面前。其次,感谢吴建国教授和邱小群副总编,是他们取之不尽、用之不竭的智慧,使得这套译著有望成为真正意义上的"精选"。再次,感谢这套译著的所有编辑和译审,对他们一丝不苟、"吹毛求疵"的敬业精神和"为人作嫁衣"的无私奉献,我表示由衷的感谢。此外,还要感谢所有译者几年来夜以继日、不避艰难的笔耕,以及他们的家人所给予的莫大支持。最后,要衷心感谢作为读者的您,如蒙不辞辛劳、不避讳言地批评指正,译者会备感荣幸。

2020 年 6 月于滴水湖畔